TEMERAIRE
3

Black Powder War
by Naomi Novik

Copyright © 2006 by Naomi Novik
This translation published by arrangement with Ballantine Books, an imprint of
Random House Publishing Group, a division of Random House, Inc.
All rights reserved.

Korean translation copyright © 2007 by Woongjin Thinkbig Co., Ltd.
Korean translation rights arranged with Ballantine Books through EYA(Eric Yang Agency).

TEMERAIRE
테메레르
BLACK POWDER WAR 3

흑색 화약 전쟁

나오미 노빅 장편소설 | 공보경 옮김

노블마인

CONTENTS

- 등장인물과 용 · 6
- 1806년 마카오에서 단치히까지
  테메레르와 로렌스의 이동경로 · 10
- 1806년 이스탄불 보스포러스 해협 부근 지도 · 12
- 1806년 프러시아와 주변 지도 · 12

프롤로그 · 13
제1부 · 19
제2부 · 163
제3부 · 293

1806년 4월 영국왕립협회 철학회보에
실린 번시의 말췌문 · 499

지은이의 말 · 506
옮긴이의 말 · 508
연대표 · 512

✤ 등장인물과 용

영국

인물

윌리엄 로렌스 대령 테메레르의 비행사.

로렌스 대령과 함께 실크로드를 횡단하는 부하들
존 그랜비 대위
페리스 대위
릭스 대위
마틴 중위
소총병 던, 해클리 외 여러 명.
신호 담당 터너
망꾼 딕비, 앨런, 할리
기타 비행 승무원 맥도너, 베일즈워스, 벨, 캘로웨이, 포티스, 샐리어, 세로우스 외 여러 명.
지상요원 프랫, 블라이스, 펠로우스, 윌러비, 포터, 윈스턴 외 여러 명.
훈련생 에밀리 롤랜드, 피터 다이어
용 의사 케인스
요리사 꿍쑤

타르케 렌튼 대장의 급보를 로렌스에게 전달해준 심부름꾼. 영국인 아버지와 동양인 어머니를 둔 혼혈.
렌튼 대장 도버 기지를 책임지고 있는 공군 대장. 옵베르시리아의 비행사.
토머스 라일리 함장 로렌스 일행이 중국까지 타고 간 얼리전스 호의 함장.
조지 스턴튼 경 마카오에 있는 영국 동인도회사의 대표.
아버스노트 이스탄불 주재 영국 대사.
제임스 야머스 아버스노트 대사를 보좌하는 비서관.

용

테메레르 로렌스 대령의 용. 중국 셀레스티얼 품종으로 신의 바람이라는 특별한 능력이 있다. 수컷.
이스키에르카 카지리크 품종의 용으로 불을 뿜는 능력이 있다. 성격이 급하고 호전적이다. 암컷.

카라코룸 산맥의 야생용들

용
- **아르카디** 대장 용. 연회색 바탕에 갈색 점이 퍼져 있고 얼굴의 절반과 목 아래쪽까지 큰 주홍색 반점이 하나 있다. 머리 주변에 큰 뿔들이 많이 나 있고 덩치가 작다. 수컷
- **몰나르** 아르카디의 직속 부하. 몸통은 연푸른색이고 덩치는 중간 정도이다. 수컷
- **린지** 아르카디의 직속 부하. 몸통은 진회색이고, 덩치는 중간 정도이다. 암컷
- **게르니** 몸통에 푸른색과 흰색이 섞여 있으며 덩치가 작다. 야생용 언어인 두르자크 어 외에도 투르크 방언을 조금 할 줄 안다. 암컷
- **헤르타즈** 갈색 바탕에 녹황색 줄무늬가 있음. 덩치 작음. 수컷

그 외에 수십 마리.

이스탄불

인물
- **술탄 셀림 3세** 오스만투르크제국의 술탄 (재위 1789년~1807년)
- **아브라함 마덴** 이스탄불의 은행가.
- **사라 마덴** 아브라함 마덴의 딸.
- **하산 무스타파 파샤** 술탄을 보좌하는 재상.
- **에르테군** 이스탄불 주변의 경비를 맡고 있는 투르크 용의 비행사.

용
- **베자이드** 카지리크 품종의 용으로 이스키에르카의 부친
- **세헤라자드** 카지리크 품종의 용으로 이스키에르카의 모친

✢ 등장인물과 용

오스트리아

인물

아이거 대령 오스트리아 육군 소속으로 오스만투르크제국과의 접경지대에서 복무 중.

프러시아

인물

프리드리히 빌헬름 3세 프러시아의 국왕 (재위 1797년~1840년).
루이제 왕비 프러시아 국왕 프리드리히 빌헬름 3세의 왕비.
루이 페르디난드 왕자 프러시아 군 전방부대의 지휘관.
그 외 장군들 브룬슈비크, 호엔로헤, 칼크로이트, 레스토크, 타우언트자인, 홀트젠도르프, 블뤼허, 뤼헬, 뷔르템부르크 등.
리처드 손다이크 대령 프러시아 군을 지원하기 위해 프러시아에 와 있는 영국 육군 장교.
디헤른 대령 프러시아 군 소속. 헤비급 용 에로이카의 비행사.
바데나워 대위 테메레르의 승무원으로 배속된 프러시아 공군 장교.

용

에로이카 프러시아의 헤비급 용으로 편대의 리더. 비행사는 디헤른 대령.

프랑스

인물

나폴레옹 보나파르트 프랑스 혁명기의 군인이자 정치가로 프랑스 제1제정의 황제 나폴레옹 1세로 즉위. (재위 1804년~1814년, 1815년)
루이 조셉 드 기네 베이징에 상주하던 프랑스 대사. 리엔을 프랑스로 망명시킨다.
나폴레옹 휘하의 육군 원수들 란느, 술트, 베르나도트, 다부, 뮈라, 르페브르 등.

용

리엔 테메레르의 사촌누이. 비행사인 용싱 왕자의 사망을 테메레르의 탓으로 여기고 복수를 다짐하며 나폴레옹의 편에 선다.
그 외 프랑스 용들 플람므 드 글로와, 플레르 드 뉘, 페셰르, 파피용, 오뇌르 도르, 프티 슈발리에, 상송 드 게르 등.

러시아

인물

알렉산드르 1세 러시아의 황제 (재위 1801년~1825년).

✣ 1806년 마카오에서 단치히까지 테메레르와 로렌스의 이동경로

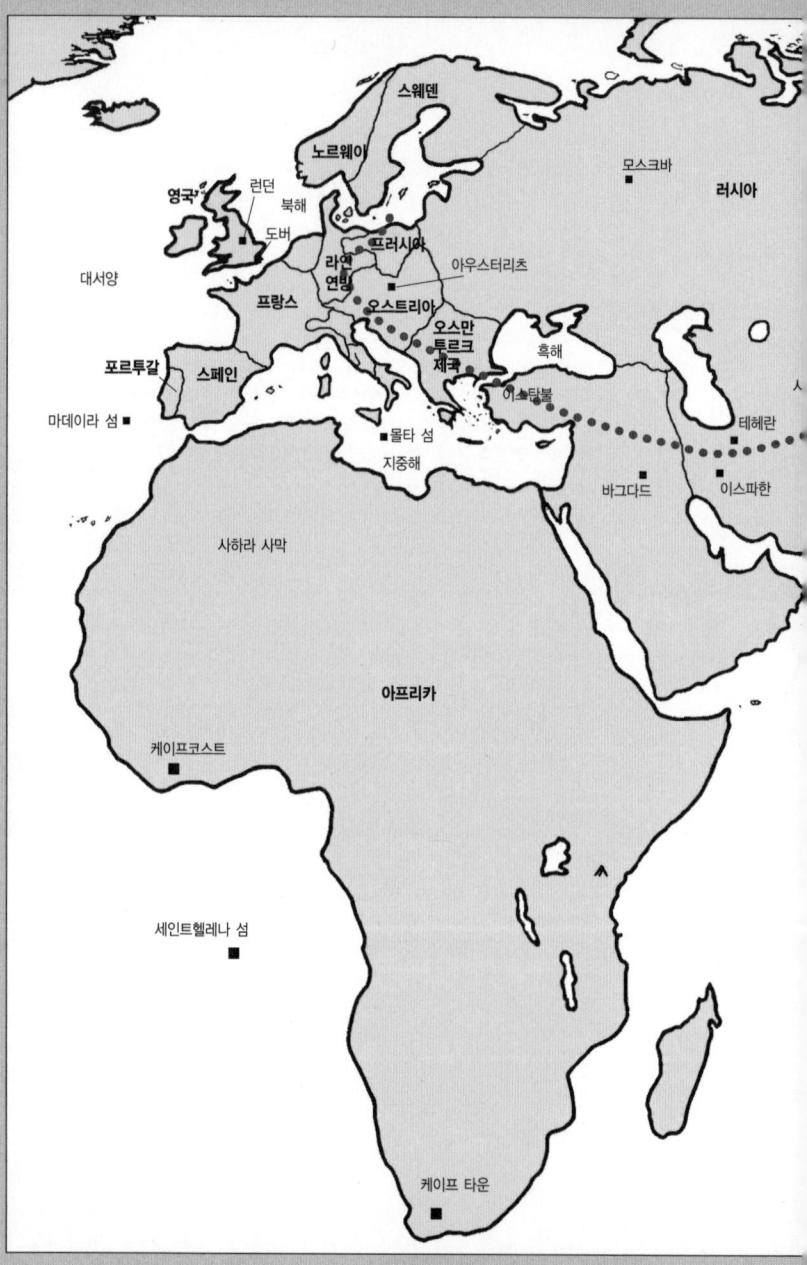

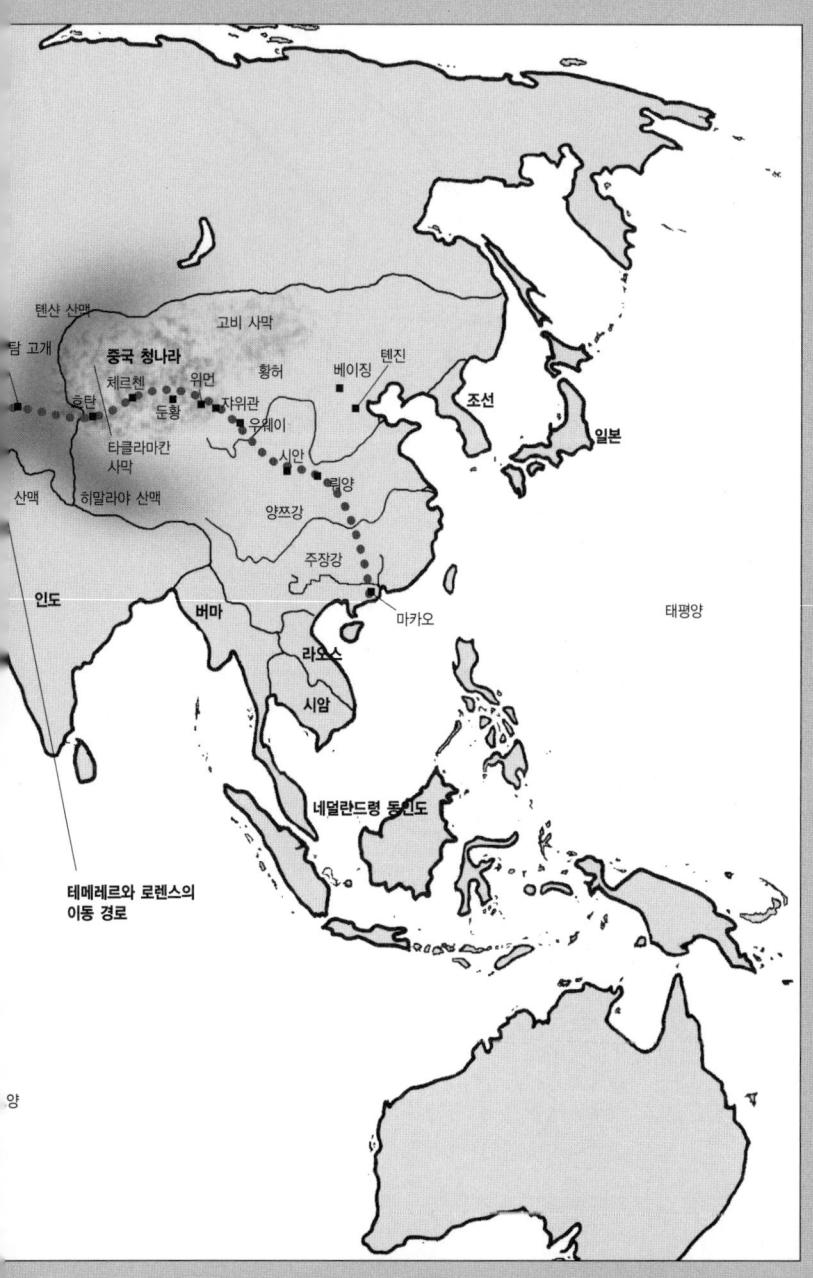

✤ 1806년 이스탄불 보스포러스 해협 부근 지도

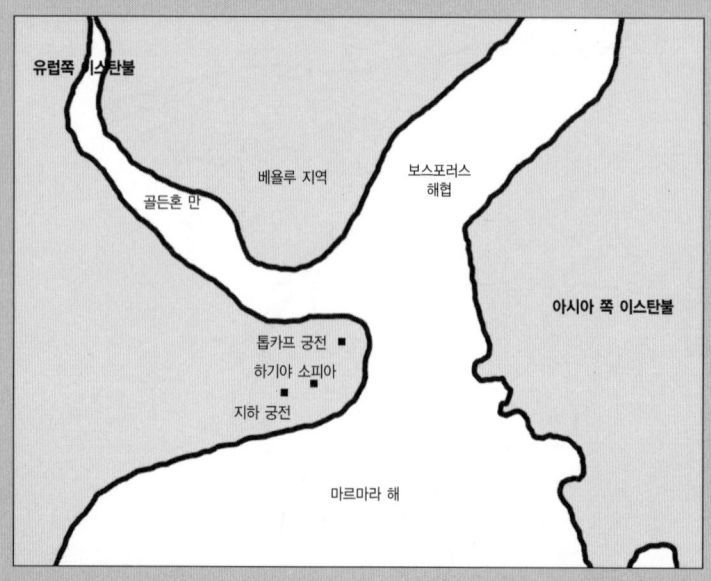

✤ 1806년 프러시아와 주변 지도

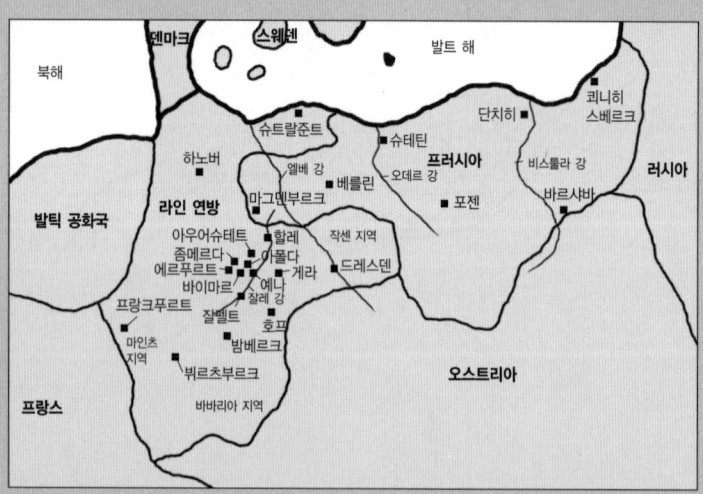

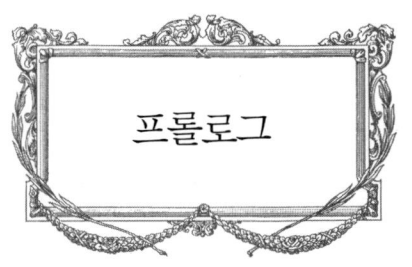

프롤로그

밤 깊은 시각, 로렌스는 정원을 내다보며 서 있었다. 아무래도 고향인 영국에서처럼 마음이 편안할 리 없었다. 나무에 매달아 놓은 수많은 초롱들이 하늘을 향해 뻗어 올라간 지붕 아래쪽을 붉은빛과 금빛으로 물들이고 있었다. 등 뒤의 누각 안쪽에서 들려오는 중국인들의 웃음소리는 여기가 이국땅임을 더 절실히 느끼게 해주었다.

중국인 연주자는 현이 하나밖에 없는 악기를 퉁기며, 가락에 맞춰 가늘게 떨리는 섬세한 노래를 불렀다. 그의 노래는 가느다란 실처럼 길게 길게 뻗어나갔다. 이 순간, 여러 사람들이 한데 어우러지며 이 노래를 따라 부르자 가뜩이나 중국어를 잘 알아듣지 못하는 로렌스는 그 가사의 의미를 더 알 수 없게 되었다. 그렇지만 자신이 중국어를 못 알아듣는다는 사실을 들키지 않으려고 연한 푸른빛이 도는 차가 담긴 찻잔 뒤로 얼굴을 숨기며 누가 말을 걸든 미소를 지을 뿐이었다. 그리고 분위기를 살피다가 조심스럽게 그 자리를 빠져나와 노대(露臺) 한구석에 와서 섰다.

반쯤 취한 로렌스는 남들 눈에 띄지 않는 어두운 창턱 위에 찻잔을 내려놓았다. 차 맛이 꼭 물에 향수를 풀어놓은 것 같았다. 문득 우유를 넣은 강한 향이 나는 홍차를 마시고 싶었다. 커피면 더욱 좋고. 그러고 보니 커피를 못 마신 지 벌써 두 달째였다.

산중턱의 튀어나온 바위에 지은 이 누각에서는 달이 훤히 올려다보였고 거대한 자금성의 정원이 한눈에 내려다 보였다. 이 노대는 평범한 발코니처럼 지상에 가깝지도 않았고 테메레르의 등 높이만큼 높지도 않았다. 테메레르의 등에서 내려다 본다면 이 주변의 나무들은 모두 성냥개비처럼 보일 것이고 화려한 누각들도 어린애 장난감처럼 작게 여겨질 것이다. 누각 처마 밑에 서 있던 로렌스는 한 걸음 앞으로 내디뎌 난간 쪽으로 다가섰다. 가랑비가 내리고 있어 공기는 습기에 차 있었으나 시원하고 쾌적한 편이어서 그는 아랑곳하지 않았다. 오랜 세월 바다에서 살아내다 보니 이곳 풍경 중에서는 빗방울이 가장 반갑고 친숙했다. 어느새 바람이 불어와 머뭇거리는 먹구름을 휘몰아내자 좁은 길에 깔린 낡고 부드럽고 오래된 판석에서 수증기가 나른하게 피어올랐다. 거의 꽉 찬 달빛 아래 매끈한 돌들이 잿빛으로 빛났다. 나무에서 자갈 위로 떨어져 으깨진 과숙한 살구에서 풍기는 냄새가 산들바람을 타고 흘러왔다.

이리저리 구부러져 자라는 오래된 나무들 사이로 어슴푸레한 흰빛이 반짝였다. 이 빛은 나뭇가지 사이를 지나 근처의 인공 호수 쪽으로 천천히 나아가고 있었다. 곧이어 발소리를 죽이며 조심스레 걷는 소리도 들렸다. 처음에는 흐릿한 빛 말고는 아무것도 보이지 않았으나 곧 정원으로 걸어 나오는 기묘한 행렬이 보였다. 몇 안 되는 하인들이 수의로 감싼 시신이 든, 평범한 목관을 지고 등을 잔뜩 구부린 채 걸어가고 있었다. 중국인 소년 두 명은 삽을 들고 불안한 눈으로 사방을 두리번거리며 총총걸음으로 그 뒤를 따라갔다.

로렌스는 의아해하며 이 작은 행렬을 바라보았다. 곧이어 주변의 나무 윗부분이 크게 흔들리는가 싶더니 리엔이 모습을 드러냈다. 거대한 막으로 둘러싸인 머리를 푹 숙인 채 두 날개를 몸 양옆에 가지런히 붙인 리엔은 하인들 뒤를 따라 정원으로 걸어 나오고 있었다. 리엔의 몸짓에 주변의 가느다란 나무들이 양옆으로 활처럼 휘어졌고 리엔의 어깨 위에는 버드나무 잎사귀가 우수수 떨어졌다. 평소 착용하던 정교한 루비와 금장식은 보이지 않았고 그 버드나무 잎사귀만이 리엔의 몸에 장식품처럼 붙어 있었다. 새하얗고 투명한 피부를 그나마 눈에 덜 띄게 해주던 보석류를 착용하지 않아서인지 리엔은 한층 더 창백하고 연약해 보였다. 어두운 정원을 지나가는 리엔의 붉은 눈에는 공허함이 깃들여 있었다.

하인들은 정원 한옆 공터에 서 있는 거대한 버드나무 아래에다 목관을 내려놓고 그 옆의 땅을 삽으로 파기 시작했다. 그들은 삽으로 흙을 퍼내면서 이따금 크게 한숨을 쉬었다. 하인들의 널찍한 얼굴에 시커먼 땀이 흘렀다. 리엔은 공터 주변을 천천히 돌면서 구덩이 가장자리에 뿌리내린 작은 묘목들을 뽑아내어 한옆에 쌓았다. 리엔의 뒤를 따라온 진청색 옷을 입은 남자 말고 다른 조문객은 보이지 않았다. 로렌스에게는 그 남자의 모습과 걸음걸이가 어쩐지 낯설지 않았다. 그러나 얼굴이 보이지 않으니 정체를 알 수 없었다. 그 남자는 구덩이 옆에 자리를 잡고 서서 흙을 퍼내는 하인들을 말없이 바라보았다. 꽃도 하나 없고 이전에 로렌스가 베이징 거리에서 본 것과 같은 긴 장례 행렬도 없었다. 소매로 눈물을 훔치는 가족들 옆에서 머리 깎은 중들이 줄 달린 향로를 흔들며 향의 연기를 이리저리 퍼뜨리는 것이 보통의 중국 장례식 풍경인데 말이다. 황금 지붕으로 덮인 궁전의 누각들이 나무 위에 반쯤 가려져 엿보이고 있었을 뿐, 이처럼 밤에 몰래 장례를 치르는 것은 극빈자를 매장할 때에나 볼 수 있는 모습이었다. 하인들을 내려다보며 서 있는 하얀 리엔은 거대하고 무시무시한 유령 같았다.

하인들은 시신을 묶은 끈을 풀지도 않고 관째 구덩이 옆에 내려놓았다. 그들은 일주일 전에 죽은 용싱 왕자를 매장하는 중이었다. 살인 음모를 꾸미고 아우의 황위를 찬탈하려 하기는 했으나 그래도 한때는 이 나라의 왕자였는데 이런 식으로 초라하게 매장하다니. 나라에서 용싱 왕자의 매장을 금했기 때문에 몰래 묻는 것이 아닌가 싶었다. 곧이어 털썩 소리가 나고 목관이 구덩이 안으로 사라졌다. 리엔은 들릴 듯 말 듯 작은 소리로 한 번 곡을 했다. 그 곡소리는 로렌스의 목 뒤에 소름을 돋우고 곧 바람결에 바스락거리는 나뭇가지 사이로 흘러갔다. 등 뒤 누각에 밝은 등불이 켜 있어 저들에게 모습이 보일 리 만무하건만 로렌스는 왠지 침입자가 된 기분이었다. 그렇다고 이제 와서 누각 안으로 들어가면 오히려 저들 눈에 띄고 말 터였다.

하인들은 구덩이 옆에 쌓아 둔 흙을 삽으로 크게 떠서 무덤 안을 바삐 채웠다. 그리고 삽으로 그 위를 두드려 평평하게 다졌다. 갈아 엎은 흙과, 무덤을 껴안듯 바닥까지 길게 가지를 드리운 버드나무 말고 그곳이 용싱 왕자의 무덤임을 알아볼 수 있는 표지는 아무것도 없었다. 두 소년은 주변의 숲으로 들어가 썩은 나뭇잎사귀와 솔잎을 한가득 긁어모아 다른 곳에 비해 눈에 띄지 않게 무덤 자리 위에 뿌렸다. 일을 끝마친 두 소년은 주저하며 뒤로 물러섰다. 장례식을 그럴듯하게 이끄는 사제도 없었고 별다른 장례 절차도 없었다. 리엔은 말없이 몸을 굽히고 무덤 옆에 웅크리고 앉았다. 하인들은 삽을 어깨에 둘러메고 두 소년과 함께 천천히 숲으로 들어갔다. 리엔과 진청색 옷을 입은 남자만 버드나무 옆에 남겨둔 채.

남자는 무덤가에 다가가 가슴에 성호를 그었다. 그리고는 뒤로 돌아섰는데 순간 달빛에 얼굴이 드러나 로렌스는 그자의 정체를 알아보았다. 바로 베이징 주재 프랑스 대사 드 기네였다. 그가 이 초라한 장례식에 참석하다니 참으로 뜻밖이었다. 용싱은 살아생전 프랑스와 영국, 포르투갈을 막론하고 청나라에 영향력을 행사하려는 모든 서양 세력을 혐오했다. 그러니 드 기네도 용싱의 신뢰를 얻었을 리 만무했다. 용싱이 살아 있다면 지금처럼 리엔 곁에 있는 것마저도 허락받지 못했을 터였다. 그러나 달빛에 드러난 것은 분명, 프랑스인 특유의 길고 품위 있는 드 기네의 얼굴이었다. 드 기네는 그 자리에서 잠시 머뭇거리다가 리엔에게 말을 걸었다. 거리가 멀어 무슨 말을 하는지는 알 수 없었으나 몸짓으로 짐작컨대 질문을 하고 있는 것 같았다. 리엔은 대답하지 않고 웅크린 채 그 장소를 기억에 새기려는 듯 무덤 자리를 가만히 바라보았다. 조금 뒤 드 기네는 허리를 굽히고 천천히 그 자리에서 물러났다.

혼자 남은 리엔은 무덤가에서 여전히 꼼짝도 하지 않았다. 달을 지나 빠르게 흘러가는 구름과 나무에서 드리운 긴 그림자가 리엔의 몸에 거무레한 줄무늬를 그렸다. 로렌스는 용싱 왕자의 죽음에 대해 이렇다 할 유감을 느끼지는 않았으나 리엔의 처지는 가련하고 불쌍했다. 이제 이 나라에서 리엔을 파트너로 데리고 있을 사람은 아무도 없을 터였다. 로렌스는 난간에 몸을 기댄 채 오랫동안 리엔을 바라보았다. 달이 점점 기울고 어둠이 짙어지면서 리엔의 모습이 보이지 않게 될 때까지. 누각 안쪽에서 또다시 웃음소리와 함께 박수가 터져 나왔다. 연주가 끝난 모양이었다.

제1부

1

바다 쪽에서 불쾌한 냄새가 섞인 뜨거운 바람이 마카오로 느릿느릿 불어오고 있었다. 이 바람은 항구의 부패한 소금 냄새, 썩은 생선과 검붉은 해초덩어리 냄새, 인간과 용의 배설물에서 풍기는 고약한 냄새를 사방으로 퍼뜨렸다. 선원들은 조금이라도 더 넓은 자리를 차지하려고 서로를 밀치며 얼리전스 호의 난간에 줄줄이 앉아 바람을 쐬고 있었다. 가끔 선원들끼리 멱살을 잡고 싸우기도 했으나 굼뜨게 서로를 밀고 당길 뿐 지독한 더위에 늘어지다보니 싸움은 곧 끝나버렸다.

테메레르는 대양(大洋)에서 하얗게 피어오르는 아지랑이를 바라보며 용 갑판에 서글프게 드러누워 있었고 당번 승무원들은 테메레르의 큰 그림자 아래 누워 반쯤 잠들어 있었다. 로렌스도 더위를 참을 수 없어 체면 불고하고 외투를 벗었으나 다른 이들에게 흐드러진 모습을 보이고 싶지 않아 테메레르의 앞발 안쪽에 앉아 몸을 숨겼다.

테메레르가 말했다.

"내가 얼리전스 호를 항구 밖으로 끌

어내면 될 텐데."

이번 주에 테메레르가 이런 말을 한 것이 처음은 아니었다. 그러나 이 멋진 계획을 실행할 수 없다는 사실을 다시 한 번 깨닫고는 한숨을 깊이 내쉬었다. 바람이 불지 않으면 테메레르는 이 거대한 용 수송선을 항구 밖으로 끌어내고도 남을 것이다. 그러나 지금은 맞바람이 불고 있어 얼리전스 호를 항구 밖으로 끌어내지도 못하고 헛된 기운만 쓰다 말 게 분명했다.

로렌스가 상심한 테메레르를 달래주었다.

"맞바람이 불지 않더라도 이 배를 멀리 끌고 가긴 힘들어. 고작해야 몇 킬로미터 정도 끌 수 있을 테지. 게다가 지금처럼 맞바람이 불 때는 항구에 가만히 들어앉아 있는 편이 나아. 억지로 배를 끌어내더라도 속도를 낼 수 없으니까."

"출항 준비를 끝내놓고도 순풍이 불 때까지 계속 기다려야 하다니 갑갑해 죽겠어. 어서 고향으로 돌아가야 하는데. 영국에서 할 일이 산더미 같단 말이야."

그 말을 강조하기 위해 테메레르는 갑판에 대고 꼬리를 쿵 내리쳤다. 지금까지 로렌스는 테메레르에게 급진적인 생각을 자제하라고 타일러왔으나 별 소용이 없었다. 이번 일에 대해서도 마찬가지일 터였다.

"기대치를 너무 높게 잡지 마. 여기서도 그렇고 영국으로 돌아가서도 곧장 네 주장을 펼치기는 힘들 테니까."

"알았어! 인내심을 갖고 때를 기다리겠다고 약속할게."

로렌스가 그 약속을 믿어보려고 하는 순간, 테메레르가 모순된 말을 내뱉었다.

"그렇지만 해군 본부 위원회도 우리의 주장이 정당하다는 것을 금방 알게 될 거야. 용들도 승무원들처럼 당연히 봉급을 받아야 하는 거니까."

 열두 살 때부터 해군으로 복무하다가 우연한 사건으로 용 비행사가 되어버린 로렌스는 영국 해군과 공군을 총괄하는 해군 본부 위원회의 위원이라는 작자들에 대해 아주 잘 알고 있었다. 그 위원들은 정당한 주장이라고 해서 받아들여주는 법이 없었다. 해군 본부 위원회 자체가 평범한 인간이 지녀야 할 품위와 본바탕을 깡그리 지워내는 조직이어서 그런지는 몰라도 위원들은 대부분 비굴하고 인색한 정치꾼에 불과했다. 중국에서 용들이 호사를 누리며 사는 것을 보면서 로렌스는 자기도 모르게 서양 용들이 받는 대우가 얼마나 열악한지 깨닫게 되었다. 그러나 해군 본부 위원회는 용들의 처우 개선에 단돈 2펜스밖에 들지 않는다고 해도 현재의 방침을 바꾸지 않으려 할 터였다. 로렌스는 이 작자들을 설득할 자신이 없었다.

 어쨌거나 일단 고향으로 돌아가 영국 해협 부근의 도버 기지에서 국방에 매진하다보면 테메레르가 급진적인 주장을 한발 양보할지도 모를 일이었다. 물론 그 주장을 결코 포기할 리는 없겠지만. 로렌스의 생각에도 테메레르의 주장은 당연하고 정당한 것이었으므로 그 문제를 놓고 언쟁을 벌일 수도 없었다. 그러나 지금 영국은 프랑스와 전쟁 중이었다. 이런 국가비상사태에서 영국 정부 측에 용의 처우를 개선하도록 요구한다는 것은 아무래도 시기상 적절치 않을 뿐더러 자칫하면 반란 행위로 여겨질 수도 있었다. 그러나 로렌스와 달리 테메레르는 그런 점을 염두에 두고 있지 않았다. 로렌스도 그 문제에 있어서 테메레르를 지원하겠다고 약속했고 그 약속을 철회하지도 않을 생각이었다. 테메레르는 자신이 원하기만 한다면 중국 땅에서 셀레스티얼로서 타고난 권리를 누리며 화려하고 자유롭게 살 수 있음에도 불구하고, 로렌스와 전우인 영국 용들의 삶을 개선하기 위해 영국으로 돌아가려는 것이었다. 그러니 로렌스는 부담이 되긴 했으나 테메레르의 주장에 대놓고 반대할 수가 없었다. 그렇다고 자신의 속내를 털어놓지 않은 채 묻어두고 있자니 솔직하지 못한 것 같아 그 또한 마음이 편치 않았다.

테메레르가 말을 이으며 로렌스의 양심을 더 찔리게 만들었다.

"나라에서 용들에게 급료를 지급하도록 하자는 당신의 의견은 대단히 현명한 생각이야."

사실 로렌스가 그런 의견을 내놓은 것은 테메레르가 말한 다른 방법들보다는 그나마 덜 급진적인 것 같아서였다. 테메레르가 내놓은 의견들은 런던의 건물들을 전부 무너뜨리고 용들이 편하게 다닐 수 있을 정도로 널찍하게 길을 닦자, 용의 대표들을 영국 의회로 보내 연설을 하게 하자는 등 하나같이 매우 파격적인 것이었다. 덩치 큰 용들이 의회 건물 안으로 들어가는 것도 어렵겠지만, 어렵게 연설을 시작한다 해도 인간 의원들은 모조리 도망쳐버리고 말 터였다.

"일단 우리가 봉급을 받기 시작하면 그때부터 상황이 술술 풀려 나갈걸. 인간들이 그토록 원하는 돈을 우리 용들이 지불할 수 있는 능력이 생기는 것이니까. 당신이 나를 위해 중국인 요리사들을 고용한 것처럼 말이야. 그런데 맛있는 냄새가 나네."

테메레르의 말이 갑자기 옆길로 새버렸다. 훈제 고기의 풍부한 향이 연기와 뒤섞여 용 갑판으로 올라오기 시작한 것이다. 향은 항구에서 풍기는 악취를 누를 만큼 강했다.

로렌스는 미간을 찡그리며 갑판 바닥을 내려다보았다. 용 갑판 바로 아래 있는 요리실에서 널빤지 사이로 연기가 스멀스멀 새어나오고 있었다.

로렌스는 훈련생 하나를 불러 지시했다.

"다이어, 내려가서 요리사들이 뭘 하고 있는지 보고 와."

테메레르가 중국식 요리에 맛을 들였기 때문에 용들에게 갓 도살한 쇠고기를 주로 지급하던 영국 군 소속의 가축 담당자는 테메레르의 입맛을 맞출 수 없었다. 그래서 로렌스는 중국을 떠나고 싶어하는 중국인 요리사 두 명을 높은 급료를 지불하고 고용했다. 그 새로운 요리사들은 영어는 할 줄 몰랐으나 요리에 대한 열정과 자부심이 대단해서 얼리전스 호 전속 요리사 및 그 조수들과 요리실 오븐을 놓고 경쟁을 벌였다.

다이어는 뒷갑판 쪽 승강구 계단으로 내려가 요리실 문을 열었다. 그때 갑자기 자욱한 연기가 꾸역꾸역 밀려 나왔다. 삭구에 매달려 있던 망꾼들이 "불이야!" 하고 고함치기 시작했다. 화재가 발생한 것이다. 당직 장교가 미친 듯이 종을 쳤다. 추가 종에 닿으며 땡그랑땡그랑 울렸다.

"각자 위치로!"

로렌스는 이렇게 외치며 화재 진압을 시작하는 해군들 쪽으로 승무원들을 합류하게 했다. 더위에 지쳐 늘어져 있던 영국 군인들은 단박에 정신을 차리고 일어났다. 해군들은 양동이와 들통을 가지러 달려갔고 용감한 두 장교는 요리실 안으로 뛰어 들어가 바닥에 쓰려져 있던 얼리전스 호 전속 요리사이 조수들, 중국인 요리사 두 명, 이 배의 심부름꾼 소년 한 명을 밖으로 끌어냈다. 그러나 전속 요리사의 모습은 어디에도 보이지 않았다. 물을 가득 담은 양동이들이 갑판 아래로 속속 내려왔다. 갑판장이 앞돛대를 막대기로 탕탕 두드리면서 고함을 지르자 선원들은 박자에 맞춰 일사불란하게 움직였다. 양동이에 담긴 물을 요리실 안으로 차례로 들이부었으나 갑판 바닥의 쪼개진 틈 사이로 더 짙은 연기만 뿜어져 나왔다. 용 갑판의 쇠기둥은 손을 댈 수 없을 정도로 뜨거워졌고 그 쇠기둥 두 개를 칭칭 감아놓은 밧줄도 열기에 타기 시작했다.

어리지만 머리 회전이 빠른 딕비는 다른 소위들을 지휘하여 그 밧줄을 풀어냈다. 그들은 뜨겁게 단 쇠에 손가락을 데어 고통스런 신음을 삼키면서도 서둘러 밧줄을 풀었다. 나머지 승무원들은 난간에 도열해서 양동이로 바닷물을 길어 올려 달궈진 용 갑판에 끼얹었다. 용 갑판의 널빤지에서 증기가 하얗게 솟아올랐다. 바닷물이 증발하자 잿빛 소금이 갑판 바닥에 얇게 뒤덮였다. 마치 늙은이들이 일제히 울부짖는 것처럼 용 갑판에서 요란하게 삐걱거리는 소리가 났다. 돛대에서 타르가 녹아내리며 갑판을 따라 길고 시커먼 줄무늬를 만들었다. 또, 타르가 불에 타면서 연기를 뿜어내자 달짝지근하고 씁쓸한 냄새가 코를 찔렀다. 뜨거운 한낮의 햇볕 아래 달궈진 돌 위에 누워있기를 좋아하는 테메레르였으나 이런 열기는 견디기 힘든지 엉덩이를 들고 네 발로 엉거주춤하게 서서 열기를 피해 이쪽저쪽으로 조심스럽게 자리를 옮겼다.

얼리전스 호의 함장 라일리 대령은 불을 끄느라 땀 흘리며 고생하는 이들 사이에 서서 물이 담긴 양동이를 서둘러 요리실 쪽으로 전달하도록 격려했다. 그러나 그의 목소리에는 이미 절망스런 기색이 묻어나고 있었다. 요리실에서는 계속 극심한 열기가 뿜어져 나왔다.

한여름에 오랫동안 항구에 정박해 있던 터라 얼리전스 호의 목재들이 바짝 말라 불길을 잡기가 어려웠다. 배의 거대한 화물 창고에는 고향으로 가져갈 온갖 물품들이 들어차 있었다. 잘 마른 밀짚에 싸서 나무 상자에 넣어 둔 섬세한 도자기들, 궤에 든 비단, 수리용으로 새로 들여놓은 돛베 등등. 불은 이미 나머지 네 갑판으로 번져나가고 있었다. 이대로라면 화물 창고도 곧 화염에 휩싸일 것이고 불길은 화약고로 번져나가 단번에 이 배를 날려버릴 것이었다.

오전 당직을 서고 갑판 아래서 자고 있던 자들은 하갑판 승강구를 통해 갑판 위로 올라오려고 난리를 치고 있었다. 그들은 시커먼 연기에 쫓기며 입을 벌린 채 가쁜 숨을 몰아쉬었고, 물이 담긴 양동이를 들고 갑판 아래로 달려 내려가는 자들과 뒤섞이며 일대 혼란을 일으켰다. 얼리전스 호가 대단히 큰 규모의 용 수송선이기는 하나, 용 갑판이 불에 타 없어진 상태에서 앞갑판과 뒷갑판에 해군, 선원, 공군을 모두 수용하는 것은 무리였다. 로렌스는 지삭(支索. 돛대를 고정시키는 굵은 밧줄―옮긴이 주) 하나를 붙잡고 용 갑판 난간 위로 올라가, 정신없이 움직이는 이들 틈에서 부하들이 어디 있는지 찾아 헤맸다. 불이 나기 전에 승무원들은 대부분 용 갑판 위에 올라와 있었으나 몇 명은 갑판 아래에 있었다. 베이징에 벌인 싸움으로 다리 부상을 입어 아직 부목을 대고 있는 세로우스, 선실에서 혼자 조용히 책을 읽곤 하는 의사 케인스, 그리고 훈련생 에밀리 롤랜드의 모습이 보이지 않았다. 이제 겨우 11살인 에밀리는 물을 퍼 나르느라 정신없는 이들 틈에 끼어 갑판 위로 못 올라오고 있을 것이었다.

별안간 요리실 굴뚝 위로 끓는 주전자에서 나오는 것 같은 날카로운 쉬익 소리가 터져 나왔고, 금속으로 만든 집풍기들이 열매를 맺

으려는 꽃처럼 갑판 쪽으로 축 늘어지기 시작했다. 놀란 테메레르는 얼굴 주변의 막을 목에 바짝 붙인 채 본능적으로 머리를 뒤로 쭉 뺐다. 그리고 큰 궁둥이를 위로 바짝 들어 올리고 한쪽 앞발을 난간에 걸치며 걱정스런 말투로 물었다.

"로렌스, 당신 계속 거기 있어도 괜찮은 거야?"

"그래, 아무 일 없을 테니까 너부터 얼른 날아서 피해."

용 갑판이 무너지기 시작하자 로렌스는 테메레르의 안전을 염려해 먼저 대피하도록 하고 부하들에게는 손을 흔들어 앞갑판 쪽으로 대피하도록 지시했다. 그리고 부하들에게 말했다.

"불길이 용 갑판 위로 뚫고 올라온 다음에 끄는 게 좋겠다."

주변에서 듣고 있을 이들의 사기를 북돋우기 위해 한 말이었으나, 막상 용 갑판이 무너지고 나면 엄청난 열기가 치솟아 오를 테니 과연 불을 끌 수 있을까 의심스러웠다.

"나도 도울게."

테메레르는 이렇게 말하며 하늘로 날아올랐다.

얼리전스 호를 지켜내는 것보다 목숨을 보전하는 데 더 급급한 선원 몇 명이 난간 너머로 작은 보트를 내리고 있었다. 장교들이 불을 끄느라 정신없는 틈을 타서 도망치려는 것이었다. 그런데 테메레르가 별안간 얼리전스 호를 빙 돌아 자기들의 머리 위로 내려오자 이 선원들은 혼비백산하여 물속으로 뛰어들었다. 테메레르는 그들에게 눈길조차 주지 않고 발톱으로 선원들이 도망치려던 작은 보트를 잡아 바다에 넣더니 물을 퍼서 위로 들어올렸다. 보트에서는 물이 흘러 넘쳤고 노가 바다로 떨어졌다. 테메레르는 그 안에 담긴 물이 쏟아지지 않게 조심하면서 용 갑판 쪽으로 날아와 아래로 한바탕 쏟아 부었다.

 갑작스런 물세례에 널빤지에서 쉬익쉬익 증기가 솟고 불꽃이 탁탁 튀었다. 보트에서 쏟아진 물은 작은 폭포처럼 갑판 계단 아래를 타고 흘러내려갔다.

 로렌스가 부하들에게 다급하게 지시했다.

 "도끼 가져와!"

 조금 뒤 로렌스는 물에 젖어 미끄러운 데다 녹은 타르가 붙어 있어 끈적거리는 용 갑판의 널빤지를 도끼로 마구 찍어댔다. 다른 이들도 거들었다. 뜨거운 열기에 걷잡을 수 없이 땀이 쏟아졌고 널빤지의 틈새마다 연기가 뿜어져 나왔다. 테메레르가 작은 보트로 바닷물을 길어와 퍼부을 때마다 도끼질을 하던 이들은 뒤로 물러났다. 테메레르가 규칙적으로 물을 확확 뿌려주었기 때문에 그들은 짙은 연기 속에서도 계속 도끼질을 할 수 있었다. 도끼질을 하다 연기에 질식한 몇 명이 픽픽 쓰러졌으나 그들을 뒷갑판으로 들어 옮길 시간도 없었다. 일분일초도 지체할 수 없었다. 로렌스는 병기 담당자 프랫과 나란히 서서 도끼질을 계속했다. 세차게 도끼를 휘두르는 동안 그들이 입은 셔츠는 시커먼 땀으로 얼룩져갔다. 이윽고 대포처럼 요란한 소리를 내며 널빤지들이 쪼개지면서 용 갑판 일부가 굶주린 화염 속으로 무너져 내렸다.

 로렌스는 널빤지가 무너지며 생긴 불구덩이 바로 가장자리에 불안하게 서 있었다. 직속 부관 존 그랜비가 얼른 로렌스를 뒤로 잡아당겼다. 로렌스는 연기와 불꽃 때문에 거의 앞이 보이지 않는 상태라 그랜비의 두 팔에 의지하여 비틀비틀 뒤로 물러났다. 숨을 제대로 쉴 수 없었다. 호흡이 가빠졌고 두 눈은 불이 붙은 것처럼 뜨거웠다. 그랜비가 로렌스를 부축하여 용 갑판 계단 아래로 데려가자 그 순간 테메레르가 또다시 물을 길어와 불구덩이 안에 퍼부었다. 물살에 휩쓸려 계단 아래로 미끄러진 두 사람은 앞갑판에 놓인 42파운드 캐로네이드 포를 붙잡았다. 로렌스는 난간을 잡고 일어서서 난간 너머 바다에 대고 구토를 했다. 입 안에 쓴 맛이 돌았으나 머리카락과 옷에 온통 스며든 매운 연기보다는 덜 지독했다.

    도끼질을 하던 자들은 이제 모두 용 갑판을 버리고 계단 밑 앞갑판으로 내려왔다. 곧이어 테메레르가 또다시 화염 속으로 물을 퍼부었다. 이제 테메레르도 나름대로 리듬을 타기 시작했고 불구덩이에서 솟아오르는 연기도 점점 옅어지고 있었다. 그을음이 섞인 시커먼 물이 요리실 문을 통해 뒷갑판 쪽으로 흘러갔다. 로렌스는 심호흡을 했으나 공기가 폐에 닿지 않는 것 같았다. 몸이 여전히 부들부들 떨리고 속이 울렁거렸다. 멀리서 목 쉰 소리로 지시를 내리는 라일리의 목소리가 아득하게 들려왔다. 라일리는 확성기를 사용하고 있었으나 용 갑판 아래서 계속 치익 치익 하고 증기 뿜는 소리가 나서 잘 들리지 않았다. 목소리가 완전히 잠긴 갑판장은 맨손으로 선원들을 지휘하여 여러 갑판 승강구 쪽에 줄을 지어 서게 했다. 선원들은 갑판 아래 쓰러져 있거나 기절해 있는 자들을 승강구 밖으로 끌어냈다. 로렌스는 세로우스가 그들 손에 이끌려 갑판 위로 올라오는 모습을 보고 마음이 놓였다. 테메레르는 미처 꺼지지 않은 불길 위에 다시 한 번 작은 보트로 길어 온 바닷물을 퍼부었다. 그때 라일리의 키잡이 뱃슨이 중부 승강구 밖으로 머리를 내밀고 헐떡거리며 소리를 질렀다.

    "용 갑판 쪽에서 더는 연기가 나오지 않고 있다! 요리실 바로 아래 있는 선실 위쪽 널빤지가 식은 것을 보니 불이 다 꺼진 모양이다!"

그제서야 다들 울부짖듯 환호성을 질렀다. 기침을 할 때마다 시커먼 침이 나왔지만 로렌스도 그제야 숨을 쉴 수 있었다. 그는 그랜비의 부축을 받아 일어섰다. 한바탕 포격이라도 당한 것처럼 갑판 위에 검은 연기가 짙게 깔려 있었다.

계단을 올라가자 무너진 용 갑판 아래 입을 딱 벌린 구덩이가 보였고 그 안에는 시커먼 숯덩어리가 쌓여 있었다. 용 갑판의 남은 널빤지들도 가장자리가 불에 탄 종이처럼 퍼석거렸다. 곧이어 불에 바싹 타버린 전속 요리사의 시신이 구덩이 안에서 발견되었다. 해골과 몸뚱이는 완전히 숯이 되었고 목발은 재가 되어 남은 거라고는 목발 위에 붙어 있던 그의 허벅지뿐이었다.

작은 보트를 바다에 내려놓은 테메레르는 얼리전스 호를 살피며 조금 더 정지비행을 하다가 옆 바다로 내려앉았다. 용 갑판이 무너져 버렸으니 배 위에 올라앉을 수가 없었다. 테메레르는 발로 물을 휘저으며 앞으로 나아가 발톱으로 난간을 잡고 걱정스런 눈으로 갑판을 내려다 보았다.

"괜찮아, 로렌스? 내 승무원들도 모두 무사한 거지?"
그랜비가 고갯짓으로 로렌스에게 허락을 구하며 대신 대답했다.
"그래. 모두 무사해."
그때 열은 갈색 머리의 에밀리가 정수리 부분이 재투성이가 된 채, 배의 물통에서 푼 식수가 담긴 물병을 질질 끌고 왔다. 에밀리가 가져온 그 물은 곰팡내와 항구의 악취가 스며들어 있었으나 지금은 그 어떤 포도주보다도 맛있었다.

라일리가 로렌스 쪽으로 다가와 용 갑판의 무너진 잔해를 내려다보며 말했다.

"완전히 못쓰게 되어 버렸군요. 그래도 이 배를 구했으니 다행입니다. 수리하는 데 얼마나 걸릴지는 아직 모르겠습니다."

라일리는 로렌스에게서 물병을 건네받아 마시고 그랜비에게 넘겨주었다. 그리고 입가를 소매로 닦으며 덧붙였다.

"창고에 있던 대령님의 물건들이 불에 타버렸을 것 같아 대단히 유감입니다."

상급 공군들은 뱃머리 쪽 선실, 즉 요리실 바로 아래층에 있는 선실을 쓰고 있었기 때문에 온전하게 남아난 물건이 거의 없을 터였다.

로렌스가 멍하니 대답했다.

"맙소사. 내 외투도 거의 못 입게 되어버렸겠군."

"나흘, 나흘이오."

중국인 재단사는 짧은 영어로 이렇게 말하고는 확실히 뜻을 전하기 위해 손가락 네 개를 펴보였다. 로렌스는 한숨을 쉬며 대답했다.

"그래, 알겠소."

시간이 촉박한 상황이 아닌 것을 그나마 다행으로 여길 수밖에 없었다. 얼리전스 호를 수리하는 데 두 달 이상 소요된다고 하니 그때까지 로렌스는 테메레르와 부하들을 데리고 해변에서 지내야 했다.

"그런데 이 외투는 수선 안 됩니까?"

로렌스는 이렇게 물으며 재단사와 함께 외투를 다시 한 번 살펴보았다. 새 외투를 만드는 데 필요한 본을 뜨라고 가져온 그 암녹색 외투는 아예 검은색으로 변해버렸고 단추에는 하얀 재가 끼었으며 연기와 소금물 냄새가 진동했다. 재단사는 불가능하다고 말하지는 않았으나 표정은 이미 그렇게 말하고 있었다.

"대신 이걸 입으시면……."

재단사는 이렇게 말하고 작업장 뒤쪽으로 들어가 옷 하나를 들고 나왔다. 그것은 엄밀히 말하면 외투는 아니었고, 중국 군인들이 입는 것 같은 누빈 옷의 일종이었는데 앞쪽은 튜닉(고대부터 유럽에서 상용하던 소매가 없고 헐렁한 기본 웃옷을 일컫는다. 일반적으로는 7부 길이의 몸에 꼭 달라붙는 상의를 말한다—옮긴이 주) 모양으로 되어 있고 목깃이 위로 올라가 있었다.

"아, 흠……."

로렌스는 불안한 눈빛으로 그 옷을 쳐다보았다. 비단으로 만든 그 외투는 영국 공군 외투보다 훨씬 밝은 초록색이었고 솔기를 따라 주홍색실과 금색실로 멋진 수가 놓여 있었다. 이전에 양자 입적 예식에서 마지못해 입은 예복보다는 장식이 덜 화려했다.

그날 저녁 로렌스는 그랜비, 라일리와 함께 동인도회사의 이사(理事)들을 만나 식사를 하기로 되어 있었다. 그 자리에 셔츠와 바지만 입고 참석할 수도 없고 그렇다고 방금 재단사에게 넘겨준 망가진 외투를 입고 갈 수도 없었다. 해변에 새로 마련한 숙소로 돌아오자마자 로렌스는 그 중국식 외투라도 받아오기를 잘했다 싶었다. 숙소로 돌아온 그에게 다이어와 에밀리가 이 마을에서는 원래의 것과 비슷한 외투를 도저히 구할 수 없었다고 보고한 것이나. 놀랄 일도 아니었다. 이곳에 와 있는 영국인들 중 어느 정도 사회적 지위가 있는 자들은 공군 비행사와 같은 차림을 하고 싶어하지 않았고 암녹색은 서방 세계에서도 그리 인기 있는 색이 아니었기 때문이었다.

그랜비가 낄낄 웃으며 위로를 한답시고 말했다.

"그 중국 외투를 입고 새로운 유행을 일으키시겠군요."

체격이 호리호리한 그랜비는 운 없이 걸린 중위한테서 외투를 빼앗아 입었다. 중위들은 상급 공군들이 쓰는 선실 아래층에 있는 숙소를 쓰고 있어 소지품에는 거의 피해를 입지 않았다. 외투 소매 위로 손목이 2.5센티미터나 껑충하게 드러나고 햇볕에 그을린 두 뺨에 혈색이 돌아서인지 그랜비는 실제 나이인 스물여섯보다 훨씬 어려 보였다. 몸집에 비해 외투가 작아 보이기는 했으나 남들의 삐딱한 시선을 받을 정도는 아니었다. 그러나 로렌스는 그랜비보다 어깨가 더 넓어서 어린 장교의 외투를 빼앗아 입을 수도 없었다. 라일리가 해군 외투를 내주며 인심을 썼으나 로렌스는 해군의 청색 외투를 입고 동인도회사 사람들과의 저녁 식사에 참석하고 싶지는 않았다. 마치 공군 비행사의 신분을 부끄러워하여 여전히 해군 대령인 것처럼 행세하는 듯 보일 테니까.

얼리전스 호에서 화재가 발생한 뒤로 로렌스와 승무원들은 해변에 있는 널찍한 집으로 거처를 옮겼다. 그 지역에 사는 어느 네덜란드 상인이 소유한 집인데, 그 상인은 로렌스 일행에게 기꺼이 집을 내주고 식솔들과 함께 마을 내륙으로 이사갔다. 현관문 앞에 용이 엎드려 있는 곳에서는 도저히 살 수 없었던 것이다. 용 갑판이 무너져 내린 뒤 테메레르는 해변에 엎드려 잠을 잤는데 그 주변에 사는 서양인들은 대부분 당황하고 겁을 먹었다. 테메레르도 해변에서 지내는 것이 편치만은 않았다. 용의 몸뚱이를 바위로 착각한 작은 게들이 테메레르가 자는 동안 등 위로 악착같이 기어올라가 보금자리를 만들려고 했기 때문이었다.

로렌스와 그랜비는 저녁 식사를 하러 가기 전에 테메레르에게 다녀오겠다고 말했다. 테메레르는 로렌스가 입은 중국식 외투를 마음에 들어했다. 그 색깔이 예쁘다고 여기는 모양이었다. 테메레르는 외투에 붙은 금단추와 금자수를 보고 감탄하며 말했다.

"그 칼을 차고 있으니까 더 멋있다."

그리고 로렌스의 몸을 코로 밀어 한 바퀴 돌게 하여 뒷모습을 살폈다. 그 칼은 테메레르가 로렌스에게 선물로 준 것이었다. 그래서 테메레르는 그 칼을 전체적인 조화를 위해 가장 중요한 장식물이라고 여겼다. 지금 그 칼은 로렌스가 착용한 옷과 물품 중 유일하게 거리낄 게 없는 물건이었다. 중국식 외투 안에 입은 셔츠는 아무리 빨아도 그을음이 빠지지 않았고 반바지는 자세히 보면 군데군데 탄 자국이 나 있었으며 긴 양말도 상태가 엉망이라 군화에 잘 감춰야 했던 것이다.

로렌스와 그랜비는 테메레르 곁을 떠나 동인도회사 소속의 중위 두 명과 군인들 한 무리가 지켜보는 가운데 초대받은 장소로 걸어갔다. 이곳 동인도회사의 대표 조지 스턴튼 경이 회사 소속 군인들에게 테메레르 주변을 지키게 한 것은 다른 위험 요소가 있어서가 아니라 열성적인 중국인 순례자들 때문이었다.

테메레르를 피해 해변의 집까지 버리고 내륙으로 도망친 서양인들과 달리 중국인들은 어렸을 때부터 용들과 함께 생활해서인지 용에 대한 두려움이 없었다. 그들은 셀레스티얼이 명예와 행운을 가져온다고 믿었으며 테메레르를 직접 손으로 만지기 위해 끈질기게 찾아왔다. 중국에서도 몇 마리 안 되는 셀레스티얼들은 베이징 밖으로 나오는 일이 거의 없어 이곳에 사는 중국인들로서는 지금처럼 셀레스티얼을 직접 볼 기회가 별로 없었던 것이다.

스턴튼 경은 화재 사고를 겪은 얼리전스 호의 공군과 해군을 위로하는 차원에서 이번 만찬을 준비했으나, 자기 때문에 공군들이 불에 탄 옷들 중에 입을 만한 것을 골라 입느라 애를 써야 했다는 사실까지는 알지 못했다. 사소한 이유로 스턴튼 경의 관대한 초대를 거절하고 싶지 않았던 로렌스는 기꺼이 초대에 응했고, 덕분에 마지막 순간까지도 지저분하게 보이지 않으려고 신경을 많이 써야 했다. 그래도 기왕 초대를 받아 왔으니 저녁을 먹으면서 이런 차림으로 오게 된 이유를 말하며 동인도회사 사람들과 즐겁게 얘기를 나눌 생각이었다.

로렌스가 응접실로 들어서자 안에 있던 이들은 애써 놀란 표정을 감추며 입을 다물었다. 순식간에 어색한 침묵이 깔렸다. 그들은 로렌스가 스턴튼 경과 인사를 나누고 포도주 잔을 받아들자 곧 자기네끼리 수군거리기 시작했다. 곤란할 때는 귀가 잘 안 들린다며 가끔 딴청을 부리던 나이 지긋한 이사 하나가 나지막하게 말했다.

"공군들이 또 사람을 놀라게 하네. 다음에는 또 무슨 짓을 할지 짐작도 안 되는구먼."

이 말에 그랜비가 화를 억누르며 그 이사를 노려보았다. 응접실의 구조 때문인지 경솔하게 내뱉는 그자의 말이 똑똑하게 잘 들렸다.

인도에서 마카오로 온 지 얼마 안 되는 채텀이라는 자도 창가에 서서 로렌스를 흥미로운 눈으로 쳐다보며 옆에 있던 그로싱 파일에게 나지막하게 물었다.

"도대체 무슨 생각으로 저런 외투를 입고 온 거지?"

어서 저녁 식사가 시작되기만을 고대하며 시계를 흘끗거리고 있던 뚱뚱한 그로싱 파일은 어깨를 으쓱하고는 어깨너머 식당 쪽을 살피며 아무렇지 않게 대꾸했다.

"예? 아. 중국의 왕자가 되셨으니 중국식으로 차려입은 것이지요. 우리가 무슨 상관이겠습니까? 사슴 고기 냄새가 나지 않습니까? 지난 일 년 동안 사슴 고기를 못 먹어봤는데."

당황하고 화가 치민 로렌스는 열린 창문 쪽으로 고개를 돌렸다. 그런 오해를 사게 되리라고는 생각지도 못했다. 그가 중국 황제의 양자가 된 것은 황실 가족만이 셀레스티얼의 파트너가 될 수 있다고 주장하는 중국인들의 체면을 세워주기 위한 형식상의 절차였을 뿐이었다. 그 덕분에 영국은 테메레르의 알 포획 문제를 평화롭게 해결할 수 있었다. 그러나 오만할 정도로 자존심이 센 아버지를 두고 있는 로렌스로서는 대단히 힘든 결정을 내린 것이었다. 그가 양자가 된 것을 알면 아버지가 크게 노하실 테니까. 그 문제는 여전히 로렌스의 마음을 괴롭히고 있었다. 그러나 로렌스는 테메레르와 헤어지지 않기 위해서라면 그보다 더한 노릇이라도 했을 터였다. 그는 애초에 중국 왕자라는, 대단히 고귀하지만 결코 편하지만은 않은 지위를 추구한 적도, 바란 적도 없었다. 그렇기에 동인도회사 사람들이 자신을 원래의 출생 신분보다 황제의 양자라는 지위를 더 우월하다고 여기는 자, 한마디로 상류 계급에 끼고 싶어 환장한 입신출세주의자로 오해하자 로렌스는 대단히 불쾌하고 원통했다.

로렌스는 입을 꾹 다물어버렸다. 저들이 빈정거리지만 않았으면 식사 중에 소소한 이야깃거리로 이 자리에 이런 복장을 하고 올 수밖에 없었던 이유를 설명하며 즐겁게 얘기를 나누었을 것이다. 그러나 이런 분위기에서 변명하듯 그 이유를 주절거리고 싶지는 않았다. 로렌스는 사람들이 건네는 말에 간단하게만 대답하고 침묵을 지켰다.

분노로 얼굴빛까지 창백해진 로렌스는 자기도 모르게 가까이하기 어려운 냉정한 인상을 풍기게 되었고 그의 주변에서는 점차 대화가 사라졌다. 평소 로렌스는 늘 유쾌한 표정이었고, 심하게 그을리지는 않았으나 오랜 세월 햇볕을 받으며 일하다보니 피부가 따스한 구릿빛을 띠었다. 그의 얼굴 주름은 대부분 웃음으로 생긴 것이어서 인상도 좋은 편이었다. 그런데 지금 로렌스의 표정은 차갑기 그지없었다.

지금 이 자리에 앉아 있는 동인도회사 이사들이 부를 유지할 수 있는 것은 로렌스 일행이 베이징에서 성공적으로 외교를 한 덕분이었다. 이 임무를 완수하지 못했으면 아마도 중국과 영국은 전쟁에 돌입했을 것이고 동인도회사의 중국 무역도 끝장났을 것이다. 그러나 결국 로렌스 일행은 외교 임무를 더없이 훌륭하게 완수했다. 그 임무를 수행하면서 로렌스는 누각에서 산적들과 유혈이 낭자한 싸움을 벌였고 부하도 한 명 잃었다. 그런 공로에 대해 이자들이 감사의 말을 할 것이라고는 애초에 기대하지도 않았다. 그래도 혹시 누군가 고맙다고 하면 천만의 말씀이라고 답할 생각이었다. 그런데 감사의 말은 커녕 이런 식으로 모욕하며 비웃다니 어이가 없었다.

"다들 들어가실까요?"

심상치 않은 분위기를 감지한 스턴튼이 정해진 시간보다 서둘러 일행을 식당 안으로 안내했다. 식탁 앞에 앉아서도 스턴튼은 거북한 침묵을 깨려고 많이 노력했다. 집사가 포도주 저장실을 여섯 번 정도 들락거렸고 매번 한층 더 품질이 좋은 포도주를 내왔다. 이곳에서 구할 수 있는 재료가 한정되어 있을 텐데 스턴튼의 요리사는 대단히 훌륭한 요리를 만들어 내왔다. 특히, 작은 게를 끓여 만든 스튜에 튀긴 잉어 요리는 모든 이들의 입맛을 사로잡았다. 식탁 중앙에는 토실토실한 사슴 엉덩이살 구이가 큰 접시 둘에 나뉘어 담겨 있었고 그 옆에는 불타는 보석처럼 새빨간 건포도 젤리가 곁들여져 있었다.

　대화가 시작되었다. 로렌스는 자기네 일행이 이 자리에서 편안하게 식사를 즐기기를 바라며 나름대로 애쓰는 스턴튼 경의 노력을 계속 모르는 척할 수가 없었다. 무엇보다 로렌스는 원래 오래 화를 내는 성격이 아니었고 그날 나온 최고급 부르고뉴 포도주를 마시자 우울하던 기분도 많이 나아졌다. 이제는 아무도 로렌스의 중국식 외투와 중국 황실의 일원이 된 일을 놓고 빈정대지도 않았다. 몇 코스의 요리를 먹고 나자 마음이 많이 풀린 로렌스는 나폴리 비스킷과 스펀지케이크가 어우러진 멋진 트라이플을 맛있게 먹었다. 그때 식당 밖이 갑자기 소란스러워지더니 날카로운 여자의 비명소리가 들렸다.

　식당에 정적이 흘렀다. 술잔을 허공에 든 채 몇 명은 의자를 뒤로 밀고 일어섰다. 당황한 스턴튼도 자리에서 일어서며 실례하겠다고 말하고 문 쪽으로 걸어갔다. 그때 식당 문이 벌컥 열리며 스턴튼의 하인이 걱정스런 표정으로 뛰어 들어와 중국어로 한바탕 말을 쏟아냈다. 곧이어 누빈 외투를 입은 또다른 동양 남자가 그 하인을 부드럽지만 확고한 손길로 옆으로 밀며 식당 안으로 들어섰다. 그 남자는 짙은 색 양모 천을 머리에 둘둘 감고 그 위에 돔 모양의 둥근 모자를 썼으며 군데군데 누런 얼룩이 묻은 먼지투성이 옷을 입고 있었다. 그런데 중국식 옷이 아니었다. 목이 긴 장갑을 낀 이 남자의 손 위에는 성난 눈빛을 한 독수리가 홰를 타고 앉아 있었다. 이 독수리는 갈색과 금색이 섞인 깃털을 곤두세우고 노란 눈으로 사람들을 쏘아보면서 남자의 손 위에서 이리저리 자세를 바꾸며 부리로 딱딱 소리를 냈다. 솜을 넣은 두툼한 장갑은 독수리의 발톱에 찍혀 이미 구멍이 숭숭 뚫려 있었다.
 식당 안에 있던 이들을 마주해서 쳐다보던 이 낯선 남자가 입을 열자 사람들은 더 놀랐다. 고상한 영국식 영어로 말을 한 것이다.
 "만찬을 방해해서 죄송합니다, 신사 분들. 워낙 다급한 일이라서요. 윌리엄 로렌스 대령님이 여기 계십니까?"
 낯선 이가 급작스럽게 들이닥쳐 놀란 데다 포도주에 취한 로렌스는 멍하게 쳐다보다가 곧 자리에서 일어나 그 남자 앞으로 걸어갔다. 그리고 독수리가 사납게 쳐다보는 가운데, 방수포에 넣고 밀봉한 꾸러미를 그자에게서 받아들며 말했다.
 "수고 많았습니다."
 그런데 다시 보니 앙상하게 얼굴이 마른 이 남자는 중국인이 아니었다. 비스듬히 치켜 올라간 눈매에 눈동자도 짙은 색이었으나 서양인의 눈에 가까웠고 윤기가 흐르는 티크재 색깔의 피부도 타고난 것이 아니라 햇볕에 그을려 그렇게 진해진 듯했다.
 남자는 공손하게 고개를 숙이며 말했다.
 "도움이 되었다는 것만으로도 기쁩니다."
 그자는 미소를 짓지는 않았으나 방 안 사람들의 반응을 즐기고 있는 듯한 눈빛이었다. 이런 식으로 남들을 놀라게 하는 데에 익숙한 것 같았다. 남자는 마지막으로 사람들을 죽 훑어보고 스턴튼에게 허리를 약간 굽혀 절을 하고 나서, 시끌벅적한 소리를 듣고 식당으로 달려온 다른 중국인 하인 둘의 곁을 지나 들어왔을 때와 마찬가지로 휙하니 식당 밖으로 나가버렸다.
 "가서 타르케 씨에게 다과를 내드리도록 해라."
 스턴튼은 나지막하게 지시를 내리며 하인들에게 타르케(네팔의 인명—옮긴이 주) 뒤를 따라가도록 했다. 로렌스는 건네받은 꾸러미를 내려다보았다. 여름의 열기에, 밀봉한 부분의 밀랍이 녹아 날인이 대부분 지워져 있었다. 조용히 서재로 들어간 로렌스는 겉봉을 뜯으려 했으나 밀랍이 녹은 사탕처럼 죽 늘어나 손가락에 찐득하게 들러붙었다. 내용물은 급보 한 장뿐이었다. 도버 기지의 렌튼 대장 필체였는데 공식적인 명령이 담긴 터라 문투도 딱딱했다. 로렌스는 한번 쓱 보고 내용을 파악했다.

……본 급보를 받는 즉시 귀관은 한시도 지체하지 말고 이스탄불로 출발하라. 이스탄불에 도착하면, 오스만투르크제국의 셀림 3세를 위해 업무를 처리하는 아브라암 마덴을 만나 그의 사무실을 통해 용알 세 개를 받아오라. 그 알들은 영국 정부가 오스만투르크제국 측에 대금을 지급하고 구입한 것이다. 귀관은 알에 든 새끼용들이 위험에 노출되지 않도록 최대한 보호하여 그 알들을 배정받기로 한 영국 장교들의 손에 안전하게 전해주어야 한다. 그 장교들은 영국의 던바 기지에서 귀관 일행을 기다리고 있을 것이다…….

그리고 이런 종류의 급보에 늘 뒤따르는 문구가 다음에 적혀 있었다. '이번 임무를 제대로 수행하지 않거나 명령을 거역한다면 처벌을 각오해야 할 것이다.' 로렌스는 이 급보를 그랜비에게 넘겨주었다. 조금 뒤 라일리 함장과 스턴튼 경이 서재로 들어왔고, 로렌스는 그랜비에게 고개를 끄덕여 그 급보를 두 사람에게 보여주도록 허락했다.

그랜비는 스턴튼에게 급보를 건네주며 말했다.

"대령님, 얼리전스 호를 수리해서 출항을 한다고 해도 배를 타고 가면 수개월 이상 걸릴 겁니다. 당장 출발해야 합니다."

스턴튼의 어깨 너머로 급보를 읽던 라일리가 고개를 들며 그랜비에게 물었다.

"무슨 소리야, 해로가 아니면 어떻게 가려고? 지금 마카오 항구에는 몇 시간만이라도 테메레르의 체중을 버틸 수 있는 배가 한 척도 없어. 내려서 쉴 곳도 없으니 바다를 가로질러 날아갈 수도 없고."

"노바 스코샤로 가는 것도 아니니 굳이 해로로 갈 필요는 없죠. 육로로 가면 됩니다."

"나 원, 참. 말이 되는 얘기를 해야지."

"왜요, 안 될 이유는 또 뭡니까? 배를 수리하는 것은 둘째 치더라도 해로를 택하게 되면 인도를 빙 돌아서 가야 하는데 시간이 엄청나게 오래 걸립니다. 그럴 바에는 차라리 타타르 지방을 가로질러 곧장 가는 것이······."

"그래, 이스탄불에 도착한 다음에는 바다에 뛰어들어 영국까지 헤엄쳐서 가면 되겠군. 물론 늦는 것보다 서두르는 것이 낫지만, 아예 못 가는 것보다는 조금 늦는 편이 낫지. 얼리전스 호를 타고 가면 자네가 말한 방법보다 훨씬 빨리 영국에 도착할 수 있어."

로렌스는 그들의 대화를 듣는 둥 마는 둥 하면서 그 급보를 다시 찬찬히 읽어보았다. 전반적인 문투로 보아 다급한 명령임에 틀림없었다. 용알은 부화하는 데 오래 걸리기는 하나 부화 시기를 예측할 수 없으니 얼리전스 호를 다 수리할 때까지 마냥 기다릴 수는 없었다.

로렌스가 라일리에게 말했다.

"이 점을 고려해봐야 할걸세, 라일리. 날씨가 받쳐주지 않으면 바스라(페르시아 만에 있는 항구 도시 — 옮긴이 주)까지 5개월은 족히 걸려. 그럼 어차피 바스라에서 이스탄불까지는 육로로 날아가야 해."

그랜비가 거들었다.

"그렇게 되면 우린 결국 용알 세 개가 아니라 새끼용 세 마리를 데리고 영국으로 돌아가게 될 것입니다. 낭패가 아닐 수 없겠죠."

로렌스가 의견을 묻자 그랜비는 오스만투르크제국이 내주기로 했다는 그 용알들은 아마도 부화할 시기가 멀지 않았을 것이며 혹시 그렇지 않더라도 마음을 놓고 있으면 절대로 안 된다고 주장했다. 그리고 이렇게 덧붙였다.

"부화가 2년 이상 걸리는 품종은 그리 많지 않습니다. 대충 계산을 해 봐도 영국 정부에서 산 그 용알들은 부화하기까지 시간이 절반도 남지 않았을 테고, 혹시 그보다 조금 더 남았다고 해도 변수가 있기 때문에 긴장을 풀 수 없습니다. 시간을 낭비하면 절대로 안 됩니다. 그런데 정부에서 왜 지브롤터에 주둔하는 공군이 아니라 우리더러 이스탄불에 가서 그 용알들을 가져오라고 하는 것인지 이해할 수 없습니다."

영국 공군의 각 주둔지에 아직 익숙하지 않은 로렌스는 그 부분까지는 생각하지 못하고 있었다. 그런데 그랜비의 말을 들어보니 영국 정부가 이처럼 먼 곳에 와 있는 자기들에게 그 임무를 맡긴 것이 정말 이상하다는 생각이 들었다. 불안해진 로렌스가 그랜비에게 물었다.

"지브롤터에서 이스탄불까지 거리가 얼마나 되지?"

프랑스가 지브롤터에서 이스탄불까지의 해안 대부분을 수중에 넣었다고 해도 해안 곳곳을 일일이 정찰할 수는 없는 노릇이었다. 그러니 지브롤터의 영국 공군 기지에서 용 한 마리만 이스탄불로 보내 비행을 하게 해서 중간 중간 해안에 몰래 내려 쉬면서 임무를 수행하게 할 수도 있었다.

그랜비가 대답했다.

"2주일 정도의 거리니까, 그리 힘든 비행은 아닙니다. 그러나 우리 쪽에서는 이스탄불까지 육로로 곧장 날아간다고 해도 두 달이 넘게 걸리죠."

옆에서 걱정스런 얼굴로 그들의 논의를 듣고 있던 스턴튼이 입을 열었다.

"그렇다면 이 급보에 담긴 명령이 실은 그리 급하지 않다는 뜻이 아닐까요? 이 급보가 여기까지 오는 데 아마 3개월쯤 걸렸을 것입니다. 그러니 얼리전스 호를 수리하며 몇 개월 더 지체한다 해도 별일은 없을 겁니다. 그렇게 급했으면 이스탄불에서 가까운 곳에 주둔한 용에게 그 임무를 맡겼겠지요."

로렌스가 굳은 얼굴로 말했다.

"가까운 곳에 주둔한 용을 보낼 수 없는 상황인지도 모릅니다."

영국에는 용이 많지 않기 때문에 위기가 닥치면 한두 마리라도 따로 빼서 이스탄불까지 다녀오게 하기가 어려웠다. 그 기간이 한 달밖에 안 걸리더라도 말이다. 더구나 테메레르 같은 헤비급 용은 따로 빼서 쓸 수 없었다. 어쩌면 나폴레옹이 또다시 영국 해협을 건너 영국으로 쳐들어가고 있는 것인지도 몰랐다. 아니면 지중해에 주둔하고 있는 영국 함대를 공격하고 있을 수도 있었다. 그렇다면 지금 영국 용들 중에 전투에 임하고 있지 않은 용은 테메레르와 봄베이(아라비아 해 연안에 있는 인도의 항구 도시—옮긴이 주), 마드라스(인도 동남부에 있는 도시—옮긴이 주)에 주둔 중인 소수의 용들뿐이었다.

그 불길한 가능성을 잠시 생각해 본 끝에 로렌스가 결론을 내렸다.

"아니, 현재로서는 그런 추측을 하지 않는 게 좋겠습니다. 어쨌든 급보에는 '한시도 지체하지 말고'라고 쓰여 있고 지금 테메레르가 거동이 불가능한 상황도 아니니 최대한 빨리 출발해야 하지 않을까요? 이런 급보를 받고도 조류와 바람이 유리해질 때를 기다리며 항구에서 뭉그적거린다면 그야말로 한심하기 짝이 없는 일이죠."

로렌스가 육로로 가는 쪽으로 결론을 내리려하자 스턴튼이 말리고 나섰다.

"대령님, 큰 위험을 감수하면서까지 서둘러 육로를 택할 필요는 없을 겁니다."

지난 9년간 로렌스와 전우로 지내온 라일리는 걱정스런 속내를 허물없이 드러냈다.

"맙소사, 로렌스. 완전히 미친 짓입니다. 그리고 얼리전스 호가 출항할 수 있을 때까지 기다리는 것은 '항구에서 뭉그적거리는 짓'이 아닙니다. 육로로 이스탄불까지 가는 것이야말로 무모한 짓이죠. 일주일 뒤에는 하늘이 개일 텐데 그 새를 참지 못하고 강풍 속으로 뛰어드는 것과 다를 바 없는 짓이란 말입니다."

그랜비가 말했다.

"육로로 가는 게 자살행위라도 되는 것처럼 말씀하시는군요. 대상(隊商)처럼 사막을 가로지르는 것이 물론 힘들고 위험하긴 하겠지만 테메레르와 함께 있으니 어느 누구도 감히 우리를 해치지는 못할 것입니다. 밤에 착륙해서 쉴 곳만 있으면 됩니다."

라일리가 반박했다.

"테메레르의 배를 주리지 않게 하려면 1급 군함 무게만큼 식량을 지고 가야 할걸세."

스턴튼이 고개를 끄덕이며 로렌스에게 말했다.

"육로를 통해 가려는 그 지역이 얼마나 광대하고 황량한 곳인지 모르시는 것 같군요."

그리고 그는 책과 서류를 뒤적거리더니 그 지역이 표시된 지도 몇 장을 꺼내 로렌스에게 보여주었다. 양피지에 표시된 것만 봐도 얼마나 거칠고 넓은 지역인지 알 수 있었다. 산맥 너머 펼쳐진 거대한 사막에는 작은 마을 몇 개가 드문드문 분포해 있을 뿐이었다. 오래되어 부스러질 것 같은 이 지도에는 누런 사막 지역 한가운데에 가늘고 긴 구식 필체로 '여기에서는 3주 동안 물을 얻을 수 없다'고 적혀 있었다.

스턴튼이 말했다.

"이토록 강경하게 말리는 것을 이해해 주십시오. 육로는 너무 위험합니다. 영국 정부에서 대령님 일행에게 서두르라고 한 것은 꼭 육로로 가라고 한 뜻은 아닐 것입니다."

그러자 그랜비가 나섰다.

"그렇다고 렌튼 대장이 우리더러 얼리전스 호를 타고 6개월 간 '세월아 가라' 하는 식으로 태평하게 휘파람이나 불어가며 이스탄불로 가라고 한 것도 아니죠. 요즘도 육로를 통해 왕래하는 사람들이 있고, 마르코 폴로라는 자도 육로로 이동했잖습니까? 그것도 2백 년 전에 말입니다."

라일리가 받아쳤다.

"그래. 마르코 폴로의 뒤를 이어 피치와 뉴베리 탐험대도 육로로 이동했지. 결국 닷새 동안 지독한 눈보라에 휘말린 끝에 산에서 용

세 마리와 함께 모두 실종되고 말았어. 그렇게 무모한 짓을 하다가는…….”

결국 폭언이 오갈 것 같은 분위기로 치닫자 로렌스는 그들의 대화를 자르며 스턴튼에게 물었다.

"편지를 가져온 타르케라는 사람 말입니다. 그 사람도 육로로 여기까지 온 겁니까?"

"설마 그 사람을 흉내내보겠다는 뜻은 아니겠죠? 그는 혼자서 움직이기 때문에 가능했던 겁니다. 식량을 많이 싣고 다니지 않아도 되니까요. 게다가 워낙 거친 모험가고요. 막말로 위험한 길을 다녀도 타르케는 자기 목숨 하나만 걸면 되지만, 대령님은 이루 말할 수 없이 귀한 용을 책임지는 분입니다. 이 용을 잃는 손실은 이번 명령을 수행해서 얻는 득보다도 훨씬 큽니다."

로렌스가 아직 해결이 되지 않은 그 문제를 들려주자 그 이루 말할 수 없이 귀한 용은 당장 이렇게 말했다.

"아, 당장 출발하자고. 아주 재미있겠어."

저녁이 되어 비교적 시원해지자 잠이 확 깬 테메레르는 한껏 들떠서 꼬리를 앞뒤로 휙휙 흔들었다. 그 바람에 해변 양옆으로 성인 남자 키 높이의 모래벽이 생겨났다.

"어떤 품종의 용일이래? 불을 뿜을 수 있는 품종이야?"

그랜비가 대신 대답했다.

"불을 뿜는 품종이라면 카지리크인데 그걸 내주지는 않을걸. 기껏해야 평범한 미들급 용을 내주겠지. 그거라도 받아오면 영국 용들의 혈통에 새로운 피를 섞을 수 있어."

로렌스가 모래 위에 지도를 펼쳐놓자, 테메레르는 한쪽 눈으로 초점을 맞추고 지도를 들여다보며 물었다.

"육로로 가면 영국까지 가는 시간이 얼마나 줄어드는 거야? 흠, 해로로 가면 빙 돌아가야 하니 길이 멀기는 머네. 육로로 날아가면 굳이 순풍을 타야 할 필요도 없으니까 여름이 끝나기 전에 고향에 도착할 수 있겠어."

지도의 축척을 잘 알지 못하는 테메레르는 지나칠 정도로 낙관적인 의견을 내놓았다. 그러나 로렌스의 어림으로는 9월 말쯤에나 영국에 도착할 수 있을 것 같았다. 그러나 그만큼이라도 기한을 단축할 수 있다면 위험을 무릅쓰고 모험을 해볼 만했다.

로렌스가 말했다.

"아직은 결정을 내릴 수 없어. 우리는 얼리전스 호를 배정받았고 렌튼 대장은 우리가 얼리전스 호를 타고 영국으로 올 거라고 믿고 있을 거다. 오래된 실크로드를 따라 이스탄불까지 갈지 여부도 경솔하게 판단할 수 없는 문제이니 더 생각해봐야겠어. 걱정할 필요 없다는 식으로 말하지는 마."

그러나 테메레르는 전혀 겁내는 기색이 아니었다.

"그렇게 위험하지는 않을걸. 그리고 당신이 나를 떼어놓고 승무원 몇 명만 데리고 육로로 가다가 다치게 내버려두지도 않겠어."

"네가 우리를 지키려고 적의 군대와 맞서 싸워 이길 수는 있겠지만, 산에서 강풍을 만나면 너도 어쩔 수 없어."

라일리한테 들은 카라코룸 고개(중앙아시아 남쪽의 카라코룸 산맥을 가로지르는 고개. 카라코룸이라는 이름은 '검은 돌멩이'라는 뜻으로 고개 주변을 덮고 있는 검은 돌에서 유래한 것이다—옮긴이 주)를 지나

가다가 실종된 불운한 탐험대 얘기가 로렌스의 머릿속에 불길하게 떠올랐다. 실크로드에서 죽음의 강풍을 만나는 날에는 어떤 참사가 빚어질지 불을 보듯 뻔했다. 테메레르는 칼날 같은 찬바람에 압도당할 것이고 축축한 눈이 날개 가장자리에 두껍게 얼어붙을 것이다. 그렇게 되면 승무원들이 아무리 애를 써도 날개에서 그 얼음을 떼어낼 수 없을 테고, 눈보라가 치면 한 치 앞도 볼 수 없으므로 절벽 끝으로 내몰리거나 같은 곳을 빙글빙글 돌게 될지도 모른다. 뼛속까지 파고드는 추위에 테메레르는 서서히 몸이 무거워지고 날갯짓을 하기가 힘들어질 것이다. 내려서 쉴 만한 곳을 제때 찾지 못하면 그대로 얼어붙고 말겠지. 그런 상황에 처하면 로렌스는 승무원들의 목숨을 조금 더 부지하기 위해 비행 속도를 높여 테메레르의 목숨을 단축하든지, 아니면 다같이 천천히 죽음의 길로 들어서든지 양단간에 결정을 내려야 할 것이다. 이런 생각을 하니 로렌스는 마음의 평정을 유지하기가 어려웠다.

그랜비가 말했다.

"빨리 출발할수록 수월하게 육로를 거쳐 갈 수 있을 겁니다. 심한 눈보라를 피하려면 10월보다는 8월인 지금 출발하는 게 훨씬 낫습니다."

라일리가 불쑥 내뱉었다.

"눈보라에 어는 대신 사막의 열기에 산 채로 구워지겠지."

그랜비가 라일리를 돌아보며 말했다.

"그런 식의 반대가 물론 노파의 잔소리처럼 영 쓸데없는 소리는 아니겠지만……."

말은 그렇게 하면서도 그랜비는 불만스런 눈빛이었다. 듣다 못한 로렌스가 그들의 대화를 날카롭게 가로막았다.

"자네 말이 맞아, 라일리. 지금으로서는 눈보라보다도 육로로 가는 도중에 어떤 위험이 닥칠지 우리가 확실히 알지 못하고 있다는 점이 더 큰 위험 요소일 수 있어. 육로로 출발하는 게 좋을지 아니면 더 기다렸다가 해로로 가는 게 좋을지 결정하기 전에 그 부분을 확실히 알아봐야겠어."

"돈을 줄 테니 안내해달라고 하면 그자야 물론 육로가 안전하다고 말하겠죠. 그리고 도중에 슬쩍 도망칠 겁니다. 그럼 대령님 일행은 안내자도 없이 사막에 내팽개쳐질 테죠."

다음날 아침 라일리는 이렇게 말하며 말렸다. 로렌스가 타르케의 임시 거처가 어디인지 묻기 위해 찾아갔을 때 스턴튼 경도 말리고 나섰다.

"타르케는 우리한테 편지도 배달해주고 가끔 인도 쪽 동인도회사를 위해 심부름을 해주기도 합니다. 그의 부친은 영국 신사 출신의 상급 장교였던 것으로 알고 있습니다. 타르케의 교육에도 신경을 많이 썼다고 하더군요. 그래서 타르케는 예의는 깍듯한 편이죠. 하지만 믿을 만하다고 말하기는 어렵습니다. 모친은 그의 아버지가 주둔하고 있던 지역의 여자였다고 하더군요. 티베트인인지 네팔인인지는 확실히 모르겠지만 아무튼 동양인 여자였답니다. 타르케는 삶의 대부분을 거친 지역에서 떠돌며 살았고요."

스턴튼 경을 만나고 나와 마카오 뒷골목을 따라 걸어가면서 그랜비가 로렌스에게 말했다.

"말귀를 못 알아듣는 먹통 영국인보다는 혼혈인 안내자와 다니는 게 더 나을걸요. 타르케한테 집시 같은 기질이 없었다면 애초에 우리한테도 별 도움이 되지 않았겠죠. 우린 지금 그의 방랑벽에 불평할 입장이 아닙니다."

비가 내린 뒤라 골목의 도랑에는 흙탕물이 흘렀고 썩어가는 쓰레기는 미끈거리는 이끼로 뒤덮여 초록색을 띠고 있었다. 골목길을 한참 걸은 끝에 그들은 타르케가 임시로 머물고 있는 집 앞에 이르렀다. 초라한 중국식 이층집이었는데 지붕이 푹 내려앉아 있었다. 양옆에 나란히 세워진 집들 덕분에 무너지지 않고 겨우겨우 버티는 듯했다. 그 집들은 술 취한 늙은이들처럼 서로에게 의지하며 간신히 서 있었다. 인상을 잔뜩 찌푸린 집주인 남자가 알아들을 수 없는 말로 투덜거리며 두 사람을 집 안으로 안내해주었다.

타르케는 집 안 가운데에 위치한 마당에 앉아 접시에 놓인 신선한 고깃덩어리를 집어 독수리에게 먹이고 있었다. 그의 왼손에는 독수리의 날카로운 부리에 찍혀 생긴 것으로 보이는 허연 상처 자국이 여럿 나 있었다. 지금도 먹이를 먹이면서 몇 군데 작은 상처가 나고 피가 흘렀으나 타르케는 무심한 표정으로 로렌스의 질문에 대답했다.

"예, 육로로 왔습니다. 그러나 그 길을 추천하고 싶지는 않습니다, 대령님. 배를 타고 가는 것에 비해 결코 편한 여행이 되지 않을 테니까요."

타르케가 긴 고기 조각을 집어 들자 독수리가 그것을 부리로 휙 낚아채 한입에 꿀꺽 삼키며 로렌스와 그랜비를 노려보았다. 부리 끝에서 피가 뚝뚝 떨어졌다.

로렌스는 타르케를 어떻게 불러야 할지 갈피를 잡을 수가 없었다.

집사쯤으로 대하는 것도 어색했고 그렇다고 영국 신사나 이곳 현지인처럼 대할 수도 없었다. 지저분하고 초라한 옷차림으로 깔끔하지 못한 집에 살고 있었으나 타르케가 구사하는 영어는 아주 세련되고 고상하여 로렌스를 더 헷갈리게 했다. 타르케는 외모도 특이하고 사나운 독수리까지 기르고 있어서 이 부근에서 이 집보다 나은 거처를 구하기는 어려웠을 터였다. 그러나 정작 타르케 본인은 혼혈인으로서 특이하고 어중간한 자신의 입장에 대해 주눅이 들지는 않는 듯했다. 로렌스와 알게 된 지 얼마 되지 않았으면서도 딱딱하게 굴지도 않았고 아무래도 별 상관없다는 태도로 일관하고 있었다. 그것은 상대에게 하인으로 취급받지 않겠다는 무언의 저항 같기도 했다.

그 외에도 타르케는 여러 질문에 기꺼이 대답을 해주었다. 먹이를 다 먹은 독수리를 새장에 넣고 덮개를 덮어 잠을 자게 한 뒤 그는 늘 휴대하고 다니는 장비들을 보여주었다. 가장자리에 털을 대고 일정한 간격으로 가죽을 대고 구멍을 뚫어 만든 사막용 천막이었다. 이런 천막을 여럿 한데 모아 각 구멍에 끈을 끼워 이으면 모래 폭풍이나 우박, 눈보라가 쳤을 때 그 안에 낙타를 넣어 보호할 수도 있고, 천막을 더 많이 모아 붙이면 용 여러 마리도 거뜬히 수용할 수 있다고 했다. 가죽으로 둘러싼 자그마한 휴대용 식기통도 있었다. 밀랍을 발라 방수처리를 한 것이었는데 옆에는 작은 주석 컵도 끈에 매달려 있었다. 이 컵의 가장자리 중간쯤에 무늬가 새겨져 있는 것이 보였다. 또 나무 상자에 담긴 깔끔한 소형 나침반, 손으로 직접 그린 지도와 깔끔한 필체로 깨알처럼 촘촘하게 지시 사항을 적어 넣은 두툼한 일기장도 보여주었다.

타르케의 물건들은 모두 대단히 유용해보였고 정비가 잘 되어 있었다. 그것은 타르케가 자신이 하고 있는 일에 대해 잘 알고 있음을 뜻하는 것이었다. 라일리가 경고한 것과는 달리 돈에 미쳐서 육로로 가자며 지나친 열성을 드러내지도 않았다.

로렌스가 안내자가 되어줄 수 있겠냐고 묻자 타르케가 대답했다.

"이스탄불로 돌아가고 싶지 않습니다. 그곳에서는 할 일이 없거든요."

그랜비가 말했다.

"그렇다고 당장 다른 곳에 가봐야 하는 것도 아니잖습니까? 댁이 안내를 해주지 않으면 우리는 끔찍하게 오랜 시간을 길에서 보내게 될 겁니다. 그러니 조국에 봉사하는 셈 치고 안내를 맡아주시죠."

로렌스가 덧붙였다.

"수고비도 넉넉하게 지불하겠습니다."

그제야 타르케는 한쪽 입 끝을 비딱하게 끌어올리는 식으로 미소를 지으며 말했다.

"아, 그렇다면 안내를 해드리지요."

라일리는 해변에 마련한 공군 숙소에서 로렌스와 저녁을 먹으며 한 번 더 말렸다. 그러나 자신의 만류가 아무 소용이 없음을 깨닫자 얼리전스 호로 돌아가기 위해 바지선에 오르며 비관적인 어조로 말했다.

"위구르들에게 목이 잘리지 않길 바랄 뿐입니다. 내일 저녁에 얼리전스 호에서 저녁 식사를 같이 하시겠습니까, 대령님? 좋습니다. 이따가 가죽 원자재와 배에서 쓰는 단조용(鍛造用) 기구를 보내드리죠."

노를 젓는 소리와 함께 라일리의 목소리가 점점 조그맣게 잦아들었다.

조금 뒤 테메레르가 약간 성난 목소리로 말했다.

"어느 누구도 당신이랑 승무원들의 목을 자르지 못하게 할 거야. '위구르'를 보고 싶기는 하지만. 그건 용의 일종이야?"

로렌스 대신 그랜비가 대답했다.

"새의 일종이겠지."

로렌스도 위구르에 대해서는 모르기 때문에 그들에게 아니라고 말해줄 수도 없었다.

다음날 아침 타르케가 위구르에 대해 알려주었다.

"그것은 부족 이름입니다."

그러자 테메레르는 살짝 실망하고 말았다. 동양인들은 많이 봤기 때문이었다.

"아. 별로 재미없겠네. 그 위구르 족이 아주 사납긴 한 모양이지?"

마치 사납기를 바라는 듯한 말투였다. 그 뒤로도 테메레르는 여행 중에 맞닥뜨리게 될 거센 모래폭풍과 얼어붙은 산길 같은 여러 재밋거리들에 대해 물었고 타르케는 온갖 질문에 시달린 끝에 간신히 그 자리를 빠져나와 로렌스 쪽으로 다가가며 말했다.

"낙타 삼십 마리를 구입할 만한 돈은 있습니까?"

로렌스는 타르케가 뭔가 잘못 알고 있는 게 아닌가 싶어 어리둥절했다.

"우린 날아서 갈 겁니다. 테메레르를 타고요."

타르케가 침착하게 말했다.

"둔황까지만 날아가고 거기서부터는 낙타를 사서 끌고 걸어가야 합니다. 낙타 한 마리가 하루치 물을 싣고 갈 수 있습니다. 테메레르만한 용이 하루 동안 마실 물이죠. 테메레르는 그 물을 마신 다음에 낙타를 먹이로 삼으면 됩니다."

"굳이 그렇게까지 할 필요 있습니까? 테메레르는 필요에 따라 하루에 160킬로미터 이상도 날 수 있습니다. 마실 물은 중간에 내려서 찾으면 될 테고요."

걸어가면 시간이 너무 오래 걸릴 것 같아 로렌스는 당황스러웠다. 그는 테메레르를 타고 신속하게 날아서 사막을 건널 작정이었다.

"타클라마칸(타클라마칸은 위구르어로 '들어가면 나올 수 없는'이라는 뜻 — 옮긴이 주) 사막에서는 물을 찾는 게 불가능합니다. 대상들이 이용하는 길도 사라지고 있고 사막 도시도 죽어가고 있으니까요. 오아시스도 대부분 말라버렸습니다. 승무원들과 낙타가 마실 물은 어떻게 구해볼 수도 있을 겁니다. 짭짤한 반염수(半鹽水) 정도지만요. 그러나 테메레르는 갈증으로 죽게 될 겁니다. 그런 일을 방지하려면 가는 동안 마실 물을 낙타에 전부 싣고 가야 합니다."

그들은 또다시 여행 기간에 대해 기나긴 토론을 했다. 그리고 로렌스는 스턴튼 경에게 자금 융통을 부탁했다. 영국을 떠나온 지 오래라, 육로 여행에 필요한 물품과 낙타 삼십 마리를 살 만한 자금을 현금으로 확보하기가 힘들 것 같아서였다. 로렌스가 약속 어음을 써주겠다고 하자 스턴튼 경이 말했나.

"무슨 말씀이십니까? 얼마 되지도 않는데요. 지난 번 대령님 일행이 외교 임무를 성공적으로 수행해주신 덕분에 내가 본 순이익만 5만 파운드가 넘습니다. 다만 이렇게 자금 융통을 해드리는 것이 대령님을 서둘러 죽음으로 내모는 일이 아닌가 싶어 걱정이 됩니다.

재수 없는 말을 늘어놓은 것을 용서하십시오. 겁을 주려는 것은 아닙니다만, 대령님이 육로로 가기로 결정했다는 말을 들은 뒤로 이런저런 불안감을 떨칠 수가 없어서 그렇습니다. 만에 하나 급보가 위조되었을 가능성은 없겠습니까?"

로렌스가 깜짝 놀라 쳐다보자 스턴튼 경이 말을 이었다.

"한번 생각해 보십시오. 렌튼 대장의 급보는 대령님 일행이 여기서 거둔 외교적 성공에 대한 소식을 듣지 못한 상태에서 쓴 것 같은 내용이었습니다. 시일을 따져보면 그 소식이 영국에 전달되고도 남았을 텐데 말이죠. 게다가 지금 베이징에서는 영국 대사가 중국 측과 협상을 진행 중인데 이런 시기에 대령님이 승무원들과 테메레르를 데리고 도둑처럼 몰래 이 나라를 빠져나간다면 협상에 막대한 지장을 초래할 것입니다. 게다가 그런 행동은 중국 황실을 크게 모욕한 것이 되어 양국 간의 전쟁으로 이어질 수도 있습니다. 그런데도 렌튼 대장이 대령님에게 서둘러 이스탄불로 가라는 급보를 보냈으니 의심스럽다는 것이죠."

로렌스는 부하에게 그 편지를 가져오고 그랜비도 불러오라고 지시했다. 그리고 그랜비와 함께 동향으로 난 창문으로 들어오는 강한 햇살 속에서 그 편지를 다시 한 번 찬찬히 살펴보았다.

"아무리 봐도 이건 렌튼 대장의 필체가 맞는데요."

그랜비는 이렇게 말하며 편지를 로렌스에게 돌려주었다. 로렌스가 보기에도 그랬다. 스턴튼 경에게는 말하지 않았으나 공군들의 글씨체는 원래 이렇게 비뚤비뚤하고 세련되지 않은 편이었다. 공군들은 보통 일곱 살 때부터 기지 생활을 시작하고 그들 중 전도유망한 아이들을 추려 열 살 때부터 훈련생 신분을 부여했다. 그러나 비행 훈련 위주로 교육을 받기 때문에 아쉽게도 공부를 등한시하는 편이었다. 그래서 로렌스의 훈련생들은 로렌스가 우아하게 글씨 쓰는 법과 삼각법 공부를 계속하도록 밀어붙이자, 다른 훈련생들은 이런 거 안 해도 되는데, 하면서 종종 투덜거렸다.

그랜비가 물었다.

"혹시 위조된 것이라면 누가 그런 짓을 했을까요? 베이징 주변을 맴돌던 프랑스 대사 드 기네는 우리보다 먼저 프랑스로 떠났습니다. 지금쯤 절반 정도 갔겠군요. 게다가 드 기네는 영국 대사와 중국 측이 협상 중이라는 것을 알고 있었고, 자신이 더 이상 손을 쓸 수 있는 상황이 아님을 알았을 테니 그의 짓일 리는 없습니다."

스턴튼 경이 말했다.

"프랑스 스파이 중에 그 협상이 진행 중임을 모르는 자, 아니면 그 사실을 알고서 대령님 일행을 함정에 빠지게 만들려는 자가 급보를 위조한 것일 수도 있습니다. 산적들에게 미리 뇌물을 주고 사막에서 대령님 일행을 습격하도록 지시해두었을 수도 있겠죠. 그 급보가 아무 방해도 받지 않고 여기까지 수월하게 전달되었다는 점도 수상하고, 때마침 얼리전스 호에 불이 난 것도 이상하고요. 화재 때문에 출항이 늦어져서 결국 육로 쪽으로 결정을 내리게끔 여건이 조성된 것이니까요."

로렌스와 함께 해변의 숙소로 돌아가며 그랜비가 말했다.

"다들 온갖 부정적이고 음울한 예상들을 하고 있지만, 솔직히 저는 하루빨리 이곳을 뜨고 싶습니다."

승무원들은 이륙 준비를 하느라 테메레르의 몸을 오르내리고 있었고, 해변에는 아무렇게나 대충 꾸린 짐들이 쌓여 있었다. 그 모습을 바라보며 그랜비가 말을 이었다.

"물론 위험할지도 모르죠. 그러나 우리는 우는 애를 돌보는 보모가 아니잖습니까? 용은 하늘을 날아다니며 훈련을 해야 하는데 벌써 9개월째 용 갑판과 해변만 어슬렁거리고 있으니 테메레르의 전투 감각이 무디어질까 걱정입니다."

로렌스는 굳은 얼굴로 동의를 표했다.

"테메레르 뿐만 아니라 승무원 절반 이상이 이미 군기가 빠졌어."

갑자기 이륙 준비를 하려니 적응이 안 되는지 어린 장교들은 장난을 치며 떠들어대고 있었다. 그것은 근무 중인 군인으로서 적합하지 않은 태도였다.

그랜비가 날카롭게 소리쳤다.

"앨런! 비행 중에 추락하고 싶지 않으면 네 빌어먹을 하네스 끈을 제대로 연결해!"

앨런이 개인 하네스의 죔쇠를 제대로 채우지 않아 긴 카라비너 끈이 땅바닥에 질질 끌렸고, 앨런을 비롯하여 그 옆으로 지나다니는 승무원들이 그 끈을 밟고 돌아다니고 있었던 것이다.

지상 요원을 감독하는 펠로우스와 그의 동료인 안장 담당자들은 불이 난 뒤 아직 수리를 끝내지 못한 비행용 삭구를 손보느라 애를 쓰고 있었다. 끈에는 대부분 소금기가 배어 뻣뻣해져 있었고 일부는 썩었으며 군데군데 불에 탄 곳도 있었다. 그런 부분은 모두 교체해야 했다. 죔쇠 몇 개도 화염에 뒤틀리고 꼬여 있어 병기 담당자 프랫은 해변에 임시로 만들어 놓은 단조로(鍛造爐)에서 숨을 헐떡이며 죔쇠를 두드려 납작하게 펴고 있었다.

승무원들이 수리를 마친 안장을 채워주자 테메레르는 "잠깐만, 확인해볼게" 하고 말하고는 모래 바람을 일으키며 휙 날아올랐다. 공중에서 몇 바퀴 돌고 나서 착륙한 테메레르는 승무원들에게 말했다.

"왼쪽 어깨끈을 약간 더 조이고 엉덩이 쪽 끈을 더 늘여줘."

그 뒤로도 열 번 정도 조금씩 손을 보게 한 뒤에야 테메레르는 대체로 만족스럽다고 답했다. 그리고 승무원들에게 안장을 벗겨내게 한 뒤 저녁을 먹었다. 뿔 달린 거대한 소를 쇠꼬챙이에 꿰어 거무스레하게 굽고 초록색과 주홍색 후추를 잔뜩 뿌린 요리, 그리고 케이프타운에서 맛을 들인 버섯을 산더미처럼 쌓아놓고 먹었다. 그동안 로렌스는 부하들에게 저녁을 먹게 하고 혼자서 노를 저어 얼리전스 호로 건너갔다. 이륙하기 전에 라일리 함장과 마지막으로 식사를 하기 위해서였다. 로렌스와 라일리는 차분한 분위기 속에서 식사를 했다. 술도 많이 마시지 않았다. 식사를 마친 뒤 로렌스는 어머니와 제인에게 보내는 편지 몇 통을 라일리에게 건네며 전해달라고 부탁했다. 공식 서한은 이미 주고받은 뒤였다.

얼리전스 호의 난간 너머 보트로 내려서는 로렌스를 바라보며 라일리가 말했다.

"안전한 여행길이 되길 빌겠습니다."

로렌스가 해변으로 노를 저어 가는 동안 해는 뉘엿뉘엿 넘어가 주변 건물 뒤로 모습을 감추고 있었다. 뼈에 붙은 고깃점을 마저 뜯어먹고 있는 테메레르와 숙소 밖으로 나오는 승무원들의 모습이 보였다. 승무원들이 안장을 채워주자 테메레르가 말했다.

"제대로 잘 채워졌어."

곧이어 승무원들은 탑승을 시작했고 각자 착용한 하네스의 카라비너 고리를 테메레르의 안장에 걸었다. 모자 끈을 턱 밑에 묶고 수월하게 기어오른 타르케는 테메레르의 목 아래쪽에 앉은 로렌스 근처에 자리를 잡았고, 독수리가 든 작은 새장을 두건으로 덮은 뒤 자기 가슴께에 끈으로 묶어 고정했다. 그때 얼리전스 호 쪽에서 대포 소리가 들려왔다. 공식적인 작별 인사였다. 큰 돛대에 '순풍'을 뜻하는 깃발 신호가 오르자 테메레르는 밝게 고함을 질러 화답했다. 그리고 근육과 힘줄에 순간적으로 힘을 주고 숨을 깊이 들이마셔 기낭에 공기를 가득 채우며 날아올랐다. 이내 항구와 도시가 아득하게 멀어졌다.

2

테메레르는 아주 빠른 속도로 날고 있었다. 굼뜨게 움직이며 발목을 잡는 동행이 없기 때문에 오랜만에 날개를 활짝 펴고 신나게 날 수 있어 기뻐했다. 처음에 로렌스는 완전히 마음을 놓지 못했으나 테메레르가 무리하는 것 같지도 않고 어깨 근육에 발열 증상도 없어 며칠이 지난 뒤부터는 테메레르가 알아서 속도를 조절하도록 내버려두었다.

그런데 식량을 보충하기 위해 큰 마을 근처에 착륙할 때마다 당황한 중국 관리들이 무슨 일인지 알아보려고 달려나왔다. 그럴 때면 로렌스는 용무늬 자수가 놓인 무거운 황금색 예복으로 갈아입고 그 관리들을 맞이해야 했다.

관리들은 무슨 일로 여행 중인지를 묻고 필요한 서류 작성을 요청한 뒤 예를 갖춰 공손히 절을 했다. 같은 중국식 복장이었지만 이전에 동인도회사 사람들 앞에서처럼 옷을 잘못 입고 왔다는 곤혹스런 기분은 들지 않았다. 그러나 그런 절차들이 번거롭기도 해서 로렌스는 웬만하면 마을에 착륙하지 않는 쪽을 택했다. 그는 들판의 목동에게 가축을 사서 테메레르에게 먹였고 밤이면 외딴 절이나 길가의 누각, 버려진 군사 주둔지에 내려와 쉬었다. 그 군사 주둔지는 벽도 반밖에 남지 않았고 지붕은 무너져 내린 지 오래여서 승무원들은 끈으로 연결한 여러 장의 천막을 남는 벽 위에 둘러 차양을 만들고 그 아래서 무너진 대들보를 부싯깃 삼아 모닥불을 피웠다.

타르케는 말수가 적었고 좀처럼 속내를 드러내지 않았다. 평소 길 안내를 하면서도 조용히 손가락으로 방향을 가리키거나 테메레르의 안장에 매어 둔 나침반을 손으로 톡톡 두드릴 뿐이어서 로렌스가 테메레르에게 직접 방향 지시를 내려야 했다. 그날 밤, 버려진 군사 주둔지에 모닥불을 피워놓고 둘러앉았을 때 로렌스는 앞으로의 여정에 대해 알려달라고 요청했다. 타르케는 바닥에 대충 선을 그으며 설명을 해주었다. 테메레르도 깊은 관심을 보이며 내려다보았다.

"북쪽으로. 우당산맥(武當山脈)을 따라 뤄양(洛陽)으로 갔다가, 거기서 서쪽으로 방향을 돌려 중국의 고도인 시안(西安)으로 갑니다."

로렌스는 이 지명들에 익숙하지 않아 어디쯤인지 가늠하기 어려웠다. 게다가 로렌스에게 있는 지도 일곱 장에는 중국의 각 지명이 모두 다르게 표기되어 있었다. 타르케는 그 지도들을 경멸하듯 곁눈질로 흘끗 보고는 방금 말한 지역의 위치를 지도에서 찾아서 짚어주었다. 로렌스는 태양과 별의 위치를 보며 이동 경로를 짐작하고 있었다. 물론 테메레르가 워낙 빠른 속도로 비행하고 있어 별의 위치가 매일 달라지긴 했지만.

크고 작은 마을을 지날 때마다 중국 아이들이 휙 지나가는 테메레르의 그림자를 따라 달리며 손을 흔들었다. 아이들은 웅성거리며 목소리를 높여 환호하다가 곧 뒤로 쳐졌다. 얼마 뒤부터는 구불구불 흐르는 강이 보였고 왼편에는 경사가 완만한 산맥이 보였다. 이끼 낀 산은 점점이 푸르고 봉우리에는 구름들이 모여 떨어질 줄을 몰랐다. 지나가던 용들은 테메레르에게 경의를 표하며 길을 내주기 위해 고도를 낮추며 날아갔다. 다만 황실의 연락책으로서, 다른 품종들과 달리 비행할 때 공기가 희박하고 차가운 상태인 높은 고도를 유지하는 비취 품종의 용 한 마리가 반갑게 인사를 하며 고도를 낮춰 테메레르 곁으로 다가왔다. 그레이하운드 개처럼 날렵한 몸집을 한 이 용은 테메레르의 머리 주변을 벌새처럼 획획 날아다니다가 재빨리 고도를 높여 멀리 사라졌다.

북쪽으로 날아갈수록 숨 막힐 듯 답답하던 밤의 열기가 조금씩 따뜻하고 편안한 공기로 바뀌었다. 유목 생활을 하는 거대한 짐승 떼가 간혹 보이기도 했으나 그렇지 않을 때에도 사냥감이 많았고 잠기도 수월했다. 승무원들도 어렵지 않게 먹을 것을 구할 수 있었다. 시안까지 하루를 남겨놓고 로렌스는 테메레르를 일찌감치 착륙하게 하고 작은 호수 옆에서 야영하기로 했다.

이 여정에 동반한 중국인 요리사 두 명은 테메레르를 포함해 다 같이 먹을 수 있도록 큼직한 사슴 세 마리를 불에 굽기 시작했다. 승무원들은 건빵을 조금씩 뜯어 먹거나 그 지역 농부가 가져다 준 신선한 과일을 씹어 먹었다. 그랜비는 에밀리와 다이어를 모닥불 곁에 앉혀 놓고 글씨 연습을 하게 했으며 로렌스는 삼각법 공부를 지도했다. 비행을 하는 동안에도 두 훈련생들에게 공부를 계속하게 했으나 바람 때문에 석판을 들여다보며 연습하기가 쉽지 않았다. 그래도 두 아이가 전과는 달리 직각삼각형의 빗변을 다른 두 변보다 길게 그리는 것을 보니 삼각법 공부에 어느 정도 진전이 있는 것 같았다.

테메레르는 안장을 벗자마자 호수에 뛰어들었다. 사방을 둘러싼 산에서 개울물이 호수로 흘러 들어오고 있었고, 호수 바닥에는 매끄러운 바위들이 깔려 있었다. 8월의 더위가 한창이라 수심이 깊지 않아서 테메레르는 등에 물을 끼얹고 바위에 몸을 비비적거리며 신나게 물장난을 쳤다. 한참 뒤 테메레르가 호수 밖으로 나오며 말했다.

"시원하다! 이제 먹어도 되는 거 아냐?"

그리고 불에 굽고 있는 사슴 고기를 의미심장하게 바라보았다. 그러자 요리사들은 고기를 구울 때 쓰는 큰 쇠꼬챙이를 휘저으며 테메레르를 가까이 오지 못하게 했다. 아직 다 구워지지 않았다는 뜻이었다.

테메레르는 짧게 한숨을 쉬고는 날개를 후르륵 털었다. 소나기가 지나간 것처럼 사방으로 물방울이 튀었고 모닥불에서 쉬익쉬익 소리가 났다. 테메레르는 로렌스 곁에 앉으며 말했다.

"배를 수리하고 해로로 가지 않게 돼서 정말 다행이야. 하루에 수 킬로미터씩 실컷 날 수 있어서 정말 기분이 끝내줘."

그리고 테메레르는 입을 벌리고 하품을 했다. 로렌스는 고개를 숙였다. 영국에서는 이런 식의 비행이 불가능했다. 일주일이면 영국의 북쪽 끝에서 남쪽 끝까지 왕복하고도 남을 테니까.

로렌스는 화제를 바꾸며 물었다.

"목욕하니까 기분 좋지?"

"응, 좋아. 저 바위는 꽤 감촉이 좋던데."

그리고 테메레르는 그리움이 담긴 목소리로 말을 이었다.

"물론 메이랑 있을 때처럼 황홀하지는 않지만."

매력적인 임페리얼 용 룽친메이는 테메레르가 베이징에서 사귄 여자친구였다. 로렌스는 베이징을 떠나면서 테메레르가 메이에 대한 그리움 때문에 병이라도 날까봐 걱정했는데, 지금 들어보니 그 정도는 아닌 것 같았다. 사랑 때문에 번민하는 용의 목소리가 아니었으니까.

그런데 옆에 있던 그랜비가 별안간 벌떡 일어나며 말했다.

"아, 이런. 페리스! 부하들한테 방금 호수에서 뜬 물을 버리고 상류 쪽 개울에 가서 식수를 담아오라고 해."

그랜비가 왜 그런 지시를 내리는지 알아차린 로렌스는 얼굴을 붉히며 외쳤다.

"테메레르!"

테메레르는 어리둥절한 표정으로 로렌스를 바라보며 물었다.

"왜? 흠, 하긴 당신도 바위로 수음하는 것보다는 제인이랑 하는 게 더 좋을 테니……."

로렌스는 벌떡 일어서며 소리쳤다.

"그랜비! 부하들에게 저녁 먹으러 오라고 해!"

"예, 대령님."

로렌스는 그랜비의 목소리에 담긴 희희낙락한 기색을 못 알아들은 척하며 사슴 고기 쪽으로 돌아섰다.

오래진 중국의 수도였던 시안 근치에는 아직도 영화로웠던 시절의 흔적들이 많이 남아 있었다. 잡초가 무성한 널찍한 길을 따라 시안을 향해 나아가는 여행자들과 수레가 내려다보였다. 테메레르는 주변에 해자(垓字)를 파고 잿빛 벽돌을 쌓아올려 만든 높은 성벽을 넘어, 음울하게 서 있는 석탑들과 제복을 입은 경비병들, 게으름을 피우며 앉아 하품을 하는 주홍색 용들을 내려다보았다. 시안을 체스판의 눈금처럼 정연하게 구획 지으며 동서남북으로 뻗은 대로들, 열두 개의 절들, 지붕이 뾰족하고 옆면이 축 늘어진 첨탑들도 보였다. 백양나무와 군데군데 초록색 바늘이 조그맣게 뭉쳐 있는 오래된 소나무들이 대로 양옆을 따라 도열해 있었다.

테메레르가 큰 탑 앞에 위치한 대리석 깔린 광장에 내려서자 예복을 입고 광장에 모여 있던 그곳 행정관과 관리들이 절을 올렸다. 황실 연락책인 비취 품종의 용을 통해 테메레르 일행이 시안으로 오고 있다는 소식을 미리 전해들은 모양이었다. 중국 관리들은 웨이허(渭河) 강둑에 위치한 오래된 누각에서 연회를 베풀어주었다. 로렌스와 승무원들, 타르케, 중국인 요리사들은 바람에 살랑살랑 흔들리는 밀밭을 내려다보며 뜨거운 우유죽과 양고기 꼬치구이를 먹었고, 테메레르는 쇠꼬챙이에 꿰어 구운 양 세 마리를 먹었다. 테메레르가 일행을 태우고 다시 하늘로 날아오르는 순간, 행정관은 버드나무 잔가지를 부러뜨리는 의식을 행하며 무사한 여행이 되기를 기원해주었다.

이틀 뒤 테메레르 일행은 톈수이(天水) 부근의 붉은 바위 안에 위치한 동굴에 들어가 잠을 잤다. 그 동굴 벽에는 무표정한 부처상이 여럿 새겨져 있었다. 손과 얼굴이 벽에서 튀어나온 것처럼 조각되어 있는 그 부처들은 영원히 닳지 않을 돌로 만든 옷을 걸친 모습이었다. 잠을 자는 동안 작은 동굴 밖에는 비가 내렸다. 그들이 다시 이륙하여 안개 속을 날아가는 동안 조각상들은 그들의 뒷모습을 조용히 지켜보았다. 테메레르는 강의 지류를 따라 산맥 한가운데로 날아 들어갔다. 구불구불한 협곡은 폭이 좁아서 테메레르가 겨우 날개를 펴고 날 수 있을 정도였다. 신이 난 테메레르는 양옆 산비탈에서 튀어

나온 묘목의 가지에 닿을 정도로 날개를 활짝 펴고는 빠른 속도로 날아갔다. 그리고 며칠 뒤 협곡 사이로 갑자기 불어온 강한 바람이 휘파람 같은 소리를 내며 테메레르의 두 날개를 위로 꺾어 올렸다. 그 바람에 중심을 잃은 테메레르는 암벽 면에 몸을 부딪힐 뻔했다.

깜짝 놀란 테메레르는 꺼억 소리를 내며 몸을 옆으로 기울였고 거의 수직으로 뻗어 있는 산비탈을 붙잡으려고 버둥거렸다. 흙에 얕게 묻혀 있던 이판암과 바위들이 순식간에 무너져내리고 왜소한 초록색 묘목과 풀들이 테메레르의 체중을 견디지 못하고 떨어져 나갔다. 테메레르가 본능적으로 다시 날아오르기 위해 날개를 치자 그랜비가 확성기를 입에 대고 소리쳤다.

"날개 접어!"

지금 날려고 했다가는 추락을 가속화할 게 분명했다. 테메레르는 날개를 접고 발톱으로 산비탈을 후벼파며 강바닥 근처까지 비스듬히 내려갔다. 숨을 몰아쉬느라 테메레르의 양 옆구리가 크게 부풀어 올랐다.

"부하들에게 여기서 야영 준비를 하라고 해."

로렌스는 서둘러 그랜비에게 지시하고는 서둘러 카라비너 고리를 풀고 안장 끈을 제대로 잡지도 않은 채 6미터 아래 바닥으로 뛰어내렸다. 그리고 테메레르의 머리 쪽으로 달려갔다. 테메레르는 고개를 폭 숙이고 있었고 가쁜 호흡을 고르느라 얼굴 주변의 막과 수염까지 부들부들 떨고 있었다. 다리도 후들거리고 있어서 배 쪽에 타고 있던 승무원들과 지상 요원들은 테메레르의 몸에 깔리기 전에 얼른 카라비너를 풀고 옆으로 굴러 빠져나와야 했다. 간신히 피해 나온 그들은 모두 흙먼지를 뒤집어쓴 채 켁켁거렸다.

이륙한 지 한 시간도 채 되지 않았으나 다들 여기서 쉬기로 했다. 테메레르가 엎드려 있는 동안 나머지 일행도 누런 풀밭이 우거진 강둑에 쓰러져 누웠다.

케인스가 투덜거리며 테메레르의 어깨 위로 올라가 날개 관절을 검사하는 동안 로렌스는 걱정이 되어 물었다.

"다친 데 없는 게 확실해?"

테메레르는 당황스런 목소리로 대답했다.

"응, 괜찮아."

테메레르가 얕은 강물에 발을 담그고 강둑에 앉아 있는 동안 승무원들은 발톱 주변의 딱딱한 살 아래 끼어있는 흙과 자갈을 빼고 깨끗이 씻어주었다. 그러자 기분이 조금 안정된 테메레르는 머리를 숙이고 꾸벅꾸벅 졸았다. 당장은 날아오르고 싶은 마음이 안 드는 듯했다.

로렌스가 먹이 사냥을 가자고 하자 테메레르는 "어제 많이 먹어서 배고프지 않아" 하며 잠을 조금 자겠다고 했다.

몇 시간 뒤에 타르케가 다시 나타났다. 애초에 그가 자리를 비운 것을 알아챈 이가 아무도 없었으므로 다시 나타났다고 말해야 할지 모르겠으나 어쨌든 독수리와 함께 사냥을 해서 토실토실한 토끼 열두 마리를 잡아온 것이다.

중국인 요리사들이 토끼 고기를 기본 재료로 하여 소금에 절인 돼지고기 비계, 순무, 야채를 섞고 물을 부어 끓인 요리를 만들어주자 테메레르는 뼈도 남기지 않고 싹 먹어치웠다. 조금 전에 배가 고프지 않다고 한 것은 거짓말이었던 것이다.

다음날 아침에도 테메레르는 여전히 조심스러운 태도를 유지했다. 우선 뒷발로 몸을 일으키고는 최대한 머리를 위로 쭉 뻗어 혀를 내밀어 공기 맛을 보고 바람의 움직임을 가늠했다. 그리고 안장이 아무래도 편치가 않다며 한참 동안 이곳저곳을 손보게 했다. 그리고는 목이 마르다고 했다. 하룻밤 새에 강물에 진흙이 많이 섞여 마실 수가 없었기 때문에 승무원들은 맑은 물을 떠내기 위해 돌을 쌓아 임시로 작은 물웅덩이를 만들었다. 물을 마신 뒤 테메레르는 별안간 기운 찬 목소리로 "됐어, 이제 출발하자"고 말하고는 일행을 모두 태우자마자 곧장 하늘로 날아올랐다.

눈에 띄게 긴장해 있던 테메레르의 어깨 근육이 비행을 하면서 조금씩 풀리기 시작했다. 그래도 테메레르는 협곡을 지나가는 동안 계속 조심하면서 천천히 비행을 했다. 사흘이 지나자 황허(黃河)가 보였다. 황토가 잔뜩 풀려있어 강이라기보다는 진흙으로 된 운하 같았다. 강기슭에서부터 자라난 풀들이 진흙을 잔뜩 묻힌 채 물 위로 뻗어 나와 자라고 있었다. 로렌스 일행은 강을 따라 흘러가는 바지선에서 생사(生絲) 한 묶음을 사서 펼쳐들고 강물에서 진흙을 걸러 낸 뒤 차를 끓였다. 그래도 여전히 차에서 까끌까끌한 알갱이가 느껴지고 진흙 맛이 났다.

며칠 뒤 황허가 저만치 멀어지고 오후부터 산맥이 언덕과 잡목이 무성한 고원으로 바뀌었다. 그들은 갈색 사막이 훤히 보이는 우웨이(武威) 변두리 지역에 천막을 치고 야영 준비를 했다.

그랜비가 말했다.

"사막이 이렇게 반가울 줄은 상상도 못했습니다. 저 모래에 입이라도 맞추고 싶은 심정입니다. 지도에는 이 나라가 유럽 전체를 집어 삼키고도 흔적도 안 남길 정도로 아주 넓게 기록되어 있더군요."

로렌스는 비행 일지에 날짜를 기록하며 맞장구를 쳤다.

"맞아. 내가 갖고 있는 이 지도들은 완전히 잘못됐어."

이 지도대로라면 지금쯤 그들은 모스크바에 도착해 있어야 했다. 타르케가 모닥불 쪽으로 다가오자 로렌스가 말했다.

"타르케 씨, 내일 낙타를 사러 갈 건데 동행해주시겠습니까?"

"아직 타클라마칸사막에 도착한 게 아닙니다. 저기 보이는 사막은 고비사막(고비는 몽골어로 '물이 없는 곳'이라는 뜻—옮긴이 주)입니다. 아직은 낙타를 살 필요가 없어요. 우린 고비사막 가장자리를 따라 갈 거니까요. 마실 물은 충분할 테니 며칠 간 먹을 고기만 사두면 됩니다."

그 말을 들은 그랜비는 당황하며 말했다.

"사막 하나면 충분한데 사막이 또 있다고요? 이 속도라면 크리스마스는 되어야 이스탄불에 도착하겠군요."

타르케는 한쪽 눈썹을 치켜뜨며 말했다.

"지난 2주일 동안 1600킬로미터가 넘는 거리를 이동했습니다. 이 정도 속도면 꽤 만족할 만한 수준일 텐데요."

타르케는 말을 마친 뒤 저장된 식량이 얼마나 되는지 살피기 위해 물품 보관 천막 안으로 고개를 집어넣었다.

그랜비는 씁쓸한 표정으로 말했다.

"그래도 빠를수록 좋다는 겁니다. 고향에서 사람들이 우릴 얼마나 기다리고 있을지 생각하면……"

그랜비는 로렌스의 놀란 표정을 보고 얼굴을 붉히더니 덧붙였다.

"이런 말을 해서 죄송합니다. 어머니와 형제들이 뉴캐슬어폰타인(북해로 흘러들어가는 타인 강(江)에 면해 있는 영국의 마을 이름—옮긴이 주)에 살고 있거든요."

에든버러 기지와 그보다 조금 더 작은 미들스브러 기지의 중간쯤에 있는 그 마을은 영국의 주요 석탄 공급지였다. 나폴레옹이 북해 쪽을 포격하기로 결정한다면 그 마을을 공격 목표로 삼을 텐데 그 주변에 주둔하고 있는 공군 병력만으로는 방어하기가 쉽지 않을 터였다. 로렌스는 그랜비의 심정을 이해할 것 같아 조용히 고개를 끄덕였다.

테메레르는 로렌스가 예의를 지키느라 묻지 않고 있던 질문을 아무렇지 않게 던졌다.

"형제가 많아? 그들은 어떤 용과 복무하고 있어?"

지금까지 한 번도 가족 얘기를 한 적이 없는 그랜비는 다소 방어적인 태도로 대답했다.

"그들은 공군이 아니야. 돌아가신 아버지는 석탄 소매업자였고, 내 두 형은 삼촌 일을 돕고 있어."

"흠, 석탄 소매업이라는 그 일도 꽤 재미있겠는데."

테메레르는 진심으로 이렇게 말했으나, 과부가 된 어머니와 돌봐야 할 자기 아들들이 있는 삼촌이 한 입이라도 덜기 위해 어린 그랜비를 공군에 입대하도록 했을 거라는 점은 헤아리지 못하고 있었다. 일곱 살밖에 안 된 소년 그랜비가 약간의 봉급을 받으며 사회적으로 그리 존경받지 못하는 공군 장교가 되기 위해 기지에서 훈련을 받는 동안 그의 가족들은 그의 방과 식량을 차지하고 살았을 것이다. 공군에 지원하는 젊은이가 많지 않았으므로 해군과는 달리 공군의 진급에는 집안의 영향력이 크게 미치지 않는 편이었다.

로렌스는 그랜비가 곤혹스러워하지 않도록 화제를 바꿨다.

"그쪽에 아마 포함(砲艦)이 주둔하고 있을 것일세. 공중 폭격을 방어하기 위해 콩그리브(1772. 5. 20 — 1828. 5. 16. 영국의 포병장교이자 군용 로켓 발명가—옮긴이 주) 로켓을 설치할 거라는 얘기를 들은 적이 있어."

"안 그래도 그쪽 사람들은 프랑스 군을 격퇴할 방법을 알고 있습니다. 석탄 생산지인 만큼 마을에 불을 지르면 놈들은 굳이 마을을 공격할 필요를 느끼지 못할걸요."

그랜비는 평소처럼 이렇게 농담을 하고는 이만 실례하겠다며 작은 침낭을 가지고 천막 한 구석으로 가서 잠을 청했다.

그 뒤로 닷새를 더 날아가자 황량한 땅에 쓸쓸히 서 있는 요새가 하나 보였다. 모래를 구워 만든 누런 벽돌로 지은 그 견고한 요새는 바로 쟈위관(嘉欲關. 만리장성의 서쪽 끝에 위치한 고성으로 실크로드의 시작점—옮긴이 주) 문으로 외벽이 테메레르 키의 세 배가 넘었고 두께는 60센티미터 정도 되었다. 중국의 중앙 지역과 최근 중국이 정복한 서쪽 지역 사이에 위치한 변경의 요새였다.

보초를 서는 경비병들은 뿌루퉁하고 화난 표정을 짓고 있었으나 로렌스의 눈에는 지금까지 보아온 게으른 중국 군인들에 비해 군기가 들어 있어 보였다. 머스켓 총은 소제가 제대로 안 되어 있긴 했으나 가죽으로 감싼 칼자루 끝에는 오랫동안 사용해온 칼날이 견고하게 빛나고 있었다. 그들은 테메레르가 무슨 사기꾼이라도 되는 듯이 얼굴 주변의 막을 자세히 검사했다. 그들이 등뼈의 가죽을 당기기까지 하자 테메레르는 얼굴 주변의 막을 세우며 콧김을 내뿜었다. 그제야 경비병들이 움찔하며 물러났으나 그래도 테메레르의 몸에 실린 짐 꾸러미를 전부 조사해야겠다고 했다. 그들은 짐 꾸러미를 풀어보다가 로렌스가 얼리전스 호에 남겨두지 않고 가져온 물건을 보고는 법석을 떨었다. 바로 베이징의 시장에서 구매한 아름다운 붉은 꽃병이었다.

경비병들은 수출품에 관한 규정이 기록된 큰 책을 들고 나와 법조항을 살피며 자기네끼리 떠들다가 타르케와 얘기를 나누었다. 그리고는 로렌스가 애초에 받은 적도 없는 꽃병 매매증서를 보여 달라고 했다.

로렌스는 화가 나서 내뱉었다.

"맙소사. 그건 팔 물건이 아니고 아버지께 드릴 선물이란 말이오!"

타르케가 그 말을 통역해주자 경비병들은 비로소 흥분을 가라앉혔다. 로렌스는 눈을 가늘게 뜨며 경비병들이 도로 꽃병을 천으로 포장하는 모습을 지켜보았다. 산적의 습격과 얼리전스 호의 화재를 이겨내고 베이징에서부터 총 4800킬로미터를 이동하는 와중에도 깨지지 않고 버텨준 그 꽃병을 여기서 잃을 수는 없었다. 로렌스의 생각에 그 꽃병은 유명 수집가인 아버지 앨런데일 경의 화를 가라앉혀줄 유일한 물건이었다. 자존심 강한 아버지는 공군 비행사가 된 로렌스를 여전히 탐탁지 않게 여겼는데 이제 중국 황제의 양자가 된 것을 알게 되면 몹시 화를 낼 게 분명했다. 그래서 로렌스는 아버지의 분노를 가라앉히려고 꽃병을 선물로 준비한 것이었다.

경비병들의 짐 검사는 아침나절 내내 계속되었다. 로렌스 일행 중에 이 기분 나쁜 곳에서 밤을 보내고 싶은 이는 아무도 없었다. 전에 이곳 차위관에 도착한 대상들은 안전하게 중국 땅을 밟게 되었다며 기뻐했을 것이고 중국을 떠나는 이들은 이곳에서 설레는 여정을 시작했을 터였다. 그러나 지금은 중국에서 추방당하는 이들이 마지막으로 머물다 가는 곳이 되어 버렸기에 황량하고 쓸쓸하기 그지없었다.

타르케가 말했다.

"낮의 열기가 최고조에 달하기 전에 위먼(玉門)에 도착할 수 있을 겁니다."

테메레르는 요새의 물 저장소에 입을 대고 물을 들이켰다. 그리고 나머지 일행과 함께 쟈위관의 출구를 떠나, 요새의 안뜰에서 총안이 설치된 앞쪽 흉벽으로 이어지는 거대한 터널을 지나갔다. 터널 안쪽 벽은 검게 칠해져 있었고 탁탁 소리를 내는 랜턴들이 드문드문 걸려 있었다. 벽에는 용들이 서쪽 지역으로 떠나기 전에 발톱으로 새겨놓은 슬픈 글귀들이 적혀 있었다. 자비를 베풀어 달라는 기도와 언젠가 다시 고향으로 돌아올 수 있기를 바라는 내용들이었다. 터널 가장자리에 이르니 새긴 지 얼마 안 되어 보이는 글귀가 있었다. 테메레르는 멈춰 서서 로렌스에게 그 내용을 나지막하게 들려주었다.

  나와 그대의 무덤은 만리 길을 사이에 두고 있는데,
  나는 앞으로 만리를 더 가야 하는구나.
  날개를 흔들며 무자비한 햇볕 속으로 날아가노라.

어두운 터널을 빠져나오자 그야말로 무자비하다는 표현이 걸맞을 정도로 강한 햇볕이 내리쪼였다. 말라 비틀어진 땅은 모래와 작은 자갈이 잔뜩 깔린 채 쩍쩍 갈라져 있었다. 로렌스와 승무원들이 터널 밖에서 다시 테메레르에게 짐을 싣는 동안 어젯밤 내내 말이 없고 우울해 보이던 중국인 요리사 두 명이 조금 떨어진 곳으로 걸어가 자갈을 하나씩 집어 들고 요새의 성벽을 향해 던졌다. 같이 여행하는 동안 향수병에 걸릴 기미는 전혀 보이지 않았는데 지금 중국 쪽으로 돌을 던지는 것을 보니 무슨 원한이라도 있는 것인가 싶기도 했다. 로렌스가 의아하게 쳐다보는 가운데 징차오가 던진 자갈은 벽에 부딪치며 도로 바닥으로 떨어졌고 꿍쑤가 던진 자갈은 경사진 성벽 너머로 굴러 떨어졌다. 꿍쑤는 짧게 숨을 헐떡이며 로렌스에게 다가와 한바탕 사과의 말을 늘어놓았다. 로렌스는 짧은 중국어 실력이지만 그 요지를 대강 알아들었다. 더는 같이 여행을 할 수 없다는 것이었다.

테메레르가 자세한 내용을 통역해주었다.

"조금 전에 던진 자갈이 성벽을 넘어가버린 것은 그가 다시는 중국으로 돌아올 수 없다는 뜻이래."

징차오는 불안해하는 꿍쑤와는 달리 안심한 표정으로 향신료와 요리 도구가 든 상자를 다른 짐 꾸러미와 함께 끈으로 묶고 있었다.

로렌스가 꿍쑤를 타일렀다.

"이봐, 그건 말도 안 되는 미신이야. 중국을 떠나는 데 아무 거리낌이 없다고 자네 입으로 말했잖은가. 자네는 나한테 여섯 달치 봉급을 선불로 받았어. 아직 한 달도 채우지 않았으니 당분간은 나한테 추가 비용을 받을 수도 없어. 그리고 이건 명백히 계약 위반이야."

꿍쑤는 거듭 사과를 했다. 앞서 받았던 여섯 달치 봉급은 가난하고 돌봐줄 이도 없는 어머니에게 모두 드리고 왔다고 했다. 로렌스도 마카오까지 배웅 나온 그의 어머니와 열한 명의 형제들을 본 적이 있었는데 그의 어머니는 가난한 처지임에도 몸집이 비대했고 성깔이 있어 보였다.

로렌스가 말했다.

"그래. 돌아가는 비용을 조금 내줄 수는 있지만 우리랑 같이 가는 게 좋아. 비용 문제는 차치하고라도 여기서부터 집까지 걸어가려면 끔찍하게 오랜 시간이 걸릴 테니까. 바보 같은 미신 때문에 발걸음을 돌렸던 것을 몹시 후회하게 될 거다."

솔직히 로렌스는 굳이 요리사 한 명을 돌려보내야 한다면 징차오를 보내고 싶었다. 징차오는 걸핏하면 성질을 냈고, 자신의 물건을 조심해서 다루지 않는다며 지상 요원들에게 중국어로 악을 쓰기 일쑤였다. 언젠가 로렌스는 승무원들 몇 명이 테메레르에게 징차오가 자기네한테 퍼붓는 말이 무슨 뜻이냐고 조용히 묻는 것을 본 적도 있었다. 로렌스가 짐작하기에도 징차오가 내뱉은 말들은 대부분 상스런 욕임에 분명했다. 그러니 징차오를 계속 데리고 있으면 아무래도 문제가 생길 가능성이 높았다.

꿍쑤가 머뭇거리며 결정을 내리지 못하자 로렌스가 덧붙여 말했다.

"자갈이 의미하는 바는 어쩌면 자네가 영국을 좋아하게 돼서 그곳에 정착하게 된다는 뜻일 수도 있어. 그러니 불길한 징조로 해석하고 불안해 하면서 앞으로 닥칠 운명을 피할 필요는 없는 것이지."

그 말이 가슴에 와 닿았는지 잠시 생각을 해본 끝에 꿍쑤는 테메레르의 몸에 올라탔다. 로렌스는 그 어리석은 미신에 고개를 절레절레 흔들며 테메레르에게 말했다.

"말도 안 되는 소리지. 안 그래?"

"어? 그, 그래."

성인 남자의 절반만한 크기의 바윗덩어리를 눈여겨보며 한번 던져볼까 하고 있던 테메레르는 이내 속내를 들켰다는 듯 무안한 표정을 지으며 대답했다. 그 바위를 성벽 쪽으로 던졌다면 경비병들이 적의 포위 공격이라도 받은 줄 알고 또 한번 난리법석을 피웠을 것이다.

테메레르는 그리움이 담긴 목소리로 물었다.
"언젠가 다시 중국에 돌아올 수 있겠지, 로렌스?"
테메레르가 중국에 남겨두고 가는 것은 몇 안 되는 셀레스티얼 혈족과 궁전에서의 화려한 생활만이 아니었다. 중국의 체제가 용들에게 보장하는, 인간과 동등하게 생활하는 자유도 두고 가는 것이었다.
로렌스의 입장에서는 굳이 이 나라로 돌아올 이유가 없었다. 그에게 중국은 복잡한 외교 문제가 얽혀 있어 고민과 위험이 상존하는 나라였다. 솔직히 말해 영국에 비해 용들의 천국인 중국에 대해 묘한 질투마저 느끼고 있었다. 정말 다시는 오고 싶지 않았다. 그러나 테메레르의 마음을 헤아리며 로렌스는 조용히 대답했다.
"전쟁이 끝나면 언제든지 네가 오고 싶을 때 올 수 있어."
승무원들이 짐을 모두 싣고 탑승을 완료할 때까지 로렌스는 테메레르의 다리에 손을 대고 위로해주었다.

3

 새벽녘 그들은 둔황(敦煌)의 푸른 오아시스를 떠났다. 짐을 실은 낙타들이 발을 옮길 때마다 목에 걸린 방울에서 땡그랑땡그랑 종소리가 났다. 낙타들은 날카롭게 그림자가 진 모래 언덕에 길고 부드러운 털이 난 평평한 발로 발자국을 남기며 마지못해 터벅터벅 걸어갔다. 햇빛에 비친 면은 하얗고 그 너머는 어두운 그림자가 드리워져 있어 담갈색 모래 언덕은 마치 펜과 잉크로 그려놓은 대양의 파도 같았다.

 승무원들은 테메레르에게 한 번에 한 마리씩 낙타를 잡아먹게 했고, 그들은 북쪽과 남쪽으로 방향을 바꾸며 지그재그로 나아갔다. 행렬의 발자국 뒤로 테메레르가 잡아먹은 낙타의 뼈가 한 무더기씩 남겨졌다. 얼마 뒤부터 타르케는 대장 낙타를 남쪽 방향으로 끌고 가기 시작했다. 낙타의 등에 어색하게 올라앉아 있는 승무원들과는 달리 낙타들은 나름대로 방향을 잘 가늠하며 걷고 있었다. 테메레르는 어울리지 않게 가축 떼를 모는 개처럼 행렬 뒤에서 느릿느릿 따라왔다. 그건 낙타들이 겁을 먹지 않도록 충분한 거리를 두면서도 낙타들이 왔던 길로 도망치지 못하도록 지키기 위함이었다.

로렌스는 끔찍한 햇볕이 계속 내리쪼일 거라고 예상했으나 다시 방향을 바꾸어 북쪽으로 갈수록 열기는 조금씩 덜해졌다. 정오 무렵에는 온몸이 땀으로 흠뻑 젖을 정도로 더웠으나 해가 지고 한 시간쯤 지나면 뼛속까지 한기가 몰려왔다. 밤에는 물통 전체에 하얀 서리가 내렸다. 타르케의 독수리는 바위 밑 그림자 속에서 재빠르게 돌아다니는 갈색 점이 박힌 도마뱀이나 작은 쥐들을 잡아먹으며 제 스스로 배를 채웠다. 테메레르는 매일 낙타를 한 마리씩 잡아먹었다. 로렌스 일행은 길게 썰어 말린 얇은 육포를 입에 넣고 몇 시간씩 질겅질겅 씹었다. 색깔은 과히 입맛을 돋우지 않았으나 귀리 가루와 구운 밀알이 들어 있어 영양가가 있는 뿌연 차도 마셨다. 낙타들이 지고 있는 물통의 물은 모두 테메레르의 것이어서 사람들은 각자 몸에 차고 있는 물주머니에 이틀에 한번 꼴로 물을 채워가며 마셨는데, 썩어가는 작은 우물에서 퍼낸 소금기가 많은 물이거나 뿌리부터 썩어가는 능수버들이 빽빽이 자라는 진흙투성이의 얕은 물웅덩이에서 퍼 담은 물이 대부분이었다. 그 물은 누렇고, 쓴 맛이 났고, 텁텁해서 끓인 다음에야 겨우 마실 수 있었다.

로렌스는 아침마다 타르케와 함께 테메레르를 타고 하늘로 날아올라 지평선을 뒤틀며 가물거리는 열기의 아지랑이 사이로 주변 지형을 살폈다. 낙타들을 몰고 가기에 제일 편한 길을 찾기 위해서였다. 아지랑이 때문에 시야가 제한되어 남쪽으로 뻗어나간 톈산산맥(天山山脈)이 마치 흐릿한 신기루 위에 떠 있는 것처럼 보였다. 실은 위로 삐죽삐죽 솟아오른 그 산맥 앞에 또 다른 평원이 자리 잡고 있었다.

비행을 좋아하는 테메레르조차 이렇게 말했다.

"풍경이 참 적적하네."

태양의 열기가 기낭에 작용하여 비행에 한결 도움을 주는지 테메레르는 거의 힘들이지 않고 날았다. 로렌스는 낮 동안 나머지 일행을 낙타에 태워 먼저 보내고서 가던 길을 멈추고 테메레르에게 책을 읽어주거나 테메레르가 암송하는 시를 듣곤 했다. 테메레르가 시를 암송하는 습관을 들였던 베이징에서는 셀레스티얼 용들은 전투에 참여하기보다는 시를 짓고 암송하는 일을 주로 하며 살았다. 그러다가 해 질 무렵이 되면 로렌스와 테메레르는 하늘로 날아올라 땅거미 속에서 울려 퍼지는 낙타의 구슬픈 종소리를 쫓아 단숨에 일행을 따라잡았다.

로렌스와 테메레르가 일행 쪽으로 다가와 착륙하는 모습을 보고 그랜비가 뛰어왔다.

"대령님, 중국인 한 명이 사라졌습니다. 요리사요."

로렌스는 테메레르와 다시 한 번 날아올라 주변을 살펴보았으나 도망친 요리사의 모습은 찾을 수가 없었다. 부지런한 살림꾼처럼 쉴 새 없이 바닥청소를 하는 사막의 바람이 낙타의 발자국이 생기기가 무섭게 쓸어버리는 바람에 10분도 지나지 않아 흔적이 사라졌다. 테메레르는 요리사가 타고 간 낙타의 종소리를 듣기 위해 고도를 낮추며 날아보았으나 찾을 수가 없었다. 순식간에 밤이 찾아왔고 모래 언덕에서 길게 뻗어나간 그림자도 암흑 속에 자취를 감추었다. 하늘에 별이 뜨고 가느다란 은빛 달이 모습을 드러냈다.

테메레르가 쓸쓸하게 말했다.

"아무것도 안 보여, 로렌스."

"내일 다시 찾아보자."

로렌스는 테메레르를 위로하려고 이렇게 말을 했으나 요리사를 찾을 수 없음을 잘 알고 있었다. 승무원들은 야영을 하기 위해 천막을 쳤다. 테메레르의 몸에서 내려온 로렌스는 모닥불 주변에 둥글게 모여 있는 일행 쪽으로 다가가며 고개를 절레절레 저었다. 그리고 승무원에게서 걸쭉한 차가 담긴 컵을 받아 든 뒤 흔들리는 모닥불에 언 손과 발을 녹였다.

타르케는 어깨를 으쓱하고 돌아서며 말했다.

"아까운 낙타 한 마리만 잃었네요."

냉정한 말이지만 사실이었다. 달아난 징차오는 그동안 일행들에게 전혀 호감을 얻지 못하고 있었다. 같은 중국인이며 오랫동안 징차오와 알고 지낸 꿍쑤조차도 그가 달아났다는 사실에 아쉬워하는 기색 없이 한숨만 한번 내쉬고는 테메레르를 먹이 쪽으로 데려갔다. 그날의 먹이는 맛을 좀 달리하기 위해 찻잎으로 양념하여 불에 구운 낙타 고기였다.

그 뒤로 그들은 활기라고는 찾아볼 수 없는 오아시스 마을을 몇 개 지나갔다. 마을 사람들은 낯선 자들의 등장에 당황하기는 했으나 불친절하지는 않았다. 그런 마을의 시장들은 하나같이 나태하고 느릿느릿한 분위기였다. 테두리 없는 작고 검은 모자를 쓴 시장 상인들은 그늘에서 담배를 피우거나 향이 강한 차를 마시며 로렌스 일행을 호기심에 찬 눈으로 쳐다보았다. 타르케는 그곳 사람들과 중국어나 다른 언어들을 섞어가며 말을 나누었다. 거친 시장 바닥에는 바람에 실려 온 모래가 쌓여 있었고 군데군데 깊이 팬 홈들도 보였다.

오래전 못을 박은 짐마차의 수레바퀴들이 지나간 자국이었다. 로렌스 일행은 햇볕에 말려 강한 단맛을 내는 살구와 포도, 그리고 아몬드를 조금 샀다. 그리고 깊은 우물에서 깨끗한 물을 길어 물주머니를 채운 뒤 행군을 계속했다.

어느 날 저녁, 낙타들이 불길한 신음소리를 내기 시작했다. 다가올 위험에 대한 경고의 표시였다. 불침번을 서던 승무원이 심상치 않은 분위기를 감지하고 로렌스를 깨웠다. 멀리서 낮게 몰려오는 모래 구름이 하늘의 별들을 집어삼키고 있었다.

타르케가 말했다.

"당분간 아무것도 먹지 못할 테니 테메레르에게 지금 먹이와 물을 먹게 하세요."

두 명의 승무원들이 한 마리의 낙타에게 다가가서는 옆이 평평한 나무 물통 두 개를 밑으로 내려 뚜껑을 열고 그 안에 든 불룩한 가죽 물주머니를 꺼냈다. 그리고 물주머니 곁에 묻은 축축하고 차가운 톱밥을 털어낸 뒤 그 안에 든 물과 얼음을 테메레르의 입에 부었다. 테메레르는 납작 엎드린 채 입을 벌려 그 물을 받은 다음 입을 꾹 다물고 머리를 위로 들며 꿀꺽 삼켰다. 벌써 일주일째 이런 식으로 물을 마셨기 때문에 테메레르는 물을 한 방울도 흘리지 않았다. 물통을 내려놓은 낙타는 눈알을 이리저리 굴리며 다른 낙타들과 떨어지지 않으려고 버둥거렸으나 소용없었다. 덩치 큰 프랫과 그의 조수가 그 낙타를 천막 뒤로 끌고 가자 꿍쑤는 칼을 꺼내 낙타의 목을 벤 뒤 솟아나오는 피를 사발에 받았다. 테메레르는 마지못해 그 고기를 먹었다. 사실 테메레르는 낙타 고기에 점점 질려가고 있었다.

모래 폭풍이 몰려오기 전에 남은 낙타 열다섯 마리를 천막 안에 몰아넣어야 했다. 지상 요원들이 천막을 더 단단히 바닥에 고정하는 동안 그랜비는 중위, 소위들과 함께 낙타들을 두 천막으로 나누어 몰아넣었다. 미세한 모래층이 모래 언덕 표면을 후려치며 타 넘고 있었다. 그들은 목깃을 세우고 입과 코를 목도리로 둘둘 감았다. 가장자리에 털을 댄 천막들은 추운 밤의 한기를 막아주는 역할로는 괜찮았으나 아직 낮의 열기가 남아 있는 상태에서 천막 안에 들어앉아 있자니 죽을 맛이었다. 승무원들은 낙타들을 간신히 천막 안에 몰아넣고서 얇은 가죽으로 만든 거대한 천막을 치고 그 안으로 들어와 테메레르와 함께 머물렀다. 천막 안은 숨막히게 덥고 비좁았다.

 마침내 모래 폭풍이 그들을 덮쳤다. 사납게 쉭쉭거리는 것이 빗소리와는 사뭇 달랐다. 모래 폭풍은 가죽 천막의 벽을 쉴 새 없이 후려치면서 예측할 수 없는 간격을 두고 날카로운 비명을 질렀다가 속삭이는 소리로 잦아들었다가를 반복했다. 로렌스와 승무원들은 잠깐씩 불안하게 선잠을 잘 뿐, 깊은 잠을 잘 수가 없어 점점 피곤에 찌들어갔다. 불이 날까봐 천막 안에 랜턴을 여럿 켜둘 수도 없었다. 해가 지면 로렌스는 캄캄한 어둠 속에서 테메레르의 머리 쪽에 기대 앉아 바람이 울부짖는 소리에 귀를 기울였다.

 독수리는 양어깨 사이에 머리를 넣고 새장 안에 얌전히 웅크리고 있었다. 그 독수리를 위해 가죽을 잘라 젓갖(사냥용으로 기르는 매나 독수리의 두 발에 각각 잡아매는 가느다란 가죽 끈―옮긴이 주)을 만들고 있던 타르케가 입을 열었다.

 "이 카라부란(위구르어로 '검은 폭풍'이라는 뜻. 사막의 모래 폭풍을 지칭한다―옮긴이 주)을 악귀들의 짓이라 부르는 이들도 있습니다. 잘 들어보면 악귀들의 목소리가 들릴 것입니다."

나지막하고 구슬픈 울음소리와 외국어로 중얼거리는 듯한 말소리가 들리는 것도 같았다. 두려움을 느끼기는커녕 흥미롭게 귀를 기울이던 테메레르가 말했다.

"무슨 말을 하는 건지 모르겠어. 어디 언어야?"

타르케가 진지하게 대답했다.

"인간의 언어도, 용의 언어도 아니야. 그렇지만 저 소리를 오랫동안 듣다보면 혼란에 빠져 길을 잃게 되고 말지. 그렇게 길을 잃은 자들은 뼈다귀만 남아 사막을 뒹굴면서 다른 여행자들에게 사막 폭풍을 조심하라는 경고를 해주고 있지."

어린 소위들은 귀를 쫑긋 세웠고 조금 나이가 있는 장교들은 관심 없는 척하고 있었다. 에밀리와 다이어는 눈을 휘둥그렇게 뜨며 서로에게 가까이 붙어 앉았다.

테메레르는 믿기 어렵다는 말투로 말했다.

"흠. 나를 잡아먹을 수 있는 악귀가 있다면 한번 보고 싶군."

그 말마따나 아주 거대한 크기의 악귀라야 테메레르를 잡아먹을 수 있을 터였다.

타르케가 입가를 씰룩거리며 말했다.

"악귀들이 감히 우리를 괴롭히지 못하는 것도 너 때문이지. 크기가 너 정도만한 용은 사막에서 흔히 볼 수 있는 게 아니니까."

그 말을 들은 승무원들과 요리사는 얼른 테메레르 쪽으로 더 가까이 모여들었고 천막 밖으로 나가보겠다고 말하는 이는 아무도 없었다.

얼마 뒤 일행 대부분이 꾸벅꾸벅 졸고 있는데 테메레르가 타르케에게 조용히 물었다.

"용들이 자기네 언어로 얘기하는 걸 들어본 적 있어? 지금까지 나는 용들이 인간을 통해서만 말을 배워 쓸 수 있다고 생각해왔거든."

"있지! 용들의 언어 중에 두르자크어라고 있는데, 사람들은 그 언어를 제대로 발음하지 못해. 용이 인간의 언어를 쉽게 배우는 반면, 인간이 용의 언어를 배우기가 쉽지 않은 것도 그 때문이지."

"그렇군! 나한테 가르쳐줄 수 있어?"

테메레르 같은 셀레스티얼들은 다른 품종의 용들과는 달리 부화한 뒤 유아기를 지나서도 새로운 언어를 익히는 데 어려움이 없었다.

"배워도 거의 쓸모가 없을걸. 파미르 고원(중앙아시아 남동쪽에 있는 고원. 티베트 고원과 히말라야 산맥, 카라코룸 산맥, 쿤룬 산맥, 톈산 산맥이 모여 이룬 것으로 세계의 지붕이라 불린다 — 옮긴이 주)이나 카라코룸 산맥 같은 데서만 쓰는 언어니까."

"상관없어. 영국으로 돌아가면 유용하게 써먹을 수 있을 것 같아서 그래. 로렌스, 우리가 나름대로 언어를 만들어 쓰고 있는 것을 알면 영국 정부에서도 우리를 다른 짐승들과 달리 취급하고 인정해주지 않을까?"

테메레르가 동의를 구하며 쳐다보자 로렌스가 대답했다.

"제대로 정신이 박혀 있다면 인정하겠지."

타르케가 코웃음을 치며 로렌스의 말을 가로막았다.

"오히려 그 반대일걸요. 영어 외에 다른 언어를 쓰니 여전히 짐승일 뿐이고 주목할 가치조차 없는 생물이라고 하겠지요. 그래도 배우겠다면 가르쳐줄게, 테메레르. 우선 더 높은 소리를 내야 하는데 영어에서는 이런 발음이랑 비슷해."

곧 타르케의 목소리가 변하며 몇 마디 말을 내뱉었다. 상류 사회

사람들이 즐겨 쓰는 식의 느리게 질질 끄는 영어였다.

테메레르는 몇 번 따라 해본 뒤 말했다.

"특이한데. 같은 영어 단어를 방법을 달리해서 발음하다니. 문장 전체를 말하려면 꽤나 힘들겠군. 이런 영어를 쓰는 사람과 말하려면 통역관이라도 불러야 하는 거 아냐?"

"그렇지. 변호사라고 불리는 족속들을 불러야겠지."

타르케는 이렇게 말하고는 나지막하게 웃었다.

로렌스가 무미건조하게 말했다.

"그런 식으로 말하는 법은 배우지 않는 편이 좋아. 런던의 일류 상점가인 본드 가의 몇몇 상인들에게만 깊은 인상을 줄 수 있을 뿐이니까. 그나마 도망치지 않고 네 말을 끝까지 들어줄 때 얘기지만."

로렌스의 말에 타르케는 얼굴에서 웃음을 거두며 말했다.

"대령님 말씀이 백번 옳아. 신사답게 영어를 쓰려면 로렌스 대령님의 말투를 그대로 따라 배우는 편이 훨씬 낫지. 영국 관리들도 다 인정하는 바일걸."

어둠에 가려 표정을 볼 수는 없었으나 왠지 조롱당하는 것 같은 기분이었다. 악의는 없는 듯했으나 듣고 있자니 짜증이 나서 로렌스는 다소 냉랭하게 말했다.

"영국인들의 말투에 대해 연구를 많이 한 모양입니다, 타르케 씨."

타르케는 어깨를 으쓱하며 대꾸했다.

"꽤나 가혹한 필요에 의해 어쩔 수 없이 연구를 조금 했죠. 어떤 영국인들은 내가 자기네랑 다르다며 내 권리를 부정하고 자기네한테 편리한 때에 사소한 핑계를 들어 나를 해고해버리더군요."

그리고 타르케는 테메레르를 돌아보며 덧붙였다.

"너도 앞으로 그런 일을 겪게 될 거다. 네가 어떤 주장을 하더라도 기득권층은 자기네가 보유한 힘과 특권을 절대로 나눠주려 하지 않을 테니까."

뿌리 깊은 냉소가 깃들여 있는 그 말은 로렌스가 테메레르에게 했던 그 어떤 말보다도 지독했으나 사실이기에 반박할 수가 없었다. 로렌스는 테메레르가 타르케의 충고를 너무 마음 깊이 새기지 않기를 바랐다.

테메레르는 불안한 목소리로 타르케에게 말했다.

"기득권층은 왜 다른 이들을 정의롭게 대하려 하지 않는지 이해가 안 돼."

"정의는 원래 값비싼 거야. 그래서 세상에는 정의가 드문 것이지. 정의는 그것을 살 수 있을 정도로 돈이 많고 세력이 강한 소수만이 차지할 수 있는 것이니까."

듣다 못한 로렌스가 나섰다.

"세상 어떤 곳에서는 그런 모양이지만 다행히 영국은 법으로 국민을 지배하는 국가입니다. 그 법은 어느 누구도 전제 군주가 되어 횡포를 휘두르지 못하게 막는 역할을 하지요."

타르케가 말했다.

"법이라는 것이 너러는 선세 권틱을 여러 사람에게 나눠주는 역할을 하기도 합니다. 그런 면에서 보면 중국의 국가 체계가 영국보다 나을지도 모릅니다. 전제 군주가 나라를 다스린다면 그 군주에게 제약을 가하는 것은 그리 어렵지 않습니다. 그가 정말 포악한 군주라면 왕좌에서 끌어내리면 되니까요. 그러나 타락한 의회의 구성원들 백 명이 뭉치면 한 명의 전제 군주보다 훨씬 더 악독한 일을 저지르기도 하죠. 전제 권력을 여럿이 나눠 갖고 있으니까 뿌리째 뽑아내기도 아주 어렵고요."

로렌스는 몹시 화가 나서 날카롭게 물었다.

"그럼 나폴레옹은 어느 정도 수준에 있는 것 같습니까?"

부패한 의회를 비판하고 정의로운 개혁을 주장하는 것은 좋으나 영국의 법체계를 전제주의와 함께 싸잡아 비난하는 것은 참을 수 없었다.

타르케가 물었다.

"인간으로서, 아니면 한 나라의 군주로서 말입니까? 혹은 프랑스 정부 체계 자체의 수준을 말씀하시는 것입니까? 프랑스 안에서 어떤 부정한 일들이 저질러지고 있는지에 대해서는 들은 바가 없어 모르겠습니다. 나폴레옹이 일반 대중을 위해 귀족과 부자들을 처형한 것은 도저히 있을 법하지 않은 일이긴 합니다만, 그것이 부당한 짓이었다고는 생각되지 않습니다. 물론 나폴레옹 정부가 얼마나 오래 지속될 수 있을지는 모르겠지만요. 나머지 부분에 대해서는 대령님의 판단에 따르겠습니다. 이를테면, 대령님은 전장에서 누굴 역할 모델로 삼고 계십니까? 영국의 훌륭한 조지 왕인가요, 아니면 코르시카 출신 포병 장교에서 황제가 된 나폴레옹인가요?"

"저야 물론 넬슨 제독입니다. 넬슨 제독도 나폴레옹 못지않게 명예를 추구하는 분입니다만 영국과 영국의 국왕 폐하를 위해 기꺼이 자신의 재능을 바쳤고 스스로 전제 군주가 되기보다는 영국 국민과 국왕이 베푼 보상을 명예롭게 받아들이셨지요."

"그렇게 훌륭한 분을 예로 드시니 도저히 논쟁에서 이길 수 없겠군요. 쓸데없는 소리를 한 것 같아 부끄럽기까지 하네요."

천막 밖이 밝아오자 타르케의 얼굴에 희미한 미소가 깃든 것이 보였다.

"폭풍이 잠시 멈춘 모양입니다. 나가서 낙타들을 넣어둔 천막을 들여다보고 오겠습니다."

타르케는 이렇게 말하고는 면으로 된 베일로 얼굴을 여러 번 칭칭 감고 모자를 푹 눌러 썼다. 그리고 장갑을 끼고 망토를 두른 뒤 천막 입구를 들추고 밖으로 나갔다.

조금 뒤 테메레르가 미심쩍어하는 말투로 제일 걱정하고 있던 부분을 끄집어냈다.

"영국 용이 한두 마리가 아니니까 영국 정부에서도 우리의 주장에 귀를 기울여야 할 텐데."

"귀 기울이게 될 거야."

로렌스는 울적하고 화가 나서 별 생각 없이 이렇게 대답했다가 곧 후회했다. 확신이 필요했던 테메레르는 로렌스의 그와 같은 대답에 곧 얼굴이 밝아지며 말했다.

"그럴 줄 알았어."

이제 어떤 말로도 테메레르의 기대치를 낮출 수 없을 터였다.

그 다음날에도 모래 폭풍이 지속되었다. 어찌나 지독한지 가죽 천막 곳곳이 모래에 닳아 구멍이 날 지경이었다. 승무원들은 천막 안쪽에 가죽 조각을 대고 구멍이 날 것 같은 부분을 기웠으나 틈새마다 미세한 먼지가 들어와 옷과 음식에 스며들었다. 차가운 육포를 씹을 때마다 모래가 같이 씹혀서 먹기가 괴로웠다. 테메레르는 가끔씩 한숨을 쉬면서 몸을 부르르 떨었고 그때마다 어깨와 날개에서 모래가 폭포처럼 바닥으로 흘러내려 천막 안쪽에 작은 사막을 이룰 지경이었다.

이 모래 폭풍이 언제나 끝날지 알 수 없었다. 다행히 얼마 뒤부터 바람 소리가 잦아들고 조용해지기 시작하여 그들은 며칠 만에 처음으로 깊은 잠을 잘 수 있었다. 천막 밖에서 독수리의 만족스런 울음소리가 들리자 로렌스는 퍼뜩 잠에서 깼다. 비틀거리며 천막 밖으로 나가보니 독수리가 낙타의 시체에서 살점을 뜯어먹고 있었다. 모닥불을 피웠던 구덩이를 가로질러 쓰러져 있는 그 낙타는 목이 부러져 있었고 모래에 쓸려 하얀 갈비뼈가 반쯤 드러나 있었다.

로렌스의 뒤에서 타르케가 말했다.

"천막 하나가 버텨내질 못한 모양입니다."

그 말뜻을 곧장 알아듣지 못한 로렌스는 주변을 찬찬히 둘러보았다. 먹이 더미 곁에서 느슨해진 밧줄에 묶여 있는 낙타 여덟 마리는 오랫동안 천막 안에 갇혀 있어서인지 다리가 뻣뻣해진 듯했다. 그 낙타들이 들어가 있던 천막은 무너져 내리지는 않았으나 한쪽에 모래가 잔뜩 쌓여 있고 그 무게 때문에 비스듬히 기울어져 있었다. 그런데 두 번째 천막이 보이지 않았다. 천막이 있던 자리에는 땅에 깊숙이 박아둔 쇠말뚝 두 개 뿐이었다. 그리고 그 아래 박혀 있던 천막의 갈색 가죽 일부가 바람에 펄럭거리고 있었다.

두려움이 엄습해왔다.

"나머지 낙타들은 다 어디 있지?"

로렌스는 이렇게 물으며 곧장 테메레르를 타고 날아올랐다. 승무원들도 사방으로 퍼져나가 소리를 치며 낙타들을 찾아보았으나 소용없었다. 사막의 바람은 발자국 하나 남겨놓지 않았고 피투성이가 되었을지도 모를 낙타들의 살점조차 찾을 수 없었다.

정오 무렵 그들은 낙타를 찾는 것을 포기하고 절망한 채 야영지로 돌아와 짐을 꾸리기 시작했다.

잃어버린 낙타는 총 일곱 마리였고 낙타들이 소란을 떨며 돌아다니지 않게 하기 위해 몸에 계속 채워둔 물통들도 함께 사라졌다.

기운이 쭉 빠진 로렌스는 한 손으로 이마의 땀을 닦으며 타르케에게 물었다.

"체르첸으로 돌아가서 낙타를 더 사오는 게 어떻겠습니까?"

이렇게 묻긴 했으나 로렌스도 사흘 전 들렀던 그 마을의 거리에서 동물들을 별로 보지 못한 것을 떠올렸다.

"힘들기만 할 겁니다. 사막에선 낙타가 귀해서 가격도 아주 비쌉니다. 건강한 낙타를 용의 먹이로 내줄 리도 없고요. 그 마을로 돌아가는 것은 별로 좋은 생각이 아닙니다."

로렌스가 의심스러운 눈초리로 쳐다보자 타르케가 덧붙였다.

"이런 일에 대비해서 일부러 넉넉하게 삼십 마리를 사시도록 한 겁니다. 계획한 것보다 더 좋지 않은 상황이긴 합니다만 남은 여덟 마리만 갖고도 케리야 강까지 갈 수 있습니다. 그때까지 테메레르의 먹이 분량을 조절하고 오아시스에서 물통을 채워가면서 최대한 버텨야 합니다. 힘들겠지만 해낼 수 있을 겁니다."

더는 시간을 지체할 수 없기에 타르케의 말대로 해야겠다 싶었다. 낙타를 더 사들이기 위해 사흘에 걸쳐 체르첸으로 되돌아가더라도 테메레르 같은 대형 용이 찾아오는 일이 거의 없는 그 마을에서 먹이와 물을 충분히 구하는 것이 쉽지 않을 터였다. 무엇보다 여기서 그곳까지 갔다가 돌아오는 데에만 일주일도 넘게 걸릴 것이었다. 타르케의 자신 있는 말투에도 불구하고 로렌스는 어딘지 모르게 찜찜했다.

로렌스는 그랜비를 천막 뒤로 따로 불러 그 문제를 의논했다. 로렌스는 이스탄불로 용알을 가지러 가는 임무에 대해서는 그랜비를 제외한 다른 승무원들에게 아직 알려주지 않고 있었다. 그저 항구에서 장기간 지체하지 않기 위해 육로를 통해 영국으로 돌아가는 것이라고만 말해두었을 뿐이었다. 지브롤터 공군 기지의 용들을 보내도 될 곳에 테메레르가 굳이 용알을 가지러 가게 되었다는 것을 알면 승무원들이 동요할 것이고 유럽 정세에 대해 쓸데없는 불안감이 조성될 우려가 있기 때문이었다.

로렌스의 말을 듣고 그랜비가 다급한 어조로 말했다.

"일주일이면 용알을 싣고 이스탄불에서 가까운 영국군 주둔지, 즉 몰타 섬의 전초 기지를 지나 지브롤터에 도착하고도 남습니다. 그 일주일로 우리 임무의 성패가 갈리게 될 겁니다. 다른 승무원들에게 물어보셔도 저와 같은 생각일걸요. 지금보다 두 배는 더 허기와 갈증에 시달리더라도 이대로 전진해야 합니다. 타르케도 우리가 목이 말라 죽을 거라고 말하지는 않았잖습니까?"

돌연 로렌스가 물었다.

"타르케의 판단을 전적으로 신뢰할 수 있겠나?"

"우리들보다는 이 지역에 대해 잘 알고 있으니까요. 무슨 뜻으로 물어보신 겁니까?"

로렌스는 불안한 마음을 어떻게 표현해야 할지 판단이 서지 않았다. 자신이 무엇을 두려워하는지조차 확실히 알 수 없었다.

"우리 목숨을 전적으로 그자의 손에 맡기는 것이 탐탁지 않아. 지금 가진 식량과 물만 갖고 며칠 더 전진하다가는 체르첸까지 돌아갈 수도 없게 돼. 만일 타르케가 잘못 판단한 거라면……."

그제야 그랜비도 미심쩍어하는 말투로 말했다.

"지금까지 길 안내를 잘 해오긴 했지만, 그는 가끔 이해할 수 없는 행동을 하더군요."

로렌스가 나지막하게 말했다.

"타르케는 모래 폭풍이 불던 중에 천막 밖으로 나갔다가 한참 뒤에 돌아왔어. 모래 폭풍이 불기 시작하고 다음날 정오쯤이었던가……. 낙타들이 있는 천막을 들여다보고 온다고 하면서 나갔지."

잠시 말없이 서 있던 그랜비가 제안했다.

"낙타가 죽은 시간이 대략 언제쯤인지 알아내면 타르케의 행동에 대해 확실히 판단할 수 있지 않겠습니까?"

두 사람은 모닥불 위에 죽어 있던 낙타를 살펴보러 갔지만 이미 늦고 말았다. 꿍쑤가 그 낙타 시체를 가져다가 큰 덩어리로 자르고 꼬챙이에 꿰어 불에 굽고 있었던 것이다. 이미 갈색이 되도록 구워졌으니 죽은 시점을 알아내는 것은 불가능했다.

체르첸으로 돌아갈지 말지에 대해 의견을 묻자 테메레르가 말했다.

"되돌아가는 것은 별로 내키지 않는데. 이틀에 한 번씩만 먹어도 상관없어."

그리고 나지막하게 덧붙였다.

"한 번에 낙타 한 마리씩으로 계산해서."

로렌스는 불안한 마음을 뒤로 하고 결단을 내렸다.

"좋아. 전진한다."

테메레르가 먹이를 다 먹은 뒤 일행은 모래 폭풍으로 더 황량해진 사막을 걸어갔다. 덤불과 풀이 모래에 파묻히고 알록달록한 자갈들마저 휩쓸려 가버려 보이는 것이라곤 모래뿐이었다. 누군가 지나간 발자국이라도 보이면 반가우련만 그들의 발길을 인도하는 것은 오직 나침반과 타르케의 직관뿐이었다.

길고 건조한 낮 동안 괴롭고 단조로운 분위기에서 수 킬로미터의 사막을 천천히 밟으며 앞으로 나아갔다. 그들이 가는 길에는 무너진 우물가도 하나 없고 생명의 흔적도 보이지 않았다. 이제 승무원들은 우울한 표정으로 테메레르의 몸에 올라탄 채 낙타들의 뒤를 따랐다. 다른 때보다 물을 반밖에 마시지 못한 테메레르는 머리를 푹 숙이며 걸었다.

딕비가 갈라진 입술을 벌리며 손가락으로 방향을 가리켰다.

"대령님, 저쪽에 시커먼 게 보입니다. 그리 크진 않습니다만."

로렌스의 눈에는 아무것도 보이지 않았다. 해가 저물기 시작하자 뒤틀린 작은 암석들과 나무 그루터기들이 사막에 기묘하게 긴 그림자를 드리우고 있어 더 눈앞을 분간하기 힘들었다. 그러나 어린 딕비는 시력이 좋았고 과장하는 버릇도 없었으며 망꾼들 중에 제일 믿음직한 녀석이었다. 그래서 일행은 다 같이 딕비가 가리킨 방향으로 나아갔다. 가까이 가면서 보니 둥글고 시커먼 자국으로만 보일 뿐 너무 작아서 우물 입구라고 보기는 어려웠다. 타르케는 그 옆에 낙타들을 세워놓고 내려다보았다. 테메레르의 목에서 땅으로 미끄러져 내려온 로렌스도 타르케 옆으로 다가갔다. 그것은 그들이 모래 폭풍이 부는 와중에 잃어버린 물통의 뚜껑 중 하나였다. 그 뚜껑은 엉뚱하게도 아침의 야영지에서 50킬로미터나 떨어진 이곳까지 날아와 있었던 것이다.

 에밀리와 다이어가 가늘고 긴 육포를 반쯤 먹다가 내려놓자 로렌스가 엄격하게 말했다.
 "배급받은 식량을 남기지 마."
 다들 배가 고팠으나 건조해진 입 안에 육포를 넣고 씹어 넘기자니 몹시 고역스러웠다. 견디다 못한 승무원들은 테메레르의 물통에서 조금씩 물을 훔쳐 먹고 있었다. 또다시 기나긴 하루가 지났으나 우물은 찾을 수 없었다. 구우면 수분이 빠져나가기 때문에 테메레르는 이제 낙타를 날것 그대로 먹었다.
 이틀 뒤 그들은 바짝 말라 바닥이 쩍쩍 갈라진 수로를 가로지른 뒤 타르케의 조언에 따라 북쪽으로 방향을 돌렸다. 그리로 가면 오래된 도시가 있다니 물을 조금 찾을 수 있을지도 몰랐다. 마침내 도착한 그 도시에는 이리저리 뒤틀리고 꼬인 고목들이 양옆에서 가지를 드리우고 있었다. 작고 마디진 그 가지들은 종이처럼 건조해서 불이 아주 잘 붙었다. 그들은 고목의 가지를 모아 만든 횃불을 켜들고 물을 찾아 주변을 살폈다. 한참 지나자 도시의 흔적이 조금씩 드러나기 시작했다.

 모래 위로 튀어나온 산산조각 난 목재들은 수년간 모래 바람에 마모되어 끝이 날카롭고 뾰족하게 서슬을 세우고 있었고 진흙과 윗가지를 섞어 만든 벽돌들은 부서진 채 바닥에 뒹굴고 있었다. 사막에 먹혀버린 도시의 잔해였다. 한때는 이 도시에 생명을 주었을 강도 바닥을 드러낸 채 미세한 모래로 뒤덮여 있었다. 눈에 보이는 생명체라고는 모래 언덕 위쪽에 질긴 생명력으로 들러붙어 자라는 사막의 갈색 풀들뿐이었다. 낙타들은 그 풀에 달려들어 허겁지겁 뜯어먹었다.

이대로 하루만 더 가면 체르첸으로 되돌아가는 것은 영영 불가능해지는 것이었다. 모닥불을 피우기 위해 오래되고 부서진 목재를 한가득 들고 오며 타르케가 말했다.

"여기가 원래 지나기 힘든 지역입니다. 그래도 조만간 물을 찾을 수 있을 겁니다. 이 도시까지 왔으니 우리는 과거 대상들이 다니던 오래된 길을 잘 따라가고 있는 겁니다."

바짝 마른 목재들은 곧 타닥타닥 불꽃을 튀기며 활활 타올랐다. 그들은 도시의 잔해에 둘러싸인 채 재투성이 바닥에 앉았다. 모닥불에서 나오는 온기를 받으니 그나마 위안이 되었다. 로렌스는 한옆으로 걸어가 생각에 잠겼다. 방향을 가늠하게 해주는 지표나 길도 보이지 않는 곳이니 그가 갖고 있는 지도들은 쓸모가 없었다. 테메레르가 배를 주리고 갈증에 시달리는 모습을 보며 로렌스의 인내심은 바닥을 드러내고 있었다.

"걱정하지 마, 로렌스. 난 괜찮아."

테메레르는 이렇게 말하면서도 남아 있는 낙타들에게서 눈을 떼지 못했다. 하루가 다르게 지쳐가는 테메레르는 이따금씩 모래에 꼬리를 질질 끌며 걸었고 그 모습을 보며 로렌스는 가슴이 아렸다. 날아갈 기운도 없는지 테메레르는 낙타들의 뒤를 따라 터벅터벅 걷다가 자주 엎드려 쉬었다.

그날 아침에 체르첸으로 돌아갔다면 테메레르는 실컷 먹고 마실 수 있었을 텐데. 지금이라도 물통 두 개와 도살한 낙타 한 마리를 테메레르의 몸에 싣고 날아간다면 이틀 내에 체르첸에 도착할 수 있을 것이다. 테메레르가 짐을 가볍게 하고 훈련생들과 어린 소위들만 태운 채 물과 식량을 충분히 싣고 간다면 가능한 일이었다. 훈련생들과 소위들을 여기 두고 간다면 다른 이들의 발걸음을 늘어지게 만들겠지만, 어려서 물과 식량이 그리 많이 필요하지 않으니 우선 테메레르에게 태우고 먼저 출발하면 될 듯했다. 나머지 일행을 여기 두고 가고 싶진 않았으나 그들에게 낙타 네 마리와 그 낙타에 실린 물통을 주고 가면 그들도 얼마 뒤에는 테메레르의 뒤를 따라 체르첸까지 걸어 올 수 있을 터였다. 하루에 30킬로미터씩 걸어야 되겠지만.

그러나 자금 문제가 마음에 걸렸다. 체르첸에서 낙타들을 찾아낸다 해도 낙타들을 구입할 은화가 충분하지 않았다. 혹시 중국 황제의 양자라는 지위를 이용해서 후한 값을 쳐주며 외상으로 살 수도 있지 않을까? 아니면 테메레르의 노동력을 대가로 지불하거나. 사막의 작은 마을이니 좀처럼 만나기 힘든 대형 용의 노동력을 이용해서 여러 일들을 빠르게 처리하려 할지도 모른다. 최악의 상황에는 나중에 다시 끼워 넣기로 하고 칼자루에서 금과 보석을 떼어내 팔거나 살 사람만 있으면 붉은 꽃병이라도 팔 생각이었다. 그러나 그렇게 되면 시간이 많이 지연될 게 분명했다. 한 달까지는 아니더라도 수주일이 걸릴 수도 있었다. 그 밖에 새로운 위험요소들도 고려해야 했다. 로렌스는 차례가 되어 불침번을 서고 난 뒤에도 결단을 내리지 못한 채 고민하다가 잠이 들었다. 그리고 새벽이 밝기도 진에 그랜비가 흔들자 찌뿌드드한 상태에서 눈을 떴다.

"테메레르가 무슨 소리를 들었다고 합니다. 말 울음소리 같답니다."

조금 뒤 버려진 도시 바깥 쪽에 위치한 초승달 모양의 나지막한 모래 언덕을 따라 아침 햇살이 비치기 시작했다. 곧이어 다리가 짧고 털이 북슬북슬한 조랑말을 탄 한 무리의 남자들이 모래 언덕 위로 모습을 드러냈다. 로렌스와 그랜비가 쳐다보고 있는 동안 대여섯의 남자들이 추가로 언덕 위로 올라왔다. 그들 중 일부는 짧고 휘어진 사브르 검을 들었고 활을 든 자들도 있었다.

로렌스가 명령했다.

"천막을 치우고 낙타들의 두 다리를 묶어. 딕비, 너는 에밀리와 다이어, 다른 소위들과 함께 낙타들을 지켜. 낙타들이 도망가지 못하게 해야 해. 그랜비, 부하들에게 식량이 든 자루를 들고 저기 무너진 벽 쪽에 모여 있으라고 해."

테메레르는 궁둥이를 바닥에 댄 채 몸을 일으키며 놀랐다기보다는 기대에 찬 목소리로 물었다.

"싸우는 거야? 저 말들 맛있어 보이는데."

"만만하게 보이지 않도록 준비만 하고 있어. 우리가 먼저 공격하지는 않을 거다. 저들은 아직 우리에게 어떤 위협도 가하지 않았으니까. 그리고 저들과 싸우기보다는 도움을 얻는 편이 나아. 백기를 들고 저들 쪽으로 가야겠다. 타르케는 어디 있지?"

타르케가 보이지 않았다. 그의 독수리와 낙타 한 마리도 사라졌다. 그가 떠나는 모습을 본 자는 아무도 없었다. 의심을 품고 있긴 했으나 막상 타르케가 말없이 사라진 것을 알자 로렌스는 충격을 받았다. 그리고 그 충격은 곧 차가운 분노로 변했고 두려움이 엄습했다. 여기까지 와서 낙타 한 마리를 도둑맞았으니 체르첸까지 돌아갈 수도 없었다. 어젯밤 로렌스 일행이 켜둔 모닥불이 적대적인 눈빛을 한 저 남자들을 이리로 끌어들인 모양이었다.

정신을 추스르며 로렌스가 말했다.

"좋아. 그랜비, 승무원들 중에 중국어를 조금이라도 할 줄 아는 자들을 모아. 나와 함께 백기를 들고 저들 쪽으로 간다. 우리의 뜻이 제대로 전달되기만을 바라야지."

"대령님은 여기 계십시오."

그랜비가 로렌스를 보호하기 위해 막아섰으나 그 문제로 왈가왈부할 시간이 없었다. 그런데 돌연 말을 탄 자들이 방향을 돌려 모래 언덕 너머로 사라졌다. 테메레르 쪽으로 가지 않자 안심한 조랑말들이 기분 좋게 히히힝 울었다.

실망한 테메레르는 네 발을 모두 땅에 대고 엎드리며 말했다.

"에이."

나머지 승무원들은 여전히 경계 태세를 풀지 않았으나 그 남자들은 다시 돌아오지 않았다.

그랜비가 나지막하게 말했다.

"대령님, 저들은 이곳 지리를 잘 알지만 우리는 그렇지 못합니다. 저들이 우리를 노리고 있다면 지금은 일단 물러갔다가 오늘밤에 다시 기회를 노리겠죠. 우리가 또다시 야영을 하려고 천막을 치는 순간 우리를 덮칠 겁니다. 테메레르에게도 해악을 끼칠지 모르니 저렇게 가게 내버려두면 안 됩니다."

"자네 말이 맞아. 저들은 말에 물통도 싣고 있지 않았더군."

로렌스 일행은 짐을 꾸린 뒤, 모래 언덕 너머로 뻗어나간 조랑말들의 발자국을 따라 남서쪽으로 나아갔다. 모래 언덕 여러 개를 넘어가는 동안 뜨거운 바람이 얼굴을 스쳤다. 어느 순간부터 낙타들이 나지막하게 웅얼거리더니 고삐를 세게 잡아끌지도 않았는데 발걸음을 재촉했다. 그리고 바로 다음 모래 언덕을 넘어서자 좁게 늘어선 푸른 백양나무들이 바람결에 살랑살랑 흔들리는 풍경이 눈에 들어왔다.

오아시스였다. 움푹 들어간 자리에 있어 눈에 띄지 않았던 것이다. 작은 물웅덩이는 진흙투성이에 소금기가 많았으나 지금은 그 어떤 물보다도 맛있게 보였다. 조랑말을 타고 왔던 남자들은 오아시스 한옆에 모여 있었고 조랑말들은 다가오는 테메레르를 쳐다보며 불안하게 눈알을 이리저리 굴리고 있었다. 그리고 그 남자들 사이에 타르케가 낙타와 함께 서 있는 모습이 보였다. 타르케는 자기가 무슨 잘못을 저질렀는지도 모르는 듯 아무렇지도 않은 표정으로 그 낙타를 타고 로렌스에게 다가와 말했다.

"저들이 대령님 일행을 봤다고 내게 알려줬습니다. 잘 따라오셔서 다행입니다."

"과연 그런가?"

그 말에 타르케는 입을 다물고 로렌스를 쳐다보았다. 그리고 돌연 한쪽 입 꼬리를 살짝 올리며 말했다.

"따라 오십시오."

타르케의 안내를 받으며 로렌스 일행은 권총과 칼을 손에 든 채 물웅덩이의 구불구불한 가장자리를 돌아 큰 구조물 앞에 섰다. 풀로 뒤덮인 언덕의 한옆에 있는 그 구조물은 좁고 긴 진흙 벽돌을 쌓아 벽을 만들고 둥근 지붕을 덮은 것이었는데 주변에 자라는 풀과 같은 누런 색깔이었다. 아치형 입구를 통해 안을 들여다볼 수 있게 되어 있었고 안쪽 맞은편에 나 있는 작은 창문을 통해 들어온 한 줄기 햇빛이 내부의 어두컴컴한 물을 비추고 있었다.

타르케가 말했다.

"부하들을 시켜 이 사르도바(중앙 아시아의 대상 길을 따라 설치된 지붕을 얹은 저수 장치. 여행자와 동물들에게 물을 공급하는 역할을 했다—옮긴이 주) 우물 입구를 넓혀 테메레르가 물을 마실 수 있게 하십시오. 지붕이 무너지지 않게 조심하셔야 합니다."

로렌스는 보초를 한 명 세워 오아시스 맞은편에 모여 있는 남자들을 지켜보게 했고, 프랫과 키 큰 두 명의 중위에게 우물 입구를 넓히도록 지시했다. 프랫과 중위들은 망치와 지렛대를 이용해서 거친 벽돌을 깨부수고 입구를 넓혔다. 입구가 조금 넓어지자마자 테메레르는 얼른 주둥이를 그 안으로 집어넣고 물을 벌컥벌컥 마시며 목을 축였다. 조금 뒤 주둥이를 밖으로 뺀 테메레르는 입가로 뚝뚝 떨어지는 물을 두 갈래로 갈라진 길고 좁은 혀로 핥으며 만족스럽게 말했다.

"아, 물 참 시원하고 맛있다!"

타르케가 로렌스에게 설명해주었다.

"원래 이런 우물들은 겨울에 내린 눈으로 가득 채워놓는데 요즘은 대부분 쓰지 않고 있어서 텅 비어 있는 곳이 많습니다. 용케 하나 찾아 낸 거지요. 저쪽에 있는 남자들은 케리야 강 쪽에서 왔습니다. 지금 이 길로 가면 나흘 내에 케리야 강변에 위치한 호탄에 도착할 수 있습니다. 호탄에 가면 테메레르도 먹이 양을 조절할 필요 없이 실컷 먹을 수 있습니다."

"고맙기는 한데 앞으로는 행동을 조심해주면 좋겠군요. 저자들에게 조랑말을 팔 수 있겠는지 물어봐 주시죠. 낙타 고기에 질린 테메레르한테 조랑말을 먹여야겠습니다."

다리를 다쳐 절룩거리는 조랑말이 있어 그 주인은 흔쾌히 중국 은

닷 냥을 받고 자기 말을 팔았다.

　타르케가 툴툴거렸다.

　"말도 안 되게 비싼 값입니다. 어차피 저 조랑말은 다리를 다쳐서 집으로 다시 끌고 가기도 어려웠을 텐데."

　그러나 테메레르가 조랑말 고기를 맛있게 먹어치우는 모습을 보며 로렌스는 그 돈을 쓰기를 잘했다는 생각이 들었다. 속내를 크게 드러내진 않았으나 조랑말을 판 자도 거래에 만족한 듯 보였다. 그 자는 일행 중 한 명의 뒤에 같이 타고서 다른 네다섯 명과 함께 오아시스를 떠나 뿌연 모래 구름을 일으키며 남쪽으로 사라졌다. 그러나 그자들 중 일부는 가지 않고 오아시스에 남아 사막의 풀을 뜯어 불을 피우고 차를 끓였다. 가끔 물웅덩이 건너편 백양나무 그늘에 누워 콧김을 내뿜으며 자고 있는 테메레르를 흘끔흘끔 쳐다보기도 했다. 집으로 타고 돌아갈 조랑말들까지 테메레르가 다 잡아먹을까봐 신경을 쓰고 있는 것일 수도 있었으나, 로렌스는 너무 후한 값을 주고 조랑말을 샀기 때문에 저들이 자기네를 부자로 알고 강도짓을 하려 들까봐 걱정이 되었다. 그래서 로렌스는 그 남자들을 주시하면서 승무원들을 두 명씩 짝 지워 사르도바로 가서 물을 마시게 했다.

　어스름이 깔리기 시작하자 그 남자들은 돌연 조랑말을 타고 오아시스를 떠났다. 그들 뒤로 조랑말들이 차올리는 먼지가 점점 짙어지는 황혼을 배경으로 안개처럼 뿌옇게 깔렸다. 마침내 로렌스는 경계심을 풀고 우물가로 가서 무릎을 꿇고 두 손으로 차가운 물을 떠 마셨다. 진흙 벽돌로 벽을 쌓은 우물 안에 있던 물이다보니 약간 흙 맛이 나기는 했으나 사막에서 맛본 그 어떤 물보다도 맑고 깨끗했다. 로렌스는 젖은 손을 얼굴과 목 뒤에 대고 황갈색 먼지를 씻어냈다.

그리고 몇 모금 더 달게 마신 뒤 일어서서 부하들이 천막을 치는 모습을 바라보았다.

물통을 다시 가득 채우고 낙타들에게 매놓았으나 낙타들도 물을 실컷 마셔서 그런지 그리 기분 나쁜 기색이 아니었다. 승무원들이 자기네 몸에서 짐을 내리고 밧줄로 잡아매는 동안에도 다른 때와는 달리 침을 뱉거나 발길질을 하지 않고 얌전하게 굴었다. 그리고 밧줄에 매인 채 우물 주변에 난 부드러운 초록색 덤불을 열심히 뜯어 먹었다. 승무원들도 모두 기운을 차렸다. 해가 져서 선선해지자 어린 소위들과 훈련생들은 양말 두 개를 동그랗게 뭉쳐 공을 만들고 나뭇가지를 방망이 삼아 공을 치고 뛰며 놀았다. 부하들을 바라보던 로렌스는 승무원들이 술을 마셨음을 알아차렸다. 사막으로 들어서기 전에 로렌스가 술병에 든 술을 모두 쏟아버리고 그 안에 물을 채워두라고 명령했으나 몰래 감춰서 가지고 온 모양이었다. 그리고 나서 그들은 즐겁게 저녁을 먹었다. 꿍쑤는 인간이 먹어도 해가 없는 우물가의 달래와 자루에 담긴 곡물 약간을 육포에 섞어 끓였다. 그렇게 죽처럼 끓이자 육포를 목구멍으로 넘기기가 훨씬 수월해졌다.

타르케는 자기 몫의 식사를 받아들고 승무원들의 천막에서 조금 떨어진 곳에 작은 천막 하나를 치고는 나지막한 소리로 독수리에게 말을 걸었다. 독수리는 조심성 없이 돌아다니다가 붙잡힌 통통한 쥐 두 마리를 잡아먹은 뒤 두건을 내려쓴 채 조용히 타르케의 손 위에 앉아 있었다. 어느새 승무원들은 타르케를 경원시하는 분위기였다. 로렌스는 승무원들에게 타르케가 의심스럽다고 말한 적은 없었으나 그날 아침 말도 없이 사라진 타르케의 태도에 몹시 분노했다. 승무원들 역시 타르케가 멋대로 자리를 뜨는 태도를 좋게 보지 않고 있던 모양이었다. 어쩌면 타르케는 일부러 로렌스 일행을 오도 가도 못하게 만든 것일지도 몰랐다. 조랑말을 타고 온 자들이 남긴 발자국이 아니었으면 로렌스 일행은 이 오아시스로 찾아오지도 못했을 터였다. 타르케는 로렌스 일행을 버리고 혼자 조금 더 오래 살아남으려고 낙타와 물통을 훔쳐 달아난 것일 수도 있었다. 그러다가 우연히 이 오아시스를 발견하고는 조랑말을 탄 자들에게 마지못해 로렌스 일행을 불러오게 한 것인지도 모른다. 단순히 앞쪽을 정찰하기 위해 일행을 남겨두고 떠났으리라고는 생각되지 않았다. 어째서 한마디 말도 없이 정찰을 간단 말인가? 그것도 혼자서. 뚜렷한 증거는 없으나 로렌스는 계속 마음 한 구석이 편치 않았다.

그렇다고 타르케를 쫓아버릴 수도 없으니 더 답답한 노릇이었다. 믿음이 가지 않는 자와 동행한다는 것이 꺼림칙하긴 했으나 안내자 없이는 이 사막에서 길을 찾을 수가 없었다. 다른 안내자를 구할 방법도 없었다. 케리야 강에 도착할 때까지는 타르케의 잘잘못에 대한 결정을 보류하기로 했다. 타르케는 그들을 버리려 했을지 모르지만 로렌스는 타르케를 이 사막에 혼자 버려두지는 않을 터였다. 아직은 뚜렷한 증거도 없었다. 그런 이유로 해서 타르케는 당분간 혼자 떨어져 생활하게 된 것이었다. 부하들이 잠자리에 든 뒤에도 로렌스는 그랜비와 함께 낙타를 지키며 말없이 불침번을 섰다. 부하들에게는 조랑말을 탄 자들이 다시 돌아올까 봐 불침번을 서는 것이라고만 말해두었다.

해가 지고 나자 모기들이 요란하게 앵앵거리며 날아다녔다. 두 손으로 귀를 틀어막아도 가느다랗게 앵앵 소리가 계속 들렸다. 그러다가 고함소리가 들리자 오히려 반가울 지경이었다. 그것은 분명 인간들이 내지른 소리였다. 별안간 조랑말들이 야영지 한가운데로 우루루 달려 들어오자 낙타들은 울부짖으며 날뛰었다. 낮에 보았던 조랑말을 탄 남자들이 강도로 돌변하여 찾아온 것이었다. 그 남자들은 큰소리로 악을 쓰며 로렌스의 명령이 승무원들에게 전해지지 않게 방해했고 갈퀴 모양의 긴 나뭇가지를 휘둘러 모닥불의 깜부기불을 마구 흩어놓았다.

천막 뒤에 누워 있던 테메레르가 몸을 일으키며 고함을 내질렀다. 그러자 낙타들은 몸을 묶은 밧줄에서 벗어나려고 더 미친 듯이 버둥거렸고 겁에 질린 조랑말들은 히히힝 거리며 펄쩍 뛰어 물러났다. 사방에서 권총을 발사하는 소리가 들리고 어둠 속 총구에서 흐릿하게 하얀 빛이 뿜어져 나왔다.

"빌어먹을. 총알 낭비하지 마!"

로렌스는 이렇게 소리치면서 겁에 질려 얼굴빛이 창백해진 어린 앨런을 붙잡았다. 앨런은 떨리는 손으로 권총을 쥐고 천막 밖으로 비틀거리며 나오던 참이었다.

로렌스가 말했다.

"권총 내려놔."

로렌스는 앨런이 떨어뜨린 권총을 얼른 집어들었다. 앨런은 어깨에 총상을 입고 피를 철철 흘리며 바다에 힘없이 주저앉았다.

로렌스가 소리쳤다.

"케인스!"

로렌스는 앨런을 용 담당 의사인 케인스에게 맡긴 뒤 칼을 뽑아들고 낙타들이 있는 쪽으로 뛰어갔다. 보초를 세워 놨던 승무원들은 모두 술에 취해 졸다가 깬 얼굴이었고 걸음도 제대로 가누지 못했다. 그들 옆에는 텅 빈 휴대용 술병 두 개가 바닥에 나뒹굴고 있었다. 딕비는 낙타들을 묶어놓은 밧줄로 달려들어 마구 날뛰는 낙타들을 안정시키려고 애썼다. 유일하게 쓸모 있는 녀석이었다. 그러나 체격이 호리호리하고 나이가 어린 데다가 체중이 얼마 나가지 않는 탓에 고삐를 잡아 쥐긴 했으나 낙타들의 힘을 이기지 못하고 쑥대머리가 되어 낙타들과 함께 위아래로 뛰고 있었다.

강도들 중 하나가 겁에 질린 조랑말에서 바닥으로 뛰어 내렸다. 그자가 낙타들을 묶은 밧줄을 칼로 끊어버리면 이미 목적의 반을 달성하는 셈이었다. 낙타들은 곧장 야영지를 떠나 미친 듯이 달려 나갈 테니까. 그러면 나머지 강도들이 그 낙타들을 몰고 사방을 둘러싼 모래 언덕과 골짜기 사이로 유유히 사라질 계획일 터였다.

보초를 서던 중위들 중 하나인 샐리어는 한 손으로 눈곱 낀 눈을 문질러가며 권총의 공이치기를 잡아당기려고 애를 쓰고 있었다. 강도들 중 하나가 사브르 칼로 샐리어를 내려치려는 순간, 타르케가 샐리어에게서 권총을 빼앗아 강도의 가슴을 쐈다. 강도가 말 등에서 바닥으로 떨어지자마자 타르케는 다른 손으로 긴 칼을 꺼내들었다. 곧이어 또 다른 강도가 조랑말에 탄 채 타르케의 머리를 향해 칼을 휘둘렀으나 타르케는 몸을 휙 굽히고는 그 조랑말의 배를 깨끗이 갈랐다. 조랑말은 비명을 지르며 몸부림을 쳤고 그 밑에 깔린 말 주인도 함께 울부짖었다. 뒤이어 로렌스가 칼을 휘둘러 조랑말과 그 주인을 모두 침묵하게 만들었다.

"로렌스, 로렌스, 이쪽이야!"

테메레르가 소리치며 식량이 보관된 천막 중 하나로 몸을 뻗었다.

꺼져가는 모닥불이 약간의 빛을 드리워 그 천막 가장자리로 다가가는 그림자들을 비췄다. 뒷발로 버티고 서서 콧김을 내뿜는 조랑말과 그 주인들의 그림자였다. 테메레르가 그 그림자들을 향해 앞발을 휘두르자 천막이 북 찢어지며 그 남자들 중 하나가 죽어 자빠졌다. 살아남은 강도들은 모두 도망치기 시작했다. 바닥이 단단한 야영지에서 모래 언덕 쪽으로 말발굽 소리가 멀어지더니 곧 사방이 조용해졌다. 다시 모기들이 앵앵거리며 울기 시작했다.

야영지 안을 둘러보니 강도 다섯과 조랑말 둘이 죽었고 로렌스 쪽은 승무원 둘이 부상을 입었다. 배에 사브르 칼을 맞고 쓰러진 맥도너 중위는 임시로 만든 병상에 누워 숨을 헐떡이고 있었다. 어깨에 총상을 입은 앨런 소위는 케인스에게 치료를 받는 중이었다. 야영지 안을 짓밟고 다니는 말발굽 소리에 놀라 마구 권총을 쏘다가 같은 천막을 쓰던 앨런을 다치게 만든 할리 소위는 한쪽 구석에서 소리 없이 눈물을 흘리고 있었다. 그 모습을 본 케인스는 퉁명스럽게 말했다.

"울음 뚝 그쳐. 물뿌리개도 아니고. 울 시간 있으면 권총 조준 연습이나 더 해. 그런 식으로 총을 쐈다가는 닥치는 대로 아무나 죽이겠다."

그리고는 할리에게 앨런의 어깨를 감은 붕대 끝을 자르게 했다.

조금 뒤 케인스는 로렌스에게 조용히 말했다.

"맥도너는 강한 친구이긴 합니다만 장담은 못하겠습니다."

아침이 밝아오기 몇 시간 전에 맥도너는 마지막으로 끄윽끄윽 가래가 끓는 듯한 소리를 내며 숨을 몰아쉬더니 죽고 말았다. 테메레르는 물웅덩이에서 약간 떨어진 마른 땅에 모래 폭풍이 몰려 와도 시신이 드러나지 않을 정도로 구덩이를 아주 깊이 판 뒤 맥도너의 시신을 묻었다. 백양나무 그늘이 시원하게 드리워지는 자리였다. 그리고 그 옆에 조금 더 얕게 구덩이를 하나 더 파고 강도들의 시신을 묻었다. 이 정도의 대가를 치른 것에 비해 강도들이 훔쳐간 물품은 너무나도 보잘 것 없었다. 요리용 솥 몇 개, 곡물 한 자루, 담요 몇 장이 다였으니까. 식량이 보관되어 있던 천막 하나는 테메레르의 발톱에 찢겨 못 쓰게 되었다.

타르케가 말했다.

"저들이 또다시 습격하지 않을까 의심스럽군요. 최대한 빨리 여길 떠야 합니다. 혹시 저들이 우리보다 먼저 호탄에 도착해서 우리에 대해 악소문을 퍼뜨리면 우리는 거기서 환영받지 못하게 될지도 모릅니다."

로렌스는 타르케에 대해 어떻게 판단해야 할지 갈피를 잡을 수가 없었다. 세상에서 제일 뻔뻔한 배신자이거나 지조 없는 변덕쟁이일 수도, 아니면 타르케를 의심한 것 자체가 완전히 부당한 일이었는지도 몰랐다. 야영지에서 겁에 질린 조랑말들이 날뛰고 강도들이 달려드는 와중에도 타르케는 겁쟁이처럼 물러나지 않았다. 소동을 틈타 낙타 한 마리를 훔쳐 몰래 달아날 수 있었음에도 불구하고 그런 짓을 하기보다는 칼을 빼들고 용감하게 싸웠다. 그것만 봐도 타르케의 또 다른 면모를 어느 정도 파악할 수 있었다. 그런데도 그에 대한 의심을 완전히 풀 수가 없었다. 로렌스는 자신이 배은망덕한 인간이라도 된 것 같아 마음이 불편했다. 그렇지만 마음을 놓고 있다가는 더 큰 위험이 닥칠 수도 있었다.

타르케가 약속했던 대로 나흘 뒤에 그들은 케리야 강변에 무사히 도착했다. 하긴 나흘 이상 걸렸다고 해도 로렌스 일행은 굶어죽지는 않았을 터였다. 야영지를 출발하기 전에 테메레르가 죽은 조랑말 두 마리를 게걸스럽게 먹어치웠기 때문에 남은 낙타로 며칠 더 버틸 수 있었다. 야영지를 출발한 지 사흘째 되던 날 저녁, 테메레르는 로렌스를 태우고 하늘로 날아올랐다. 저 멀리 지는 해를 받아 은백색으로 빛나는 케리야 강이 보였다. 사막 한가운데로 좁은 리본을 풀어놓은 것처럼 흐르는 케리야 강. 그 주변은 넓고 긴 푸른 초원으로 뒤덮여 있었다.

그날 밤 테메레르는 기분 좋게 낙타 한 마리를 먹었고 나머지 일행도 남은 물을 아낌없이 마셨다. 그리고 다음날 아침 그들은 사막의 농지로 들어섰다. 성인 남자의 키보다 더 높게 자란 길쭉한 대마초가 그 농지를 둘러싼 채 바람에 이리저리 흔들리고 있었다. 사막의 모래 언덕이 농지 안쪽으로 밀려들지 않도록 대마초를 빽빽이 심어놓은 것이었다. 넓은 뽕나무 숲에서 뽕잎이 바람결에 바스락거리는 소리가 들렸다. 그리고 곧 케리야 강 부근에 있는 거대한 사막 도시 호탄이 모습을 드러냈다.

호탄의 시장은 여러 구역으로 나뉘어 있었다. 그중 한 구역은 화려하게 칠을 하고 깃털을 꽂아 장식한 짐마차들로 가득했는데, 노새니 털이 북슬북슬한 작은 조랑말이 끄는 그 짐마차들은 상인들의 이동수단 겸 점포 구실을 하고 있었다. 또 다른 구역에는 백양나무가지로 골격을 만들고 바람이 잘 통하는 면 소재의 천막으로 지붕을 댄 점포들이 차려져 있고 상인 옆에는 번쩍거리는 장식을 두른 작은 용들이 앉아 있었다. 그 용들은 고개를 들고 호기심 가득한 눈으로 테메레르가 지나가는 모습을 쳐다보았다. 테메레르도 그 용들이 찬 장식물을 보며 눈을 빛냈다.

로렌스는 테메레르가 자기도 그 용들처럼 꾸며달라고 할까봐 얼른 말했다.

"저 용들이 몸에 두른 것은 주석과 유리 장식물이고 별로 값어치도 없어."

"음. 그래도 정말 예뻐."

테메레르는 유감스럽다는 듯 이렇게 말하며 보라와 주홍이 어우러진 그 용들의 머리 장식과 놋쇠 줄에 유리 구슬이 박힌 긴 목걸이를 눈여겨 보았다.

며칠 전에 만난 조랑말 탄 남자들처럼 이곳 사람들의 피부도 사막의 태양에 그을어 밤색이었고 외모도 중국인보다는 투르크인에 가까웠다.

이슬람교 여인들은 온몸을 베일로 덮어쓰고 있어 손과 발밖에 보이지 않았으나 다른 여자들은 얼굴을 내놓은 채 남자들과 마찬가지로 염색한 비단에 화려하게 수를 놓은 테 없는 모자를 썼고 호기심에 찬 검은 눈으로 테메레르와 로렌스 일행을 쳐다보았다. 승무원들도 그 여자들에게 관심을 보였다. 특히, 혈기 왕성하고 여자를 밝히는 소총병 던과 해클리는 길 건너 젊은 여자 둘에게 키스를 날리려다가 로렌스가 엄격한 눈으로 노려보자 움찔하며 얼른 손을 내렸다.

시장 구석구석마다 온갖 물건들이 진열되어 있었다. 바닥에 세워 놓은 튼튼한 무명 자루에는 곡물과 귀한 향신료, 말린 과일 등이 각각 담겨 있었고, 꽃인지 무엇인지 알 수 없는 다양한 무늬가 새겨진 화려한 색깔의 비단들도 보였다. 벽에 기대어 놓은 상자들은 놋쇠

띠를 둘러 도금을 한 것처럼 반짝거렸다. 밝은 색 구리로 만든 물주전자들은 점포 위쪽에 걸려 있고 땅에는 원뿔 모양의 항아리들이 모래에 반쯤 묻혀 있었다. 그렇게 모래에 묻어놓은 것은 그 안에 든 물을 시원하게 유지하기 위함이라고 했다. 특히, 멋진 칼자루가 달린 칼들이 진열되어 있는 나무 가판대가 눈에 띄었다. 칼자루는 상감 세공 후 보석이 박혀 있었고, 칼날은 길고 구부러져 있어서 대단히 위협적으로 보였다.

처음에 로렌스 일행은 시장 거리를 돌아다니면서도 또다시 습격을 받을까봐 그늘진 곳을 유심히 살피며 긴장을 늦추지 않았으나 우려하던 사태는 일어나지 않았다. 상인들은 미소를 지으며 진열된 상품을 보러 오라고 손짓을 했고 상인들 옆에 앉아 있던 작은 용들도 와서 물건을 사라고 불렀다. 그 용들 중 일부가 맑은 피리 소리 같은 언어로 소리쳐 부르자 테메레르는 걸음을 멈추고 타르케에게 배우기 시작한 두르자크어로 용들과 몇 마디 대화를 나누기도 했다. 테메레르가 지나가는 것을 보고 중국인 조상을 둔 상인 하나가 얼른 의자에서 일어나 바닥에 엎드리며 절을 올리고는 로렌스를 비롯한 나머지 일행을 의아한 눈으로 쳐다보았다.

타르케는 테메레르와 로렌스 일행을 이끌고 용들이 머무는 구역을 지나 아름답게 채색된 작은 모스크(이슬람교 성원(聖院) ― 옮긴이 주)의 가장자리를 돌아 그 잎의 광장 쪽으로 나아갔다. 그 광장은 사람들로 가득 차 있었고 용들도 몇 마리 있었는데 그들은 다 같이 부드러운 실을 자아 만든 기도용 깔개 위에 엎드려 기도를 올리고 있었다. 시장 변두리에 이르자 테메레르를 넉넉히 수용할 수 있을 정도로 규모가 큰 천막이 하나 나왔다. 길고 날씬한 나무 기둥 위에 무명으로 지붕을 덮은 그 천막 주변에는 백양나무들이 자라고 있어 시원한 그늘을 드리워주었다. 로렌스는 점점 줄어들고 있는 은화를 약간 꺼내서 양 여러 마리를 구입해 테메레르에게 먹이고, 양고기 필래프(쌀에 고기, 야채를 섞어 기름에 볶은 후 향료를 가미한 투르크식 요리 ― 옮긴이 주)와 양파, 촉촉하고 달콤한 건포도, 둥글납작하게 구운 빵을 사서 나머지 일행과 함께 먹었다. 다 먹은 뒤에는 즙이 많은 수박을 얇게 썰어 연녹색 껍질에 이가 닿을 때까지 씹어 먹었다.

승무원들은 음식 찌꺼기를 한옆으로 치우고 천막 안에 깔린 아늑한 깔개와 쿠션에 기대 꾸벅꾸벅 졸기 시작했다. 타르케는 꿍쑤가 테메레르의 요리에 쓸 부분을 빼고 버린 양의 간을 가져다가 독수리에게 먹이며 로렌스에게 말했다.

"내일은 남은 낙타를 전부 시장에 내다 파십시오. 여기서부터 카슈가르까지는 오아시스가 그리 멀리 떨어져 있지 않으니 하루치 물만 가지고 다니면 됩니다."

더없이 반가운 소식이었다. 사막을 안전하게 가로질렀다는 사실에 마음이 놓이고 심신이 편안해지자 로렌스는 타르케에게 수고비라도 쥐어주고 싶은 심정이었다. 다른 안내자를 구하려면 시간이 많이 걸릴 테니 타르케를 계속 쓸 생각이었다. 천막이 있는 공터 주변의 백양나무들을 보니 시간이 촉박함을 더욱 절감할 수 있었다. 가을맞이를 한 백양나무 잎사귀들이 어느새 금빛으로 바뀐 것이다.

로렌스가 말했다.

"나랑 잠깐 걸읍시다."

타르케는 독수리를 도로 새장에 넣고 밤에 춥지 않도록 그 위에 천을 덮어준 뒤 로렌스를 따라 나왔다. 두 사람은 시장의 좁은 길을 따라 걸었다. 상인들은 말린 과일과 곡물 등이 담긴 자루 입구를 둘둘 말아 마차에 실으며 파장하고 있는 중이었다.

시장 거리는 꽤나 붐볐으나 영어를 알아들을 이가 없으니 남의 눈치 보지 않고 편안하게 얘기를 할 수 있었다. 로렌스는 가까운 그늘로 들어가 서서 타르케를 돌아보았다. 타르케의 점잖고 침착한 얼굴에 무슨 일로 불렀느냐는 표정이 깃들여 있었다.

로렌스가 입을 열었다.

"내가 무슨 말을 하려는지 어느 정도 짐작하고 있을 거라고 생각합니다."

"아뇨. 전혀 짐작이 안 되는데요, 대령님. 설명을 해주셔야 할 것 같습니다. 서로 오해가 없어야 하니까요. 솔직하게 말씀하지 못할 이유도 없을 테고요."

로렌스는 잠시 입을 다물었다. 방금 그 말은 자신을 교활하게 조롱하는 것처럼 들렸다. 타르케는 바보가 아니므로 지난 나흘 간 승무원들이 자신을 경원시하고 있음을 알아차리고도 남았을 터였다.

로렌스는 더 날카로운 어조로 말했다.

"그럼 터놓고 말을 하지요. 여기까지 우리를 성공적으로 안내해 준 점을 고맙게 생각하지 않는 것은 아닙니다만, 사막 한가운데서 말도 없이 우리를 버려두고 사라진 행동에 대해서는 심히 불쾌하게 여기고 있습니다."

타르케가 한쪽 눈썹을 치켜뜨는 것을 보며 로렌스가 말을 이었다.

"변명을 듣자는 게 아닙니다. 솔직히 그 변명을 믿을 수 있을지조차 확신이 서지 않으니 들어봤자 소용이 없겠지요. 다만 앞으로는 일행을 두고 자리를 떠나기 전에 내게 허락을 받겠다고 약속해줬으면 합니다. 말없이 사라지는 행동은 용납할 수 없습니다."

타르케는 잠시 생각한 뒤 대답했다.

"내 행동에 불만을 느끼셨다니 유감이군요. 나와 함께 다니는 게 편치 않으시다면 억지로 나를 안내인으로 쓰실 필요는 없습니다. 원하신다면 여기서 그만 헤어지도록 하지요. 1, 2주일 혹은 3주일 내에 이 지역 사람을 안내인으로 구하실 수 있을 겁니다. 그 정도 지체되어도 아마 별 상관은 없을 테고요. 어차피 얼리전스 호를 타고 가는 것보다는 훨씬 빨리 고향인 영국에 도착하실 수 있을 테니까요."

로렌스가 요구한 약속에 대해서는 끝내 대답이 없었다. 로렌스의 입장에서는 결코 3주일까지 일정을 지체해서는 안 되었다. 1주일도 늦출 수 없는 상황이었다. 그러나 3주일이라는 것도 대단히 낙관적으로 계산했을 때의 얘기다. 타르케를 제외하고 일행 중에 이 지역 언어를 할 줄 알거나 이곳 관습을 아는 이는 아무도 없었다. 여기 말은 중국어보다는 투르크어에 더 가까웠다. 로렌스는 여기가 중국 영토 안에 있는 지역인지 아니면 중국의 제후국 중 하나인지조차 판단이 서지 않았다.

로렌스는 또다시 타르케에 대해 의심이 일기 시작했으나 분노를 삼키며 경솔하게 말하지 않으려고 애썼다. 조금 뒤 로렌스는 굳은 표정으로 말했다.

"아뇨. 잘 아시다시피 시간 낭비를 할 수는 없습니다."

속내를 드러내지 않는 타르케의 말투가 로렌스의 기분을 언짢게 만들었다. 타르케도 로렌스 일행이 얼마나 다급한 임무를 수행하고 있는지 알고 있을 터였다. 타르케가 배달해준 렌튼 대장의 급보는 지금 로렌스의 짐 안에 안전하게 보관되어 있었다. 로렌스가 그 급보를 받았을 당시 봉투를 봉인한 밀랍이 녹아 끈적끈적했으니, 어쩌면 타르케가 그 급보를 가지고 오는 도중에 밀랍을 녹여 몰래 열어 보고 다시 붙여놓았을 가능성도 있었다.

비난하는 듯한 로렌스의 눈빛을 보고도 타르케는 눈 하나 깜짝하지 않고 고개를 숙여 인사하며 온화하게 말했다.

"뜻대로 결정하십시오."

그리고는 뒤로 돌아 천막 쪽으로 걸어갔다.

4

 저 멀리 보이는 건조한 붉은 산맥은 사막의 고원 지대에서 곧장 위로 솟아 나온 듯했다. 흰 줄과 황토색 줄이 죽죽 그어져 있는 절벽들은 그 아래쪽에 경사가 완만한 언덕 하나 없이 급하게 솟아 있었다. 테메레르는 하루 종일 안정적인 속도로 날아갔으나 그 산맥과 거리는 좁혀지지 않았다. 오히려 산맥은 점점 멀어지고 있는 것 같았다. 그러다가 돌연 양옆으로 깊은 협곡들이 솟았다. 10분 정도 비행을 하다가 뒤를 돌아보니 하늘과 사막이 사라지고 그 자리에 만년설로 뒤덮인 높은 산봉우리들이 나타났다. 지금까지 본 붉은 산맥은 그 산봉우리의 기슭에 해당하는 것이었다.

 로렌스 일행은 산비탈의 약간 높은 지대에 위치한 넓은 목초지에 천막을 쳤다. 뾰족한 산봉우리와 드문드문 나 있는 푸르스름한 풀밭으로 둘러싸인 그곳에는 작고 노란 꽃들이 깃발처럼 피어 있었다. 타르케가 원뿔형 지붕이 달린 오두막 안으로 들어가 목동과 소 값을 협상하는 동안 이마에 붉은 털이 나고 뿔이 달린 검은 소들이 테메레르 쪽을 경계하며 노려보았다. 해가 지자 밤하늘을 배경으로 반짝거리는 하얀 눈이 소리 없이 땅으로 내려왔다. 승무원들은 가죽으로 둘러싼 큼지막한 오지그릇에 눈을 넣고 녹여 테메레르가 마실 수 있게 해주었다.

가끔씩 멀리서 용들이 희미하게 서로를 부르는 소리가 들릴 때마다 테메레르는 얼굴 주변의 막을 세우며 귀를 기울였다. 그러다가 한번은 멀리서 야생용 두 마리가 소용돌이치듯 날아올라 서로의 꼬리를 쫓아다니며 날카롭고 경쾌한 소리를 냈고 그러다가 산 너머로 휙 사라졌다. 타르케는 강한 햇볕이 내리쬐는 동안 눈을 보호하려면 다 같이 눈 위쪽을 천으로 둘둘 감아 덮개를 만들어야 한다고 했다. 테메레르도 예외일 수 없었다. 승무원들이 테메레르의 머리 주변을 얇고 하얀 비단으로 칭칭 감아 눈가리개처럼 만들어주자 괴상한 모양새가 되었다. 그렇게 준비를 했으나 처음 며칠간 카라코룸 산맥 위로 날아가면서 강한 햇볕을 받자 다들 얼굴이 시뻘겋게 달아오르며 그을었다.

타르케가 말했다.

"이르케쉬탐 고개를 넘어가려면 테메레르의 먹이를 따로 준비해야 합니다."

승무원들이 오래전에 무너져 내린 낡은 요새 바깥에 천막을 치고 야영 준비를 하는 동안 다르게는 잠시 자리를 비웠다가 한 시간 뒤에 그 지역 주민 세 명과 함께 돌아왔다. 주민들은 다리가 짧고 통통한 돼지 떼를 끌고 왔다.

그래비는 경악하며 소리쳤다.

"저 돼지들을 산 채로 테메레르의 몸에 싣겠다고요? 꽥꽥거리며 발악을 하다가 결국 겁에 질려 죽고 말 텐데요."

그러나 그 돼지들은 이상하게도 테메레르의 존재에 무심했다. 태평하게 조는 것 같기도 했다. 테메레르도 당황해서 돼지 한 마리를 코끝으로 쿡 찔러보았으나 돼지는 하품을 한번 하고는 눈 위에 궁둥이를 대고 퍼질러 앉았다. 다른 돼지 한 마리는 요새의 갈색 벽을 뚫고 지나가려는지 자꾸만 벽에다 머리를 박아서 돼지 주인들이 줄을 잡아 질질 끌고 와야 했다.

로렌스의 당황한 표정을 보고 타르케가 말했다.

"저것들의 먹이에 아편을 넣었습니다. 천막을 다 치고 야영 준비를 마칠 무렵에는 아편 기운이 떨어질 테니 그때쯤 테메레르에게 먹이면 됩니다. 나머지 돼지들에게는 또다시 아편을 먹여두고요."

타르케가 별로 걱정할 것 없다고 말했으나 로렌스는 돼지에게 먹인 아편이 테메레르에게 부작용을 유발할까봐 걱정스러웠다. 그래서 첫 번째 돼지를 먹어치운 테메레르를 한참 동안 주시했다. 테메레르의 입에 들어갈 때쯤 돼지는 아편 기운이 떨어지고 제정신이 들어 마구 버둥거렸고, 그 돼지를 먹은 테메레르는 별 이상이 없었다. 미친 듯이 맴을 돌며 하늘을 나는 것 같은 행동을 보이지도 않았고, 오히려 요란하게 코를 골면서 다른 때보다 더 푹 잘 자는 것 같았다.

이르케쉬탐 고개는 고도가 아주 높아서 테메레르는 구름을 아래로 하고 날아갔다. 구름을 뚫고 올라온 산봉우리들만이 그들의 길동무가 되어주었다. 테메레르는 종종 숨이 가빠 헉헉거리며 조금이라도 평평한 곳이 눈에 띄면 내려서 쉬었고 다시 이륙할 때면 눈 위에 몸 자국이 커다랗게 남았다. 테메레르는 하루 종일 경계 태세를 늦추지 않고 주변을 살피며 날았고 나지막하게 우르르 소리를 내며 공중에서 정지비행을 하기도 했다.

저녁 때쯤 고개를 거의 다 넘은 테메레르 일행은 바람을 피해 쉬기 위해 두 산봉우리 사이에 있는 작은 골짜기에 내려섰다. 승무원들은 눈이 덮여 있지 않은 절벽 아래에 천막을 치고 불쏘시개와 밧줄을 엮어 만든 임시 우리 안에 돼지들을 풀어놓았다. 테메레르는 여러 차례 골짜기 주변을 서성거렸고 천막 옆에 내려앉아서도 계속 꼬리를 씰룩거렸다. 로렌스가 찻잔을 들고 다가와 옆에 앉자 테메레르는 불안해하는 목소리로 말했다.

"이상한 소리가 들리는 것은 아닌데 꼭 무슨 소리가 들리는 것 같은 느낌이 들어."

"여긴 방어에 유리한 위치니까 불시에 습격 받을 일은 없어. 그러니 괜히 불안해하면서 잠까지 설치지는 마. 불침번을 세워놓을 테니까."

그런데 기척도 없이 다가온 타르케가 끼어들어 로렌스는 깜짝 놀랐다.

"여긴 고도가 아주 높은 산이라 공기가 달라져서 그럴 겁니다. 숨쉬기도 쉽지가 않지요. 아래쪽보다 공기가 희박하거든요."

"그래서 숨쉬기가 힘든 건가?"

테메레르는 이렇게 말하고는 갑자기 몸을 빨딱 일으켰다. 색깔과 크기가 다양한 열두 마리의 야생용들이 빠른 속도로 다가오고 있었다. 우리 안에서 돼지들이 꽥꽥거리며 날뛰었다. 그 야생용들은 절벽 옆면에 능숙하게 발을 딛고 서더니 천막을 여럿 쳐놓은 야영지를 가만히 내려다보았다. 날씬하고 영리해 빼는 얼굴을 한 그 용들은 무척 배가 고픈 듯했다. 그중 제일 덩치가 큰 용 세 마리가 테메레르와 돼지우리 사이에 내려서며 도전적인 자세로 몸을 곧추세웠다.

그것들 중 대형 용은 한 마리도 없었다. 대장인 듯 보이는 용도 옐로 리퍼보다 몸집이 작았다. 그 용은 연회색 바탕에 갈색 점이 퍼져 있었고, 얼굴의 절반에서 목 아래쪽까지 큰 주홍색 반점이 드리워져 있었으며, 머리 주변에는 큰 뿔들이 많이 나 있었다. 그 용은 이를 드러내더니 뿔들을 곤두세우며 쉭쉭거렸다. 그 옆에 서 있는 두 용은 대장 용보다 몸집이 조금 더 컸고 각각 연푸른색, 진회색을 띠고 있었다. 그들 세 마리는 싸움을 얼마나 했던지 온몸이 이빨과 발톱 자국 투성이였다.

그 세 마리를 다 합쳐도 테메레르의 체중에는 미치지 못했다. 테메레르는 몸을 꼿꼿이 세우고 얼굴 주변의 막을 활짝 펼치며 나지막하게 으르렁거렸다. 일종의 경고였다.

그러나 산맥 밖의 세상과 단절된 채 살아온 이 야생용들은 셀레스티얼이 몸집과 완력에 있어서는 다른 대형 용들과 비슷하나 신의 바람이라는 대단히 치명적인 능력이 있음을 알지 못했다. 육안으로 보이지 않는 그 신의 바람에 바위와 나무가 쪼개지고 뼈까지 산산이 부서진다는 사실도 당연히 알 리가 없었다. 테메레르는 야생용들에게 곧장 신의 바람을 쓰지는 않고 나지막하게 으르렁거릴 뿐이었으나 진동만으로도 로렌스는 뼈가 덜덜 떨릴 지경이었다. 야생용들도 그 진동에 움찔했고 얼굴에 주홍색 반점이 있는 대장 용은 뿔을 얼른 늘어뜨리며 다른 야생용들과 함께 놀란 새처럼 골짜기 위쪽으로 휙 날아올랐다.

어리둥절한 테메레르가 약간 실망해서 말했다.

"흠. 난 아직 공격도 안 했는데."

주변의 산맥을 타고 테메레르의 으르렁거리는 소리가 계속 메아리쳤다. 그 소리는 하나씩 겹쳐지며 원래의 소리보다 증폭되어 우레처럼 울려 퍼졌다. 그리고 산봉우리 부분이 부르르 떨리더니 그 위에 얹혀 있던 눈과 얼음판이 미끄러져 내려오기 시작했다. 그 눈과 얼음은 원래의 모양을 그대로 유지한 채 장엄하고 우아하게 내려오다가 별안간 거미줄처럼 쫙 갈라지며 산비탈을 가로질러 확 퍼져나갔다. 그리고는 구름처럼 거대하게 부풀어 오르면서 맹렬한 속도로 산비탈을 타고 야영지 쪽으로 내려왔다.

로렌스는 전복되기 직전의 배를 지휘하는 함장이 된 기분이었다. 배를 집어 삼키려는 파도를 눈앞에 보고 있는 듯 피할 수 없는 재앙 앞에서 무력해지는 자신을 느꼈다. 맥없이 바라보고 있을 수밖에 별 도리가 없었다. 빠르게 내리 덮치던 눈사태는 골짜기 위로 날아오르던 야생용 두 마리를 집어삼켰다.

타르케가 천막 주변에 서 있는 이들에게 소리쳤다.

"비켜! 절벽에서 멀리 떨어져!"

천막은 눈사태가 휩쓸고 지나갈 자리에 있었다. 그러나 타르케의 말이 끝나기도 전에 거대한 눈 더미가 천막을 뒤덮었고 곧이어 거대하게 소용돌이치며 푸른 골짜기 바닥으로 쏟아져 내려왔.

처음에는 차가운 공기가 온몸으로 느껴졌다. 테메레르의 거대한 몸뚱이 뒤로 물러난 로렌스는 넘어질듯 비틀거리는 타르케의 팔을 붙잡아 끌어 당겼다. 곧이어 눈구름이 그들을 덮쳤다. 마치 깊은 눈 더미 위로 고꾸라진 것처럼 기분 나쁜 푸른색 눈에 얼굴이 파묻혀 로렌스는 숨을 쉴 수 없었다. 귓속으로 웅웅거리는 격한 소음이 퍼져나갔다. 입을 벌려 숨을 쉬려 했으나 공기가 없었고 얼음 조각들이 날카로운 칼처럼 그의 얼굴을 할퀴었다. 가슴과 사지가 마비되고 폐가 타는 것 같았다. 양팔을 벌리고 서서 버티고 있자니 어깻죽지가 빠지는 것처럼 아파왔다.

눈사태는 삽시간에 끝났고 몸을 휩쓸던 끔찍한 눈의 무게도 사라졌다. 로렌스는 무릎을 꿇은 채 상체를 세우고 눈에 파묻혀 있었다. 얼굴과 어깨에 얇은 얼음막이 붙어 있었다. 로렌스는 힘껏 두 팔을 움직인 다음, 감각을 잃고 뻣뻣해진 두 손으로 입과 콧구멍의 눈을 닦아냈다. 마침내 고통스런 숨을 들이쉴 때까지 폐의 통증이 지속되었다. 바로 옆에 있는 테메레르는 성에 낀 유리창처럼 하얗게 얼음 막에 뒤덮여 있었다. 테메레르는 후두둑 몸을 흔들어 얼음을 털어냈다.

재빨리 몸을 뒤로 돌려 눈 더미가 등을 스치고 지나가게 만든 타르케는 그들보다는 나은 상태였다.

"서둘러 눈에 묻힌 이들을 구조해야 합니다. 시간이 없어요."

타르케는 눈 더미에서 두 발을 빼내며 목 쉰 소리로 말하고는 비틀거리며 골짜기를 가로질러 천막이 설치되어 있던 곳으로 갔다. 천막이 있던 자리엔 눈이 3미터 이상 쌓여 있었다.

로렌스도 얼른 눈을 헤치고 나와 타르케 뒤를 따라가다가 눈 위로 튀어나와 있는 연노란 머리카락을 보고 그 밑에 묻혀 있던 마틴 중위를 끄집어냈다. 마틴은 로렌스가 있던 곳에서 조금 떨어진 곳에 서 있었는데 고꾸라지는 바람에 눈에 깊이 파묻혀 있었던 것이다. 로렌스와 마틴, 타르케는 거대한 눈 더미를 파헤쳤다. 얼음이나 바위가 아니라 부드러운 눈이라 다행이었으나 양이 많다보니 끔찍하게 무거웠다.

걱정스런 표정으로 뒤따라온 테메레르는 눈에 깔린 자들이 발톱에 다치지 않게 조심하면서 양옆으로 눈 더미를 푹푹 퍼서 치웠다. 곧 눈에 묻혀 있던 야생용 한 마리를 찾아냈다. 그레일링과 몸집이 비슷하고 푸른색과 흰색이 섞인 그 작은 암컷 용은 눈 밖으로 나오려고 날개를 퍼덕거렸다. 테메레르는 그 용의 목덜미를 움켜쥐고 눈 더미 밖으로 끌어냈다. 그러자 그 용 밑에 깔려 있던 천막과 승무원들이 보였다. 천막은 반쯤 뭉개져 있었고 승무원들은 여기저기 살이 까진 채 숨을 헐떡거렸다.

야생용이 도망가려 하자 테메레르는 꾹 잡아 눌렀다. 그리고 위협적으로 쉭쉭거리며 두르자크어로 몇 마디 했다. 그러자 그 용은 깜짝 놀라며 피리 같은 목소리로 대답했다. 테메레르가 또다시 쉭쉭 소리를 내자 그 용은 당황한 표정으로 돌아서며 눈에 묻혀 있는 자들을 구조하는 일을 도왔다. 그 용은 발톱이 작아서 눈 속에서 사람들을 더 안전하게 꺼낼 수 있었다. 더 깊은 곳에 묻혀 있던 수컷 야생용 한 마리는 크게 다친 상태였다. 그 용은 암컷 야생용보다 조금 더 컸고 오렌지색과 노란색, 분홍색이 뒤섞여 있었는데 한쪽 날개가 찢어지고 관절이 크게 뒤틀려 있었다. 그 수컷 용은 눈 밖으로 끌려나오자마자 날카로운 울음소리를 내고는 몸을 벌벌 떨며 웅크렸다.

망가진 천막 안에서 차분히 구조를 기다리며 앉아 있던 케인스는 눈 밖으로 나오자마자 말했다.

"거 참, 꺼내주는 데 오래도 걸리는군."

반면에 겁에 질린 앨런은 천막 안 침낭에 얼굴을 푹 파묻고 있었다.

"따라 와. 너도 한번이라도 쓸모 있는 존재가 되어 봐야지."

케인스는 앨런에게 이렇게 말하며 붕대와 칼 여러 개를 잔뜩 얹어 주고는 큰 상처를 입은 수컷 용 쪽으로 걸어갔다. 그 용은 경계하며 쉭쉭 소리를 내다가 테메레르가 고개를 돌리며 날카롭게 나무라자 곧 납작하게 엎드렸다. 덕분에 케인스는 편하게 진료할 수 있었다. 케인스가 어긋난 뼈를 제자리로 맞추는 동안 그 용은 낑낑거리며 우는 소리를 냈다.

거꾸로 눈에 처박혀 있다가 구조된 그랜비는 의식을 잃고 입술이 시퍼렇게 된 상태였다. 로렌스는 마틴과 함께 그랜비를 바닥에 눕히고 눈 밖으로 끄집어낸 천막으로 일단 그의 몸을 둘둘 감아놓았다. 그 천막 바로 옆, 산비탈에서 제일 가까운 곳에 서 있던 소총병 던과 해클리, 릭스 대위도 얼굴이 창백해진 상태로 쓰러져 있었다. 테메레르가 위쪽에 쌓인 눈을 대강 치워주자 에밀리는 악착같이 나머지 눈을 파고 기어 나와 소리를 질렀다. 그러자 승무원들이 와서 에밀리와 그 옆에 있던 다이어를 꺼내주었다. 두 아이는 서로 손을 꼭 붙잡고 있었다.

거의 삼십 분쯤 지난 뒤 로렌스는 눈을 뭉쳐 눈꺼풀에 흐르는 피를 닦아내며 물었다.

"페리스, 실종자는 없나?"

실종자는 없으나 사망자는 한 명 있었다. 조금 전에 눈에서 파낸 베일즈워스 대위가 목이 부러진 채 죽어 있었던 것이다. 페리스는 가라앉은 목소리로 대답했다.

"없습니다, 대령님."

로렌스는 굳은 표정으로 고개를 끄덕이며 말했다.

"부상자들을 담요로 감싸놓고 쉴 곳을 마련해야겠다."

그리고 주변을 둘러보며 타르케를 찾았다. 타르케는 조금 떨어진 곳에서 고개를 푹 숙인 채 두 손에 자그마한 독수리의 시체를 안고 서 있었다.

테메레르가 날카롭게 감시하는 가운데 야생용들은 테메레르와 로렌스 일행을 그들의 거처로 안내했다. 이 용들은 가파르게 치솟은 산비탈에 뚫린 차가운 동굴 안에 살고 있었다. 동굴 안으로 들어갈수록 점점 따뜻해지더니 가운데 쪽에 뜨거운 유황 온천이 솟는 큰 공터가 나왔다. 공터 한옆에는 거칠게 파인 천연 수로를 통해 눈이 녹은 깨끗한 물이 그 온천으로 흘러들어가고 있었다. 그 공터 주변에는 야생용 몇 마리가 둘러 앉아 꾸벅꾸벅 졸고 있었고, 조금 전 테메레르 일행을 습격한 주홍색 반점의 대장 용은 언제 돌아와 있었는지 높은 바위 위에 웅크리고 앉아 생각에 잠긴 표정으로 양의 다리뼈를 잘근잘근 씹고 있었다.

부상당한 수컷 용을 등에 얹은 테메레르가 나머지 야생용과 일행들을 이끌고 공터 안으로 들어서자 그 안에 있던 용들이 깜짝 놀라며 조그맣게 쉭쉭거렸다. 푸른색과 흰색이 섞인 암컷 용이 피리 같은 목소리로 무슨 말인가를 하자 그 야생용들은 앞으로 다가와 테메레르의 등에서 부상당한 동료를 바닥으로 내렸다.

타르케가 앞으로 다가가 야생용들에게 두르자크어로 말을 걸었다. 그중 몇몇 발음은 속삭이는 것과 비슷해서 타르케는 입 주변에 두 손을 컵처럼 갖다 대고 말을 하며 동굴 입구 쪽을 가리켰다.

그러자 테메레르가 인상을 썼다.

"저 밖에 있는 것은 내 돼지인데."

타르케는 놀란 얼굴로 테메레르를 올려다보며 말했다.
"어차피 눈사태 때문에 지금쯤 다 죽었을 거야. 그냥 두면 썩어서 못 먹게 돼. 게다가 너 혼자 먹기에는 너무 많잖아."
"그래도 내가 왜 저 용들이랑 나눠 먹어야 하는지 이유를 모르겠어."

테메레르는 이렇게 툴툴거리며 얼굴 주변의 막을 곤두세웠고, 야생용들 중에서도 특히 얼굴에 주홍색 반점이 있는 대장 용을 호전적인 눈빛으로 노려보았다. 야생용들은 불안하게 날개를 반쯤 펴고 퍼덕이면서 테메레르를 흘끔거렸다.

로렌스는 테메레르의 다리에 손을 얹으며 나지막하게 타일렀다.
"테메레르, 저 용들을 자세히 봐. 다들 극도로 굶주려 있잖아. 배가 고프지 않았으면 감히 네게 싸움을 걸지도 못했을 거다. 우리가 여길 쉼터로 삼기 위해 저 용들을 이 동굴에서 내쫓는다면 그건 너무나 가혹한 행동이지. 저들과 이 안에서 편안하게 지내려면 먹이를 나눠 먹는 게 당연한 거고."
"흠."

테메레르는 생각에 잠기며 곤두세웠던 얼굴 주변의 막을 내렸다. 야생용들은 정말 굶주린 것 같았다. 다들 근육이 팽팽했고 가죽 안에도 지방이 별로 없었으며 길쭉하고 마른 얼굴에 눈만 반짝거렸다. 그리고 야생용들은 대부분 노환과 부상으로 거동이 불편한 상태였다.

마침내 테메레르는 로렌스의 말에 동의했다.
"좋아. 나도 못되게 굴고 싶지는 않으니까. 저들이 먼저 싸움을 걸긴 했지만."

그리고 테메레르가 두르자크어로 무슨 말인가를 하자 야생용들은 처음에는 놀랐다가 조심스럽게 흥분을 억눌렀다. 그리고 대장 용이 짧고 빠른 소리로 지시를 내렸고 야생용 몇 마리가 서둘러 동굴 밖으로 나갔다.

조금 뒤 용들은 죽은 돼지들을 집어 들고 동굴로 돌아왔다. 그리고 꿍쑤가 그것들을 쭉쭉 자르는 모습을 흥미롭게 지켜보았다. 타르케가 나무를 좀 가져다 달라고 요구하자 작은 야생용 두 마리는 의아해하며 동굴 밖으로 나가 죽은 소나무 몇 그루를 질질 끌고 왔다. 꿍쑤가 천연 건조된 그 잿빛 소나무들로 모닥불을 지피자 동굴 위쪽의 갈라진 틈을 타고 천정의 후미진 곳으로 연기가 피어올랐다. 그리고 돼지들이 맛있게 구워지기 시작했다. 그러자 기절해있던 그랜비가 몸을 움직이며 들릴 듯 말 듯한 목소리로 말했다.

"돼지 갈비 냄새가 나네요?"

로렌스는 비로소 마음을 놓았다. 정신을 차린 그랜비는 모닥불 가까이 앉아 있으면서도 손을 벌벌 떨었고 차가 담긴 컵을 제대로 쥘 수가 없어 로렌스의 도움을 받아야 했다. 다른 승무원들도 대부분 기침을 하고 재채기를 했다. 나이가 어릴수록 증세가 더 심각했다.

케인스가 로렌스에게 말했다.

"승무원들을 전부 온천에 집어넣어야겠습니다. 가슴을 따뜻하게 해주는 게 무엇보다 중요합니다."

로렌스는 그러라고 허락했다. 그러나 얼마 뒤 에밀리가 거리낌 없이 옷을 벗고 다른 장교들과 함께 온천에 들어가 있는 것을 보고는 아연실색했다. 로렌스는 다급하게 에밀리를 불러 온천 밖으로 나오게 한 뒤 담요로 둘러 싸주며 말했다.

"넌 다른 승무원들이랑 같이 온천에 들어가면 안 돼."

에밀리는 물에 젖은 채 어리둥절한 표정으로 물었다.

"왜요?"

로렌스는 나지막하고 확고하게 말했다.

"이런, 맙소사. 안 돼. 그건 적절한 행동이 아니야. 넌 숙녀가 되고 있는 중이니까."

에밀리는 수긍하지 않았다.

"아, 그런 부분에 대해서는 엄마한테 얘기를 들었어요. 하지만 저는 아직 생리를 시작하지 않았고, 저들 중 어느 누구하고도 동침할 생각이 없어요."

로렌스는 하는 수 없이 에밀리에게 당장 시키지 않아도 될 일을 하라고 지시하고는 테메레르 곁으로 다가가 앉았다.

야생용들이 고소하게 구워진 돼지들을 차례로 먹어치우는 동안 꿍쑤는 미리 빼놓았던 내장과 부스러기 고기, 족발을 솥에 넣고 야생용들이 갖고 있던 여러 양념 재료와 과일을 곁들여 죽을 끓였다. 그런데 자세히 보니 몇몇 채소와 토착 뿌리 식물들을 제외하고 찢어진 자루에 담긴 다량의 순무와 곡물 등은 어딘가에서 훔쳐온 것 같기도 했다.

테메레르는 얼굴에 주홍색 반점이 있는 대장 용과 대화를 나누면서 두르자크어를 점점 빠르고 능숙하게 구사했다. 그리고 그 용을 로렌스에게 정식으로 소개했다.

"이 용은 수컷이고, 이름은 아르카디야."

로렌스가 아르카디에게 고개를 숙이며 인사하자 테메레르가 덧붙였다.

"우리를 곤경에 빠트려서 미안하대."

아르카디는 우아하게 고개를 숙이며 환영의 말을 늘어놓았으나 뉘우치는 기색은 전혀 없어 보였다. 이들이 여행자들을 습격하는 짓을 계속할 것임을 직감한 로렌스가 말했다.

"테메레르, 아르카디에게 이런 짓은 대단히 위험하다고 전해. 격분한 사람들이 이 용들의 목에 포상금을 걸고 사냥을 시작할 수도 있어. 그럼 결국 모두 총에 맞아 죽고 말 거다."

테메레르는 아르카디와 몇 마디 말을 나누고 나서 잘 이해가 안 된다는 표정으로 말했다.

"그게 통행세를 받는 것뿐이라는데."

그리고 아르카디와 조금 더 얘기를 나눈 뒤 덧붙였다.

"지금까지 반항한 자들은 없었대. 나한테는 받지 말아야 했지만."

아르카디는 다소 감정이 상한 목소리로 무슨 말인가를 했고 테메레르는 이마를 긁적이며 로렌스에게 말했다.

"얼마 전에 나처럼 생긴 용과 그 일행을 습격했는데, 그 암컷 용은 군말 없이 맛있는 소 두 마리를 내놓으며 통행세를 냈대. 그래서 그 용과 그 하인들을 무사히 지나가게 해줬대."

로렌스는 의아했다.

"너처럼 생긴 용이라고?"

테메레르의 혈족은 이 세상에 여덟 마리뿐이었고 그들은 모두 여기서 8천 킬로미터 떨어진 베이징에서 살고 있었다. 게다가 다른 중국 용들은 대부분 이 야생용들처럼 몸 색깔이 화려했다. 날개 가장자리에 진주색 반점이 있는 것을 빼면 테메레르는 온몸이 반짝이는 검은 색이라 이 야생용들이 부근에서 테메레르 같은 용을 보았을 리 없었다.

아르카디에게 조금 더 자세히 캐묻고 나서 테메레르가 얼굴 주변의 막을 곤두세우며 말했다.

"온몸이 하얗고 눈이 빨간 것을 빼면 나랑 생김이 똑같다는군."

흥분한 테메레르가 콧구멍까지 벌겋게 충혈되자 아르카디는 깜짝 놀라 뒤로 슬금슬금 물러났다.

걱정이 된 로렌스의 입에서 한꺼번에 질문이 튀어나왔다.

"일행이 몇 명이나 되었대? 그들은 어떤 사람들이었지? 이 고개를 넘어 어느 쪽으로 갔는지 봤대?"

몸통과 눈동자 색깔로 판단해볼 때 그 용이 누구인지는 자명했다. 리엔이었다. 알비노로 태어나 온몸이 새하얀 그 셀레스티얼은 테메레르와 로렌스에게 이를 갈고 있었다. 리엔이 중국을 떠났다니 로렌스는 최악의 상황을 예상하지 않을 수 없었다.

테메레르가 말했다.

"일행인 사람들을 태우기 위해 다른 용 몇 마리도 같이 따라가고 있었대."

아르카디는 푸른색과 흰색이 섞인 작은 암컷 용을 불렀다. 이름이 '게르니'인 그 암컷 용은 두르자크어뿐만 아니라 이 근방에서 쓰이는 투르크 방언도 잘 알아서 리엔을 따라온 짐꾼 용들을 위해 잠시 통역관 역할을 해주었다고 했다. 그래서 로렌스에게 조금 더 자세한 얘기를 들려줄 수 있었다.

로렌스가 생각한 것보다 상황이 더 심각했다. 리엔은 프랑스 남자와 함께였는데, 그 생김새에 대해 들어보니 프랑스 대사 드 기녜임이 분명했다. 게르니는 그 하얀 용이 드 기녜와 자유자재로 대화를 나누었다고 했고, 그런 걸 보면 리엔은 벌써 프랑스어를 능숙하게 쓸 수 있게 된 모양이었다. 리엔이 드 기네와 함께 프랑스로 가고 있는 거라면 이유는 단 하나일 터였다.

얼마 뒤 로렌스는 그랜비와 그 문제에 대해 서둘러 논의했다. 그랜비는 로렌스의 걱정을 덜어주려고 이렇게 말했다.

"프랑스 놈들은 리엔을 전쟁에 쓸 수 없을 겁니다. 승무원은커녕 비행사도 태우려 하지 않을 테니 최전방에 내보내는 것은 어림도 없는 일이죠. 우리가 테메레르한테 안장을 채울 때처럼 야단법석을 떨어도 리엔은 프랑스 놈들이 제 몸에 안장을 얹는 것을 결코 허용하지 않을걸요."

로렌스가 굳은 표정으로 말했다.

"적어도 번식용으로 쓸 수는 있겠지. 게다가 나폴레옹은 어떻게든 리엔을 전쟁에 써먹을 방법을 찾아낼 거다. 마데이라로 가던 도중에 테메레르가 한 일을 자네도 봤지 않나. 신의 바람으로 단번에 48문짜리 군함을 침몰시켰지. 1급 군함도 아마 가라앉힐 수 있을 거다."

현재 영국의 가장 든든한 방어벽은 나무로 만들어진 영국 해군 함대였고, 그보다 취약한 구조의 상선들이 영국의 생명줄과 다름없는 해외 무역을 진행하고 있었다. 리엔이 프랑스 군에 가담한다면 영국 해협을 사이에 둔 영국과 프랑스의 힘의 균형이 깨질 수도 있었다.

테메레르는 얼굴 주변의 막을 여전히 곤두세운 채 말했다.

"리엔 따위 하나도 안 무서워. 용싱 왕자의 죽음에 대해서도 전혀 유감스럽지 않고. 리엔이 처음부터 반대를 했으면 용싱도 당신을 죽이려는 시도를 하지 않았을 테고 나랑 리엔이 싸울 일도 없었을 거야. 그러니 사태가 그렇게 된 데에는 리엔도 책임이 있어."

로렌스는 고개를 저었다. 그런 식의 논리가 리엔에게 통할 리 없었다. 유령처럼 하얀 몸뚱이 때문에 다른 중국인들에게 배척을 당했던 리엔이 유일하게 의지해온 이가 바로 용싱 왕자였다. 그런 만큼 자신의 비행사에게 다른 용들보다 훨씬 더 큰 애착을 갖고 있었다. 리엔은 테메레르를 결코 용서하지 않을 것이었다. 자존심이 세고 서양 세력을 혐오했던 용싱은 자신이 죽은 뒤 리엔이 중국에서 추방당해 프랑스로 가리라고는 생각도 못했겠지만, 증오로 이를 갈며 프랑스 행을 택한 리엔의 입장에서는 복수를 위해 그보다 더한 짓이라도 했을 터였다.

5

"더는 여기서 지체하지 않는 게 좋겠군요."

로렌스가 이렇게 말하자 타르케는 하얀 돌멩이를 분필 삼아 동굴 바닥에 선을 그으며 남은 여정에 대해 설명해 주었다. 황금의 사마르칸드와 역사가 오래된 바그다드를 피해 이스파한과 테헤란 사이를 지나는 여정이었다. 대도시를 피해야 하므로 황무지의 구불구불한 길을 따라 중앙아시아의 거대한 사막지대 가장자리를 에둘러가야 한다고 했다.

타르케가 말했다.

"도중에 사냥을 해야 하니 시간이 지체될 겁니다."

페르시아 총독들에게서 도전을 받고 싶지도 환대를 받고 싶지도 않았으므로 차라리 대도시를 피해 사냥을 해서 먹을 것을 충당하는 편이 나았다. 총독들과 맞닥뜨리면 사냥보다 훨씬 더 오랜 시간이 소요될 테니까. 그래도 남의 나라 땅으로 몰래 숨어 들어가자니 기분은 별로 좋지 않았다. 발각되어 붙잡힌다면 대단히 당황스런 사태가 발생할 수도 있기 때문이었다. 테메레르의 비행 속도를 믿고 극도로 조심하는 수밖에 없었다.

눈사태로 큰 부상을 당한 부하들 때문에 야생용들의 동굴에서 하루 더 쉬어갈 작정이지만 프랑스로 가고 있는 리엔을 생각하면 마음을 놓을 수 없었다. 프랑스와 손을 잡은 리엔이 영국 해협이나 지중해에 주둔하고 있는 영국 함대들을 상대로 신나게 복수를 할지도 몰랐다. 리엔의 출현을 전혀 예상하지 못하고 있던 영국 해군과 상선단은 속절없이 당하게 될 것이다. 영국 군함의 함장과 상선의 선장들은 불을 뿜는 용을 구분하기 위해 용에 관한 책자를 가지고 다녔으나 리엔처럼 온몸이 하얀 용은 어디에도 기록되어 있지 않았다. 리엔은 전투 훈련은 받지 못했으나 테메레르보다 나이가 많고 속도가 대단히 빠르며 움직임이 유연했다. 게다가 신의 바람을 훨씬 더 능숙하게 사용할 줄 알았다. 치명적인 공격력을 지닌 리엔이 나폴레옹의 수중에 들어가 영국의 심장부를 노릴 것을 생각하면 로렌스는 몸서리가 쳐졌다.

"내일 아침에 출발한다."

로렌스는 승무원들에게 이렇게 말하며 일어섰다.

타르케가 바닥에 그려놓은 지도를 내려다보며 모여 있던 야생용들이 저희끼리 수군거리더니 테메레르에게 여행 경로에 대해 설명을 요청했다. 자기네가 살고 있는 이 산이 광활한 중국 대륙과 페르시아, 오스만투르크제국 사이에 끼어 있으며 지도상에서 간단히 빗금으로만 표시되어 있자 성질이 난 것 같았다.

조금 뒤 테메레르가 자랑스러워하며 로렌스에게 말했다.

"방금 야생용들에게 우리가 영국에서 아프리카를 거쳐 중국까지 여행했다고 말해줬어. 저들은 이 산 밖으로 나가본 적이 없나봐."

테메레르는 살짝 빼기는 듯한 말투로 야생용들에게 더 자세히 설명을 해주었다. 테메레르의 입장에서는 자랑거리가 꽤 많았다. 세상의 절반을 가로지르며 여행을 했고 중국의 황궁에서 펼쳐진 축하 연회에도 참석했으며 전쟁에서 주목할 만한 공적도 세웠으니까. 그 외에도 테메레르가 착용하고 있는 보석 박힌 펜던트와 발톱 씌우개는 그런 장식물이 없는 야생용들의 시선을 그러모으기에 충분했다. 테메레르가 또 무슨 얘길 한 것인지는 몰라도 야생용들은 세로로 길게 찢어진 눈으로 부럽다는 듯 로렌스를 쳐다보았다.

로렌스는 테메레르가 인간의 보살핌을 받지 않고 자연 속에서 자립해서 살아가는 야생용들을 직접 보게 된 것이 차라리 잘 된 일이다 싶었다. 이 용들의 생활은 중국 용들의 수준 높은 생활과 극명한 대조를 이루었고, 야생용들과 비교하면 영국 용들의 삶도 그리 열악해 보이지 않을 정도였다. 테메레르도 자신이 이 야생용들보다 훨씬 나은 생활을 해왔음을 자각하고 있는 것 같아서 마음이 놓였다. 한편으로는 야생용들이 부러움과 질투로 기분이 상해 테메레르에게 싸움이라도 걸까 봐 걱정이 되기도 했다.

테메레르의 얘기가 계속될수록 야생용들은 더 큰소리로 수군거리며 자기네 대장 아르카디를 의심스런 눈길로 흘끔거렸다. 아르카디의 지도력을 의심하는 듯한 눈초리였다. 그것을 눈치 챈 아르카디는 머리 주변의 뿔들을 곤두세우며 벌컥 화를 냈다.

분위기가 심상치 않게 변하는 듯하자 로렌스가 얼른 끼어들었다.

"테메레르."

테메레르는 왜 그러냐는 눈빛으로 로렌스를 돌아보았고 아르카디는 순식간에 위로 훌쩍 날아올라 횃대에 올라서서 자못 엄숙하게 무슨 발표를 했다. 그러자 다른 야생용들은 흥분하면서 저희들끼리 속삭였다.

"흠."

그들의 말을 듣고 있던 테메레르가 꼬리를 씰룩거리며 아르카디를 쳐다보았다.

놀란 로렌스가 물었다.

"무슨 일이야?"

"아르카디가 우리랑 같이 이스탄불로 가서 술탄을 만나겠대."

테메레르에게 싸움을 거는 것보다는 훨씬 나은 일이었지만 이 용들과 동행하는 것은 대단히 불편하고 성가신 일일 터였다. 아르카디를 설득해도 말을 듣지 않을 게 뻔했다. 다른 야생용들도 따라가겠다고 나섰다. 처음에는 말려보던 타르케가 얼마 뒤 어깨를 으쓱하면서 로렌스에게 말했다.

"그냥 데리고 가는 수밖에 없겠습니다. 따라오지 못하게 공격을 해서 여기 주저앉힌다면 몰라도."

다음날 아침, 바깥 세상에 대해 관심 없는 몇몇 게으른 용들과 눈사태로 한쪽 날개가 부러진 작은 용을 제외한 거의 모든 야생용들이 테메레르 일행과 함께 동굴을 출발했다. 날개가 부러진 야생용은 동굴 입구에 서서 떠나는 이들을 쳐다보며 슬픈 목소리로 조그맣게 울부짖었다. 이제 비행 분위기는 확연히 달라졌다. 잔뜩 흥분한 야생용들은 시끌벅적하게 떠들었고 가끔 두세 마리씩 공중제비를 돌면서 쉭쉭거리고 발톱을 세우며 싸움질을 하기도 했다. 그럴 때면 아르카디나 그의 덩치 큰 부하 용 두 마리가 휙 날아가 두들겨 패고 큰

소리로 훈계를 해야 비로소 싸움을 멈추고 샐쭉하게 토라진 채 따라왔다.

그런 식의 싸움이 세 번이나 발생하고 산봉우리 위로 날카로운 울음소리가 퍼져나가자 화가 치민 로렌스가 말했다.

"서커스 같은 녀석들을 달고 가자니 눈에 띄지 않고 페르시아 지역을 통과하기는 아예 글렀군."

그랜비가 말했다.

"며칠 따라오다가 지겨워지면 돌아가겠죠. 야생용들은 원래 먹을 것을 훔칠 때를 빼고는 사람들이 사는 곳에 가까이 오려고 하지를 않거든요. 비행을 하다가 자기네 영역을 벗어나겠다 싶으면 곧 소심해져서 동굴로 돌아가려 할 겁니다."

과연 오후부터 야생용들은 신경이 곤두서는 것 같았다. 산맥이 급격히 낮아지며 언덕으로 바뀌었고 부드럽게 곡선을 그리는 지평선과 끝없이 넓은 하늘이 눈앞에 펼쳐졌던 것이다. 야생용들의 고향인 카라코룸 산맥과는 확연히 다른 풍경이었다. 언덕에 착륙한 승무원들이 야영 준비를 하는 동안 야생용들은 야영지 부근에 모여 쑥덕거리며 불안하게 날개를 퍼덕거릴 뿐 사냥에 별다른 도움을 주지도 않았다. 저녁이 되자 멀리 보이는 마을에 흐릿한 주황색 불빛이 켜지기 시작했다. 몇 킬로미터 떨어진 곳에 있는 농가 여섯 채로 이루어진 작은 마을이었다. 다음날 아침, 야생용 몇 마리가 자기네끼리 떠들더니 여기가 바로 이스탄불인 것 같은데 생각한 것보다 별로라며 고향으로 돌아가겠다고 했다.

"여기가 어째서 이스탄불이라는 거야."

테메레르가 발끈하자 로렌스는 얼른 손짓을 하여 입을 다물게 했다.

다행히 그쯤에서 야생용들은 대부분 고향으로 돌아갔다. 제일 나이가 어리고 모험심이 강한 용들만 남았는데 그중 게르니가 제일 설쳐댔다. 저지대에서 부화하여 산맥 밖의 세상을 조금 볼 기회가 있었던 게르니는 자신과 동료들과의 차이점을 발견하고는 몹시 기뻐하면서 자기는 하나도 겁이 나지 않는다고 큰소리를 쳤다. 그리고 고향으로 돌아가는 족들을 비웃었다. 그러자 다른 용 두 마리도 여행을 계속하겠다고 선언했다. 불행히도 돌아가지 않고 남은 용들은 하나같이 뻐기기를 좋아하는 싸움꾼들이었다.

부하들 중 일부가 여행을 계속하겠다고 하자 아르카디도 어쩔 수 없이 남기로 했다. 테메레르한테 보물과 잔치, 피 끓는 전투와 같은 흥미로운 모험담을 잔뜩 들은 터라, 여기서 여행을 중단하고 동굴로 돌아갔다간 나중에 모험을 끝내고 명예롭게 고향으로 돌아온 부하들에게 대장 자리를 빼앗길지도 모른다고 여긴 것이다. 대장 자리는 힘만 세다고 해서 얻어질 수 있는 것이 아니라 카리스마와 빠른 상황 판단력을 갖춘 용에게 주어지는 것이었다. 그래서 직속 부하 두 마리도 힘과 덩치에서는 아르카디를 능가하지만 감히 대장이 되지는 못하고 있었다.

걱정스런 속내를 감추고 허세를 부렸으나 아르카디는 여행에 그다지 열정을 보이지는 않았다. 그래서 로렌스는 아르카디가 남은 야생용들을 모두 설득해서 고향으로 돌아갈지도 모른다고 기대했다. 그러나 아르카디의 직속 부하 몰나르와 린지—로렌스가 최대한 인간의 언어로 비슷하게 발음한 것—는 대장이 없어도 여행을 계속할 생각이었다. 그리고 진회색 몸통의 린지가 그런 말을 내뱉자 아르카디는 휙 날아올라 린지의 머리통을 세게 내리치고는 일장 연설을 늘어놓았다. 아르카디가 무슨 말을 한 것인지는 굳이 테메레르의 입을 통하지 않고도 짐작이 되었다.

그날 저녁 아르카디는 여행을 계속하기로 한 야생용들과 가까이 모여 앉았다. 그들이 살던 산맥이 이미 멀리 푸른빛으로 멀어졌기 때문에 그렇게 해서라도 두려움을 달래려는 것이었다. 테메레르가 몇 번 말을 걸었으나 아르카디는 건성으로만 대답했다.

실망한 테메레르는 로렌스 곁으로 다가와 앉으며 말했다.

"저들은 모험을 그다지 즐기지 않는가 봐. 계속 먹을 것에 대해서만 물어보면서 술탄의 잔치에 언제쯤 참석할 수 있겠느냐, 술탄이 무슨 음식을 내놓겠느냐, 언제쯤 고향인 카라코룸 산맥으로 돌아갈 수 있겠느냐 같은 얘기만 하고 있어. 자유로운 몸이니 세상 어디든 갈 수 있는데 말이야."

"늘 허기가 지다보면 큰 포부를 갖기보다는 주린 배를 채우는 게 우선시되는 거다. 저들이 누리고 있는 자유라는 것도 실은 그리 대단한 게 아니야. 기껏해야 굶어죽을 자유라든가 사냥을 당해 죽을 자유에 불과한 것이니 부러워할 만한 것은 못 되지."

그리고 로렌스는 이때다 싶어 덧붙였다.

"분별 있는 인간과 용이라면 공익을 위해 자신의 자유를 희생할 줄도 알아야 해. 공익이 실현되면 자신의 삶은 물론 동료들의 삶도 함께 윤택해지니까."

테메레르는 한숨을 내쉴 뿐 반박하지 않았다. 그저 입맛이 없는지 불만스런 표정으로 먹이를 쿡쿡 찔러댔다. 그 모습을 본 몰나르가 조심스럽게 다가와 테메레르에게 '반쯤 남은 그 먹이를 안 먹을 거면 자기가 먹어도 되겠냐'고 물어봤다. 그러자 테메레르는 으르렁거리며 몰나르를 쫓아버리고는 남은 먹이를 세 번에 꿀떡꿀떡 씹어 삼켰다.

다음날 아침, 하늘은 맑고 화창했다. 야생용들은 점점 더 맥이 빠지는 분위기였다. 로렌스는 밤사이 나머지 야생용들도 모두 고향으로 돌아가리라 예상했는데 그들은 돌아가지 않았다. 그러나 어설프게 사냥하는 시늉만 할 뿐이어서 로렌스는 타르케와 승무원 몇 명을 근처 농가로 보내 소를 여러 마리 사오도록 했다. 야생용들까지 먹여야 하기 때문에 전보다 먹이를 더 많이 확보해야 했다.

타르케와 승무원들이 머리에 뿔이 난 갈색 소들을 끌고 야영지로 돌아오자 야생용들은 눈이 휘둥그레졌다. 그 소들은 겁을 먹고 계속 음매음매 울었다. 로렌스가 소 네 마리를 먹이로 배당해주자 야생용들은 몹시 기뻐하며 게걸스럽게 먹었다. 식사를 마친 작은 용들은 부른 배를 주체하지 못하고 양 날개와 네 발을 어색하게 펼친 채 바닥에 드러누웠다. 너무나도 행복한 표정들이었다. 혼자서 소 한 마리를 다 먹어치운 대장 아르카디도 비틀비틀 걸어가다가 모로 드러누웠다. '저 용들이 이렇게 배불리 먹어본 적이 한 번도 없었겠구나' 하는 생각이 들자 로렌스는 마음이 아팠다. 방금 저들이 먹은 갈색 소들, 즉 농장에서 자라 기름이 많고 향이 진한 소들은 영국에서도 특별한 날에만 용들에게 배급하는 별미였다. 평소 저 야생용들은 살도 별로 없는 염소나 산양, 훔친 돼지로 연명해왔을 터였다.

테메레르는 명랑한 말로 그 용들의 마음을 사로잡았다.

"이스탄불에 가면 술탄이 훨씬 더 맛있는 걸 내줄 거야."

그때부터 야생용들에게 이스탄불은 맛있는 먹이로 넘치는 장밋빛 천국이 되었다. 이제 녀석들을 돌려보낼 방법은 없었다.

어쩔 수 없이 이 상황을 받아들이며 로렌스가 말했다.

"흠. 가급적 밤에 비행을 해야겠어. 밤에는 잘 안 보이니까 페르시아 농부들도 우리를 자기네 나라 공군으로 여길 테지."

외지로 가는 것에 대한 두려움을 극복하고 나자 야생용들도 조금씩 쓸모 있게 굴었다. 갈색 바탕에 녹황색 줄무늬가 있는 작은 야생용 헤르타즈는 사냥에서 제일 뛰어난 기량을 발휘했다. 헤르타즈는 여름 내 햇볕을 받아 노랗게 물든 풀밭의 바람 불어가는 쪽에 납작하게 엎드려 있다가 다른 용들이 숲과 언덕에서 고함을 질러 짐승들을 몰아오면 확 덮쳐서 한 번에 대여섯 마리 정도씩 먹이를 잡았다.

테메레르와는 달리 야생용들은 인간의 냄새에도 민감했다. 그들이 페르시아 기병대에 발각되지 않은 것도 아르카디가 경고를 해준 덕분이었다. 그 기병대가 말을 타고 산등성이로 난 길을 넘어 시야에서 사라질 때까지 테메레르와 로렌스 일행, 야생용들은 언덕 뒤에 한참 동안 숨어 있었다. 기병대의 깃발이 펄럭이는 소리, 말 재갈과 고삐가 쩔그렁거리는 소리가 들리지 않을 때쯤 어스름이 깔리기 시작하자 테메레르와 야생용들은 비행을 재개할 수 있었다.

아르카디는 점잔을 빼고 뽐내는 것을 좋아하는 성격이었다. 테메레르가 먹이를 먹고 있는 동안 아르카디는 다시 자존심을 회복할 기회를 잡았다. 부하들에게 장단을 맞추게 하면서 사설과 춤이 반씩 섞인 장황한 이야기 극을 선보인 것이다. 두르자크어를 알아듣지 못하는 로렌스는 이 극의 내용이 사냥꾼 아르카디의 공적을 재현한 것이거나 그 밖에 사나운 행동에 관한 것이겠거니 하고 짐작할 뿐이었다. 다른 야생용들은 가끔 노래하듯 후렴을 읊으며 극에 참여했다.

테메레르는 두 번째 사슴 고기를 먹다가 내려놓고는 큰 관심을 보이며 그 극에 귀를 기울였다. 그리고 곧 야생용들에게 자신의 의견을 내놓기 시작했다. 저 이야기 극에 테메레르가 무슨 의견을 내놓은 것인지 궁금해진 로렌스가 물었다.

"도대체 무슨 내용이야?"

테메레르는 열을 올리며 설명해주었다.

"아주 흥미로워. 한 무리의 용들에 관한 이야기야. 어느 날 그 용들은 동굴에서 노환으로 죽은 용의 소유였던 어마어마한 보물 더미를 발견하게 돼. 그 보물을 어떻게 나눠 가질지를 놓고 언쟁을 하다가 제일 힘이 센 용 두 마리가 여러 차례 결투까지 하게 되었어. 그런데 사실 그 두 마리는 상대방과 싸움을 하기보다는 교미를 하고 싶었지. 그렇지만 상대방도 그것을 원하는지 알 수 없었기 때문에 어떻게든 결투에서 이겨 보물을 차지하고 그 보물로 상대를 꾀어 교미에 동의하게 하리라 마음먹었어. 그 두 마리가 싸우는 동안 주변에 있던 용들 중에 덩치는 작지만 영리한 용 한 마리는 속임수를 써서 그 보물 중 상당량을 조금씩 빼돌렸지. 그리고 이미 교미를 해서 알을 낳은 용 한 쌍도 있었는데, 그 둘은 자기네한테 배당된 보물을 놓고 서로 언쟁을 벌였어. 암컷이 알을 품느라 너무 바빠서 수컷이 다른 용들과 싸움을 해서 더 많은 보물을 차지할 수 있게 돕지를 못한 거야. 그 수컷은 배당된 보물을 암컷과 똑같이 나누고 싶지 않았어. 화가 난 암컷은 알을 갖고 멀리 숨어버렸지. 수컷은 후회를 했지만 암컷과 알을 찾지 못했어. 그런데 그 암컷과 교미를 하고 싶어 하는 또 다른 수컷 용이 있었고 그 용은 그 암컷을 찾아내어 자기 몫의 보물을 줄 테니 교미를 하자며……."

테메레르가 요약해서 들려주었으나 로렌스는 정신없는 사건의 연속인 그 이야기 극의 흐름을 따라가기 어려웠다. 테메레르가 어떻게 그 내용을 전부 이해하고 있는 것인지, 도대체 그 얘기의 어디가 그렇게 재미있다는 것인지 이해할 수 없었다. 그러나 테메레르와 야생용들은 복잡한 사건들이 얽혀 뒤죽박죽인 것 같은 그 이야기 극을 대단히 재미있어했다. 극이 진행되는 와중에 게르니와 헤르타즈는 그 다음 얘기를 놓고 서로 자기가 옳다며 머리로 치고받고 싸우기까지 했다. 극의 흐름이 끊기자 화가 난 몰나르가 날카롭게 소리치며 쉭쉭거리자 비로소 두 용은 조용히 입을 다물었다.

마침내 이야기 극을 끝낸 아르카디는 숨을 헐떡이면서도 만족스런 표정이었다. 다른 야생용들은 모두 휘파람 같은 소리를 내고 꼬리를 바닥에 탁탁 치며 환호했고, 테메레르도 발톱을 커다란 바위에 대고 따닥따닥 두드렸다. 중국 용들에게서 배운 박수치는 방법이었다.

테메레르는 크게 흡족해하며 말했다.

"내용을 잘 기억해뒀다가 영국에 돌아가면 글로 남겨야겠어. 중국에 있을 때 사용했던 책 상자도 따로 마련해 놔야지. 전에 릴리랑 막시무스한테 《프린키피아 마테마티카(Principia Mathematica. 수학 원론)》의 내용 일부를 암송해줬는데 재미없어 하더라고. 하지만 이 얘기를 들려주면 좋아할 거야. 책으로 출판할 수도 있지 않을까, 로렌스?"

"우선 나른 용들한테 책 읽는 법을 가르쳐야겠지."

그 무렵 승무원 몇 명은 야생용들에게 두르자크어를 조금씩 배우고 있었다. 평소에 승무원들은 손짓 발짓만으로도 충분히 의사를 전할 수 있었다. 야생용들이 영리해서 금방 그 뜻을 알아들었기 때문이었다. 그러나 천막을 쳐야 하니 지금 앉아 있는 편안한 자리에서 옆으로 조금 물러나라고 할 때라든가 저녁 비행을 해야 하니 그만 잠에서 깨어나라고 할 때처럼 자기네한테 불리하다 싶으면 야생용들은 승무원들의 몸짓을 못 알아듣는 척해 버려서 불편할 때가 있었다. 테메레르와 타르케가 늘 옆에서 통역을 해줄 수 있는 것도 아니므로 승무원들 입장에서는 두르자크어를 조금이라도 배워두는 것이 천막을 치고 모닥불을 피우는 등의 임무를 수행하기 위해 필요했다.

그런데 두르자크어를 배우고 있는 승무원들에게 갑자기 그랜비가 소리쳤다.

"딕비, 그만하면 됐어. 두 번 다시 저 용들의 비위를 맞추는 짓은 하지 마."

"예, 대위님. 실은 그게 아니라……. 아니, 알겠습니다."

얼굴이 빨개지고 말문이 막힌 딕비는 허둥지둥 물러나 야영지 한 구석에서 천막을 손보기 시작했다.

타르케와 얘기를 나누고 있던 로렌스는 놀라서 고개를 들었다. 딕비는 아직 열세 살 밖에 안 되었으나 소위들 중에 제일 착실해서 평소 혼낼 일도 별로 없었기 때문이었다.

그랜비는 로렌스와 타르케 쪽으로 걸어오며 말했다.

"아, 별 것 아닙니다. 딕비가 저 덩치 큰 몰나르를 차지하고 비행사가 되려고 미리 손을 써두려는 것 같아서요. 다른 녀석들도 각자 마음에 드는 야생용들에게 그런 식으로 굴고 있고요. 하루 빨리 비행사 노릇을 하고 싶어하는 것은 이해하지만 야생용을 길들이는 것만큼 쓸데없는 일도 없죠. 먹이를 줘서 야생용을 길들였단 소리는 들어본 적도 없습니다."

로렌스가 말했다.

"그래도 저 야생용들은 어느 정도 예의를 차리는 법을 배우고 있는 것 같던데. 처음에는 완전히 통제 불능일 거라고 생각했거든."

"테메레르가 우리 곁에 없으면 곧 통제 불능이 되겠죠. 지금은 테메레르 때문에 조심하고 있는 것뿐입니다."

그들의 대화를 듣고 있던 타르케가 무미건조하게 말했다.

"꼭 그렇지만은 않습니다. 저 용들도 흥미로운 일거리가 생겨서 스스로를 잘 제어하고 있는 것이지요. 그렇게 보는 것이 합리적인 생각일 것입니다. 물론 상황이 달라지면 태도도 달라질 수 있겠지만요."

저 멀리서 골든혼 만(灣)이 반짝반짝 빛나고 보스포러스 해협의 양쪽에 걸쳐 있는 거대 도시 이스탄불이 모습을 드러냈다. 항구 안쪽 언덕마다 적갈색 지붕의 일반 주택들과 좁고 푸르스름한 삼나무 잎사귀들 사이로 모스크의 첨탑들과 대리석 소재의 푸른색, 회색, 분홍색 돔들이 치솟아 있었다. 낫 모양의 강이 거대한 보스포러스 해협으로 흘러들어갔고 햇빛에 반사되어 검게 빛나는 해협의 바닷물은 양옆의 마르마라 해와 흑해로 뱀처럼 구불구불 흘러갔다. 망원경을 들여다보고 있던 로렌스의 눈에 해협 건너편에 언뜻 보이는 유럽 땅이 확 들어왔다.

승무원들은 모두 지치고 배가 고픈 상태였다. 거대 도시 이스탄불을 향해 날아오는 동안 각별히 더 조심을 해야 해서 식사도 제대로 하지 못하고 잠도 거의 자지 못했다. 지난 열흘 간 로렌스 일행은 하루에 한 번 차가운 음식으로 끼니를 때웠고 낮에는 띄엄띄엄 노루잠을 자며 페르시아를 가로질러 왔다. 테메레르와 야생용들은 비행하면서 잡은 날짐승으로 허기를 달랬다. 이스탄불이 가까이 보이는 지금, 언덕 하나를 더 넘어서자 보스포러스 해협을 사이에 두고 아시아 쪽에 위치한 넓은 평야에서 한가롭게 풀을 뜯고 있는 회색 소들이 보였다. 아르카디는 피에 굶주린 고함을 내지르며 곧장 소떼를 향해 급강하했다.

"안 돼! 저 소들을 그냥 먹으면 안 돼!"

테메레르가 소리쳤으나 이미 늦어버렸다. 나머지 야생용들도 환호성을 내지르며 소떼를 향해 날아갔다. 소들은 겁에 질린 채 음매 음매 울었다. 그 소리를 듣고 돌과 회반죽으로 만든 야트막한 성벽 뒤에 앉아 있던 투르크 경비 용들이 몸을 곧추세우며 머리를 들었다. 그 용들의 머리에는 투르크 공군임을 나타내는 깃털 장식이 붙어 있었다.

"아, 맙소사!"

로렌스가 이 말을 내뱉음과 동시에 투르크 용들이 날아올라 야생용들을 향해 돌진했다. 야생용들은 소들을 한두 마리씩 집어 올리고는 공중에서 크기를 비교해보고 있었다. 뜻밖의 소득에 완전히 정신이 팔려 바닥으로 내려와 소를 뜯어먹지 않은 것이 천만 다행이었다. 투르크 용들이 급강하하여 덮치는 순간 야생용들은 그들의 발톱과 이빨을 피해 퍼덕거리며 사방으로 흩어져 목숨을 구할 수 있었다. 야생용들이 내던진 소들은 대략 열 마리 정도였는데 다리가 부러지거나 죽고 말았다.

야생용들은 허둥지둥 날아와 테메레르 뒤로 몸을 숨기고는 투르크 용들을 향해 악악거렸다. 투르크 용들은 다시 고도를 높이고 야생용들 쪽으로 날아오며 사납게 고함을 질렀다.

로렌스가 신호 담당 터너 소위에게 소리쳤다.

"영국기를 올려! 바람 불어가는 쪽으로 총을 쏴!"

오랜 여행 기간 동안 함께했음에도 불구하고 접힌 부분만 색이 조금 바랬을 뿐 아직 멀쩡한 영국기가 곧 버스럭거리며 바람에 나부꼈다. 그 투르크 경비 용들은 이와 발톱을 드러냈으나 가까이 다가오면서 속도를 줄였고 머뭇거리는 태도를 보였다. 투르크 용들은 모두 몸집이 미들급 이하였고 야생용들보다도 크지 않았다. 게다가 테메레르가 큰 양 날개를 펼치며 자기네들한테 긴 그림자를 드리우자 위협을 느낀 듯했다. 투르크 용은 모두 다섯 마리였고 궁둥이 앞쪽에 지방이 두껍게 자리 잡아 살이 접혀 있는 것을 보니 평소 활동량이 많지 않은 모양이었다. 잠깐 동안 세차게 비행을 했을 뿐인데도 투르크 용들은 숨을 헐떡이며 옆구리가 눈에 띄게 부풀어 올랐다가 가라앉았다.

그랜비가 못마땅한 얼굴로 말했다.

"한물 간 놈들이로군요."

로렌스가 보기에도 저 투르크 용들은 수도에서 성을 지키는 하찮은 임무나 하다 보니 게을러지고 평소에도 움직임이 많지 않은 것 같았다.

"발사!"

릭스 대위의 외침과 함께 사격이 시작되었으나 시원치 않았다. 릭스 대위를 비롯한 소총병들은 눈사태 때 눈과 얼음에 깊이 파묻혀 있었던 탓에 지금 소총을 쏘면서도 계속 재채기를 할 정도로 건강 상태가 좋지 않았다. 다행히 영국기를 보고 투르크 용들은 속도를 현저하게 늦췄고 그중 리더 용을 탄 투르크 비행사 하나가 확성기를 입에 대고 한참 동안 큰소리로 무슨 말인가를 했다.

"착륙하라는데요."

그 비행사가 한참 떠든 것에 비해 타르케의 통역이 너무 짧아 로렌스는 인상을 찌푸리며 쳐다보았다. 그러자 타르케가 덧붙였다.

"그것 말고도 엄청나게 심한 욕설을 퍼부었는데, 그걸 다 통역해서 듣고 싶지는 않으시겠죠?"

테메레르는 불만조로 투덜거렸다.

"내가 왜 저들보다 먼저 착륙해서 저들의 통제 아래 있어야 하는 건지 모르겠네."

그리고 바닥으로 내려서면서도 테메레르는 고개를 돌려 머리 위에서 날아다니는 투르크 용들을 주시했다. 로렌스도 공격당하기 쉬운 위치로 내려오는 것이 마땅치 않았으나 자신들이 먼저 투르크 용들을 도발했으니 어쩔 수 없었다. 소 몇 마리는 멍하니 온몸을 부들부들 떨며 일어났으나, 대부분은 꼼짝도 안하고 쓰러져 있는 것이 죽은 모양이었다. 이곳에 상주하고 있는 영국 대사에게 자금 지원을 요청하지 않고서는 그 손실을 보상해줄 수 없을 것 같았다. 큰 손해를 끼쳤으니 손님인 자신들을 정중하게 맞아주지 않는다고 해서 투르크 비행사를 비난할 수도 없는 입장이었다.

테메레르는 땅으로 내려서기 전에 야생용들에게 날카롭게 무슨 말인가를 하면서 으르릉거리며 나지막하게 경고를 했다. 그 소리에 놀란 소들이 멀찌감치 뛰어 달아났다. 야생용들은 뿌루퉁한 표정으로 마지못해 밑으로 내려왔으나 여전히 날개를 반쯤 펼친 채 안절부절못했다.

로렌스는 야생용들을 쳐다보며 엄한 표정으로 말했다.

"저들과 함께 이 근처까지 날아오기 전에 투르크인들에게 미리 우리의 도착을 알렸어야 했는데. 인간들과 소들을 앞에 두고 예의바르게 행동하지 못하다니."

테메레르는 야생용들을 변호했다.

"그건 아르카디의 잘못도, 다른 야생용들의 잘못도 아니야. 재산의 개념에 대해 몰랐다면 나도 남의 소를 멋대로 집어 드는 행동이 잘못된 것인지 몰랐을 테니까."

테메레르는 잠시 말을 멈추고는 더 작은 목소리로 덧붙였다.

"게다가 저 투르크 용들은 성벽 뒤 보이지 않는 곳에 엎드려 있었고 소를 돌보는 이도 따로 없었으니 사실 우리가 그 소들을 잡아먹어도 저들은 할 말이 없는 거잖아."

야생용들이 땅으로 다 내려온 뒤에도 투르크 용들은 착륙하지 않고 허세를 부리며 천천히 그들 머리 위에서 맴돌았다. 여기는 자기네 나라이니 자신들이 훨씬 유리한 입장임을 자각하고 거만하게 굴고 있는 것이었다. 테메레르는 씩씩거리고 콧방귀를 뀌고는 얼굴 주변의 막을 펼치기 시작했다. 그리고 성난 목소리로 말했다.

"정말 무례하군. 마음에 안 들어. 우리 힘으로 저들을 충분히 제압할 수 있을 것 같은데. 새처럼 퍼덕거리며 날아다니는 꼴이라니."

로렌스가 말렸다.

"그랬다간 투르크 용 백 마리가 지원하러 올 테고 곧 사태가 역전되겠지. 서 나섯 마리는 전투에서 이미 열외가 된 상대지만 투르크 공군은 약해빠지지 않았어. 참고 기다려 봐. 저들도 곧 지칠 테니까."

속으로는 로렌스도 화가 치밀었다. 뜨겁게 달궈진 땅바닥에서 햇볕의 열기를 고스란히 받으며 서 있자니 고역스러웠다. 가지고 있는 물도 얼마 되지 않았다.

처음에 조금 당황스러워하던 야생용들은 곧 바닥에 죽어 있는 소들을 쳐다보며 자기네끼리 수군거렸다. 내용은 알아들을 수 없었으나 로렌스는 그들이 무슨 얘기를 하고 있는 것인지 대충 짐작했다.

"어차피 저 소들은 지금 바로 먹지 않으면 썩어버릴 텐데."

테메레르까지 야생용들에게 동조하며 불만조로 이렇게 말을 하자 로렌스는 깜짝 놀랐다. 그러다가 좋은 생각이 떠올라 제안했다.

"소떼가 썩거나 말거나 관심 없다는 듯이 굴어 봐. 그럼 저들의 태도도 달라질 테니까."

테메레르는 얼굴이 밝아지며 야생용들에게 그 말을 전했다. 곧 테메레르와 야생용들은 풀밭 쪽으로 가서 몸을 쭉 뻗고 누워 입을 쩍 벌리며 하품까지 했다. 작은 야생용 두 마리는 콧구멍으로 휘파람을 불기도 했다. 그 방법은 확실히 효과가 있었다. 쓸데없이 경계 태세를 취하며 맴을 돌던 투르크 용들은 맥이 빠졌는지 얼마 뒤 맞은편에 착륙했다. 그리고 그들 중 리더인 듯한 용에 타고 있던 비행사가 바닥으로 내려섰다. 상황을 설명할 준비도, 사과할 준비도 되어 있지 않던 로렌스는 당황하고 말았다. 그래도 조금 전보다는 분위기가 호전된 것 같기도 했다.

그 투르크인 비행사의 이름은 '에르테군'이라고 했는데 그자는 로렌스 일행에게 의심을 품고 대단히 모욕적으로 대했다. 로렌스가 허리를 굽히며 공손히 인사를 했으나 그자는 고개만 까딱하고는 칼자루에 손을 댄 채 투르크어로 냉정하게 말했다.

타르케와 간단히 말을 주고받은 뒤 에르테군은 억양이 강하게 들어간 거친 프랑스어로 앞서 투르크어로 한 말을 되풀이했다.

"좋소. 어디 이 야만스런 공격에 대해 해명해보시오."

로렌스는 프랑스어 실력이 그리 좋지 않았으나 대충 의사소통은 할 수 있었으므로 더듬거리며 상황을 설명했다. 설명을 듣고 난 뒤에도 에르테군은 여전히 기분 나쁜 태도로 일관했고 의심을 풀지도 않았다. 오히려 로렌스의 임무와 계급, 여행 경로, 심지어 현재 자금 사정까지 신문조로 따져 물었다. 마침내 로렌스도 인내심이 한계에 다다랐다.

"그만하면 됐습니다. 우리가 무슨 미치광이 집단인 줄 아나본데, 겨우 용 여섯 마리로 이스탄불의 성벽을 공격하러 왔겠습니까? 이 더위에 우릴 계속 여기 잡아 둘 필요는 없을 거라 생각됩니다. 부하를 영국 대사관저로 보내 우리의 도착에 대해 알리십시오. 영국 대사가 이 문제를 해결해줄 것입니다."

"그건 대단히 어려운 일이오. 영국 대사는 죽었으니까."

"죽었다고요?"

로렌스는 도저히 믿을 수가 없었다. 에르테군은 자세한 내용은 언급하지 않고 영국 대사 아버스노트가 일주일 전에 사냥을 나갔다가 사고로 죽었으며 현재 이스탄불에는 영국 외교관이 단 한 명도 없다고만 말했다.

로렌스는 몹시 당황했다. 테메레르에게 먹이를 충분히 주고 푹 쉬게 해야 하는데 큰일이다.

"영국 대사가 죽었다고 하시니 할 수 없이 내가 직접 공식 문서를 술탄께 전해야겠군요. 나는 영국 정부와 오스만투르크제국 간에 이미 협의된 임무를 띠고 이 나라에 왔습니다. 한시도 지체할 수 없습니다."

로렌스의 말에 에르테군은 무례하게 대꾸했다.

"그렇게 중요한 임무라면 당신네 정부에서 더 수준이 높은 심부름 꾼을 보냈을 테지. 술탄께서는 국사를 돌보시느라 바쁘셔서 지복문(술탄의 영지이자 제3정원으로 들어가는 문. 중요한 인물 외에는 이 문 안으로 출입할 수 없다―옮긴이 주)을 두드리며 알현을 청하는 거지 떼들을 일일이 만나실 수 없소. 재상들도 그런데 시간 낭비를 하지 않으시고. 무엇보다 댁들이 영국에서 왔다는 것도 믿을 수가 없소."

적의에 찬 말을 내뱉으며 에르테군은 꽤나 만족스러워하는 표정이었다.

로렌스가 차갑게 대꾸했다.

"그처럼 무례한 언사는 나를 모욕하는 것일 뿐만 아니라 술탄이 다스리시는 이 나라에 수치를 안기는 것입니다. 우리가 무엇 때문에 거짓으로 임무를 꾸며대겠습니까?"

"댁과 저 하등하고 위험한 짐승들은 페르시아 지역에서 날아온 것 같은데 영국을 대표해서 왔다고 하니 믿음이 안 갈 수밖에."

로렌스가 반박하려는 찰나, 부화하기 전 프랑스의 소형 구축함에서 수개월을 지내서 프랑스어가 능숙한 테메레르가 큰 머리를 들이밀며 끼어들었다.

"우린 짐승이 아닙니다. 내 친구들은 저 소들이 당신네 재산이라는 것을 몰랐을 뿐입니다. 저들은 사람을 다치게 하지도 않았고 그저 술탄을 만나 뵈러 먼 길을 온 거란 말입니다."

화가 난 테메레르는 얼굴 주변의 막을 확 곤두세웠고 날개를 반쯤 펼쳐 거대한 그림자를 드리웠다. 어깨의 힘줄이 팽팽하게 당겨지고 머리를 앞으로 내밀며 30센티미터 길이의 깔쭉깔쭉한 이빨까지 드러내자 에르테군의 용이 조그맣게 비명을 지르며 한발 앞으로 나섰다. 반면, 다른 투르크 용들은 에르테군을 지원하기는커녕 본능적으로 뒤로 물러났다. 에르테군도 뒤로 한 발자국 물러서며 자신의 용이 내민 앞발 안쪽으로 들어갔다.

에르테군이 입을 다물자 그 기회를 놓치지 않고 로렌스가 말했다.

"우린 여기서 기다리고 있을 테니 타르케와 내 직속 부관을 그쪽 부하와 함께 도시 안으로 들여보내 주십시오. 현재 이곳에 영국 대사가 없다고 하셨으니 영국 대사가 데리고 있던 직원이라도 만나야겠습니다. 그 직원이 우리가 술탄과 재상들을 접견할 수 있도록 준비해줄 것이고, 투르크 왕실 소유의 저 소떼에 대해서도 손실을 보상할 수 있도록 우리에게 자금 지원을 해줄 것입니다. 게다가 테메레르 말대로 소떼가 저렇게 된 것은 고의가 아니라 단순한 사고였을 뿐입니다."

에르테군은 그 제안을 쉽사리 받아들일 것 같지 않았다. 그러나 테메레르가 내려다보고 있으니 단칼에 거절할 수도 없어 여러 차례 입을 열었다 닫았다 하다가 마침내 조그맣게 말했다.

"불가하오."

그러자 화가 치민 테메레르가 으르릉거렸고 투르크 용들은 모두 뒤로 슬금슬금 물러났다. 그 순간, 크르릉거리며 길게 울부짖는 소리가 들렸다. 아르카디와 야생용들이 악을 쓰며 한꺼번에 하늘로 날아올랐던 것이다. 그들은 꼬리를 휘두르고 발톱을 세우며 무질서하고 광포한 분위기를 자아냈다. 야생용들이 내지르는 불협화음에 테메레르도 합류하여 고개를 치켜들면서 천둥처럼 크고 무시무시한 고함을 내질렀다.

깜짝 놀라고 겁에 질린 투르크 용들은 궁둥이를 바닥에 붙인 채 쉭쉭거리며 서로에게 바짝 붙었고 날개를 퍼덕이며 서로 뒤엉켰다. 혼란스런 틈을 타 야생용들은 죽은 소들을 향해 날아갔다. 그리고 투르크 용들의 코앞에서 그 소들을 재빨리 낚아챈 뒤 꽁지가 빠지게 달아나기 시작했다. 부하들을 먼저 출발시킨 뒤 아르카디는 죽은 소 한 마리를 앞발로 움켜쥐고는 뒤를 돌아보며 테메레르에게 감사의 뜻으로 고개를 숙였다. 그리고 다 같이 엄청난 속도를 내며 날아갔다. 고향인 카라코룸 산맥으로 돌아간 것이다.

그 소동으로 인한 충격과 침묵은 거의 30초 동안 지속되었다. 땅바닥에 그대로 선 채 얼어붙어 있던 에르테군은 조금 뒤 분노로 말까지 더듬으며 사납게 투르크어를 쏟아냈다. 그의 말을 듣고 있던 로렌스는 깊은 굴욕감을 느꼈다. 도적 같은 그 야생용들이 눈앞에 있다면 전부 총으로 쏴버리고 싶은 심정이었다. 로렌스 일행이 영국 정부를 대표해서 중요한 임무를 띠고 왔다는 사실조차 믿지 않고 있는 이 에르테군이라는 자 앞에서 소들을 훔쳐가다니. 야생용들은 한순간에 로렌스를 거짓말쟁이로 만들어버린 것이었다.

완고한 태도를 보이던 에르테군은 이제 폭력에 가까운 적의를 드러냈다. 얼마나 분개했는지 이마에서 굵은 땀방울이 턱수염까지 줄줄 흘렀고 투르크어와 프랑스어를 섞어가며 온갖 위협적인 말들을 쏟아냈다. 그리고 투르크 용들 쪽으로 크게 손짓을 하며 이렇게 말을 맺었다.

"우리가 침입자들을 어떻게 다스리는지 똑똑히 보여주마! 술탄의 소를 훔친 자들을 죽이는 것과 똑같은 방법으로 죽여주겠다!"

"로렌스와 내 승무원을 건드리기만 해봐!"

테메레르는 열을 내며 이렇게 말하고는 가슴이 확 부풀어 오를 정도로 숨을 들이마셨다. 투르크 용들은 모두 불안해하는 표정들이었다. 직접 신의 바람을 경험해 보지 않았더라도 다른 용들이 본능적으로 테메레르의 고함 소리를 두려워한다는 것을 로렌스는 일찍부터 알고 있었다. 그러나 투르크 용들이 태우고 있는 비행사들에게는 그런 본능이 없었으므로 곧장 공격 명령을 내릴 수도 있었다. 그렇게 되면 저 투르크 용들은 명령에 불복하지는 않을 터였다. 테메레르가 혼자서 저 투르크 용들을 모두 패배시킨다고 해도, 그것은 결국 피로스의 승리(기원전 3세기경 북부 그리스 지방 에페이로스를 다스린 피로스 왕은 로마군과 두 번째 전투에서 엄청난 피해를 본 끝에 겨우 승리를 쟁취했으나 그 때문에 국력이 크게 약해져 세 번째 전투에서 로마에 대패하고, 그 나라도 몰락하게 되었다. 그때부터 실속 없는 승리를 피로스의 승리라 표현하게 되었다—옮긴이 주)에 불과할 것이다.

"그만 해, 테메레르. 가만히 앉아 있어."

로렌스는 이렇게 말리고 에르테군에게 딱딱한 프랑스어로 말했다. "앞서 설명했듯이 야생용들은 내 지휘 하에 있는 용들이 아니었습니다만, 그들이 끼친 손해에 대해서는 반드시 보상을 하겠습니다. 설마 술탄의 허락 없이 영국과 전쟁을 벌이겠다는 뜻은 아니겠지요? 우리는 앞으로도 적내적인 행동을 하지 않을 생각입니다."

뜻밖에도 타르케가 다른 투르크 비행사들도 다 들을 수 있게 목청을 높이며 로렌스의 말을 투르크어로 통역해서 전했다. 그 비행사들은 불안해하며 서로를 쳐다보았고 에르테규은 타르케를 노려보며 좌절한 표정으로 내뱉었다.

"기다려라. 너희가 얼마나 위험한 짓을 저질렀는지 깨닫게 해주마."

그리고 에르테군은 자기 용에 다시 올라타더니 명령을 내렸다. 투르크 용들은 다 함께 풀쩍 날아올라 도시로 이어지는 길 가장자리에 있는 작은 과일나무 숲 그늘에 내려앉았다. 그곳에서 한참 의논을 한 끝에 제일 작은 투르크 용과 비행사가 도시 안쪽을 향해 빠른 속도로 날아갔고 곧 아지랑이 너머로 사라졌다.

로렌스의 망원경으로 투르크 용들의 동태를 살피던 그랜비가 말했다.

"우리에 대해 좋게 전하지는 않겠군요."

로렌스도 굳은 표정으로 말했다.

"그럴 만한 빌미를 제공했으니 하는 수 없지."

테메레르는 죄스러운 표정으로 땅바닥을 박박 긁으며 변명조로 말했다.

"여기 용들이나 사람들은 친절하지 않은 것 같아."

나머지 투르크 용들의 시야에서 벗어날 정도로 한참 뒤로 물러서지 않으면 햇볕을 피할 만한 곳이 없었다. 그러나 로렌스는 그런 짓을 해서 또다시 의심을 받고 싶지는 않았다. 대신 두 작은 언덕 사이에 말뚝을 박고 그 위에 천막을 씌워 부상자들을 그늘에 눕히도록 했다.

테메레르는 야생용들이 날아간 방향을 바라보며 말했다.

"죽은 소들을 몽땅 가져가다니."

로렌스도 마음이 편치 않았다.

"남의 소떼에 곧장 달려들지 말고 기다렸으면 그 야생용들도 그렇고, 너도 도둑떼가 아니라 손님으로 정중히 대접받으며 실컷 먹을 수 있었을 텐데."

테메레르는 반박할 말이 없는지 고개만 푹 숙였다. 로렌스는 자리에서 일어나 도심 쪽의 동태를 살피기 위해 망원경을 들고 앞으로 걸어갔다. 몇몇 목동이 진을 치고 있는 투르크 경비 용들에게 먹이로 주기 위해 소떼를 몰고 가고 있을 뿐, 별다른 움직임은 감지되지 않았다. 그쪽 비행사들은 다과를 들고 있었다. 로렌스는 망원경을 내리고 돌아섰다. 입 안은 바짝 말라 깔깔했고 입술도 갈라져 있었다. 쉴 새 없이 기침을 하는 던에게 자기 몫의 물을 모두 주었기 때문이었다. 시간이 늦어져서 먹을 것을 찾으러 다닐 수도 없었다. 아침이 밝는 대로 부하들 몇 명을 시켜 짐승 사냥을 하게 하고 식수를 찾아오도록 지시를 내릴 생각이었다. 언제든 투르크인들에게 공격 받을 수 있는 입장인지라 위험 부담이 있기는 했으나 투르크인들과 용들이 저렇게 고집스럽게 굴고 있는 한, 달리 방법이 없었다.

로렌스가 임시로 세워놓은 천막으로 돌아오자 그랜비가 물었다.

"보스포러스 해협을 건너가 유럽 쪽에서 다시 접근해 오면 대접이 달라지지 않을까요?"

그러자 타르케가 짤막하게 말했다.

"북쪽 언덕에 러시아의 침공에 대비해 보초들이 서 있습니다. 이 도시 위로 한 시간만 날아다녀도 도시 전체의 군 병력이 경계 태세에 들어갈 겁니다."

그때 딕비가 손가락으로 하늘을 가리키며 말했다.

"대령님, 저기 누가 오는데요."

도심으로 날아갔던 작은 투르크 용이 대형 용 두 마리를 대동하고 돌아오고 있었다. 저녁 해가 비추고 있어 대형 용들의 몸통 색은 잘 보이지 않고 윤곽선만 보였다. 이마에 큰 뿔이 두 개 나 있고 뱀처럼 기다란 등줄기를 따라 가시처럼 뾰족뾰족한 돌기들이 솟아 있는 것으로 보아 카지리크 품종의 용들인 것 같았다. 예전에 로렌스는 나일강 전투에서 치솟아 오르는 화염과 연기 속에서 카지리크를 본 적이 있었다. 당시 카지리크는 프랑스 기함 오리엔트 호의 무기고에 불을 붙여 천 여 명의 군인이 탄 그 군함을 침몰시켰다.

긴장한 로렌스는 부하들에게 지시를 내렸다.

"부상자들을 테메레르의 배 쪽에 태우고 화약과 폭탄은 바닥으로 내려와."

저들이 불을 뿜어낼 경우 테메레르의 몸 자체에는 큰 부상을 입히지 못하겠지만 화염 일부가 배 쪽에 실린 화약과 발연성 물질을 폭발시키면 테메레르도 침몰한 오리엔트 호처럼 치명적인 상처를 입을 수 있었다.

승무원들은 평소보다 두 배는 빨리 움직이며 둥근 폭탄을 땅에 피라미드 꼴로 쌓았다. 그동안 케인스는 부상자들을 나무판에 끈으로 묶어 테메레르의 배 쪽으로 안전하게 옮겼다. 돛베와 무명, 여분의 가죽을 서둘러 걷어치우느라 수차례 펄럭거리는 소리가 들렸다.

"대령님, 제가 저들을 상대할 테니 어서 테메레르에게 탑승하십시오. 저들이 무슨 의도로 카지리크들을 데려왔는지 파악할 때까지 땅으로 내려오시면 안 됩니다."

그랜비가 이렇게 제안했으나 로렌스는 그 제안을 거부했다. 로렌스는 나머지 부하들과 요리사, 타르케를 모두 테메레르에게 탑승시킨 뒤, 그랜비와 나란히 테메레르 곁에 서서 투르크 인들의 반응을 기다렸다.

　테메레르에게서 약간 떨어진 곳에 착륙한 카지리크 두 마리는 주홍색 몸통에 녹색 반점이 나 있었다. 녹색 반점의 가장자리가 약간 거무스름해서 꼭 표범 무늬처럼 보였다. 카지리크들은 길고 검은 혀를 내밀어 공기 맛을 보았다. 가까운 곳에 서 있어서인지 카지리크들의 몸통 안에서 나는 나지막하게 우르릉거리는 소리도 들을 수 있었다. 그것은 고양이의 그르륵거리는 소리에 물 끓는 주전자에서 나는 쉬익쉭 거리는 소리를 섞어놓은 것 같았다. 등줄기를 따라 난 가시 모양의 돌기에서 위쪽으로 가느다랗게 뜨거운 증기가 피어오르는 모습이 저녁 햇살에 비치고 있었다.

　에르테군은 눈을 가늘게 뜨고 한층 의기양양해진 모습으로 로렌스 쪽으로 걸어왔다. 도심으로 날아갔다가 온 작은 용의 몸에서 흑인 노예 두 명이 내려오더니 땅바닥에 작은 이동식 계단을 놓았다. 곧 이어 그 작은 용에 타고 있던 한 남자가 노예들의 손을 잡고 그 계단으로 천천히 내려섰다. 그 남자는 비단에 화려한 색으로 수를 놓은 카프탄(투르크 인들이 입는 소매가 긴 옷—옮긴이 주)을 입고 있었고 깃털 장식이 달린 터번을 머리에 감은 모습이었다. 에르테군은 그 남자에게 허리를 굽혀 절을 하고는 로렌스에게 소개했다. 그 남자의 이름은 하산 무스타파 파샤라고 했다. 로렌스가 기억하기로 '파샤'라는 호칭은 성(姓)이 아니라 재상 중에서도 아주 높은 신분을 가진 자의 지위를 나타내는 투르크어였다.

　서로를 소개하고 인사를 나누는 것이 곧장 전투 태세에 들어가는 것보다는 나을 터였다. 에르테군이 냉랭한 말투로 소개 인사를 끝마치자 로렌스는 거북스런 분위기에서 입을 열었다.

"우선 제 사과를 받아주시기 바라며……."

그러자 무스타파는 훨씬 유창한 프랑스어로 로렌스를 압도하며 그의 손을 꼭 잡았다.

"아니, 그게 무슨 소립니까? 됐습니다. 그 얘기는 더 들을 것도 없습니다."

무스타파가 호의적으로 나오자 에르테군은 성질이 나서 얼굴이 붉으락푸르락해졌다. 무스타파는 더 사과를 할 필요도, 상황 설명을 할 필요도 없다며 말했다.

"그 질 나쁜 야생용들이 대령 일행에게 들러붙은 것 같은데 참 고생하셨겠습니다. 이맘(이슬람의 종교 지도자들을 부르는 호칭 — 옮긴이 주)들께서도 말씀하시기를, 야생에서 태어난 용은 마호메트를 알지 못하며 악마의 종에 불과하다 했지요."

그 말에 테메레르는 콧방귀를 뀌었다. 로렌스는 무스타파의 우호적인 태도에 겨우 마음이 놓인 터라 반박하지 않기로 했다.

"대단히 친절하시군요. 환대에 감사드립니다. 이미 무례를 저지른 터라 이런 환대를 받을 자격이 없는 것은 잘 알고 있습니다만……."

무스타파는 곧장 손사래를 쳤다.

"아, 천만의 말씀입니다! 먼 길을 오셨으니 물론 대환영이지요. 우리와 함께 도시 안으로 들어가십시다. 관대하신 술탄께서, 그분께 평화가 깃들기를, 대령 일행을 궁전 안에 머물게 하라고 지시하셨습니다. 대령과 승무원들은 궁전 안에 마련된 숙소에서, 대령의 용은 그 앞의 시원한 정원에서 지내면 됩니다. 긴 여행을 했으니 푹 쉬면서 기운을 회복해야겠지요. 조금 전 오해로 빚어진 사건에 대해서는 더 거론하지 말기로 합시다."

"이렇게 환영해주시니 몸 둘 바를 모르겠군요. 잠시 휴식을 취할 수 있게 해주시겠다고 하시니 감사할 따름입니다. 다만, 최대한 빨리 영국으로 돌아가야 해서 항구에서 지체하고 있을 수가 없습니다. 저희는 영국 정부와 오스만투르크제국 간에 협의된 바대로 용알을 받아 싣고 영국으로 곧장 돌아가야 합니다."

무스타파는 미소를 거두고 머뭇거리더니 로렌스의 손을 더 꼭 부여잡고 말했다.

"이런, 로렌스 대령. 그런 일로 오신 거라면 헛걸음을 하셨군요. 우리는 용알을 내드릴 수가 없습니다."

제2부

6

 상아를 깎아 만든 작은 분수가 사방으로 물을 뿜자 연못 쪽으로 드리운 오렌지나무 잎사귀와 열매 주변에 물안개가 시원하게 깔렸다. 잘 익은 오렌지가 살짝 흔들리며 싱그러운 향을 퍼뜨렸다. 테라스의 난간에서 내려다보이는 넓고 호화로운 정원에는 배불리 먹이를 먹은 테메레르가 나무 사이로 드문드문 비치는 햇빛을 받으며 꾸벅꾸벅 졸고 있었고, 에밀리와 다이어는 테메레르를 다 씻긴 뒤 옆구리에 기대어 자고 있었다.
 로렌스 일행에게 배정된 숙소는 바닥에서 벽까지 군청색과 흰색 타일을 붙이고 천정에는 금박을 입힌 동화처럼 아름다운 키오스크(기둥과 지붕만으로 이루어진 원형 정자—옮긴이 주)였다. 덧문에는 진주로 상감 세공이 되어 있고 창턱 아래에는 벨벳 쿠션이 놓인 긴 의자가 놓여 있었으며 바닥엔 수천 가지 명암의 붉은 실을 자아 만든 두꺼운 양탄자가 깔려 있었다. 특히, 방 한가운데에는 성인 남자의 허리 정도 되는 높이의 채색 화병이 야트막한 탁자 위에 놓여 있었는데 그 안에 꽃과 덩굴 식물이 한가득 꽂혀 있었다. 로렌스는 그 꽃병을 보자마자 한 걸음에 방을 가로질러 다가갔다.

숙소 안에서 서성거리던 그랜비가 울화통을 터뜨렸다.

"엄밀히 말해 여긴 궁전 안이 아니라 궁전 외곽에 딸린 부속 건물일 뿐입니다. 온갖 교묘한 변명을 늘어놓는 것도 수상하고요. 불쌍한 야머스를 용알 대금을 훔친 도둑놈으로 몰아붙이기까지 하다니."

이 숙소를 떠나기 전 무스타파는 유감스럽고 미안하다는 말을 한바탕 늘어놓으며 자기네는 용알 매매 계약서에 서명한 적이 없다고 했다. 대금을 지급받기 직전 영국 대사가 뜻밖의 사고로 사망하여 용알 대금을 건네받지 못했고, 따라서 서명도 하지 못하게 되었다는 것이었다. 로렌스가 의심스러운 눈초리로 쳐다보며 대사관저로 직접 가서 직원과 얘기를 해봐야겠다고 말하자 무스타파는 곤혹스러운 표정을 지으며 아버스노트가 사망하자마자 하인들은 오스트리아의 빈으로 급히 떠났고 아버스노트의 비서관 제임스 야머스도 감쪽같이 자취를 감췄다고 말했다. 그리고는 두 손을 펴 보이며 덧붙였다.

"야머스가 원래 나쁜 놈은 아니지만 견물생심이라고 금을 보니 탐이 났겠지요. 유감스러운 일이긴 합니다만 우리가 책임질 사안은 아니라서요."

그 말을 떠올리며 그랜비는 분노했다.

"무스타파의 말은 단 한마디도 믿을 수 없습니다. 영국 정부가 완전히 성사되지도 않은 계약을 이행하려고 중국에 있는 우리를 이스탄불까지 보냈을 리가 없으니까요."

로렌스도 같은 생각이었다.

"그래, 말도 안 되는 소리지. 매매 계약에 불확실한 점이 있었다면 렌튼 대장도 내게 다른 식으로 지시를 내렸을 테니까. 저들은 대금을 받아 놓고도 눈 하나 깜짝 않고 딴 소리를 하고 있어."

로렌스가 갖가지 의혹을 제기했음에도 무스타파는 끝까지 미소 띤 얼굴로 거듭 사과의 말을 늘어놓으면서 편히 쉬고 가라는 말만 되풀이했다. 승무원들이 모두 피곤에 지쳐 있고 먼지를 뒤집어 쓴 데다가 당장은 손써 볼 방법도 없기에 로렌스는 그 제안을 받아들였다. 휴식을 취하고 기운을 차리면 더 수월하게 진실을 파악할 수 있을 것이고 일단 이 도시에서 지내면서 사태 파악을 해봐야겠다는 생각에서였다.

그리하여 로렌스 일행은 큰 정원이 딸린 두 채의 정교한 키오스크에서 머물게 되었다. 숙소 가운데에는 테메레르가 편안하게 잠을 잘 수 있을 정도로 넓은 잔디밭이 있었다.

보스포러스 해협과 골든혼 만이 맞닿는 곳에 있는 이 톱카프 궁전에서는 끝없이 펼쳐진 바다가 훤히 내다보였다. 대양에서 호를 그리는 수평선, 수면 위를 떠다니는 수많은 배들. 로렌스는 테메레르를 타고 이 궁전에 딸린 숙소 안으로 들어오고 나서야 이곳이 겉만 화려할 뿐 실제로는 감옥이나 다름없음을 깨달았다. 풍경은 비할 데 없이 아름다웠으나 창문 하나 없는 성벽이 이 궁전이 위치한 언덕을 빙 둘러싸고 있어 외부와의 연락을 차단했고, 바다를 향해 난 숙소의 창문들도 모두 창살이 설치되어 있었다.

이리로 날아 들어오면서 로렌스는 숙소인 키오스크 두 채가 톱카프 궁전 건물들과 붙어 있는 줄 알았다. 그러나 나중에 살펴보니 연결 통로라 여겼던 지붕 덮인 회랑은 궁전 안쪽과 차단되어 있었다. 회랑 끝의 문과 창문들이 모두 잠겨 있고 검은 덧문까지 설치되어 있어 안쪽을 들여다볼 수조차 없게 되어 있었던 것이다. 키오스크의 테라스 계단 밑에는 여러 흑인 경비병들이 경비를 섰고, 그 앞 정원에는 카지리크 두 마리가 물결 모양이 수놓인 깔개에 앉아 세로로 찢어진 노란 눈을 빛내며 테메레르를 주의 깊게 쳐다보았다.

친절한 환영 인사와 함께 로렌스 일행을 이 숙소 안에 남겨놓고 무스타파는 곧 돌아오겠다는 애매모호한 말을 남긴 뒤 떠나버렸다. 로렌스 일행이 이 멋진 감옥을 구석구석 두 번이나 둘러보고 기도 시간을 알리는 종소리가 세 번 더 울려 퍼진 뒤에도 무스타파는 돌아올 기미를 보이지 않았다. 흑인 경비병들은 로렌스와 승무원들이 키오스크 아래 정원으로 내려와 테메레르와 얘기를 나누는 것을 저지하지는 않았으나 로렌스가 그들의 어깨 너머 궁전의 다른 구역을 향해 난 포장로를 가리키자 정중하게 고개를 저었다.

이 숙소에 꼼짝없이 갇혀 지내게 되기는 했으나 테라스와 창문을 통해 톱카프 궁전 안쪽을 내려다볼 수는 있었다. 그러나 쳐다보기만 할 뿐 그리로 갈 수는 없으니 갑갑한 노릇이었다. 궁전 안쪽을 돌아다니는 이들은 다들 바쁘고 부산스러운 모습들이었다. 높은 터번을 머리에 두른 관리들, 쟁반을 들고 돌아다니는 하인들, 바구니와 편지를 들고 이리저리 뛰어다니는 시동들. 한번은 긴 턱수염을 기르고 평범한 검은 옷을 입은 남자를 보았는데 의사인 듯한 그 남자는 궁전 안쪽에 위치한 작은 키오스크 안으로 사라졌다. 궁전 안쪽에서 돌아다니는 이들도 로렌스와 승무원들을 호기심 어린 눈으로 쳐다보았다. 시동들은 발걸음을 늦추고 건너편 정원에 앉아 있는 테메레르와 카지리크들을 가만히 쳐다보기도 했다. 그러나 로렌스 일행이 소리쳐 부르면 대답도 없이 서둘러 걸음을 옮겨버렸다.

"저기 좀 봐. 저기 여자가 있는 것 같은데, 맞지?"

테라스에 나가 있던 던과 해클리, 포티스는 이렇게 말하며 망원경을 차지하려고 서로를 밀쳤다. 그들은 궁전 안쪽의 정원을 쳐다보느라 난간 너머로 몸을 잔뜩 기울이고 있었는데 자칫 잘못하면 6미터 아래 돌바닥으로 곤두박질칠 수도 있었다. 어떤 투르크인 관리가 여자와 얘기를 나누고 있었다. 거리가 멀어서 맨눈으로 봐서는 그게 여자인지 남자인지 오랑우탄인지 알 수가 없으므로 망원경이 꼭 필요했다. 그 여자는 두꺼운 비단이 아닌 얇고 검은 베일 옷을 입었고 어깨에서 머리까지 그 베일로 덮은 채 두 눈만 빠끔히 내놓고 있었다. 더위도 타지 않는지 그 베일 옷 위에는 긴 외투까지 걸쳐 입은 모습이었다. 보석 박힌 덧신을 신은 발이 약간 드러났고 두 손은 옷 앞을 길게 터서 만든 주머니에 감춰져 있었다.

로렌스가 날카롭게 불렀다.

"포티스!"

포티스 중위는 던과 해클리보다 나이가 많은데도 불구하고 철부지처럼 그 여자에게 휘파람을 불려고 손가락을 입술에 갖다 대려던 참이었다.

로렌스가 말을 이었다.

"정 할 일이 없고 심심하면 정원으로 내려가서 테메레르의 물통이 비워져있지 않은지 살펴 봐. 비워져 있으면 다시 채워놓도록. 실시"

당황한 포티스가 서둘러 정원 쪽으로 내려가자 던과 해클리는 얼른 망원경을 밑으로 내리며 자기네는 아무 짓도 하지 않았다는 표정을 지어댔다.

"그리고 너희 둘은……."

로렌스가 이렇게 말하는 순간 타르케가 끼어들어 던과 해클리를 곤경에서 구해준 셈이 되었다. 말없이 다가온 타르케가 던과 해클리의 손에서 망원경을 받아들고는 그 베일 쓴 여자 쪽을 뚫어지게 쳐다보았던 것이다.

로렌스는 그 행동에 화가 났지만 꾹 참고 말했다.

"타르케 씨, 이 궁전의 여자들에게 추파를 던지는 짓은 하지 않으리라 믿겠습니다."

그러자 타르케가 말했다.

"저 여자는 하렘의 여자가 아닙니다. 하렘 구역은 이 궁전의 남쪽, 저 높은 벽 너머에 위치해 있고 하렘 여자들은 그 밖으로 나올 수 없으니까요. 그러니 여기서는 술탄의 첩이나 여자 노예를 보는 게 불가능합니다."

타르케는 곧 망원경에서 눈을 뗐다. 베일을 쓴 여자가 로렌스와 타르케 쪽으로 고개를 돌렸다. 베일에 가려지지 않은 검은 눈 사이의 하얀 피부가 살짝 보였다.

다행히 그 여자는 비명을 지르지 않았고 얼마 뒤 그 여자와 투르크 관리는 시야에서 사라졌다. 타르케는 망원경을 접어 로렌스에게 건네주고는 무심하게 성큼성큼 걸어갔다. 로렌스는 화를 참느라 권총의 총신을 꽉 움켜쥐었다. 타르케의 태도 때문에 몹시 언짢았으나 두 소총병에게 그 화풀이를 하고 싶지는 않았다. 조금 뒤 로렌스는 던과 해클리에게 말했다.

"벨 준위가 새 가죽을 손질하고 있으니 가서 도와주도록."

던과 해클리는 얼른 그 자리를 떠났고 로렌스는 테라스에서 서성이다가 그 끝에 멈춰서서 이스탄불 시내와 골든혼 만을 바라보았다.

어느덧 땅거미가 깔리고 있었다. 무스타파는 오늘 내로는 이곳에 들르지 않을 모양이었다.

하루의 마지막 기도 시간을 알리는 종소리가 울려 퍼지는 동안 그랜비가 옆으로 다가오며 말했다.

"이렇게 하루가 그냥 가는군요."

먼 곳과 가까운 곳에 위치한 여러 첨탑에서 기도 시각을 알리는 자들의 날 선 목소리가 울려 퍼졌다. 제일 가까이에 있는 첨탑은 테메레르와 로렌스 일행이 머무는 숙소와 하렘 구역을 분리하는 구실을 하고 있었다.

새벽녘, 또다시 기도 시각을 알리는 목소리가 들려 로렌스는 잠에서 깼다. 바람이 잘 통하도록, 그리고 한밤중에도 고개를 들면 성벽 이곳저곳에 걸린 흐릿하고 섬뜩한 랜턴 불 아래 테메레르가 안전하게 잘 자고 있는지 확인할 수 있도록 덧문을 모두 열어두고 잠이 들었다. 그리고 새벽부터 저녁때까지 기도를 알리는 종이 다섯 차례나 울리도록 무스타파에게서는 아무런 연락이 없었다. 그는 이곳을 방문하지도 전언을 보내오지도 않았다. 숙소 밖에 있는 자들이 로렌스 일행이 이곳에 머무는 것을 알고 있기나 한지 의심스러웠다. 동작이 빠르고 말이 없는 투르크 하인들은 꼬박꼬박 식사를 차려주었으나 무슨 질문이라도 할라치면 서둘러 숙소 밖으로 나가버렸다.

로렌스의 요청에 따라 타르케는 흑인 경비병들에게 투르크어로 말을 걸어보았다. 그러나 그 경비병들은 분명하지 않은 소리로 웅얼거리며 입을 벌려 자신들의 혀가 잘려나가고 없음을 보여주었다. 잔인한 형벌을 받은 듯했다. 무스타파에게 편지라도 전해달라고 했으나 경비병들은 단호히 고개를 저었다. 절대로 이 자리를 비울 수 없어서 그런 것인지, 로렌스 일행이 바깥으로 소식을 전할 수 없게 하라는 지시를 받아서 그런 것인지는 알 수가 없었다.

밤이 되어도 무스타파에게서 아무런 전언이 없자 그랜비가 로렌스에게 말했다.

"경비병들에게 뇌물이라도 줘야 하는 것 아닐까요? 우리들 중 몇 명만이라도 이 숙소를 빠져나갈 수만 있으면 될 것 같은데. 이 빌어먹을 도시에서 영국 대사의 비서관에게 무슨 일이 일어났는지 아는 사람이 분명히 있을 것입니다. 대사관 직원들이 죄다 사라졌을 리도 없고요."

"괜찮은 제안이긴 하지만 저들에게 줄 뇌물이 없는 게 문제야. 자금이 거의 바닥났어. 그러니 뇌물이라고 몇 푼 건네도 저들은 콧방귀만 뀔 테지. 게다가 우릴 궁전 밖으로 내보내줬다가는 저들 목이 잘리고 말걸."

"그럼 테메레르를 시켜 성벽을 부수게 하고 다 같이 궁전 밖으로 나가는 것은 어떨까요? 그럼 적어도 우리한테 관심이라도 가져줄 것 아닙니까."

그랜비는 농담만은 아닌 말을 내뱉으며 가까이에 놓인 방석에 풀썩 주저앉았다.

잠시 생각한 끝에 로렌스가 타르케에게 말했다.

"타르케 씨, 내 말을 좀 통역해주시지요."

그리고 로렌스는 타르케와 함께 흑인 경비병들 쪽으로 걸어갔다. 처음에는 죄수나 다름없는 로렌스 일행을 친절하게 대해주던 경비병들도 로렌스가 여러 차례 같은 부탁을 하자 눈에 띄게 표정이 굳어져가고 있었다. 이번 것까지 합하면 아침부터 벌써 여섯 번째로 말을 거는 것이었다.

로렌스가 즉석에서 핑계거리를 떠올리며 타르케에게 말했다.

"램프에 쓸 기름과 초가 좀 더 필요하고, 비누와 화장실용 물품들도 있으면 더 가져다 달라고 해주십시오."

그 부탁을 하자 로렌스가 예상한 대로 궁전 안쪽을 돌아다니던 시동들 중 하나가 그 물품들을 가지고 왔다. 로렌스가 은화를 내밀며 무스타파에게 편지를 전해줄 수 있겠냐고 묻자 그 시동은 해주겠다고 했다. 로렌스는 경비병들의 의심을 사지 않기 위해 일단 시동에게 초와 잡다한 물품들을 더 가져오게 한 뒤 숙소 안쪽에 앉아 펜과 종이를 집어 들고 최대한 격식을 차려 편지를 썼다. 늘 미소를 짓는 무스타파에게 그들이 이 정자에서 하릴없이 앉아 시간이나 죽이고 있을 뜻이 없음을 분명히 전하는 내용이었다.

로렌스가 프랑스어로 작성한 그 편지를 읽어주자 테메레르는 고개를 갸우뚱하며 말했다.

"세 번째 단락의 시작 부분이 무슨 말인지 모르겠어."

로렌스가 다시 그 부분을 읽어주었다.

"'우리의 질문에 대답을 해주지 않는 그쪽의 계획이 무엇인지 알수는 없지만……'"

"아, 거기서는 'dessin' 말고 'conception'을 써야 해. 'dessin'을 쓰면 꼭 당신이 무스타파의 'domestique(하인)' 처럼 들리니까."

"그렇군. 고맙다, 테메레르."

로렌스는 테메레르가 말한 대로 내용을 수정하면서도 '만족스러운'이라는 뜻으로 쓴 단어의 철자가 'heuroo'가 과연 맞는 것인지 헷갈렸다. 그러나 시간이 없어서 확인은 못하고 얼른 편지를 접어 시동에게 건네주었다. 시동은 그들이 요청한 초 몇 개와 향이 강한 작은 비누들이 담긴 바구니를 들고 숙소로 들어와 있었다.

시동은 은화를 받아든 뒤 별로 조심하는 기색 없이 편지를 들고 총총 걸음으로 걸어갔다. 그 모습을 보며 그랜비가 로렌스에게 말했다.

"저 녀석이 편지를 불에 태워버리지나 말아야 할 텐데 말입니다. 아니면 무스타파가 직접 태워버릴지도 모르겠지만요."

"어쨌든 오늘밤 안으로는 소식을 들을 수 없을 테니 잠이나 자 둬야겠어. 아침까지도 아무 연락이 없으면 내일은 몰타 섬으로 곧장 날아가기로 하지. 이쪽 해안에는 투르크 포병 중대가 그리 많지 않으니 충분히 빠져나갈 수 있어. 우리가 1급 군함 한 척과 소형 범선 두 척을 거느리고 다시 나타나면 투르크인들도 우리를 대하는 태도가 달라질 테지."

"로렌스!"

테메레르가 부르는 소리에 아주 생생하게 항해하는 꿈을 꾸고 있던 로렌스는 잠이 퍼뜩 깼다. 로렌스는 일어나 앉아 젖은 얼굴을 손으로 문질렀다. 풍향이 바뀌어 분수의 물이 밤새 그의 몸에 뿌려지고 있었다.

"일어났어."

로렌스는 비몽사몽으로 대답을 하고는 세수를 하러 분수 쪽으로 걸어갔다. 정원으로 내려가던 그는 하품을 하고 있는 경비병들에게 정중하게 고개를 끄덕이며 인사를 했다. 테메레르가 주둥이로 로렌스를 쿡 찌르며 말했다.

"몸에서 좋은 냄새가 나는데."

로렌스는 어제 향이 강한 비누로 몸을 씻은 기억이 났다. 당황한 그는 얼른 말을 돌렸다.

"거품이 덜 빠졌나. 물로 더 씻어내야겠군. 배고파?"

"뭐든 먹고 싶기는 해. 참, 할 말이 있어. 베자이드랑 세헤라자드하고 얘기를 해봤는데 자기네 알이 곧 부화할 거래."

"그게 누군데?"

어리둥절해진 로렌스는 이렇게 물었다가 정원에 앉아 있는 카지리크 커플에게 시선을 돌렸다. 카지리크 수컷 베자이드와 암컷 세헤라자드는 빛나는 눈으로 테메레르와 로렌스를 쳐다보고 있었다.

로렌스가 천천히 물었다.

"테메레르, 저 용들의 알을 가져가자는 거냐?"

"응. 하나는 낳았고 둘은 아직 껍질이 단단해지지 않아서 뱃속에 있대. 아니, 그렇게 말한 것 같아. 저 용들은 프랑스어랑 두르자크어를 조금씩밖에 할 줄 몰라서 나한테 투르크 어로 말을 했거든. 그런데 내가 아직 투르크 어에 익숙하지 않아서 그 정도까지만 알아들었어."

뜻밖의 소식에 놀란 로렌스는 대꾸를 하지 못했다. 용들의 번식을 체계적으로 관리하게 되면서부터 영국은 품종 개량을 통해 불을 뿜는 용을 만들어내려고 애를 써왔다. 아쟁쿠르 전투(백년전쟁 중이었던 1415년, 북프랑스의 아쟁쿠르에서 영국군이 프랑스군을 상대로 싸워 대승을 거둔 전투 — 옮긴이 주) 때 포로로 잡은 플람므 드 글로와 몇 마리를 이용해서 여러 차례 교배를 했으나 성과를 거두지 못했고 그중 마지막까지 생존해 있던 플람므 드 글로와가 100년 전에 세상을 떠났다. 그 뒤로 이웃 나라 영국이 지나치게 강해지는 것을 원치 않았던 프랑스와 스페인은 불을 뿜을 수 있는 용을 영국에 팔지 않았다. 그리고 투르크는 오랫동안 영국을 비롯해 이슬람이 아닌 이교도 국가들과는 용알 거래를 하지 않고 있었다.

로렌스가 테메레르의 말을 전하자 그랜비는 흥분해서 얼굴이 확 밝아졌다.

"12년 전쯤 영국은 잉카와 용알 문제를 놓고 협상을 한 적이 있었습니다만 결국 성과를 거두지 못했습니다. 우리가 비단과 차, 소총을 대금으로 지불하자 잉카인들은 꽤 만족한 얼굴이었지만 바로 다음날 그 물건들을 모두 되돌려주고는 우리와 관계를 끊어버렸죠."

"그때 우리가 잉카인들에게 지불한 물건들이 금액으로 따지면 얼마나 되는지 기억하나?"

그랜비가 그 금액을 말하자 로렌스는 놀라서 바닥에 털썩 주저앉았다. 새치름한 표정의 세헤라자드는 서툰 프랑스어로 '자기가 낳은' 알은 그보다 훨씬 비싸다고 알려주었다.

로렌스가 말했다.

"맙소사. 그 금액의 절반만 해도 어마어마한 액수인데. 그 값이면 1급 군함 여섯 척과 용 수송선 두 척을 만들 수 있어."

몸을 꼿꼿이 세우고 가만히 앉아 듣고 있던 테메레르가 꼬리로 몸통을 감싸고 얼굴 주변의 막을 곤두세우며 물었다.

"우리가 그 알들을 구입한 거 맞지?"

"그거야……."

깜짝 놀란 로렌스는 말을 얼버무렸다. 용알은 돈을 주고 구입하는 것임을 테메레르가 모르고 있는 줄 알았기 때문이었다. 얼마 뒤 로렌스가 말을 이었다.

"그래, 맞아. 그렇지만 너와 안면을 튼 저 카지리크들은 자기 알을 내주는 것에 대해 크게 반대할 것 같지는 않은데."

그리고 로렌스는 걱정스런 얼굴로 카지리크 커플을 흘끗 쳐다보았다. 그 두 용은 누군가 자기네 알을 사서 멀리 가져가도 별로 상관하지 않을 것 같은 분위기였다.

테메레르는 꼬리를 휙휙 흔들며 말했다.

"당연히 걱정은 하지 않겠지. 자기네 알을 잘 돌봐 줄 거라 믿을 테니까. 그런데 당신은 이전에 나한테, 어떤 물건을 사면 그 물건을 소유하게 되는 것이니 그 물건을 가지고 마음대로 할 수 있다고 말했었어. 내가 돈 주고 소를 사면 나는 그걸 먹을 수 있고, 당신이 땅을 사면 우린 그곳에서 살 수 있고, 당신이 나한테 보석을 사주면 내가 그것을 몸에 착용할 수 있는 것처럼. 용알도 돈 주고 사는 것이니 재산의 일종이고 따라서 그 알에서 부화하는 새끼용들도 재산인 거겠지. 인간들이 우리를 노예처럼 대하는 것도 그 때문이 아닌가 하는 생각이 들어."

마땅히 대답할 말이 없었다. 노예 무역 폐지론을 지지하는 집안에서 자라난 로렌스는 인간을 매매해서는 안 된다는 신념을 갖고 있었고, 그 신념대로라면 테메레르의 논리에 반박할 수 없었다. 그러나 공군에 복무하는 용들의 삶과 비참하게 노예로 살아가는 흑인들의 삶은 분명히 큰 차이가 있었다.

다행히 그랜비가 현명한 통찰로 의견을 냈다.

"알에서 부화한 새끼용들을 우리 마음대로 할 수 있는 것은 아니야. 우리는 그 새끼용들을 설득해서 안장을 채울 수 있는 기회를 얻는 것뿐이니까."

테메레르는 날카롭게 받아쳤다.

"알에서 깨어난 새끼용들이 안장을 거부하고 다시 여기로 돌아오겠다고 한다면?"

"흠, 글쎄."

그랜비는 거북해하며 제대로 대답을 하지 못했다. 보통 그럴 때면 새끼용을 어미 곁으로 돌려보내는 대신 사육장으로 데려가기 때문이었다.

"이렇게 생각하면 어떨까? 영국에서 넌 용들의 삶의 질을 개선할 것이고, 그 새끼용들은 네 덕분에 영국에서 더 나은 삶을 살 수 있게 되는 거야."

로렌스가 마음을 달래주려고 이렇게 말했으나 테메레르는 쉽게 감정을 누그러뜨리지 않고 정원에 엎드린 채 생각에 잠겼다.

그랜비는 로렌스와 함께 숙소인 키오스크 안으로 들어가며 걱정스런 어조로 말했다.

"새끼용들 때문에라도 테메레르가 영국에 돌아가면 이를 악물고 용들의 삶의 질을 개선하려 할 것 같은데요."

"그렇겠지."

영국에 돌아간 뒤 테메레르와 함께 그 부분에 있어서 노력을 기울인다면 영국 용들의 생활도 어느 정도까지는 향상될 터였다. 렌튼 대장도 그렇고 공군 장성들은 자기네 힘이 닿는 데까지 조치를 취해 줄 테니까. 영국에 돌아가기만 하면 로렌스는 테메레르가 좋아하는 중국식 누각도 지어주고 밑에서 열이 올라오는 돌바닥도 깔아주고 온수 파이프가 설치된 분수도 만들어 줄 생각이었다. 꿍쑤로 하여금 다른 요리사들에게 중국식으로 용의 먹이를 만드는 법을 가르쳐주게 하고 얼리전스 호에 실린 용의 독서대와 모래 서판을 널리 퍼뜨린다면 용들의 삶은 충분히 나아질 수 있었다. 다만 로렌스가 우려하는 것은 다른 용들이 그런 것에 관심을 갖겠느냐는 점이었다. 테메레르만큼 책을 좋아하고 언어 재능이 뛰어난 용은 없었다. 그래도 다른 용들이 반발하지 않고 관심을 보인다면 큰 희생 없이 삶의 질을 개선할 수도 있을 것 같았다.

공군 내에서 이 문제를 전적으로 다룬다면 위와 같은 방법들을 신중하게 적용하면서 자금 지원도 받을 수 있겠으나 정부 차원에서 지지를 받기는 힘들 것이었다. 정부의 찬성을 이끌어내려면 강한 압력을 행사해야 할 텐데, 지금 이 시점에서 용들이 시위를 벌인다면 온 나라가 공포의 도가니에 빠지게 될 터였다. 정부에서 용들을 더는 믿고 의지할 수 없다는 판단을 내리게 되면 영국 용들의 삶의 질을 높인다는 대의명분도 훼손될 수 있었다. 무엇보다도 프랑스와 전쟁 중인 지금 영국 정부가 용들과 갈등을 빚으면 국가적으로 어마어마한 피해를 입을 수 있었고, 용들의 생활 개선 쪽으로 신경을 분산한다면 영국의 국방력이 크게 약화될 가능성도 있었다. 영국에는 용의 수가 많지 않기 때문에 전시인 지금은 용의 봉급과 법적 권리에 관한 문제보다는 국방에 더 신경을 써야 했다.

로렌스는 '더 경험이 많고 현명한 비행사라면 테메레르가 그 문제에 지나치게 집착하면서 불만을 품게 내버려두지 않고 에너지를 긍정적인 쪽으로 쏟도록 유도할 수 있을 텐데' 하는 생각이 들었다. 테메레르의 고민이 다른 용들도 으레 해온 것이고 마땅한 조언이 있다면야 그랜비에게라도 물어보았을 것이다. 그러나 적절한 조언이 있는지조차 알 수 없는 마당에 비행사인 자신이 부하인 그랜비에게 테메레르를 잘 다룰 수 있게 도와 달라고 청할 수는 없었다. 50만 파운드나 지불하고 용알을 구입하더라도 그 알이 부화하는 장소만 오스만투르크제국이 아닌 영국으로 바뀔 뿐이지, 그 알에서 태어난 새끼용의 생활이 크게 달라지는 것은 아니었다. 그러므로 용알 구입을 노예 매매와 같다고 보는 것은 불합리했다. 어떤 논리를 갖다 대더라도 그것만은 확실했다.

로렌스는 바다 쪽 통로로 들어오는 바람을 향해 손을 들어 올리고 몰타 섬에서 여기까지 군함을 대동하고 오려면 시간이 얼마나 걸릴지 가늠해보았다. 테메레르를 잘 먹이고 푹 쉬게 하면 사흘 내에 몰타 섬까지 갈 수 있을 듯했다. 그는 그랜비에게 물어보았다.

"카지리크의 알이 딱딱해지기 시작했다고 가정할 때 부화하기까지 시간이 얼마나 걸리겠나?"

"글쎄요, 수 주일은 걸리겠지만 그게 3주가 될지 10주가 될지는 모르는 거라서요. 그 알을 직접 봐야 알 것 같기도 한데 사실 직접 보더라도 부화 시기를 정확히 맞추기는 어렵습니다. 케인스한테 물어보세요. 그런데 그 알을 수중에 넣어도 문제가 하나 있습니다. 그 알에 든 새끼용은 테메레르처럼 태어나자마자 3개 국어를 하지는 못할 것입니다. 카지리크가 그런 능력을 가졌다는 소리는 들어본 적이 없거든요. 그러니 우린 그 알을 확보하자마자 그 알에 든 새끼용에게 영어를 가르쳐야 한다는 말입니다."

"이런, 제기랄."

당황한 로렌스는 힘이 쭉 빠졌다. 언어 문제에 대해서는 전혀 생각지도 않고 있었다. 그는 부화하기 일주일 전에 테메레르가 들어 있던 용알을 포획했다. 테메레르가 알을 깨고 나오자마자 말을 하는 것을 보고도 그저 금방 태어난 새끼용이 말을 한다는 점이 신기했을 뿐, 일주일 만에 영어를 배워 말한 것이라는 점은 생각하지도 않았다. 부화한 뒤에 영국 공군이 안장을 채울 수 있게 하려면 그랜비의 말대로 용알을 확보하자마자 그 안에 든 새끼용에게 영어를 가르쳐야 했다. 한시도 지체할 수 없는 상황이었다.

로렌스는 동요하지 않으려고 애쓰며 무스타파에게 말했다.
"술탄의 보물인 용알을 사기 위해 영국 정부가 지불한 50만 파운드의 금화가 감쪽같이 사라지고 이 나라에서 영국 대사가 죽었는데 공식적인 조사조차 하지 않고 있다면, 다른 재상들은 물론이고 술탄의 입장도 곤란해지지 않을까 싶습니다. 동맹국인 영국의 입장을 헤아리더라도 이렇게 방치해 두고 있는 것은 말이 되지 않는 처사입니다."

벌꿀에 적신 파이를 접시에 대고 꾹 누르며 무스타파가 말했다.
"그 문제에 대한 조사는 진행하고 있는 중입니다, 로렌스 대령."
정오가 조금 지난 뒤에야 숙소에 모습을 드러낸 무스타파는 국가적으로 시급한 일이 발생하여 그 문제를 처리하고 오느라 늦었다면서 사과의 뜻으로 만찬과 화려한 볼거리를 준비했다고 했다. 무스타파가 데려온 스무 명 남짓한 하인들은 부산스럽게 움직이며 대리석 연못 쪽이 내려다보이는 키오스크의 테라스에 깔개와 쿠션을 놓고 요리가 담긴 큰 금 접시를 연이어 주방에서 들고 나왔다. 향기로운 필래프와 으깬 가지 요리, 양배추 잎, 고기와 쌀을 채워 넣은 피망, 꼬치구이, 얇게 썰어 훈제한 향이 강한 고기 등등.

정원에 앉은 테메레르는 난간 너머 테라스 안쪽을 내려다보며 향기로운 요리 냄새를 맡았다. 부드러운 양을 두 마리나 먹어치운 지 한 시간도 채 안 되었건만 테메레르는 주둥이가 닿는 범위 내에 차려진 요리들을 몰래 끌어다 먹었다. 조금 뒤 그 자리로 돌아온 하인들은 금 접시가 갑자기 비어 있는 것을 보고 멍해졌다. 접시에는 테메레르의 이빨에 긁히고 찍힌 자국이 남아 있었다.

무스타파가 이런 만찬을 베푼 것은 로렌스 일행의 주의를 흐트러 놓기 위해서였다. 무스타파가 데려온 연주자들은 요란한 음악을 연주했고, 헐렁하고 반투명한 바지를 입은 무희들은 빙글빙글 돌며 음란한 춤을 추었다. 얇은 베일을 걸쳤으나 속이 다 비쳐서 로렌스는 얼굴을 붉혔다. 반면 승무원들은 대부분 박수를 치며 환호했는데, 특히 소총병들은 완전히 열광했다. 로렌스의 훈계를 새겨들은 포티스는 자중했으나 나이가 어리고 혈기 왕성한 던과 해클리는 부끄러움도 모르고 분위기에 취해 무희들이 흔드는 베일을 향해 손을 뻗으며 휘파람까지 불어댔다. 던이 한쪽 무릎을 세우고 앉아 무희에게 손을 내밀려하자 릭스 대위가 재빨리 그의 귀를 잡아당겨 도로 주저앉혀야 했다.

울화가 치민 로렌스의 눈에는 무희들의 모습도 제대로 들어오지 않았다. 하얀 팔다리에 검은 눈동자를 지닌 체르케스 인 무희들은 미모가 대단히 빼어났다. 그러나 이런 연회를 베푼 이유가 일행의 정신을 산란하게 만들어 사태를 파악하지 못하게 막으려는 수작임이 뻔히 보여서 로렌스는 몹시 화가 났다. 그런 분노 때문에 어떤 유혹에도 흔들리지 않을 수 있었다. 로렌스가 무스타파에게 말을 걸려고 하는 순간 무희 하나가 도발적인 자세로 로렌스에게 접근했다. 그 무희는 로렌스를 향해 두 팔을 벌려 아름다운 가슴을 거의 다 드러내 보이다시피 하면서 엉덩이를 흔들었다. 그리고 자연스럽게 로렌스의 방석에 같이 붙어 앉으며 가느다란 팔을 뻗어 야하게 유혹했다. 무스타파와 대화를 하지 못하게 막으려는 것이었다. 로렌스는 여자를 강제로 자리에서 밀어내는 것이 예의가 아닌지라 참고 있었다.

다행히 로렌스에게는 든든한 수호자가 있었으니, 바로 테메레르였다. 테메레르는 눈을 가느다랗게 뜨고 머리를 가까이 들이밀며 휘황찬란한 금 사슬 장식을 걸친 그 무희를 의심스런 눈초리로 내려다보았다. 뜻밖의 관객이 등장하자 깜짝 놀란 무희는 로렌스의 방석에서 벌떡 일어나 동료들이 있는 곳으로 물러갔다.

그제야 로렌스는 편하게 무스타파를 압박할 수 있었다. 무스타파는 얼마 뒤 조사 결과가 나올 것이라는 애매모호한 핑계만 늘어놓았다.

"물론, 곧 결과가 나올 것입니다. 하지만 우리 정부에서 하는 일이 워낙 많아서요. 이해해 주시리라 믿습니다, 대령."

"이해는 합니다만 일부러 질질 끌고 있는 것 같은 느낌이 드는군요. 지금까지도 계속 진상 파악에 대한 논의를 미루고 계신데 계속 이런 식이라면 우리도 인내심이 곧 바닥나게 될 것입니다. 그렇게 되면 피차 좋지 않은 결과가 생길 수도 있습니다."

로렌스는 무뚝뚝한 말투로 예리하게 정곡을 찌르며 은근히 위협을 가했다. 술탄의 새상이라면 이 도시가 몰타 섬에 주둔하고 있는 영국 해군에게 봉쇄당하거나 공격받기 쉬운 위치에 있음을 잘 알고 있을 터였다. 주절거리던 무스타파는 즉답을 피하고 입을 굳게 다물었다.

로렌스가 계속해서 말했다.

"저는 외교관이 아니라서 제 생각을 세련되고 그럴듯한 말로 포장할 줄 모릅니다. 재상께서는 우리가 최대한 서둘러야 하는 입장임을 잘 아시면서도 여기서 하릴없이 시간을 죽이게 만들고 계시니, 이것은 다분히 의도적이라고밖에 해석할 수가 없습니다. 이스탄불에 상주하고 있던 영국 대사가 사망하고 그의 비서가 실종되었다는 것도 말만 듣고는 믿기 어렵고, 우리가 이스탄불로 오고 있음을 잘 아는 대사관 직원들이 어마어마한 용알 대금 문제도 걸려 있는 마당에 본국에 연락도 없이 이곳을 떠났다는 것은 있을 수도 없는 일입니다."

그러자 무스타파는 몸을 펴고 앉으며 두 손을 펴 보였다.

"내가 어떻게 해드려야 믿겠습니까, 로렌스 대령? 직접 관저에 가서 확인이라도 해보시겠습니까?"

의외의 대답에 로렌스는 당황했다. 무스타파에게 압력을 가해 얻어내려고 한 것이 바로 영국 대사관저 방문이었는데 이렇게 쉽게 대답이 나오다니. 앞으로 몇 번 더 요청을 해야 들어줄 거라고 예상한 사항이었다.

"그렇게 할 수 있게 해주신다면 좋겠군요. 아직 관저 부근에 살고 있는 하인이 있으면 얘기를 나눠봐야겠습니다."

만찬이 끝나자마자 로렌스가 대사관저로 가보겠다고 하자 벙어리 흑인 경비병 두 명이 따라붙었다.

그랜비가 말리고 나섰다.

"아무래도 불안하니 대령님은 여기 계십시오. 제가 마틴이랑 딕비를 데리고 갔다가 대사관 하인을 찾아 데리고 오겠습니다."

"하인을 찾는다고 해도 이 궁전 안으로 데리고 들어올 수 없을 거다. 재상도 길거리에서 나와 부하들을 살해할 만큼 이성을 잃지는 않았으니 괜찮아. 우리가 무사히 돌아오지 않으면 테메레르와 승무원들을 데리고 곧장 이륙해서 영국에 그 소식을 알리도록."

테메레르도 탐탁지 않은 듯했다.

"당신만 궁전 밖으로 내보내는 것은 나도 반대야. 나도 따라가고 싶은데 왜 못 가게 하는 것인지 모르겠어."

베이징에서 거리를 자유로이 돌아다니다가 사막과 황야를 거쳐 이곳까지 왔기 때문에 지금까지 테메레르는 거동에 제한이 없었다.

로렌스가 달랬다.

"여기는 중국과는 달라. 네가 편하게 돌아다닐 수 있을 만큼 거리의 폭이 넓지도 않고, 네가 거리를 돌아다니면 사람들이 공포에 떨게 될걸. 그런데 타르케는 어디 있지?"

아무도 대답을 하지 못했다. 승무원들이 숙소 안을 돌아다니며 찾아보았으나 타르케의 모습은 보이지 않았다. 어제 저녁부터 타르케를 본 사람은 아무도 없다고 했다. 그때 딕비가 타르케의 작은 침낭을 손으로 가리켰다. 숙소 한옆에 놓인 일행의 짐 사이에 깔끔하게 말아져 있는 그 침낭은 밤새 사용한 흔적이 없었다. 로렌스는 입을 굳게 다물고 그 침낭을 쳐다보며 말했다.

"흠, 타르케가 언제 돌아올지 모르니 마냥 기다릴 수는 없겠군. 그랜비, 나중에 타르케가 들어오면 내가 돌아올 때까지 잘 감시하도록. 얘기를 해봐야겠다."

그랜비도 화가 난 얼굴로 대답했다.

"알겠습니다, 대령님."

우아한 모양의 영국 대사관저 앞에 선 로렌스는 좌절하여 할 말을 잃었다. 온갖 말이 목구멍까지 치솟아 올라왔으나 입 밖에 낼 수조차 없었다. 창문에는 덧문이 굳게 내려져 있고 현관문에는 빗장이 걸려 있었으며 먼지투성이 현관 입구에는 쥐의 배설물이 여기저기 쌓여 있었다. 로렌스가 대사관 하인들의 집은 어디냐고 물으며 손짓 발짓을 해보였으나 흑인 경비병들은 못 알아듣겠다는 얼굴들이었다. 부근의 주택에 사는 이들에게도 가서 물어보았으나 영어나 프랑스어를 할 줄 아는 사람은 아무도 없고 서툰 라틴어도 통하지 않았다. 세 번째 집을 방문했다가 아무런 대답도 듣지 못하고 돌아오는 로렌스에게 딕비가 나지막하게 말했다.

"대령님, 저 옆에 있는 창문이 잠겨 있지 않은 것 같습니다. 마틴 중위님이 저를 들어 올려 주시면 안으로 넘어 들어가겠습니다."

"그래. 목 부러지지 않게 조심해."

로렌스는 마틴과 함께 대사관저의 발코니까지 딕비를 들어올렸다. 비행 중인 용의 몸통을 오르내리며 자라난 딕비인지라 쇠로 된 난간을 타고 올라가는 것은 일도 아니었다. 창문이 반밖에 열리지 않았으나 날씬한 체격의 딕비는 그 틈으로 비비적거리며 들어갔다.

조금 뒤 관저 안에서 딕비가 현관문을 열자 경비병들은 말은 못하고 불안해하는 모습들이었다. 그러나 로렌스는 못 본 척하고 관저 안으로 들어갔다. 마틴도 그 뒤를 따랐다. 안으로 들어서니 지푸라기와 흙이 이리저리 흩어져 있는 복도 바닥에 맨발로 돌아다닌 자국들이 나 있었다. 급히 짐을 챙겨 떠난 흔적들이었다.

방 안은 덧문을 열어젖힌 뒤에도 어두웠고 소리가 웅웅 울렸다. 남아 있는 가구 위에는 시트가 덮여 있었고 버려진 관저 안은 유령이라도 나올 것처럼 적막감이 감돌았다. 정적 속에서 계단 옆에 놓인 큰 괘종시계 소리만 똑딱똑딱 괴이하게 울려 퍼졌다.

로렌스는 위층으로 올라가 각 방을 살펴보았다. 이곳저곳에 종이 쪼가리가 흩어져 있어 집어 들고 보니 주인이 버리고 간 쓰레기거나 불쏘시개로 쓰던 종이에 불과했다. 큰 침실의 책상 아래서 쓰다만 편지 한 장을 발견했다. 영국 숙녀의 필체였는데 고향으로 보내는 일상적인 편지 내용이었다. 어린 자녀들에 대한 소식과 이국의 도시에서 본 신기로운 광경들을 묘사하다가 페이지 중간쯤에서 끊어져 버렸다. 남의 사생활을 함부로 침해한 것 같은 기분이 들어 로렌스는 그 편지를 도로 내려놓았다.

2층 복도를 따라 걸어가니 그보다 작은 방이 하나 나왔다. 비서관 야머스가 쓰던 방인 듯했다. 한 시간 전까지만 해도 방주인이 여기 있던 것 같은 분위기였다. 깨끗한 셔츠와 외투 두 벌이 옷걸이에 걸려 있고 야회복 한 벌과 쇰쇠가 달린 구두도 있었다. 책상 위에 가지런히 놓인 잉크병과 펜, 책장에 꽂힌 책들도 그대로였다. 책상 서랍 안에는 젊은 여자의 얼굴을 양각으로 새긴 작은 카메오가 들어 있었다. 그러나 서류는 한 장도 남아 있지 않았다. 무슨 일이 있었는지 알아낼 만한 자료가 전혀 없었다.

로렌스는 소득 없이 아래층으로 내려갔다. 아래층을 살펴보던 딕비와 마딘도 찾아낸 게 없었다. 적어도 살인의 흔적은 보이지 않았고 물건을 약탈당한 것 같지도 않았다. 가구들도 다 그대로 남아 있었다. 집 안이 다소 어수선하고 지저분할 뿐이어서 급하게 떠난 것이지 강제로 쫓겨난 것은 아닌 듯했다. 엄청난 액수의 금이 관련되어 있는 데다가 남편이 갑자기 사망하고 비서관이 실종되는 등 상황이 불안하게 전개되자 대사 부인은 자녀들과 하인들을 데리고 오스트리아로 떠난 모양이었다. 동맹국들과도 멀리 떨어져 있는 이 타국의 도시에서 혼자 남아 있을 수 없었을 테니까.

당장 오스트리아의 빈으로 편지를 보내 어찌된 일인지 알아본다고 해도 답장을 받으려면 수 주일은 소요될 터였다. 투르크 측으로부터 받기로 되어 있던 용알이 그 사이에 부화해버릴 수도 있기 때문에 그렇게 오래 기다릴 여유는 없었다. 무스타파의 주장을 반박할 만한 물증을 찾지 못한 로렌스는 낙담한 채 관저를 나왔다. 현관 앞에서 기다리고 있던 경비병들이 조바심을 내며 얼른 나오라고 손짓을 했다. 딕비는 관저 안에서 현관문을 잠근 뒤 창문과 발코니를 통해 밖으로 나왔다.

로렌스는 마틴과 딕비까지 혼란스럽게 만들고 싶지 않아 걱정스런 속내를 감추며 말했다.

"수고했다, 제군들. 내부를 다 둘러보았으니 됐어."

그들은 경비병들을 따라 숙소로 돌아가기 위해 선착장 쪽으로 걸어갔다. 거리에는 수많은 인파가 돌아다니고 있었다. 로렌스는 골똘히 생각에 잠긴 채 경비병들 뒤를 따라갔다. 영국 대사관저는 골든 혼 건너 베욜루 지역에 있었다. 그곳 거리는 외국인들과 상인들로 무척 붐비고 있었는데, 엄청나게 폭이 넓은 베이징의 거리에 비하면 형편없이 좁아 보였다. 상가들이 밀집해 있어 귀가 멍멍하도록 시끌벅적했다. 상점 앞에 나와 선 상인들은 행인들과 눈이 마주칠 때마다 가게 안으로 들어와 구경하라고 소리쳤다.

그런데 선착장 쪽으로 갈수록 인파가 확연히 줄고 활기찬 소음도 잦아들었다. 그 부근의 주택과 상점들은 덧문을 굳게 닫은 상태였고, 간혹 커튼을 살짝 젖히며 하늘을 올려다보는 이들이 있기는 했으나 곧 커튼을 닫고 사라졌다. 머리 위로 태양을 가릴 정도로 거대한 그림자가 스치고 지나갔다. 투르크 용들이 낮은 고도를 유지하며 이리저리 날아다니고 있었다. 고도가 얼마나 낮은지 그 용들의 배쪽에 탑승한 승무원들이 몇 명인지 셀 수 있을 정도였다. 로렌스는 인구 밀도가 높은 이곳에서, 특히 상거래가 많은 이 시간대에 저 용들이 도대체 무엇을 하고 있는 것인지 궁금하여 더 가까이 다가가서 보고 싶었으나 하늘을 흘낏 살핀 경비병들은 로렌스 일행에게 걸음을 재촉하도록 했다. 용들이 이리저리 날아다니는 항구의 거리에는 행인이 거의 없었고, 돌아다니는 이들도 걱정스런 표정으로 서둘러 발걸음을 옮기고 있었다. 분별력은 없고 담만 센 어떤 개가 용들이 날아다니는 항구 쪽을 향해 날카롭게 짖어댔다. 그러나 사람이 앵앵거리는 파리에게 별 신경을 쓰지 않듯 용들은 개가 짖든 말든 아랑곳않고 자기네끼리 말을 주고받으며 날아다녔다.

골든혼 만을 가로질러 톱카프 궁전의 숙소 앞까지 태워다 주기 위해 사공이 초조한 기색으로 닻줄 끝을 손에 쥔 채 로렌스 일행을 기다리고 있었다. 언덕 아래로 걸어 내려오는 로렌스 일행을 보자 사공은 곧 출발하겠다는 몸짓을 해보이며 빨리 오라고 손을 흔들었다. 보트를 타고 골든혼 만을 가로질러 가는 동안에도 로렌스는 몸을 돌려 베욜루 지역의 항구를 바라보았다. 그 항구 위로 여섯 마리 정도의 용들이 계속 날아다녔다. 처음에는 그저 하늘을 날며 운동을 하고 있는 줄 알았는데, 자세히 보니 항구 여기저기에 두꺼운 밧줄들이 놓여 있고 용들은 그 밧줄에 연결된 짐마차를 통째로 들어 옮기고 있었다. 말이 끄는 짐마차에는 소총들이 다량 실려 있었다.

골든혼 만을 가로질러 해변에 내려선 로렌스는 곧장 숙소로 들어가지 않고 부둣가로 걸어가 맞은편 항구를 더 자세히 살펴보았다. 용들이 하고 있는 일은 단순한 화물 처리 작업이 아니었다. 대형 바지선 여러 척이 그쪽 항구에 정박해 있었고 수백 명의 사람들이 그 바지선에서 짐마차에 옮겨 실을 무기들을 꺼내놓고 있었다. 용들이 그렇게 가까이 날아다니고 있는데도 짐마차를 끄는 말과 노새들은 날뛰지 않고 순순히 말을 듣는 모습이었다. 확실하지는 않으나 용들이 공중에 떠 있으므로 시야에 들어오지 않고 있어 그런지도 몰랐다. 짐마차에는 소총뿐만 아니라 포탄과 다량의 화약, 벽돌들이 실려 있었다. 군인들에게 저 정도 규모의 군수품을 가파른 언덕 위로 옮기게 하려면 수주일은 걸릴 텐데, 용들은 말과 짐마차를 한꺼번에 들어 올려 눈 깜짝할 사이에 언덕 위로 옮기고 있었다. 언덕 위를 보니 용들이 거대한 대포의 포신들을 나무로 된 포가(砲架. 포신을 올려놓는 받침틀—옮긴이 주) 위에 내려놓고 있었다. 남자 둘이서 널빤지 하나를 들어 옮기는 것처럼 별로 힘도 들이지 않는 듯했다.

그 모습을 흥미롭게 쳐다보고 있는 것은 로렌스뿐만이 아니었다. 이쪽 부두를 따라 여러 투르크 인들이 그 광경을 쳐다보며 자기네끼리 수군거리고 있었다. 깃털 달린 투구를 쓴 투르크 친위 보병들은 부두 바로 옆에 서서 계속 기병총을 만지작거렸다. 그 와중에도 어떤 젊은이가 구경꾼들 사이를 오가며 돈을 받고 망원경을 빌려주고 있었다. 렌즈가 뿌옇고 성능이 썩 좋아 보이지는 않았으나 그래도 맨 눈으로 보는 것보다는 나을 터였다.

숙소로 돌아온 로렌스는 벽에 설치된 세면대에서 얼굴과 손에 묻은 먼지를 씻어낸 뒤 머리를 세면대 안에 집어넣어 대충 감았다. 그리고 힘껏 물기를 짜냈다. 이발사에게 갈 것도 없이 길어진 머리카락을 직접 칼로 잘라내 버릴 생각이었다. 머리카락이 길면 짜증이 났고 감고 나서는 끝없이 물방울이 떨어졌기 때문에 그는 늘 그렇게 잘라버리곤 했다. 그래서 뒤로 땋아 내릴 정도로 기르지 못하고 있었다. 머리의 물기를 털어내며 로렌스는 그랜비에게 말했다.

"내가 잘못 본 게 아니라면 96파운드 포가 20문 정도 있었어. 아시아 쪽 해안에도 이미 그런 대포들을 설치해 두었을 것 같더군. 항구에 설치된 대포의 사정거리 내에 들어가는 배는 곧장 죽음의 함정에 걸려드는 셈이 되겠지. 경비병들은 종일 우리를 따라다니기는 했지만 골든혼 만을 건너온 뒤에는 내가 부둣가에 서서 맞은편 항구를 계속 쳐다보는데도 저지하지 않더군. 대놓고 실컷 보라는 식이었어."

"무스타파가 그만큼 우리를 우습게보고 있는 것입니다. 그리고 말씀드릴 게 있는데, 그게…… 직접 가서 보시죠."

두 사람은 숙소 가장자리를 돌아 정원 쪽으로 걸어갔다. 카지리크 두 마리는 어디로 갔는지 보이지 않고 그 대신 십여 마리의 투르크 용들이 테메레르 주변에 앉아 있었다. 덕분에 정원은 몹시 붐볐고 그중 두 마리는 할 수 없이 다른 용들의 등에 올라앉은 상태였다.

테메레르가 로렌스를 돌아보며 말했다.

"아, 걱정할 거 없어. 이 용들은 모두 친절해. 나랑 얘기를 하러 온 거야."

투르크어를 배우기 시작한 테메레르는 프랑스어와 투르크어, 두르자크어를 섞어가며 그럭저럭 의사소통을 하고 있었다. 그리고 바른 표현을 쓰려고 애를 쓰며 로렌스를 투르크 용들에게 소개했다. 투르크 용들은 정중하게 고개를 숙이며 인사했다.

로렌스는 그들을 곁눈질하며 말했다.

"우리가 급히 이곳을 뜨게 되더라도 크게 방해가 될 것 같지는 않군."

테메레르는 대형 용이지만 속도가 아주 빨랐다. 정원에 앉아 있는 용들 중에 급보를 전하는 일을 하는 소형 용 말고는 테메레르의 속도를 앞지를 만한 놈은 없는 듯했다. 다만 미들급 용 두 마리가 다른 대형 용이 올 때까지 테메레르의 초기 비행을 방해할 수는 있을 터였다. 정원에 앉아 있는 그 용들은 테메레르를 그다지 경계하지 않았고 아무렇지 않게 정보를 흘렸다.

로렌스가 항구에서 본 용들의 작업에 대해 전해주자 테메레르가 말했다.

"응. 그렇지 않아도 여기 있는 용들한테 들었어. 이 용들도 그 작업을 도우려고 도시에 들어와 있는 거래."

로렌스는 나름대로 추측하고 있던 바를 그 용들을 통해 상당 부분 확인할 수 있었다. 투르크인들은 용들을 동원하여 항구에 다수의 대포를 설치하고 공격에 대비한 요새화를 진행하고 있었다.

"꽤 흥미로웠겠는데. 나도 직접 가서 보고 싶다."

테메레르의 말에 그랜비가 맞장구를 쳤다.

"나도 가까이 가서 보고 싶어. 어떻게 말들을 따로 떼어놓지도 않고 말과 짐마차를 한꺼번에 들어 옮길 수 있는지 궁금해. 원래 말은 용 주변에는 절대로 머물려고 들지 않는데. 공사에 동원되기는커녕 용을 피해 우르르 달아나기 바쁠 텐데 말이지. 말은 1.6킬로미터 밖에서도 용 냄새를 맡을 수 있기 때문에 단순히 눈앞에 용이 보이지 않는다고 해서 얌전히 말을 들을 리가 없어."

로렌스가 그랜비에게 말했다.

"아무래도 무스타파가 일부러 우리한테 항구의 요새화 작업을 보여준 것 같다는 느낌이 드는군. 영국이 공격해 들어온다면 속수무책으로 당하지는 않을 거라는 인상을 주고 싶었겠지. 일종의 시위일 수도 있고. 무스타파한테서 온 전언이나 소식 없었나?"

"없었습니다. 대령님이 숙소를 나가신 뒤로 타르케도 나타나지 않았고요."

로렌스는 고개를 끄덕이고 키오스크 앞 계단에 털썩 주저앉으며 말했다.

"더는 재상이나 관리를 통할 필요가 없겠어. 시간이 너무 촉박해. 술탄과 직접 만나게 해달라고 요구할 수밖에. 술탄이 나서야 재상들도 우리가 사태 파악을 신속히 할 수 있게 협조해줄 테니까."

"우릴 이렇게 붙들어놓고 있는 것이 술탄의 계략이라면……."

"아우스터리츠 전투 이후 나폴레옹은 오스만투르크제국의 문 앞까지 와 있는 상태이니 이번 일로 영국과의 관계를 망치려 하지는 않을 거다. 우리한테 용알을 내주지 않으려고 수작을 부리는 거겠지. 그러나 그것은 명백한 매매 계약 위반이야. 매매 계약에는 술탄이 직접 나선 것이 아니라 재상들이 관여했으니 나중에 계약 위반임이 드러나도 술탄은 재상들의 탓으로 돌려버리면 그만인 거고. 애초에 그런 정치적인 계산을 깔고 우리를 여기 잡아두면서 시간을 끌고 있는 것인지도 모르지."

7

 그날 저녁 로렌스는 더 강한 문투로 편지를 썼다. 오스만투르크제국의 대(大) 재상에게 직접 보내는 편지였다. 시동은 전에는 한 냥이면 되었는데 이번에는 은화 두 냥을 받고 나서야 편지를 전달해주었다. 자기가 아니면 외부와 통할 수 없는 입장임을 알고 돈을 더 요구한 것이다. 처음에 한 냥을 쥐어주자 시동은 움직일 생각을 하지 않고 빤히 쳐다보기만 해서 로렌스는 할 수 없이 한 냥을 더 주어야 했다. 놈의 영악하고 건방진 행동에 대해 로렌스는 달리 조치를 취할 수도 없었다.

 그날 밤 편지에 대한 답변은 오지 않았다. 다음날 동이 트자마자 밖이 소란스러워서 로렌스는 대재상에게서 답신이 온 줄 알았다. 그때 로렌스는 테메레르와 함께 정원에 나가 앉아 편지 한 통을 더 작성하고 있었는데, 키가 크고 인상이 강한 남자가 거세된 흑인 경비병들을 여럿 이끌고 큰 소리로 고함을 지르며 빠른 걸음으로 정원을 향해 걸어왔다.

 단에 화려한 수를 놓은 긴 가죽 외투

를 입은 것을 보니 어느 정도 계급이 있는 군 장교인 것 같았고, 터번을 두른 다른 투르크 군인들과는 달리 머리를 짧게 깎아 비행사임을 알 수 있었다. 꽤 유능한 비행사인지 가슴에 빛나는 보석으로 만든 체렌크(투르크어로 celenk, 오스만투르크제국의 술탄이 용맹한 자에게 수여하는 상으로서 최고의 명예로 여겨진다. 꽃을 중심으로 주변에 잎사귀와 꽃봉오리가 있고 13개의 선이 위를 향해 방사형으로 뻗어나가 있다―옮긴이 주)가 달려 있었다. 체렌크는 투르크인들 사이에서 대단히 명예로운 상이었고 그것을 수여받는 이는 극히 드물었다. 로렌스도 나일 강 전투에서 승리한 넬슨 제독이 술탄 셀림 3세에게서 수여받은 체렌크를 가슴께에 달고 있던 것을 본 기억이 났다.

정원으로 들어온 그 비행사는 '베자이드'라는 이름을 언급했는데, 아마도 카지리크 수컷 베자이드의 비행사인 모양이었다. 그러나 그자의 프랑스어가 유창하지 않아서 로렌스는 그가 무슨 말을 하는 것인지 잘 알아들을 수가 없었다. 그 비행사는 더듬거리는 프랑스어로 고래고래 고함을 지르며 한참을 떠들다가 정원에 모여 앉아 있는 용들에게도 한바탕 연설을 했다.

테메레르가 성질을 내며 말했다.

"난 진실을 말해줬을 뿐이야."

로렌스는 마구 쏟아지는 프랑스어의 홍수 속에서 몇 마디라도 알아들어 보려고 노력했다. 그러나 그 비행사의 프랑스어 발음이 신통치 않은데다가 노여움으로 몹시 흥분한 상태라 알아듣기 힘들었다. 비행사는 테메레르의 이빨에 대고 주먹을 흔들며 로렌스에게 프랑스어로 사납게 내뱉었다.

"당신 용이 또다시 거짓말을 하면……."

그리고 손으로 자기 목을 긋는 시늉을 해보였다. 그 부분만은 통역이 없이도 확실히 알아들을 수 있었다. 실컷 소리를 지르고 난 뒤 그 비행사는 씩씩거리며 정원을 휙 나가버렸다. 정원에 있던 몇몇 용들이 말없이 이륙하여 뒤를 따랐다. 그 용들은 테메레르를 감시하라는 명령을 받고 여기 와 있던 것은 아닌 모양이었다.

정원에 침묵이 흘렀다.

"테메레르, 투르크 용들한테 무슨 말을 했는데 저 난리지?"

"재산의 개념에 대해 알려줬어. 급료를 받으며 생활할 수 있고 원하지 않으면 전쟁에 나갈 필요도 없고 더 재미있게 살 수 있다고 말해줬어. 지금 항구에서 하고 있는 것처럼 노동력을 제공하고 돈을 모아 보석이나 먹을 것을 사고 자유롭게 도시를 돌아다니면서……"

"이런, 맙소사."

로렌스는 자신의 용이 전투에 참여하고 싶지 않다는 뜻을 밝히며 테메레르가 제안한 다른 직업에 종사하고 싶다고 말했을 때 투르크 비행사들이 어떤 반응을 보였을지 충분히 상상이 되었다. 테메레르는 중국에서 본대로, 용들도 시를 짓거나 어린 용을 돌보는 일을 직업으로 삼을 수 있다고 알려줬을 것이다.

"나머지 용들도 각자 처소로 돌려보내. 안 그러면 저 용들의 비행사가 차례대로 우리를 찾아와서 욕설을 퍼부을 거다."

테메레르는 고집을 부렸다.

"상관없어. 조금 전에 찾아온 비행사가 그렇게 휙 가버리지만 않았으면 나도 할 말이 많았어. 자기 용을 아낀다면 그 용이 합당한 대우를 받고 자유를 누리게 해줘야 하는 거잖아."

"지금은 투르크 용들을 선동하면 안 돼, 테메레르. 우리는 지금 손님으로 여기에 와 있고 저들한테서 용알을 받아내야 하는 입장이거든. 섣불리 저들의 비위를 거슬렀다간 용알도 못 받고 쫓겨날 수 있어. 그럼 여기까지 고생하며 온 게 모두 헛수고가 돼. 안 그래도 저들은 우리에게 어떻게든 덤터기를 씌워 용알을 내주지 않으려고 버티고 있는데, 상황을 더 꼬이게 만들고 저들의 화를 돋우면 안 돼. 술탄과 재상들의 호의를 얻어 일을 좋게 풀어야 한단 말이다."

"용들에게 할 말도 못하면서까지 투르크인들의 비위를 맞춰야 하는 이유가 뭔데? 용알은 용이 낳은 거잖아. 그런데 어째서 용과 직접 협상을 하지 않고 인간들을 통해야 하는지 이해할 수 없어."

"투르크 용들은 자기가 낳은 알을 돌보거나 새끼용을 직접 키우지 않잖아. 비행사들한테 알과 그 알에서 태어난 새끼용을 맡겨버리지. 그렇지 않다면야 나도 차라리 투르크 용들과 직접 협상을 하고 싶어. 그 용들은 자기네를 돌보는 투르크인들보다 훨씬 사리분별력이 있어 보이니까."

로렌스는 기운 빠진 목소리로 덧붙였다.

"그렇지만 지금은 투르크 용들이 아니라 투르크인들의 처분을 기다릴 수밖에 없어."

흥분한 테메레르는 잠시 생각에 잠기며 꼬리를 빠르게 휙휙 휘저었다.

"투르크 용들은 지금 자기네 삶이 어떤 수준인지, 삶을 개선할 수 있는 방법이 있는지조차 모르고 있어. 중국 용들의 삶을 직접 보기 전에 내가 그런 것처럼. 여기 용들이 계속 아무것도 모른 채 이대로 살아간다면 어떻게 삶을 바꿀 수 있겠어?"

"그렇다고 현재의 생활에 불만을 품게 하고 비행사에게 대들도록 만드는 것만으로는 변화를 이끌어낼 수 없어. 지금 우리는 하루빨리 영국으로 돌아가 전투에 참여하는 것이 더 중요해. 카지리크 품종의 용알 하나만 받아갈 수 있어도 프랑스에게 침공을 당하느냐 마느냐, 영국 해협을 사이에 둔 양국의 힘의 균형이 깨지느냐 마느냐가 판가름 날 수 있으니까. 그 정도로 중차대한 임무를 수행해야 하니 각별히 조심하도록 해."

"하지만……."

테메레르는 앞발로 이마를 긁적이며 생각에 잠겼다가 말을 이었다.

"그럼 고향인 영국으로 돌아가서도 달라질 게 없다는 거잖아. 용들에게 자유를 주는 문제만 가지고도 사람들이 저렇게 당황할 정도니, 우리가 여기서 용알을 얻어가지 못하면 그것도 국익에 반하는 행위라고 하겠지? 또, 영국 용 일부가 더는 전투에 참여하고 싶지 않다고 하면 그것도 전쟁 중인 영국의 국방을 저해하는 행위로 여길 테고."

테메레르는 대답을 기다리며 로렌스를 내려다보았다. 그러나 로렌스는 아무 말도 할 수 없었다. 테메레르의 말이 모두 옳기 때문에 부정을 할 수도 없고, 직접 그 문제에 맞닥뜨려보지 않고서는 함부로 예측해서 말을 하기도 어려웠다. 테메레르의 속을 시원하게 해줄 만한 말도 떠오르지 않았다. 로렌스의 침묵이 길어지자 테메레르는 얼굴 주변의 막을 천천히 내리고 덩굴손 같은 수염도 축 늘어뜨렸다. 그리고 나지막하게 말했다.

"당신은 고향에 돌아가서도 내가 이 문제를 다시 끄집어내는 것을 원하지 않는구나. 지금까지 그냥 내 말에 맞장구를 쳐준 것뿐이었지? 내 주장을 어리석다고 여기는 거야. 그래서 어디에서도 그런 주장을 펼치면 안 된다고 하는 거고."

로렌스도 가라앉은 목소리로 말했다.

"천만에, 테메레르. 네가 어리석다는 게 아니야. 넌 자유를 누려야 할 마땅한 권리가 있지만 지금 자유를 요구하는 것은 아무래도 이기적인 생각이라고 할 수밖에 없어."

테메레르는 움찔하면서 당황스런 표정으로 고개를 뒤로 젖혔다. 로렌스는 자신의 꽉 쥔 주먹을 내려다보며 마음을 굳혔다. 부드러운 말로 타이르는 것으로 더는 테메레르를 납득시킬 수 없으니, 그동안 혹시 상처가 될까 봐 계속 미뤄온 얘기를 하는 수밖에 없었다.

"우린 전쟁 중이고 아주 다급한 상황에 처해 있어. 우리의 적은 패배를 모르는 나폴레옹이고 프랑스는 작은 영국 제도가 가진 자원의 두세 배 정도를 보유하고 있지. 너도 겪어봤으니 알겠지만 나폴레옹은 대규모로 영국을 침공한 적도 있었어. 유럽 대륙을 정복하고 나면 또다시 영국으로 쳐들어올 것이고, 지난번보다 더 효율적으로 두 번째 공격을 진행하려 할 거다. 이처럼 긴박한 상황에서 용들의 개별적인 권익 향상을 위해 시위를 하겠다는 것은 아무리 좋게 생각하려 해도 영국에 해악을 끼치려는 행위라고 볼 수밖에 없지. 전쟁을 치르는 시기인만큼 자신보다는 국가를 우선시해야 해."

그러자 테메레르는 깊은 가슴에서 울려나오는 나지막한 목소리로 반박했다.

"변화를 요구하는 것은 내 자신만을 위한 게 아니라 모든 용들을 위한 일이야."

"전쟁에서 패배하면 그게 다 무슨 소용일까? 패전국이 되면 누구의 삶도 개선할 수 없다는 사실을 알아 둬. 나폴레옹은 유럽 전체를 다스리는 전제 군주가 될 테고, 그렇게 되면 용이든 사람이든 어떤 자유도 누릴 수 없게 되지."

테메레르는 대꾸하지 않고 엎드리며 앞발 위에 머리를 얹은 채 생각에 잠겼다.

한참동안 고통스런 침묵이 흘렀다. 좌절한 테메레르의 모습을 보고 있자니 너무나도 마음이 아파서 조금 전에 한 말을 모두 주워 담고 싶은 심정이었다.

"인내심을 갖고 기다려, 테메레르. 영국에 돌아가면 용의 삶을 향상할 일을 조금씩 시작해보기로 하자. 우리 말에 귀를 기울일 친구들도 찾아보고, 나도 우리 일을 도와줄 사람들을 찾아볼 테니까. 여러 가지로 개선해볼 수 있을 거다."

그리고 로렌스는 힘을 주어 덧붙였다.

"전투를 수행하는 데 악영향을 미치지 않는 범위에서 실질적인 개선을 시도해 보자. 일단 무리 없이 시작을 해놓으면 그 뒤로는 네 다른 생각들도 조금씩 받아들여질 거다. 참고 기다리면 네 주장을 제대로 현실화할 수 있겠지."

테메레르가 나지막하게 말했다.

"어쨌든 전쟁을 제일 우선시해야 한다는 거네."

"그래. 그 점은 미안하다. 너에게 고통을 주고 싶진 않지만 그럴 수밖에 없어."

테메레르는 머리를 약간 흔들더니 로렌스에게 코를 대고 문지르며 말했다.

"알았어, 로렌스."

그리고 자리에서 일어난 테메레르는 정원에 남아 그들을 지켜보고 있는 다른 용들에게 다가가 무슨 말인가를 했다. 그 용들이 하늘로 휙휙 날아오른 뒤 테메레르는 삼나무 그늘 아래로 터벅터벅 걸어가 엎드렸다. 그리고 고개를 푹 숙이며 생각에 잠겼다. 로렌스는 키오스크 안으로 들어와 창문의 격자를 통해 테메레르를 바라보았다. '중국에서 계속 살게 두었으면 훨씬 행복하게 살 수 있었을 것을' 하는 생각이 들자 기분이 참담해졌다.

"테메레르한테 그 얘기를 하셨어야 했는데……."
그랜비는 이렇게 말하다 말고 고개를 저으며 덧붙였다.
"아니, 그럼 안 되겠군요. 이렇게 말해서 죄송합니다만, 더 확실하게 짚어 줄 필요는 있었다고 생각됩니다. 기지 한두 개를 운영하는 데 필요한 자금을 받아내고 더 나은 보급품을 받아내기 위해 공군본부가 영국 의회에 얼마나 사정하며 매달려야 하는지 잘 아실 것입니다. 그런데 용들에게 누각까지 지어주겠다고 하면 우린 의회와 아예 전쟁을 치러야 할 겁니다. 테메레르는 이런 것을 아예 염두에 두지도 않고 있다는 말입니다."

로렌스는 그랜비를 쳐다보며 나지막하게 물었다.
"자네 진급에 방해가 될까 봐 그러는 건가?"
영국에서는 열댓 명의 공군들이 용알 하나를 차지하려고 각축전을 벌인다. 그런데 그랜비는 1년 넘게 영국을 떠나 있었고 누구에게 새끼용을 내줄 것인지를 결정하는 장성들의 시야에서도 벗어나 있으니 진급이 어려워진 것이 사실이었다.
그랜비는 열을 내며 말했다.

"그런 이유 때문에 테메레르의 주장에 트집을 잡는 거라면 저는 완전히 이기적인 놈일 겁니다. 안달복달한다고 해서 용알을 얻을 수 있는 게 아님을 저는 잘 알고 있습니다. 그러니 제가 진급 때문에 노심초사하고 있을 거라는 생각은 하지 말아주십시오. 부모의 연줄 없이 공군에 들어오는 나 같은 놈들은 원래 비행사가 될 기회가 그리 많지 않습니다. 대를 이어 비행사가 되는 집안들이 이미 많은 용을 차지하고 있으니까요. 상부에서도 출신이 그런 공군을 선호하고 있죠. 제게도 아들이나 조카가 있다면 제 용을 그 애한테 물려줄 생각을 했을 겁니다. 하지만 지금 저는 테메레르 같은 최고의 용과 함께 복무하고 있으니 더없이 만족스럽습니다."

그랜비라고 해서 왜 자기 용을 갖고 싶지 않겠는가? 그의 목소리에서도 그런 욕심이 살짝 묻어났다. 테메레르 같은 헤비급 용과 복무하며 직속 부관 노릇을 하는 것은 그만큼 용 비행사가 될 가능성이 높기 때문에 공군으로서 꽤 좋은 기회였다. 그러나 테메레르에게 그랜비의 입장까지 고려해서 행동하라고 한다면 그것은 부당한 압력이 될 터였다. 그 점을 생각하면 로렌스도 마음이 무거웠다. 그도 해군으로 복무하면서 영향력 있는 상관들에게서 혜택을 입었기 때문에, 공군이 된 지금 부하들의 진급에 최대한 도움을 주고 싶었다.

로렌스는 정원으로 나가 테메레르 쪽으로 걸어갔다. 테메레르는 정원 안쪽에 깊숙이 웅크리고 앉아 있었다. 앞발로 땅을 파놓은 것을 보니 깊은 고민에 빠져 있는 듯했다. 머리를 두 앞발에 올려놓은 채 눈을 내리깔고 멍하니 땅바닥만 바라보고 있었고 얼굴 주변의 막도 목에 축 늘어뜨려 처량해 보였다.

로렌스는 무슨 말을 해야 좋을지 알 수 없었다. 테메레르의 기분을 풀어주고 마음에 상처가 덜 나게 할 수만 있다면 거짓말이라도 하고 싶었다. 로렌스가 조금 더 가까이 다가가자 테메레르는 머리를 들고 그를 쳐다보았다. 한참 말없이 그렇게 서 있다가 로렌스는 테메레르의 옆구리 쪽으로 다가가 손을 얹었다. 테메레르가 앞발을 내밀어 그 안쪽에 앉을 수 있게 해주었다.

근처의 새장에서 나이팅게일 십여 마리가 지저귈 뿐, 정원은 조용해서 로렌스와 테메레르는 방해받지 않고 생각에 잠길 수 있었다. 그런데 갑자기 에밀리가 정원을 가로질러 달려와 숨을 헐떡이며 소리쳤다.

"대령님, 대령님! 어서 와보세요. 저들이 던과 해클리를 잡아다가 목을 매달겠다는데요!"

로렌스는 테메레르의 앞발에서 뛰어 내려와 계단 쪽으로 뛰어갔다. 테메레르도 그 자리에 앉은 채 고개를 들어 테라스 난간 쪽을 걱정스런 눈으로 내려다보았다. 아치형 회랑이 있는 그곳에는 승무원들이 모두 몰려나와 문지기 노릇을 하던 흑인 경비병들을 비롯해 궁전의 흑인 환관들과 시끌벅적하게 몸싸움을 벌이고 있었다. 그 환관들은 금으로 된 칼자루가 달린 언월도(偃月刀)를 차고 화려한 복장을 한 데다가 풍채도 좋고, 목도 굵었다. 혀를 잘려 말을 못하는 경비병들과는 비교할 수 없을 정도로 신분이 높은 것 같았다. 환관들은 체격이 호리호리한 승무원들을 붙들고 바닥에 쓰러뜨리며 사나운 저주의 말을 퍼부었다.

그 한가운데에 던과 해클리가 있었다. 두 젊은 소총병은 몸집이 큰 흑인 경비병들에게 멱살을 잡힌 채 숨을 헐떡이며 몸부림치고 있었다.

로렌스가 그들의 머리 위로 쩌렁쩌렁하게 울리도록 고함을 쳤다.
"이게 뭣들 하는 짓인가!"
테메레르도 덩달아 낮게 으르렁거리자 몸싸움이 잠시 주춤했다. 승무원들은 뒤로 물러나고 경비병들은 얼굴에 핏기가 가시며 테메레르를 올려다보았다. 그들은 던과 해클리의 멱살을 놓지는 않았으나 당장 질질 끌고 가지는 못했다.
로렌스가 단호한 표정으로 물었다.
"도대체 무슨 일이냐, 던?"
던과 해클리는 고개를 푹 숙이고 대답을 하지 못했다. 장난을 치다가 경비병들의 임무를 방해하기라도 한 모양이었다.
로렌스는 안면이 있는 경비병에게 말했다.
"가서 하산 무스타파 파샤를 모셔 와."
그리고 로렌스는 그 이름을 몇 차례 반복해서 말해주었다. 그러자 그 경비병은 마지못해 머뭇거리며 다른 흑인 경비병들 쪽으로 고개를 돌렸다. 키가 크고 당당한 체격을 지닌 낯선 환관 하나가 그 경비병에게 명령투로 무슨 말을 했다. 경비병은 고개를 끄덕이고는 계단 아래로 내려가 궁전의 다른 구역으로 달려갔다. 그 환관은 검은 피부와 대조를 이루는 눈처럼 흰 터번을 썼는데 그 터번은 금과 큰 루비로 장식되어 있었다.
로렌스가 말했다.
"직접 얘기를 해봐, 던. 당장."
"대령님, 저희가 나쁜 짓을 하려던 것은 아니고 그냥……."
던은 말하다 말고 해클리를 쳐다보았다. 해클리는 주근깨 투성이 얼굴이 하얗게 질린 채 아무 말도 못했다. 그러자 할 수 없이 던이 말을 이었다.

"숙소 지붕 위로 올라가서 담을 넘어 궁전 안쪽으로 들어가 봤습니다. 구경을 좀 하려고요……. 그런데 저들이 우릴 쫓아왔고 그래서 도로 담을 넘어 이리로 도망쳐 온 것입니다. 키오스크 안에 들어가 있으려고 했는데."

로렌스가 냉정하게 말했다.

"알았다. 그런 행동이 현명한 것인지 나와 그랜비한테 물어보지도 않고 독단적으로 일을 저질렀다는 말이지."

던은 마른 침을 삼키며 다시 고개를 푹 숙였다. 한참 동안 불안하고 불편한 침묵이 흘렀다. 얼마 뒤 무스타파가 정원 모퉁이를 돌아 경비병을 앞세우고 서둘러 걸어왔다. 무스타파의 얼굴은 서둘러 오느라 지친 데다 노여움이 더해져 벌겋게 상기해 있었다.

로렌스가 선수를 쳤다.

"제 부하들이 허락도 없이 근무 위치를 이탈하여 소란을 피운 점에 대해 대단히 유감스럽게 생각하고 있……."

무스타파가 말을 잘랐다.

"즉시 처형해야 하니 저 둘을 우리한테 넘기십시오. 저들은 후궁들의 처소를 침범하려 했습니다."

로렌스는 말문이 막혔다.

던과 해클리는 양 어깨를 움츠리며 불안에 가득 찬 눈으로 로렌스의 표정을 살폈다.

로렌스가 물었다.

"이들이 후궁들의 사생활을 침범했다는 것입니까?"

"대령님, 그게 아니라."

"시끄러워."

던이 변명하려 하자 로렌스는 냉정하게 말을 끊었다.

무스타파가 경비병들에게 무슨 말을 했다. 제일 신분이 높아 보이는 환관이 그의 부하 하나를 고갯짓으로 부르자 그 부하가 이런저런 말을 늘어놓았다.

무스타파가 로렌스 쪽으로 고개를 돌리며 말했다.

"대령의 부하들이 후궁들을 처다보며 창문 넘어 음란한 손짓을 했다는군요. 그것만으로도 충분히 후궁들을 모욕한 것입니다. 술탄 말고는 어떤 남성도 하렘의 여인을 쳐다볼 수 없고 육체 관계를 맺을 수 없습니다. 남성으로서 유일하게 환관들만이 그녀들과 얘기를 나눌 수 있는 것입니다."

그 말을 들은 테메레르가 거세게 콧방귀를 뀌자 분수의 물이 그들 모두의 얼굴에 확 튀었다. 테메레르는 열을 내며 말했다.

"무슨 그런 웃기는 규칙이 다 있어. 다른 사람과 얘기를 나누려 했다는 이유로 처형당해야 한다는 말은 들어본 적도 없어. 누구를 다치게 만든 것도 아니잖아."

무스타파는 테메레르의 말에는 대꾸도 하지 않고 로렌스를 노려보며 말했다.

"술탄의 지엄한 법을 무시하고 어기려 하지 않으실 줄로 믿습니다, 대령. 지난 번 양국 간의 예의에 대해서 직접 하신 말씀도 있잖습니까."

"그것은……."

무스타파가 이번 일을 빌미로 뻔뻔하게 압력을 가하자 로렌스는 분노가 치밀었으나 입 밖으로 나오려는 말을 간신이 목구멍 안으로 밀어 넣었다. 지금 날카롭게 대꾸했다가는 무스타파에게 꼬투리를 잡힐 것이었다. 용알 대금 문제에 관한 진상을 파악하고 용알을 무사히 받아내기 위해서라도 일단은 참아야 했다.

로렌스는 마음을 가라앉힌 뒤 다시 입을 열었다.

"경비병들이 열성이 지나쳐서 실제보다 상황을 과장해서 전한 게 아닌가 싶습니다. 내 부하들은 후궁들의 모습을 보지도 못했을 것이고, 그저 한번 보려고 몇 번 불러보기만 했을 것입니다. 물론 대단히 어리석은 행동이지만요."

그리고 로렌스는 힘을 주며 말했다.

"저들에게 합당한 처벌을 내릴 생각입니다. 하지만 직접 처형하라고 환관들에게 넘겨줄 수는 없습니다. 제 부하들을 보았다는 증인은 한 명 뿐인데 그 증인은 자신의 비난을 정당화하기 위해 실제보다 과장해서 제 부하들을 비난하고 있으니까요."

무스타파가 계속 물고 늘어지려는 듯 인상을 찡그리자 로렌스가 덧붙였다.

"제 부하들이 술탄의 후궁을 건드렸다면 지체없이 저들을 귀국의 재판관에게 넘겨 처벌받게 할 것입니다. 하지만 상황이 애매모호하고 이 두 사람에게 불리한 증언을 하는 자는 한 명 뿐이니, 이럴 때는 자비를 베풀어주시는 것이 옳은 줄로 사료됩니다."

로렌스는 칼자루로 손을 뻗거나 부하들에게 따로 신호를 하지는 않았으나, 고개를 돌리지 않은 채 현재 부하들이 서 있는 위치와 키오스크 안쪽에 들여놓은 짐 꾸러미의 배치 상태를 가늠해보았다. 투르크인들이 강제로 던과 해클리를 잡아가려고 하면 부하들에게 명령을 내려 다 같이 테메레르의 몸에 올라타고 이곳을 떠날 생각이었다. 테메레르보다 먼저 투르크용 여섯 마리 정도가 이륙해서 길을 막는다면 끝장일 테지만.

마침내 무스타파가 대답했다.

"자비는 큰 미덕이지요. 부당한 죄를 뒤집어씌우며 양국 관계를 훼손하는 것도 해서는 안 될 일이고요."

그리고 무스타파는 의미심장하게 로렌스를 쳐다보며 말을 이었다.

"용알 문제를 놓고 대령이 무고한 우리를 의심하고 비난하려 했던 일에 대해서도 같은 맥락에서 생각해주시길 바라겠습니다."

로렌스는 이를 악물고 울화를 가라앉히며 말했다.

"잘 알겠습니다."

확실한 증거도 없으니 용알 매매와 관련된 투르크 측의 불충분한 설명에 대해서도 불만을 품지 말고 수긍하라는 뜻이었다. 로렌스의 입장에서는 달리 선택의 여지가 없었다. 이 철없는 부하 녀석들의 목을 직접 비틀어버릴망정, 창문 너머 하렘의 몇몇 여자들에게 키스를 불어 날린 죄로 저들의 손에 죽임을 당하게 둘 수는 없었다.

무스타파가 한쪽 입 꼬리를 살짝 올리며 고개를 끄덕였다.

"서로의 입장을 잘 이해한 것 같군요, 대령. 저 두 사람에 대해서는 알아서 처벌해주십시오. 이런 일이 또다시 일어나지 않게 해주시리라 믿겠습니다. 관대한 용서라는 것은 처음 한 번일 때 자비이지만, 같은 잘못에 대해 또다시 관대함을 베푸는 것은 어리석음의 소치일 뿐이니까요."

말을 마친 무스타파는 경비병들과 환관들을 데리고 궁전 안쪽 구역으로 가버렸다. 승무원들은 어떤 항의도 하지 않았고 무스타파 일행의 모습이 시야에서 사라지자 안도의 한숨을 내쉬었다. 다른 소총병 두 명이 다가와 던과 해클리의 등을 두드리며 위로해주었는데 지금 상황에서는 용납할 수 없는 행동이었다.
로렌스가 잔뜩 화가 난 어조로 말했다.
"그만해. 그랜비 대위, 던과 해클리를 비행 승무원에서 제외하고 지상 요원 명부에 올리도록. 비행일지에도 그렇게 기록하고."
이런 경우 해군에서는 잘못을 저지른 자를 돛대에 묶고 채찍질을 가했는데 공군에는 그런 처벌 규정이 없었다. 그러나 로렌스는 채찍질 형을 내릴 것이고 반대 의견을 용납하지 않을 생각이었다. 이 상황에서 반대 의견을 내놓을 녀석도 없겠지만.
그랜비가 나지막하게 대답했다.
"예, 대령님."
나중에 던과 해클리가 원래 자리로 복귀하더라도 이번 조치는 그 둘의 경력에 오점으로 남을 터였다. 그만큼 가혹한 처벌이라 할 수 있었다. 로렌스는 던과 해클리가 이번 일로 교훈을 얻기를 바랐다. 그리고 그 둘은 회초리로 때려 버릇을 고칠 정도로 어리지 않기 때문에 군사 법원도 없는 이곳에서는 채찍질로 벌을 줄 수밖에 없었다.
"프랫 준위, 던과 해클리에게 족쇄를 채워. 펠로우스 준위, 여분의 가죽으로 채찍을 만들어놓도록."
로렌스의 명령에 펠로우스는 편치 않은 얼굴로 목소리를 가다듬으며 대답했다.
"예, 대령님."
정원에 정적이 흘렀다. 이 상황에서 감히 중재에 나설 수 있는 유일한 존재인 테메레르가 그 정적을 깨며 나섰다.
"하지만 로렌스, 무스타파와 경비병들, 환관들도 모두 돌아갔는데 굳이 채찍질을 할 필요는 없잖아."

로렌스는 단호하게 말했다.

"던과 해클리는 무단으로 근무 위치를 이탈했고 속된 성적 충동 때문에 우리 임무를 위험에 빠뜨렸다. 그러니 저들을 변호할 생각하지 마라, 테메레르. 군사 법원에 넘겨졌으면 교수형을 당했을 일이지. 변명의 여지가 없다. 이 두 사람도 잘 알고 있을 것이다."

로렌스는 기가 꺾인 두 소총병을 결연히 쳐다보고는 나머지 승무원들을 돌아보며 물었다.

"저 둘이 근무 위치를 이탈했을 때 누가 보초를 서고 있었나?"

다들 눈을 내리깔았다. 어린 샐리어 중위가 앞으로 나서며 갈라지고 떨리는 목소리로 대답했다.

"접니다, 대령님."

"두 사람이 나가는 것을 봤나?"

"예."

던이 얼른 끼어들었다.

"대령님, 우리가 샐리어한테 입 닥치고 조용히 있으라고 했습니다. 가서 장난 좀 치겠다고······."

그랜비가 말했다.

"더는 아무 말도 하지 마, 던."

샐리어는 변명을 하지 않았다. 얼마 전에 중위로 진급한 샐리어는 사춘기라 성장이 빨라서 몸집이 호리호리하긴 했으나 아직 어려서 채찍질로 처벌할 수는 없었다.

로렌스가 말했다.

"샐리어, 보초로서 의무를 제대로 이행하지 못했으니 소위로 강

등한다. 저 나무로 가서 나뭇가지를 꺾어 내 처소로 오도록."

샐리어는 손으로 얼굴을 가리며 휘청했다. 손 아래 부스럼투성이 얼굴이 빨갛게 상기해 있었다.

로렌스는 던과 해클리를 돌아보며 말했다.

"너희 둘은 각각 채찍 50대씩이다. 운 좋은 줄 알아. 그랜비, 조금 있다가 오전 열한 시 정각이 되면 정원에 전원 소집할 수 있도록 종을 울려."

로렌스가 키오스크로 들어간 뒤 샐리어가 나뭇가지 열 개를 꺾어 가지고 왔다. 가벼운 벌만 줄 생각이었는데 바보처럼 탄력이 좋은 싱싱한 나뭇가지를 꺾어 온 것이었다. 그 나뭇가지로 맞으면 통증도 심하고 피부가 찢어질 수도 있었다. 맞다가 울기라도 하면 그런 창피가 없을 터였다.

로렌스에게 회초리로 맞으며 샐리어는 숨을 헐떡이고 부들부들 떨었다. 로렌스는 샐리어가 울음을 터뜨리기 전에 회초리를 내려놓았다.

"이 정도로 그치겠다. 이번 일을 잊지 말고 앞으로는 조심하도록."

그리고 로렌스는 가지고 있는 옷가지들 중에서 제일 좋은 옷으로 갈아입었다. 입을 만한 외투가 아직 없어 중국식 외투를 걸쳐야 할 듯했다. 면도를 하기 위해 작은 세면대로 걸어가면서 에밀리에게 장화를 새로 닦아놓으라고 했고 다이어에게는 목도리를 다려놓으라고 지시했다. 면도를 마치고 복장을 갖춘 뒤 의전용 칼을 차고 제일 좋은 모자를 썼다. 정원으로 나가자 승무원들 역시 제일 좋은 옷으로 갈아입고 모여 있었다. 그들 앞에는 신호용 깃발에 쓰이는 깃대를 땅에 깊숙이 박아 만든 임시 형틀이 세워져 있었다.

"이런 일을 하게 해서 미안하다, 프랫. 하지만 꼭 해야만 하는 일이다. 내가 횟수를 셀 테니 넌 소리 내어 셀 필요 없이 채찍질만 해."

로렌스가 나지막하게 말하자 프랫은 큰 머리를 푹 숙인 채 고개를 한 번 끄덕였다.

"예, 대령님."

태양이 하늘의 천정을 향해 올라가고 있었다. 승무원들은 이미 모두 모였고 그대로 십여 분이 지났다. 로렌스는 아무 말도 하지 않고 그대로 가만히 서 있었다. 열한 시가 되자 그랜비가 헛기침을 하며 딱딱하게 말했다.

"딕비, 열한 시를 알리는 종을 울려."

종소리가 은은하게 울려 퍼졌다.

승무원들은 던과 해클리를 깃대에 밧줄로 묶었다. 두 소총병은 상의를 허리까지 끌어내려 웃통을 내놓았다. 그 둘은 피가 묻을 때를 대비해 제일 낡은 반바지를 입고 있었다. 부들부들 떨리는 두 손을 내밀어 깃대에 결박당하면서도 겁에 질려 울거나 하지는 않았다. 십보 뒤에 물러나 있던 프랫은 긴 채찍을 2, 3센티미터마다 손으로 꾹꾹 접으며 초조해하는 기색이었다. 그 채찍은 두께가 많이 얇아지고 닳아빠진 낡은 안장 끈을 잘라 만든 것이라 새 가죽으로 만든 채찍보다는 덜 아플 터였다.

"시작해."

로렌스의 명령이 떨어지고, 끔찍한 정적 속에 날카로운 채찍 소리가 퍼져 나갔다. 채찍질이 거듭될수록 신음과 비명 소리가 점점 약해지고 두 소총병은 깃대에 기댄 채 축 늘어졌다. 그들의 등에서 핏방울이 뚝뚝 떨어졌다. 테메레르는 머리를 날개 밑으로 집어넣고 웅크린 채 슬피 울었다.

거의 40대쯤 쳤을 때 로렌스가 말했다.

"50대가 다 끝났다, 프랫."

부하들 중 자세히 세고 있을 녀석은 아무도 없을 테니 로렌스는 그 정도로 마무리 지었다. 마음이 좋지 않았다. 해군 대령으로 복무할 때에도 잘못을 저지른 부하에게 12대 이상 채찍질을 가하도록 한 적은 거의 없었다. 공군들은 채찍질로 벌을 받는 일이 거의 없다시피 했다. 이번 임무에 지장을 초래했다는 점에서 던과 해클리는 큰 잘못을 저지르기는 했으나 그 녀석들이 제멋대로 행동한 것에는 어느 정도 자신의 탓도 있는 듯하여 로렌스는 마음이 심란했다.

그래도 처벌을 달게 받았으니 앞으로 단 며칠만이라도 행동을 조심할 것이었다. 명백한 잘못을 저질렀는데 벌도 주지 않고 어물쩍 넘어간다면 안 그래도 군기가 빠진 승무원들이 행동거지를 더 함부로 할 수도 있었다. 마카오에서 그랜비가 한 말이 떠올랐다. 지루한 항해를 하며 오랫동안 여행을 하다 보니 어린 장교들의 태도가 많이 흐트러져 있었다. 마카오에서 여기까지 오는 동안 온갖 모험을 겪긴 했으나 공군 기지에서 매일 훈련을 받는 것에 비할 바가 못 되었다. 군인은 용기만 있다고 해서 되는 것이 아니라 군율을 지켜야 했다. 이번 일로 던과 해클리 뿐만 아니라 다른 장교들도 아무리 사소한 군율이라도 함부로 어길 때는 강력히 처벌받는다는 것을 명백히 인식할 터이니, 로렌스는 유감은 없었다.

승무원들은 던과 해클리의 팔에 묶인 밧줄을 풀고 부축하여 큰 키오스크 쪽으로 데려갔다. 케인스가 그 둘을 위해 휘장이 드리워진 병상 두 개를 준비해놓고 있었다. 던과 해클리는 반쯤 의식을 잃은 채 약하게 숨을 헐떡이며 병상에 엎드렸고, 케인스는 입을 굳게 다물고 그들의 등에서 피를 닦아냈다. 그리고 로더넘(아편제의 일종—옮긴이 주)을 4분의 1컵씩 따라서 그 둘에게 먹였다.

그날 저녁 늦게 로렌스는 케인스를 찾아갔다. 던과 해클리는 로더넘을 마시고 죽은 듯이 자고 있었다.

"괜찮을 것 같나?"

"그럼요. 이 승무원들을 치료한 게 한두 번도 아니고. 곧 병상에서 일어날 것입니다……."

"케인스."

케인스는 말없이 로렌스를 올려다보고는 엎드려 자는 두 승무원에게 시선을 돌리며 솔직한 소견을 내놓았다.

"열이 좀 나겠지만 별일은 없을 겁니다. 젊고 체력도 좋으니까요. 출혈도 깨끗하게 멈췄습니다. 내일 아침에는 제 발로 일어설 수 있을 겁니다. 그 정도면 빨리 낫는 거죠."

"알았네."

뒤로 돌아서자마자 로렌스는 타르케와 마주쳤다. 타르케는 로렌스의 바로 등 뒤, 촛불이 동그랗게 비치고 있는 곳에 서서, 채찍에 맞아 벌겋게 줄이 쫙쫙 가 있고 가장자리가 자줏빛으로 부풀어 오른 던과 해클리의 등짝을 내려다보고 있었다.

로렌스는 날카롭게 숨을 들이마시며 가까스로 화를 억눌렀다.

"흠, 드디어 돌아오셨구만. 다시는 나타나지 않을 줄 알았는데."

그러자 타르케는 건방지다 싶을 정도로 차분하게 대꾸했다.

"내가 자리를 비운 동안 크게 불편한 일이 없으셨길 바랄 뿐입니다."

"워낙 자리를 비운 시간이 짧아서 말이죠. 돈과 짐을 챙겨서 내 눈앞에서 꺼져주시오. 지옥으로나 가 버리던가."

잠시 침묵을 지키던 타르케가 다시 입을 열었다.

"더는 내게 도움 받을 일이 없다고 하신다면 기꺼이 떠나겠습니다. 그리고 마덴 씨에게 가서 저녁 약속을 취소하게 되어 죄송하다고 말씀드려야겠군요."

"마덴?"

로렌스는 미간을 찌푸렸다. 어렴풋이 들어본 것 같은 이름이었다. 로렌스는 외투 안에 천천히 손을 넣어 몇 개월 전 마카오에서 타르케에게 전해 받은 급보를 꺼냈다. 겉봉에는 인장이 여럿 찍혀 있었는데 그중 하나는 'M'이라고 표시되어 있었다. '마덴(Maden)'의 머릿 글자인 듯했다.

로렌스가 날카롭게 물었다.

"렌튼 대장의 급보를 전해주도록 중개한 신사 분을 말하는 거요?"

"그렇습니다. 여기서 은행가로 활동하시는 분입니다. 아버스노트 영국 대사가 그분께 급보를 전달할, 믿을 만한 심부름꾼을 추천해달라고 하셨고, 바로 내가 그 추천을 받아 마카오로 간 것입니다."

그리고 타르케는 다소 조롱하는 듯한 말투로 덧붙였다.

"마덴 씨가 대령님을 오늘 저녁 식사에 초대했는데, 가실 겁니까?"

8

"지금입니다."

궁전의 내벽을 돌며 야간 경비를 서는 경비병들이 지나가자마자 타르케가 나지막하게 말했다. 그리고 쇠갈고리가 달린 밧줄을 성벽 너머로 휙 던져 올렸다. 로렌스와 타르케는 그 밧줄을 붙잡고 내벽을 넘어갔다. 해군 출신 로렌스에게 밧줄을 타는 것은 별로 어려운 일도 아니었다. 내벽이 거친 돌로 되어있어 발을 딛고 올라서기도 편했다.

그들은 궁전의 외원(外苑)으로 들어서자마자 잔디밭을 가로질러 달려갔다. 주변을 흘끗 돌아보니 바다를 내려다보며 서 있는 멋진 정자들과 반달을 배경으로 우뚝 솟은 기둥 하나가 보였다. 이윽고 그들은 공터를 지나 언덕 중턱에 자리 잡은 잡목 숲으로 들어갔다. 벽돌로 만든 아치형 통로와 기둥들이 양옆에 쓰러져 있고, 그 오래된 폐허 위로 담쟁이덩굴이 잔뜩 자라고 있었다.

이제 궁전의 외벽을 넘어야 했다. 거대한 궁전 전체를 빙 둘러싸고 있는 그 벽은 너무 길어 경비병들이 철저하게 순찰을 돌기 어려웠다. 수월하게 외벽을 넘어 골든혼 만의 해변에 이르자 타르케는 작은 목소리로 사공을 불렀다. 곧 두 사람은 축축한 작은 배를 타고 골든혼 만을 건너갔다. 골든혼 만의 지류는 양쪽 제방의 건물 창문에서 흘러나오는 빛과 보트의 랜턴 빛을 받아 그 이름처럼 어둠 속에서도 황금빛으로 빛났다. 바람을 쐬러 건물 발코니와 테라스로 나와 서 있는 사람들이 보였고 물 위로 음악 소리가 퍼져나갔다.

골든혼 만을 건너간 뒤 로렌스는 항구 쪽으로 가서 어제 본 요새화 공사 현장을 자세히 둘러보고 싶었다. 그러나 타르케는 지체할 시간이 없다며 조선소를 지나 항구 안쪽의 거리로 로렌스를 데려갔다. 그들은 영국 대사관저 쪽이 아니라 감시탑으로 사용되는 오래된 갈라타 탑이 보초처럼 서 있는 언덕 위로 향했다. 갈라타 탑 주변을 에워싼 야트막한 담장은 관리하는 이도 없고 무척 낡아서 조금씩 무너져가고 있었다. 거리로 들어서자 훨씬 한산해졌다. 그리스인이나 이탈리아인들이 운영하는 몇몇 커피점에 불이 켜져 있고 손님 몇 명이 탁자를 둘러싸고 앉아 달콤한 애플티(홍차에 사과 향을 더하거나 사과 말린 것을 넣은 차—옮긴이 주)를 마시며 나지막하게 얘기를 나누고 있었다. 수연통(水煙筒, 담배 연기가 물을 거쳐서 배출되도록 만든 담배 대통—옮긴이 주)을 입에 물고 생각에 잠긴 얼굴로 거리를 내다보며 가늘고 향기로운 연기를 느릿느릿 뿜어내는 이들도 더러 보였다.

아브라암 마덴의 근사한 집은 부근의 다른 집들보다 두 배는 더 넓었고 집 가장자리에 옆으로 넓게 퍼진 나무들을 심었으며 오래된 갈라타 탑이 한눈에 내다보이는 길가에 자리잡고 있었다. 로렌스와 타르케는 하녀의 환대를 받으며 집 안으로 들어갔다. 부유한 집안

특유의 분위기가 풍겼다. 낡았으나 화려하고 색감이 살아 있는 양탄자를 보니 이 집에서 오랫동안 살아온 모양이었다. 금테 액자에 넣어 벽에 걸어둔 초상화에는 검은 눈의 남자와 여자들이 그려져 있었다. 그들은 투르크 인이라기보다는 스페인 인에 가까워보였다.

하녀가 가지 페이스트를 바른 얇은 빵, 달콤한 건포도, 대추야자, 땅콩을 얇게 썰어 적포도주를 가미한 요리를 내오는 동안 마덴은 타르케와 로렌스에게 포도주를 따라주었다.

로렌스가 초상화에 대해 묻자 마덴이 대답했다.

"우리 가문은 스페인의 세빌리야 출신입니다. 스페인 국왕과 이단 심문소가 추방한 우리를 술탄께서 친절하게 받아주셨지요."

그 말을 들으니 유대교식 식단에는 제약이 많다는 점이 떠올랐고 혹시 참혹한 저녁 식사를 해야 하는 것은 아닐까 싶기도 했다. 그러나 막상 나온 요리들은 대단히 훌륭한 것이었다. 투르크 식으로 꼬챙이에 양의 다리 고기를 여러 겹 꿰어 얇게 썰어 구운 요리, 껍질째 요리한 햇감자, 광택이 흐르는 향긋한 올리브유, 향이 강한 허브, 후추와 토마토를 곁들이고 노란 향신료로 강한 맛을 내어 통째로 구운 생선. 그리고 약한 불로 끓인 닭고기 스튜는 모든 이들의 입맛을 돋우었다.

마덴은 영국인 방문객들을 위해 가끔 도매상 역할도 하고 있어 영어에 능숙했고 그의 가족들도 마찬가지였다. 그의 가족은 모두 다섯 명이었는데 두 아들은 분가하여 각자 자신들의 집에서 살고 있었고, 지금 그는 이 집에서 아내와 딸 사라와 함께 살고 있었다. 사라는 아직 서른이 안 되어 보였으나 이미 사교계에 진출하고도 남았을 만한 나이였다. 아버지 마덴에게서 꽤 많은 지참금을 받아 결혼을 할 수 있을 터인데, 왜 아직까지 혼자인지 의아했다. 이국적이긴 하나 외모와 몸가짐도 나무랄 데 없었고 검은 머리카락과 대조를 이루는 하얀 이마는 모친을 꼭 닮아 있었다. 손님들 맞은편에 앉은 사라는 말을 시키면 침착하게 대답을 하긴 했으나, 얌전해서인지 수줍음을 타서인지 줄곧 눈을 내리깔고 있었다.

로렌스는 용알 매매에 관해 얼른 묻고 싶었으나 그것은 예의에 어긋나는 일이었다. 그래서 우선 집주인 마덴의 요청에 따라 마카오에서 서쪽을 향해 끝없이 오는 동안 겪은 일들을 풀어놓기 시작했다. 마덴은 예의상 물어본 것뿐이었으나 곧 로렌스의 얘기에 큰 관심을 보이기 시작했다. 로렌스는 만찬이 진행되는 동안 원활하게 대화를 해나가는 것이 신사의 덕목이라 배우며 자랐다. 게다가 그동안 여행을 통하여 일화로 얘기할 만한 것들이 많아져서 수월하게 대화를 이끌어 나갈 수 있었다. 숙녀들이 자리를 함께하고 있기 때문에 사막에서 겪은 모래 폭풍과 눈사태에 대해서는 다소 강도를 약하게 조정하여 얘기했고 조랑말을 타고 와 강도로 돌변한 자들에 대해서는 아예 언급하지 않았다. 그런 이야기를 하지 않아도 충분히 재미있게 대화를 해나갈 수 있었다.

이 도시의 성문에서 야생용들이 저지른 일에 대해 언급하면서 로렌스는 안타까운 표정으로 말을 맺었다.

"그 철면피들은 죽은 소들을 집어 들고 실례한다는 말도 없이 도망쳐버렸지요. 악당 아르카디가 우리 쪽으로 고개를 까딱 하고 나머지 야생용들과 휙 날아가 버린 뒤 우리는 어이가 없어 입을 딱 벌린 채 그 자리에 서 있었습니다. 그 녀석들은 아주 만족스러워하며 고향으로 돌아갔죠. 투르크인들이 그 자리에서 우리 모두를 감옥에 처넣지 않은 게 신기할 지경입니다."

마덴이 재미있어하며 말했다.

"힘든 길을 왔는데 더없이 사나운 환영 인사를 받게 된 셈이군요."

사라 마덴도 고개를 들며 나지막하게 맞장구를 쳤다.

"맞아요, 그 험한 길을 왔는데. 모두들 무사히 잘 도착해서 정말 다행이에요."

잠시 침묵이 흐르고 마덴은 로렌스에게 빵 접시를 건네며 말했다.

"흠, 이스탄불에 계시는 동안 편안하게 지내시길 바랍니다. 톱카프 궁전에서 지내시니 우리와는 달리 이쪽 항구의 소음 때문에 시달리지는 않으실 것입니다."

항구에서 벌이고 있는 요새화 작업을 말하는 모양인데, 그것 때문에 꽤 괴로움을 겪고 있는 듯했다.

마덴 부인이 고개를 절레절레 저으며 말했다.

"머리 위로 날아다니는 그 큰 짐승들에 대해 누가 조치를 취해 줘야 하는 거 아니에요? 어찌나 시끄러운 소리를 내는지. 대포를 옮기다가 떨어뜨리기라도 하면 어쩌게요? 그런 끔찍한 생물들은 문명화된 도시에 들어오지 못하게 해야 해요."

그렇게 말하던 마덴 부인은 오해의 소지가 있을까봐 얼른 입조심을 하며 덧붙였다.

"물론 대령님의 용은 빼고요. 그 용이야 물론 아주 예의가 바를 테니까요."

마덴이 허둥지둥하는 아내를 위해 나섰다.

"우리가 별것도 아닌 일로 불평하는 것처럼 들리실 겁니다, 로렌스 대령님. 하지만 매일 가까이에서 그 용들을 마주하며 살아야 하니 이만저만 힘든 게 아닙니다."

"그렇겠지요. 도심 위로 용들이 날아다니는 모습을 보고 저도 놀랐습니다. 영국에서는 용들이 도시에 그렇게 가까이 접근할 수 없게 되어 있거든요. 도시 위로 날아갈 때도 시민들이나 소떼에 두려움을 주지 않도록 정해진 항로를 따라 이동하게 되어 있지요. 그런데도 사람들은 용들 때문에 힘들다며 늘 불평을 합니다. 테메레르는 그런 제약을 번거롭다고 여기고 있고요. 전에는 항구에서 이렇게 공사를 한 적이 없었습니까?"

마덴 부인이 대답했다.

"물론 없지요. 이런 공사에 대해서는 들어본 적도 없어요. 정말이지 또다시 겪고 싶지 않은 일이에요. 어느 날 아침 기도 의식이 끝났을 때 그 용들은 아무런 사전 경고도 없이 나타났어요. 그 뒤로 우리는 온종일 집 밖으로 나가지도 못하고 두려움에 떨며 지냈죠."

그러자 마덴이 철학적인 어조로 말을 하며 어깨를 으쓱했다.

"사람은 다 적응하게 마련이더군요. 적응하는 데 꼬박 2주일이나 걸렸지만요. 요즘은 용들이 날아다니든 말든 다시 상점들이 문을 열고 있습니다."

마덴 부인이 말했다.

"맞아요. 오래 걸렸어요. 그동안 우리가 적응하느라 고생한 것을 생각하면……, 나디레."

마덴 부인은 얘기를 하다 말고 슬쩍 하녀를 불렀다.

"포도주를 좀 가져와."

몸집이 작은 하녀 나디레가 식당으로 들어와 바로 옆 찬장에 놓인 디캔터(포도주를 옮겨 담아 공기와 접촉하게 해 그 맛을 더 좋게 하는 유리 용기. 포도주를 병에서 따라 식탁 위에 올려놓는 데도 사용한다 — 옮긴이 주)를 여주인에게 건넸다. 마덴이 로렌스에게 포도주를 따라주며 나지막하게 말했다. 어쩐지 미안해하는 것 같기도 한 온화한 목소리였다.

"제 딸이 곧 결혼을 합니다."

식당 안에 거북한 침묵이 깔렸다. 로렌스는 분위기가 왜 싸늘해진 것인지 이해할 수 없었다. 마덴 부인은 입술을 깨물며 앞에 놓인 요리 접시만 쳐다보았다. 타르케가 침묵을 깨고 잔을 들어 올리며 사라에게 말했다.

"당신의 건강과 행복을 위해 건배하겠습니다."

사라는 까만 눈을 들어 식탁 맞은편에 앉은 타르케를 쳐다보았다. 잠시 서로를 마주보다가 타르케가 그녀의 시선을 피해 잔에 담긴 포도주를 마셨다.

로렌스도 어색한 분위기를 깨려고 잔을 들며 사라에게 말했다.

"축하드립니다."

"감사합니다."

사라는 상기된 얼굴로 공손하게 고개를 숙였으나 목소리는 떨리지 않았다. 여전히 다들 말이 없었다. 마침내 사라는 어깨를 펴고 식탁 맞은편에 앉은 로렌스에게 물었다.

"대령님, 여쭤볼 게 있는데요. 그 남자애들은 별일 없죠?"

로렌스는 침묵을 깬 사라의 용기를 높이 샀으나 그 질문이 무슨 뜻인지 곧장 알아들을 수 없었다. 로렌스의 의아한 표정을 보고 사라가 덧붙였다.

"그 애들이 대령님의 승무원들 아니었나요? 하렘을 들여다본 남자애들 말이에요."

"아, 그 녀석들 말이군요."

그 얘기가 여기까지 퍼졌나 싶어 로렌스는 창피했다. 그는 이 자리에서 그 일을 잘못 얘기해 상황이 나빠지지 않기를 바랐다. 게다가 하렘에 대한 얘기는 사라 같은 투르크 숙녀가 입에 올릴 만한 화젯거리는 아닌 듯했다. 사교계에 처음 나온 숙녀가 매춘부나 오페라 가수에 대한 질문을 입에 올리는 것만큼이나 어울리지 않았다.

"그들은 단단히 혼이 났습니다. 앞으로 다시는 그런 짓을 하지 않을 겁니다."

"죽임을 당하지는 않은 거네요, 그럼? 다행이에요. 하렘 여자들을 안심하게 해줄 수 있겠어요. 다들 그 얘기만 하면서 그 남자애들이 너무 심하게 고초를 당하지 않기를 바라고 있거든요."

"그 후궁들이 궁전 바깥의 모임에 자주 나오는 모양이지요?"

로렌스는 하렘이 감옥과 비슷한 곳이어서 외부 세계와는 완전히 단절되어 있다고 생각해왔다.

"아, 나는 키라거든요. 키라는 업무 대행인이라는 뜻이에요. 카딘(아들을 낳은 후궁으로 하렘에서 가장 높은 지위를 보유한다 — 옮긴이 주) 중 한 분을 위해 일하고 있어요. 후궁들은 소풍을 가기 위해 하렘을 나올 때도 있기는 하지만 절차가 아주 번거로워요. 외부인들이 자신의 모습을 보게 하면 안 되기 때문에 사방이 막힌 마차를 타고 수많은 경비병들에게 둘러싸인 채 밖으로 나가야 하는 데다가 술탄의 허락도 얻어야 해요. 하지만 저는 여자니까 하렘에 자유로이 드나들 수 있어요."

"그럼 그 후궁들에게 사과의 말을 전해주십시오. 이번에 그곳을 침범한 제 부하들도 잘못했다고 하더라고 전해주시고요."

"그들이 들키지 않고 들어와서 실컷 놀다가 갔으면 아마 후궁들은 더 좋아했을 거예요."

사라는 재미있어하는 말투로 이렇게 말하고는 로렌스가 당황스러워하자 미소를 지으며 말을 이었다.

"놀다 간다는 게 남녀 관계를 한다는 의미가 아니라, 후궁들이 워낙 지루하고 늘어진 생활을 하다보니 재밋거리를 찾는다는 뜻이에요. 술탄께서는 하렘의 후궁들보다 개혁에 더 관심이 많으시거든요."

식사가 끝나자 사라는 모친과 함께 자리에서 일어나 식당 밖으로 나갔다. 어깨를 곧게 펴고 걸어가는 것을 보니 사라는 키가 늘씬한 편이었다. 타르케는 창밖으로 시선을 돌리며 말없이 후원(後園)을 내다보았다.

마덴이 소리 없이 한숨을 쉬며 향이 강한 적포도주를 로렌스의 잔에 더 따라주었다. 디저트로 감복숭아 사탕이 나왔다.

마덴이 입을 열었다.

"저에게 묻고 싶은 게 있는 줄로 압니다, 대령님."

마덴은 타르케에게 마카오로 렌튼 대장의 급보를 전하는 일을 맡긴 자였으며 은행가로서 용알 매매 계약에서 주요 대리인 노릇을 하는 등 아버스노트를 위해 업무 처리를 해주었다.

"금화를 옮기면서 우리가 어떤 예방 조치를 취했는지 짐작하실 겁니다. 호위함에 둘러싸인 선박 여러 척에 금화를 나눠 담고 시간차를 두면서 영국에서 이스탄불로 출발하도록 했습니다. 금화가 든 모든 상자에는 괴철로 표시를 했지요. 금화가 전부 이곳에 도착한 뒤에는 내 금고실로 옮겨 보관했습니다."

"금화를 영국에서 이리로 실어오기 전에 용알 매매 계약서에는 서명이 된 상태였습니까?"

마덴은 손바닥을 뒤집어 보이며 말했다.

"양국의 군주끼리 약속한 일인데 사실 계약서가 무슨 필요가 있겠으며, 두 분 사이에 분쟁이 일어나면 자기보다 신분이 높은 국왕들을 대상으로 어떤 재판관이 감히 판결을 내릴 수 있겠습니까? 분명히 아버스노트 대사는 계약서에 서명을 받아 둔 상태였을 겁니다. 그렇지 않다면, 어떻게 그 어마어마한 금액의 금화를 이리로 수송하도록 했겠습니까? 분명히 계약 문서에 서명 확인을 한 상태였을 겁니다."

"만일 그 금화가 오스만투르크 황실 쪽으로 전해지지 않았다면……."

영국 대사가 죽고 본인이 실종되기 며칠 전, 야머스는 오스만투르크 황실로 금화를 인도하는 절차를 이행하기 위해 영국 대사에게 받은 여러 지침이 적힌 서류를 마덴에게 가져왔다고 했다. 마덴이 계속해서 말했다.

"그 서류에 대해서는 의심하지 않았습니다. 대사의 비서관이 하는 말이니 당연히 믿었죠. 아버스노트 대사도 야머스를 절대적으로 신뢰하고 있었고요. 야머스는 건실한 청년으로 결혼을 앞두고 있었습니다. 늘 착실하고 믿음직했습니다. 몰래 공금을 빼돌리는 짓거리를 할 사람이 아닙니다."

그러나 그 말과는 달리 미심쩍어하는 기색이 마덴의 말투에 깃들여 있었다.

로렌스는 침착하게 물었다.

"그래서 야머스가 요청하는 대로 그 금화를 내주셨습니까?"

"직접 대사관저까지 운반해주었습니다. 내가 알기로 대사관저에서 황실 금고로 곧장 이송되기로 되어 있었습니다. 하지만 그 다음 날 대사가 죽임을 당하고 말았지요."

마덴은 서명이 적힌 금화 인도 영수증을 갖고 있었다. 대사의 서명이 아니라 야머스의 서명이었다. 마덴은 그 영수증을 로렌스에게 내주고 로렌스가 그 영수증을 들여다보는 동안 불쑥 말을 꺼냈다.

"대령님, 예의 차리지 말고 솔직히 털어놓고 얘기해 봅시다. 내가 가진 증거는 이게 전부입니다. 대사관저까지 금화를 운반해 간 자들은 오랜 세월 내 밑에서 일한 직원들이었고, 그 금화를 수령한 것은 야머스 혼자였습니다. 이번에 없어진 금화의 양에 비할 바는 못되겠지만, 믿을 수 없는 중개인이라는 평판을 얻으니 내 사재를 털어서라도 보상할 의향이 있습니다."

램프 불 아래서 그 영수증을 들여다보고 있던 로렌스도 실은 은연중에 마덴을 의심하고 있었다. 영수증을 탁자에 내려놓고 창가로 걸어간 로렌스는 자기 자신과 이 세상에 대해 일말의 염증을 느끼며 나지막하게 말했다.

"맙소사, 사방을 다 의심스런 눈으로 봐야하다니 소름이 끼치는군요."

그리고 마덴 쪽을 돌아보며 말을 이었다.

"마덴 씨, 그렇게까지 하실 필요 없습니다. 마덴 씨가 수완이 좋은 분임에는 분명하지만 영국 대사를 살해하고 오스만투르크 황실을 곤경에 빠뜨리는 짓을 획책했으리라고는 생각하지 않습니다. 그리고 이곳에서 영국의 이득을 보호해야 할 책임자는 아버스노트 대사이지, 마덴 씨가 아닙니다. 아버스노트 대사가 야머스에 대한 믿음이 지나쳐 그의 사람됨을 잘못 판단했다면……."

로렌스는 잠시 말을 멈추고 고개를 저었다. 그리고 말을 이었다.

"내 질문이 기분이 나쁘시면 그렇다고 말씀해주십시오. 그러면 질문을 거둬들이겠습니다. 혹시 하산 무스타파를 아십니까? 그자가 관여한 게 아닐까요? 무스타파가 단독으로 금화를 빼돌렸거나 야머스와 결탁했을 가능성이 있지는 않겠습니까? 무스타파는 내게 용알 매매 계약 자체를 한 적이 없다고 주장했는데, 여기 와서 얘기를 들어보니 그것은 명백한 거짓말이었습니다."

"가능성이 있겠느냐고 하셨습니까? 이 상황에서는 어떤 가능성도 배제할 수 없습니다. 대사가 죽었고, 비서관은 실종되었고, 엄청난 액수의 금화가 사라졌으니까요. 모든 것을 의심해봐야 하지 않겠습니까?"

마덴은 피곤한 기색으로 이마를 짚으며 흥분을 가라앉혔다. 그리고 말을 이었다.

"죄송합니다, 대령님. 어쩌면 내가 잘못 생각한 것인지도 모르겠습니다. 도저히 믿을 수 없습니다. 무스타파와 그의 집안은 술탄의 개혁을 적극적으로 지지하면서 친위 보병의 정화를 주장하고 있습니다. 무스타파의 사촌이 술탄의 누이와 결혼했고, 무스타파의 동생은 술탄이 새로 만든 군대의 우두머리입니다. 그러니 무스타파가 이번 사건에서 완전히 결백하다고는 할 수 없을 것입니다. 무스타파만큼 이 나라의 정치에 깊이 관여하고 있는 자는 없을 테니까요. 하지만 그가 지금까지 쌓아온 명성과 집안의 명예를 한 순간에 무너뜨릴지도 모를 그런 위험한 짓을 했을까요? 물론 용알 매매 계약을 해놓고 보니 후회가 돼서 계약을 없던 일로 하려고 금화를 빼돌렸을지도 모르죠. 영국에 배신자로 보이고 싶지 않고 체면도 세우려고 거짓말을 했을 수도 있을 것입니다."

"왜 그 계약을 후회한다는 말입니까? 지금 나폴레옹은 오스만투르크제국에 그 어느 때보다도 큰 위협을 가하고 있는 상황입니다. 이런 때일수록 오스만투르크도 영국에 협조를 해야하는 것 아닙니까? 영국 해협에서 영국의 공군력이 세지면 그만큼 나폴레옹의 군사력이 영국 해협 쪽으로 쏠릴 테니 오스만투르크제국 입장에서도 이득이고요."

당황스러워하던 마덴은 로렌스가 솔직하게 말해달라고 요청하자 무겁게 입을 열었다.

"대령님, 아우스터리츠 전투 이후 나폴레옹은 패배를 모르는 장수라는 소문이 파다하게 퍼지고 있습니다. 이런 시기에 나폴레옹의 적이 되는 나라는 멍청이와 다름없다는 얘기들도 있고요."

로렌스의 표정이 굳어지는 것을 보며 마덴이 덧붙였다.

"유감스럽지만 길거리를 나가 봐도 그렇고 커피점에서도 다들 그렇게 얘기합니다. 이곳 학자들과 재상들의 생각도 마찬가지일 것입니다. 오스트리아의 황제가 나폴레옹의 묵인 아래 그 자리를 유지하고 있다는 것은 세상이 다 아는 얘깁니다. 그래서 나폴레옹과 싸우지 않는 편이 신상에 좋다고들 하는 거죠."

집 밖으로 나오며 타르케는 마덴에게 깊숙이 허리를 굽혀 인사했다. 마덴이 타르케에게 물었다.

"이스탄불에 오랫동안 머물 생각인가?"

"아뇨. 조만간 여기를 떠나 다시는 돌아오지 않을 겁니다."

마덴은 고개를 끄덕이며 온화하게 말했다.

"신께서 함께하시길."

그리고 그는 그 자리에 서서 타르케와 로렌스가 거리로 나서는 모습을 바라보았다.

로렌스는 피로가 몰려오는 것을 느꼈다. 몸의 피로라기보다는 마음의 피로가 더 했다. 타르케도 말이 없었다. 그들은 제방 위에 서서 사공이 오기를 기다렸다. 아직 여름의 기운이 남아있건만 보스포러스 해협에 부는 바람에서는 으스스한 한기가 느껴졌다. 차가운 바닷바람에 정신이 든 로렌스는 타르케를 돌아보았다. 타르케의 침착한 얼굴에는 아무런 감정도 드러나 있지 않았다. 랜턴 불이 비치지 않는 곳에 서 있었으므로 그의 입가에 깃든 단호한 기운이 살짝 엿보일 뿐이었다.

마침내 사공이 보트를 저어 제방 쪽으로 다가왔다. 그리고 그들은 골든혼 만을 건너갔다. 보트의 나무가 삐걱거리는 소리, 노가 물을 젓는 소리, 사공이 씨근거리며 내뱉는 숨소리, 양옆으로 조금씩 흔들리는 보트에 찰랑찰랑 부딪치는 파도 소리만 들릴 뿐 사방이 고요했다. 톱카프 궁전 부근의 제방 위에 지어진 모스크들이 보였다. 스테인드글라스를 끼운 모스크의 창문에서 촛불이 새어 나왔고, 대단히 아름다운 하기아 소피아 건물이 밤바다의 군도(群島)처럼 모여 있는 모스크의 매끈한 돔들을 내려다보고 있었다. 맞은편 해변에 도착하자 사공은 보트에서 뛰어내려 로렌스와 타르케가 편안히 내릴 수 있게 해주었다. 로렌스와 타르케는 비교적 규모가 작은 모스크 앞에 있는 제방 위로 올라갔다. 모스크에서 약한 불빛이 새어나오고 있었다. 시끄럽게 울어대며 돔 위를 맴도는 갈매기들의 배가 그 불빛에 비쳐 노랗게 빛났다.

　상인들에게는 너무 늦은 시간이라 시장과 커피점은 문을 닫았고, 어부들이 일하기에는 너무 이른 시간이라 해변도 한산했다. 두 사람은 텅 빈 거리를 따라 톱카프 궁전의 외벽을 향해 걸어갔다. 시간이 늦어서인지, 피곤해서인지, 정신이 산란해서인지 그들은 긴장을 늦춘 채 느긋하게 걷고 있었다. 어쩌면 그것이 불행의 시작이었는지도 몰랐다. 경비병 한 무리가 지나간 뒤 타르케는 쇠갈고리가 달린 밧줄을 외벽 너머로 던져 올렸고 로렌스가 먼저 그 밧줄을 잡고 성벽 위에 올라섰다. 로렌스가 내민 손을 붙잡고 타르케가 외벽을 반쯤 올라왔을 때 두 명 이상의 경비병들이 길 모퉁이를 돌아 나지막하게 얘기를 주고받으며 나타났다. 그리고 그들은 외벽을 타고 오르는 두 사람을 발견했다.

　타르케는 얼른 로렌스의 손을 놓고 바닥으로 도로 뛰어내렸다. 경비병들이 소리를 지르며 칼을 뽑아 들고 뛰어왔다. 그중 하나가 타르케의 팔을 붙잡았다. 로렌스는 타르케를 붙잡은 경비병을 향해 뛰어내렸고 그 경비병의 목을 움켜쥐고서 그의 머리를 바닥에 세게 찧어 기절시켰다. 타르케는 또 다른 경비병을 쓰러뜨린 뒤 그자의 느슨해진 손에서 붉은 칼을 빼앗았다. 그리고 로렌스를 부축해 일으킨 뒤 함께 길 아래쪽으로 뛰어갔다. 곧 뒤에서 고함을 지르며 쫓아오는 소리가 들렸다.

　그 소리를 듣고 거리의 토끼 사육장과 골목 곳곳을 순찰하던 다른 경비병들이 모여들었다. 로렌스와 타르케가 달려가는 길을 따라 다닥다닥 붙어 있는 주택가의 2층에 차례로 불이 켜지더니 격자가 쳐진 창문들이 환하게 밝혀졌다. 울퉁불퉁한 자갈길이라 발자국 소리가 요란하게 들렸다. 별안간 옆 골목에서 경비병 둘이 튀어나와 칼을 휘둘렀고 로렌스는 그들의 칼을 피해 미끄러지듯 몸을 날렸다.

추적자들은 쉽게 포기할 태세가 아니었다. 로렌스는 무작정 타르케를 따라 언덕 중턱을 올라갔다. 폐가 갈비뼈에 부딪치며 오그라드는 것 같은 기분이었다. 타르케에게 무슨 계획이 있기를 바라며 언덕 위로 계속해서 달려갔다. 멈춰서서 물어볼 시간도 없었다. 마침내 타르케는 무너져가는 낡은 집 앞에 서서 로렌스에게 빨리 오라고 손짓했다. 집 안쪽에 다 썩은 뚜껑 문이 지하실 쪽으로 푹 꺼져 있는 것이 보였다. 바짝 쫓아오는 경비병들은 두 사람이 이 집 앞에 서 있는 것을 보았을 터였다. 로렌스는 망설였다. 탈출구도 없는 쥐구멍 같은 집에 숨어 있다가 붙잡히고 싶지는 않았다.

"얼른 와요!"

타르케가 다급하게 소리치며 바닥의 뚜껑 문을 당겨서 열고 지하로 내려갔다. 아래로 아래로 썩은 나무 계단을 밟고 한참 내려가자 축축한 맨바닥이 나왔다. 그 지하실 뒤쪽에 문이 하나 더 있었다. 어떤 곳으로 이어지는 출입구 같기도 했다. 그 문이 너무 낮아서 로렌스는 바닥에 엎드리다시피 하여 지나갔다. 그리고 까마득히 아래로 이어지는 돌계단이 나왔다. 오랜 세월을 거치며 가장자리가 마모되고 끈적끈적한 것들이 잔뜩 붙어 있는 계단이었다. 위쪽 어딘가에서 물이 똑똑 떨어지는 소리가 계속 들렸다.

그들은 돌계단을 밟고 한참 밑으로 내려갔다. 로렌스는 한 손은 칼자루에 대고 다른 한 손은 벽을 짚으며 캄캄한 계단을 내려갔다. 그러다가 갑자기 손끝에서 벽이 사라졌고 그 다음 계단을 밟는 순간 발목 깊이까지 물에 잠겼다.

로렌스가 속삭였다.

"여기가 어딥니까?"

텅 빈 동굴에 들어온 것처럼 로렌스의 목소리가 길게 퍼져나가다가 암흑으로 사라졌다. 바닥을 밟고 내려서서 걸어가는 동안 장화 위쪽까지 물에 잠겼다.

등 뒤에서 횃불이 비치기 시작했다. 경비병들이 횃불을 켜들고 계단을 내려오고 있었다. 그 불빛 덕분에 주변을 조금이나마 볼 수 있었다. 멀지 않은 곳에 흐릿한 돌기둥 하나가 보였는데 물의 흐름에 마모된 표면은 축축하게 빛났고 양팔을 벌려도 손끝이 닿지 않을 정도로 굵은 것 같았다. 천정은 까마득하게 높아 보이지도 않았다. 뿌연 회색 물고기 몇 마리가 무릎께에 탁탁 부딪쳤다. 굶주린 듯한 그 물고기들은 물 표면에 입을 내놓고 뻐끔뻐끔 벌리며 퐁퐁 소리를 내고 있었다. 로렌스는 타르케의 팔을 붙잡고 손으로 그 돌기둥 쪽을 가리켰다. 물의 무게와 바닥의 뻑뻑한 진흙 때문에 걸음을 옮기기가 쉽지 않았으나 일단 그 기둥 뒤에 서니 잠시나마 마음을 놓을 수 있었다. 깜박이는 횃불들이 점점 아래로 내려오며 둥글고 붉은 빛을 드리우기 시작했다.

곧 사방으로 뻗어나간 기둥의 행렬이 눈에 들어왔다. 기묘하고 기형적이기까지 한 그 기둥들 중에는 어린애의 장난처럼 아무렇게나 돌덩어리를 쌓아 올려 만든 것도 있었다. 오래전에 땅 밑에 묻혀 사람들의 기억에서 사라진 곳, 성당의 회랑 같기도 한 이 지하의 기둥들이 위에서 내리누르는 이스탄불의 무게를 힘껏 지탱하고 있었다. 마치 힘겹게 지구를 들어 올리고 있는 아틀라스처럼. 차갑고 공허한 공간임에도 불구하고 공기가 무겁고 답답하여 그 무게가 양 어깨를 짓누르는 듯했다. 어쩌면 이곳은 큰 홍수 때문에 무너져 내려 물에 잠겼을지도 모른다는 생각이 들었다. 벽돌들이 하나씩 붕괴되어 가는 저 아치형의 천정이 어느 날 그 무게를 지탱하지 못하게 되었을 때 그 위에 있던 집들, 거리, 궁전, 모스크와 그 빛나는 돔들은 한꺼번에 무너져 내릴 것이고 만 명이 넘는 사람들이 이 예비된 납골당에 파묻힐 것이다.

이런 오싹한 생각이 들자 로렌스는 어깨를 움츠렸다. 그리고 다음 기둥으로 이동한 뒤 타르케의 팔을 툭 쳤다. 계단을 다 내려온 경비병들이 물에 발을 담그고 있었다. 요란하게 철벅거리는 그 소리에 로렌스와 타르케의 발소리가 묻혔다. 두 사람이 한 기둥에서 다음 기둥으로 몸을 숨기며 무거운 걸음걸이로 도망치는 동안 발 밑에서 흙탕물이 소용돌이치고 찐득한 진흙과 고운 모래가 장화에 밟혔다. 물밑에 허연 뼈들이 보였다. 물고기의 뼈는 아니었다. 진흙 위로 튀어나온 인간의 턱뼈에 치아 몇 개가 붙어 있었고 기둥 아래 기대어 있는 다리뼈에는 초록색 이끼가 끼어 있었다. 지하로 들어오는 물살에 기둥까지 밀려온 모양이었다.

여기서 인생이 끝장날 지도 모른다는 생각이 들자 공포가 엄습했다. 단순히 죽음이 두려워서가 아니라, 이름도 없이 이 컴컴한 지하에서 썩어가는 수많은 시체들 중에 하나가 될지도 모른다는 쪽으로 생각이 미치자 소름이 끼쳤다. 그곳에서부터 로렌스는 입으로만 숨을 쉬었다. 소리를 덜 내기 위해서가 아니라 흰 곰팡이를 비롯해 온갖 썩어가고 있는 것들에서 풍기는 지독한 악취를 피하기 위해서였다. 경비병들의 눈에 띄지 않게 최대한 수면 가까이 허리를 굽힌 채 몸을 움직이고 있어 더 압박감이 심했다. 이렇게 계속 추격당하느니 그만 멈춰서서 뒤로 돌아가 경비병들과 한판 붙은 뒤, 지상으로 올라가 맑은 공기를 쐬고 싶었다. 그러나 그랬다가는 죽음을 면치 못할 터였다. 로렌스는 외투 깃으로 입을 막고 계속 앞으로 나아갔다.

경비병들은 체계적으로 추적을 하기 시작했다. 지하 회랑에 일렬횡대로 늘어서서 횃불로 수면을 비추며 한 걸음씩 움직였다. 횃불의 조명이 서로 겹치는 부분은 더 밝아서 쇠 담장처럼 철저하게 틈을 봉쇄하여 그 사이로 몰래 빠져나가는 것은 불가능했다. 그리고 경비병들은 천천히 전진하며 나지막하게 울리는 목소리로 일제히 소리치기 시작했다. 그 소리는 어두운 지하 회랑 곳곳으로 퍼져나갔다. 로렌스는 전면의 벽에 그림자가 언뜻 비치는 것을 보았다. 지하 동굴의 끝에 다다른 모양이었다. 이쪽에 탈출구는 없는 것 같으니 지금이라도 돌아서서 경비병들 사이를 뚫고 계단 위쪽으로 도망쳐야 했다. 그러나 깊은 물에서 한참을 걸었더니 다리도 아프고 오한이 밀려왔다.

타르케는 계속 기둥 뒤에 몸을 숨기며 앞으로 나아갔다. 기둥을 손으로 쓰다듬고 표면을 살피며 걸어가던 타르케는 어느 지점에 이르자 걸음을 멈추었다. 로렌스도 그 기둥을 만져보았다. 돌로 된 기둥에 조각이 잔뜩 새겨져 있었는데, 빗방울 문양 같기도 하고 동물의 등줄기 문양 같기도 한 그 조각 위에는 미끄럽고 축축한 진흙이 묻어 있었다. 그 기둥은 지금까지 본 다른 거친 기둥들과는 느낌이 달랐다. 일렬횡대로 추격해오는 경비병들은 점점 더 가까이 접근하고 있었다. 타르케는 그 기둥 앞에 서서 장화 끝으로 바닥을 쿡쿡 찔러보았다. 로렌스는 허리춤에 차고 있던 칼을 꺼내 진창 아래 딱딱한 돌 밑에 넣었다. 마음으로는 그 칼을 이렇게 모욕하는 것에 대해 테메레르에게 사과하면서. 칼끝이 바닥 안쪽으로 쭉 미끄러져 들어갔고 바닥 안쪽에 얕은 수로 같은 것이 느껴졌다. 수로의 높이는 30센티미터에 불과했고 구멍은 진흙으로 막혀 있었다.

타르케는 수로 주변을 손으로 만져보고 나서 고개를 끄덕였다. 로렌스는 타르케를 따라 그 수로를 끼고 앞으로 다시 걸어갔다. 물이 어느새 무릎 위쪽까지 차올랐고 두 사람은 뛰다시피 걸어갔다. 철벅거리는 발자국 소리는 뒤에서 들려오는 경비병들의 목소리에 묻혔다. 경비병들은 계속 숫자를 세며 앞으로 걸어오고 있었다.

"비르! 이키! 유추! 되르트! (하나! 둘! 셋! 넷!)"

너무 많이 들어서 로렌스는 그 투르크어 숫자들을 다 외울 지경이었다. 얼마 뒤 녹색과 갈색으로 얼룩진 두꺼운 회반죽 벽이 두 사람 앞을 가로막았다. 수로도 그 앞에서 별안간 끝났다. 타르케와 함께 그 벽 너머 옆으로 돌아 들어가자 천정을 떠받치는 기둥 두 개가 나왔다. 그 기둥을 보는 순간 로렌스는 움찔하며 뒤로 물러섰다. 기둥의 기저를 이루는 거대한 괴물의 얼굴이 물에 반쯤 잠긴 채 로렌스를 노려보고 있었다. 모로 누운 형상을 한 그 얼굴은 돌로 된 눈이 흐릿한 붉은 색이라 더 몸서리가 쳐졌다. 뒤에서 큰 고함 소리가 들렸다. 경비병들에게 위치가 발각된 모양이었다.

타르케와 로렌스는 그 소름끼치는 기둥을 빙 돌아갔다. 얼굴에 느릿한 공기의 움직임이 느껴졌다. 이 부근의 어느 틈새를 통해 바깥 바람이 들어오는 듯했다. 두 사람은 벽을 손으로 더듬어 검고 좁은 통로를 찾아냈다. 그 통로는 괴물 조각상이 새겨진 기둥 뒤쪽으로 나 있었기 때문에 당분간 경비병들의 눈에 띄지 않을 수 있었다. 그 통로의 안쪽 계단은 오물로 가득했고 지독한 악취가 풍겼으며 바닥은 몹시 질퍽거렸다. 로렌스는 심호흡을 한 뒤 타르케의 뒤를 따라 그 비좁은 계단을 달려 올라갔다. 그리고 그 끝에 있는 낡은 쇠 격자를 밀어 젖히고 엉금엉금 기어 낙수 홈을 빠져나왔다.

지상으로 빠져나온 타르케는 허리를 굽힌 채 숨을 헐떡였다. 그동안 로렌스는 쇠 격자를 도로 원래 자리에 끼워놓고 낮게 드리운 굵은 나뭇가지를 꺾어 쇠 격자의 빈 고리에 집어넣었다. 경비병들이 안쪽에서 열고 나오지 못하게 하기 위해서였다. 그리고 타르케의 팔을 잡고 부축하며 거리로 걸어 나왔다. 밤중이라 컴컴해서 혹시 누군가와 마주치더라도 그들의 장화와 외투 아래쪽을 유심히 쳐다보지 않는 한 이상한 낌새를 알아채지 못할 터였다. 얼마 뒤 뒤에서 쇠 격자를 탕탕 두드리는 소리가 어렴풋이 들려왔다. 경비병들이 쇠 격자를 열고 나오려고 하는 모양이었다. 추격당하고는 있으나 그들에게 얼굴을 보이지 않았으니 그나마 다행이었다.

한참 뒤에 두 사람은 궁전의 외벽에 도착했다. 그쪽 외벽은 다른 곳보다 낮은 편이었다. 이번에는 주변에 경비병이 없는지 훨씬 더 주의 깊게 살핀 로렌스는 타르케를 먼저 외벽 위로 들어올렸다. 그리고 타르케의 도움을 받아 그 위로 기어 올라가 벽을 타 넘었다. 두 사람은 외벽 너머 잡목 더미 위로 내던져지듯 볼썽사납게 떨어졌다. 그 옆, 잡목에 반쯤 묻힌 오래된 쇠 분수대에서 차가운 물이 똑똑 떨어졌다. 두 사람은 옷이 젖든 말든 아랑곳하지 않고 분수대에서 물을 떠내 입과 얼굴을 씻었다. 그제서야 악취가 덜해진 것 같았다.

처음에는 아무 소리도 들리지 않더니 미친 듯이 뛰던 심장 고동과 폐의 헐떡임이 가라앉자 밤의 소리가 조금씩 귀에 들어왔다. 부스럭거리고 돌아다니는 쥐들, 사각거리는 나뭇잎들. 내벽 너머 궁전 안쪽에 있는 새 사육장에서 희미하게 새들이 지저귀는 소리가 들려왔다. 타르케는 주목을 끌지 않을 정도로 소리를 죽이며 숫돌에 칼을 갈아 오물을 닦아냈다.

로렌스가 조용히 입을 열었다.

"우리 둘의 문제에 대해서 지금 얘기를 하는 게 좋겠군요."

타르케는 움직임을 멈추었다. 칼날이 달빛을 받아 살짝 떨렸다.

"좋습니다. 말씀하시지요."

타르케는 다시 천천히 칼을 갈기 시작했다.

로렌스가 말했다.

"오늘 아침에는 내가 경솔했습니다. 내 일을 도와주는 사람을 그런 식으로 대하면 안 되는 것이었는데. 어떻게 사과를 해야 할지 모르겠군요."

타르케는 고개도 들지 않고 태연히 말했다.

"더 신경 쓰지 않으셔도 됩니다. 다 지나간 일이니까요. 저도 그 일에 대해 불평할 생각은 없습니다."

로렌스는 솔직하게 털어놓았다.

"그동안 타르케 씨의 행동에 대해 생각을 해봤는데 당신의 속내를 짐작할 수 없더군요. 오늘밤에는 내 목숨을 구해주고 우리의 임무에 지대한 공헌을 해주었지요. 지금까지 결과만 놓고 보자면 만족스럽게 일을 잘 해주신 것이 사실입니다. 생명의 위협까지 감수해가면서, 온갖 위험 요소를 다 헤치며 우리를 이곳까지 안전하게 안내해주었으니까요. 하지만 타르케 씨는 아슬아슬한 상황에서 두 번이나 멋대로 자리를 비웠고 쓸데없이 비밀스럽게 단독 행동을 했습니다. 그럴 때마다 우리는 어찌할 바를 모르고 걱정에 휩싸였지요."

"내가 자리를 비운 동안 그렇게 혼란스러워 하실 줄은 몰랐습니다."

타르케가 차분하게 대꾸하자 로렌스는 그가 또다시 도전적으로 구는 것인가 싶어 신경이 거슬렸다.

"분위기도 파악하지 못하는 멍청이인 척하지 마십시오, 타르케 씨. 나는 댁이 세상에서 가장 뻔뻔한 배신자인 데다가 성격도 변덕스럽기 그지없는 자라고 생각했습니다."

타르케는 칼끝으로 경례를 해보이며 빈정거렸다.

"고맙습니다. 그것 참 대단한 칭찬이네요. 더는 내가 필요하지 않다고 하신다면 굳이 그 문제를 놓고 왈가왈부할 것도 없겠다 싶습니다만."

"우리를 위해 일 분을 일하든 한 달을 일하든 간에, 이 얘기는 마저 하는 게 좋겠습니다. 그동안 우리를 위해 해준 일에 대해서는 무척 고맙게 생각하고 있습니다. 지금 당장 우리를 떠난다고 해도 고마워하는 마음에는 변함이 없을 것입니다. 하지만 우리와 함께 할 의향이 있다면 이 약속을 해줘야겠습니다. 내 명령에 따르고 멋대로 자리를 비우는 짓을 하지 않겠다고 말입니다. 조금이라도 의심스런 태도를 보이는 사람과 함께 다닐 수는 없는 일 아닙니까?"

그 말끝에 로렌스는 확고하게 덧붙였다.

"아무래도 타르케 씨는 우리한테 의심받는 것을 즐기고 있다는 생각도 드는군요."

타르케는 칼과 숫돌을 바닥에 내려놓았다. 얼굴에서 빈정거리는 미소도 사라졌다.

"그 말은 틀리지 않습니다. 제대로 보셨습니다."

"지금까지 한 행동들로 미루어보니 그런 것 같더군요."

"심술궂고 별난 사람이라고 여기시겠지만, 이미 오래전에 나는 내 얼굴과 혈통 때문에 영원히 영국 신사로 취급받을 수 없다는 것을 알게 되었습니다. 혼혈로 태어난 것이 내 잘못이 아닌데도 말이죠. 어차피 신뢰를 얻을 수 없다면 차라리 대놓고 의심을 받는 게 낫겠다 싶었습니다. 다들 등 뒤에서 내 욕을 하고 끝없이 수군거렸으니까요."

"사교계의 수군거림은 나도 겪어봤습니다. 전우인 장교들한테까지도 당해봤지요. 하지만 우리는 구석진 곳에서 남을 비웃거나 하는 그런 옹졸한 자들을 위해 일하는 것이 아니라 우리의 조국인 영국을 위해 봉사하고 있는 것입니다. 소소한 모욕을 가하는 자들에게 일일이 반발하거나 대응할 필요 없이 오직 나라를 위해 봉사할 때 스스로 명예를 지킬 수 있는 것입니다."

타르케는 비관적인 어조로 내뱉었다.

"완전히 혼자서 그 모욕을 견디며 살아야 했다면 어땠을 것 같습니까? 이를테면 사교계 인사들뿐만 아니라 형제와 다름없다고 여겼던 영국인들이 대령님을 경멸어린 시선으로 쳐다보고 상관과 전우들까지 한통속이 돼서 모욕을 가할 때도 대령님은 과연 그렇게 말씀하실 수 있을까요? 아무리 노력해도 독립해서 살 수 있을 정도로 지위를 확보하지 못하고 진급도 할 수 없고 기껏해야 시종과 훈련받은 개의 중간쯤 되는 집사 자리밖에 얻을 수 없는 입장이라면 말입니다."

평소 무심한 표정으로 일관하던 타르케는 가면을 벗어던지고 얼굴까지 벌겋게 될 정도로 흥분했다. 그러나 그는 더 말을 잇지 않고 입을 다물어버렸다.

로렌스도 화가 치밀었다.

"내가 지금까지 타르케 씨를 그런 식으로 대했다는 것입니까?"

타르케는 고개를 저었다.

"그런 뜻은 아닙니다. 내가 너무 흥분한 상태로 말을 해서 무언가 오해를 하신 것 같군요. 아주 오래전부터 제가 당해온 불이익을 얘기한 것뿐입니다."

그리고 타르케는 평소처럼 삐딱한 태도로 말을 이었다.

"대령님이 내게 날카롭게 대하신 것도 따져보면 내 탓이겠죠. 상대가 나를 모욕하고 의심하기 전에 내가 먼저 선수를 치면 그나마 상처를 덜 받게 되더군요. 동행하는 이들은 기분이 더럽겠지만요. 그러다보니 저로서는 상대방이 의심할 만한 행동을 즐겨하게 된 것이고요."

지금까지 들은 말만 가지고도 로렌스는 타르케가 왜 조국인 영국과 영국인들에게 등을 돌리고 황야를 떠돌며 고독한 삶을 살아왔는지 잘 알 수 있었다. 타르케는 어느 누구에게도 신세지지 않고 특별한 도움을 주는 일도 없이 황량한 삶을 살아왔다. 영국 입장에서는 아까운 인재를 썩혀온 셈이었다. 로렌스는 진심을 담아 손을 내밀며 말했다.

"나를 믿어준다면 앞으로 당신에게 의리를 지키겠다고 약속하겠습니다. 타르케 씨도 그렇게 약속해준다면 나는 반드시 그 약속을 지킬 것입니다. 이대로 타르케 씨를 잃는 것보다 더 유감스런 일은 없을 것입니다."

타르케는 로렌스를 처다보았다. 도저히 믿을 수 없다는 듯한 표정이 언뜻 얼굴에 스쳤다. 타르케는 곧 아무렇지도 않게 대답했다.

"흠, 나도 매우 고집스런 성격입니다만, 대령님께서 내게 의리를 지켜주시겠다고 하시니 거절하지 못하겠군요. 이런 제의를 거절한다면 나야말로 옹졸한 자가 될 테니까요."

그리고 타르케는 유쾌하게 손을 내밀었다. 로렌스와 악수를 나누는 타르케의 태도에서 더는 거짓을 찾아볼 수 없었다.

"윽."

로렌스와 타르케를 앞발로 집어 궁전의 내벽 안쪽 정원에 내려놓은 테메레르는 앞발에 끈적끈적한 오물 찌꺼기가 묻자 인상을 찌푸렸다. 그리고 수련이 핀 연못 안에 얼른 앞발을 집어넣어 씻으며 구슬프게 덧붙였다.

"아무리 냄새가 고약해도 무사히 돌아왔으니 괜찮아. 그랜비가 당신이 늦게까지 저녁 식사를 하게 될 거라면서 찾으러 가지 말고 기다리라고 했어. 그런데 너무 오랫동안 돌아오지 않더라고."

"궁전으로 돌아오다가 문제가 조금 생겨서 토끼 굴처럼 생긴 곳으로 숨어들어 갔었거든. 그래도 보다시피 무사히 복귀했으니 됐지. 걱정하게 만들었다면 미안하다. 다이어, 내 옷이랑 장화를 가지고 가서 에밀리랑 같이 빨아 놔. 빌어먹을 비누도 가져오고."

이렇게 말하며 로렌스는 체면을 차리지 않고 더러워진 옷을 훌훌 벗은 뒤 연못 안으로 들어갔다. 타르케는 이미 연못 안에 몸을 푹 담근 채였다. 로렌스는 비누로 몸을 씻고 셔츠와 반바지로 갈아입었다. 그리고 정원에 앉아 그랜비에게 마덴의 집에서 나눈 얘기를 들려주었다.

그랜비가 말했다.

"아직은 야머스가 범인인지 아닌지 알 수 없겠는데요. 야머스가 그 많은 금화를 어떻게 이 도시 밖으로 옮길 수 있었겠습니까? 완전히 정신이 나가서 낙타에 실어 옮긴 것이 아니라면 수송선이라도 구했어야 했을 텐데 말입니다."

목욕을 마치고 로렌스 옆에 앉은 타르케도 그랜비와 같은 생각이었다.

"낙타나 수송선으로 옮겼다면 분명히 남의 눈에 띄었을 겁니다. 마덴 씨의 말대로라면 금화가 수백 상자에 나눠 담겨 있었다는데, 어제 아침 내내 돌아다니며 조사해본 바로는 대상이 머무는 숙사나 조선소 쪽에서 그런 대규모 화물을 본 사람은 없다고 하더군요. 게다가 수송선을 구하는 것도 거의 불가능했을 것입니다. 지금 이 부근에 있는 선박들은 절반 이상이 항구의 요새화 작업에 필요한 물품을 나르는 데 쓰이고 있고, 나머지 선박들은 용들을 피해 이스탄불 바깥에 정박해 있는 상태니까요."

로렌스가 타르케에게 물었다.

"용을 고용해서 쓰지 않았을까요? 파미르 고원 동쪽 지역을 지나오면서 본 용 중개업자들이 여기까지 장사를 하러왔을 가능성은 없겠습니까?"

"중개업자들은 파미르 고원 서쪽 지역인 이곳으로는 부리는 용들을 데리고 오지 않습니다. 도시 지역에서는 별로 이득을 볼 수도 없을 뿐더러 그들이 부리는 용들도 야생용과 다름없는 대접을 받으며 투르크 공군에게 붙잡혀 사육장으로 끌려갈 테니까요."

그랜비가 말했다.

"그 방법은 당연히 아니었을 것입니다. 나중에 돌려받을 생각이 없다면 몰라도 용에게 금화를 옮겨달라고 하는 것은 말도 안 되니까요. 용에게 금화와 보석이 든 상자들을 며칠 동안 옮기게 하고서 이제 그만 내놓으라고 하면 어떻게 될지 상상해보시면 알겠지요."

그들은 정원에서 최대한 목소리를 죽이며 논의를 하고 있었다. 테메레르는 생각에 잠긴 표정이었으나 그랜비의 주장을 반박하지는 않았다.

"금화의 양이 엄청나게 많았다며. 야머스가 이 도시 어딘가에 숨겨놓은 것이 아닐까?"

테메레르의 물음에 로렌스가 대답했다.

"야머스가 용이라면 어딘가에 금화를 쌓아놓고 혼자 보고 즐기며 숨어 살 수도 있겠지. 하지만 야머스는 인간이야. 돌아다니며 금화를 사용할 수 없다면 훔칠 이유가 없어. 이스탄불 밖으로 금화를 빼돌릴 방법이 없었다면 처음부터 그런 짓을 했을 리가 없지."

테메레르가 논리적으로 말했다.

"하지만 다들 금화를 이 도시 밖으로 빼내는 것은 불가능하다고 했잖아. 그렇다면 이 도시 어딘가에 있겠지."

잠시 침묵이 깔렸다. 로렌스가 다시 입을 열었다.

"재상들과 공모했을 가능성에 대해 생각해볼 수 있지 않을까? 재상들이 적극적으로 참여하지는 않았더라도 야머스의 범행을 묵과해주었을 수는 있겠지. 그런 모욕적인 일이 일어났다면 영국 정부도 가만히 있지 않을 테고. 오스만투르크가 영국과 동맹 관계를 끝내고 싶었더라도 이런 식으로 도발할 필요가 있었을까? 영국과 전쟁을 하게 되면 빼돌린 금화보다 훨씬 더 큰 금전적 손실과 인명 손실을 보게 될 텐데?"

그랜비가 지적했다.

"그 모든 것이 야머스의 짓이라고 믿게 한 뒤 우리를 영국으로 돌려보내려는 수작 아닐까요? 오스만투르크의 재상들과 연루해 있다는 뚜렷한 증거도 없으니 영국 정부가 공격해 올 명분도 없을 테고요."

그때 타르케가 갑자기 옷에서 먼지를 털며 일어섰다. 키오스크 안에 의자가 없어 그들은 정원에 깔개와 쿠션을 깔아놓고 그 위에 앉아 얘기를 나누고 있던 참이었다. 타르케의 어깨 너머를 살핀 로렌스와 그랜비도 서둘러 자리에서 일어났다. 삼나무 그늘이 드리운 정원의 작은 숲 끄트머리에 어떤 여자가 서 있었다. 이곳 여자들은 얼굴을 드러내지 않아서 옷만 봐서는 누가 누구인지 알 수 없었으나 얼마 전 궁전 안쪽 구역에서 본 여자 같았다. 그때 본 것과 똑같은 검은 베일을 걸치고 있었기 때문이었다.

그녀가 빠른 걸음으로 다가오자 타르케가 목소리를 낮추며 말했다.

"당신은 여기 오면 안 돼. 하녀는 어디 있어?"

"계단에서 나를 기다리고 있어요. 가까이 오는 사람이 있으면 기침 소리를 내주기로 했고요."

여자는 차분하고 한결같은 목소리로 대답했다. 그녀는 타르케의 얼굴에서 시선을 뗄 줄 몰랐다.

어색한 분위기에서 딱히 어떻게 처신해야 할지 망설이던 로렌스는 일단 인사를 했다.

"안녕하십니까, 사라 마덴 양."

로렌스는 아무리 피치 못할 사정이 있더라도 남녀가 은밀히 만난다든지 밤에 도망을 친다든지 하는 행동을 명예롭게 여기는 편이 아니었다. 마덴 씨에게 신세를 진 것도 있어 마음이 껄끄러웠다. 그러나 만일 타르케와 사라가 도망치게 도와달라고 요청한다면 거절하지는 못할 것 같았다. 로렌스는 예의를 차리며 말을 이었다.

"테메레르와 제 직속 부관 존 그랜비를 소개해드리겠습니다."

그랜비는 움찔하며 그다지 세련되지 못한 몸짓으로 다리를 뒤로 뻗으며 인사를 했다.

"만나 뵙게 되어 영광입니다, 마덴 양."

그랜비는 로렌스를 의아한 눈으로 쳐다보았다. 테메레르도 인사를 한 뒤 대놓고 궁금해하며 사라를 내려다보았다.

타르케가 그녀에게 나지막하게 말했다.

"이미 끝난 일이야."

"그래요. 어쩔 수 없는 일에 대해서는 얘기하지 말기로 해요."

그리고 사라는 깊숙한 외투 주머니에서 무언가를 꺼내어 타르케가 아닌 그들 모두를 향해 내밀며 말을 이었다.

"황실 금고 안에 잠깐 들어갔었어요. 유감스럽게도 대부분은 불에 녹아버렸더군요."

그녀의 손바닥에는 영국 왕의 초상이 새겨진 1파운드 짜리 금화 한 개가 놓여 있었다.

그랜비가 비관적으로 말했다.

"동양의 진제 고주들은 믿을 수 없다더니. 지금 우린 술단을 도둑놈에 살인자라고 부를 수밖에 없는 상황이지만 여기서 입을 잘못 놀렸다가는 목이 달아날 것입니다."

술탄을 알현하는 자리에 같이 나가기로 한 테메레르는 혹시 닥칠지 모를 온갖 위험에 대해 대수롭지 않게 여기며 말했다.

"술탄을 얼른 보고 싶어. 멋진 보석도 갖고 있을 테고, 술탄을 만난 뒤에는 고향으로 돌아갈 수 있으니까. 아르카디랑 야생용들이 술탄을 만나지 못하게 된 게 유감스럽기는 하지만."

로렌스는 그 마지막 말에는 공감할 수 없었다. 그러나 술탄과의 알현에 대해서는 어느 정도 희망을 갖고 있었다. 어제 로렌스가 사라에게서 받은 금화를 보여주었을 때 무스타파는 굳은 얼굴로 그것을 쳐다보았다. 그리고 그 금화가 황실 금고에서 나온 것이라는 로렌스의 냉랭한 설명을 듣고도 전혀 놀란 얼굴을 하지 않았다.

로렌스는 무스타파에게 말했다.

"누구를 통해 이 금화의 출처를 알아냈는지는 밝힐 수 없습니다. 이 금화가 어디서 난 것인지 의심스러우시다면, 지금 당장 저와 같이 황실 금고로 가보시죠. 그곳에 이런 금화가 더 있다면 모든 게 확실해질 겁니다."

그러나 무스타파는 그 제안을 거부했다. 그는 죄를 시인하지도, 어떻게 된 일인지 설명해주지도 않고 불쑥 내뱉었다.

"대재상과 의논해봐야 하겠습니다."

그리고는 그 자리를 떠났다. 그리고 그날 저녁 술탄과의 알현 허락이 떨어졌다. 마침내 술탄을 직접 만날 수 있게 된 것이었다.

그리고 지금 로렌스는 그랜비와 테메레르에게 말했다.

"야머스에게 계속 누명을 씌우도록 놔두지는 않을 것이다. 불쌍한 야머스는 물론이고 아버스노트 대사도 명예로운 대접을 받아 마땅한 사람들이니까. 우리가 용알을 갖고 돌아가면 영국 정부는 투르크인들에게 이번 일에 대한 해명을 요구하겠지. 투르크인들은 이 문제에 대한 내 접근 방식에 문제를 제기하며 물고 늘어질 테고."

투르크인들은 분명히 용알 문제에 대한 로렌스의 처신을 놓고 불평을 늘어놓을 터였다. 로렌스가 덧붙였다.

"어쨌든 이번 일이 재상들끼리 꾸민 짓거리에 불과하고 술탄은 그에 대해 아는 바가 없기만을 바라야지."

다음날 카지리크 커플인 베자이드와 세헤라자드가 테메레르와 로렌스를 알현 장소로 안내하기 위해 숙소의 정원으로 날아왔다. 그 세 마리는 비행이랄 것도 없이 휙 날아올라 톱카프 궁전의 정문 밖에 위치한 제1궁정의 탁 트인 잔디밭으로 내려섰다. 로렌스가 보기에는 격식을 차리기 위해 궁전 밖으로 나갔다가 사흘 밤을 숙식한 궁전 안으로 다시 호위를 받으며 들어가는 것이 우스꽝스럽기도 했다. 카지리크 두 마리가 앞뒤에 서고 테메레르와 로렌스는 그 가운데에 서서 일렬종대로 궁전 안으로 당당히 걸어 들어갔다. 그들은 활짝 열어젖힌 청동 정문을 지나 화려하게 장식된 지복문의 주랑 현관 앞 안마당으로 들어섰다. 안마당 한가운데로 난 길을 따라 눈부시게 하얀 터번을 쓴 고관대작들이 완벽하게 줄을 맞춰 서 있었다. 뒤쪽 벽 근처에 대기 중이던 기병대 소속의 말들은 용 세 마리가 들어서자 안절부절 못하며 껑충거렸다.

금으로 된 널찍한 왕좌는 빛나는 초록색 준보석으로 뒤덮여 있었고, 그 밑에는 색깔이 화려한 양모 바탕에 꽃과 여러 무늬가 들어간 멋진 깔개가 깔려 있었다. 술탄은 푸른색과 노란색 비단으로 된 튜닉을 입고 마멀레이드 오렌지색과 노란색이 섞인 공단 소재의 천에 가장자리를 검은색으로 장식한 예복을 걸쳤다. 허리띠 위쪽에 다이아몬드가 박힌 단도의 칼자루가 튀어나와 있었다. 술탄의 높고 하얀 터번에는 기다랗고 뻣뻣한 깃털들이 꽂혀 있고 앞쪽 가운데에는 사각형의 큰 에메랄드가 박혀 있었으며 에메랄드 주변은 다이아몬드로 장식되어 있었다. 넓은 안마당에는 사람들로 가득했으나 수군거리는 소리는 들리지 않았다. 다양한 계급의 관리들은 자기네끼리 얘기를 주고받지도 않고 차분하게 서 있었다.

  대단히 멋진 광경이었다. 방문자가 감히 그 침묵을 깰 수 없게 만드는 위엄이 엿보였다. 그런데 로렌스가 앞으로 걸어가는 동안 뒤따라오던 테메레르가 갑자기 쉭쉭거리는 소리를 냈다. 칼집에서 날카로운 칼을 꺼낼 때처럼 위협적인 소리였다. 당황한 로렌스가 고개를 돌리고 나무라듯 바라보았다. 그러나 테메레르의 시선은 왼쪽에 고정되어 있었다. 그곳엔 탑처럼 높이 솟은 디반(오스만투르크제국의 대신들이 국사를 논의하는 건물—옮긴이 주)에서 드리워진 그림자 속에 웅크리고 앉아 붉은 눈으로 그들을 쏘아보는 하얀 용이 있었다. 리엔이었다.

9

로렌스는 리엔을 쳐다볼 뿐 다른 생각을 할 거를도 없었다. 카지리크들이 테메레르의 양옆으로 다가와 섰고 무스타파는 술탄의 왕좌 쪽으로 더 가까이 다가오라고 손짓했다. 멍한 상태에서 로렌스는 앞으로 걸어나가 평소보다 어색한 몸짓으로 절을 했다. 술탄은 무표정하게 로렌스를 쳐다보았다. 술탄은 얼굴이 넓었고 옷과 사각형의 갈색 턱수염 사이에 목이 가려 보이지 않았다. 잘생긴 검은 눈에 묵상에 잠겨 있는 듯한 표정이었고 몸가짐도 우아했다. 술탄의 평온하고 위엄 있는 분위기는 일부러 꾸며낸 것이 아니라 몸에 배어있어 매우 자연스러웠다.

로렌스는 준비한 말이 머리에서 지워져 아무 생각도 나지 않았다. 겨우 정신을 차린 그는 똑바로 술탄을 올려다보며 거친 프랑스어로 말했다.

"폐하, 제 임무를 비롯해서 양국 간에 맺은 용알 매매 계약에 대해 잘 알고 계시리라 생각합니다. 영국 정부는 그 계약에 따른 의무 사항을 모두 이행했고 대금도 모두 지불했습니다. 그러니 계약에 따라 저희에게 용알을 내주시겠습니까?"

차분히 듣고 있던 술탄은 노여워하는 기색 없이 유창한 프랑스어로 온화하게 입을 열었다.

"귀국과 귀국의 국왕께 평화가 깃들기를. 양국 간의 우정이 변치 말기를 기원하노라."

그리고 술탄은 재상들과 논의를 한 끝에 로렌스에게 나중에 다시 한 번 찾아와 필요한 질문을 하라고 했다. 술탄의 궁전 한가운데에 재상들과 더불어 자리한 리엔의 모습을 보고 큰 충격을 받은 상태라 로렌스는 술탄이 하는 말을 전부 알아듣기 힘들었으나 그 말에 담긴 의도는 충분히 파악할 수 있었다. 시간을 질질 끌고 요구 사항을 거절하다가 끝끝내 만족할 만한 대답을 해주지 않겠다는 뜻이었다. 그런 의도를 고스란히 드러내며 술탄은 용알 대금 지불에 대해 부인하지도 설명을 해주지도 않았고 분노한 척하거나 당황한 기색도 보이지 않았다. 다소 유감스럽다는 듯한 표정으로 말을 맺은 술탄은 모두 물러가라고 명했다. 로렌스에게 또다시 말을 할 기회조차 주지 않았다.

그동안 테메레르의 시선은 줄곧 리엔에게 머물렀다. 그토록 보고 싶어 하던 술탄이 화려한 옷을 입고 앉아 있건만 그쪽은 쳐다보지도 않았고 오직 리엔만 노려보았다. 테메레르는 양 어깨에 잔뜩 힘이 들어간 채 앞발을 슬그머니 앞으로 내밀어 로렌스의 등에 갖다 댔다. 여차하면 로렌스를 앞발에 쥐고 날아오를 기세였다.

술탄이 물러가라고 명한 뒤에도 테메레르가 꿈쩍도 하지 않고 있자 카지리크들이 다가와 쿡 찔렀다. 테메레르는 리엔에게서 시선을 떼지 않기 위해 길을 따라 게처럼 옆으로 걸어갔다. 리엔은 전혀 동요하지 않았다. 테메레르와 로렌스가 모퉁이를 돌아 안마당 밖 담장 너머로 물러가는 모습을 뱀처럼 냉정한 눈으로 쳐다볼 뿐이었다.

테메레르가 말했다.
"베자이드가 그러는데 리엔은 3주 전부터 여기 와 있었대."
쫙 펼친 얼굴 주변의 막이 부르르 떨렸다. 리엔을 보고난 뒤로 계속 그 상태였다. 숙소로 돌아온 로렌스가 키오스크 안으로 들어가려고 하자 테메레르는 제 눈에 띄는 곳에 있어야 한다며 난리를 쳤다. 그리고 로렌스를 코끝으로 툭툭 쳐서 앞발 위에 올라 앉아 있으라고 고집을 부렸다. 그 바람에 키오스크 안에서 대기 중이던 장교급 승무원들은 알현 내용을 듣기 위해 정원으로 나와야 했다.
로렌스의 얘기를 듣고 난 그랜비가 결연한 얼굴로 말했다.
"3주면 우리를 완전히 엿 먹이고도 남을 시간입니다. 리엔이 용성과 같은 성격이라면 야머스를 지중해에 던져 넣고서도 양심의 가책 따위는 느끼지도 않았을 것입니다. 용싱도 전에 사람을 시켜 대령님의 머리를 내리치게 해서 죽이려고 했잖습니까. 아버스노트 대사가 사고사를 당한 것도 리엔이 그가 타고 있던 말을 놀래서 그렇게 만들었을 게 뻔합니다."

로렌스가 말했다.
"그보다 더한 짓도 했을 수 있지. 투르크인들도 리엔과 결탁하면 이득을 챙길 수 있으니 도와줬을 테고."
페리스가 울적한 목소리로 말했다.
"투르크인들이 나폴레옹과 손을 잡은 게 분명합니다. 나폴레옹의 장단에 맞춰 춤을 추면서 좋아하고 있는 것이죠. 곧 후회하게 될 테지만요."

"우리가 그들보다 더 빨리 후회하게 될지도 모르지."

머리 위로 거대한 그림자가 드리워지자 로렌스와 승무원들은 모두 입을 다물었다. 테메레르가 사납게 으르렁거렸고 옆에 있던 카지리크 두 마리는 걱정하며 쉭쉭거렸다. 리엔이 공중을 선회하다가 우아하게 정원의 공터로 내려앉자 테메레르는 이를 드러내며 경계했다.

차분하고 경멸에 찬 표정을 한 리엔이 유창한 프랑스어로 말했다.

"개처럼 으르렁대는구나. 여전히 예의도 없고. 아주 멍멍 짖어대지 그러니?"

"나를 무례한 용이라고 생각한다 해도 상관없어. 싸우고 싶으면 언제든지 상대해주지. 로렌스와 내 승무원들을 건드리기만 해봐."

테메레르가 호전적으로 꼬리를 획획 젓고 있어서 주변에 있는 나무와 벽, 조각상들이 무너져 내릴 것만 같았다.

"내가 왜 너와 지금 싸워야 하지?"

리엔은 궁둥이를 바닥에 대고 고양이처럼 꼿꼿이 앉아 꼬리로 몸을 감았다. 그리고 눈도 깜박이지 않고 테메레르와 로렌스 일행을 쳐다보았다.

테메레르는 머뭇거리다가 솔직하게 말했다.

"왜냐하면…… 왜냐하면…… 넌 나를 싫어하잖아? 입장 바꿔서 로렌스가 죽고 그게 네 탓이라는 생각이 들면 나는 너를 미워할 테니까."

"그래서 야만스럽게 달려들어 발톱으로 찢어죽이겠다 이거로구나."

테메레르는 꼬리를 휘젓는 동작을 늦추며 꼬리를 바닥으로 드리웠고 끝만 살짝 움찔거렸다. 그리고 어찌할 바를 모르다가 리엔을 쳐다보며 대꾸했다.

"뭐, 어쨌든 난 네가 두렵지 않아."

리엔이 침착하게 말했다.

"그래. 아직까지는 그렇겠지."

테메레르가 빤히 쳐다보자 리엔이 덧붙였다.

"당장 너를 죽인다고 해도 내가 당한 일의 10분의 1이라도 보상이 될 것 같아? 네 비행사의 목숨 따위는 내 파트너였던 위대하고 고귀한 왕자의 목숨과 비교도 할 수 없어. 길거리에 널린 오팔과 순수한 비취는 그 수준이 엄연히 다르니까."

성질이 난 테메레르는 얼굴 주변의 막을 바짝 세우며 말했다.

"웃기네! 용싱이 뭐가 고귀해. 그가 정말로 고귀한 인품을 가졌다면 로렌스를 죽이려는 시도도 하지 않았겠지. 용싱이나 다른 왕자들에 비해 로렌스가 백 배는 더 훌륭해. 게다가 지금은 로렌스도 왕자 신분이야."

"그래, 넌 퍽이나 대단한 왕자를 가졌구나. 용싱 왕자를 위해 더 철저하게 복수해주마."

테메레르는 코웃음을 쳤다.

"흠, 나랑 싸울 것도 아니고 로렌스를 해칠 생각도 없다면 여기 왜 온 것인지 모르겠네. 네 말은 전혀 믿음도 가지 않으니까 당장 꺼져 버려."

테메레르가 시비조로 말을 맺자 리엔이 말했다.

"네게 똑똑히 알려주려고 온 거다. 넌 어리고 멍청한 데다가 교육도 제대로 받지 못했지. 내게 연민의 감정이 남아있는지 모르겠지만 혹시 조금이라도 남았다면 너를 동정했을 거다. 넌 내 삶을 완전히 망쳐놓고 가족과 친구들, 고향을 등지게 만들었다. 용싱 왕자가 중국을 위해 품은 계획과 고군분투하며 이룩한 모든 것이 너 때문에 물거품이 되어버렸어. 용싱의 영혼은 죽어서도 편히 쉬지 못할 것이고 지금 그의 무덤은 돌봐주는 사람 하나 없다. 분명히 말해두지만 나는 너나 네 비행사를 죽이지는 않을 거다. 네 비행사 때문에 네가 영국이란 나라에 매여 있는 셈이니까."

리엔은 얼굴 주변의 막을 떨치고 앞으로 몸을 기울이며 나지막하게 말했다.

"네가 모든 것을 빼앗기고 비참해지는 꼴을 보고야 말겠다. 영국과 행복, 아름다운 것들을 모조리 잃게 해주지. 네 나라 영국이 망하고 네 동료들이 멀리 도망치는 꼴을 내 두 눈으로 똑똑히 지켜보겠다. 너는 지금의 나처럼 친구 하나 없이 홀로 비참하게 살아가게 될 거다. 이 세상 어느 구석진 곳에서 외로이 남은 생을 살게 되겠지. 그렇게 될 때 비로소 난 만족할 것이다."

테메레르는 눈을 휘둥그렇게 뜨고 그 자리에서 꼼짝도 않은 채, 리엔이 조용히 내뱉는 저주의 말을 고스란히 들었다. 테메레르의 얼굴 주변의 막이 목까지 축 쳐졌다. 리엔이 말을 마치자 테메레르는 로렌스를 앞발 안에 새장처럼 집어넣고 뒤로 물러나 몸을 움츠렸다.

리엔은 날개를 반쯤 펼치고 몸을 일으키며 말했다.

"난 프랑스의 야만인 황제를 위해 싸우러 지금 프랑스로 떠날 테다. 앞으로도 온갖 비참한 일을 다 겪겠지만 기꺼이 참고 네게 모두 갚아주겠다. 앞으로 한동안은 서로 만날 일이 없겠지. 내 말 똑똑히 기억하고, 누릴 수 있을 때 실컷 즐겨둬라."

그리고 리엔은 몸을 공중에 띄우더니 날개를 세 번 빠르게 치며 날아갔다.

다들 당황하여 그 자리에서 입을 다문 채 서 있었다. 마침내 로렌스가 단호하게 말했다.

"가소롭군. 저 정도 위협에 겁을 먹고 제 정신을 잃는다면 어린애나 다름없지. 어차피 리엔이 이를 갈고 있으리라는 것쯤은 짐작하고 있었으니까."

테메레르는 여전히 로렌스를 앞발 안에 감싼 채 조그맣게 말했다.
"그래, 하지만 리엔의 분노가 저 정도인 줄은 몰랐어."

로렌스는 테메레르의 부드러운 주둥이에 손을 대며 말했다.

"테메레르, 쓸데없이 걱정할 필요 없다. 겨우 말 몇 마디에 그렇게 불행한 얼굴을 한다면 그거야말로 리엔이 바라는 대로 되는 것이야. 저건 실속 없는 위협에 불과해. 리엔이 매우 강력한 용이긴 하지만 혼자서는 전쟁의 판도를 바꿀 수 없어. 게다가 리엔이 따로 나서지 않더라도 나폴레옹은 어차피 영국을 무너뜨리려고 안간힘을 쓰고 있지."

테메레르는 여전히 우울한 목소리로 말했다.

"하지만 리엔은 이미 이곳에서 영국에 큰 손해를 끼쳤어. 리엔이 투르크인들과 음모를 꾸민 덕분에 우린 용알을 받아갈 수 없게 되고 말았잖아. 그 정도면 우리 일을 엄청나게 방해한 거야."

그랜비가 돌연 끼어들었다.

"로렌스 대령님, 투르크의 악당 놈들은 금화 50만 파운드를 꿀꺽하고도 시치미를 떼고 있고 영국 해군을 엿 먹이려고 그 돈을 항구의 요새화 작업에 쓰고 있습니다. 그냥 두면 안 됩니다. 본때를 보여

줘야죠. 테메레르가 신의 바람을 써서 이 궁전의 절반을 확 무너뜨려 버리면……"

"우린 리엔과는 달라. 복수를 위해 무고한 이들의 목숨까지 빼앗는 짓은 하지 않는다. 그것은 경멸받아 마땅한 짓이니까."

그랜비가 반박하려 하자 로렌스는 한 손을 들어 저지하며 차분하게 말을 이었다.

"가서 승무원들에게 저녁을 먹게 하고 해가 지기 전까지 최대한 잠을 자면서 휴식을 취하도록 조치해. 우리는 오늘밤 용알을 갖고 이곳을 떠난다."

정원에 앉아 있는 카지리크 두 마리에게 몇 가지를 물어본 테메레르가 말했다.

"세헤라자드가 그러는데 자기가 낳은 알은 하렘의 목욕탕 근처에 보관되어 있대. 그곳이 따뜻하다나봐."

로렌스는 카지리크들을 걱정스런 눈으로 쳐다보며 물었다.

"우리가 그 알을 가져가게 놔두겠대?"

테메레르는 죄를 진 듯한 표정으로 대답했다.

"알이 보관된 장소를 물어보는 이유는 저들에게 말해주지 않았어. 뭐, 굳이 얘기할 필요는 없을 것 같아서. 우리가 그 알을 잘 돌보아주면 돼. 그럼 저들도 괜찮다고 할 거야. 그리고 투르크인들은 금화를 차지했으니까 우리가 용알들을 가져가도 반대할 자격이 없어. 하지만 저 용들한테 목욕탕의 위치에 대해 더 자세히 물어볼 수 없었어. 의심받을 것 같아서."

그랜비가 로렌스에게 말했다.

"하렘에 들어가 목욕탕을 찾아 이리저리 헤매고 다녀야 하겠군요. 경비병들이 쫙 깔렸을 텐데. 그곳 여자들이 우리를 보면 분명히 비명을 질러댈 것이고. 상황이 어렵겠는데요."

"우리 중 일부만 가는 게 좋겠군. 내가 지원자 몇 명을 데리고……."
그러자 그랜비가 다급하게 소리쳤다.

"아, 말도 안 되는 소리 마십시오! 안 됩니다. 절대로 안 됩니다, 대령님. 길도 잘 모르는데 숙소를 나가 토끼 구멍 같은 곳을 돌아다니다간 모퉁이를 돌 때마다 십여 명의 경비병들과 맞닥뜨리게 될 것입니다. 이번에는 제가 가겠습니다. 영국으로 돌아가서 대령님이 경비병들의 칼에 난자당하는 동안 나는 빈둥거리며 놀고 있었다고 보고할 생각은 전혀 없습니다. 테메레르! 대령님 못 가시게 막아, 알겠어? 분명히 죽임을 당하실 거다. 확실해."

크게 놀란 테메레르는 몸을 일으키며 말했다.

"죽을지도 모르는 일이라면 아무도 보내줄 수 없어!"
로렌스가 달랬다.

"테메레르, 그랜비가 과장한 것뿐이야. 그랜비, 쓸데없이 상황을 부풀려 말하지 마. 게다가 귀관은 지금 권한을 넘어서고 있어."

그랜비는 단호했다.

"아닙니다. 이건 절대로 하극상이 아닙니다. 제가 실언을 한 것도 아니고요. 직속 부관인 제가 대령님이 위험천만한 일을 하시도록 가만히 앉아 구경만 할 수는 없습니다. 대령님은 우리를 지휘하는 분이시니 위험에 노출되어서는 안 됩니다. 대령님이 제 말을 무시하고 직접 하렘으로 침투하신다면, 그것은 대령님 자신에게 큰 위험이 될 뿐만 아니라 영국 공군에 큰 손해가 될 테니까요."

로렌스가 그 말에 반박하려는 찰나 타르케가 조용히 끼어들었다.

"아무래도 내가 가는 게 좋겠군요. 나 혼자 들어가면 아무에게도 들키지 않고 용알이 있는 곳으로 가는 길을 찾아낼 수 있을 겁니다. 그리고 이리로 돌아와 나머지 일행을 그리로 안내해 드리죠."

로렌스가 말했다.

"타르케 씨, 그렇게까지 하실 필요는 없습니다. 내 지휘 아래 있는 사람을 그런 위험에 처하게 만들 수는 없지요. 지원자를 뽑아 데려 갈 생각입니다."

타르케가 엷은 미소를 지으며 말했다.

"지금 지원하고 있는 것입니다. 여기 있는 그 누구도 나만큼 멀쩡하게 돌아오지는 못할 것입니다."

"하렘 안으로 들어갔다가 다시 나와서 나머지 인원을 다시 데리고 들어간다면 경비병들과 마주칠 확률이 세 배는 더 커질 것입니다."

귀를 쫑긋 세우고 듣고 있던 테메레르가 얼굴 주변의 막을 곤두세우며 나섰다.

"아무래도 너무 위험해. 그랜비 말이 맞아. 로렌스는 물론이고 어느 누구도 가면 안 돼."

로렌스가 나지막하게 내뱉었다.

"이런, 제기랄."

타르케가 말했다.

"내가 가는 것 말고는 다른 대안이 없을 것 같군요."

그러자 테메레르가 소리쳐서 타르케를 깜짝 놀라게 만들었다.

"타르케도 안 돼!"

그리고 테메레르는 고집스런 얼굴로 바닥에 앉았다. 팔짱을 끼고 결연하게 서 있는 그랜비와 똑같은 표정이었다. 로렌스는 군율을 중시하는 사람이었으나 이번만큼은 예외로 해야 할 것 같았다. 테메레르의 논리에 호소하며, 전투할 때와 마찬가지로 이득을 얻기 위해서는 필요에 따라 위험을 감수해야 할 때도 있다는 식으로 설득할 생각이었다. 설득 여하에 따라 승무원들을 하렘으로 들여보내는 쪽으로 테메레르가 양해를 할 수도 있겠다는 생각이었다. 물론 로렌스가 직접 가지 못하게 막을 게 분명했지만. 그렇다고 이처럼 극도로 위험한 임무에 부하들만 보낼 수는 없었다. 비행사가 생명의 위협을 무릅쓰는 것이 아무리 공군의 군율에 위배된다고 해도 할 수 없었다.

그들이 서 있는 정원으로 케인스가 걸어 나오며 말했다.

"어찌나 큰소리로 떠들어대는지 키오스크 안에서도 다 들리더군요. 저 카지리크들이 영어를 못 알아듣기에 망정이지, 생선장수 여편네들처럼 악을 써대니. 던이 말을 전해달라고 하더군요, 대령님. 해클리와 함께 하렘 안에 몰래 숨어들어갔을 때 그 목욕탕을 봤답니다."

그 말을 들은 로렌스는 곧장 키오스크 안으로 들어갔다. 던은 임시 병상에서 일어나 앉아 있었다. 두 뺨은 열이 나서 벌겋게 달아올라 있었고 채찍에 맞아 찢어진 등짝에 헐렁하게 셔츠를 걸치고 바지를 입은 차림새였다. 던보다 몸집이 작은 해클리는 더 심하게 다쳐서 굴신을 못하고 기진맥진하여 누워 있었다.

던이 말했다.

"거의 확실합니다. 여자들이 젖은 머리로 그 장소에서 나오더라고요. 살결이 하얀 여자들은 목욕탕의 열기 때문인지 살이 분홍색이 되어가지고……"

던은 감히 로렌스를 쳐다보지 못하고 부끄러움에 시선을 바닥으로 떨어뜨렸다. 그리고 말을 맺었다.

"그 건물에는 굴뚝이 열두 개 정도 있었는데 한낮의 열기로 날씨가 더운데도 불구하고 굴뚝마다 연기가 치솟고 있었습니다."

로렌스는 고개를 끄덕였다.

"그 길을 기억할 수 있겠나? 거기까지 직접 안내를 해줄 수 있을 만큼 상처가 회복된 건가?"

"물론입니다, 대령님."

케인스가 신랄하게 한마디 던졌다.

"아니, 더 누워서 쉬는 게 좋을 텐데."

로렌스는 망설이다가 던에게 물었다.

"지도를 하나 그려줄 수 있겠나?"

던은 침을 꿀꺽 삼키며 대답했다.

"대령님, 저도 데려가 주십시오. 지도를 그리는 것은 어려울 것 같습니다. 모퉁이를 이리저리 돌아서 갔기 때문에 직접 안으로 들어가 봐야 길을 기억할 수 있을 것입니다."

던이 길을 안내할 거라고 말했는데도 테메레르는 계속 고집을 부려 설득하는 데 한참 걸렸다. 그랜비도 끝까지 따라가겠다고 우겨서 로렌스는 할 수 없이 페리스 중위에게 나머지 승무원들을 맡겨놓고 그랜비도 데려가기로 했다.

그러자 그랜비는 신호용 조명탄 여러 개를 허리춤과 셔츠 안에 끼워 넣고 만족스런 얼굴로 말했다.

"걱정하지 마, 테메레르. 조금이라도 위험하다 싶으면 조명탄을 쏘아 올릴 테니까 신호를 보고 날아와서 알이고 뭐고 집어치우고 대령님을 태우고 이륙해. 네가 대령님을 태울 수 있을 만한 곳으로 모시고 갈 테니까."

 그랜비가 멋대로 그렇게 말하자 로렌스는 신경이 거슬렸으나 테메레르는 물론이고 승무원들도 비행사인 자신을 보호하는 데 온통 신경을 쓰고 있음을 아는 이상 어쩔 수 없었다. 해군 본부 위원회에서도 그 점에 있어서만큼은 승무원들과 같은 생각일 터였다. 물론 나중에 몰래 용알을 빼내온 일을 놓고 책임자인 로렌스를 문책할 수도 있겠지만.

 로렌스는 찜찜한 마음으로 페리스 중위를 돌아보며 지시를 내렸다.

 "페리스, 승무원들과 요리사를 모두 테메레르에게 탑승시키고 대기하도록 하라. 테메레르, 우리 쪽에서 조명탄을 쏘아 올리지 않더라도 궁전 안이 소란스러워지거나 투르크 용들이 날아다니기 시작하면 곧장 이륙해. 네 몸 색깔이 검어서 한밤중에 이륙하면 한동안은 다른 용의 눈에 띄지 않을 테니까."

 테메레르는 호전적으로 눈을 빛내며 대답했다.

 "알았어. 조명탄이 보이지 않아도 그대로 이스탄불을 떠나지 않을 테니 그리 알아. 당신을 비롯해서 하렘으로 들어간 이들을 두고 나 혼자 도망치진 않을 거야. 더 설득할 생각은 하지 마."

 다행히 밤이 오기 전에 정원에 있던 카지리크 두 마리는 각자 거처로 돌아가고 덩치가 더 작은 미들급 용 두 마리가 그 자리를 대신했다. 그 용들은 조심성 있게 작은 숲 안쪽으로 물러나 있었기 때문에 테메레르의 신경을 건드리지는 않았다. 가느다란 조각에서 조금 더 살이 붙은 달이 발밑을 어슴푸레하게 비춰주었다.

 로렌스가 테메레르에게 조용히 다짐을 받았다.

"승무원들의 안전을 네게 맡기마. 혹시 일이 잘못되었을 때 승무원들을 잘 지켜주겠다고 약속해."

"약속할게. 하지만 당신을 두고 도망치지는 않을 거야. 그러니까 당신도 조심하겠다고, 문제가 생기면 곧장 나를 부르는 신호를 보내겠다고 약속해. 혼자가 되고 싶지는 않아."

테메레르가 우울하게 말을 맺자 로렌스는 테메레르의 부드러운 주둥이를 쓰다듬었다. 그것은 테메레르를 달래기 위해서이기도 했고 스스로 마음을 추스르기 위해서이기도 했다.

"물론이지, 나도 널 혼자가 되게 만들고 싶지 않아, 테메레르. 금방 돌아올게."

테메레르는 조그맣게 한숨을 쉬며 궁둥이를 바닥에 댄 채 몸을 일으켰다. 그리고 양 날개를 반쯤 펴서 미들급 투르크 용들의 시야를 가린 뒤 로렌스와 그랜비, 타르케, 던, 마틴, 펠로우스, 딕비를 차례로 지붕 위로 올려주었다. 그 지붕을 통해 하렘 쪽으로 넘어 들어갈 수 있었다. 안장 담당자 펠로우스는 용알을 묶어 운반할 수 있도록 여분의 가죽을 자루에 넣었고 얼마 전 중위로 진급한 망꾼 딕비도 하렘으로 가는 팀에 합류했다. 샐리어와 던, 해클리를 모두 강등했기 때문에 중위 계급의 부하가 모자라서 로렌스는 비록 나이는 어리지만 그동안 착실하게 복무해온 딕비를 중위로 진급시킨 것이었다. 장교 셋을 강등했을 땐 무척 속상했으나 딕비를 진급시키니 한편으로 마음이 뿌듯했다. 하렘으로 출발한 일곱 명은 피가 마르는 모험을 앞두고 다 같이 기운을 내고자 새로 중위가 된 딕비를 위해, 이번 모험의 성공을 위해, 그리고 영국 국왕 폐하를 위해 나지막하게 만세를 불렀다.

지붕이 비스듬해서 발을 딛고 서기가 쉽지 않았다. 그들 일곱 명은 몸을 낮추고 손으로 지붕 표면을 더듬어가며 하렘의 담장과 맞닿는 곳까지 기어갔다. 그 담장은 폭이 넓어서 위에 충분히 서 있을 수가 있었다. 담장에서 내려다보니 미로처럼 복잡한 구조의 하렘이 한눈에 내려다 보였다. 첨탑(尖塔)과 고탑(高塔), 회랑, 돔, 안마당, 복도가 서로 겹쳐 있는 구조라 틈새가 보이지 않았다. 광기어린 건축가의 작품인 듯 그 모든 부분이 하나의 대건축물을 이루고 있었다. 하늘의 별과 달빛, 다락방의 창문들을 통해 새어나오는 촛불이 흰색과 회색으로 된 높낮이가 다양한 하렘의 지붕들을 비추었다. 그 창문들에는 하나같이 쇠창살이 설치되어 있었다.

담장에 인접한 곳에는 대리석 소재의 대형 수영장이 있고, 하렘의 가장자리에 회색 점판암을 깔아 만든 좁은 산책로도 있었다. 그리고 건물 내부로 들어가는 개방형의 아치 문 둘이 보였다. 로렌스와 승무원들이 밧줄을 내리자 타르케가 제일 먼저 그 밧줄을 잡고 미끄러지듯 담장 너머로 내려갔다.

나머지는 긴장한 채 하렘의 창문에 불이 켜지지는 않는지 그 창문으로 그림자가 비치지는 않는지 연방 살폈다. 컴컴한 창문에 별안간 불이 켜지면 그들이 발각되었다는 뜻이었다. 비명소리는 들려오지 않았다. 펠로우스와 그랜비는 각자 엉덩이에 밧줄을 두르고 장갑 낀 손으로 그 줄을 잡으며 밧줄 고리에 묶은 던을 천천히 하렘의 바닥으로 내렸다. 나머지 다섯 명도 한명씩 조심스럽게 하렘으로 기어내려갔다.

그들은 산책로를 따라 일렬종대로 살금살금 기어갔다. 수많은 창문에서 나온 불빛이 수영장 물에 흔들리는 노란 빛을 드리웠고 수영장을 내려다보는 높은 테라스에는 랜턴이 여럿 켜 있었다. 마침내 로렌스 일행은 아치형 문 안으로 들어갔다. 좁은 복도를 따라 걷는 동안 벽감에 들어 있는 기름 램프의 불이 깜박거렸다. 촛농이 흘러내리는 초들이 천정이 낮은 복도에 불빛을 비추고 있었다. 복도 사이사이에는 여러 문과 계단들이 있었고, 멀리서 속삭이는 듯한 바람이 그들의 얼굴로 휙 불었다.

그들은 말없이 걸음을 재촉했다. 타르케가 앞장섰고 던은 그 뒤를 따라가며 최대한 기억을 더듬어 길을 알려주었다. 그들은 장미보다 섬세하고 달콤한 향기가 풍기는 수많은 작은 방문 앞을 지나갔다. 그 향기는 우연한 숨결을 따라 몸 안으로 들어왔다가 더 진한 향료와 향신료의 향기에 묻혀버렸다. 문이 열려 있는 휴게실 안에는 하렘 여인들의 무료한 시간을 때워 줄 기분 전환 거리들이 바닥에 널려 있었다. 필기구함과 책, 악기, 머리 장신구, 스카프, 색조 화장품과 빗 등등. 어느 문 안을 들여다보던 딕비가 놀라서 헐떡거리며 일행들 곁으로 물러났다. 다들 칼과 총을 빼들고 주변을 살폈다. 사방에 창백하게 뒤틀린 얼굴들이 그들을 바라보고 있었다. 군데군데 쪼개지고 이가 빠진 낡은 거울들이 황금 틀에 끼워진 채 벽에 쭈욱 세워져 있는 방이었다.

타르케는 이따금씩 일행에게 걸음을 멈추게 한 뒤, 빈 방으로 들어가 엎드려 숨어 있게 했다. 그들은 멀리서 들려오는 발자국 소리가 완전히 사라질 때까지 그렇게 숨어 있다가 다시 걸었다. 한번은 여자들 몇 명이 높고 유쾌한 목소리로 청아하게 웃으며 복도를 지나가기도 했다. 로렌스는 점차 공기가 무거워지고 습도와 온도가 높아지는 것을 느꼈다. 앞장서서 걸어가던 타르케가 로렌스와 눈을 마주치고 고개를 끄덕이면서 손짓을 했다.

로렌스는 타르케 옆으로 살금살금 걸어갔다. 격자로 된 망 너머 천정이 높고 환하게 불이 켜진 대리석 복도가 보였다. 던이 높고 좁은 아치형 문을 가리키며 속삭였다.

"맞아요, 저기서 여자들이 젖은 머리로 나오는 것을 봤습니다."

그 부근의 바닥은 축축하게 젖어 빛나고 있었다.

타르케는 손가락을 입에 대고 조용히 하라는 시늉을 하며 일행을 도로 어둠 속에 숨게 했다. 그리고 혼자 조심스럽게 앞으로 나갔다. 몇 분 뒤에 돌아왔는데 그 시간이 마치 영원처럼 길게 느껴졌다. 일행에게 다시 돌아온 타르케가 작은 목소리로 말했다.

"목욕탕 쪽으로 내려가는 길을 찾았는데 보초를 서는 자들이 있더군요."

계단 아래 제복을 입은 흑인 환관 네 명이 서 있었다. 늦은 시간이라 환관들은 무료한 표정으로 꾸벅꾸벅 졸거나 주변을 그리 경계하지 않은 채 서로 얘기를 나누기도 했다. 이대로 계단을 내려갔다가는 저 환관들의 눈에 띄어 소동이 일어날 터였다. 로렌스는 화약통을 열고 종이 탄포를 찢어 총알 여섯 개를 꺼냈다. 화약이 바닥에 쏟아졌다. 일행은 계단 위쪽 양옆에 몸을 숨겼다. 로렌스가 총알 여섯 개를 계단 아래로 굴리자 총알들이 맑은 소리를 내며 매끄러운 대리석 계단 아래로 굴러 떨어졌다.

놀랐다기보다는 당황한 환관들이 무슨 일인지 알아보기 위해 계단 위로 올라왔고 몸을 굽히며 바닥에 쌓인 흑색 화약을 살펴보았다. 로렌스가 신호를 하자마자 그랜비가 앞으로 뛰쳐나와 권총 자루로 환관 한 명을 때려눕혔다. 타르케는 칼자루 끝으로 또 다른 환관의 관자놀이를 세게 강타하여 쓰러뜨렸다. 그리고 로렌스는 세 번째 환관의 목을 팔로 움켜잡고 질식시켜 기절하게 만들었다. 그러나 네 번째 환관은 가슴팍이 넓고 목이 두꺼워서 딕비가 목을 움켜잡았는데도 꺽꺽대며 사지를 허우적거렸고 마틴이 합세하여 명치 부분을 강하게 쥐어박은 뒤에야 조용히 바닥으로 쓰러졌다.

로렌스 일행은 숨을 헐떡이며 귀를 기울였다. 주변에서는 아무런 소리도, 놀란 여자들의 비명 소리도 들려오지 않았다. 그들은 자신들이 숨어 있던 구석진 곳으로 쓰러진 환관들을 끌고 가 몸을 끈으로 묶은 뒤 목도리를 풀어 입에 재갈을 물렸다.

"서두르자."

로렌스의 말이 떨어지자마자 그들은 계단을 내려가 천정이 둥근 복도를 달려갔다. 판석이 깔린 복도에 그들의 장화 소리가 울려 퍼졌다. 그리고 대리석과 돌로 된 큰 목욕탕이 나왔다. 따뜻한 노란색 돌로 되어있는 아치형 천정에는 섬세한 조각이 새겨져 있었고 벽에는 큰 돌 세면대와 황금으로 된 급수 꼭지가 붙어 있었다. 구석구석에 짙은 색 나무로 된 칸막이들과 벽감들이 보였고 목욕탕 한가운데에는 돌판이 깔려 있었으며 사방이 수증기 때문에 미끈거리고 물방울이 맺혀 있었다. 벽 위쪽에 설치된 구멍에서 목욕탕 안으로 짙은 수증기가 쏟아져 나오고 있었다. 목욕탕 곳곳에 작은 통로들이 있었는데 그중 한 곳으로 들어가 나선형의 좁은 돌계단을 밟고 위로 올라가자 표면이 아주 뜨거운 쇠문이 하나 나왔.

로렌스 일행은 문 주변에 모여 서서 그 쇠문을 밀었다. 문이 열리자마자 그랜비와 타르케가 안으로 뛰어 들어갔다. 쇠문 뒤의 방 안은 지옥처럼 주황색 불이 활활 타고 있었고 엄청나게 뜨거웠다.

다리가 여럿 달린 땅딸막한 난로 하나가 방 안을 거의 채우다시피 했고 그 위에 매달린 빛나는 구리로 된 가마솥에서 물이 부글부글 끓고 있었다. 가마솥에서부터 구불구불 뻗어나간 파이프들이 벽 너머로 이어져 목욕탕 안에 온수를 공급하는 구조였다. 화염이 포효하는 난로 옆에는 장작으로 쓰이는 나무들이 잔뜩 쌓여 있고 그 옆에는 막 석탄을 집어삼킨 화로가 위에 매달린 돌 사발을 향해 새빨간 혀를 날름거리며 불을 뿜어내고 있었다. 방 안에 있던 웃통 벗은 흑인 노예 두 명이 로렌스 일행을 멍하니 쳐다보았다. 그중 한 명은 뜨거운 돌 사발에 물을 부어 수증기를 만드느라 물이 담긴 긴 국자를 들고 있었고 다른 한 명은 석탄을 뒤적거리는 데 쓰는 쇠 부지깽이를 쥐고 있었다.

그랜비가 국자를 든 노예에게 달려들었고 마틴의 도움으로 그자를 바닥에 쓰러뜨리고 입을 틀어막았다. 또 다른 노예는 끝이 빨갛게 달궈진 부지깽이를 휘두르다가 타르케의 오른쪽 다리를 찔렀다. 타르케는 비명이 터져 나오려는 것을 억지로 참고 신음을 내뱉으며 그 노예의 팔을 붙잡고 부지깽이를 밀어냈다. 로렌스가 손으로 그 노예의 입을 틀어막자 딕비가 틈을 주지 않고 그의 머리를 내리쳐 기절시켰다.

로렌스가 타르케에게 물었다.

"괜찮습니까?"

타르케는 바지에 붙은 불을 외투 끝자락으로 탁탁 쳐서 껐으나 오른쪽 다리에 체중을 실을 수 없는 상태였다. 타르케는 인상을 찡그리며 벽에 기대어 섰다. 부지깽이에 찔린 곳이 시커멓게 변하고 인육 탄내가 났다.

타르케는 말없이 이를 악물고 고통을 참으며 괜찮다는 뜻으로 손을 저으며 난로 뒤를 가리켰다. 그곳에 쇠 격자가 붙어 있는 작은 문이 하나 있었다. 난로 뒤로 돌아가자 온도가 조금 낮아졌다. 붉은 녹이 흘러내리는 쇠 격자를 통해 들여다보니 비단으로 만든 큰 둥지에 용알 열두 개가 각각 담겨 있었다. 그 문은 손을 댈 수 없을 정도로 뜨거워서 로렌스와 그랜비는 펠로우스가 꺼내준 넓은 가죽 조각으로 손을 감싼 뒤 빗장을 들어 올리고 그 작은 문을 열었다.

그랜비는 그 안으로 들어가 용알에 덮인 비단을 옆으로 치운 뒤 용알 껍질을 부드럽게 쓰다듬었다. 그리고 흐릿한 붉은 색 바탕에 연한 초록색 점이 박힌 알에게 숭배하듯 속삭였다.

"아, 우리 예쁜이가 여기 있네."

그리고 로렌스에게 보고했다.

"이 알이 바로 우리가 찾는 카지리크 알입니다. 감촉으로 보아 부화까지 8주 정도 남은 것 같습니다. 서둘러야겠습니다."

그랜비는 그 알을 다시 비단으로 감싼 뒤 로렌스와 함께 조심스럽게 들어 올려 난로가 있는 방으로 가지고 나왔다. 대기하고 있던 펠로우스와 딕비가 가죽 끈으로 그 알을 칭칭 동여맸다.

그랜비는 다시 작은 문 너머로 들어가 나머지 알들을 돌아보고 손끝으로 살짝 만져보며 말했다.

"이 알들을 보십시오. 영국 공군이 지불한 금액을 따져볼 때 용알 두 개를 더 가져가야 계산이 맞습니다. 라이트급 전투 용인 이 알라만 품종의 알과 미들급인 아칼테케 품종의 알을 가져가면 될 겁니다."

알라만은 레몬처럼 흐릿한 노란색을 띠었고 지름이 성인 남자 가슴 폭의 절반 정도 되었는데 그 방 안에 있는 알들 중 크기가 제일 작았다. 그리고 아칼테케는 알라만의 두 배 정도 되는 크기였고 크림색 바탕에 빨간색과 오렌지색 점이 박혀 있었다.

로렌스 일행은 알라만과 아칼테케 알을 꺼내 비단으로 감싸고 끈으로 묶은 뒤 쇔쇠를 채우기 시작했다. 수증기가 가득해서 가죽 끈이 미끌미끌했다. 그들은 모두 비 오듯 땀을 흘렸고 외투의 등짝이 땀으로 시커멓게 얼룩졌다. 계단 위쪽의 목욕탕에 들어왔을지도 모를 여자들에게 혹시 소리가 들릴까 봐 문을 닫은 채 작업을 하고 있어 숨막히게 더웠다. 좁은 창문이 여러 개 나 있긴 했으나 마치 오븐 안에 들어온 것처럼 산 채로 삶아지고 있었다.

갑자기 목욕탕으로 연결되는 수증기 구멍을 통해 목소리가 들려왔다. 로렌스 일행은 가죽 끈을 손에 쥔 채 동작을 멈췄다. 곧이어 여자의 목소리가 더 크게 들려왔다.

타르케가 속삭였다.

"수증기를 더 넣어달라는데요."

마틴이 얼른 국자를 집어 벽의 세면대에서 물을 퍼 뜨거운 돌 사발 위에 부었다. 그러나 수증기가 구멍으로 빠져나가지 않고 방 안을 가득 채워 앞을 볼 수가 없었다.

로렌스가 나지막하게 말했다.

"목욕탕 쪽으로 뛰어 내려가. 계단을 지나 복도를 달려나간 뒤 제일 가까운 아치형 문으로 빠져나가면 건물 밖으로 나갈 수 있어."

펠로우스가 남은 가죽을 바닥에 쌓아놓은 채 말했다.

"저는 싸움에 소질이 없으니 카지리크 알을 맡겠습니다. 그 알을 제 등에 묶고 던이 뒤에서 잡아주면 될 것입니다."

"그래."

로렌스는 마틴과 딕비에게 각각 아칼테케 알과 알라만 알을 맡긴 뒤, 그랜비와 함께 칼을 빼들었다. 가죽 끈으로 오른쪽 다리를 동여맨 타르케도 칼을 들었다. 15분 정도 습기가 가득한 방 안에 있었기 때문에 화약이 젖어 총을 쏠 수 없을 테니 칼로 방어할 수밖에 없었다.

"다들 나갈 준비를 하도록."

로렌스가 이렇게 말한 뒤 남아 있는 물 전부를 뜨거운 돌 사발과 석탄 위로 쏟아 붓자마자 다들 문을 박차고 뛰쳐나갔다.

쉬이익 소리를 내며 문밖으로 쏟아져 나온 거대한 수증기가 계단을 타고 내려가 목욕탕 안으로 퍼져나갔다. 로렌스 일행이 아치형 문까지 절반 정도 달려갔을 때 수증기의 농도가 옅어지며 눈앞이 조금씩 보였다. 그리고 별안간 수증기가 걷히며 로렌스는 눈부시게 아름다운 여자와 바로 앞에서 눈이 딱 마주쳤다. 그 미녀는 물이 가득 든 물병을 손에 들고 있었다. 흑단처럼 새까맣고 윤기 나는 긴 머리카락이 밀크 티처럼 뽀얀 살결을 덮고 있을 뿐, 실오라기 하나 걸치지 않은 알몸이었다. 가장자리가 갈색이고 안쪽이 바다처럼 푸르른 큰 눈동자로 멍하니 로렌스를 쳐다보던 미녀는 곧 날카로운 비명을 질렀다. 그러자 목욕탕 안에 들어와 있던 십여 명의 여자들, 각기 다른 방식으로 뛰어난 미모를 지닌 그 여자들도 합창을 하듯이 비명을 질러댔다.

"이런, 망할!"

당황한 로렌스는 여자의 양 어깨를 잡아 옆으로 밀어내고 아치형 문으로 달려갔다. 타르케를 비롯한 승무원들이 그 뒤를 따랐다. 목욕탕을 향해 달려오는 환관들의 발소리가 들려왔다. 그리고 곧 환관 두 명이 로렌스와 그랜비 앞을 막아섰다.

뜻밖의 사태에 놀란 환관들은 곧장 주먹을 휘두르지 못했고 그 틈을 타 로렌스는 그중 한 명의 손을 걷어차서 칼을 바닥에 떨어뜨렸다. 그리고 그랜비와 함께 그 두 환관을 복도 쪽으로 밀어붙여 쓰러뜨렸다. 로렌스 일행은 물에 젖어 미끄러운 복도를 지나 계단을 향해 달려갔다. 바닥에 쓰러진 두 환관은 동료들을 소리쳐 부르고 있었다.

로렌스와 그랜비는 타르케를 양쪽에서 부축하며 힘겹게 계단을 올라갔고 펠로우스와 던, 마틴, 딕비도 알을 떨어뜨리지 않도록 조심하며 그 뒤를 따랐다. 그리고 환관들의 추격과 여자들의 비명 소리를 피해 또 다른 복도를 내달렸다. 그런데 앞쪽에서 그들을 향해 뛰어오는 발소리가 들렸다. 다른 길을 찾아야 했다. 타르케가 날카롭게 말했다.

"동쪽으로 가요, 저쪽 길로!"

로렌스 일행은 타르케가 가리킨 쪽으로 방향을 바꿨다. 얼마 뒤 차가운 공기가 얼굴에 와 닿았다. 몹시 반가웠다. 마침내 그들은 대리석으로 된 작은 회랑을 지나 사각형의 안뜰로 빠져나올 수 있었다. 하렘 건물엔 창문마다 불이 환하게 켜져 있었다. 안뜰로 나오자마자 그랜비는 한쪽 무릎을 꿇고 조명탄에 불을 붙였다. 첫 번째와 두 번째 조명탄은 습기가 차서 불이 붙지 않았다. 그랜비는 욕설을 내뱉으며 망가진 실린더들을 바닥에 내팽개쳤다. 그리고 셔츠 안쪽 깊숙이 넣어 둔 세 번째 조명탄을 꺼내들었다. 다행히 그 조명탄에는 불이 붙었고 곧 푸른빛이 까만 밤하늘을 향해 연기를 피우며 솟아올랐다.

용알을 맡은 승무원들도 알을 바닥에 내려놓고 돌아서서 싸울 준비를 했다. 점점 더 많은 환관들이 고함을 지르며 건물 밖으로 달려 나왔다. 환관들은 용알이 깨질까봐 총을 쏘지는 못하고 좁은 곳에 몰려선 채 칼을 빼들었다. 자기네가 수적으로 우위이므로 곧 이 침입자들을 굴복시킬 수 있으리라 믿은 것이다. 로렌스는 달려드는 환관들에게 이리저리 주먹을 날리면서 테메레르가 날개 치는 횟수를 속으로 세었다. 로렌스가 예상한 것보다 절반 밖에 안 되는 시간 내에 테메레르는 하렘 위로 날아와 고함을 지르며 안뜰로 내려서기 위해 거세게 날갯짓을 했다. 그 충격에 안뜰에 서 있던 자들은 전부 바닥으로 쓰러질 지경이었다.

환관들은 비명을 지르며 뒤로 물러났다. 안뜰이 좁아서 하렘의 건물 일부를 무너뜨리지 않고서는 착륙이 불가능했다. 건물을 무너뜨리면 그 안에 있는 이들은 모두 죽고 말 터였다. 테메레르는 착륙을 하는 대신 로렌스 일행의 바로 머리 위에서 우레처럼 요란하게 날개를 치며 정지비행을 했다. 그 날갯짓에 하렘 건물을 이루는 벽돌들이 조금씩 무너져 내렸고 안뜰을 내려다보는 창문들이 폭발하듯 깨져 반짝이는 유리 파편들이 산산이 흩어졌다.

테메레르의 몸에 탑승해 있던 승무원들이 밑으로 밧줄 여러 개를 드리웠다. 로렌스 일행은 용알 두 개를 먼저 그 밧줄에 묶어 위로 올려 보내 배 쪽 그물에 싣게 했다. 펠로우스는 등에 지고 있던 값진 용알을 풀어낼 새도 없이 밧줄을 타고 올라가 용알과 함께 배 쪽 그물로 뛰어 들었다. 배 쪽에서 대기하고 있던 승무원들이 펠로우스의 카라비너를 안장 고리에 걸었다.

테메레르가 소리쳤다.

"빨리 빨리!"

위기 상황이었다. 멀리서 투르크 군의 뿔 나팔 소리가 울려 퍼지고 조명탄 여러 개가 한꺼번에 하늘로 쏘아 올려졌다. 북쪽 정원에서 카지리크의 무시무시한 고함 소리와 함께 붉은 화염이 하늘을 향해 치솟았다. 카지리크들이 불과 연기 속에서 하늘로 날아오르고 있었다. 로렌스는 던을 위로 들어 올려 배 쪽 승무원들의 손에 맡겼다. 그리고 타르케와 나머지 승무원들을 모두 탑승하도록 한 뒤 마지막으로 배 쪽 그물을 손으로 움켜잡으며 소리쳤다.

"테메레르, 탑승 완료했다. 출발해!"

배 쪽 승무원들이 용알을 빼내온 이들을 그물 안으로 끌어들여 카라비너로 안장에 고정시키는 동안 세로우스도 로렌스의 카라비너를 안장 고리에 걸었다. 안뜰에 서 있던 환관들이 소총을 쏘기 시작했다. 그러나 용알을 맞추지 않기 위해 조심하다보니 대부분 빗나갔다. 보병중대처럼 모여선 환관들은 다 같이 테메레르의 몸통 한 부분을 겨냥하기 시작했다. 머스켓 소총으로 용에게 상처를 입히려면 한곳을 집중 사격하는 방법밖에 없었다.

테메레르는 근육에 힘을 주며 힘차게 날개를 퍼덕였다. 그 순간 딕비가 소리쳤다.

"용알, 용알이 위험해!"

레몬처럼 노랗고 작은 알라만 알이 그물 밖으로 빠져나가고 있었다. 그 알을 싸고 있던 비단 덮개가 안뜰의 튀어나온 부분에 걸린 것을 모르고 이륙을 한 것이다. 안장 끈 밑으로 붉은색의 화려한 비단 리본이 지상까지 길게 펼쳐졌다. 습기 때문에 미끈거리는 부드럽고 작은 알라만 알은 안장 끈 안에 고정되지 못한 채 그물 사이로 밀려나갔다.

딕비의 손가락 끝이 알라만 알에 닿았으나 그 알은 이미 안장의 가죽 끈과 배 쪽 그물 사이로 빠져나가고 있었다. 딕비는 손에 쥐고 있던 안장 끈을 놓고 다른 손으로 알라만 알을 잡기 위해 몸을 뻗었다. 그러나 딕비의 카라비너는 아직 안장 고리에 제대로 걸려 있지 않은 상태였다.

마틴이 딕비 쪽으로 손을 뻗으며 소리쳤다.

"딕비!"

테메레르는 이미 지붕 위로 가파르게 날아오르고 있었다. 그리고 딕비는 알라만 알을 부둥켜안은 채 입을 벌리고 지상으로 곧장 추락했다.

딕비와 알라만 알은 환관들이 악을 써대는 안뜰로 떨어졌다. 안뜰의 하얀 대리석 위로 추락한 딕비 곁에는 깨진 알에서 튀어나온, 절반쯤 형태가 만들어진 새끼용이 죽어 있었다. 안뜰의 랜턴이 피와 알의 점액으로 뒤덮인 자그마한 두 시체를 비추었다. 소름끼치는 광경을 뒤로 하고 테메레르는 높이 날아올랐다.

10

테메레르는 오스트리아의 국경지대를 향해 오랫동안 쉴 새 없이 날아갔다. 다들 몹시 울적했으나 상황이 워낙 다급하다 보니 마냥 슬픔에 빠져들 형편은 아니었다. 로렌스의 나지막한 위로의 말에도 대답하지 않고 테메레르는 슬픈 울음을 삼키며 밤하늘을 가로질러 계속 날아갔다. 그들 뒤로 도망자들을 찾기 위해 카지리크들이 내뿜는 분노의 화염이 어두운 밤하늘을 물들이고 있었다.

달이 졌다. 별에도 구름이 잔뜩 끼었고, 하늘에 빛이라고는 없어서 로렌스는 위험을 무릅쓰고 랜턴을 잠깐씩 켜서 나침반을 확인했다. 테메레르는 몸통이 밤하늘처럼 검은색이라 투르크 용들의 눈에 띄지 않았고, 추격에 나선 다른 용들의 날갯짓 소리를 듣기 위해 귀를 쫑긋 세우고 날아갔다. 그런데 비행 속도가 비길 데 없이 빠른, 우편 담당 용들이 테메레르 곁에 접근하여 다른 투르크 용들에게 그 위치를 알려주는 바람에 테메레르는 세 번 정도 방향을 이리저리 바꿔야 했다. 요란스러운 용들의 날갯짓에 시골 사람들이 줄줄이 잠에서 깼다. 테메레르는 자신의 한계에 가까울 정도로 엄청난 속도를 냈고 마치 큰 노를 가지고 밤공기를 젓듯이 찻종지 모양으로 날개를 치며 날아갔다.

로렌스는 테메레르에게 속도를 줄이라고 지시하지 않았다. 전투 중의 열기에 둘러싸인 것도 아니고 흥분한 상태도 아니지만 테메레르는 지구력의 한계를 넘어 세차게 날고 있었다. 비행 속도가 얼마나 되는지 확실히 알 수 없었다. 지상에 깔린 어둠에서 이따금씩 굴뚝에서 나오는 것 같은 희미한 불빛들이 휙휙 지나갔다. 거센 바람을 덜 맞으려고 테메레르에게 탑승한 이들은 바짝 엎드렸다.

그들 뒤로 동쪽 하늘이 조금씩 밝아지며 창백한 푸른색으로 변하고, 별빛이 흔들리며 흐릿해지기 시작했다. 테메레르에게 속도를 더 내보라고 재촉할 필요도 없었다. 새벽이 밝아오기 전에 국경을 넘지 못하면 이 시골 지역 어딘가에 몸을 숨기고 밤이 오기를 기다려야 했다. 낮에 오스만투르크제국의 하늘을 날아가는 것은 불가능했다.

"대령님, 저쪽에 빛이 보입니다."

앨런이 슬픔에 잠겨 울먹이는 목소리로 이렇게 말하며 손으로 북쪽을 가리켰다. 줄지어 늘어선 횃불들은 마치 국경을 따라 꿰어진 구슬 목걸이 같았다. 그 주변에서 분노에 찬 투르크 용들이 울부짖는 소리가 들려왔다. 테메레르를 추적하는 용들의 고함 소리를 듣고 경계 태세에 들어간 국경 지대의 투르크 용들은 소규모 편대로 새떼처럼 공중을 선회하며 밤하늘을 노려보고 있었다.

그랜비가 두 손을 컵처럼 모으고 로렌스의 귀에 가져다 대며 나지막하게 말했다.

"투르크 공군에는 야행성 용이 없기 때문에 아마 하늘로 대포를 쏘아 올릴 것입니다."

로렌스는 고개를 끄덕였다.

흥분한 투르크 용들의 소리에 국경 지대의 오스트리아 군인들과 용들도 잠에서 깨어났다. 다뉴브 강의 제방 위쪽 언덕에 자리 잡은 오스트리아의 요새들이 환하게 불을 켜기 시작했다. 로렌스는 테메레르의 옆구리에 손을 댔다. 뒤를 돌아보는 테메레르의 큰 눈이 눈물에 젖어 있었다. 로렌스는 오스트리아의 요새 쪽으로 조용히 손을 뻗어 비행 방향을 지시했다.

테메레르는 고개를 끄덕였으나 곧장 국경을 향해 날아가는 대신, 제방 위에 자리한 요새들을 따라 평행으로 날면서 투르크 용들의 움직임을 주시했다. 투르크의 공군들은 어두운 하늘에 되는대로 소총을 쏘고 있을 뿐 한 발도 명중하지 못했다. 가끔 조명탄 여러 개를 쏘아 올리기는 했으나 수 킬로미터에 달하는 이쪽 국경 지대를 다 밝히기에는 역부족이었다.

테메레르는 별안간 근육을 움츠리며 힘을 모았다. 로렌스는 앨런과 또 다른 망꾼 할리에게 몸을 낮추라고 지시하고는 자신도 테메레르의 목 가까이 엎드렸다. 이윽고 테메레르는 엄청난 속도를 내며 총알처럼 빠르게 국경을 향해 날아갔다. 국경까지 용 열 마리 정도의 거리를 남겨놓은 상태에서 날갯짓을 멈추고 양 날개를 쫙 펼친 테메레르는 옆구리가 부풀 정도로 크게 숨을 들이쉬었다. 그리고 초소 사이의 어두운 지점을 활공하여 지나갔다. 초소 양옆의 횃불이 그리 빛이 세지 않아 들킬 염려는 없었다.

테메레르는 최대한 그 상태로 길게 활공했다. 그러다가 고도가 크게 낮아져 로렌스가 신선한 솔잎 향기를 맡을 수 있을 정도가 되었을 때 위험 부담을 안고 한 번 두 번 날개를 퍼덕여 나무 위로 고도를 높였다. 1.6킬로미터가 넘는 거리를 단숨에 날아 오스트리아의 요새 북쪽을 향해 나아가던 테메레르는 슬쩍 뒤를 돌아보았다. 푸른색으로 밝아오는 후방의 하늘을 배경으로 오스만투르크의 국경선이 뚜렷하게 보였다. 국경을 넘어가는 테메레르를 보지 못했는지 투르크 용들은 계속 순찰 비행 중이었다.

아직 국경 지대이기 때문에 해가 뜨기 전에 숨을 곳을 찾아야 했으나 테메레르의 몸집이 너무 커서 시골 지역의 숲에 몸을 숨길 수가 없었다. 마침내 로렌스는 지시를 내렸다.

"앨런, 신호용 깃발을 내걸고 백기도 같이 올려. 오스트리아 군을 놀라게 하는 것보다는 미리 신호를 주고 요새의 성벽 안으로 들어가는 편이 나으니까. 테메레르, 최대한 빨리 요새 안쪽에 마땅한 곳을 찾아 착륙해."

테메레르는 고개를 푹 숙인 채 날고 있었다. 지금까지 이렇게 고된 비행을 해본 적이 없었고, 처음에 추격을 따돌리기 위해 과도하게 체력을 소모한 데다 슬픔까지 겹쳐 피로가 더했다. 테메레르는 군말 없이 한 번 더 힘을 내 고도를 높였고 오스트리아의 요새 벽을 넘어 안마당에 무겁게 착륙했다. 테메레르가 배 쪽 승무원들을 배려해 궁둥이를 들고 비틀거리며 안마당에 서자 공포에 질린 오스트리아 기병대 소속의 말들이 한옆으로 달아나고 보병 중대는 고래고래 소리를 지르며 반대편으로 뛰어갔다.

"쏘지 마시오!"

로렌스는 확성기로 이렇게 소리를 쳤고 그 말을 프랑스어로 다시 되풀이한 뒤 영국 기를 흔들었다. 오스트리아 군인들은 망설이는 눈치었다. 배 쪽 승무원들이 모두 바닥으로 내려서자 테메레르는 한숨을 쉬고 엉덩이를 땅에 대고 앉아 가슴께까지 고개를 푹 숙이며 말했다.

"아, 정말 힘들다."

오스트리아 군 소속 아이거 대령은 로렌스 일행에게 커피와 잠자리를 제공했고, 테메레르에게는 겁에 질려 날뛰다가 다리가 부러진 말 한마리를 먹이로 내주었다. 기병대는 나머지 말들을 서둘러 요새의 담장 밖에 있는 작은 목장으로 끌어다 놓았다. 로렌스는 다음날 오후까지 푹 자고 일어났다.

잠 기운을 완전히 떨치지 못한 채 침대에서 일어난 로렌스는 창밖을 내다보았다. 안마당에 엎드린 테메레르는 국경 너머 800미터쯤 떨어진 곳에 있는 투르크 용들에게 다 들릴 정도로 요란하게 코를 골며 자고 있었다. 요새의 두꺼운 나무 벽 안쪽에서 자고 있지 않았다면 투르크 용들에게 위치가 발각되고도 남을 정도였다.

그리고 그날 저녁 아이거 대령은 로렌스에게 풍성한 만찬을 대접했다. 어젯밤 로렌스는 너무 지쳐서 몇 마디 하지 못했기에 저녁 식사를 하면서 오스만투르크제국에서 겪은 일에 대해 상세히 털어놓았다. 얘기를 다 듣고 난 아이거가 물었다.

"투르크인들은 나폴레옹의 장단에 맞춰 춤을 추기로 한 것입니까? 나폴레옹에게 붙어 꽤나 재미를 보겠군요."

아이거의 입장에서는 오스트리아와 주변국들의 관계를 깊이 고려하지 않을 수 없었다. 로렌스 일행을 동정하기 했으나 그렇다고 크게 도와줄 처지도 못 되었다. 아이거는 로렌스의 잔에 포도주를 더 채워주며 말을 이었다.

"나도 대령 일행을 빈까지 안전하게 모셔다드리고 싶지만 그럴 수 없는 상황입니다. 말하기조차 부끄럽지만, 인간의 탈을 쓴 오스트리아의 일부 정치가 놈들은 대령 일행이 여기 머물고 있는 것을 알면 당장 대령 일행을 잡아다가 나폴레옹에게 바치자고 주장할 것입니다. 그리고 나폴레옹 앞에 무릎을 꿇고 비굴하게 머리를 조아리며 절을 하겠죠."

로렌스가 차분하게 말했다.

"이렇게 쉴 수 있게 해주신 것만으로도 감사드립니다. 대령과 오스트리아의 입장을 곤란하게 만들 생각은 전혀 없습니다. 오스트리아가 프랑스와 휴전 조약을 맺었다는 것은 저도 알고 있으니까요."

아이거가 침울하게 말했다.

"휴전 조약이라. 말이 휴전 조약이지, 나폴레옹 일당의 발치에 납작 엎드렸다고 표현하는 것이 더 정확할 것입니다."

식사가 끝나갈 무렵 아이거는 포도주를 세 병이나 비웠다. 천천히 얘기를 나누며 마셨는데도 그 정도인 것을 보니 늘 그런 식으로 과음을 하는 것 같았다. 신사이긴 하나 상류층은 아니어서 진급과 부대 배치에 제약을 받고 있어 스트레스가 심한 것인가 싶기도 했다. 자신의 능력에 미치지 못하는 대우를 받다보면 그럴 수도 있었다. 하지만 브랜디까지 마시자 아이거는 점점 말이 많아졌고 마침내 그를 그토록 비참하고 괴롭게 만든 것은 아우스터리츠 전투의 패배에서 온 분노였음이 드러났다.

아이거 대령은 아우스터리츠 전투 당시 랑제론 장군 휘하에서 복무했고 결국 치명적인 패배를 당하고 말았다.

"악마 같은 나폴레옹은 일부러 우리에게 프라첸 고지와 아우스터리츠를 내주었습니다. 제일 좋은 땅에서 일부러 자신의 군대를 후퇴하게 한 것이죠. 왜 그랬겠습니까? 우리를 싸움에 끌어들이기 위해서지요. 당시 나폴레옹의 군대는 5만 명, 우리 쪽은 러시아 군대와 합해 9만 명이었으니 우리는 나름대로 승산이 있다고 판단하고 나폴레옹의 꼬임에 넘어가고 만 것입니다."

아이거는 씁쓸하게 웃으며 덧붙였다.

"나폴레옹이 프라첸 고지와 아우스터리츠에서 군대를 후퇴하게 한 것도 며칠 뒤에 되찾을 자신이 있어서 그런 것입니다."

그리고 아이거는 전투 내용을 설명하느라 탁자 위에 펼쳐 둔 지도에 대고 손을 휘휘 저었다. 술에 몹시 취한 상태라 지도 위에 군대와 용을 나타내는 모형을 배치하는 데에만 10분 정도 걸렸다.

로렌스는 이성이 마비될 정도로 취한 것은 아니어서 그 와중에도 자세한 얘기를 들을 수 있었다. 얼리전스 호를 타고 중국으로 가는 길에 로렌스는 러시아·오스트리아 연합군이 아우스터리츠 전투에서 대패했다는 소식을 듣기는 했으나 자세한 내용은 알지 못했고, 그 뒤로 수개월이 지나는 동안 그 전투에 관련한 얘기는 더 듣지 못했다. 그래서 아우스터리츠에서 나폴레옹이 거둔 승리는 어쩌면 과장된 것인지 모른다는 생각도 했다. 지도 위에 늘어놓은 양철 병정과 나무를 깎아 만든 용 모형들을 이리지리 움직이며 아이거 대령은 한층 더 비참한 표정이 되었다.

"나폴레옹은 우리가 마음껏 공격해 들어오도록 내버려두다가 우리가 중앙 지역을 비우자 프랑스 용 15마리와 2만 명의 군인들을 데리고 그 지역을 차지했습니다. 그들이 중앙 지역까지 강행군을 해서

오는 동안 우리는 그들이 오는 소리조차 듣지 못했지요. 우리는 허둥대며 몇 시간 정도 싸웠지요. 러시아 황제의 근위대가 프랑스 군에 일부 사상자를 내기는 했지만 그게 다였습니다."

아이거는 말을 타고 지휘봉을 든 군인 모형을 뒤집어엎고는 의자 등받이에 기대어 눈을 감았다. 로렌스는 용 모형 하나를 집어들고 만지작거렸다. 무슨 말을 해야 좋을지 알 수 없었다. 아이거가 다시 입을 열었다.

"다음날 아침 오스트리아의 프란츠 황제께서는 직접 나폴레옹을 찾아가 휴전 조약을 맺자고 애걸하셨지요. 신성로마제국의 황제께서 프랑스의 왕위를 찬탈해 황제가 된 코르시카 놈에게 엎드려 절을 하셨다는 말입니다."

아이거는 목이 메어 더 말을 잇지 못하고 망연자실한 얼굴로 잠이 들었다.

로렌스는 잠이 든 아이거를 두고 안마당으로 나와 테메레르 곁으로 다가갔다. 잠이 깬 테메레르는 여전히 우울한 표정으로 말했다.

"딕비가 죽은 것도 마음이 아픈데 우리 때문에 그 새끼용이 죽었다고 생각하니까 더 견디기가 힘들어. 새끼용은 용알 매매에 직접 관여한 것도 아니고 우리한테 팔려오겠다거나 오스만투르크에 남겠다고 스스로 결정한 것도 아니었어. 알에 들어 있었으니 도망칠 수도 없는 상태였고."

테메레르는 남은 두 알을 본능적으로 꼭 품고 앉아 따뜻하게 해주면서 가끔씩 긴 혀를 껍질에 대보았다. 로렌스와 케인스가 알들을 검사해봐야 한다고 하자 마지못해 물러났으나 계속 주변을 맴돌며 안절부절못했다. 신경이 곤두 선 케인스가 말했다.

"머리 좀 치워. 햇빛을 가려서 제대로 검사를 할 수가 없잖아."

케인스는 알들을 가볍게 두드려보고 표면에 귀를 대고 소리를 들어보았다. 손가락에 침을 묻혀 알에 문지른 뒤 다시 입에 넣어보기도 했다. 마침내 검사를 끝마친 케인스가 뒤로 물러나자 테메레르는 얼른 다시 두 알을 품고 앉아 케인스의 소견에 귀를 기울였다.

케인스가 로렌스에게 보고했다.

"흠, 잘 자라고 있고 여기까지 오는 동안 유해한 냉기에 노출되지도 않았습니다. 앞으로도 비단으로 잘 감싸놓아야겠습니다. 테메레르가 곁에서 보모 노릇을 하게 하는 것도 나쁠 것 없지요. 아칼테케 품종의 알은 소리를 들어보니 아직 형태가 만들어지지 않아서 시간 여유가 있습니다. 몇 달 뒤에나 부화할 겁니다. 카지리크 품종의 알은 부화까지 8주 정도 남은 것 같은데, 어쩌면 6주 내에 알을 깨고 나올 수도 있겠습니다. 한시도 지체하지 말고 영국으로 출발해야 합니다."

"오스트리아도 그렇고 라인 연방도 프랑스 군이 잔뜩 진을 치고 있어서 안전하지 않아. 프러시아를 통과해서 북쪽으로 가는 길밖에 없는데 열흘 정도 비행하면 발트 해가 보일 거다. 거기서부터 며칠 더 비행하면 스코틀랜드에 도착할 수 있지."

그날 저녁 로렌스가 프러시아를 지나 영국으로 가겠다는 계획을 밝혔을 때 아이거가 말했다.

"어떤 길로 가든 서둘러야 할 것입니다. 어떻게든 빈에 보고서를 올리는 일을 늦출 테니 빌어먹을 정치가들이 대령 일행을 이용해서 오스트리아의 명예에 더 먹칠을 하기 전에 이 나라를 빠져나가주었으면 합니다. 프러시아 국경선까지 안전하게 가실 수 있게 통행권을 만들어드리겠습니다. 그런데 지중해를 통해서 가는 게 낫지 않겠습니까?"

"지중해를 지나 지브롤터를 빙 돌아서 영국까지 가려면 한 달은 족히 걸릴 겁니다. 이탈리아 해안을 따라 가는 동안 내려서 쉴 곳을 찾는 것도 쉽지 않을 테고요. 프러시아 인들이 나폴레옹의 군대를 자기네 나라에 머물게 해주고 있다는 이야기는 들었습니다만, 아이거 대령 생각에 그들이 우리를 나폴레옹에게 넘길 것 같습니까?"

"나폴레옹한테 넘긴다고요? 아닐 겁니다. 프러시아 인들은 나폴레옹과의 전쟁을 준비하고 있습니다."

"나폴레옹에게 대적한다고요?"

예상치 못한 반가운 소식이었다. 프러시아 인들은 오래전부터 유럽에서 제일 정비가 잘 된 군사력을 보유하고 있었다. 그들이 대프랑스 동맹에 합류해준다면 전쟁의 판도가 바뀔 수도 있고, 나폴레옹과 전쟁 중인 나라들이 승리를 거둘 가능성도 그만큼 높아지는 것이었다. 그러나 아이거는 그런 얘기를 하면서도 얼굴빛이 전혀 밝아지지 않았다.

아이거가 대답했다.

"그렇습니다. 하지만 나폴레옹은 러시아 군을 무찔렀습니다. 이제 그가 프러시아 군까지 짓밟는다면 유럽에서 나폴레옹을 저지할 수 있는 나라는 하나도 남지 않게 됩니다."

로렌스는 이 비관적인 의견에 대해 반박하지도, 맞장구를 치지도 않았다. 로렌스는 프러시아 군에 대한 소식이 몹시 반가웠으나, 아이거 대령은 오스트리아에게 패전을 안긴 나폴레옹을 프러시아 군이 나서서 무찌르는 것이 과히 기쁘지만은 않을 터였다. 아무리 나폴레옹을 증오하고 있어도 그것은 자존심의 문제였다.

로렌스는 잠시 생각한 끝에 말했다.

"적어도 프러시아는 우리 일행을 지나가지 못하게 막지는 않을 것 같군요."

"전투가 시작되기 전에 서둘러 영국으로 가십시오. 잘못하면 나폴레옹에게 붙들려 일정이 크게 지연될 수도 있으니까요."

다음날 저녁 테메레르와 로렌스 일행은 밤을 틈타 프러시아를 향해 출발했다. 이륙하기 전에 로렌스는 편지 몇 통을 써서 아이거 대령에게 맡기며 빈을 거쳐 런던으로 발송해 달라고 부탁했다. 그리고 편지보다 그들이 먼저 고향에 도착할 수 있기를 바랐다. 어쩌면 로렌스 일행의 임무 수행 내용과 오스만투르크제국 관련 상황이 이미 영국 정부에 보고되었는지도 모를 일이었다.

일 년 정도 된 암호밖에 쓸 수 없는 상황이나 로렌스는 공들여 암호화해서 해군 본부 위원회에 보내는 보고서를 작성했고 평소보다 더 딱딱한 문투를 사용했다. 죄책감이 들지는 않았다. 자신의 판단이 옳았다고 믿기 때문이었다. 그러나 부정적인 시선으로 보면 그의 판단과 행동은 무모하고 분별없는 것으로 치부될 것이고 상부에 정당성을 입증할 만한 증거도 부족했다. 투르크인들이 변심을 했기 때문에 로렌스 일행이 용알을 빼내온 것이 아니라, 로렌스 일행이 용알을 훔쳐 도망쳤기 때문에 투르크인들이 영국에 적대적으로 돌아선 것이라고 몰아붙이면 어떻게 대응할지 알 수도 없었다.

로렌스가 임무를 제대로 수행한 것이냐를 놓고 상부에서 문제를 제기할 수도 있었다. 상부의 명령도 없이 무작정 용알을 훔쳐온 것은 영국과 오스만투르크제국의 관계에 악영향을 줄 수 있으므로 임무 수행에 실패한 것과 다름없다면서 말이다. 로렌스는 렌튼 대장이 용알을 영국으로 가져오라고 명령했으므로 도둑질을 해서라도 가져온 것뿐이라고 뻔뻔하게 대답할 만큼 궤변가도 아니었다. 솔직히 다급한 마음에 용알을 훔치기로 마음먹었던 것이니까. 어쨌든 서둘러 영국으로 돌아가 이 복잡하게 얽힌 문제를 국방성 사람들의 손에 넘겨버리는 것이 제일 현명한 처신일 터였다.

영국으로 돌아갔을 때 상부에서 그의 판단과 행동이 진실로 정당한 것이었느냐고 따져 물으면 과연 확신을 갖고 대답할 수 있을까? 로렌스도 다른 비행사들이 늘 그렇듯 길게 생각하지 않고 빠르게 판단을 내려 움직인 것이었다. 해군으로 복무하던 시절이라면 이런 식으로 행동하는 것은 있을 수도 없는 일이었다. 해군 시절에는 거의 융통성 없이 상부의 명령에 복종해온 그였다. 용알을 빼내오기로 결정할 때 로렌스는 고의적으로 양국 관계를 어지럽히려는 의도도 없었고, 어떤 정치적인 계산도 하지 않았다. 용의 비행사로서 책임을 다하고자 했을 뿐이었다. 로렌스는 온전히 책임을 져야 할, 살아 있는 용을 데리고 있었고 그 용은 다른 사람의 의지에 따라 주어지거나 빼앗길 수 있는 물건이 아니었다. 그런 책임감이 지나쳐 영국 정부의 판단보다 자기 판단을 우선시한 우를 범한 것은 아닌가 싶어 로렌스는 마음이 편치 않았다.

다음날 아침 밤새 비행한 테메레르와 로렌스 일행은 산비탈의 바람 불어가는 쪽에 있는 공터에 착륙해 야영 준비를 했다. 공터 부근에는 양 몇 마리밖에 없었고, 꿍쑤는 그 양들을 잡아 불구덩이 위에서 굽기 시작했다. 다행히 주변의 이목을 끌 정도로 연기가 멀리 퍼지지는 않았다.

휴식을 취하던 중에 로렌스가 걱정스런 속내를 털어놓자 테메레르가 말했다.

"그깟 정부가 뭐 그리 대단한 거라고. 정부가 하는 일이라고는 싫다는데도 억지로 위협을 가해가며 사람들에게 원치 않는 일을 시키는 것밖에 없잖아. 나는 지금 우리가 그 정부의 영향력에서 벗어나 있어서 정말 좋아. 정부가 또다시 나한테서 억지로 당신을 뺏어가고 다른 사람을 비행사로 앉히려 한다면 몹시 기분이 나쁠 것 같아. 내가 군함도 아닌데."

로렌스는 반박하지 않았다. 정부의 기능에 대해 토론을 벌일 수도 있었으나 굳이 그러고 싶지 않았다. 정부의 제약을 받지 않는 이 상황이 나름대로 좋기도 했다. 그런 생각이 부끄럽지 않았기에 거짓으로 둘러댈 생각도 없었다.

"흠, 누구든 전제 군주가 될 수는 있지만 나폴레옹이 지금보다 더 큰 권력을 갖지 못하게 막는 것이 옳아. 그렇기 때문에 영국 정부에서 사람과 용에게 원치 않는 일을 시키기도 하는 것이지."

테메레르가 생각에 잠긴 목소리로 물었다.

"로렌스, 나폴레옹이 그렇게 불쾌한 인간이라면 왜 프랑스 인들은 나폴레옹이 시키는 대로 하는 것일까? 프랑스 용들도 그렇고."

"아, 흠. 솔직히 나폴레옹이 개인적으로 불쾌한 인간인지 아닌지는 나도 몰라. 그러나 그가 거느린 군인들에게 큰 지지를 받고 있는 것은 사실이지. 하긴 의아하게 여길 일도 아니겠지. 나폴레옹은 지금까지 줄곧 승전을 거듭해왔으니까. 황제의 자리까지 오를 정도로 대단한 매력을 지닌 사람인지도 모르지."

"어차피 누군가 전제 군주가 되어야 한다면 나폴레옹이 절대 권력을 가지는 것이 왜 그렇게 나쁜 건데? 영국 왕이 나폴레옹처럼 전투에 참여해서 승리를 거뒀다는 얘기는 한 번도 못 들어봤어."

"영국 왕의 권력은 그런 성질의 것이 아니야. 국왕 폐하께서는 영국의 수장이지만 절대 권력을 소유한 것은 아니거든. 영국에선 그 누구도 절대 권력을 가질 수 없어. 하지만 나폴레옹은 아무런 제약도 받지 않고 있지. 프랑스에는 지금 그의 뜻에 제동을 걸 만한 구조적 장치가 없고 그는 자신의 재능을 오로지 스스로를 드높이기 위해서 사용하고 있어. 반면, 영국의 국왕 폐하와 장관들은 영국이라는 나라를 위해 봉사하는 사람들이지. 대부분 자기 자신보다 국가를 우선시하니까."

테메레르는 한숨을 푹 내쉬며 더 따지고 들지 않았다. 그저 기운이 쭉 빠진 얼굴로 다시 몸을 웅크리며 알을 품었다. 로렌스는 걱정이 되어 테메레르를 가만히 지켜보았다. 테메레르가 이처럼 우울해하고 있는 것은 딕비와 알라만 새끼용의 죽음 때문만은 아닌 것 같았다. 아마도 자신의 주장을 마음껏 펼치지 못하고 여기서 이렇게 시간을 보내고 있기 때문이리라. 용들의 자유 문제에 관해 로렌스와 의견 일치를 보지 못한 것 때문일 수도 있었다. 그렇다면 시간이 지나도 치유되기 힘든 깊은 실망을 느꼈을 터였다.

로렌스는 노예 해방을 위한 정치적인 작업이 서서히 진행되어온 과정에 대해 테메레르에게 설명해줄까 하는 생각도 해보았다. 윌버포스는 노예무역 철폐를 위해 아주 오랜 세월을 두고 조금씩 성과를 내며 영국 의회에 영향력을 행사해왔고 지금도 노예무역을 금지하기 위해 노력하고 있었다. 그러나 그런 예를 든다면 오히려 테메레르의 마음을 더 상하게 만들 수도 있었다. 당장 성과를 내고 싶어하는 테메레르에게 오랜 시간을 두고 서서히 계산된 순서에 따라 개혁을 진행하자고 말해보았자 별로 설득력이 없을 것이고, 무엇보다 공군의 의무도 충실히 수행해야 하기 때문에 정치 운동을 할 시간이 거의 없을 터였다.

그래도 아주 희망이 없는 것은 아니었다. 로렌스는 최선을 다해 전투에 임하는 것을 우선으로 하겠지만, 테메레르가 낙담한 채 살아가도록 내버려두지도 않을 생각이었다.

오스트리아의 시골 지역은 수확 철을 맞이하여 푸른색과 황금색으로 뒤덮여 있었다. 통통하게 살이 오른 양들은 느긋하게 풀을 뜯으며 돌아다녔다. 적어도 테메레르가 발톱으로 움켜잡기 전까지는 느긋했다. 주변에 다른 용이 보이지 않아 싸우거나 힘을 겨룰 일도 없었다. 마침내 오스트리아 국경을 넘어 작센 지방으로 들어간 테메레르는 이틀 간 계속해서 북쪽으로 날아갔다. 군대의 모습은 보이지 않았다. 그러다가 에르츠게비르게 산맥의 마지막 산등성이를 이루는 작은 언덕을 넘자마자 드레스덴 마을 바깥에 있는 대규모의 군대 야영지를 보게 되었다. 7만 명이 넘는 군인들이 보였고 24마리 정도 되는 용들이 그 옆 골짜기에 몸을 쭉 뻗고 누워 있었다.

테메레르를 본 지상의 육군들은 곧 경계 태세에 들어가며 대포를 향해 뛰어갔고 공군들도 각자의 용에게 달려갔다. 뒤늦게 로렌스는 영국 기를 내걸라는 명령을 내렸다. 그제서야 그 군인들과 용들은 경계 태세를 풀며 야영지 안쪽을 서둘러 치우고 착륙장을 마련해주었다. 테메레르는 이 공터로 착륙했다.

로렌스가 그랜비에게 지시했다.

"전원 탑승한 채 대기하도록. 여기 머물지 않을 생각이니까. 오늘 160킬로미터를 더 가야 해."

로렌스는 안장 끈을 잡고 지상으로 내려왔다. 머릿속으로는 여기까지 오게 된 경위에 대한 설명과 요청 내용을 프랑스어로 어떻게 말할지 구상하면서 옷에 묻은 먼지를 털어냈다. 먼지를 털어봤자 별로 깨끗해지지도 않았지만.

그런데 로렌스를 맞이한 군인이 시원시원한 영어로 말했다.

"아이고, 드디어 오셨군요. 그런데 나머지 용들은 어디에 있습니까?"

로렌스는 어리둥절한 눈으로 그 영국 장교를 쳐다보았다. 앞에 서 있는 그 장교는 인상을 찌푸린 채 채찍 손잡이를 자기 허벅지에 대고 툭툭 치고 있었다. 이런 곳에서 영국 장교를 만나다니. 영국 피커딜리 광장의 생선 장수를 여기서 만났다고 해도 이보다 더 놀랍지는 않을 것이었다.

"맙소사, 여기서 영국 군대를 동원하고 있는 중입니까?"

로렌스는 이렇게 묻고는 곧 정신을 차리며 덧붙였다.

"테메레르의 비행사 윌리엄 로렌스 대령입니다."

"아, 나는 연락 장교로 복무 중인 리처드 손다이크 육군 대령입니다. 그런데 무슨 뜻입니까? 우리가 그쪽 일행을 애타게 기다리고 있다는 것을 잘 아실 텐데."

더 혼란스러워진 로렌스가 말했다.

"손다이크 대령, 뭔가 착오가 있는 것 같습니다. 대령이 기다리고 있는 공군은 우리가 아닐 것입니다. 우리는 중국에서 이스탄불을 거쳐 여기까지 왔고 마지막으로 상부의 명령을 받은 것이 벌써 수개월 전이니까요."

당황한 손다이크는 멍하니 로렌스를 쳐다보았다.

"뭐라고요? 다른 용은 없다는 겁니까?"

"보시다시피 그렇습니다. 무사 통과를 요청하려고 잠시 착륙한 것입니다. 공군 본부에서 지시한 긴급한 임무를 띠고 스코틀랜드로 가는 중입니다."

"아니, 공군 본부에게 피비린내 나는 전쟁보다 더 긴급한 일이 어디 있습니까? 말도 안 되는 소리지!"

손다이크가 소리치자 로렌스도 화가 치밀었다.

"무슨 이유로 내 임무에 대해 그렇게 폄하하는 것인지, 나야말로 궁금하군요."

"무슨 이유냐고요? 물으시니 말해드리죠! 나폴레옹의 군대가 바로 코 앞에 와 있습니다. 우리는 영국 용 스무 마리가 오기를 목이 빠지게 기다리고 있는데 두 달이 넘도록 감감무소식이란 말입니다. 바로 그게 귀관의 임무를 차선으로 취급하는 이유입니다."

제3부

11

 프러시아의 왕자 호엔로헤 장군은 무표정한 얼굴로 로렌스의 설명에 귀를 기울였다. 예순 살 정도 되어 보이는 호엔로헤는 사람 좋은 얼굴을 하고 있었다. 하얀 분을 바른 가발을 쓰고 있었지만 딱딱한 인상을 주지 않고 전체적으로 기품이 흘렀다. 로렌스가 설명을 마치자 호엔로헤가 단호한 표정으로 물었다.

 "당신네들이 증오해 마지않는 나폴레옹을 패배시키려면 용 한 마리로는 어림도 없다. 영국에서는 여전히 지원군을 보내주지 않고 있으니, 영국이 이번 전쟁에서 피를 흘리기보다는 돈으로 때우려는 게 아니냐고 불평하는 이들도 있다. 하지만 우리 프러시아는 기꺼이 나폴레옹과 정면으로 맞설 것이다. 영국은 용 스무 마리를 지원군으로 보내주겠노라고 약속했고 확언까지 해놓고도 나폴레옹과의 전쟁을 코앞에 둔 지금까지 용을 보내오지 않고 있다. 영국은 스스로 한 약속을 깨는 수치스러운 짓을 하겠다는 것인가?"

 손다이크 대령이 로렌스를 노려보며 대신 대답했다.

"그럴 리 없습니다, 장군님. 장담할 수 있습니다."

로렌스가 호엔로헤에게 말했다.

"일부러 약속을 저버리는 것은 아닐 것입니다. 사정이 생겨서 늦어지고 있을 테지요. 영국에 피치 못할 일이 생겨서 그런 것 같아 걱정이 됩니다. 일주일이면 영국까지 날아갈 수 있으니 무사히 통과시켜 주신다면 이달 말까지 돌아오겠습니다. 영국이 약속한 지원군도 그때 함께 데려오겠습니다."

"그렇게 오래 기다릴 여유도 없고, 공허한 약속을 믿고 싶지도 않다. 영국에서 지원군이 도착하면 대령 일행은 여기를 떠나도 좋다. 그때까지는 우리 손님으로 여기 머물도록. 영국이 우리에게 한 약속을 그동안 대신 이행해 줘도 좋다. 물론 귀관들이 양심적으로 판단할 문제겠지만."

호엔로헤가 고개를 끄덕이자 호위병이 천막 입구를 열어젖혔다. 면담이 끝났으니 그만 나가보라는 뜻이었다. 표정과 몸짓은 온화했지만 호엔로헤의 말투에는 거역할 수 없는 강인함이 깃들여 있었다.

천막을 나오며 손다이크가 로렌스에게 말했다.

"여기 있는 동안 멍청히 앉아 구경만 하고 있지는 않으실 거라고 믿겠습니다. 그랬다간 프러시아 군이 우릴 얼마나 역겹게 생각하겠습니까?"

화가 치민 로렌스는 그를 돌아보며 말했다.

"우리가 이곳을 무사히 통과해서 영국으로 갈 수 있도록 도와주기는커녕 프러시아 인들을 부추겨 우리를 동맹군이 아닌 포로로 취급하게 하고 영국 공군을 모욕하는 발언을 하게 만들다니 정말 어이가 없군요. 지금 우리가 어떤 입장인지 잘 알고 있으면서 어떻게 그릴 수가 있습니까?"

"여기에서 프로이센 군을 도와 전투에 임하는 것보다 영국으로 용알 두 개를 가져가는 일이 어째서 더 중요한 임무라는 겁니까? 내가 납득할 수 있게 어디 설명을 해보시지요. 젠장, 상황이 어떻게 돌아가고 있는지 그렇게 이해가 안 됩니까? 나폴레옹이 프로이센을 패배시키고 나면 어디로 칼을 겨눌 것 같습니까? 당연히 영국 해협을 건너 영국을 치려고 하겠죠. 여기서 나폴레옹을 막지 못하면 내년 이맘때 쯤 런던에서 나폴레옹과 싸워야 할 겁니다. 영국의 절반이 전쟁의 불길에 휩싸일 테고요. 결국 대령 일행이 애써 훔쳐온 그 용알에서 태어난 새끼용들도 위험에 처하게 되겠지요. 그런데도 대령은 어째서……."

"됐습니다. 그만하면 충분히 알아들었습니다. 그렇게까지 비관적으로 생각할 필요는 없다고 봅니다."

화가 치민 로렌스는 손다이크를 뒤로 하고 성큼성큼 걸어갔다. 로렌스는 원래 언쟁을 좋아하지 않았고 언쟁에서 이긴다고 해도 흡족해하는 성격이 아니었다. 하지만 자신의 용기와 임무에 대한 충성심에 의문을 제기하고 공군에 모욕을 가하는 손다이크의 태도는 참기 힘들었다. 지금이 전투를 앞둔 절박한 상황만 아니라면 치밀어 오르는 분노를 제어하지 못하고 그에게 결투를 신청했을지도 몰랐다.

공군 장교는 결투를 청하거나 응할 수 없다는 영국 공군의 규칙은 일반 규정이 아니기 때문에 예외를 둘 수도 있었다. 하지만 전쟁 중에 이곳에서 결투를 했다가는 죽음까지는 아니더라도 부상을 입을 가능성이 있었다. 그랬다간 로렌스 본인의 참전이 불가능해지는 것은 물론, 테메레르를 크게 좌절시킬 우려가 있었다. 화를 가라앉히려 애를 썼지만 치욕스런 느낌을 지울 수가 없었다. 로렌스는 그랜비와 그 문제에 대해 논의하며 씁쓸하게 말했다.

"내가 그런 모욕을 당하고도 결투를 청하지 않았으니 손다이크라는 그 빌어먹을 경기병 놈은 나를 개만큼의 용기도 없는 자라 여기고 있겠지."

그랜비는 다행이라는 듯 말했다.

"그래도 잘 참으셨습니다, 대령님. 엄청나게 열 받으셨겠지만 만일 결투를 했다가 부상이라도 입으시게 되면 더 큰일입니다. 그 놈 면상을 다시 볼 필요는 없으실 겁니다. 기회를 봐서 제가 페리스와 함께 놈을 손봐주겠습니다."

"말이라도 고맙군. 하지만 그랬다간 내가 결투를 신청할 용기도 없어서 부하들을 보냈다고 할 거다. 그런 더러운 오해를 받으니 차라리 놈의 총에 맞아 죽고 말지."

로렌스 일행은 프러시아 군에서 지정해준 자리에 임시 거처를 마련했다. 지금 로렌스와 그랜비는 그 거처의 입구 앞에서 만나 손다이크에게 모욕을 당한 얘기를 나누던 참이었다. 두 사람은 테메레르가 쉬고 있는 자그마한 공터를 향해 걸어갔다. 테메레르는 편안하게 웅크리고 앉아 귀와 얼굴 주변의 막을 쫑긋 세운 채, 근처에 있는 프러시아 용들이 나누는 대화를 듣고 있었다. 승무원들은 요리를 하기 위해 피워놓은 모닥불 주변에 모여 앉아 급하게 식사를 하는 중이었다.

로렌스가 가까이 다가서자 테메레르가 물었다.

"이제 출발하는 거야?"

"아니, 출발 못하게 됐다."

로렌스는 이렇게 대답하고는 페리스와 릭스를 불러 근엄하게 말했다.

"흠, 제군들. 지금은 전쟁이 임박한 상황이라 프러시아 군이 우릴 보내줄 수 없다고 하니 그리 알도록."

그렇게 서두를 뗀 로렌스가 자세한 내막을 얘기하자 페리스가 말했다.

"당연히 참전해야죠. 제 말은…… 프러시아 군과 함께 싸우는 겁니까?"

"저들이 기분 나쁘게 말했다고 해서 부루퉁해진 채 구석에 물러나 있는 것은 어린애나 겁쟁이들이나 하는 짓이다. 조만간 전투가 벌어질 상황이다. 그리고 대단히 중요한 전투가 될 것이다. 저들이 우리 영국 공군을 모욕하는 말을 한 것도 자기들이 그만큼 큰 곤경에 처해 있는 데다가 기다리고 있는 영국 용들도 오지 않아서 화가 났기 때문일 것이다. 따라서 우리는 자존심을 내세우느라 군인으로서의 의무를 회피해서는 안 될 것이다. 도대체 영국 공군이 왜 지원군을 보내지 않고 있는지에 대해서는 나도 궁금하다."

그랜비가 말했다.

"이유는 하나뿐일 겁니다. 여기보다 더 급한 곳으로 용들을 보낸 거겠죠. 마카오에 있던 우리한테 이스탄불에 가서 용알을 가져오라고 명령한 것도 그런 사정 때문이 아닐까 싶습니다. 영국 해협이 공격당하고 있는 것이 아니라면, 해외 어딘가에서 문제가 발생한 게지요. 인도에서 소동이 벌어졌거나 핼리팩스에서 성가신 일이 생겨서……"

페리스도 의견을 내놓았다.

"아! 어쩌면 아메리카 식민지를 되찾는 데 힘을 기울이느라 용들을 못 보내주고 있는 것인지도 모르겠습니다."

릭스는 그게 아니라 아마도 배은망덕한 식민지 주민들이 영국 소유지인 노바스코샤로 쳐들어갔을 것이라고 말했다. 페리스와 릭스는 서로 자기 생각이 옳다며 우겨댔다. 잠시 후 그랜비가 입을 연 후에야 두 사람은 무의미한 언쟁을 그쳤다.

"흠, 어디서 일이 터진 것인지는 중요하지 않습니다. 나폴레옹이 유럽 대륙 정복에 정신을 팔고 있다고 해도, 해군 본부 위원회가 영국 해협을 지키는 용들마저 다른 곳으로 보냈을 리는 없으니까요. 영국이 프러시아를 지원하기 위해 보낸 용들이 어쩌면 용수송선을 타고 이쪽으로 오는 도중 해상에서 말썽이 생겨 오도 가도 못하는 처지가 되었을지도 모를 일입니다. 어쨌든 벌써 두 달이나 지체되었다니 조만간 여기 도착하겠죠."

그러자 릭스가 솔직하고 거리낌 없는 말투로 말했다.

"이런 말을 하는 저를 용서해주십시오, 대령님. 내일이라도 영국의 지원군이 도착할지 모르니 저는 여기 남아서 싸우고 싶습니다. 지원군이 오면 그중 미들급 용에게 용알을 건네주고 영국으로 가져가라고 하면 될 겁니다. 나폴레옹을 두들겨 팰 수 있는 기회를 놓친다면 그보다 부끄러운 일은 없을 겁니다."

그러자 테메레르가 꼬리를 획획 저으며 끼어들었다.

"당연히 남아서 싸워야지."

더 이상 논의를 할 필요도 없었다. 부근에서 전쟁이 치러질 것임을 안 이상 테메레르를 말리는 것은 불가능했으니까. 젊은 수컷 용은 전투에 뛰어드는 것을 결코 꺼리는 법이 없었다.

"막시무스랑 릴리를 비롯해서 친구들이 모두 여기 와 있다면 좋을 텐데. 이번에도 나폴레옹의 군대를 무찌를 수 있을 것 같다는 확신이 들거든."

테메레르는 눈을 크게 뜨고 얼굴 주변의 막을 쫙 펼치며 흥분한 목소리로 덧붙였다.

"전쟁이 끝나면 우린 곧장 고향으로 돌아가 용들의 자유를 되찾는 일에 매진하는 거야."

지금까지 줄곧 풀이 죽어 있던 테메레르가 갑자기 신난다는 투로 말하자 로렌스는 깜짝 놀랐다. 이렇게 활기차게 말하는 모습을 보니 그동안 테메레르가 얼마나 기가 죽어 있었는지를 더욱 확실히 알 수 있었다. 그래서 로렌스는 더더욱 테메레르의 참전 의지를 꺾을 수 없었다. 설령 여기서 프로이센 군과 더불어 승전을 한다 해도 그것은 나폴레옹의 최종적인 패배를 위한 필요조건이지, 충분조건은 아니었다. 그렇지만 나폴레옹이 이번 전투에서 수세에 몰리게 되면 휴전이나 타협을 하자고 들 수도 있었고 그렇게 되면 영국은 당분간만이라도 평화를 누릴 수 있을 터였다.

로렌스가 말했다.

"참전 문제와 관련하여 다들 나와 같은 생각이라니 기쁘다. 하지만 제군들, 우리는 또 다른 임무에 대해서도 고려해야 한다. 우리는 피의 희생을 치르고 금화와 관련된 수모를 당하면서까지 이 용알들을 가져왔다. 여기서 용알을 잃는 일은 절대 일어나서는 안 된다. 영국 공군이 조만간 이곳에 도착해서 용알들을 안전하게 가져가리라는 어떤 보장도 없다. 만일 이번 전투가 한두 달 이상 지속될 경우, 카지리크 알이 전장 한가운데에서 부화할 수도 있다."

그 말을 들은 부하들은 모두 입을 다물었다. 그랜비는 얼굴이 빨갛게 상기되었다가 곧 하얗게 질리더니 고개를 숙이고 아무 말도 하지 않았다.

잠시 후 페리스가 그랜비를 흘끗 쳐다보며 말했다.

"알은 천으로 따뜻하게 싸서 텐트 안에 보관하고 있는 중이고 그 안에 성능 좋은 화로도 켜두었습니다. 두 명의 소위에게 1분마다 상태를 계속 확인하도록 하고 있습니다. 케인스의 말이, 새끼용들은 알 속에서 잘 자라고 있답니다. 전투가 격렬해지면 지상 요원들을 전선 후방에 내려놓고 케인스를 도와 알을 돌보게 하면 됩니다. 후퇴할 경우 뒤로 물러나면서 후방에 들러 알과 지상 요원들을 모두 테메레르에게 탑승시키면 될 것이고요."

그때 테메레르가 불쑥 끼어들었다.

"그렇게 걱정되면 조금 더 기다렸다가 나오라고 말할게. 껍질이 조금 더 딱딱해지면 내 말을 알아들을 거야."

다들 어안이 벙벙해진 채 테메레르를 쳐다보았다. 로렌스도 혼란스런 표정으로 물었다.

"기다리라고 말한다고? 그게…… 카지리크 알에 든 새끼용한테 그렇게 말하겠다는 뜻이야? 때가 되면 저절로 알을 깨고 나오는 게 아닌가?"

테메레르는 그 정도야 상식이라는 듯 아무렇지 않게 대답했다.

"흠, 알을 깨고 나온 뒤엔 굉장히 배가 고파지지만 알 속에 있는 동안은 그럭저럭 견딜 만해. 알 속에서 말귀를 알아듣기 시작할 무렵부터는 바깥 세상에 대해 부쩍 흥미를 느끼게 되지. 잘만 말하면 새끼용이 조금 더 기다렸다가 부화할지도 몰라."

새로 알게 된 놀라운 정보를 놓고 이런저런 논의를 한 끝에 릭스가 말했다.

"맙소사, 해군 본부 위원회에서 과연 이 놀라운 정보를 믿을지 모르겠네요. 사실 알 속에서 말귀를 알아듣고 그때 일까지 기억하는 영리한 품종은 셀레스티얼밖에 없을 겁니다. 알 속에서 있었던 일을 기억하고 얘기하는 용이 있다는 것을 이번에 처음 알았거든요."

그러자 테메레르가 아무렇지 않게 말했다.

"그냥, 별건 아니고, 알 속에 있는 게 지루하고 재미가 없으니까 알 밖으로 나오는 거야."

로렌스는 부하들을 해산시키고 제한된 보급품으로 야영 준비를 하도록 지시했다. 그랜비가 고개를 끄덕이고 서둘러 물러가자 다른 장교들도 서로 눈짓을 하고는 그랜비의 뒤를 따라갔다. 해군이 선박을 포획할 가능성보다 공군이 적절한 시기에 알맞은 장소에서 새끼용을 얻어 안장을 얹게 될 가능성이 훨씬 낮았다. 필연적으로 공군은 해군보다 진급 기회가 적을 수밖에 없었다. 서로 안면을 튼 지 얼마 되지 않았던 시절, 그랜비도 해군 출신인 로렌스가 테메레르의 비행사가 되었다는 사실에 몹시 분개했었다. 그래서 카지리크 새끼용의 비행사가 될지도 모르는 지금, 그랜비는 그때 일을 생각하며 섣부른 행동을 삼가고 입조심을 하는 것이리라. 자신이 그 새끼용을 차지할 가능성이 제일 높은 후보이긴 하지만 차마 자기 입으로 그 용을 달라고 말하기는 어색할 테니까. 그렇다고 전투 중에 알이 부화하면 전장 한가운데서 새끼용에게 안장을 얹어야 하는데 그건 너무 불리한 것 아니냐고 반발할 수도 없을 터였다. 카지리크는 서방 세계에 거의 알려져 있지 않은 진귀한 품종이었고 그 알을 수중

에 넣은 지도 몇 주 되지 않았다. 그러니 만약 그 새끼용에게 안장을 얹으려다 실패하면 앞으로 그랜비는 오랫동안 비행사가 될 기회를 얻지 못하게 될 터였다.

그날 저녁 로렌스는 작은 텐트 안에서 편지를 썼다. 프러시아 비행사들은 기지 가장자리에 세운 정식 막사에서 지냈지만 로렌스와 그의 승무원들은 격식을 갖춘 숙소를 배정받지 못했다. 그래서 비행사인 로렌스도 승무원들이 설치해 준 그 작은 천막에서 생활할 수밖에 없었다. 내일 날이 밝으면 드레스덴 시내로 들어가 은행에 예금되어 있는 돈을 찾을 수 있을지 알아볼 생각이었다. 전시의 물가 상승률을 고려하면 남은 돈을 다 찾아도 승무원들과 테메레르에게 하루치 식량밖에 구해다 주지 못할 듯했다. 그렇다고 이 상황에서 프러시아 인들에게 자금을 융통해달라고 요청하고 싶진 않았다.

날이 어두워지고 얼마 지나지 않아 타르케가 로렌스의 천막 말뚝을 톡톡 치며 안으로 들어왔다. 다행히 오른쪽 다리의 상처 부위는 썩어 들어가지는 않았지만 타르케는 여전히 다리를 절었다. 허벅지의 살점이 길쭉하게 뜯겨나갈 정도로 큰 부상이라 평생 상처가 남을 터였다. 자리에서 일어난 로렌스는 의자 대용으로 쓰고 있는 쿠션 담긴 상자에 앉으라고 손짓을 했다.

"아니, 여기 앉아요, 타르케 씨. 난 바닥에 앉으면 되니까."

로렌스는 이렇게 말하며 투르크 식으로 바닥에 놓아둔 다른 쿠션 위에 앉았다.

타르케가 말했다.

"인사를 드리려고 들렀습니다. 당분간 여기에 머물게 되었다고 그랜비 대위가 알려주더군요. 테메레르라면 용 스무 마리의 가치를 하고도 남을 겁니다."

로렌스는 쓴웃음을 지었다.

"과찬입니다. 어쨌든 우린 가던 길을 계속 가지 못하고 여기 남게 됐습니다. 용 스무 마리의 몫을 해낼 수 있을지는 모르겠지만 최대한 프로이센 군을 지원할 생각입니다."

타르케는 고개를 끄덕이며 말했다.

"나도 대령님한테 한 약속을 지키려고 합니다. 일단은 여길 떠날 생각입니다. 공중전을 하게 되었을 때 군사 훈련도 받지 않은 내가 테메레르에게 탑승하고 있으면 위험 요소로 작용할 테니까요. 대령님 일행이 이 기지에서 벗어날 수 없는 처지가 되었으니 안내인도 더 이상 필요 없을 것이고요. 더 이상은 나를 쓸 데가 없을 듯합니다."

로렌스는 마지못해 그 말을 인정하며 천천히 말했다.

"그렇군요. 우리 상황이 이러하니 억지로 붙잡지는 않겠습니다. 이렇게 보내자니 몹시 아쉽군요. 지금은 그동안 수고해준 것에 대해 보수를 지불할 형편도 안 되고."

"지불은 나중으로 미루기로 하지요. 또 누가 압니까? 우리가 다시 만나게 될지. 세상은 우리가 생각하는 만큼 그렇게 넓지가 않습니다."

타르케는 희미한 미소를 머금으며 자리에서 일어나 로렌스에게 악수를 청했다. 로렌스는 그의 손을 잡으며 말했다.

"언젠가 다시 만나게 되기를 바랍니다. 그땐 내가 타르케 씨에게 도움이 되어드리지요."

로렌스가 개인적으로 쓸 수 있는 안전 통행권을 얻어다주겠다고 했지만 타르케는 필요 없다고 했다. 하긴, 오른쪽 다리를 절기는 해도 타르케의 수완이면 안전 통행중 따위 없어도 될 것이었다. 타르케는 곧장 망토의 두건을 내려쓰고 작은 짐 보따리를 집어 들더니 시끌벅적한 기지를 가로질러 걸어갔다. 용들 주변에는 호위병이 거의 없었다. 타르케는 느긋하게 걸어가다가 모닥불을 피워놓은 기지 한 구석으로 들어가 이내 모습을 감추었다.

로렌스는 프러시아 군에게 힘을 보태기로 했다는 결정이 담긴 짧고 사무적인 전언을 써서 손다이크 대령에게 보냈다. 그러자 다음날 아침 손다이크 대령은 프러시아 장교인 듯한 남자를 데리고 로렌스 일행이 머무는 구역으로 왔다. 다른 장성들보다 어려 보이는 그 남자는 코밑수염 양 끝이 턱 아래까지 내려와 있었고 사나운 매 같은 인상을 풍겼다.

손다이크가 말했다.

"전하, 영국 공군 소속 윌리엄 로렌스 대령을 소개해드리겠습니다. 로렌스 대령, 이쪽은 전방부대의 지휘관을 맡고 계신 프러시아의 루이 페르디난드 왕자십니다. 대령은 이분의 휘하로 배속되었습니다."

로렌스와 루이 왕자는 프랑스어로 얘기를 나누었다. 쓸 기회가 잦아 프랑스어 실력이 나날이 좋아지는 것 같아 로렌스는 씁쓸했다. 루이 왕자의 프랑스어는 억양이 불명료하고 이해하기 힘든 구석이 있었으며 로렌스보다 수준이 높지도 않았다. 루이 왕자는 테메레르 쪽을 가리키며 말했다.

"어디 자네 용의 능력과 기술이 어느 정도인지 보세."

그리고 루이 왕자는 주변의 막사에서 프러시아 공군 소속 디헤른 대령을 불러오게 했다. 그리고 디헤른 대령에게 파트너인 헤비급 수컷 용 에로이카를 타고 편대 비행 모습을 본보기로 보여주도록 지시했다. 테메레르의 머리 옆에 서서 에로이카 편대의 비행을 바라보던 로렌스는 당황스러웠다. 영국을 떠난 뒤로 1년 가까이 로렌스와 테메레르는 편대 비행 연습을 해본 적이 없었다. 그러니 지금 아무리 잘 하더라도 에로이카의 편대가 하는 것처럼 정확하게 움직이긴 어려울 듯했다. 에로이카는 막시무스와 몸집이 거의 비슷해보였다. 막시무스는 테메레르와 비슷한 나이이며 지금까지 알려진 중 제일 덩치가 큰 품종인 리갈 코퍼였다. 에로이카는 비행 속도가 빠르지는 않았지만 각을 잡아 정확하게 날았고 육안으로 보기에도 편대 용들과 완벽하게 비행 거리를 유지하고 있었다.

테메레르는 고개를 갸우뚱하며 말했다.

"이해가 안 돼. 왜 저런 식으로 비행하는 거지? 회전 방식도 어색해. 방향전환을 할 때 틈이 많이 벌어져서 그 틈으로 공격을 받을 수도 있겠어."

로렌스가 말했다.

"저건 전투 대형이 아니라 연습일 뿐이야. 그래도 저런 식으로 비행을 하려면 정확한 움직임에 신경 쓰면서 늘 훈련을 해야 하니까 실제 전투에선 그만큼 더 잘할 수 있겠지."

테메레르는 코웃음을 쳤다.

"조금 더 쓸모 있는 동작을 연습하는 게 나을 것 같은데. 비행 동작은 다 외웠으니 한번 해볼게."

로렌스는 걱정이 되었다. 프러시아 용들은 딱 한번 전체 동작을 보여준 것뿐이라 따로 연습해볼 시간이 필요할 것 같았다.

"조금 더 지켜보는 게 낫지 않겠어?"

"아니. 멍청한 동작인 데다가 하나도 안 어려워."

아무리 생각해도 그것은 비행 연습에 임하는 바람직한 태도가 아니었다. 하지만 테메레르는 원래 편대 비행을 즐기지 않았고, 프러시아보다 훨씬 덜 엄격한 영국식 편대 비행도 좋아하지 않았다. 말리는 로렌스를 뒤로 하고 테메레르는 곧장 멋지게 회전하며 빠른 속도로 날아올랐다. 라이트급 이상의 용들이나 겨우 따라잡을 수 있는 속도로 프러시아 용들은 도저히 감당할 수 없을 만큼 빨랐다.

순식간에 비행 동작을 보여주고 내려온 테메레르는 만족스런 표정으로 몸을 꼬리로 휘감고 앉으며 말했다.

"편대 바깥쪽 시야를 확보하기 위해 뒤집는 동작을 추가했어. 그래야 불시에 공격을 받아도 놀라지 않으니까."

테메레르의 영리함은 루이 왕자는 물론 에로이카에게도 별다른 감흥을 주지 못한 듯했다. 루이 왕자와 에로이카는 마치 콧방귀를 뀌듯 짧게 기침 소리를 내며 테메레르의 말을 무시해버렸다. 화가 난 테메레르는 얼굴 주변의 막을 곤두세우며 등을 꼿꼿이 펴고 눈을 가늘게 떴다. 싸움이 벌어질 것 같자 로렌스가 서둘러 끼어들었다.

"왕자 전하, 테메레르가 셀레스티얼 품종이라는 점을 모르고 계신 듯한데, 셀레스티얼은 매우 특별한 기술을 가진……."

로렌스는 말을 하다 말고 입을 다물었다. 프랑스어로 '신의 바람'이라고 말하면 너무 시적이고 과장되게 들릴 것 같아서였다.

루이 왕자가 손짓을 하며 말했다.

"어디 그 특별한 기술을 보여 보게."

주변엔 나무 몇 그루 외엔 적당한 목표물이 없었다. 테메레르는 한번 숨을 훅 들이마시고 고함을 내질러 그 나무들을 산산조각 냈다. 최대치의 고함이 아니라 대충 한 것이었는데도 다른 프러시아 용들은 큰 소리로 비명을 지르며 어떻게 된 일인지를 놓고 수군거렸다. 기지 반대편에 모여 있던 기병대 소속 말들은 공포에 질려 요란스레 울어댔다.

루이 왕자는 조각난 나무들을 흥미롭게 살펴보며 말했다.

"흠, 적의 요새를 무너뜨릴 때 쓰면 유용하겠군. 어느 정도 거리에서 고함을 질러야 효과를 발휘하나?"

로렌스가 대답했다.

"건조 목재를 파괴시키려면 근거리로 접근해서 고함을 질러야 하지만 너무 가까이 가게 되면 적의 대포에 공격당할 수도 있기 때문에 주의해야 합니다. 일반 군대나 기병대를 대상으로 쓸 경우 공격 범위가 훨씬 커지기 때문에 분명 대단히 큰 효과를 거둘 수……."

루이 왕자는 미친 듯이 울부짖는 기병대 말들 쪽을 의미심장하게 가리키며 말했다.

"아! 아군 쪽도 피해가 만만치 않을 것 같으니 그건 안 되겠어. 공군으로 기병대를 대신하게 되면, 적의 보병대가 끝까지 버틸 경우 지상전에서 패배를 당하게 되지. 프리드리히 대왕께서 직접 증명하신 바다. 지상전을 해본 적 있나?"

"아뇨, 없습니다."

로렌스는 시인할 수밖에 없었다. 테메레르는 공적으로 삼을 만한 전투 경력이 많지 않았고 그나마 모두 공중전을 통해 얻은 것이었다. 로렌스도 오랜 세월 군에 몸담아 왔지만 다른 공군 비행사들이 보병대를 지원하는 연습을 해가며 진급하는 동안 주로 바다에서 복무해왔다. 따라서 지상전에 참여해볼 기회가 없었다.

루이 왕자는 고개를 절레절레 젓더니 등을 펴며 말했다.

"흠, 자네들에게 지상전 훈련을 시킬 시간은 없으니, 우리가 알아서 최대한 자네들을 활용하도록 하겠네. 전투 초기에는 에로이카의 편대와 함께 움직이다가 중반 이후부터는 측면에서 적들을 저지하는 역할을 맡게. 그러면 고함 기술을 쓰더라도 아군의 기병대에게 위협이 되지 않을 테니까."

루이 왕자는 테메레르의 승무원 정원이 몇 명이냐고 묻더니 프러시아 장교 몇 명과 지상 요원 여섯 명을 보내 모자라는 숫자를 채우도록 했다. 영국을 떠나온 뒤로 로렌스는 승무원을 여럿 잃었다. 최근에 죽은 딕비와 베일즈워스, 사막에서 죽은 맥도너, 스피트헤드에서 출항한 지 얼마 안 되어 마데이라 섬 근처에서 프랑스 군의 야간 공격을 받고 사망한 안장 담당자 절반, 그리고 그 안장 담당자들과 함께 죽임을 당한 어린 모건. 하지만 아직까지 보충을 하지 않고 있었기 때문에 로렌스도 승무원 수가 모자란다는 점을 부정할 수 없었다. 새로 테메레르의 승무원이 된 프러시아 군인들은 각자 수행해야 할 일에 대해 잘 알고 있었으나 영어는 거의 한마디도 할 줄 몰랐고 프랑스어도 몹시 서툴렀다. 로렌스는 낯선 프러시아 군인들을 승무원으로 받아들이는 것이 편치가 않았다. 이스탄불에서 가져온 용알 때문에 걱정이 되기도 했다.

테메레르 일행이 여기 남기로 결정한 뒤에도 프러시아 군은 참전 약속을 지키지 않은 영국 공군에 대한 분노를 쉽게 누그러뜨리지 않았다. 테메레르와 로렌스, 승무원들에 대해서는 어느 정도 태도가 부드러워졌지만 여전히 영국 공군을 배신자라 부르고 있었다. 영국 공군이 약속한 지원군을 보내주지 않는다는 이유로 프러시아 인들에게 붙잡혀 있는 신세인지라 사실 로렌스도 마음이 편치는 않았다. 이런 상황에서 부화가 임박한 용알이 있다는 사실을 프러시아 측이 알게 되면 징집이라는 명분으로 그 알을 빼앗아갈 수도 있었다.

그래서 로렌스는 호엔로헤 장군에게도 다급히 영국으로 가야 한다고만 말했을 뿐 카지리크 용알의 존재에 대해서는 언급하지 않았다. 부화 시기가 임박했다는 점에 대해서는 더더욱 입도 뻥긋하지 않았다. 프러시아에도 불을 뿜는 용은 한 마리도 없기 때문에 프러시아 인들이 카지리크 용알에 대해 알게 되면 그 알을 빼앗고 싶은 마음이 생길 수도 있었다. 그런데 이제 프러시아 승무원들까지 데리고 있게 되었으니 비밀이 탄로 날 가능성이 한층 커지게 되었다. 프러시아 승무원들이 용알들이 보관된 천막 근처에서 독일어로 떠들면 자기도 모르게 알 속의 새끼용들에게 독일어를 가르치는 결과를 낳을 수도 있고, 그렇게 될 경우 프러시아 인들이 부화한 새끼용들을 차지해버리는 불상사가 일어날 수도 있었다.

로렌스는 부하들과 그 문제를 따로 상의하지는 않았지만 굳이 걱정스런 속내를 드러낼 필요가 없었다. 지속 부관인 그랜비는 기존 승무원들 사이에서 인기가 많았고 호감을 사고 있어서 다들 그랜비가 카지리크의 비행사가 될 수 있도록 도와주려는 분위기였다. 만에 하나 그랜비가 몹시 미운 털이 박힌 놈이라 하더라도 승무원들은 죽음을 무릅쓰고 가져온 용알을 프러시아에 빼앗기고 싶진 않을 터였다. 그래서 로렌스가 따로 지시를 내리지 않았는데도 영국인 승무원들은 프러시아 장교들과 지상 요원들을 경계하며 용알들이 보관된 천막에 가까이 오지 못하게 했다. 테메레르가 알을 품다가 작전 행동에 참여하거나 비행을 하러 갈 때면 영국인 승무원들은 천에 싸인 용알들을 그들에게 배당된 구역 중앙의 천막 안에 넣어두고 페리스의 지휘 하에 3중으로 보초를 섰다.

그런데 용들의 작전 행동이나 비행은 그리 잦지 않았다. 프러시아 인들은 전투 중이 아닐 때 쓸데없이 용의 힘을 많이 뺄 필요는 없다고 생각하고 있었다. 그래서 매일 비행 훈련을 하기는 했지만 그 시간이 짧고 횟수가 적었으며 정찰 임무를 나가더라도 시골 지역으로 조금 더 들어가는 수준이었다. 속도가 가장 느린 용에게 맞추다보니 먼 거리까지 날아갈 수도 없었다. 로렌스는 프러시아 측에 테메레르를 데리고 조금 더 멀리 가보겠다고 말해보았지만 받아들여지지 않았다. 더 멀리 갔다가 프랑스 용들과 맞닥뜨리면 포로로 잡힐 수도 있고 적들을 프러시아 진영으로 끌어들일 수도 있으며, 그렇게 되면 이득에 비해 너무 많은 정보를 노출하게 된다는 이유에서였다. 프러시아 인들은 그것도 프리히드히 대왕의 격언이라고 했다. 로렌스는 프리드리히 대왕의 격언을 하도 많이 들어서 귀에 딱지가 앉을 지경이었다.

기분 좋게 하루하루를 보내는 건 테메레르뿐이었다. 테메레르는 프러시아 승무원들을 통해 놀라운 속도로 독일어를 습득해나갔고, 지겨운 편대 비행 연습을 쉴 새 없이 할 필요는 없다는 사실에 만족스러워했다.

테메레르가 말했다.

"전투 중에 편대가 간격을 딱딱 맞춰 날 필요는 전혀 없는데 말이지. 시골 지역을 더 많이 구경하고 싶은데 못하게 돼서 안타깝긴 하지만 괜찮아. 일단 나폴레옹을 무찌르고 나서 다시 이리로 돌아와 천천히 구경하면 되니까."

테메레르는 앞으로 치를 전투에서 당연히 이길 거라고 여기고 있었다. 마지못해 징집되어 머릿수를 채우는 입장이어서 노상 투덜거리는 작센 사람들을 제외하고는 프러시아 군 전체가 테메레르와 같은 생각이었다. 그들이 승전을 자신할 만한 근거는 충분했다. 기지 전체의 군율이 대단히 잘 잡혀 있었고 보병대의 훈련 수준도 로렌스가 지금까지 보아온 그 어떤 군대보다 높았다. 호엔로헤 장군은 나폴레옹 같은 천재적인 전술가는 아니었지만 자신감 넘치는 대규모 군대를 거느리고 있었다. 그의 군대는 전체 프러시아 병력의 절반 가까이 되는 수준이었고 폴란드 영토 동쪽에 집결 중인 러시아 군대가 조만간 지원하러 오면 그 규모가 더욱 커질 터였다.

이런 상태에서 맞붙을 경우 프랑스 군은 수적으로 크게 열세일 터였다. 프랑스 땅에서 멀리 떨어진 이곳까지 와서 전쟁을 수행하려면 보급 노선을 제대로 확보하기 어려울 것이고 용들도 많이 데려올 수 없을 테니까. 오스트리아가 다시 반기를 들고 프랑스를 측면 공격할 수도 있고 영국 해협 건너편에 영국이 버티고 있기 때문에 나폴레옹은 오스트리아나 영국의 급습에 대비하기 위해 병력의 상당 부분을 프랑스에 남겨 놓아야 할 터였다.

그 야영지에 머물면서 로렌스는 프러시아 비행사들의 모임에도 함께하게 되었다. 프러시아 비행사들은 프랑스어로 말할 기회가 생겨서 좋다며 로렌스의 방문을 반겼고, 프랑스가 패전할 수밖에 없는 이유를 로렌스에게 조목조목 설명하면서 흡족해했다. 디헤른 대령이 로렌스에게 말했다.

"어디 보자, 나폴레옹이 어디어디와 싸웠더라. 그는 오스트리아 인들과 이탈리아 인들, 이집트의 이교도들과 전투를 했지요. 프랑스 놈들은 전투력도 형편없고 사기도 낮습니다. 몇 번만 제대로 공격해 주면 나폴레옹의 군대가 전멸하는 꼴을 볼 수 있을 것입니다."

다른 비행사들은 고개를 끄덕이며 맞장구를 쳤다. 그동안 나폴레옹이 줄줄이 거둔 승전이 그렇게 공허한 것이 아님을 염두에 두지 않았다면, 로렌스도 그들과 더불어 신나게 술잔을 들고 나폴레옹의 패배를 위해 건배를 외쳤을 것이다. 로렌스는 바다에서 숱하게 프랑스 해군과 싸워보았기에, 그들이 제대로 된 영국 해군에 비할 바는 못 되지만 그렇다고 전투에서 완전히 쓸모없는 존재도 아니라는 점을 익히 알고 있었다.

그러나 프랑스 군인들은 프러시아 군인들만큼 사기가 충천하고 전투력이 우수하진 않았다. 불안감이나 움츠러드는 기색은 전혀 없이 승리를 확신하는 무리와 함께 있다는 것은 기분 좋은 일이었다. 그런 면에서 프러시아 군은 분명 영국의 동맹국으로 유지할 만한 가치가 있었다. 전투 당일에 프러시아 군과 한편이 되는 것을 꺼릴 이유도 전혀 없을 듯했다. 저들의 용기에 목숨을 맡겨볼 만하다는 생각도 들었다. 그것은 로렌스의 입장에서 최고의 찬사였다. 그런 마음이었기에 로렌스는 며칠 뒤 디헤른의 말에 더욱 기분이 상할 수밖에 없었다.

어느 날 저녁 디헤른은 비행사들과 모임을 가진 후 천막을 나오는 로렌스를 붙잡아 세웠다.

"내 말을 기분 나쁘게 듣지 말아 주십시오. 내가 원래 다른 비행사의 용에 대해 이래라저래라 하는 사람은 아닙니다만, 동양에서 너무 오랜 시간을 보내다가 와서 그런지 대령의 용은 머릿속에 이상한 사상이 들어 있는 것 같더군요. 안 그렇습니까? 그동안 비행 연습을 많이 하지 않아서, 혹은 전장에서 멀리 떨어져 있다 보니 나름대로 특이한 생각을 갖게 된 것 같기는 한데 그런 생각에 너무 사로잡혀 있게 두지 않는 편이 좋을 겁니다."

디혜른은 시원스런 성격의 군인이었고 무례하다기보다는 온화한 말투로 최대한 감정을 억제하며 말하고 있었다.

사실, 디혜른의 용 에로이카는 모든 프러시아 용들의 귀감이 될 정도로 군기가 확실히 들어가 있었다. 외모만 봐도 그랬다. 목 주변을 둘러 싼 뼈로 된 두꺼운 비늘들이 어깨 사이의 등줄기를 따라 양 날개까지 뻗어나가 있어 마치 판금 갑옷을 입은 것 같았다. 거대한 몸집에도 불구하고 절대 게으른 모습을 보이지 않았고 좀 늘어진다 싶은 용이 있으면 곧장 꾸짖었으며 언제든 비행 훈련에 임할 준비가 되어 있었다. 그래서 프러시아 용들은 대부분 에로이카를 우러러보았고, 먹이를 먹는 시간에도 에로이카가 먼저 먹을 수 있도록 기꺼이 옆으로 물러나 있었다.

프러시아 군을 도와 전투에 참여하기로 결정한 후, 로렌스는 테메레르에게 먹이를 먹이기 위해 가축 우리 쪽으로 함께 갔다. 테메레르는 언제나처럼 다른 용들보다 먼저 먹이를 먹고자 했고 에로이카를 위해 뒤로 물러나 있을 생각은 전혀 없었다. 로렌스도 테메레르가 물러나서 차례를 기다리는 모습을 보고 싶지 않았다. 테메레르를 지원군으로 쓰려고 결정한 이상 프러시아 측에서 그 정도 배려는 해줘야 한다는 생각이었다. 전쟁이 임박한 상황에 새로운 용을 받아들여 기존의 놀랍도록 정확한 비행 동작에 차질이 빚어질까봐 테메레르를 에로이카의 편대에 소속시키지 않은 점에 대해서는 로렌스도 나름대로 고맙게 생각하고 있었다. 하지만 테메레르의 성품을 비하한다거나 테메레르를 다른 용보다 못하다는 식으로 평가하고 대우하는 것은 참을 수가 없었다. 로렌스는 테메레르가 에로이카보다 훨씬 더 훌륭한 용이라고 여기고 있었다.

에로이카는 테메레르와 함께 먹이를 먹는 것에 대해 특별히 싫어하는 눈치를 보이지 않았지만 다른 프러시아 용들은 이를 못마땅해하며 테메레르를 쏘아보았다. 특히 테메레르가 앞발로 잡은 가축을 날 것으로 먹지 않고 꿍쑤에게 넘겨 요리를 하게 한 뒤 먹자, 프러시아 용들은 아니꼬운 표정들이었다. 테메레르는 미심쩍게 쳐다보는 그 용들에게 말했다.

"날 것으로 먹으면 늘 맛이 똑같잖아. 요리를 해서 먹으면 훨씬 더 맛있어. 한번 먹어보면 알 거야."

에로이카는 그 말에 코웃음을 치며 보란 듯이 방금 잡은 소들을 발톱과 이빨로 확 찢어 발굽까지 우걱우걱 씹어 먹었다. 다른 용들도 모두 에로이카가 하는 대로 따랐다.

디헤른이 하던 말을 계속했다.

"사소한 문제이긴 하지만 용들이 변덕을 부리지 않게 관리하는 것이 낫습니다. 전시만 아니면 용들이 마음껏 즐기며 살게 두는 것이 좋겠지요. 군인들도 마찬가집니다. 군기가 제대로 서야 명령이 확실히 이행되고 군대를 끌어갈 수 있습니다."

아무래도 테메레르가 프러시아 용들에게 개혁 사상을 퍼뜨리려

시도한 모양이었다. 로렌스는 디헤른에게 간단히 대답한 후 테메레르가 머무는 공터로 걸어갔다. 테메레르는 우울한 표정으로 입을 꾹 다문 채 꼬리로 몸을 감고 엎드려 있었다. 실망하여 머리를 푹 숙인 그 모습을 보자 나무라려던 생각이 사라졌다. 로렌스는 곧장 테메레르 곁으로 다가가 손으로 부드러운 주둥이를 쓰다듬었다.

테메레르가 낮은 목소리로 말했다.

"프러시아 용들이 날더러 요리한 먹이를 먹고 책이나 읽는다고 연약한 놈이래. 전투에 참여하지 않고도 살아가는 방법이 있다고 얘기해줬지만 바보 같은 소리 말라면서 내 말에 귀를 기울일 생각도 하질 않아."

로렌스가 차분히 달랬다.

"흠, 테메레르. 용들이 스스로의 삶을 자유로이 결정하게 만들어주고 싶다면, 우선 그 용들 중 일부는 변화를 원치 않는다는 점을 감안해야 돼. 그런 용들은 자기들에게 익숙해진 삶을 그대로 유지하고 싶어하거든."

"그래. 하지만 언젠가는 삶에서 선택의 여지가 있다는 게 훨씬 낫다는 것을 알게 되겠지. 나는 전투에 참여하기 싫다는 게 아니야. 얼간이 에로이카가 어떤 식으로 말을 하든 상관없어."

테메레르는 울화통이 치미는지 고개를 들고 얼굴 주변의 막을 펼치며 말을 이었다.

"고작 생각한다는 게 한 번 회전하고 나서 그 다음 회전을 하기 전에 날개를 정확히 몇 번 쳐야 되느냐, 뭐 그런 것밖에 없는 에로이카가 내뱉는 말이니 신경 쓸 것도 없지. 적어도 나는 측면에서 달려드는 적에게 내 배를 제일 멋진 모습으로 보여주기 위해 하루에 열 번씩 연습하는 멍청이는 아니니까."

로렌스는 테메레르가 쏟아내는 분노의 말을 듣고 당황했다. 신경이 곤두선 테메레르를 달래주려고 애를 써보았지만 별로 소용이 없었다. 테메레르는 여전히 날카롭게 말했다.

"에로이카가 나더러 불평 따윈 집어치우고 편대 비행 연습이나 제대로 따라하라고 하더군. 멍청한 비행을 하는 에로이카의 편대를 내가 두 번 만에 쓸어버리고 나면, 에로이카는 집구석에 처박혀 온종일 소나 먹으며 시간을 때워야 할걸. 내가 볼 때 지금처럼 비행을 한다면 에로이카의 편대는 적에게 당하게 되어 있어."

실컷 말을 쏟아내고 나자 테메레르는 비로소 마음을 가라앉는 모양이었다. 로렌스도 더 이상 그 문제를 거론하거나 생각하지 않았다.

다음날 아침, 로렌스는 신통치 않은 독일어 실력을 발휘하며, 윤리적으로 애매한 내용이 담긴 괴테의 유명한 소설 《젊은 베르테르의 슬픔》을 테메레르에게 읽어주고 있었다. 그때 에로이카의 편대가 전투 연습을 위해 하늘로 날아올랐다. 그때까지도 전날의 분을 완전히 삭이지 못하고 있던 테메레르가 에로이카 편대의 움직임에 대해 조목조목 비판의 말을 쏟아내기 시작했다. 로렌스가 보기에도 그 지적은 모두 정확했다.

나중에 로렌스는 그랜비에게 테메레르가 지적한 부분들에 대해 얘기하며 물었다.

"자네 생각은 어떤가? 테메레르가 단순이 성질이 나서, 아니면 잘못 보고 실수로 그런 비판을 한 것 같은가? 저렇게 뻔히 단점들이 보이는데 프러시아 인들은 왜 지금까지 단점을 수정하지 않는 걸까?"

그랜비가 대답했다.

"흠, 테메레르가 지적한 부분들이 제 머릿속에 완벽하게 그려지지는 않습니다만, 비행 동작에 관해서만큼은 테메레르의 말이 옳을 걸요. 예전에 우리가 기지에서 훈련받을 때 테메레르가 얼마나 멋진 편대 비행 방식을 고안했었는지 기억하실 겁니다. 그 비행 방식을 실제로 써먹어 볼 기회가 없었던 게 안타까울 뿐이죠."

그날 저녁, 로렌스는 테메레르가 지적한 부분들을 디헤른에게 전했다.

"제 말을 기분 나쁘게 듣지 않으셨으면 좋겠군요. 가끔 테메레르는 특이한 생각을 하긴 합니다만, 비행에 있어서 남다른 재능을 갖고 있으니 편대 동작의 문제점을 제대로 파악했을 것입니다."

그리고 로렌스는 서둘러 그려온 그림을 내밀었다. 디헤른은 희미한 미소를 짓더니 고개를 저으며 말했다.

"아뇨, 아뇨. 기분 나쁠 이유가 없지요. 제 얘기도 곡해하지 말고 들어주셨으면 좋겠군요. 동작에 대해 적절한 지적을 해주기는 했습니다만 어떤 경우엔 적절한 조언이 또 다른 경우엔 적절하지 않을 수도 있습니다. 용들의 기질이 제각각인 것을 보면 참 신기하지요. 입장 바꿔 생각해보십시오. 대령님이 테메레르가 하는 행동에 대해 일일이 지적하고 부정하려 든다면, 테메레르도 마음이 상하고 화가 날 것입니다."

로렌스는 당황했다.

"아, 그런 뜻이 아닙니다, 디헤른 대령. 다른 의도가 있는 게 아니라, 그저 방어시에 약점으로 작용할 수 있는 부분에 대해 알려드리는 것뿐입니다."

디헤른은 그 말을 순수하게 받아들이는 눈치가 아니었다. 그는 로렌스가 그려온 그림을 조금 더 훑어본 뒤 자리에서 일어나며 로렌스의 어깨를 툭 쳤다.

"뭐, 걱정할 필요 없습니다. 지적하신 대로 빈틈이 몇 군데 있을 수는 있겠죠. 약점 하나 없는 편대 비행은 없으니까요. 하지만 그림으로 보는 것과는 달리 적이 그 약점을 찾아내 이용할 확률은 그리 높지 않습니다. 이 편대 비행 방식은 프리드리히 대왕께서 인정하신 겁니다. 우리는 이 방식으로 로스바흐 전투(7년 전쟁 초기인 1757년 11월 5일, 프로이센의 프리드리히 대왕이 작센지방 라이프치히 근교 로스바흐에서 프랑스와 신성 로마, 오스트리아 제국군의 침공을 격파한 전투. 이 전투에서 프리드리히 대왕은 적의 주력을 우회하여 측면과 후방을 공격하는 사선대형을 고안해 아군보다 몇 배 많은 적군을 격파했다─옮긴이 주)에서 프랑스 군을 물리쳤고 이번에도 놈들을 패배시킬 계획입니다."

로렌스는 그 정도 대답을 들은 것으로 만족하고 그 자리에서 일어났지만 마음이 편치 않았다. 훈련받은 용은 공중에서의 움직임을 사람보다 더 잘 판단하는 법이었다. 아무리 생각해도 디헤른의 말은 군사적으로 적절한 판단이라기보다는 프리드리히 대왕에 대한 맹신에서 비롯된 것 같았다.

12

로렌스는 프러시아 군의 비밀 위원회에서 흘러나오는 소문을 접할 기회가 그리 많지 않았다. 언어 장벽 때문이기도 했고 이 기지 내에서 테메레르와 로렌스 일행이 머무는 구역이 프러시아 사단 급이 모여 있는 곳에서 멀리 떨어져 있기 때문이기도 했다. 그래서 다른 이들에 비해 기지 안에 돌아다니는 소문들을 접하기가 두 배 이상 힘들었다. 들려오는 소식들도 하나같이 모순되고 애매모호한 것들이었다. 프러시아 군이 에르푸르트에 집결한다더라, 아니다. 호프에 집결한다더라, 잘레 강 혹은 마인에서 프랑스 군을 공격할 거라더라 등등. 이 기지에서 꼼짝 하지 않고 있는 동안 날씨가 변해 어느덧 가을의 한기가 찾아왔고 잎사귀 가장자리가 노랗게 물들기 시작했다.

테메레르와 로렌스 일행이 이 기지에 머문 지 거의 2주일이 지나고 있었다. 그 무렵 루이 왕자가 장성들을 근처의 농가로 불러 모았다. 루이 왕자는 사재를 털어 만찬을 베풀어주었고 드디어 향후 계획에 대해 설명해주었다.

"우리는 투링기안 숲을 지나 남쪽으로 내려갈 것이다. 호엔로헤 장군은 호프를 지나 밤베르크로 진군할 것이고, 브룬슈비크 대공이 거느린 주요 군대는 에르푸르트를 지나 뷔르츠부르크로 간다."

루이 왕자는 식탁 위에 펼쳐 놓은 큰 지도를 보고 해당 지점들을 손으로 가리켰는데, 목적지로 정해진 마을들은 여름 동안 프랑스 군이 주둔했던 곳으로 알려진 지역들이었다. 루이 왕자가 말을 이었다.

"나폴레옹이 파리를 떠났다는 소식은 아직 듣지 못했다. 프랑스 군이 숙영지에 눌러 앉아 우리를 기다리고 있다면 더 잘된 일이지. 우리는 그들이 상황판단을 하기 전에 전면 공격을 개시할 것이다."

전방부대의 일부인 루이 왕자의 군대는 드레스덴을 출발해 1차 목적지인 호프로 행군하기로 결정했다. 호프는 거대한 숲 가장자리에 위치한 마을이었다. 지상군 때문에 행군 속도가 느린 것은 말할 것도 없고 호프까지 110킬로미터를 가는 동안 보급품을 확보하기도 어려울 터였다. 행군을 하면서 용들의 먹이로 쓸 가축도 구해야 하고 통신망도 구축해야 했다. 그런 난점들이 있음에도 불구하고 로렌스는 기분 좋게 공터로 돌아왔다. 육군이 수레에 대포를 싣고 질질 끌며 이동해야 하므로 행군 속도는 엄청 느릴 테지만 드디어 확실한 정보를 입수한 데다가 이 지긋지긋한 기지를 떠날 수 있게 되어 마음이 새털구름처럼 가벼워진 느낌이었다.

다음날 아침, 테메레르는 목적지인 호프까지 2시간 비행이면 충분하다는 점을 지적하며 물었다.

"우리가 먼저 호프로 날아가서 기다리고 있으면 안 돼? 육군과 같이 행군을 해봤자 휴식을 취할 공터를 만드는 것 외엔 별로 쓸모 있는 일을 하는 것도 아니잖아. 저 느려터진 프러시아 용들도 순식간에 호프까지 날아갈 수 있어."

그랜비가 말했다.

"용들과 보병대와의 간격이 너무 벌어지면 안 되니까 그런 거야. 우릴 위해서이기도 하고 보병대를 위해서이기도 하지. 용들끼리 먼저 앞으로 날아갔다가, 보병연대와 대포의 지원을 받는 프랑스 용들을 만나게 되면 분명 패배를 당하고 말 테니까."

그랬다. 보병연대의 지원을 받는 용들이 전투에서 절대적으로 유리했다. 지상군의 대포가 안전 공간을 확보해주므로 용들은 그 공간 내에서 다시 결집하거나 쉴 수 있고, 보병대의 지원을 못 받는 적군 용들이 접근하지 못하게 안전지대를 확보할 수도 있으니까. 그랜비가 설명을 해주며 달랬지만 테메레르는 한숨을 푹푹 쉬고 투덜거렸다. 나머지 용들과 함께 지상군보다 조금 앞서 날아간 후, 테메레르는 나무들을 쓰러뜨려 장작을 확보하거나 자기 자신과 프로이센 용들이 조금 더 편히 쉴 수 있게 공터를 만드는 일을 하며 기분을 풀었다. 그리고 지상군이 어서 빨리 오기를 기다렸다.

기어가는 듯한 속도로 행군한 결과 그들은 이틀에 겨우 40킬로미터를 이동할 수 있었다. 장군들은 매일 작전 회의를 하면서 우편배달 용들을 통해 계속해서 전언을 주고받았다. 그리고 루이 왕자는 장군들이 작전을 변경한 것이라 어쩔 수 없다며 어깨를 으쓱하더니 말했다.

"일단 예나에서 집결하기로 했다. 브룬슈비크 대공이 모든 군대를 예나에 집결시킨 후 한꺼번에 에르푸르트를 통과하자고 제안했다."

로렌스는 그 얘기를 그랜비에게 전해주며 짜증이 치솟았다.

"처음엔 꼼짝도 안 하고 드레스덴에 눌러 앉아 있더니 이제는 하루가 멀다 하고 행군 경로를 바꿔대는군. 그놈의 작전 회의 좀 줄이고 목적지나 확고하게 정하면 얼마나 좋아?"

지금 그들은 예나 지역에서 훨씬 남쪽 지역에 와 있었기 때문에 예나로 가려면 서쪽과 북쪽으로 방향을 바꿔야 했다. 보병대의 느린 속도를 감안하면 반나절을 손해 본 셈이었다.

하지만 10월 초까지도 프러시아 군대는 예나에 모두 집결하지 못했다. 이미 예나에 도착해 있던 테메레르는 물론이고 무신경한 프러시아 용들도 신경이 곤두서서 매일 서쪽으로 목을 길게 뻗곤 했다. 그렇게 하면 굼뜬 나머지 군대가 몇 킬로미터라도 더 빨리 예나에 도착하지 않을까 하는 가당찮은 바람에서였다. 예나는 거대한 잘레 강의 강둑 위에 위치한 마을이었는데, 잘레 강은 폭이 넓어서 지상군이 건너기가 쉽지 않아 방어를 위한 장벽으로 활용할 수 있을 터였다. 로렌스는 커다란 천막 안에 모인 장교들과 함께 지도를 들여다보았다. 처음에 목적지로 정했던 호프는 예나에서 남쪽으로 30킬로미터 떨어진 지점에 위치해 있었다. 호프에서 예나로 집결지를 변경한 것이 별 이유 없는 후퇴처럼 여겨져서 로렌스는 실망스런 마음에 고개를 저었다.

디헤른이 말했다.

"후퇴는 아닙니다. 보병대와 기병대 일부를 호프 쪽으로 보냈거든요. 일종의 미끼죠. 프랑스 놈들에게 우리가 호프로 진군할 것처럼 믿게 한 다음, 에르푸르트와 뷔르츠부르크를 지나 다시 호프 쪽으로 진군하여 놈들을 일망타진하는 것이죠."

그럴듯한 계획이긴 했지만 곧 그 계획에 문제가 있다는 것이 드러났다. 프랑스 군이 아직 뷔르츠부르크에 주둔하고 있다는 것이었다. 숨을 헐떡이며 날아온 우편배달 용이 지휘관의 천막 안으로 머리를 들이밀며 그 소식을 전하자마자 그 내용은 야영지 전체에 불길처럼 빠르게 번져나갔다. 장교들은 지휘관과 거의 동시에 그 소식을 접할 수 있었다. 비행사 중 한 명이 말했다.

"나폴레옹이 뷔르츠부르크에 있답니다. 나폴레옹의 제국 수비대가 마인츠 지역에 포진해 있고 육군 원수들은 바바리아 지역에 쫙 깔려 있다더군요. 프랑스 육군 그랑 다르메가 전부 동원되었고요."

디혜른이 의견을 내놓았다.

"흠, 차라리 잘 되었습니다. 적어도 이 빌어먹을 행군을 그만해도 되니 다행이지 뭡니까! 놈들이 힘들게 행군해서 우리 쪽으로 올 때까지 기다리기만 하면 되겠군요."

다들 그 말에 동의했다. 그때부터 축 처져 있던 야영지에 돌연 활기가 돌았다. 모두들 전쟁이 임박해 있음을 감지하고 있었고 장성들은 천막 안에 틀어박혀 작전 논의를 했다. 그리고 그 천막 안에서 논의된 내용은 곧장 야영지 전체로 퍼져나갔다. 프러시아 군은 프랑스 군에게 포획될 위험이 있다며 정찰대를 거의 내보내지도 않았건만 시시각각 새로운 소식들이 쏟아져 들어왔다.

루이 왕자가 비행사들이 모여 있는 천막 안으로 들어오며 말했다.

"재미있는 소식이 있다, 제군들. 나폴레옹이 용을 공군 지휘관으로 임명했다고 한다. 그 용이 프랑스 공군 소속 비행사들에게 이런 저런 지시를 내리고 있다고 한다."

프러시아 장교 중 한 명이 말했다.

"비행사들이 아니라 자기 비행사한테 무슨 지시를 한 것이겠죠."

루이 왕자는 웃음을 터뜨리며 말했다.

"아니, 그게 아니다. 그 용은 비행사도 없고 승무원도 데리고 있지 않다는군."

문제의 그 용이 몸 전체가 흰색이라는 말을 듣자 로렌스는 그 소식이 재미있기는커녕 걱정이 되기 시작했다. 로렌스가 리엔과 관련된 내용을 간단히 설명하자 디헤른이 말했다.

"이렇게 되면 전장에서 그 암컷 용을 만나더라도 별로 걱정할 필요는 없을 겁니다. 하하! 용이 지휘관이 되었으니 프랑스 용들은 아주 편하게 놀고 먹으며 편대 비행 연습도 안 하겠네요. 용이 지휘관이라니. 다음번에는 자기 말을 장군으로 진급시킬 모양입니다."

로렌스에게서 리엔에 대한 얘기를 전해들은 테메레르는 콧방귀를 뀌며 말했다.

"내가 듣기엔 전혀 웃기는 결정이 아닌 것 같은데."

리엔이 프랑스 인들 사이에서 인정을 받고 지휘관까지 되었다는 소식을 듣자 테메레르는 기분이 상한 표정이었다. 프러시아 인들 사이에서 자신이 받고 있는 대우와 극명하게 대조되기 때문일 것이었다.

그랜비가 테메레르에게 말했다.

"리엔은 너와는 달리 전투에 대해 아는 게 없어, 테메레르. 용싱이 셀레스티얼은 싸움 따위와 거리를 두어야 한다고 유난을 떨어서 리엔은 전투 경험이 전혀 없어. 너도 잘 알잖아."

"어머니께서는 리엔이 대단한 학자라고 하셨어. 중국에는 공중전에 대한 병법서도 많이 있지. 그중엔 황제(黃帝)가 직접 집필한 병법서도 있었는데 나는 읽어볼 기회가 없었어."

테메레르가 몹시 아쉽다는 표정으로 말하자 그랜비가 손사래를 쳤다.

"아, 전투는 책만 읽어서 되는 게 아니야."

로렌스가 굳은 표정으로 말했다.

"나폴레옹은 바보가 아니니 나름대로 생각해둔 전략이 있는 게 틀림없어. 전투에 참여시킬 수만 있다면 리엔에게 공식적인 지위를 부여하는 것쯤이야 어려운 일도 아니었을 거야. 리엔을 프랑스 군 최고 사령관으로 임명한다 해도, 그 정도면 값싼 대가를 치르는 셈이니까. 리엔의 전투 지휘 능력보다는 리엔이 프러시아 군대에게 내 지를 신의 바람을 두려워해야 해야 된다는 뜻이지."

그러자 테메레르가 나지막하게 덧붙였다.

"리엔이 내 친구들을 다치게 만들려고 하면 내가 나서서 막을 거야. 어쨌든 리엔은 멍청한 편대 비행 따위에 시간 낭비를 하고 있지는 않겠지."

다음날 아침 일찍, 루이 왕자는 테메레르가 포함된 전방부대를 이끌고 예나를 떠나 남쪽으로 10킬로미터쯤 떨어진 곳에 위치한 잘펠트 마을 쪽으로 이동하기 시작했다. 언제든 프랑스 군이 진군해올 수 있기 때문에 그들은 주변 경계를 철저히 하면서 조심스레 이동했다. 테메레르와 프러시아 용들은 제일 먼저 잘펠트에 도착했다. 마을과 그 주변은 아주 조용했다. 로렌스는 보병대가 마저 도착하기 전에 잘펠트 마을로 들어갔다. 테메레르의 승무원으로 합류한 프러시아의 젊은 장교 바데나워 대위의 알선으로 맛좋은 포도주와 먹을 만한 음식들을 구하기 위해서였다. 드레스덴의 은행에서 인출한 돈으로 술과 음식을 사서 저녁 때 장교급 부하들과 식사를 하고 다른 승무원들에게도 특별식을 먹게 해줄 생각이었다. 첫 전투를 앞두고 조만간 기동 훈련이 시작되면 먹을 것을 확보하거나 구하러 다닐 짬을 내기가 어려울 것이었다.

아직 가을비가 내리지 않았지만 잘레 강은 빠르게 흐르고 있었다. 로렌스는 강을 가로지르는 야트막한 다리를 반쯤 건너다가 걸음을 멈추고 기다란 나뭇가지 하나를 강물에 집어넣었다. 팔 전체를 물속에 집어넣었는데도 가지 끝이 강바닥에 닿지 않았다. 로렌스는 무릎까지 꿇고 조금 더 팔을 뻗어보았다. 그러자 갑자기 물살이 빨라지더니 그의 손에서 나뭇가지를 낚아챌 듯 잡아당겼다.

로렌스는 몸을 일으키고 팔과 손에서 물기를 닦아내며 말했다.

"적들이 이 강을 건너오진 못하겠군. 대포를 끌고 건너는 것은 도저히 무리겠어."

바데나워는 영어를 거의 못 알아들었지만 로렌스가 하는 모양새를 보고 뜻을 짐작하고는 동의한다며 고개를 끄덕였다.

잘펠트 마을 사람들은 이 조용하고 작은 마을이 곧 전쟁터가 될 것이라는 점을 탐탁지 않게 여기고 있었다. 그러나 상점 주인은 로렌스가 내민 금화를 보고 반색을 했다. 로렌스와 바데나워가 지나가는 모습을 본 여자들이 집집마다 2층 이상의 창문들을 모조리 닫아버렸다. 두 사람은 그 마을에서 작은 여관을 운영하는 자와 흥정을 했다. 의기소침한 얼굴의 여관 주인은 어차피 대규모의 군대가 마을에 들이닥치면 식량을 전부 징발해갈 테니 그 전에 갖고 있는 식량을 팔아 돈이라도 챙기자는 생각이었다. 그는 두 아들을 시켜 로렌스가 구입한 물품을 배달해주도록 했다. 잘레 강을 가로지르는 다리를 건너 프루시아 군의 야영지 쪽으로 걸어가면서 로렌스가 바데나워에게 지시했다.

"두 소년에게 두려워할 필요 없다고 말해."

하지만 흥분한 용들이 큰소리로 수다를 떠는 모습을 보고 두 소년은 눈이 휘둥그레지면서 겁에 질렸다. 바데나워가 무슨 말을 해도 소용이 없었다. 로렌스는 배달료로 몇 페니라도 쥐어주려고 했지만 두 소년은 로렌스가 돈을 꺼내기도 전에 부리나케 집으로 달아나버렸다. 배달용 바구니에서 맛있는 냄새가 솔솔 풍기자 로렌스와 바데나워도 더는 소년들에게 신경 쓰지 않았다. 꿍쑤는 곧 식사 준비에 착수했다. 그 무렵 꿍수는 테메레르의 먹이뿐만 아니라 승무원들의 식사도 함께 준비하고 있었다. 원래 승무원들의 식사는 지상 요원들이 돌아가며 맡아 했는데 그러다보니 맛이 형편없었다. 꿍쑤가 식사를 담당하게 되면서 승무원들은 동양의 향신료에 점점 익숙해져갔고 지금은 그 향신료 맛이 나지 않으면 서운해할 정도였다.

사실 이처럼 승무원들의 식사 준비를 맡지 않았더라면 꿍쑤도 어지간히 심심할 뻔했다. 먹이를 먹기 위해 다 같이 모인 자리에서 에로이카가 테메레르에게 이런 말을 한 것이다.

"이리 와서 우리랑 같이 먹어! 전투 전야엔 날고기를 먹어줘야 돼. 뜨거운 피가 가슴에 불을 지펴주거든."

에로이카가 격려하며 식사에 초대하자 테메레르도 기뻐하며 알았다고 했다. 그리고 소를 큰 덩어리로 찢어서 씹어 먹었다. 다만, 다른 용들보다 입가의 피를 더 깔끔하게 핥았고 먹이를 다 먹은 후엔 잘레 강에 들어가 몸을 씻었다.

얼마 후 첫 번째 기병대대들이 잘레 강의 다리를 건너오는 모습이 보이자 프러시아 군 진영은 거의 축제 분위기가 되었다. 숲 너머에서 말발굽소리와 포가를 실은 수레가 삐걱거리며 오는 소리가 들리고 말 냄새와 포가의 진한 기름 냄새도 풍겨왔다. 그 기병대대들은 진영 안으로 무사히 들어왔지만, 다음날 아침까지도 나머지 군대의 모습은 보이질 않았다. 황혼이 깔릴 무렵, 로렌스는 테메레르와 함께 단독 비행에 나섰다. 테메레르가 땅바닥을 발톱으로 긁으며 초조해하자 긴장을 풀어주기 위해서였다. 그들은 기병대의 말들이 놀라지 않도록 고도를 높여 날았다. 테메레르는 실눈을 뜨고 황혼이 지는 하늘을 바라보며 잠시 정지 비행을 했다. 그리고 고개를 뒤로 돌리며 물었다.

"로렌스, 아무래도 우리 쪽 진영이 적에게 너무 많이 노출되어 있는 것 같은데? 다리가 저거 하나뿐이라서 아군이 강을 신속히 건너 뒤로 물러나기도 힘들 것 같고."

"나머지 군대가 모두 이곳에 도착할 때까지 우린 물러나지 않고 저 다리를 지킬 거다. 군대가 이 부근까지 왔을 때 프랑스 군이 저 다리를 차지하고 있으면 그들의 방해로 아군은 다리 건너 프러시아 군 진영으로 합류할 수 없게 될 테니까. 우린 최대한 노력해서 저 다리를 지켜내야 하는 것이지."

"그런데 이쪽으로 오는 아군의 모습이 보이질 않아. 루이 왕자와 나머지 전방부대가 오는 모습은 보이는데 그 뒤쪽엔 아무도 없어. 그리고 남쪽엔 엄청 많은 모닥불들이 피워져 있고."

"빌어먹을 보병대 녀석들이 아주 기어서 오고 있는 모양이군."

로렌스도 눈을 가늘게 뜨고 북쪽을 살폈다. 루이 왕자를 태운 마차에서 나오는 불빛이 길을 따라 흔들거리며 마을을 빙 돌아 프러시아 군 진영을 향해 오고 있었다. 하지만 그 너머엔 오직 암흑뿐이었다. 반면, 남쪽에는 테메레르의 말대로 수많은 모닥불이 반딧불이처럼 깜박거리며 짙은 연기를 피워 올리고 있었다. 여기서 1.6킬로미터도 안 되는 곳에 프랑스 군이 모여 있는 것이었다.

루이 왕자가 거느린 대대들은 그나마 신속하게 이동하여 새벽녘에 잘레 강의 다리를 건너 프러시아 군 진영 안으로 들어와 자리를 잡았다. 44문 이상의 대포를 보유한 8천 명 가량의 육군이었다. 그중 절반은 강제로 징집된 작센 지방 사람들이었는데 그자들이 투덜거리는 소리가 어찌나 큰지 부근의 프랑스 군 진영에까지 들리지 않을까 우려될 정도였다. 잠시 후 소총이 발사되는 소리가 들렸다. 교전이 시작된 것은 아니었고 전진 기지의 프러시아 군인들이 프랑스의 정찰병들과 몇 차례 사격을 주고받은 것이었다.

오전 9시, 프랑스 육군이 언덕을 넘어오기 시작했다. 그들은 프러시아 용들에게 발각되지 않도록 숲에 몸을 숨긴 채 다가오고 있었다. 적들의 접근을 눈치 챈 에로이카는 편대를 이끌고 그 숲 위를 위협적으로 날아다녔다. 테메레르도 그 편대의 뒤를 따라 날았지만 신의 바람으로 적을 물리칠 수는 없었다. 프러시아 기병대가 가까이에 자리 잡고 있으니 신의 바람을 쓰지 말라는 명령을 받았던 것이다. 잠시 후, 기병대와 보병대가 진군하며 프랑스 군을 상대할 것이니 용들은 뒤로 물러나 있으라는 신호가 떴다.

에로이카가 신호용 깃발을 올리자 로렌스의 왼쪽 자리 가까이에 앉아 있던 바데나워가 그 뜻을 말해주었다.

"착륙하랍니다."

제대로 공격할 기회도 얻지 못한 용들은 김이 샌 듯 고개를 숙인 채 야영지로 내려섰다. 그리고 프러시아 훈련생 하나가 숨을 헐떡이며 뛰어와 디혜른 대령에게 새로운 명령을 전달했다.

디혜른 대령은 모든 편대원들을 불러모은 뒤 머리 위로 급보를 신나게 흔들며 말했다.

"흠, 친구들. 우리는 아주 운이 좋다. 저 언덕 너머에 있는 프랑스군은 란느 육군 원수가 거느린 군대라고 한다. 오늘 독수리(로마 제국을 비롯해 유럽의 여러 국가들은 독수리를 왕국과 절대 권력의 상징으로 삼았는데 나폴레옹의 문장도 독수리였다. 나폴레옹은 고대 로마 제국의 이미지를 차용하여 독수리 깃발 아래 병사들을 불러 모아 애국심을 고취했다―옮긴이 주)들을 꽤 많이 잡을 수 있을 것 같다. 이곳은 일단 기병대에게 맡기고 우리는 언덕을 빙 돌아 프랑스 용들을 공격한다!"

에로이카의 편대와 테메레르는 또다시 전장 위로 날아올랐다. 그 틈을 노리고 있던 프랑스의 저격병들이 숲에서 뛰어나와 맨 앞줄에서 진격하는 루이 왕자의 부대를 에워쌌고, 프랑스의 보병 1개 대대와 경기병 대대들이 저격병들을 지원하기 위해 뒤따라 나타났다. 그 규모는 크지 않았지만 루이 왕자의 부대와 겨뤄볼 만한 수준은 되었다. 곧이어 대포들이 우레처럼 깊은 소리를 내며 작렬하기 시작했다. 숲이 우거진 언덕 사이사이로 프랑스 군인들의 그림자가 보였으나 나무에 가려 정확한 움직임을 파악할 수가 없었다. 로렌스가 망원경으로 적들을 살피는 동안 테메레르는 커다란 고함 소리를 내질렀다. 그러자 숲에 숨어 있던 프랑스 용들이 일제히 하늘로 날아오르며 테메레르와 에로이카의 편대를 향해 날아왔다.

프랑스 용들로 이루어진 그 편대는 에로이카의 편대보다 훨씬 수가 많았지만 주로 작은 용들이었다. 대부분은 라이트급이었고 우편 배달 업무를 하는 용들까지 섞여 있었다. 프러시아 공군 편대와는 달리 일사불란함은 찾아볼 수 없었고 불안정한 피라미드 형태를 유지하고 있었는데, 편대원들이 각기 다른 속도로 날고 있어 서로 위치가 계속 바뀌고 있었다.

반면, 에로이카의 편대는 완벽하게 겹 2열 횡대로 줄을 맞추며 프랑스 용들을 향해 날아갔다. 왼쪽 측면에서 날고 있던 테메레르는 앞으로 확 나갔다가 속도를 줄이며 한 바퀴 돌아 다른 용들과 보조를 맞추었다. 대형을 유지하며 프랑스 용들의 바로 앞까지 날아가자 각 용에 탑승한 프러시아 소총병들은 적을 향해 일제사격을 퍼부었다. 프러시아 소총병들의 일제사격은 무시무시하기로 정평이 나 있었다.

그런데 소총병들이 사정거리 내에 들어온 프랑스 용들에게 소총을 쏘기 시작하자마자, 프랑스 용들은 완전히 무질서한 상태로 허우적거리며 사방으로 흩어졌다. 결국 프러시아 소총병들의 일제사격은 별 효과를 볼 수 없게 되었다.

일부러 헛된 일제사격을 유도하기 위한 작전이었다면 깔끔하게 성공한 셈이었다. 로렌스도 적들의 전략이 성공했음을 인정할 수밖에 없었으나 그런 전략을 쓴 이유는 알 수가 없었다. 프랑스 용들의 몸에 대응 사격을 할 소총병들이 타고 있지 않았으므로 일제 사격을 유도해도 별 이득이 없을 것이었다.

프랑스 측은 대응 사격을 할 생각도 하지 않고, 그저 프러시아 군인들이 자기네 몸에 올라타지 못하게 안전거리를 유지하면서 무질서하게 날아다녔다. 프랑스 공군들은 아무렇게나 총을 쏴서 한두 명씩 명중시키곤 했다. 대신, 프랑스 용들은 프러시아 용들이 편대 비행을 하며 빈틈을 보일 때마다 득달같이 달려들어 발톱으로 할퀴고 찢었다. 그러고 보니 빈틈이 너무 많았다. 테메레르가 지적했던 부분들이 하나같이 옳았다. 프러시아 용들은 이리저리 찢겨 피를 흘렸고 당황한 가운데 적들을 정면으로 응시하기 위해 이쪽저쪽으로 방향을 틀었다.

단독으로 움직이는 테메레르만이 사방에서 달려드는 프랑스 용들의 공격을 피할 수 있었다. 적들은 테메레르의 몸에 올라타거나 폭탄을 던질 수 있을 정도로 가까이 접근하지 않았다. 동작이 빠른 작은 용들을 대상으로 총을 쏘아봤자 총알만 낭비하기 십상이므로 로렌스는 부하들에게 사격을 하지 말고 모두 바짝 엎드려 있으라고 했다. 테메레르는 적들을 쫓아다니며 한 마리씩 붙잡아 세차게 흔든 다음 날카롭게 할퀴었다. 테메레르에게 공격을 당한 용들은 고통스런 비명을 지르며 서둘러 전장에서 물러났다.

그러나 테메레르 혼자 상대하기엔 프랑스 용들의 수가 너무 많았다. 로렌스는 디헤른에게 편대 비행을 포기하고 각개 전투를 하게 하라고 말해야 할 것 같았다. 그러면 적에게 지속적으로 약점을 노출하여 부상을 입을 일도 없을 테고 헤비급의 체중으로 밀어붙이면 덩치가 작은 프랑스 용들에게 치명상을 입힐 수도 있었다. 로렌스가 기회를 보아 그 말을 하려고 벼르는 동안 프러시아 용들은 몇 번 더 적들에게 공격을 당했다. 결국 디헤른도 로렌스와 같은 결론에 도달했는지 각개 전투를 지시하는 깃발을 올렸다. 가죽을 찢겨 피를 흘리고 고통스러워하던 프러시아 용들은 비로소 다시 기운을 차리며 이리저리 흩어져 프랑스 용들을 개별적으로 공격하기 시작했다.

"아니야! 편대를 유지해야 해!"

테메레르가 갑자기 소리쳐서 로렌스는 깜짝 놀랐다. 테메레르는 로렌스에게 고개를 휙 돌리며 말을 이었다.

"로렌스, 저 아래를 봐! 저기······."

로렌스는 망원경을 꺼내어 테메레르의 목옆으로 지상을 내려다보았다. 프러시아 공군 편대가 각개 전투로 작전을 변경하자마자 엄청나게 많은 프랑스 보병대가 숲에서 나와 서쪽으로 진군하며 루이 왕자 부대의 왼쪽 측면을 포위하기 시작한 것이다. 적들은 왼쪽 측면에서부터 중앙 지역을 향해 공격을 퍼부으며 압박을 가했다. 프러시아 군인들은 뒤로 물러나다가 다리 난간 너머로 우수수 떨어졌고 기병대는 돌격을 위한 여유 공간조차 확보할 수가 없었다. 지금이야말로 프러시아 공군 편대가 나서서 적들의 포위 공격을 물리쳐야 할 때였다. 하지만 각개 전투로 돌아선 이상 그런 작전을 쓸 수도 없었다.

보다 못한 로렌스가 소리쳤다.

"테메레르, 공격해!"

테메레르는 곧 숨을 크게 들이마시며 날개를 접고 강하했다. 그리고 서쪽 숲에서 치고 들어오는 프랑스 군을 향해 날아갔다. 테메레르의 옆구리가 부풀어 오르자 로렌스는 무시무시한 고함 소리를 피해 두 귀를 손으로 틀어막았다. 테메레르는 신의 바람을 쏟아낸 후 다시 고도를 높였다. 그 공격은 어느 정도 효과를 거두었다. 수십 명의 프랑스 군인들이 눈, 코, 귀에서 피를 쏟으며 바닥으로 쓰러졌고 그 주변의 작은 나무들은 성냥개비처럼 흩어졌다.

방어하던 프러시아 지상군은 안심을 했다기보다는 멍하게 질린 상태였다. 반면, 충격을 받은 가운데서도 서둘러 정신을 차린 프랑스 장교 하나가 쓰러진 나무와 전사자들 사이에서 벌떡 일어나 깃발을 높이 쳐들며 소리쳤다.

"황제 폐하 만세! 프랑스 만세!(Vive l'Empereur! Vive la France!)"

그 장교는 앞으로 돌진했고 살아남은 프랑스의 전방부대가 모두 그 뒤를 따랐다. 거의 2천명에 달하는 그 부대는 총검과 사브르를 마구 휘두르며 프러시아 군을 공격했고 이내 적군과 아군이 뒤섞여버렸다. 이 상태라면 아군까지 함께 죽일 수 있어 테메레르는 신의 바람을 다시 쓸 수가 없었다.

상황이 점점 급박하게 돌아갔다. 프러시아 보병대는 계속 잘레 강물로 빠져 들어갔고 물살에 휩쓸려 넘어지거나 장화의 무게 때문에 비틀거렸다. 기병대의 말들도 강둑에서 강물로 미끄러져 떨어졌다. 테메레르는 공중에서 정지비행을 하며 빈틈을 노렸고, 루이 왕자는 중앙 지역으로 다시 돌격하기 위해 남은 기병대를 불러 모으기 시작했다. 주변에 모여선 기병대의 말들이 큰소리로 울부짖었다. 루이 왕자는 기병대와 함께 요란한 말발굽소리를 내며 용감하게 달려 나가 프랑스 경기병들과 맞붙었다. 셀 수 없이 많은 종을 울리듯 칼 부딪치는 소리가 날카롭게 울려퍼졌다. 그 주변으로 흑색화약의 검은 구름이 자욱하게 번져나가 소용돌이치며 말들의 다리를 감쌌다. 잠시나마 로렌스는 승전의 희망을 가져보았으나, 다음 순간 루이 왕자는 칼을 놓치며 말에서 떨어졌다. 루이 왕자의 측면에 버티고 있던 프러시아 군의 깃발들이 우수수 무너져 내리자 프랑스 군 쪽에서 기쁨의 함성이 터져 나왔다.

구원병은 오지 않았다. 작센 사람들로 구성된 보병대대들은 제일 먼저 대형을 이탈하여 다리 넘어 강물로 뛰어들거나 무기를 내던지고 항복했다. 나머지 프러시아 군인들은 소규모이긴 해도 저항을 계속해나가며 루이 왕자의 부관들이 명하는 대로 질서정연하게 줄을 맞춰 퇴각했다. 대포를 대부분 전장에 버리고 갈 수밖에 없었다. 프랑스 군이 계속해서 소총과 대포로 공격했기 때문에 프러시아 군인들 중 일부는 죽어 쓰러지거나 강물로 뛰어들어 달아났다. 그 외에 나머지는 잘레 강을 따라 북쪽으로 후퇴하기 시작했다.

정오가 조금 지났을 무렵 잘레 강의 다리가 무너졌다. 테메레르와 프러시아 용들은 후퇴하는 아군을 보호하는 데 집중하면서 프랑스 용들을 막아내고 있었다. 후퇴가 완전한 패배로 이어지지 않도록 하기 위해서였다. 그럼에도 불구하고 피해가 엄청났다. 작센 사람들은 모조리 달아났고, 프랑스 용들은 대포와 프러시아 기병대의 말들을 앞발로 집어 잘레 강에서 한참 떨어진 기슭, 즉 덧문을 단단히 내린 마을 건물 주변에 모여 있는 프랑스 보병대 쪽에 내려놓았다. 그중에는 미친 듯이 악을 쓰는 기병대원을 태우고 있는 말들도 있었다.

전투가 거의 끝나가고 있었다. 폐허가 되다시피 한 프러시아 진영에서 '총후퇴'를 뜻하는 신호용 깃발이 서글프게 나부끼고 검은 연기가 뭉게뭉게 피어올랐다. 프랑스 보병대의 포격이 닿지 않는 범위까지 프러시아 군이 물러나자 프랑스 용들도 마침내 뒤로 물러났다. 기운이 쭉 빠진 채 고개를 푹 숙인 테메레르와 프러시아 용들은 디헤른의 깃발 신호에 따라 착륙하여 가쁜 숨을 내쉬었다.

디헤른은 용들을 격려할 새도 없었고 그럴 분위기도 아니었다. 편대에서 제일 몸집이 작은 라이트급 용 한 마리가 전장으로 급히 날아가, 온몸이 부러지고 찢어진 루이 왕자의 시신을 찾아서 조심스럽게 앞발 안에 담아가지고 돌아온 것이다.

디헤른은 편대원들에게 간단하게 지시를 내렸다.

"각자 지상 요원들을 모아 탑승시키고 예나로 날아오도록. 그곳에서 다시 집결하기로 한다."

13

잘펠트 전투가 시작되기 전 로렌스는 꿍쑤를 비롯한 지상 요원들을 잘레 강에서 한참 떨어진 시골 지역 깊숙한 곳에 내려놓았다. 그곳은 숲이 우거져 있어 적들의 눈에 발각될 가능성이 적었다. 전투를 마치고 예나로 날아가기 전, 테메레르가 착륙했을 때 지상 요원들은 도끼와 사브르, 권총을 손에 들고 사방을 경계하고 있었고, 케인스와 훈련생들은 숲의 야영지 뒤쪽에서 용알들을 보살피고 있었다. 천과 하네스로 감싸놓은 용알 옆에는 칸막이가 달린 작은 화로를 켜놓은 채였다.

펠로우스는 부하들과 함께 테메레르의 안장을 이리저리 살피며 걱정스러운 어조로 말했다.

"대령님이 테메레르를 타고 이륙하자마자 가까이에서 대포 쏘는 소리가 들리더군요."

"그래, 프랑스 놈들이 우릴 덮쳤지. 우린 예나로 후퇴하는 중이다."

극도의 피로가 몰려와 로렌스는 마치 자신의 목소리가 멀리서 들려오는 것처럼 느껴졌다. 그러나 지친 모습을 보이면 안 되었기에 억지로 기운을 내어 지상으로 내려서며 말했다.

"비행 승무원들에게 럼주를 돌려야겠다. 에밀리, 다이어. 럼주 가져와."

에밀리와 다이어는 럼주가 든 병 여러 개와 술잔을 하나 들고 왔다. 비행 승무원들이 한 잔씩 마신 뒤 로렌스는 마지막으로 마셨다. 뜨거운 술기운이 몸에 돌자 정신이 확 들었다.

로렌스는 야영지 뒤쪽으로 걸어가 케인스와 용알에 대해 논의했다. 케인스가 말했다.

"아무 이상 없습니다. 이런 상태로 한 달은 버틸 수 있을 겁니다."

"언제쯤 부화할 것 같은가?"

케인스는 평소처럼 툴툴거리며 말했다.

"전에 말씀드린 것과 똑같습니다. 대충 3주에서 5주쯤 남았다고 볼 수 있죠."

"그렇군."

로렌스는 테메레르가 무리하게 힘을 써서 근육을 다쳤을지도 모른다는 생각이 들어 케인스를 보내 진찰하게 했다. 테메레르는 전투의 열기에 들떠서 혹은 패배의 비탄에 잠겨서 제 몸이 다친 줄도 모르고 있을 테니까.

케인스가 진찰하기 위해 등으로 올라가자 테메레르가 비참한 표정으로 로렌스에게 말했다.

"완전히 기습당했어. 프로시아 용들의 형편없는 편대 비행 때문에 피해가 더 컸지. 아, 로렌스. 그때 내가 그들 편대의 약점에 대해 더 끈질기게 물고 늘어지면서 얘기를 계속했어야 했는데."

"그래도 별로 소용없었을 테니 자책할 것 없어. 에로이카의 편대에 혼란을 주지 않는 선에서 동작을 어떻게 개선시키는 게 좋을지나 생각해봐. 이젠 저들도 네 충고에 귀를 기울일 테니까. 고통스런 패배를 통해 교훈을 얻긴 했지만, 한 번의 접전만으로 자기네 비행 방식의 치명적인 약점을 깨닫고 고치게 되는 셈이니 다행이지. 더 심한 피해를 입지 않은 채로 전투가 마무리되었으니 된 거다."

로렌스와 승무원들을 태운 테메레르는 오전에 단시간 비행을 한 끝에 예나에 도착했다. 에로이카의 편대를 비롯해서 각자 후퇴한 프러시아 군이 예나 주변으로 모여들고 있었다. 잘펠트 전투에서 승리한 프랑스 군은 게라 지역의 보급노선을 확보한 반면, 프러시아 군이 재집결한 예나 마을의 보급 창고는 거의 텅 비어 있었다. 테메레르에게 배당된 먹이도 작은 양 한 마리가 전부였다. 꿍쑤는 먹이 양을 늘리기 위해 그 양을 잡아 물에 넣고 그동안 모아둔 향료를 첨가해 죽을 끓였다. 그래도 테메레르는 잘 먹은 편이었다. 로렌스와 승무원들은 대충 끓인 포리지(오트밀에 우유나 물을 넣고 끓인 죽—옮긴이 주)와 딱딱한 빵으로 부실하게 끼니를 때워야 했다.

모닥불 주변으로 걸어가면서 로렌스는 야영지 곳곳에서 작센 사람들이 볼썽사납게 떠드는 소리를 들었다. 호프의 전장에서 도망쳐 예나로 온 작센 패잔병들은 프랑스 군과 정면으로 맞섰고 그 와중에 엄청난 희생을 치렀다고 주절거렸다. 호프 쪽에 모여 있던 프러시아 군도 프랑스 군에게 패배를 당한 모양이었다. 프러시아의 타우엔트자인 장군은 호프에서 프랑스 군과 맞붙었다가 후퇴하던 중, 프랑스의 술트 육군 원수의 군대를 피하려다가 베르나도트 육군 원수의 부대와 맞닥뜨려 싸우게 되었다고 했다. 그야말로 프라이팬의 열기를 피하려다 불 속으로 뛰어든 격이었다. 타우언트자인 장군은 400명의 군사를 잃었고 가까스로 도망쳤다. 연이은 패배에 그동안 승전을 장담했던 프러시아 군은 자신감을 상실하고 몹시 혼란스러워하고 있었다.

로렌스가 찾아갔을 때 디헤른을 비롯한 프러시아 비행사들은 다 쓰러져가는 작은 시골집에 모여 있었다. 용들이 휴식을 취하기 위해 들판으로 내려서자 겁에 질린 농부들이 서둘러 버리고 떠난 집이었다. 로렌스는 테메레르가 가르쳐준 대로 그린 그림을 가져가 그 비행사들 앞에 펼쳐놓으며 다급히 말했다.

"편대 비행 동작을 모두 뜯어고치자는 게 아니라, 일부분만이라도 수정해보자는 것입니다. 지금 와서 동작에 변화를 주면 어느 정도 위험 부담이 있기는 하지만, 아무런 변화 없이 이대로 편대 비행을 하면 또다시 처참하게 당하고 말 테니까요."

디헤른이 말했다.

"내가 뭐라고 그랬냐며 비난하지 않으시니 그 배려에 감사할 따름입니다. 물론 제안하신 충고를 깊이 새겨듣겠습니다. 용을 교관으로 삼더라도 필요하다면 고쳐야겠지요. 두들겨 맞은 개처럼 야영지에 엎드린 채 혀로 상처나 핥을 수는 없는 노릇이니까요."

텅 비다시피 한 탁자를 앞에 놓고 동료 비행사들과 침울하게 술을 마시고 있던 디헤른은 로렌스의 제안에 기운을 냈다. 그리고 동료들에게 용기를 불어넣으려 애썼다. 그런데도 동료들이 계속 풀이 죽은 상태로 앉아 있자 디헤른은 그들을 꾸짖으면서 밖으로 끌고 나왔다. 용들 앞으로 다가간 그들은 비행 동작을 수정하는 일에 착수하면서 힘을 내기 시작했다. 테메레르도 눈을 빛내며 일어나, 직접 고안한 새로운 비행 동작을 보여주며 기꺼이 연습에 참여했다.

로렌스와 그랜비도 비행 동작 개발에 작지만 나름대로 매우 의미 있는 공헌을 했다. 테메레르가 아무렇지 않게 수행할 수 있는 정교한 동작들은 대단히 높은 수준의 민첩성을 요구하는 것이라 서양 용들이 따라 하기엔 벅찬 점이 있었다. 그래서 로렌스와 그랜비의 조언에 따라 테메레르는 속도를 크게 줄였다. 그러나 지금까지 딱딱하게 움직이는 비행 방식에만 익숙해 있던 프러시아 용들은 쉽게 적응하지 못했다. 그래도 워낙 정확성을 중시하는 용들이라 천천히 연습을 거듭하자 눈에 띄게 움직임이 좋아졌다. 열두 번 정도 동작을 반복하고 나자 다들 지치긴 했지만 자신감도 생기고 의기양양해졌다. 육군 장교들도 구경을 하러 몰려들었다. 디헤른이 지휘하는 에로이카의 편대가 마침내 휴식을 취하기 위해 지상에 착륙하자 다른 편대 소속 용들도 가까이 다가와 동작에 대해 이런저런 질문을 했다. 곧 다른 두 편대가 공중으로 날아올라 테메레르가 개발한 비행 동작을 연습해보았다.

그러나 그날 오후 또다시 작전이 변경되면서 비행 연습도 중단되었다. 베를린과의 연락 노선을 지키기 위해 전 프러시아 군대가 조금 더 후퇴하여 바이마르 부근에 새로 집결하기로 했다는 것이었다. 이번에도 용들에게 앞장서서 가도록 했다. 그 소식에 다들 투덜거렸다. 지금까지는 전시의 불가피한 상황 변화 때문일 것이라 생각하며 변덕스러운 상부의 지시를 기꺼이 받아들여 이쪽으로, 저쪽으로 행군을 계속해왔지만, 또다시 바이마르까지 후퇴하는 것은 너무나도 수치스러운 일이었다. 겨우 두 번 승전한 프랑스 군이 이 땅에서 프러시아 군을 멀찌감치 내쫓고 있는 것 같았기 때문이었다. 혼란스럽고 일관성 없는 상부의 명령이 거듭되자 그들은 장성들의 결단성 부족을 의심할 수밖에 없었다.

이 성난 분위기에 기름을 끼얹는 정보가 전해져왔다. 잘펠트 전투에서 불운하게 죽음을 맞은 루이 왕자가 애초에 잘레 강을 가로질러 진지를 구축한 것이 호엔로헤 장군의 불분명한 명령에 따른 것이었다는 얘기였다. 호엔로헤 장군은 향후의 진군을 염두에 두고 그런 명령을 내렸지만, 그 명령은 브룬슈비크 대공이나 프러시아 국왕 프리드리히 빌헬름 3세의 정식 허락을 받은 것이 아니었다고 했다. 결국 지원군은 남쪽으로 내려오지 않았고 호엔로헤 장군은 어쩔 수 없이 후퇴하기로 작전을 변경했다는 것이다.

잘레 강을 건너다가 말이 물속에서 넘어져 다리를 다치는 바람에 그 말을 끌고 힘겹게 이 야영지까지 걸어온 루이 왕자의 전속 부관 중 한 명이 알려준 정보였다. 그 얘기를 전해 들은 디헤른은 비통해 하며 로렌스를 비롯한 비행사들에게 말했다.

"호엔로헤 장군이 나중에 후퇴하라고 명령을 하긴 했는데 그때 이미 우리는 적들에게 포위당한 상태였습니다. 루이 왕자께서는 그 상태로 싸우다가 한 시간 뒤에 세상을 떠나셨지요. 프러시아는 최고의 군인을 한 명 잃은 것입니다."

폭동을 일으킬 만한 수준은 아니었지만 야영지의 군인들은 몹시 회기 났다. 낙담해 있던 때보다 분위기가 훨씬 암울해졌다. 오후에 새로운 편대 비행 방법을 연습하며 느꼈던 성취감은 어느덧 사라지고, 다들 짐을 꾸리는 일을 감독하기 위해 각자의 공터로 돌아갔다.

야영지를 떠나는 우편배달 용의 날갯짓 소리는 모두에게 짜증을 불러일으켰다. 쓸데없이 시간만 낭비하는 작전 회의가 또다시 진행 중임을 뜻하는 것이었기 때문이다. 아직 해도 뜨지 않은 시간인데 우편배달 업무를 하는 용이 날개를 퍼덕이며 날아오르자 로렌스는 눈을 떴다. 맨발에 셔츠 차림으로 천막 밖으로 나온 로렌스는 물통에 든 물로 얼굴을 문질러 씻었다. 물통에 서리가 얼지는 않았지만 물이 아주 차가워서 정신이 번쩍 들었다. 테메레르는 하얀 콧김을 뿜으며 곤히 자고 있었다.

로렌스는 용알들이 보관된 작은 천막 쪽으로 걸어가 그 안을 들여다보았다. 그 천막은 다른 천막에 비해 크기가 절반밖에 되지 않았고 천막 천이 이중으로 되어 있어 야영지에서 제일 따뜻했다. 비좁은 천막 안에서 앨런과 불침번을 서고 있던 샐리어가 기민하게 로렌스 쪽으로 고개를 돌렸다. 앨런은 코를 골며 자고 있었고 천막 안에 켜놓은 화로의 석탄이 빨갛게 빛을 내고 있었다.

프로이센 군은 지금 예나에서 약간 북쪽에 위치한 이곳으로 옮겨 와 야영을 하고 있었다. 야영지의 동쪽 가장자리가 테메레르와 로렌스 일행이 머무는 곳이었다. 밤 사이에 브룬슈비크 대공이 이끄는 군대는 이 야영지 쪽으로 조금 더 가까이 행군해왔다. 시골 지역 전체에 피워져 있는 모닥불 연기는 멀리서 불타고 있는 예나 마을의 연기와 처량하게 뒤섞였다. 어젯밤 부근에 주둔 중인 호엔로헤 장군의 부대에서 형편없이 적은 분량의 배식과 거듭되는 패배 소식으로 공황상태에 빠진 병사들이 폭동 비슷한 소동을 일으켜 불을 질렀다는 소식이 들려왔다. 남쪽에서 프랑스 군 전방부대의 움직임이 포착되었고, 가능하리라 예상했던 보급노선들은 확보하지 못했다. 마지못해 프로이센과 동맹 관계를 유지하고 있던 작센 사람들은 거듭되는 패배와 후퇴에 환멸을 느끼고 있던 터라 더 이상은 못 참겠다는 분위기였다.

　나머지 프러시아 군이 머무는 곳에서 조금 떨어진 공터에 자리를 잡게 된 로렌스 일행은 야영지 안팎에서 일어난 수많은 불상사를 전부 목격할 기회는 없었으나 예나 마을의 화재는 지독한 연기와 냄새로 파악할 수 있었다. 야영지의 분위기가 침착함을 되찾기도 전에 언덕 너머 예나 마을에 화재가 발생하여 건물 여러 채가 불길에 휩싸였고 재와 연기가 사방으로 흩어졌다. 축축하고 짙은 안개까지 깔려 아침 공기가 맵고 썼다. 1806년 10월 13일 아침이었다. 프러시아에 도착한 지 한 달이 다 되어가고 있었지만 로렌스는 영국에서 아무런 전언도 받지 못하고 있었다. 무장 군인들로 가득한 시골 지역이라서 우편물 이송이 느리고 불확실하기 때문이기도 할 터였다.

　공터 가장자리에서 홀로 차를 마시며 서 있던 로렌스는 그리움이 담긴 눈으로 북쪽을 응시했다. 영국과의 거리는 1600킬로미터 정도. 이처럼 가까운 곳에 있는데 조국과 연락을 하지 못하고 있으니 애가 탔다. 고향인 영국에 대한 그리움이 이렇게까지 클 줄은 미처 몰랐다.

　동이 트면서 새벽 하늘에 햇살이 비치기 시작했으나 야영지 전체를 뒤덮은 짙은 회색 안개는 물러설 기색도 없이 고집스럽게 버티고 있었다. 짙은 안개에 가려 목소리가 괴상하고 먹먹하게 들려 멀리까지 뻗어나가지 못했고, 어느 방향에서 들려오는 소리인지 가늠하기도 어려웠다. 안개 속에서 돌아다니는 군인들은 소리 없이 부유하는 유령 같았고 육체에서 분리된 목소리들이 이리저리 떠다니는 듯했다. 심신이 지치고 굶주린 군인들은 힘없이 일어나 맡은 일을 하러 갔다. 대화도 거의 없었다.

오전 10시가 조금 지난 시각, 상부의 명령서가 도착했다. 프러시아의 주력 부대가 아우어슈테트를 지나 북쪽으로 후퇴할 예정이니, 호엔로헤 장군이 이끄는 군대는 예나 지역에서 현 위치를 고수하며 후퇴하는 아군을 방어하라는 내용이었다.

로렌스는 조용히 그 명령서를 읽은 후 말없이 디헤른의 훈련생에게 다시 돌려주었다. 프러시아 장성이 휘하의 장교들에게 내린 명령에 대해 영국인인 그가 비판적으로 말할 입장이 아니라는 생각에서였다. 오히려 프러시아 인들은 말을 삼가지 않았다. 그 명령서의 내용이 야영지 전체로 퍼져나가면서 프러시아 군인들은 목청을 높여 상부의 결정을 비난했다. 그들이 독일어로 하는 말을 듣고 테메레르가 로렌스에게 말해주었다.

"저들은 주력 부대를 후퇴시키지 말고 다 함께 여기서 프랑스 놈들과 맞붙어 싸워야 한다고 말하고 있어. 나도 같은 생각이야. 전투를 하지 않을 거라면 우리가 여기에 왜 와 있는 건데? 이런 식으로 계속 후퇴만 할 바엔 차라리 드레스덴을 떠나지 말았어야지. 꼭 프랑스 군을 피해 계속 도망치는 것 같잖아."

"우린 그런 말을 할 입장이 아니야. 프러시아 장성들이 계속 후퇴를 명하는 것도 우리가 알지 못하는 다른 이유가 있어서일지 모르니까."

위안으로 삼기 위해 한 말일 뿐, 로렌스 자신도 그렇게 믿지는 않았다. 어쨌든 한동안은 이곳 예나에 머물게 되었다. 지난 사흘간 용들도 먹이를 제대로 먹지 못하고 있어서 당분간 훈련을 하지 말라는 지시가 내려왔다. 또다시 지긋지긋한 행군을 하거나 전투를 하게 될지도 모르니 기운을 아껴두라는 뜻이었다. 테메레르가 꾸벅꾸벅 졸면서 양고기를 먹는 꿈을 꾸는 동안 로렌스는 그랜비에게 말했다.

"그랜비, 안개 때문에 시야가 확보되지 않으니 조금 더 높은 지대로 올라가 주변을 살펴봐야겠다."

그리고 로렌스는 그랜비에게 부하들을 맡기고 바데나워와 함께 야영지 밖으로 나갔다.

란트그라펜베르크 언덕의 평평한 정상에 올라서면 고원 지대와 골짜기를 한눈에 볼 수 있을 듯했다. 로렌스는 바데나워를 안내인 삼아 구불구불한 골짜기 길을 따라 숲이 우거진 비탈을 타고 정상을 향해 올라갔다. 날카로운 가시가 달린 검은딸기 덤불이 곳곳에 자라고 있었다. 조금 더 위로 올라가자 키 큰 풀숲 안으로 길이 사라져버렸다. 그곳부터는 경사가 너무 가팔라서 건초를 베러 오는 이들도 없는 모양이었다. 군데군데 양들이 돌아다니며 다져놓은 작은 공터들이 있었다. 멀리서 양 두 마리가 로렌스와 바데나워를 무심히 쳐다보고는 이내 고사리숲으로 들어가 버렸다.

땀을 흘리며 한 시간쯤 걸어 올라간 끝에 드디어 정상에 도착할 수 있었다. 바데나워가 눈앞에 보이는 풍경을 손으로 가리키며 말했다.

"드디어 다 올라왔네요."

로렌스는 고개를 끄덕였다. 청회색 산이 고원 지대를 빙 둘러싸고 있어 그 너머까지 볼 수는 없었지만 그래도 이 자리에 서니 사발처럼 우묵한 골짜기가 전부 내려다보였다. 마치 입체적으로 만든 대형 지도 안에 들어와 서 있는 것 같은 기분이었다. 경사가 완만한 언덕은 노란색으로 물들어가는 너도밤나무와 그보다 작은 상록수들로 뒤덮여 있고 군데군데 껍질이 하얀 박달나무 몇 그루가 꼿꼿이 자라고 있었다. 황갈색의 들판은 대부분 추수가 끝난 상태였다. 그 들판으로 가느다란 가을 햇살이 비치자 마치 늦은 오후가 된 것 같았고 드문드문 세워져 있는 농가를 보고 있자니 따스함이 전해져 왔다.

커다란 구름덩어리들이 서쪽으로 느릿느릿 흘러가면서 오전 햇빛을 막았다. 구름의 그림자는 천천히 란트그라펜베르크 언덕을 타넘어갔다.

얼마 뒤 구름이 걷히자 언덕 사이로 흘러가는 잘레 강의 지류가 강한 햇빛을 반사했다. 로렌스는 눈이 부신 나머지 눈물이 살짝 고였다. 바람이 불자 가을의 나뭇잎과 마른 가지들이 서로 부딪치며 불꽃처럼 타닥타닥 소리를 냈다. 처음으로 바람을 머금게 된 새 돛에서 나는 듯한, 깊고 공허한 바람 소리가 멀리 울려퍼졌다. 그 외에는 사방이 고요하기만 했다. 공기는 아무런 맛도, 냄새도 풍기지 않았고, 서리가 내려 딱딱하게 얼어붙은 땅에서는 동물 냄새나 식물이 썩어가는 냄새도 전혀 나지 않았다.

지금까지 올라온 비탈 아래쪽을 보니, 짙은 안개에 뒤덮인 야영지에 밀집해 있는 프로이센 군부대의 모습이 흐릿하게 보였다. 그리고 아우어슈테트를 향해 북쪽으로 행군하고 있는 브룬슈비크 대공의 군대도 보였는데, 총검들이 햇빛에 반사되어 반짝거렸다. 로렌스는 언덕 너머 반대편에 위치한 마을을 살펴보기 위해 조심스럽게 걸어갔다. 프랑스 군이 들어와 있는 기미는 보이지 않았지만 마을에서 발생한 화재는 거의 진압한 상태였다. 정상에서 보니 화염은 마치 불붙은 석탄처럼 오렌지색으로 빛나며 하나씩 꺼져갔고, 그 주변으로 사람들이 알아들을 수 없는 고함을 지르며 뛰어다녔다. 잘레 강에서부터 물이 담긴 수레를 끌고 마을로 향하는 말들의 모습이 흐릿하게 보였다.

　로렌스는 잠시 그 자리에 서서 아래쪽을 내려다보며 곰곰이 생각에 잠겼다. 그리고 바데나워에게 손짓발짓으로 이런저런 질문을 했다. 서로 통하는 말이 프랑스어밖에 없어 간간이 프랑스어로 묻기도 했다. 그러다가 두 사람은 돌연 입을 다물었다. 세찬 바람이 불어와 짙은 연기 기둥을 예나 마을 밖으로 몰아낸 순간, 동쪽에서 날아오는 용 한 마리가 보였기 때문이다. 벌새처럼 빠른 속도로 잘레 강을 건너 예나 마을로 날아오다가 공중에서 정지 비행을 하고 있는 그 용은 바로 리엔이었다. 깜짝 놀란 로렌스는 리엔이 자신과 바데나워가 있는 곳으로 날아오고 있는 것 같은 착각이 들었다. 그러나 다음 순간 로렌스는 그것이 착각이 아님을 깨달았다.

　바데나워가 황급히 로렌스의 팔을 잡아당겼다. 두 사람은 주변의 검은딸기 덤불 밑으로 기어들어갔다. 기다란 가시가 옷과 머리를 할퀴고 잡아당겼다. 6미터쯤 안으로 들어가자 가시나무 덤불 아래 푹 꺼진 구덩이가 있어 편안히 몸을 숨길 수가 있었다. 양이 파놓은 구덩이인 듯했다. 두 사람이 구덩이 안으로 몸을 숨기자마자 나뭇가지가 바스락거리는 소리가 났다. 그리고 양 한 마리가 덤불 안으로 비집고 들어와 두 사람 곁에 자리를 잡았다. 가시에 뜯긴 양털이 덤불 여기저기에 붙어 있어 보호막 구실을 해주었다. 곧 하얀 용이 커다란 날개를 접고 언덕 정상에 우아하게 착륙했고, 그 양은 겁에 질려 몸을 부르르 떨며 바닥에 주저앉았다. 그래도 옆에 인간들이 있어 안심이 되는지 울지는 않았.

　로렌스는 긴장한 상태로 기다렸다. 두 사람을 보고 이리로 날아온 것이라면 검은딸기 덤불과 가시덤불 밑에 숨어 있다고 해서 리엔이

그들을 찾아내지 못할 리 없었다. 그러나 리엔은 두 사람을 보지 못한 모양인지 그저 로렌스와 바데나워가 살피고 있던 주변 지형을 관심 있게 둘러볼 뿐이었다. 그런데 리엔의 외모가 조금 달라보였다. 중국에 있을 때는 금과 루비로 만들어진 정교한 장신구를 착용했고 이스탄불에서는 보석 하나 걸치지 않았었는데 지금은 아주 색다른 모양의 장식물을 달고 있었다. 얼굴 주변의 막 아래쪽을 둘러싸고 있는 그 장식물은 왕관과 비슷한 모양이었고 막 가장자리와 턱 아래쪽에 고리를 걸어 고정한 것이었다. 주 소재는 금이 아니라 반짝이는 쇠였고 중앙에는 달걀만한 크기의 다이아몬드가 박혀 있었다. 그 다이아몬드는 약한 아침햇살을 받으며 오만하게 빛났다.

리엔의 등에 타고 있던 프랑스 장교복을 입은 남자가 바닥으로 내려섰다. 리엔이 용성과는 비교도 안 되게 평범해 보이는 저자를 등에 태우다니, 로렌스는 크게 놀랐다. 그 프랑스 장교는 모자를 쓰지 않았고 짧게 깎은 짙은 갈색 머리는 숱이 별로 없었다. 자세히 보니 추격병 제복 위에 두꺼운 가죽 외투를 걸쳤고 반바지의 무릎께 위로 올라오는 기다란 검은 장화를 신었으며 허리에는 튼튼해 보이는 칼을 차고 있었다.

그자는 망원경을 꺼내 고원 지대에 주둔 중인 호엔로헤 장군의 군대와 북쪽으로 난 길을 따라 이동 중인 브룬슈비크 대공의 군대를 주의 깊게 살폈다. 그리고 특이한 억양의 프랑스어로 말했다.

"이 땅의 주인들이 우리를 반겨주려고 모여 있다니 참으로 보기 좋은 광경이군. 저들을 너무 오래 기다리게 만들었어. 다부 원수와 베르나도트 원수가 북쪽으로 이동 중인 저 프러시아 군대를 다시 이쪽으로 몰고 오기로 했으니까 이제 곧 다 같이 만나줘야지. 그런데 프러시아 왕의 깃발이 보이질 않는군, 너는 보여?"

리엔이 냉담한 눈빛으로 고원 지대를 내려다보며 불만조로 대답했다.

"안 보여. 어쨌든 여기에는 아직 아군의 전초부대가 없으니 그 깃발을 찾으려고 돌아다니면 안 돼. 적들에게 노출될 테니까."

리엔의 핏발 선 붉은 눈엔 격한 감정 같은 것은 담겨 있지 않았다.

"무슨 소리냐. 너와 함께 있으니 난 안전해!"

그자는 이렇게 말하고 웃음을 터뜨리며 리엔 쪽으로 고개를 돌렸다. 그 순간 로렌스는 그자의 얼굴을 똑똑히 볼 수 있었다.

옆에 있던 바데나워가 발작적으로 로렌스의 팔을 꽉 움켜잡으며 소곤거렸다.

"나폴레옹입니다."

충격을 받은 로렌스는 주변을 살피고는 조금 더 자세히 보기 위해 덤불 가까이 목을 내밀었다. 영국 신문에서 늘 묘사하던 것과는 달리 저 코르시카인은 특별히 왜소한 편은 아니었고 다부진 체격이었다. 활기찬 표정으로 큰 회색 눈을 빛내며 서 있는 나폴레옹. 찬바람을 맞아 얼굴에 약간의 홍조를 띠고 있어서 잘생겨 보이기까지 했다.

나폴레옹이 계속해서 말했다.

"서두를 필요 없어. 지금부터 저 프러시아 군에게 45분 정도 여유를 줄 생각이니까. 프러시아 군이 사단 하나를 더 북쪽으로 보내도록 한 뒤에 공격을 개시해야지. 저런 식으로 왔다갔다 행군을 하게 만들다 보면 곧 내 계획에 딱 들어맞는 곳에서 전투를 치르게 될 거다."

그 뒤 거의 45분 동안 나폴레옹은 등성이를 따라 서성거리며 아래쪽 고원 지대를 찬찬히 살폈다. 마치 먹이를 노리는 맹금(猛禽)같았다. 로렌스와 바데나워는 계속 그 구덩이에 숨어 있을 수밖에 없었다. 앞으로 아군이 겪게 될 죽음의 고통을 생각하면 정신이 아찔했다. 옆구리 쪽에서 움직임이 일어 돌아보니 바데나워가 슬그머니 권총 쪽으로 손을 뻗고 있었다. 그러나 얼굴에는 주저하는 기색이 가득했다.

로렌스는 바데나워의 팔에 손을 얹으며 말렸다. 어린 장교는 얼굴이 창백해지며 시선을 떨어뜨렸고 손을 바닥에 내려놓았다. 로렌스는 조용히 바데나워의 어깨를 잡고 위로해주었다. 여기서 나폴레옹을 쏴 죽이고 싶은 심정을 로렌스는 충분히 이해했고 깊이 공감했다. 9미터도 채 되지 않는 곳에 전 유럽을 고통 속으로 몰아넣은 장본인이 서 있으니 당장 쏴죽이고 싶을 것이었다. 나폴레옹을 포로로 잡을 기회가 생기면, 일이 잘못되어 자신이 죽임을 당할지라도 주저하지 말고 나가서 공격해야 하는 것이 옳았다. 그러나 덤불 속에서 사격 준비를 하고 총을 쏴서 목표물을 맞힐 가능성은 그리 높지 않았다. 아마도 발사 준비를 하는 와중에 리엔에게 발각될 터였다. 로렌스는 셀레스티얼이 얼마나 신속하게 방어 조치를 취하는지 직접 봐서 잘 알고 있었다. 여기서 저 나폴레옹을 죽이려면, 암살자처럼 미리 총을 준비해뒀다가 무방비 상태로 노출된 목표물의 등을 향해 쏴야 했다. 그러니 지금은 포기하고 기다릴 수밖에 없었다.

해야 할 일은 명확했다. 발각되지 않도록 조용히 기다리고 있다가 저들이 자기네 진영으로 돌아가자마자 언덕 아래로 달려 내려가야 했다. 그리고 나폴레옹이 프로이센 군을 함정에 몰아넣으려 수작을 부리고 있으며 곧 쳐들어올 것이라는 정보를 전해야 했다. 그렇게 되면 오히려 나폴레옹이 수세에 몰릴 테니 프로이센 군이 명예롭게 승리를 거머쥘 수도 있을 터였다. 일분일초가 급한 상황이었다. 깊은 생각에 잠긴 프랑스의 황제를 지켜보면서 덤불 아래 죽은 듯이 엎드려 있자니 고문을 당하고 있는 듯 괴로웠다.

눈을 가늘게 뜨고 비탈 아래 진을 치고 있는 호엔로헤 장군의 포병대를 내려다보던 리엔이 초조하게 꼬리를 획획 내저으며 말했다.

"안개가 걷히고 있어. 계속 여기 서 있다가는 적에게 노출될 위험이 있어. 당장 돌아가야 해. 필요한 정보는 이미 다 보고받았잖아."

나폴레옹은 망원경을 들여다보며 무심히 말했다.

"그래, 알았다. 이거야, 원, 보모가 따로 없구만. 하지만 보고를 받는 것과 이렇게 직접 보는 것엔 차이가 있어. 망원경으로 확인해보니 내 지도에 기입되어 있는 고도 표시만 해도 다섯 군데나 잘못 되어 있군. 측량해보지 않아도 눈에 보일 정도야. 게다가 저 왼쪽 기마포병의 대포는 보고와는 달리 3파운드 포가 아니라 6파운드 포잖아."

그러자 리엔이 가차 없이 비판했다.

"황제가 정찰병 노릇까지 할 필요는 없어. 정찰병의 보고를 믿을 수 없다면 그들이 할 일을 대신 할 게 아니라 다른 부하로 교체하면 되는 거지."

나폴레옹은 짐짓 화가 난 듯한 말투로 말했다.

"감히 나한테 잔소리를 하다니! 참모인 베르티에도 내게 그런 식으로는 말하지 않는데."

리엔이 달래듯이 말했다.

"어리석게 구는 데 당연히 잔소릴 들어야지. 프러시아 군을 도발해서 저들이 언덕을 올라와 이곳 정상을 차지하게 만들 필요는 없잖아."

"아, 저들은 이미 이 언덕 정상을 차지할 기회를 놓쳐버렸어. 좋아,

네가 하자는 대로 따르마. 계획을 실행에 옮길 시간이 다 되었군."

나폴레옹은 망원경을 접어서 집어넣고 리엔이 내민 앞발의 구부러진 발톱 안에 올라섰다. 마치 평생 그렇게 살아온 것처럼 익숙한 모습이었다.

리엔이 나폴레옹을 태우고 날아가자마자 바데나워는 서둘러 가시나무 덤불 밖으로 기어나갔다. 로렌스도 그 뒤를 따라 나가 마지막으로 주변 지역 전체를 둘러보았다. 프랑스 군이 어디에 주둔하고 있는지 알아내기 위해서였다. 안개가 많이 옅어져서 멀리까지 시야가 확보되어 예나 주변 지역이 훤히 내려다보였다. 프로이센 군이 주둔하고 있는 고원 반대편, 즉 언덕의 정상 너머를 내려다보니, 프랑스의 란느 육군 원수의 군대가 탄약과 식량을 보급 창고에 들여놓고, 나중에 피난처로 쓰기 위해 불에 탄 마을 건물에서 목재와 잡다한 물건들을 끄집어내고 있었다. 그중 일부는 바닥에 가축 우리를 만드는 작업을 수행 중이었다. 망원경을 꺼내 마을 뒤쪽의 잘레 강변과 주변 숲 부근까지 자세히 살펴보았지만 다른 프랑스 군대는 보이지 않았다. 나폴레옹이 지휘하는 나머지 군대는 잘레 강 너머 어딘가에 주둔하고 있는 모양이었다. 그렇다면 나폴레옹은 잘레 강 너머 이쪽 강변으로 군대를 이동시킨 후에야 프로이센 군에 대한 공격을 개시할 수 있을 터였다.

"나폴레옹이 잘레 강을 넘어와 공격을 개시하기 전에 우리가 먼저 언덕 정상을 장악할 수도 있겠어."

로렌스가 멍하니 말했다. 그 말은 자기 자신에게 한 것이기도, 바데나워에게 한 것이기도도 했다. 프로이센의 포병 중대가 먼저 란트그라펜베르크 언덕 정상에 자리를 잡으면 고원에서 전투가 벌어졌을 때 훨씬 유리할 터였다. 나폴레옹이 이 언덕의 정상을 장악할 계획을 세우고 있는 것도 당연했다. 어쨌든 나폴레옹은 확고한 발판을 마련하기 위해 다시 프랑스 군 진영으로 돌아갔으니 그동안은 여유가 있을 듯했다.

그 순간, 잘레 강변의 숲 위로 프랑스 용들이 깜짝 상자의 인형들처럼 별안간 모습을 드러냈다. 잘펠트 전투에서 맞닥뜨렸던 라이트급 용들이 아니라 프랑스 공군의 대부분을 구성하는 미들급 용 페셰르와 파피용들이었다. 그 용들은 편대를 이루지 않은 채 빠른 속도로 잘레 강을 넘어 이쪽 강변으로 날아와, 예나 지역 주변에 주둔 중인 란느 원수의 진영에 착륙하고 있었다. 그런데 날아오는 모양새가 이상해서 망원경으로 더 자세히 살펴보니 그 용들의 몸에 프랑스 군인들이 새까맣게 매달려 있었다. 비단으로 된 수송용 안장에 매달린 그 군인들은 비행사와 승무원이 아니라 보병중대였다. 중국에서 여행자 수송용으로 사용되던 바로 그 안장이었는데, 굳이 다른 점이 있다면 안장에 탄 인원수가 어마어마하게 많다는 것이었다.

그중 몸집이 가장 큰 용들은 100명 이상의 군인들을 실어 날랐고 그 군인들은 각각 소총과 배낭을 소지하고 있었다. 그 용들은 몸에 군인들을 태운 채 앞발과 뒷발로 탄약상자와 엄청나게 큰 식량자루, 그리고 놀랍게도 살아있는 가축들이 가득 들어 있는 그물을 들어 나르고 있었다. 용들이 그 가축들을 란느 원수의 부대가 준비해놓은 우리 안에 내려놓자 가축들은 멍한 상태로 비틀거리다가 벽에 부딪치거나 쓰러졌다. 산맥을 넘을 때 타르케가 돼지들에게 썼던 것처럼, 저들도 가축들에게 아편을 먹이는 교묘한 방법을 쓴 모양이었다. 로렌스는 기운이 쭉 빠지는 것을 느꼈다. 육군과 함께 적국의 영토를 가로질러 행군할 경우 육군에게 먹이를 조달받아야 하므로 십여 마리의 용밖에 데려올 수 없지만, 저런 식으로 용들이 각자의 먹이를 싣고 비행한다면 전쟁에 동원되는 용의 수에 제한을 받을 필요가 없었던 것이다.

  10분 만에 거의 1000명에 가까운 육군을 란느 원수의 진영에 내려놓은 프랑스 용들은 또다시 군인과 전쟁 물자를 실어 나르러 잘레 강을 건너갔다. 나폴레옹의 군대는 잘레 강 너머 8킬로미터 정도 떨어진 곳에 주둔 중인 듯했다. 강변에는 숲이 빽빽하게 들어차 있고 중간에 잘레 강이 흐르고 있어 수송로가 차단된 상태였지만 저런 식으로 군인과 전쟁 물자를 이송시킬 경우 수송로가 따로 필요 없을 것이었다. 군부대가 걸어서 이동한다면 강을 건너는 데만 수 시간이 소요될 터인데 저들은 불과 수 분 만에 잘레 강 너머 이쪽 강변에 새로 진지를 구축하고 있었다.

  나폴레옹이 육군을 어떻게 설득해서 용들의 몸에 태웠는지는 짐작도 할 수 없었으나 지금으로선 그 방법을 생각해볼 겨를이 없었다. 바데나워가 알아들을 수 없는 말을 하며 로렌스를 잡아끌었다. 잘레 강 너머 저 멀리에서 프랑스 공군의 헤비급 용들이 거대한 몸집을 드러내며 위풍당당하게 날아오고 있었던 것이다. 슈발리에와 샹송 드 게르들이었다. 그 용들은 곧장 이 언덕의 정상을 향해 날아오고 있었는데 그들이 옮기고 있는 것은 식량이나 탄약이 아니라 바로 야포(野砲)였다.

  로렌스와 바데나워는 서둘러 언덕 아래로 뛰어내려 갔고 경사가 급한 지점에서는 미끄러지면서 자갈밭 위로 데굴데굴 구르기도 했다. 흙먼지가 뿌옇게 일었고 낙엽이 얼굴을 따끔하게 후려쳤다. 비탈을 반쯤 내려갔을 때 로렌스는 위험을 무릅쓰고 뒤를 돌아보았다. 프랑스의 헤비급 용들은 야포를 비롯해 2, 3개의 육군대대들을 언덕 정상에 부려놓았고 군인들은 곧장 바닥으로 내려와 등성이를 따라 야포를 설치하기 시작했다. 용들의 배 쪽 그물을 풀어내자 구형(球刑)포탄과 산탄 한 무더기가 쏟아졌다.

이제 프러시아 군이 언덕 정상을 차지하는 것은 불가능하게 되었다. 후퇴할 시간도 없었다. 나폴레옹의 계획대로 프랑스 군은 먼저 언덕 정상을 확보했고 야포를 설치한 뒤 본격적인 전투에 임할 수 있게 된 것이다.

14

보고를 하러 들어간 로렌스가 호엔로헤 장군의 천막에서 나오기도 전에 프러시아 군의 포병중대원들은 로렌스가 가져온 정보를 놓고 열을 올리며 얘기를 하고 있었다. 비행 속도가 가장 빠른 우편 배달 용들이 행군 중인 브룬슈비크 대공과 프러시아 왕의 군대를 향해 필사적으로 날아갔고, 그중 일부는 바이마르에 주둔 중인 예비군을 불러오기 위해 서쪽으로 날아갔다.

지금으로서는 최대한 빨리 호엔로헤 장군 쪽으로 나머지 군대를 결집시켜 나폴레옹과의 전투에 응하는 수밖에 없었다. 프랑스 군이 갑작스럽게 공격 개시를 결정한 것에 대해 로렌스는 차라리 잘 되었다는 생각도 들었다. 테메레르도 같은 생각일 터였다.

지난주 내내 프러시아 군의 장성들은 나폴레옹과의 전쟁을 피해 계속 후퇴만 거듭했다. 로렌스가 보기에 그것은 군대의 사기를 저하시키고 보급품이나 축내면서 파견 부대를 적에게 노출시켜 차례차례 패배로 이끄는 어리석은 지연 전략이었다. 그런 전략의 대표적인 희생자가 바로 가엾은 루이 왕자였다.
 곧 전투가 시작될 거라는 소식에 야영지에 감돌던 불안한 기운이 일소되었다. 군기가 바로 서 있고 엄격한 훈련을 거듭해온 프러시아 군은 이번에는 반드시 승리하리라 다짐하고 있었다. 야영지를 빠르게 걸어가는 동안 로렌스는 병사들이 여유 있게 웃으며 농담을 주고받는 소리를 들었다. 그리고 전투 대비 명령이 떨어지자마자 병사들은 즉각 자기 자리로 돌아갔다. 보급품 부족으로 눅눅해진 군복을 입었고 형편없는 식사로 인해 얼굴빛이 좋지 않았지만 프러시아 군은 그동안 빈틈없이 무기를 잘 정비해왔다. 머리 위로 신호용 깃발이 유쾌하게 휘날렸고 커다란 프러시아 국기가 머스켓 소총을 발사할 때처럼 요란스럽게 바람에 펄럭였다.
 뒷다리를 들고 목을 쭉 빼며 야영지 바깥을 살피던 테메레르는 공터 쪽으로 다가오는 로렌스를 보자마자 채근했다.
 "서둘러, 로렌스. 우리만 빼놓고 다들 싸우러가고 있잖아!"
 "오늘은 아무리 늦게 전투에 참여하더라도 원 없이 싸우게 될 거다."
 로렌스는 테메레르가 내민 앞발 위로 침착하게 뛰어올랐다. 그리고 그랜비의 손을 잡고 민첩하게 테메레르의 목 아래에 자리를 잡았다. 프러시아 인과 영국인 승무원이 반반인 비행 승무원들은 모두 탑승해 있었다. 프러시아 군과의 의사소통을 위해 신호 장교로 훈련을 받아온 바데나워도 로렌스의 바로 옆 자리에 초조하게 앉아 있었다.
 안장에 카라비너 고리를 걸며 로렌스는 공터에 남은 지상요원들에게 소리쳤다.
 "펠로우스, 케인스. 알들의 안전을 최우선으로 생각하며 잘 지켜

주리라 믿겠다."

테메레르가 이미 세차게 날개를 치며 날아오르기 시작해서 로렌스는 지상요원들의 대답을 듣지 못했다. 손을 흔드는 지상요원들을 뒤로 하고 테메레르는 프랑스 군과 맞서 싸우기 위해 최전방을 향해 날아갔다.

몇 시간 뒤 아침의 첫 접전이 끝나고 테메레르와 에로이카의 편대는 작은 골짜기 아래로 착륙했다. 물을 마시고 숨을 고르기 위해서였다. 사실상 적에게 격퇴를 당했음에도 불구하고 풀이 죽거나 흐트러지지 않은 테메레르의 모습을 보고 로렌스는 마음이 놓였다. 적들이 언덕 정상에 설치해놓은 야포 때문에도 그렇고, 프랑스 군이 언덕 아래쪽에 공격거점을 마련하지 못하도록 막는 것은 아무래도 어려울 듯했다. 그래도 언덕 아래쪽 땅을 상당 부분 적에게 내준 덕분에 프로이센 군은 보병연대를 전략적으로 배치하기 위한 시간을 충분히 확보할 수 있었다.

테메레르와 프로이센 용들은 당황한 기색 없이 전투의 열기에 호응하여 흥분한 채 앞으로 벌어질 접전을 기대하고 있었다. 그것은 나름대로 성과를 올린 때문이기도 했는데, 그들 대부분은 접전 후 죽은 말 한두 마리씩을 저마다 먹이로 확보할 수 있었던 것이다. 지난 며칠 간 계속 배를 주리다가 전투 중에 먹이를 실컷 먹게 되자 새로운 활기를 얻게 되었다. 물 마실 차례를 기다리며 테메레르와 프로이센 용들은 자신이 얼마나 용감히 싸웠는지, 적에게 얼마나 멋지게 공격을 가했는지에 대해 열을 올리며 이야기했다. 그 소리가 골짜기를 가로질러 왕왕 울렸다. 전장에 적들의 시체가 잔뜩 널브러져 있는 것도 아니었기 때문에 용들의 말은 대부분 과장된 것이었지만, 용들은 거리낌 없이 허세를 부리며 즐거워했다. 비행 승무원은 각자의 용에 탑승한 채로 수통의 물을 마시고 건빵을 입에 털어넣었다. 비행사들은 작전 회의를 위해 잠시 따로 모이기로 했다.

로렌스가 다른 비행사들 쪽으로 가기 위해 바닥으로 내려서자 테메레르가 말했다.

"로렌스, 내가 먹고 있는 이 말 좀 봐. 괴상한 모자를 쓰고 있어."

늘어진 채 덜렁거리고 있는 말의 머리에는 이상한 두건이 씌워져 있었다. 얇은 솜이 들어 있어 가벼운 그 두건은 말굴레에 단단히 연결되어 있었다. 그리고 나무로 된 둥근 가림판이 양쪽 눈구멍을 둘러쌌고 코 위에는 작은 주머니가 달려 있었다. 테메레르가 말의 시체를 앞으로 내밀었고 로렌스는 칼로 그 주머니 하나를 잘라보았다. 말린 꽃과 향료 식물이 들어 있는 향낭(香囊)이었다. 피와 말의 축축한 콧김에 젖어 있었지만 여전히 강한 향기를 풍기고 있었다.

그랜비가 안장에서 내려와 로렌스 옆에 서며 말했다.

"코 위에 그런 향낭을 달아놓으면 말이 용의 체취를 맡고 겁에 질려 날뛰는 것을 막을 수 있죠. 중국에서 기병대들이 용 옆을 아무렇지도 않게 돌아다니는 것도 바로 그 향낭 때문일 겁니다."

로렌스가 향낭에 대해 알려주자 디헤른이 말했다.

"불길하군요. 아주 불길해요. 용들이 하늘에서 싸우는 와중에도 우리 쪽 기병대와 달리 프랑스 기병대는 태연하게 전장을 누빌 수 있을 테니까요. 슐라이츠, 당장 가서 장군들께 향낭에 대한 정보를 전해."

디헤른이 지시하자 라이트급 용 비행사인 슐라이츠는 고개를 끄덕인 후 곧장 자신의 용에게 달려갔다.

15분 정도 골짜기에서 휴식을 취한 뒤, 테메레르를 비롯한 프러시아 용들이 다시 이륙하여 고원 지대로 돌아왔을 때 전장의 모습은 완전히 달라져 있었다. 골짜기와 들판, 숲으로 구성된 8킬로미터가 넘는 전장에 어마어마한 규모의 프랑스 군대가 집결해 있었던 것이다.

프랑스 군 진영에는 깃발들이 파도처럼 나부꼈고 강철 무기들이 햇빛을 받아 번쩍거렸다. 초록, 빨강, 파랑 제복을 입은 수만 명의 군인들로 이루어진 연대들이 질서정연하게 전장으로 쏟아져 나오고 있어 소름이 끼칠 정도였다. 프랑스 기병대의 말들이 날카롭게 울부짖는 소리, 보급품을 실은 짐마차가 삐걱삐걱 덜그럭덜그럭 굴러가는 소리, 우레처럼 쿵쿵대며 발사되는 야포 소리.

테메레르가 소리쳤다.

"로렌스, 무슨 군인이 저렇게 많아!"

저 프랑스 육군에 비하면 프랑스 용들마저 소규모로 보일 정도였다. 이 정도 규모의 병력을 상대해본 적이 없는 테메레르는 초조하게 정지 비행을 하며 전장을 내려다보았다.

구름처럼 피어오르는 희뿌연 흑색화약 먼지가 들판을 가로질러 떡갈나무와 소나무 숲으로 번져 나갔다. 프러시아 군 진영의 왼쪽에서 작은 마을 하나를 둘러싸고 격렬한 전투가 벌어지고 있는 중이었고, 만 명 이상의 군인들이 아군 적군 구분 없이 마구 뒤섞여 처절하게 싸우고 있었다. 나머지 프랑스 군은 이미 확보한 지역을 온전히 자기네 것으로 만들기 위해 잘레 강 다리를 넘어 황금 독수리가 그려진 깃발을 휘날리며 그 지역으로 들어서고 있었다. 용의 수송용 안장에 매달린 채 강을 넘어오는 프랑스 군인들의 수는 그보다 훨씬 많았다. 아침의 첫 접전 지역에는 양측 전사자들의 시신이 쓰러져 있었는데, 어느 쪽이 이기든 전투가 끝난 뒤에야 그 시신들을 매장할 수 있을 것이었다.

테메레르가 나지막하게 말했다.

"이렇게 대규모로 전투를 할 수 있는 줄은 몰랐어. 우린 어느 쪽으로 가? 저쪽에 있는 아군을 돕고 싶기는 하지만 거리가 너무 멀어."

"우리가 맡은 역할만 최선을 다하면 되는 거다. 한 명의 군인이나 한 마리의 용이 전쟁의 승패를 좌우할 수 있는 게 아니니까. 장군들의 작전에 따라야지. 명령과 깃발 신호를 잘 보고 프러시아 군이 우리에게 요구하는 바를 수행하면 돼."

테메레르는 불안해하며 그르릉 소리를 내더니 말했다.

"장군들이 신통치 않은 자들이면 어떻게 하지?"

핵심을 찌르는 질문이었다. 로렌스는 자기도 모르게 확신과 뛰어난 통솔력을 지니고 눈을 번득이며 언덕의 정상에 서 있던 마른 체격의 나폴레옹과 천막 안에 틀어박혀 회의와 논쟁이나 거듭하며 끝도 없이 작전을 바꿔대는 늙은 프러시아 장군들을 비교해보게 되었다. 후방 쪽에 하얀 분을 바른 가발을 쓰고 말 등에 올라앉아 있는 호엔로헤 장군의 모습이 보였다. 그 주변으로 부관들이 이리저리 바쁘게 뛰어다니고 있었다. 그 밖에 프러시아의 타우언트자인 장군, 홀트젠도르프 장군, 블뤼허 장군도 각자 거느린 군대 사이로 돌아다니고 있었다. 아우어슈테트 쪽으로 후퇴했다가 예나 쪽으로 돌아오고 있는 브룬슈비크 대공과 그 군대는 아직 이쪽 전장에 도착하지 않은 상태였다. 프러시아 장군들은 모두 예순이 넘었고, 그들과 마주하고 있는 프랑스 육군 원수들은 나폴레옹의 지휘 하에 프랑스 혁명 전쟁을 성공적으로 이끌어온 자들로서 프러시아 장군들에 비해 스무 살 정도 젊었다.

로렌스는 쓸데없는 생각을 떨쳐내려 애쓰며 말했다.

"장군들의 실력이 좋든 나쁘든 그들의 명령에 따라야 한다는 사실만은 변함이 없어. 누구나 다 마찬가지다. 전략에 다소 결함이 있더라도 군율이 잘 잡혀 있으면 전쟁에서 승리할 수 있어. 군율이 흐트러지면 아무리 작전이 훌륭해도 패배할 수밖에 없지."

"알았어."

테메레르는 대답과 동시에 날개를 퍼덕이며 앞으로 날아갔다. 프랑스의 라이트급 용들이 또다시 프러시아 보병대대를 공격하기 위해 이륙하고 있었고, 에로이카의 편대가 그 라이트급 용들을 상대하러 나아가고 있었다.

"군인의 수가 저렇게 많으니 명령에 복종하지 않으면 난장판이 되고 말겠군. 육군은 우리처럼 전장을 한눈에 볼 수 있는 것도 아니니 자기가 어디쯤에 위치해 있는지도 알기 힘들 테니까."

테메레르는 이렇게 말하다 말고 걱정스런 어조로 덧붙였다.

"로렌스, 만약…… 만약 우리가 이 전쟁에서 지면 프랑스는 또다시 영국을 침공하려 할 텐데, 과연 우리가 막아낼 수 있을까?"

로렌스는 결연하게 대답했다.

"그러니까 지지 말아야겠지."

그들은 100여 개의 크고 작은 집단으로 나뉘어 전투가 진행 중인 화약 연기 자욱한 전장으로 뛰어들었다.

이른 오후 무렵, 접전 이후 처음으로 프로시아 군이 우위에 서는 듯한 분위기가 조성되었다. 브룬슈비크 대공의 군대가 평소보다 행군 속도를 두 배나 빨리 하여 예나로 돌아온 것이었다. 나폴레옹이 예상했던 것보다 훨씬 빠른 속도였을 터였다. 호엔로헤 장군은 이미 자신이 거느린 20개 보병대대를 모두 전장에 내보낸 상태였다. 그 보병대대들은 전장 근처의 작은 마을에 숨어 있는 프랑스 보병대의 공격에 대비하여 광활한 평야에 배치되어 있었다.

아직까지도 프랑스의 헤비급 용들이 코빼기도 보이지 않고 있자 프로시아의 대형 용들은 기분이 크게 상했다. 테메레르도 성질을 내며 에로이카에게 말했다.

"저 작은 용들하고만 싸우자니 짜증이 나는군. 프랑스 쪽 대형 용들은 전부 어디에 있는 거지? 이건 공정한 싸움이 아니잖아."

에로이카가 커다란 목소리로 그르릉거리며 동의를 표했다. 그때부터 프랑스의 작은 용들에 대한 테메레르의 공격이 점점 산만해지기 시작했다.

나머지 프로시아 용들이 프랑스의 라이트급 용들과 접전을 벌이고 있는 동안 프로시아의 우편배달 용, 즉 속도가 빠르고 몸집이 작은 마우어푸흐스 품종의 용 한 마리가 정찰을 하기 위해 프랑스 쪽 진영 위로 휙 날아갔다. 그리고 허겁지겁 돌아와, 프랑스의 대형 용들은 더 이상 보병 수송 작업을 하지 않고 있으며 자기네 진영에 드러누운 채 먹이를 먹거나 낮잠을 자고 있다고 보고했다.

그 소식을 들은 테메레르는 분노하여 소리쳤다.

"뭐야! 전투 중에 자빠져 자고 있다니 덩치만 큰 겁쟁이들이로군! 대체 어쩔 심산인 거지?"

그랜비가 말했다.

"우리로선 다행일 수도 있어. 저 야포들을 옮기고 군인들을 실어 나르느라 지쳐서 쉬고 있는 모양이지."

로렌스가 말했다.

"그 용들은 충분히 휴식을 취한 후 전장에 나오게 될 거다. 우리도 차례를 정해 휴식을 취하면서 싸우는 게 좋겠다. 테메레르, 잠깐 착륙하는 게 좋지 않겠어?"

프로이센 용들은 물 마실 때 잠깐 쉬는 것을 제외하고는 벌써 몇 시간째 계속 싸우고 있었다. 그러나 테메레르는 쉴 생각이 없는 듯했다.

"전혀 안 피곤해. 저기 좀 봐. 프랑스 용들이 저쪽을 노리고 있어."

테메레르는 이렇게 말하며 곧장 앞으로 날아갔고 프랑스의 라이트급 용들에게 날아가 몸을 부딪치며 공격했다. 적들은 깜짝 놀라 비명을 질러댔다. 로렌스와 승무원들은 그 충격으로 몸이 공중에 붕 뜨지 않도록 안장을 꽉 잡고 매달렸다. 전장 한 구석을 노리며 선회하고 있던 그 라이트급 용들은 테메레르의 공격을 피해 황급히 뒤로 물러났다.

로렌스가 다시 한 번 착륙해서 쉬자고 말하려는 찰나, 지상에서 커다란 환호성이 들려왔다. 계속되는 포화 속에서 프로이센의 루이제 왕비가 군대 앞쪽에서 말을 달리며 병사들을 격려하고 있었다. 루이제 왕비를 호위하고 있는 것은 몇 명의 용기병(龍騎兵)뿐이었다. 크지 않은 규모의 군대였지만 프로이센 국기를 당당히 휘날리며 전열을 가다듬고 있었다. 프리드리히 빌헬름 3세의 부인 루이제 왕비는 프로이센 육군 대령 제복을 입고 측면이 딱딱하고 깃털이 달린 모자를 쓰고 있었다. 머리카락은 투구 안쪽에 느슨하게 말아넣은 상태였다. 병사들은 그녀의 이름을 부르며 환호했다. 루이제 왕비는 프러시아 주전파(主戰派)의 핵심으로서, 오래전부터 나폴레옹의 유럽 약탈행위에 저항해 싸우자는 주장을 펼쳐왔다. 루이제 왕비의 용맹함은 프러시아 병사들의 용기를 북돋고 있었다. 프리드리히 빌헬름 3세도 전장에 나와 프러시아 진영의 왼쪽 후방 쪽에서 깃발을 휘날리며 군대를 지휘 중이었고, 장성들도 모두 병사들과 함께 전투에 임하고 있었다.

 루이제 왕비는 병사들의 사기를 북돋기 위해 술병을 돌리라는 지시를 내렸다. 그러자 앞줄의 병사들부터 술병을 받아 벌컥벌컥 들이켰다. 북소리가 둥둥둥 울리고 깃발 신호가 올라오는 가운데, 프러시아의 보병대원들이 총검으로 적을 겨누며 앞으로 진군하기 시작했다. 그들은 함성을 지르며 예나 마을의 좁은 길로 폭풍처럼 몰려나갔다.

 마을에 잠복해 있던 프랑스의 저격병들이 정원 담장과 건물의 창문 너머로 쉴 새 없이 총을 쏘았고 대부분 명중하여 앞줄에서부터 프러시아 보병대원들이 엄청나게 죽어나갔다. 마을의 직선로 아래쪽에서 프랑스 포병대가 대포를 쏘기 시작했다. 포구에서 튀어나온 산탄들은 작은 탄알을 사방으로 날리며 프러시아 군을 공격했다. 그러나 프러시아 보병대는 끄떡도 하지 않고 전진하여 마을의 농가와 창고, 정원, 돼지우리를 넘어가, 곳곳에 숨어 있던 프랑스 군인들을 찾아내어 쓰러뜨렸다.

 마침내 프랑스 군은 예나 마을을 버리고 질서 정연하게 줄을 맞추며 후퇴하기 시작했다. 그날 처음으로 프랑스 군을 후퇴시킨 프러시아 군은 함성을 지르며 계속해서 전진했고 마을 뒤쪽까지 나아간 뒤에야 하사관들의 고함 소리에 멈춰 섰다. 프랑스 군은 후퇴하면서도 계속해서 일제 사격을 가하고 있었다.

테메레르가 기쁨에 들떠 로렌스에게 말했다.

"아군이 꽤 잘한 거 맞지, 로렌스? 이대로 계속 적들을 밀어붙일 수 있겠지?"

"그래! 이제부터 제대로 공격해주는 거다."

로렌스도 말로 표현할 수 없을 정도로 감격하여 부들부들 떨리는 손으로 바데나워와 축하의 악수를 나누었다.

그러나 그들은 지상전이 펼쳐지는 모습을 더 이상 구경할 수 없게 되었다. 바데나워가 별안간 깜짝 놀란 얼굴로 로렌스의 손을 꽉 쥐며 옆쪽을 가리켰던 것이다. 란트그라펜베르크 언덕의 정상을 넘어 대규모의 프랑스 공군들이 날아오고 있었다. 마침내 프랑스의 헤비급 용들이 전투에 참여하게 된 것이었다.

프로이센 용들은 다 같이 기쁨의 함성을 지르며 새로이 활기를 띠었다. 그리고 뒤늦게 전투에 참여하는 프랑스의 대형 용들을 향해 비아냥거리는 말을 쏟아내면서 편대 비행을 준비하기 시작했다.

온종일 용감하게 싸웠던 프랑스의 라이트급 용들은 마지막으로 힘을 모아 공중에 날개의 장막을 쌓기 시작했다. 그리고 프로이센 용들의 머리 주변을 빠른 속도로 날아다니며 정신 사납게 날개를 퍼덕여 시야를 가렸다. 프로이센 용들은 초조하게 콧김을 내뿜으며 이리저리 방향을 틀고 목을 길게 빼서 시야를 확보하고자 했다. 프랑스의 라이트급 용들은 마지막 순간에야 옆으로 물러났고 로렌스를 비롯한 프로이센 비행사들은 곧 프랑스의 대형 용들과 맞닥뜨렸다.

그런데 프랑스의 대형 용들은 편대 비행을 하고 있지 않았다. 아니, 어떻게 보면 쐐기꼴로 하나의 거대한 편대를 이루고 있는 것 같기도 했다.

그 편대에 소속된 용들은 모두 헤비급 용으로서 리더인 그랑 슈발리에를 필두로 바로 뒤에 프티 슈발리에 세 마리, 맨 뒤에 샹송 드 게르 여섯 마리가 날고 있었다. 그랑 슈발리에는 에로이카보다 몸통이 가늘지만 어깨가 더 넓었고, 프티 슈발리에는 테메레르보다 덩치가 컸으며, 테메레르보다 약간 작은 샹송 드 게르는 어울리지 않게도 몸통에 밝은 오렌지색과 노란색 반점이 박혀 있었다. 그놈들은 모두 각자의 편대를 거느릴 수 있을 정도의 위치에 있는 용들이었지만 한데 모여 하나의 거대한 편대를 이루었고 프랑스의 미들급 용들이 그 주변을 무질서하게 둘러싸며 날고 있었다.

그랜비가 적들을 쳐다보며 로렌스에게 물었다.

"흠, 저건 중국식 비행법이 아닌 것 같은데요…… 저것들이 대체 어쩌려는 걸까요?"

로렌스도 알 수가 없어 고개를 저었다. 중국에 있을 때 그들은 중국 용들이 구사하는 몇 가지 비행 전법을 본 적이 있었다. 병사들이 지상에서 훈련을 하듯, 중국 용들은 자주 공중을 날며 횡대 및 종대로 줄을 맞추어 훈련을 했다. 그런데 저렇게 무질서하게 보이는 비행법은 중국에서도 본 적이 없었다.

에로이카의 편대가 프러시아 공군 대열의 중앙에 자리를 잡았다. 그리고 에로이카는 날카로운 이빨을 드러내고 도전적으로 큰소리를 내지르며 그랑 슈발리에를 향해 날아갔다. 프러시아 국기가 에로이카의 두 어깨 위에서 날개처럼 나부꼈다. 에로이카의 편대와 프랑스 대형 용으로 구성된 편대는 점차 속도를 높이며 서로에게 다가갔고 거리는 점점 좁혀져 수 미터에서 수 센티미터로 줄었다. 마침내 충돌하는가 싶었는데, 프랑스 용들은 다 같이 방향을 틀어 에로이카 옆을 휙 지나가더니 측면의 다른 미들급 용들을 공격하기 시작했다. 놀라고 분개한 에로이카는 다시 빙 돌아 프랑스 용들을 쫓아가며 있는 힘껏 소리쳤다.

"이 비겁한 놈들아!"

프랑스 대형 용들은 에로이카 편대의 측면을 이루는 미들급 용들을 발톱으로 찢어 대열을 흩어놓고 있었다. 에로이카는 프랑스 용들을 공격하러 날아갔지만 거의 혼자나 다름없는 상태였다. 그 틈을 노린 프랑스의 미들급 용 세 마리가 에로이카의 측면으로 접근해왔다. 그 용들은 에로이카와 맞붙어봤자 이길 수 없다는 것을 잘 알고 있기에 직접 공격을 가하는 대신, 등에 잔뜩 태우고 있는 프랑스 공군들을 에로이카 쪽으로 옮겨가게 할 계획이었다. 곧 그 미들급 용 세 마리에서 프랑스 공군들이 한 무리씩 건너뛰어 에로이카의 등에 올라탔다. 총 스무 명 정도였다. 그 프랑스 공군들은 한 손으로는 칼과 권총을, 다른 손으로는 에로이카의 안장을 움켜쥐었다.

에로이카의 승무원들은 새로운 위협에 맞서 싸우기 시작했고 소총병들도 적을 향해 머스켓 소총을 발사했다. 칼날끼리 부딪치는 맑고 날카로운 소리, 총알이 몸통에 턱턱 박히는 소리가 요란하게 울렸다. 에로이카가 빠른 속도로 획획 날아다녔기 때문에 소총에서 피어오른 짙은 화약 연기도 순식간에 옆으로 사라졌다. 에로이카는 고개를 이쪽저쪽으로 돌리며 비행사인 디헤른 대령이 무사한지를 살폈다.

프랑스 공군들 다수가 에로이카의 등에서 떨어져 팔을 휘저으며 지상으로 추락했으나 나머지는 악착같이 안장 끈을 붙잡고 버텼다. 마구 몸을 흔들던 에로이카의 등에서 적과 아군이 함께 우수수 떨어졌다. 프랑스 장교 두 명은 에로이카가 갑작스럽게 방향 전환을 할 때 서로에게 의지하며 끝까지 버텼고, 혼란스런 틈을 타서 앞으로 달려 나가 카라비너의 끈을 칼로 휙휙 잘라 프러시아 승무원 여덟 명을 순식간에 공중으로 날려버렸다.

에로이카의 등에서 벌어진 싸움은 강렬하고 짧게 끝이 났다. 프랑스 공군들이 결국 에로이카의 목까지 이동해갔던 것이다. 디헤른은 프랑스 공군 두 명을 총으로 쏘고 또 다른 한 명에겐 사브르 칼을 휘둘렀다. 그런데 그 칼은 프랑스 인의 가슴에 박혀 빠지질 않았고, 죽은 자와 함께 밑으로 떨어지고 말았다. 프랑스 공군들은 디헤른의 양팔을 잡고 그의 목에 칼을 겨누며 에로이카에게 독일어로 소리쳤다.

"항복해!(Geben Sie oben!)"

그들은 에로이카에게 달려 있던 프러시아 국기를 뽑아버리고 그 자리에 프랑스의 삼색기를 꽂았다. 에로이카가 프랑스의 포로가 된 것은 어떻게 메울 수도 없는 어마어마한 손실이었다.

테메레르도 공군을 잔뜩 태운 프랑스 미들급 용 다섯 마리에게 집중적으로 추격을 당하고 있었다. 테메레르는 그들의 추격을 따돌리기 위해 속도를 높이며 이리저리 방향을 틀었다. 그중 프랑스 공군 몇 명은 거리가 충분히 좁혀지지도 않았건만 테메레르의 등으로 건너뛰기도 했다. 그럴 때마다 테메레르는 몸을 홱 뒤틀었고 등 쪽 승무원들도 맹렬하게 칼과 권총으로 적들을 공격하여 지상으로 추락시켰다.

그러다가 프랑스 측의 오뇌르 도르 암컷 한 마리가 겁도 없이 테메레르의 머리 위쪽으로 급강하했다. 테메레르는 본능적으로 머리를 숙였고 그 틈을 타서 오뇌르 도르의 배 쪽 승무원 몇 명이 곧장 테메레르의 어깨로 뛰어내렸다. 그리고 오뇌르 도르는 휙 날아갔다. 어린 앨런의 몸 위로 떨어진 프랑스 공군들은 로렌스, 바데나워를 옆으로 쓰러뜨렸고 곧 안장 끈과 그들의 팔다리가 뒤엉켰다. 로렌스는 밑으로 떨어지지 않기 위해 아무 끈이나 일단 붙잡았고 바데나워는 곧장 자신의 몸으로 로렌스의 몸을 덮었다.

로렌스는 바데나워의 용감한 행동 덕분에 무사할 수 있었다. 바데나워는 다시 몸을 일으키지 못하고 로렌스의 품 안에서 숨을 헐떡거리다가 맥없이 쓰러졌다. 칼에 찔린 바데나워의 어깨에서 피가 줄줄 흘러내리고 있었다. 프랑스 공군들이 공격을 계속하기 위해 바데나워의 어깨에 박힌 칼을 도로 뽑아내는 순간 그랜비가 고함을 지르며 달려들어 적들을 세 보 정도 뒤로 밀어냈다. 겨우 몸을 일으킨 로렌스가 놀라 소리쳤다. 그랜비가 안장과 연결되어 있던 끈을 풀어버리고 적들에게 달려들었던 것이다. 프랑스 공군들은 그랜비의 팔을 붙잡아 옆으로 휙 던져버렸다.

로렌스가 악을 썼다.

"테메레르! 테메레르!"

테메레르는 몸을 구부리며 그랜비를 잡기 위해 급강하했다. 마치 로렌스의 발밑에서 땅이 치받아 올라오는 것 같았다. 그 어마어마한 속도에 로렌스는 속이 울렁거리고 현기증이 나서 숨조차 쉴 수가 없었다. 땅이 뿌옇게만 보였다. 테메레르가 전투지 바로 위까지 내려오자 사방으로 총탄 날아가는 소리가 귓가에 울려 퍼졌다. 마치 벌떼가 윙윙거리는 것처럼 들렸다. 그리고 다음 순간 테메레르는 몸을 빙글 돌리며 다시 고도를 높였다. 테메레르의 꼬리에 부딪힌 어리고 가느다란 떡갈나무가 산산이 부서졌다. 로렌스는 안장 끈을 두 손으로 휘어잡은 채 테메레르의 어깨 너머를 살폈다. 테메레르의 앞발톱 안에 누운 그랜비가 숨을 헐떡이며 코피를 닦아내고 있었다.

로렌스는 다시 칼을 잡고 일어섰다. 프랑스 공군들도 일어나 공격을 개시했다. 로렌스는 칼자루 끝으로 제일 앞에서 공격해 오는 자의 얼굴을 세게 후려쳤다. 장갑 낀 주먹 아래 그자의 얼굴뼈가 부서지는 느낌이 났다. 그리고 칼집에서 칼을 빼내어 두 번째로 달려드는 적을 향해 휘둘렀다. 테메레르에게 선물 받은 이 중국제 칼로 사람을 베는 것은 이번이 처음이었다. 칼은 적의 목을 깔끔하게 잘라냈다.

머리 없는 몸뚱이가 여전히 칼을 쥔 채 앞에 서 있는 모습을 보며 로렌스는 멍하니 서 있었다. 뒤늦게 자신의 본분을 깨달은 앨런이 두 프랑스 인의 시체와 안장을 연결시킨 끈을 얼른 잘라내어 시체를 지상으로 떨어뜨렸다. 정신을 차린 로렌스는 칼에 묻은 피를 대충 닦아내고 도로 칼집에 꽂았다. 테메레르에게 옮겨 탔던 프랑스 공군들을 모두 물리친 것이다. 로렌스는 안도하며 테메레르의 목 아래쪽 자리로 돌아갔다.

주변을 둘러보니 프랑스 용들은 프리시아 공군 편대들을 하나씩 무너뜨리고 있었다. 헤비급 용들이 큰 덩치와 체중을 이용해 프러시아 편대의 측면을 집중 공격하여 리더를 고립시키면 미들급 용들이 리더에게 달려들어 그 비행사를 포로로 잡는 식이었다. 에로이카도 디헤른 대령과 함께 프랑스의 포로가 되어 비참한 표정으로 느릿느릿 날개를 치며 프랑스 진영으로 끌려갔고, 그 뒤로 각각 편대의 리더 노릇을 하는 프로이센의 헤비급 용 세 마리도 줄줄이 프랑스의 포로가 되었다. 갑작스럽게 리더를 잃은 나머지 편대원들은 불안해하며 떼를 지어 몰려다닐 뿐 제대로 공격을 하지 못했다. 원래 리더를 잃은 편대원들은 곧장 다른 편대를 지원하도록 되어 있었으나 프로이센 편대 대부분이 동시에 리더를 잃자 우왕좌왕하며 적들에게 있는 대로 약점을 노출시키고 있었다. 프랑스의 헤비급 용들은 다시 결집하여 프로이센 용들을 마구 흩어 놓았고 소총병들은 집중 사격을 퍼부었다. 등에 태운 승무원들이 우박처럼 지상으로 쏟아져 내리는 것을 보며 프로이센 용들은 고통스럽게 울부짖었고, 프랑스 공군이 등에 올라탄 것도 아니건만 자포자기 상태가 되어 자신의 비행사와 남은 승무원이라도 지키기 위해 대부분 항복하고 말았다.

이제 리더가 온전하게 남아 있는 프로이센 편대는 셋뿐이었다. 동료 편대들이 굴복당하는 모습을 보고 남은 편대들은 리더를 지키기 위해 바짝 붙어 날았다. 그 덕분에 대형을 깨려는 적들의 시도를 성공적으로 차단할 수 있었으나 이동 거리와 위치에 제약을 받게 되어 전장에서 점점 더 먼 곳으로 밀려나가고 있었다. 테메레르도 점점 힘든 국면에 처하고 있었다. 릭스 대위가 이끄는 소총병들은 계속 사격을 했고 테메레르는 이쪽저쪽으로 방향을 틀며 날아갔다. 소총병들이 최선을 다해 빠른 속도로 소총을 재장전하고 있었지만 다급해진 릭스 대위는 더 빨리빨리 장전해서 쏘라고 고래고래 소리를 질러댔다.

비늘과 사슬 갑옷이 대부분의 총알을 튕겨냈으나 테메레르의 몸 이곳저곳에는 상처가 늘어갔다. 총알은 날개의 섬세한 막을 찢거나 가죽 안쪽 살에 얕게 박혔다. 그러나 전투의 열기에 휩싸인 테메레르는 그런 작은 부상 따위엔 움찔하지도 않았고 오직 적들의 발톱과 이빨을 피하는 데 집중하고 있었다. 로렌스는 이대로 가다가는 전장에서 도망치거나 포로로 잡히고 말 것이라는 비통한 예감이 들었다. 온종일 싸워 피로가 누적된 탓인지 테메레르의 회전 속도도 점점 느려지고 있었다.

후퇴 명령도 받지 않은 상태에서 포화가 쏟아지는 전장을 버리고 떠나는 것은 상상할 수도 없었다. 그러나 프러시아 용들이 다투어 포기하고 있는 마당에 테메레르 혼자 끝까지 항전한다면 포로가 되지 않는다고 하더라도 용알들을 적의 손에 빼앗기고 말 것이었다. 그 알들만큼은 절대 프랑스에 넘겨 줄 수 없었다. 로렌스가 잠시 숨을 돌리자며 테메레르를 전장 밖으로 끌어내리려는 순간, 전장에 나팔 소리 같은 맑은 목소리가 울려 퍼졌다. 덕분에 로렌스는 양심에 거리끼는 명령을 내리지 않아도 되었다. 그 목소리는 음악처럼 높낮이가 있으면서도 무시무시했다. 그 소리를 듣고 프랑스 용들은 순식간에 자기네 진영 쪽으로 물러갔다. 테메레르는 그 자리에서 세 바퀴를 돌며 적들이 모두 물러간 것이 맞는지 확인했고, 그 다음엔 위험을 각오하고 정지 비행을 하면서 로렌스가 프랑스 진영 쪽을 살필 수 있도록 해주었다.

그 맑은 목소리는 바로 리엔의 것이었다. 리엔은 전투에 직접 참여하지 않고 후방에서 정지 비행을 하며 프랑스 용들을 지휘하고 있었다. 리엔의 몸에는 안장도, 승무원도 없었다. 이마 한가운데를 장식한 커다란 다이아몬드가 햇빛에 반사되어 붉게 빛나고 있을 뿐이었다. 증오를 품은 리엔의 붉은 눈과 절묘한 조화를 이루는 색깔이었다. 리엔은 다시 한 번 소리를 질렀다. 그러자 프랑스 진영에서 북소리가 둥둥 울려 퍼지고 깃발 신호가 휘날렸다. 란트그라펜베르크 언덕의 등성이에는 회색 군마를 탄 나폴레옹이 전장을 내려다보고 있었고, 그 뒤로 황금색으로 빛나는 흉갑을 걸친 나폴레옹의 제국 수비대가 도열해 있었다.

프러시아 편대들은 사방으로 흩어지거나 도망치고 있었다. 공중전에서는 프랑스 용들이 완승을 거두었다. 리엔의 작전지시에 따라 프랑스 용들은 공중에서 직선 대형으로 줄을 맞추었고 지상에서는 프랑스 보병대가 일사불란하게 양옆으로 물러나며 전장을 비웠다. 기병대의 말들도 최대한 빠르게 움직이며 후방으로 물러났다. 그렇게 물러나는 와중에도 프랑스 육군은 계속해서 프러시아 진영을 향해 소총 사격을 퍼붓고 대포를 쏘았다.

마침내 리엔은 공중으로 높이 날아오르며 깊은 숨을 들이마셨다. 강철 왕관 아래 늘어져 있던 얼굴 주변의 막이 활짝 펴지고 양 옆구리도 바람을 가득 담은 돛처럼 크게 부풀었다. 그리고는 광포한 신의 바람을 전장으로 쏟아냈다. 특정한 목표물을 노린 것이 아니라 전장 전체를 향해 거대한 고함을 지른 것이었다. 신의 바람이 지나가고 나자 마치 온 세상의 모든 대포를 한꺼번에 쏜 것처럼 귀가 먹먹하게 울렸다. 테메레르는 두 살밖에 안 되었지만 리엔은 서른 살이었다. 테메레르보다 몸집도 크고 경험도 많았다. 그런 만큼 리엔이 목소리의 고저를 조정해가며 쏟아낸 신의 바람은 공명이 엄청나서 끝도 없이 퍼져나갔다. 전장에 버티고 있던 프러시아 군인들은 비틀거리며 쓰러지고 프러시아 용들도 몸을 움츠리며 뒤로 물러났다. 신의 바람에 익숙해 있던 로렌스와 승무원들조차 본능적으로 움찔하며 카라비너 끈이 바짝 당겨질 정도로 몸을 뒤로 젖혔다.

사방에 정적이 깔린 가운데 충격에 휩싸인 프러시아 군의 비명 소리와 신음 소리가 터져 나왔다. 그리고 그 충격이 채 가시기도 전에 프랑스 용들이 일제히 머리를 들고 한꺼번에 울부짖으며 지상으로 강하했다. 그 프랑스 용들은 땅에 부딪칠 듯이 바짝 내려왔다가 멈췄는데 그중 일부는 도중에 멈추지를 못하고 바닥에 넘어지며 온몸으로 프러시아 군인들을 짓이겼다. 그 용들이 몸을 굴리며 날개를 퍼덕이자 바닥에 깔린 프러시아 군인들의 입에서 고통스런 비명이 터져 나왔다. 제때에 공중에서 멈춘 프랑스 용들은 곧장 발톱과 꼬리를 저으며 전장 위를 휩쓸었다. 그들은 충격을 받고 겁에 질린 프러시아 보병대를 마구 공격했다. 그들이 다시 공중으로 날아올랐을 때 전장에는 피로 범벅이 된 시체들이 잔뜩 쓰러져 있었다.

프러시아 군의 전열은 완전히 무너졌다. 프랑스 용들이 최전방의 군인들을 공격하기 전부터 이미 프러시아 군인들은 줄도 서지 않은 채 혼란의 도가니 속에서 후퇴하고 있었다. 그런 상황에서 프랑스 용들이 지상군을 공격하기 시작하자 프러시아 군인들은 서로를 마구 밀쳐가며 사방으로 도망치기 시작했다. 프리드리히 빌헬름 3세는 말의 등자를 밟고 몸을 일으켜 세웠고, 부관 세 명이 미친 듯이 날뛰는 군마의 고삐를 잡아 안정시키려 애를 쓰고 있었다. 프리드리히 빌헬름 3세는 부관들에게 신호용 깃발을 흔들도록 지시하면서 확성기로 소리쳤다.

"후퇴하라!"

로렌스에게 그 말을 통역해주며 바데나워는 로렌스의 팔을 꾹 잡았다. 목소리는 담담했으나 바데나워의 얼굴은 먼지와 눈물로 얼룩져 있었고, 어깨에서 피가 흐르는 것도 아랑곳하지 않았다. 로렌스가 전장 뒤쪽을 살펴보니 브룬슈비크 대공의 축 늘어진 피투성이 시신이 후방의 천막 쪽으로 실려 가고 있었다.

이제 프러시아 병사 대부분은 상관의 명령에 귀를 기울이지도, 복종하지도 않았다. 개중에 극히 일부 보병대원들만이 군기를 망각하지 않고 아군을 방어하기 위해 어깨를 맞대고 총검을 앞으로 뻗으며 대열을 지켰으나 나머지는 이미 반쯤 혼이 나간 상태가 되어 예나 마을을 지나 숲 속으로 들개처럼 달아나고 있었다. 예나와 아우어슈테트 양쪽에서 동시에 치러진 이번 전투를 통해 프러시아 군이 지켜낸 것은 그 숲뿐이었다. 프랑스 용들은 프러시아 군인들의 피를 배에 잔뜩 묻힌 채 휴식을 취하기 위해 전장에 착륙했다. 곧이어 프랑스 기병대와 보병대가 우레와 같은 함성을 지르며 진군하여 폐허가 되어버린 전장을 차지했다. 프러시아 군은 또다시 패배하고 만 것이다.

15

승무원들이 그랜비를 은신처의 바닥에 내려놓자 그는 목 쉰 소리로 로렌스에게 말했다.

"아니, 전 괜찮습니다. 저 때문에 일정을 늦추지 말아 주십시오. 그냥 툭하면 머리를 얻어맞는 바람에 좀 질린 것 뿐입니다."

말은 그렇게 했으나 그랜비는 얼굴빛이 창백했고 몸까지 부들부들 떨었다. 그랜비는 죽을 한 모금 입에 넣자마자 도로 토해버렸다. 승무원들은 어쩔 수 없이 그에게 술을 먹였다. 그랜비는 술을 한두 모금 마시자마자 곯아 떨어졌다.

로렌스는 프랑스의 포로가 된 프러시아 용들에게 딸려 있던 지상요원들을 테메레르에게 가급적 많이 태우고 이륙할 생각이었다. 그러나 그 지상요원들 대부분은 프러시아가 또다시 패배했다는 사실을 도저히 믿을 수 없다며 이대로 떠날 수는 없다고 했다. 그들은 전투 중에 전장 남쪽 깊숙한 곳에 있는 이 야영지에 모여 있다 보니 상황이 어떻게 돌아가고 있는지 알지 못하고 있었다.

바데나워가 나서서 그날 전투 상황에 대해 설명해주자 그들 모두는 걷잡을 수 없이 격앙되어 점점 목소리를 높였다. 듣다 못한 케인스가 날카롭게 소리쳤다.

"빌어먹을 목소리들 좀 낮춰요!"

영국 승무원들이 용알들을 천에 싸서 테메레르의 배 쪽 그물에 넣고 있었다. 케인스는 로렌스에게 나지막하게 말했다.

"알에 든 카지리크 새끼용이 이제 말귀를 알아들을 때가 됐단 말입니다. 알 속에서 겁을 먹게 만들면 절대로 안 됩니다. 성격이 소심해지고 마니까요."

로렌스는 고개를 끄덕였다. 피곤에 지쳐 있던 테메레르가 머리를 들고 어둑해지는 하늘을 올려다보며 말했다.

"저 위에 플레르 드 뉘 한 마리가 날고 있어. 날개 치는 소리가 들려."

로렌스는 승무원들을 먼저 탑승시킨 뒤 바데나워에게 지시했다.

"프러시아 지상요원들에게 여기 남아서 최후를 맞든지 아니면 당장 테메레르에게 탑승하든지 즉시 결정하라고 해."

결국 프러시아 지상요원들은 탑승하기로 결정했다. 그들 모두를 태운 테메레르는 춥고 지친 상태로 힘겹게 날갯짓을 하다가 몸을 부들부들 떨면서 아폴다 외곽 지역에 착륙했다.

아폴다 마을은 거의 폐허나 다름없었다. 창문은 모두 깨지고 포도주와 맥주가 도랑을 타고 흘렀으며 마구간과 헛간, 축사는 텅 비어 있었다. 거리를 돌아다니는 자들은 술 취한 군인들뿐이었다. 피투성이가 되어 더러워진 제복을 입은 군인들은 누구든지 비위에 거슬리면 트집을 잡고 덤비려고 벼르는 얼굴들이었다. 아폴다에서 제일 큰 여관 앞에서 로렌스는 어린애처럼 오른 손바닥으로 눈물을 훔치는 남자를 보았다. 그의 왼손은 잘려나갔고 남은 부분에는 누더기 천이 매어져 있었다.

여관 안으로 들어가자 하급 장교들이 몇 명 보였다. 그들은 모두 부상을 입었거나 기진맥진하여 죽은 것과 다름없었다. 그중 프랑스어를 할 줄 아는 이가 로렌스에게 말했다.

"당장 떠나십시오. 아침이 밝으면 프랑스 군이 이곳으로 밀고 들어올 것입니다. 국왕 폐하께서는 좀메르다로 떠나셨습니다."

로렌스는 여관 뒤쪽 지하실에서 포도주 병이 여러 개 끼워진 거치대와 부서지지 않은 큰 맥주통 하나를 찾아냈다. 프랫이 그 맥주통을 어깨에 짊어졌고 포터와 윈스턴은 포도주 병을 힘 닿는 대로 한 가득 들고 공터로 돌아갔다. 공터에서는 승무원들이 테메레르가 쓰러뜨린 떡갈나무 고목을 가져다가 모닥불을 피웠다. 번개라도 맞은 것처럼 조각 난 그 고목 조각들은 그럭저럭 불이 잘 붙었다. 테메레르는 모닥불 주변에 누웠고 승무원들은 그 옆구리에 기대어 웅크리고 앉았다.

로렌스와 승무원들은 포도주를 나눠 마셨고 맥주통 뚜껑을 따서 테메레르에게 마시게 했다. 좀메르다까지 가기 위해 다시 이륙해야 하므로 술을 마시고 기운이라도 차리기 위해서였다. 테메레르가 거의 눈을 감은 채 힘없이 맥주를 마시자 로렌스는 이대로 이륙해도 될지 망설여졌다. 그러나 여기 계속 머무는 것은 너무 위험했다. 순찰을 도는 프랑스 용들의 눈에 띄어 추격이라도 당하게 되면 테메레르가 과연 빠른 속도로 도망칠 수 있을지조차 미지수였다.

로렌스가 부드럽게 말했다.

"이제 출발해야 하는데, 테메레르. 날 수 있겠어?"

"그럼, 얼마든지 날 수 있지."

테메레르는 힘겹게 뒷다리를 세우고 일어나려다가 나지막하게 덧붙였다.

"그런데 멀리까지 날아가야 되는 건 아니지?"

24킬로미터밖에 안 되는 비행 거리였으나 무척 멀게만 느껴졌다. 캄캄한 밤하늘을 비행하던 테메레르와 로렌스 일행은 들판에 피워놓은 모닥불이 시야에 들어오자 좀메르다 마을에 다 왔음을 알아챘다. 프로이센 군이 모여 있는 들판에 테메레르가 무겁게 착륙하자 얼마 되지 않는 프로이센 용들이 초조해하며 머리를 들고 쳐다봤다. 라이트급 용들과 우편배달 업무를 하는 용 몇 마리, 미들급 용 두 마리가 전부였다. 헤비급 용이 없으니 이 용들만으로는 편대 하나도 온전히 구성할 수 없는 형편이었다. 용들은 반가워하며 테메레르 쪽으로 몰려들어 자기네가 먹고 있던 말고기 일부를 코끝으로 밀면서 먹으라고 했다. 테메레르는 고기를 약간 떼어내어 먹고는 이내 잠이 들었다. 작은 용들은 대부분 테메레르의 옆구리에 몸을 기대고 누웠고, 로렌스는 죽은 듯이 잠에 빠져버린 테메레르를 그 자리에 두고 일어섰다.

편하게 야영을 할 수 있도록 필요한 재료들을 찾아보라고 부하들에게 지시한 로렌스는 들판을 가로질러 혼자서 좀메르다 마을로 들어갔다. 고요하고 아름다운 밤이었다. 이른 서리가 내려 하늘의 별이 더 밝게 빛났고 입김이 공기 중에 하얗게 흩어졌다. 적과 백병전을 치른 것도 아니었는데 온몸이 쑤셨고 목과 어깨에 옥죄는 듯한 근육 통증이 느껴졌다. 두 다리는 쥐라도 나려는 것처럼 뻣뻣하고 경련이 일어 로렌스는 잠시 팔다리를 쭉 펴고 체조를 했다. 로렌스가 지나가자 작은 목장 안에 빽빽이 들어찬 프러시아 기병대의 말들이 지친 머리를 들고 나지막하게 울었다. 로렌스에게서 테메레르 냄새를 맡고 불안해서 우는 것이었다.

좀메르다에는 아직 프러시아 군이 그리 많이 모여 있지 않았으나, 전장에서 후퇴한 프러시아 군인들은 재집결지인 좀메르다를 향해 밤을 틈타 집결하고 있었다. 좀메르다는 약탈 행위가 일어나지 않았고 어느 정도 질서가 잡혀 있었다. 작은 교회에서 부상자들의 신음 소리가 흘러나오는 것을 보니 그곳에 임시 야전 병원이 차려져 있는 모양이었다. 마을에서 제일 큰 건물 바깥에 프러시아 국왕의 경기병들이 줄지어 서 있었다. 그 건물은 요새가 아니라, 견고하고 모양도 깔끔한 장원의 저택이었다.

에로이카의 비행사 디헤른 대령이 포로가 되었으니 로렌스는 누구에게 상황 보고를 해야 할지 난감했다. 돌아다니며 살펴보았으나 다른 비행사들은 보이지 않았고 장성급 장교도 없었다. 후퇴하는 와중에 일부는 타우언트자인 장군의 명령에 따르고 나머지 일부는 블뤼허 장군의 명령을 따랐으나 모두 다른 이들을 통해 내용을 전해 들었을 뿐, 두 장군을 직접 만날 수는 없었다. 그래서 로렌스는 호엔로헤 장군에게 상황 보고를 하기 위해 이 저택으로 찾아온 것이었다.

마침 호엔로헤 장군은 회의를 하는 중이었다. 장군의 젊은 부관은 로렌스를 회의실 앞으로 데려가더니 복도에서 기다리라고 했다. 프러시아가 힘든 상황에 처해 있기는 하지만 부관의 말투는 지나칠 정도로 무뚝뚝했고 태도도 싸늘했다. 문 안쪽에서 불분명한 말소리들이 간간이 들려왔다. 의자도 없는 복도에서 30분 넘게 기다리고 서 있던 로렌스는 너무 힘들어서 두 다리를 쭉 펴고 바닥에 앉았다. 그리고 벽에 기댄 채 잠이 들었다.

누군가 독일어로 말을 걸었다. 로렌스는 잠에 취한 채 대답했다.

"아뇨, 괜찮습니다."

그러다가 눈을 번쩍 떴다. 어떤 여자가 그를 내려다보고 있었다. 온화하면서도 재미있어하는 표정을 한 그녀는 바로 루이제 왕비였다. 왕비 뒤에는 근위병 두 명이 서 있었다.

"이런, 맙소사."

당황한 로렌스는 벌떡 일어나 프랑스어로 왕비께 용서를 구했다. 루이제 왕비는 흥미로워하면서 물었다.

"아, 괜찮아. 그런데 귀관은 여기 무슨 일로 온 건가?"

로렌스가 이유를 설명하자 왕비는 회의실 문을 열고 안을 들여다보았다. 로렌스는 걱정이 되었다. 불평을 늘어놓는 자처럼 보이느니 복도에서 더 오래 기다리는 편이 나을 것 같았다.

호엔로헤가 독일어로 왕비께 대답했고 왕비는 로렌스에게 손짓을 하며 따라 들어오라고 했다. 회의실 안에는 벽난로가 켜져 있었고 벽에는 차가운 돌벽으로 열기가 새어나가지 않도록 두꺼운 벽걸이 융단이 드리워져 있었다. 추운 복도에 피곤한 몸으로 오래 앉아 있었더니 사지가 마비될 것 같았는데 따뜻한 실내로 들어오자 살 것 같았다. 프리드리히 빌헬름 3세는 지친 얼굴로 벽난로 가까운 벽에 기대 서 있었다. 아내인 루이제 왕비만큼 외모가 수려하지도 않았고, 생기 넘치지도 않았다. 얼굴은 길고 창백했고, 머리카락을 위로 올려 넓고 하얀 이마가 드러났으며, 입술은 가늘었고 성긴 코밑수염이 밑으로 늘어져 있었다.

호엔로헤 장군은 지도를 잔뜩 늘어놓은 큰 탁자 앞에 서 있었다. 뤼헬 장군과 칼크로이트 장군도 그 자리에 있었고 참모 장교들도 몇 명 보였다. 호엔로헤는 눈도 깜작하지 않고 한참 동안 로렌스를 쳐다보더니 애써 말했다.

"이런, 자네 아직 여기 있었나?"

로렌스는 그 말을 어떤 뜻으로 받아들여야 할지 알 수가 없었다. 호엔로헤 장군은 로렌스 일행이 좀메르다에 와 있다는 사실조차 모르고 있었다는 것인가? 그 말뜻을 깨달은 로렌스는 치미는 분노를 애써 감추려 하지도 않고 불쑥 내뱉었다.

"귀찮게 해드렸다면 죄송합니다. 제가 프러시아 군을 버리고 일찌감치 영국으로 떠났을 거라고 생각하셨나 본데, 방금 장군께서 제게 하신 말씀이 그런 뜻이라면 지금 즉시 떠나드리겠습니다."

그러자 호엔로헤는 곧 앞뒤가 맞지 않는 말을 덧붙였다.

"아니, 그런 뜻이 아니라 내 말은. 하긴 자네를 탓해 무엇하겠나?"

호엔로헤는 손으로 자신의 얼굴을 문질렀다. 하얀 가발은 흐트러진 채 거무죽죽한 회색이 되어 있었다. 그 안타까운 모습을 보자 로렌스도 마음이 좋지 않았다. 호엔로헤는 자신조차 제대로 추스르지 못하고 있는 상황인 것이다.

로렌스는 화를 누그러뜨리고 말했다.

"보고를 드리려고 왔습니다, 장군님. 테메레르는 심각한 부상을 입지는 않았습니다. 제 승무원 중에 부상자는 세 명, 전사자는 없습니다. 예나에서 프러시아 공군 소속 지상요원 서른여섯 명을 데려왔고, 그들이 보유한 장비도 함께 가져왔습니다."

칼크로이트 장군이 고개를 들고 물었다.

"안장과 단조로 말인가?"

"예, 그렇습니다. 하지만 제 승무원들이 쓰고 있는 것은 제외하고 프로이센 군의 안장은 두 개밖에 못 가져왔습니다. 너무 무거워서 더 가져올 수 없었습니다."

"그것만도 다행이지. 이곳 용들의 안장은 절반 가량이 솔기가 다 뜯어져 있는 형편인데."

그리고 한동안 아무도 입을 열지 않았다. 호엔로헤는 지도에 시선을 고정하고 있었으나 초점이 흐려져 있는 것으로 보아 다른 생각에 잠겨 있는 듯했다. 피로가 누적되어 얼굴색이 좋지 않은 뤼헬 장군은 쓰러지듯 의자에 앉았고, 루이제 왕비는 남편 곁에 서서 목소리를 낮추고 독일어로 무슨 말인가를 하고 있었다. 로렌스는 호엔로헤의 불편한 침묵이 이만 나가보라는 뜻인지 헤아릴 수 없었다. 자기가 이 방 안에 있기 때문에 할 말을 못하고 침묵하고 있는 것 같지도 않았다.

프리드리히 빌헬름 3세는 고개를 절레절레 흔들고는 방 안에 있는 이들을 돌아보며 물었다.

"그가 어디쯤 있는지 아는가?"

'그'가 누구를 지칭하는 것인지는 물어볼 필요도 없었다.

젊은 참모 장교 한 명이 중얼거리며 대답했다.

"엘베 강 남쪽 어딘가에 있을 것입니다."

이 침울한 방 안에서 자기 목소리가 지나치게 크게 들리고 사람들의 시선이 자신에게 쏠리자 그 장교는 당황하여 얼굴이 붉어졌다.

뤼헬은 못마땅한 얼굴로 그 젊은 장교를 노려보며 말했다.

"오늘 밤에는 분명히 예나에 있을 것입니다, 폐하."

그들 중 참모 장교의 실언에 별로 신경 쓰지 않고 있는 것은 프리드리히 빌헬름 3세뿐이었다. 왕이 장군들에게 물었다.

"그가 우리에게 휴전을 제안할 것 같은가?"

그러자 왕비가 냉소적인 말투로 말했다.

"그놈이요? 그는 우리를 쉴 새 없이 몰아붙일 겁니다. 고결한 휴전 조건 따위를 내세울 리 없지요. 벼락출세한 코르시카 놈 앞에 엎드려 자비를 구하느니 러시아 군의 총에 맞아 죽는 편을 택하는 쪽이 낫겠습니다."

그리고 왕비는 호엔로헤를 돌아보며 물었다.

"좋은 방법이 없겠는가? 분명히 이길 방법이 있지 않겠나?"

호엔로헤는 움찔하면서 지도 이곳저곳에 표시된 수비대 및 파견대의 위치를 가리켰다. 그 수비대와 파견대를 결집하고 예비군 병력을 동원하고 어쩌고 하면서 프랑스어와 독일어를 섞어가며 설명했다.

"나폴레옹의 군대는 수주일 간 행군했고 온종일 싸웠으니 앞으로 며칠은 휴식을 취하려고 할 겁니다. 그리고 다시 힘을 모아 우리를 추격하겠지요. 이번 전장에서 도망친 아군은 아마 지금쯤 이곳 좀메르다를 향하고 있을 겁니다. 우리는 그 병력을 모아서 일단 후퇴했다가 에르푸르트로……."

그때 복도의 돌바닥을 따라 묵직한 장화 소리가 나더니 이윽고 회의실 문을 손으로 탕탕 치는 소리가 들렸다. 블뤼히 장군이었다. 그는 안에서 들어오라는 말도 하지 않았는데 불쑥 문을 열고 들어오며 말했다.

"프랑스 놈들이 에르푸르트로 쳐들어갔습니다."

블뤼허의 독일어는 무뚝뚝하면서도 평이해서 로렌스도 알아들을 수 있었다. 블뤼허가 말을 이었다.

"프랑스의 뮈라 원수가 용 다섯 마리와 군인 오백 명을 거느리고 에르푸르트로 들어가자 아군이 곧장 항복을 했답니다. 염병할 놈들……"

그 순간 블뤼허는 회의실 안에 함께 자리한 왕비를 보고 코밑수염 아래 얼굴이 시뻘겋게 되더니 당황하여 말을 잇지 못했다. 그러나 다른 이들은 블뤼허 장군이 가져온 새로운 정보에 정신을 쏟느라 그가 내뱉은 상스러운 욕설에는 신경도 쓰지 않았다. 참모 장교들은 탁자 위에 늘어놓은 서류 더미와 지도를 이리저리 뒤지기 시작했고 장군들과 국왕 내외는 점점 큰소리로 웅성거리기 시작했다. 대부분 독일어라서 그들의 대화를 잘 알아들을 수는 없었으나 로렌스는 그들이 어찌할 바를 모르고 있다는 것만은 감지할 수 있었다. 주변이 점점 시끄러워지자 왕이 갑자기 큰 목소리로 입을 열었다.

"그만!"

그러자 언쟁이 잦아들고 조용해졌다. 왕이 호엔로헤에게 물었다.

"우리 쪽 병력은 얼마나 되나?"

참모 장교들은 좀 더 차분하게 서류를 뒤졌고 여러 파견대의 위치에 관한 자료가 기록된 서류들을 찾아냈다. 호엔로헤가 그 서류를 읽으며 보고했다.

"작센―바이마르 쪽 장군들의 지휘 아래 1만 명이 있는데 그들은 에르푸르트 남쪽 길을 따라 이동하는 중입니다. 할레 쪽에는 뷔르템부르크 장군의 지휘를 받고 있는 예비군이 1만7천 명 있습니다. 예나―아우어슈테트 전투 후 전장에서 탈출하여 이곳 좀메르다로 모여든 병력이 현재까지 8천 명 정도 되는데 앞으로 더 모일 것입니다."

 고(故) 브룬슈비크 대공의 참모장이었던 샤른호르스트가 왕에게 차분하게 말했다.

 "프랑스 군이 아직 그들을 덮치지 않았다고 해도 프랑스 군은 이동 속도가 대단히 빠릅니다, 폐하. 우리는 한시도 지체하지 말고 남은 병력과 함께 엘베 강을 건넌 다음 다리들을 모조리 불태워야 합니다. 그렇지 않으면 베를린이 적에게 함락당할 것입니다. 일단 우편배달 용들부터 엘베 강 쪽으로 보내야 합니다."

 그 제안에 방 안에 있던 모든 자들이 격렬히 분노하여 그동안 쌓였던 울분을 풀어놓듯 샤른호르스트에게 고함을 질러댔다. 자존심이 센 프러시아 인들이라 그 제안에 반대하는 것도 어쩌면 당연한 것이었다. 자신의 명예와 프러시아의 명예가 모두 땅에 떨어졌다는 사실, 소름 끼치게 무자비한 적이 시시각각 자기들을 옥죄며 다가오고 있다는 현실에 엄청난 수모와 두려움을 느끼고 있었으니까.

 엘베 강 너머로 서둘러 후퇴하자는 샤른호르스트의 제안은 로렌스가 듣기에도 매우 불명예스러운 것이었다. 그곳까지 후퇴하면 어마어마한 영토를 프랑스에 내주는 셈이다. 프랑스를 압박한 적도 없이 그 많은 땅을 넘겨준다는 것은 미친 짓이었다. 나폴레옹으로서는 프러시아 전체를 다 차지할 수 있을 정도로 전황이 우세한데, 프러시아 쪽에서 영토의 상당 부분을 떼어준다고 해서 순순히 만족할 리 없었다. 게다가 나폴레옹은 수많은 용을 거느리고 있으니 엘베 강의 다리가 모조리 파괴되었다 해도 베를린 입성쯤은 별로 어려울 것도 없었다.

 다들 언성을 높이며 논쟁을 벌였고 왕은 호엔로헤를 불러 창문 쪽에서 따로 얘기를 나누었다. 얼마 뒤 왕은 중구난방으로 떠들어대는 자들을 향해 나지막하면서도 단호하게 입을 열었다.

"호엔로헤 장군이 이곳 지휘를 맡는다. 나머지는 마그덴부르크로 후퇴하여 그곳에서 나머지 군대를 집결, 재정비하고 엘베 강에 방어 시설을 구축할 방법을 찾아보기로 한다."

방 안에 모인 자들은 구시렁대면서 명령에 따르겠다고 대답했다. 왕은 왕비와 함께 회의실을 나갔다. 호엔로헤는 부하들에게 구체적인 지시를 내리고 급보를 주어 내보냈다. 장군들도 각자 거느린 군대를 지휘하기 위해 한 명씩 회의실을 나갔고 이제 방 안에는 로렌스와 호엔로헤, 참모 장교들, 부관들밖에 남지 않았다. 호엔로헤는 로렌스에게 앞으로 어떻게 하라는 명령도 내리지 않고 다시 지도를 들여다 보았다. 로렌스는 잠이 쏟아졌고 기다리는 데 진력이 났다. 마침내 인내심이 바닥난 그는 앞으로 나서며 말했다.

"장군님, 본관이 앞으로 누구한테 직접 상황 보고를 해야 하는지 알려주시겠습니까? 따로 명령하실 내용은 없습니까?"

호엔로헤는 고개를 들고 또다시 멍한 얼굴로 로렌스를 쳐다보았다. 그리고 중얼거렸다.

"디헤른과 슐리만은 포로가 되었고, 아벤트도 마찬가지인데, 남은 비행사 없나?"

호엔로헤의 물음에 주변의 부관들은 대답을 하지 못했다. 그러다가 한 명이 나서서 말했다.

"게오르그는 포로가 되지 않은 것 같은데 어떻게 되었는지 모르겠습니다."

그들은 잠시 논의를 했고 부관 몇 명이 알아보겠다며 밖으로 나갔다. 돌아온 그들은 게오르그의 행방을 알 수 없다고 보고했다. 호엔로헤가 마침내 말했다.

"열네 마리의 대형 용들이 한 마리도 남지 않았다는 건가?"

영국은 적에게 치명적인 공격을 가할 수 있는 능력이 있는 용을 리더로 세우고 나머지는 그 리더를 보호하는 식으로 편대를 구성했으나, 프러시아에는 산을 뿜거나 불을 뿜는 용이 한 마리도 없기 때문에 주로 힘을 극대화하는 식으로 편대를 만들었다. 그래서 프러시아에서는 대형 용이 거의 모두 편대의 리더였다. 그러나 덩치가 크기 때문에 이번에 프랑스 용들에게 당한 것처럼 적들의 표적이 되기도 쉬웠다. 속도가 느리고 방향 전환이 굼뜨다는 약점도 있었으므로 프랑스의 미들급 용들이 측면 공격을 시도하면 여지없이 당하게 되어 있었다. 힘이 센 반면, 민첩성이 부족하고 지구력도 떨어져서 하루 종일 쉴 새 없이 비행을 하면 완전히 기진맥진해졌다. 프러시아 대형 용들 중 전장에서 프랑스의 포로가 된 용은 로렌스가 본 것만도 다섯 마리였다. 포로가 되지 않은 다른 헤비급 용들도 적들에게 마구 잡아 뜯기면서 전장에서 먼 곳으로 쫓겨났다.

"그중 몇 마리만이라도 이리 돌아와 주기를 신께 빌어야겠군. 군대를 재편성해야겠어."

호엔로헤는 이렇게 말하고는 침울한 눈빛으로 로렌스를 쳐다보았다. 현재 남아 있는 헤비급 용이 테메레르밖에 없다는 사실을 둘 다 잘 알고 있었다. 이 상태에서 한 번만 더 대규모 공격을 당한다면 프러시아의 방어선은 치명타를 입고 완전히 무너져 돌이킬 수 없게 될 것이었다. 그런 상황을 훤히 알고 있는 호엔로헤로서는 로렌스에게 영국으로 돌아가지 말고 여기 남아달라는 말을 차마 입에 올릴 수 없었다. 이들을 버리고 혼자 전장을 빠져나갈 수 없기에 곤혹스럽기는 로렌스도 마찬가지였다.

로렌스의 첫 번째 임무는 용알을 안전하게 영국으로 가져가는 것이었다. 프로이센 군의 요청에 따라 지원군으로 여기 남기는 했지만 결국 프로이센 군이 전투에서 패배하고 말았으니 이제 곧장 영국으로 돌아가더라도 나무랄 일은 아니었다. 그렇지만 이대로 떠나는 것은 나폴레옹과의 전쟁을 포기하겠다는 뜻이며, 영국이 더는 프로이센를 돕지 않겠다는 상징적인 의미로 비쳐질 수도 있었다.

결국 이들을 버릴 수 없다는 결론에 도달한 로렌스가 불쑥 물었다.
"지시하실 것 있으십니까, 장군님?"
호엔로헤는 고마워하는 기색을 크게 드러내진 않으나 안심이 되었는지 깊은 주름살 몇 개를 폈다.
"내일 아침이 밝는 대로 할레로 출발하도록. 그곳에 주둔 중인 예비군 병력에게 후퇴하라고 전해. 그들이 쓸 수 있도록 대포를 몇 개 가져가고. 많이 가져갈수록 좋다. 일단 그 임무를 완수한 뒤에 추가로 지시 사항을 내리도록 하겠다. 할레에 보급품이 얼마나 남아 있을지는 신만이 아실 것이다."

"으악!"
테메레르가 비명을 질렀다. 자고 있던 로렌스는 깜짝 놀라 눈을 뜨고 벌떡 일어나 앉았다. 등과 다리 근육이 심하게 뻐근했고 수면 부족 때문인지 머리는 무겁고 의식은 몽롱했다. 천막 안으로 희미한 빛이 비쳐들고 있었다. 로렌스는 천막 밖으로 기어 나갔다. 새벽인 듯 느껴진 것은 안개가 짙게 깔려 있어 햇빛을 가렸기 때문이었다.

이미 아침이 밝아 있었다.

야영지 안에서 군인들이 부산하게 움직이고 있었다. 에밀리 롤랜드는 지시를 받은 대로 로렌스를 깨우기 위해 걸어오고 있었고, 케인스는 테메레르의 옆구리를 타고 기어올라가 몸에 박힌 총알을 빼내는 중이었다. 전장에서 서둘러 후퇴하느라 전투가 끝난 뒤에도 테메레르의 부상을 치료할 시간이 없었다. 테메레르도 지금껏 별다른 내색을 하지 않고 있었다. 케인스가 총알을 하나씩 뽑아낼 때마다 테메레르는 몸을 움찔거리며 이를 악물고 신음소리를 냈다. 그나마 총알들이 살 속 깊이 박힌 것이 아니라 다행이었다.

케인스는 늘 그렇듯이 시큰둥하게 말했다.

"가죽이 찢겨도 아랑곳않고 신나게 싸우는 놈이 상처를 꿰매기만 하면 끝도 없이 끙끙대는구나."

"으, 꿰맬 때가 훨씬 더 아프단 말이야. 왜 굳이 총알을 뽑아내는 건지 모르겠네. 박혀 있어도 별로 신경도 안 쓰이는데."

"그냥 뒀다가 패혈증에 걸리면 그때는 신경이 아주 많이 쓰일 거다. 움직이지 말고 가만있어. 그만 끙끙거리고."

"난 끙끙거린 적 없어."

테메레르는 이렇게 투덜거리고는 내뱉었다.

"으아악!"

아주 향이 진하고 맛있는 냄새가 났다. 그날 아침 여윈 말 세 마리가 열 마리가 넘는 굶주린 용들에게 먹이로 지급되었다. 부족한 먹이를 놓고 용들이 다툼을 벌이기 전에 꿍쑤가 얼른 그 말고기를 전부 가져갔다.. 꿍쑤는 불구덩이에 말뼈를 넣어 구운 뒤 프러시아 용들의 흉갑을 솥으로 삼아 불 위에 쭉 걸어놓고 뼈와 살을 그 안에 넣고 끓였다. 그리고 제일 나이 어린 승무원들을 시켜 막대로 계속 젓도록 했다. 지상요원들에게는 눈에 띄는 식재료를 전부 가져오라고 하여 그중에서 이것저것 골라 솥에 넣고 같이 끓였다.

꿍쑤가 용들한테 배급된 말고기를 몽땅 솥에 넣어버리자 프러시아 비행사들은 걱정스러운 표정들이었으나 용들은 어떤 재료를 더 넣을지를 논의하며 재미있어했다. 용들은 자기네가 좋아하는 울퉁불퉁한 노란 양파 더미를 솥 가까이 밀어놓고, 맛없는 쌀은 자루째로 집어 슬그머니 뒤에 가져다놓았다. 그러나 꿍쑤는 쌀을 낭비하게 두지 않았다. 꿍쑤는 국물을 약간만 남기고 먼저 용들에게 각자의 몫을 내주었다. 그리고 남은 국물에 부스러기 고기를 넣고 쌀을 넣어 걸쭉하게 죽을 끓였다. 덕분에 이 야영지에서 공군들은 육군들에 비해 그나마 영양가 있는 아침을 먹을 수 있었다. 상황이 상황이니만큼 대부분 이 괴상한 배식 방법에 만족해했다.

용들이 착용한 안장들은 모두 심하게 망가져 있었다. 발톱에 이리저리 뜯기고 찢어져서 가죽에 힘을 받으라고 박아 둔 철사까지 드러나 있었고 안장 끈 일부는 완전히 잘려 나갔다. 테메레르의 안장도 대단히 심하게 망가졌다. 그렇지만 시간적인 여유도 없고 수리에 쓸 만한 마땅한 재료를 구하기도 어려워서 할레로 출발하기 전에 가죽을 여러 겹 덧대어 꿰매야 할 것 같았다.

펠로우스는 안장의 손상된 부분을 살펴보고 부하들에게 구체적으로 수리할 곳을 일러준 뒤, 죄스러운 얼굴로 로렌스에게 말했다.

"죄송합니다, 대령님. 최대한 서두르겠지만 정오는 되어야 수리를 마치고 테메레르에게 다시 안장을 채울 수 있겠습니다. 테메레르가 적을 피해 몸을 이리저리 틀 때, 찢어진 부분들이 확 벌어져 버렸습니다."

재촉해도 수리 시간을 단축할 수 없음을 알기에 로렌스는 간단하게만 말했다.

"잘 고쳐 보도록."

승무원들은 다들 최선을 다하고 있었다. 해야 할 일이 한두 가지가 아니어서 테메레르를 타고 함께 좀메르다로 온 다른 용 소속의 지상요원들 중에 지원자를 받아 일을 시키고 있었다. 할레로 출발하기 전까지 힘을 비축해야 하므로 로렌스는 테메레르를 달래어 잠을 자게 했다.

테메레르는 순순히 지시에 따르며 불구덩이 주변에 웅크리고 누웠다. 요리를 위해 피워놓았던 불구덩이에는 아직 온기가 남아 있었다. 테메레르가 조용히 물었다.

"로렌스, 이번에 우리가 진 거지?"

"전투에서 진 것뿐이야. 전쟁에서 진 게 아니라."

이렇게 말했으나 아무래도 솔직하지 못한 것 같아 로렌스는 덧붙였다.

"하지만 손실이 너무 커. 이번 전투에서 나폴레옹은 프로이센 군 절반을 포로로 잡았고 나머지를 사방으로 흩어놓았으니까."

몹시 우울해진 로렌스는 테메레르의 앞발 위에 앉았다. 지금까지 그는 일부러 바쁘게 돌아다니면서 그들이 처한 현재 상황이 얼마나 심각한 수준인지 생각하지 않으려고 애를 써왔다.

로렌스는 테메레르를 위해 그리고 자기 자신을 위해 다짐하듯 말을 이었다.

"그렇다고 절망하면 안 돼. 아직 희망이 있으니까. 아무 희망이 없다고 손 놓고 앉아 비탄에 빠질 필요는 없어."

테메레르가 깊은 한숨을 쉬었다.

"에로이카는 어떻게 됐을까? 프랑스 인들이 다치게 만들지는 않았겠지?"

"아니, 절대로 그럴 리는 없어. 사육장으로 보내겠지. 양국 간에 평화협정이 맺어지면 풀려날 거다. 그때까지 디혜른 대령은 포로가 되어 감방에 갇혀 있을 테니 비통함이 대단하겠지."

로렌스는 지금 디혜른 대령이 어떤 심정일지 충분히 짐작되었다. 디혜른 대령은 프랑스 군의 감방에 갇힌 채 조국에 아무 도움도 주지 못하고 에로이카의 족쇄 역할만 하고 있을 것이다. 테메레르도 로렌스처럼 에로이카에 관해 우울한 생각을 하고 있던 모양이었다. 별안간 앞발을 머리 쪽으로 끌어당겨 로렌스를 가까이 오게 하고는 쓰다듬어 달라고 했다. 로렌스가 찬찬히 쓰다듬어주자 테메레르는 비로소 불안한 마음을 가라앉히고 잠이 들었다.

안장 담당자들은 약속한 시간보다 빨리 수리를 마쳤고 오전 열한 시가 되기도 전에 테메레르의 몸에 안장을 얹는 작업을 시작했다. 안장 끈과 죔쇠, 고리로 된 엄청나게 무거운 안장을 위로 들어 올릴 수 있는 것은 테메레르뿐이었다. 안장 끈은 폭이 1미터로, 전체의 균형을 잡기 위해 그 안에 사슬 망까지 들어 있었다.

그들이 안장을 채우는 작업을 하고 있을 때 프러시아 용 몇 마리가 고개를 치켜들었다. 그들만이 들을 수 있는 어떤 소리를 들은 것 같았다. 얼마 뒤 우편배달 업무를 하는 작은 수컷 용 한 마리가 야영지 쪽으로 내려왔다. 그런데 날갯짓이 불안하고 이상했다. 그 용은 야영지 한가운데에 착륙해서는 곧장 풀썩 쓰러졌다. 옆구리에 난 깊은 상처로 피가 흐르고 있었다. 그 용은 다급하게 울부짖으며 머리를 뒤로 돌려 비행사를 살폈다. 열다섯 살 정도 되어 보이는 소년 비행사가 안장 끈에 몸이 묶인 채 축 늘어져 있었다. 용이 옆구리를 공격당하면서 소년의 두 다리도 처참하게 잘려나간 상태였다.

　프로이아 공군들은 피투성이가 된 안장 끈을 칼로 잘라 제거하고 소년을 밑으로 내렸다. 케인스는 용이 착륙하는 것을 보자마자 쇠막대를 뜨거운 잿더미 안에 박아두었고 조금 뒤에는 끝이 새빨갛게 달궈진 그 막대를 꺼내 들고 소년 쪽으로 다가갔다. 그리고 피가 줄줄 흐르는 잘린 다리 부위에 쇠막대를 대고 지졌다. 인육 타는 냄새가 사방으로 퍼져나갔.

　케인스는 지진 자리를 검사하고 나서 평소처럼 퉁명스럽게 말했다.

　"동맥이나 정맥이 잘리진 않았으니 살아날 겁니다."

　그리고 옆에 누운 용을 치료하러 갔다.

　프로이아 공군들이 입에 브랜디를 넣어주고 코 밑에 탄산암모니아 수를 대주자 소년은 눈을 떴다. 그리고 그 소년은 중간중간 흐느껴 울지 않으려고 애를 쓰고 숨을 헐떡거리며 독일어로 전언을 전했다.

　테메레르가 소년의 말을 듣고 말했다.

　"로렌스. 우리 할레로 가면 안 될 것 같은데? 이 소년 말로는 프랑스군이 이미 할레를 점령했대. 오늘 아침에 공격을 개시했다는군."

　호엔로헤가 말했다.

　"베를린을 지켜내지 못할 것 같습니다."

프리드리히 빌헬름 3세는 말없이 고개만 끄덕였다.

얼굴빛은 창백했으나 허벅지에 두 손을 가볍게 올려놓고 침착함을 유지하며 앉아 있던 루이제 왕비가 호엔로헤에게 물었다.

"프랑스 군이 베를린에 도착하기까지 시간이 얼마나 있을 것 같은가? 아이들이 베를린에 있어."

"시간이 별로 없습니다."

호엔로헤는 이 말로 대답을 대신했다. 잠시 입을 다물었던 호엔로헤는 갈라진 목소리로 말을 이었다.

"전하…… 부디 저를 용서……."

왕비는 의자에서 일어나 호엔로헤의 어깨를 두 손으로 잡고 그의 뺨에 입을 맞추며 단호하게 말했다.

"우리는 나폴레옹을 꼭 무찌르게 될 것이니 용기를 잃지 마시오. 동쪽에서 다시 만나기로 합시다."

가까스로 자신을 추스르며 호엔로헤가 앞으로의 계획과 작전 방향을 두서없이 늘어놓았다. 패잔병들을 더 모으고, 포병대를 서쪽으로 보내고, 미들급 용들로 편대를 구성하겠다는 식의 실현 가능성이 적은 작전 계획이었다. 그리고 슈테틴의 요새까지 후퇴하여 오데르 강을 지킬 것이라고 했다. 이렇게 말하면서도 호엔로헤는 자신의 계획이 과연 얼마나 실현 가능성이 있는지는 자신할 수 없는 듯했다.

지금 로렌스는 그들에게서 가급적 멀리 떨어진 방 안 구석에 거북하게 서 있었다. 조금 전 그가 이 방 안으로 들어와 할레가 프랑스에 점령당했다는 소식을 전하자 호엔로헤는 가라앉은 목소리로 물었다.

"국왕 폐하와 왕비 전하를 모시고 베를린으로 갈 수 있겠나?"

"저희는 이곳 부대를 지원하는 것이 더 효율적일 것이라는 생각이 듭니다만. 속도가 빠른 우편배달 용을 타고 가시게 하면……"

호엔로헤는 고개를 저었다.

"할레 점령 소식을 갖고 온 용이 심각한 부상을 입은 것을 보았잖은가? 위험하게 우편배달 용을 타고 가시게 할 수는 없어. 프랑스 용들이 이 주변 지역에서 순찰을 돌고 있을 텐데."

프리드리히 빌헬름 3세도 우편배달 용을 타고 가겠다고 했으나 호엔로헤는 끝까지 반대했다.

"나폴레옹에게 두 분이 붙잡히면 모든 것이 끝장나는 겁니다, 폐하. 놈은 원하는 조건을 다 넣어 우리나라에 불리한 조약을 맺도록 할 테니까요. 그 전에 폐하께서 죽임을 당하시면 그들은 베를린에 있는 황태자를 잡으러 갈 것이고……"

루이제 왕비가 나섰다.

"오, 맙소사! 내 아이들을 그 괴물 같은 자의 손에 넘길 수는 없어. 여기서 떠들게 아니라 당장 출발해야겠다."

왕비는 문 쪽으로 걸어가 바깥에 대기하고 있던 하녀를 불러 외투를 가져오라고 했다.

왕이 왕비에게 조용히 물었다.

"괜찮겠소?"

"어린애도 아닌데 무엇이 겁나겠습니까? 우편배달 용을 타본 적이 있으니 별다른 어려움은 없을 겁니다."

우편배달 용은 덩치가 말보다 두 배 정도 크지만 헛간보다 훨씬 더 큰 헤비급 용에 비할 바가 못 되었다. 야영지로 함께 걸어 나오며 왕비가 로렌스에게 물었다.

"저 언덕 위에 있는 것이 자네 용인가?"

로렌스는 무슨 언덕을 말하는 것인가 의아했는데 알고 보니 루이제 왕비는 테메레르를 언덕으로 착각하고 그 위에 누워 자고 있는 베르게세(독일어로 '산의 마녀'라는 뜻—옮긴이 주) 품종의 중형 용을 테메레르라고 생각한 것이었다.

로렌스가 그게 아니라고 말하기도 전에 테메레르가 머리를 들고 그들이 걸어오는 쪽을 쳐다보았다.

그제야 왕비는 들릴 듯 말 듯 놀라움을 표시했다.

"아."

로렌스는 테메레르가 릴리언트 호의 그물 침대에 눕힐 수 있을 정도로 작을 때부터 보아왔기 때문에 실제로 다른 사람들이 보는 만큼 크게 느껴지질 않았다. 로렌스는 왕비를 안심시키기 위해 말했다.

"테메레르는 아주 온순합니다."

전날 누구보다 격렬한 추격전을 벌이며 싸웠던 용에 대해 온순하다고 표현하는 것이 왠지 거짓말 같아 어색했지만 그렇게 말해야만 할 것 같았다.

프로이센의 왕과 왕비가 야영지로 들어서자 모든 프로이센 공군들은 깜짝 놀라 벌떡 일어났다. 그리고 일제히 차렷 자세를 취했다. 국왕 내외를 실어 나르는 일은 몸집이 작은 우편배달 용들이 주로 맡아 왔기 때문에 그 외에 다른 용들을 맡고 있는 공군들은 이들을 직접 대할 기회가 많지 않았다.

공군들이 긴장하자 프로이센 용들도 덩달아 흥분해서 목을 길게 빼고 국왕 내외를 내려다보았다. 이런 상황에서 침착함을 유지하는 것이 쉽지 않을 터인데 왕은 왕비의 팔을 자신의 팔에 얹고 천천히 그 공터를 한 바퀴 돌며 비행사들을 격려했다.

로렌스는 그랜비와 펠로우스를 불러 다급하게 물었다.

"저 두 분을 테메레르에게 태워야 하는데 비행용 천막을 설치할 수 있겠나?"

펠로우스는 목뒤를 긁적이며 대답했다.

"잘 모르겠습니다. 전장에서 후퇴할 때 여분의 천막을 모두 버리고 왔거든요. 그리고 저 둔팍한 벨 녀석이 가죽 세공 도구를 계속 큰 무두질 통에 넣어가지고 다니기 힘들다면서 도구함을 만들어야겠다고 남은 천을 가져가 버렸습니다. 그래도 모래시계를 한 번 뒤집을 동안 만큼 시간을 주시면 어떻게든 만들어보겠습니다. 프로이센 군이 재료를 빌려주면 가능할 것 같습니다."

마침내 펠로우스는 프로이센 군에서 얻어온 여분의 가죽 두 장을 꿰매어 그럭저럭 비행용 천막을 만들었다. 국왕 내외가 쓸 개인 하네스도 수선하여 준비했다. 로렌스는 두 분께 저녁 식사로 내드리기 위해 그나마 먹을 만한 음식과 포도주 한 병을 챙겨 바구니에 담았다. 그러나 그 포도주 병을 공중에서 열었다가는 사방으로 내용물이 튈 게 분명했다.

"준비가 되셨다면 탑승하시지요, 전하."

주저하던 로렌스가 이렇게 말하며 팔을 내밀자 왕비가 고개를 끄덕였다.

로렌스가 테메레르에게 말했다.

"테메레르, 아주 조심해서 위로 올려드려."

테메레르는 정중하게 앞발을 내밀었다. 그러나 왕비는 길이가 자신의 팔뚝만하고 윤이 나며 가장자리가 날카롭고 끝이 뾰족한 테메레르의 검은 발톱을 보고는 얼굴이 창백해졌다. 그러자 왕이 그녀에게 나지막하게 물었다.

"내가 먼저 올라가는 게 어떻겠소?"

그러자 왕비는 고개를 꼿꼿이 들며 말했다.

"아뇨, 안 그러셔도 됩니다."

한옆으로 고개를 살짝 돌려 걱정스런 눈으로 발톱을 살피기는 했으나 왕비는 더 주저하지 않고 테메레르의 앞발에 올라섰다.

테메레르는 흥미로운 눈빛으로 왕비를 쳐다보다가 앞발을 위로 올려 그녀를 어깨에 내려서게 한 뒤 로렌스에게 속삭이듯 물었다.

"로렌스, 왕비들은 원래 보석으로 잔뜩 치장하고 있는 줄 알았어. 그런데 저 왕비는 몸에 보석이 없네. 강도라도 당한 거야?"

테메레르가 영어로 말해서 천만 다행이었다. 안 그랬으면 말 한 마리를 한입에 씹어 삼킬 정도로 입이 크니 아무리 조그맣게 말했어도 국왕 내외가 들었을 것이다. 테메레르가 독일어나 프랑스어로 직접 왕비께 행색이 왜 그런지를 묻기 전에 로렌스는 서둘러 왕비를 테메레르의 등에 설치한 비행용 천막으로 모시고 들어갔다. 사실, 루이제 왕비는 사리를 분별할 줄 아는 사람이라 비행에 알맞은 실용적인 차림을 한 것이었다. 모자를 쓰고 겉옷 위에 평범하고 두툼한 양모 외투를 걸쳤는데 그 외투에는 섬세한 은단추 외에 별다른 장식이 없었다.

왕은 프로이센 군의 수장으로서 용들을 다뤄본 경험이 있어서 그런지 테메레르의 앞발에 타고 어깨로 내려서면서도 전혀 주저하는 기색을 내비치지 않았다. 그러나 수행원으로 따라온 근위병들과 하인들이 문제였다. 그들은 몹시 겁을 내며 테메레르 곁에 가까이 오지도 못하고 있었다. 핏기가 가신 그들의 얼굴을 보고 왕이 독일어로 짧게 한마디 했다. 그러자 수행원들은 부끄러움에 고개를 푹 숙이면서도 안심하는 얼굴들이었다. 왕이 그들에게 따라올 것 없이 여기 남으라고 한 모양이었다.

그때 테메레르가 독일어로 그 수행원들에게 무슨 말인가를 했다. 그리고 화들짝 놀라서 쳐다보는 수행원들에게 앞발을 쭉 내밀었다. 그러나 로렌스가 보기에는 테메레르의 의도대로 된 것 같지 않았다. 근위병 네 명과 늙은 하녀 한 명만 남고 수행원들이 모두 도망쳐버린 것이다. 늙은 하녀는 숨을 좀 거세게 몰아쉬었을 뿐 별다른 법석을 떨지 않고 테메레르가 내민 앞발에 탄 채 등으로 올라갔다. 그 모습이 재미있기도 하고 걱정이 되기도 하여 로렌스가 물었다.

"도대체 수행원들한테 뭐라고 한 건데?"

테메레르는 감정 상한 목소리로 대답했다.

"그냥 왜들 그렇게 멍청하냐고, 내가 그들을 해칠 생각이었으면 그들을 내 등에 태우고 난 다음이 아니라 지금 서 있는 그 자리에서 쓸어버리는 게 훨씬 쉬울 거라고 했어."

베를린은 혼란에 휩싸여 있었다. 그곳 사람들은 제복 입은 군인들을 못마땅한 눈으로 쳐다보았다. 식량을 얻기 위해 시내로 들어간 로렌스도 상점과 모퉁이에 모여 선 사람들이 '저주받을 주전파 놈들' 어쩌고 하며 투덜거리는 소리를 들었다. 프러시아 군의 패배 소식과 더불어 프랑스 군이 이곳으로 진군해오고 있다는 소문이 이미 베를린까지 퍼져 있었다. 그러나 나폴레옹에게 저항하자거나 나가 싸우자고 말하는 이도 없고 대놓고 슬퍼하는 이도 없었다. 그저 부루퉁한 얼굴로 그럴 줄 알았다는 반응들이었다.

로렌스가 베를린의 은행에 돈을 찾으러 갔을 때 은행가가 말했다.
"왕비와 성미 급한 젊은 놈들이 주축이 된 주전파가 불쌍한 국왕 폐하를 부추겨서 나라가 이 꼴이 되고 만 겁니다. 나폴레옹을 무찌를 수 있다는 자기들의 주장을 현실적으로 증명하고 싶었겠지만 보십쇼, 결국 실패했잖습니까. 그들은 자존심을 내세우며 싸우자고 주장하면 그만이지만, 그 대가는 우리가 치르게 된다 이 말입니다! 젊은이들이 수도 없이 죽었고, 앞으로 세금이 또 얼마나 오를지 생각만 해도 끔찍합니다."

이렇게 한바탕 비난을 늘어놓은 그 은행가는 로렌스가 요구한 금화를 내주었다. 두 아들이 작지만 튼튼한 금화 상자를 들고 나오는 동안 그 은행가는 솔직하게 덧붙였다.

"나 같으면 굶주린 군대가 몰려들고 있는 이 베를린에서 금화를 인출해 갖고 있느니 런던의 드러먼즈 은행에 넣어두겠습니다."

영국 대사관도 어수선하기는 마찬가지였다. 베를린 주재 영국 대사는 이미 우편배달 용을 타고 베를린을 떠났고 남아 있는 대사관 직원은 몇 명 되지 않았다. 그 직원들은 로렌스가 필요로 하는 정보를 알려주지 못했다. 아니, 알려줄 생각도 하지 않았다. 로렌스가 입고 있는 영국 공군의 암녹색 외투를 보고 별로 중요하지 않은 인물이라 여긴 것이다. 그저 급보를 가져온 우편배달 비행사냐고 묻는 것이 고작이었다.

다들 그런 식이라서 로렌스는 복도를 지나는 비서관을 억지로 붙잡고 물어볼 수밖에 없었다. 비서관은 번거롭다는 얼굴로 대답했다.

"지난 3년 간 인도에서는 아무 일도 일어나지 않았습니다. 그런 건 왜 묻는 겁니까? 영국 공군이 왜 약속한 지원군을 프러시아에 보내지 않았는지는 나도 모릅니다. 패배자의 행렬에 끼어들고 싶지 않아서 그랬는지도 모르지요."

로렌스는 비서관의 정치적인 해석에 동의할 수 없었을 뿐만 아니라 영국 공군이 그런 식으로 매도되는 것이 몹시 불쾌하고 수치스러웠다. 그러나 목구멍까지 올라오는 말을 꾹 참고 침착하게 물었다.

"대사관 직원들은 모두 안전한 탈출로를 확보한 겁니까?"

"예, 물론이죠. 슈트랄준트에서 배를 타기로 했습니다. 대령님도 곧장 영국으로 돌아가는 게 좋을 겁니다. 영국 해군이 발트 해와 북해에 주둔하면서 단치히와 쾨니히스베르크에서 동맹군을 지원할 거라고 하더군요. 그게 무슨 소용일까 싶기는 합니다만. 어쨌든 대령님도 발트 해까지만 가면 고향으로 안전하게 돌아갈 수 있습니다."

비겁한 조언이었다. 그러나 영국 해군의 동맹군 지원 소식을 듣자 마음이 조금 놓이기도 했다. 로렌스 앞으로 온 편지는 없었다. 편지라도 받아보면 영국에 무슨 일이 생긴 것인지 알 수 있을 것 같은데. 이쪽 대사관에 혹시 편지가 와 있다 해도 찾아줄 사람도 없었다.

로렌스는 그랜비와 함께 숙소인 베를린 궁전으로 걸어가면서 말했다.

"고향으로 탈출하는 영국 대사관 직원들한테 어떤 전언도 요청할 수가 없었어. 이틀 뒤, 일주일 뒤 우리가 어디쯤에 있게 될지 알 수가 없으니 영국에서 편지를 보내온다고 해도 받을 수 없을 테니까. 나한테 편지가 도달할 확률은 수신자를 동프러시아의 윌리엄 로렌스라고 쓰고 병에 담아 바다에 던져 넣은 편지를 내가 받아보게 될 확률과 비슷하겠지."

가만히 듣고 있던 그랜비가 정색을 하고 말했다.

"대령님, 이런 말씀을 드린다 해서 저를 소심하고 비겁한 놈이라고 생각하지 말아주셨으면 합니다. 하지만 그 비서관의 말처럼 우리도 이제 영국으로 돌아가야 하지 않겠습니까?"

이 말을 하면서 그랜비는 차마 로렌스를 마주보지 못하고 앞쪽 길에 시선을 두고 있었다. 그랜비의 뺨이 붉게 상기되었다가 핏기가 가시며 창백해졌다.

로렌스도 프러시아 군을 지원하는 일 말고도 달리 고려해야 할 점들이 있음을 불현듯 깨달았다. 이곳에 계속 머물러 있으면 영국 해군 본부 위원회에서는 로렌스가 그랜비에게 카지리크를 주려고 일부러 프러시아에서 뭉그적거리고 있다고 오해할 수도 있었다.

로렌스는 에둘러서 말했다.

"프러시아는 지금 헤비급 용이 크게 부족한 형편이라 우릴 보내 줄 수가 없어."

그랜비는 한참 말이 없었다. 그러다가 궁전 안에 마련된 로렌스의 방으로 같이 들어와 문을 닫은 뒤에야 불쑥 말했다.

"우리가 지금 떠난다고 해도 프러시아는 우리를 붙잡지 못할 겁니다."

로렌스는 말없이 브랜디를 마셨다. 자신도 그와 같은 생각을 했기 때문에 떠나자는 그랜비의 말을 부정할 수도, 비판할 수도 없었다.

그랜비가 말을 이었다.

"이들은 전투에서 대패했습니다, 로렌스 대령님. 전체 병력의 절반을 잃었고 국토의 절반을 빼앗겼습니다. 더는 우리가 이곳에 머물러야 할 타당성이 없습니다."

낙담한 그랜비의 말을 듣자 로렌스는 뒤로 돌아서며 강한 어조로 말했다.

"저들이 이대로 숨이 끊어지게 내버려둘 수는 없다. 흩어졌던 병사들을 모으고 절망하지만 않는다면 아직 판도를 바꿀 수 있어. 장교의 의무는 병사들이 절망에 빠지지 않게 하는 것이다. 그 점에 있어서는 자네 생각도 나와 크게 다르지 않으리라 믿네만."

그랜비는 얼굴이 벌겋게 되더니 열을 올리며 말했다.

"하늘이 무너진 것처럼 울면서 도망치자는 얘기가 아닙니다. 영국은 그 어느 때보다도 우리가 고향으로 돌아오길 바라고 있을 것입니다. 나폴레옹이 이 기세를 몰아 영국 해협을 건너 영국으로 쳐들어가려고 벼르고 있을 테니까요."

"우리가 지금껏 프러시아에 머물렀던 것은 영국에서 싸우는 것보다는 영국에서 멀리 떨어진 이곳에서 나폴레옹을 상대하는 것이 낫기 때문이었어. 그 이유는 지금도 유효하다. 아무런 희망이 없다면, 우리가 아무리 노력해도 실질적으로 달라질 게 없다면 그때는 여기를 떠나야겠지. 그러나 지금은 프러시아에 우리의 도움이 가장 절실한 시기인 만큼 떠날 수 없다."

"솔직히, 프러시아 군이 이제 와서 느닷없이 더 잘 싸우게 될 것 같습니까? 처음부터 프러시아 군은 나폴레옹의 군대와 상대가 되지 않았습니다. 게다가 패배를 거듭한 지금은 사기가 크게 저하되었으니 오합지졸이나 다름없습니다."

부정할 수 없는 사실이었다.

"고통스런 전투를 치르면서 우리도 나폴레옹의 생각과 전략에 대해 많은 정보를 얻을 수 있었다. 그러니 프러시아 장성들도 이제부터는 전략을 수정해서 더 효과적으로 대응하겠지. 처음부터 프러시아 군이 지나칠 정도로 자신감이 넘쳐서 마음에 걸리기는 했었어."

"사실, 자신감이 없는 것보다는 넘치는 게 낫지요. 프로이센 군의 자신감이 근거 없는 허세라서 문제인 것이지만요."

"앞으로도 나폴레옹을 상대로 싸우면서 경솔하게 자신감을 피력하지는 말아야겠지만, 이번에는 확실히 희망을 가질 만한 이유가 있다. 동쪽에 주둔 중인 프로이센 예비군이 러시아 군과 합류하면 나폴레옹의 군대에 비해 병력이 두 배가 돼. 그리고 프랑스 군도 통신 노선을 확보하며 진군해야 하는데 그러려면 전략적으로 중요한 위치에 있는 요새 열두 개를 확보해야 한다. 각 요새에는 강력한 프로이센 수비대가 주둔하고 있으니 프랑스 군은 우선 그 요새들을 포위 공격해서 빼앗은 다음 자기네 군대 일부를 각 요새에 남겨놓고 진군을 계속해야 할 거다."

그러나 이것은 이론적인 계산에 불과했다. 병사의 수가 많다고 해서 전투에서 반드시 이기리라는 보장이 없음을 로렌스는 너무나도 잘 알고 있었다. 예나 전투 때도 나폴레옹은 프로이센 군에 비해 적은 병력으로 승리했다.

그랜비가 나간 뒤에도 로렌스는 한 시간 정도 방 안을 서성이며 생각을 거듭했다. 그는 비행사이므로 승무원들에게 실제보다 더 자신감 있게 보여야 했고 낙담한 모습은 보이지 말아야 했다. 자신의 감정이 부하들의 사기에 영향을 미치기 때문이었다. 그러나 로렌스는 과연 자신의 판단이 옳은지 확신할 수 없었다.

사실 그가 여기에 남기로 결정한 것은 프로이센 군을 버리고 도망치는 행동에 대한 혐오감 때문이기도 했다. 만회가 불가능할 정도로 궁지에 몰린 동맹군을 버리고 간다는 것은 너무나도 추악하고 불명예스러운 일이었다. 게다가 로렌스는 비난을 받지 않기 위해 그럴듯한 구실을 내세우며 은근슬쩍 영국으로 돌아갈 만큼 뻔뻔스러운 위인도 못되었다.

테메레르는 한숨을 푹 쉬며 말했다.
"어서 고향으로 돌아가고 싶기는 하지만 나도 이대로 포기하고 싶지는 않아. 전투에서 지고 전우들이 포로로 잡혀가는 모습을 보니 마음도 좋지 않고. 그나저나 바깥에서 벌어지는 일들 때문에 알에 든 새끼용들이 불안해하지 말아야 할 텐데."

케인스가 재차 안심시켜 주었으나 테메레르는 둥지 안에 넣어둔 알을 코끝으로 부드럽게 문지르며 살펴보았다. 승무원들은 베를린 궁전의 주 안마당에 있는 큰 돌 아래 화로 두 개를 켜고 그 사이에 임시로 둥지를 놓아두었다. 곧 테메레르의 배 쪽 그물에 그 알들을 싣고 출발할 예정이었다.

프러시아 왕과 왕비는 자녀들을 우편배달 용에 태워 동프러시아 깊숙한 곳에 자리잡은 쾨니히스베르크의 강력한 요새로 보내며 작별 인사를 하고 있었다.

"당신도 아이들과 함께 가구려."

왕이 이렇게 말했으나 왕비는 고개를 저으며 자녀들에게 작별의 입맞춤을 했다. 체격이 억센 아홉 살짜리 둘째 왕자는 근위병들이 억지로 우편배달 용에 태우려 하자 싫다고 악을 쓰고 버둥거리며 루이제 왕비에게 말했다.

"멀리 가기 싫어요, 어머니! 저도 데리고 가주세요!"

국왕 내외는 자녀들을 태운 작은 우편배달 용들이 이륙하여 새처럼 작아졌다가 시야에서 사라질 때까지 쳐다보고 서 있었다. 그리고 용감한 수행원 몇 명을 대동하고 동쪽으로 가기 위해 다시 테메레르의 등에 올랐다. 국왕 내외를 보필하는 자들이 너무 적어 처량하기까지 했다.

하룻밤 새에 나쁜 소식들이 줄줄이 베를린으로 흘러들어왔다. 예상하고는 있었으나 이렇게 빨리 닥칠 줄은 몰랐다. 작센—바이마르 쪽 파견대가 프랑스의 다부 원수에게 붙들려 1만 명에 달하는 대규모 병력이 죽임을 당하거나 포로가 되었다고 했다. 프랑스의 베르나도트 원수는 마그덴부르크로 진군하여 호엔로헤 장군의 군대를 대부분 무너뜨렸고, 엘베 강의 다리들도 부서진 곳 하나 없이 고스란히 프랑스 군이 장악했으며 나폴레옹은 베를린을 향해 오고 있는 중이라고 했다. 테메레르가 베를린 궁전에서 이륙한 뒤 로렌스는 주변 지역을 살펴보았다. 그리 멀지 않은 곳에서 베를린을 향해 연기와 먼지를 일으키며 행진해오고 있는 프랑스 군의 모습이 보였다. 그 군대 바로 위에는 프랑스 용들이 구름처럼 날아오고 있었다.

밤이 되자 테메레르는 오데르 강변의 어느 프로이센 요새에 착륙했다. 그곳 요새의 지휘관은 지금까지 아무 소식도 못 듣고 있다가 테메레르 일행을 통해 패배 소식을 접하고는 충격을 감추지 못했다. 요새 지휘관은 그들을 위해 저녁 식사를 대접했고 국왕 내외와 로렌스 일행을 비롯해 요새의 장교들이 식탁에 둘러앉았다. 패배 소식에 낙담한 요새 장교들은 침울한 얼굴로 앉아 입을 열지도 않았다. 왕족이 함께 자리한 탓에 당황해서 그러는 것일 수도 있었다. 그 요새에는 얕은 담으로 둘러싸인 공군 기지가 딸려 있었는데 먼지가 많고 초라하여 지내기가 편치 않았다. 그래도 로렌스는 요새 건물 안에서

자는 것보다, 짚더미에 누워 초라하게 노숙을 할 망정 그 기지 바닥에서 테메레르와 자는 것이 훨씬 더 마음이 편했다.

북을 손가락 끝으로 두드리는 것 같은 부드러운 소리에 로렌스는 잠에서 깼다. 테메레르의 날개에 잿빛 빗방울이 부딪치며 나는 소리였다. 로렌스가 비를 맞지 않도록 테메레르는 날개를 펼친 채 자고 있었다. 비가 오니 모닥불을 피울 수도 없었다. 로렌스는 요새 안으로 들어가 커피를 한 잔 마셨고 지도를 들여다보며 낮에 비행할 거리와 방향을 나침반으로 가늠해보았다. 지금 그들은 동쪽 지역에서 레스토크 장군이 지휘하고 있는 프러시아 예비군 병력을 찾아가고 있는 중이었다. 그 병력은 최근 프러시아가 정복한 폴란드 영토 어딘가에 주둔하고 있다고 했다.

밤에 푹 잤을 텐데 프리드리히 빌헬름 3세는 피곤에 절은 목소리로 로렌스에게 말했다.

"우린 포젠으로 가야 한다. 레스토크의 군대가 없더라도 포젠에는 프러시아의 파견대 하나 정도는 있을 것이다."

온종일 비는 그칠 기미를 보이지 않았다. 눈 아래 펼쳐지는 골짜기마다 안개가 짙게 깔렸고, 국왕 내외와 로렌스, 승무원들을 태운 테메레르는 잿빛 하늘을 가로질러 날았다. 로렌스는 나침반과 모래시계를 뒤집은 횟수, 테메레르의 날갯짓 횟수를 세면서 방향과 속도를 가늠했다. 날이 어두워지면서 그들의 얼굴에 빗방울을 흩뿌리던 옆바람이 점차 약해졌다. 테메레르의 등에 탄 이들은 체온 유지를 위해 가죽 외투를 입은 채 잔뜩 웅크리고 앉아 있었다. 생명의 흔적 하나 보이지 않다가 강이 흐르는 깊은 골짜기를 가로지를 무렵, 야생용 다섯 마리를 볼 수 있었다. 큰 바위 위에 누워 자고 있던 야생용들은 테메레르가 지나가는 소리를 듣고 고개를 치켜들었다.

이 야생용들은 곧 날개를 치며 날아올라 테메레르를 쫓아왔다. 카라코룸 산맥에 사는 아르카디와 그 부하들처럼 싸움을 걸려고 하거나 목적지까지 계속 따라오려고 하는 것은 아니었으나 로렌스는 신경이 곤두섰다. 그런데 이 용들은 덩치가 작고 사교적인 성격이었다. 그들은 테메레르 옆에서 같이 날면서 낄낄거리다가 날개를 뒤로 치고 급하게 내리꽂는 법, 곧장 급강하하는 방법 등을 선보이며 비행 솜씨를 뽐냈다. 그렇게 30분쯤 괴상한 소리를 내며 쫓아오더니 골짜기 가장자리에 이르자 날카로운 울음을 내지르며 선회하여 원래 있던 곳으로 날아가 버렸다.

테메레르는 어깨너머로 그 용들을 바라보며 로렌스에게 말했다.

"저들이 하는 말을 잘 알아들을 수가 없어. 언어가 다른 것 같아. 두르자크 어와 약간 비슷한데 차이점이 훨씬 많아서 못 알아듣겠어. 말하는 속도도 아주 빠르고."

그날 밤 그들은 포젠까지 이르지 못했다. 테메레르는 포젠을 32킬로미터 정도 남겨놓고 작은 야영지에 착륙했는데, 그 야영지에는 군인들이 축축한 빗속에 모닥불을 피워놓고 후줄근한 몰골로 노숙을 하고 있었다. 바로 레스토크 장군이 거느린 예비군 병력이었다. 막사 안에 있던 레스토크 장군은 야영지로 나와 국왕 내외를 맞이했다. 그는 가마 두 개를 가지고 나왔는데 테메레르를 보고 겁을 먹은 가마꾼들을 달래서 가마를 더 가까이 들고 오도록 종용했다. 우편배달 용이 먼저 이곳에 도착하여 국왕 내외가 오고 있다는 소식을 전한 모양이었다.

레스토크 장군은 로렌스를 막사 안으로 함께 데려가지 않았고 번

듯한 숙소도 배정해주지 않았다. 레스토크 장군의 참모 장교가 다가와 로렌스 일행에게 터무니없이 적은 식량을 배정해주고는 뒤로 돌아섰다. 신경이 곤두선 로렌스가 말했다.

"아뇨, 아뇨. 양 반 마리로는 어림도 없습니다. 테메레르는 오늘 비바람을 맞으며 145킬로미터를 계속 날아왔단 말입니다. 배불리 먹여야 합니다. 이곳 군대가 식량 부족에 시달리는 것 같지도 않으니 늘려주시오."

장교는 마지못해 양 반 마리 대신 소 한 마리를 내주었다. 그러나 로렌스와 승무원들에게는 고기도 없이 묽은 포리지와 건빵을 내준 것이 전부였다. 덕분에 로렌스 일행은 비를 맞으며 추위와 허기에 시달려야 했다. 테메레르의 먹이를 더 달라는 요구를 했다고 자신과 승무원들에게 이처럼 형편없는 배식을 하다니 악랄한 복수가 아닐 수 없었다.

레스토크 장군이 거느린 공군 병력은 얼마 되지 않았다. 공군 편대는 둘뿐이었는데 헤비급이긴 하나 몸집이 테메레르에게 미치지 못하는 용들을 리더로 하고 미들급 용 네 마리로 측면을 구성한 편대였다. 그 외에 우편배달 용 몇 마리를 보유하고 있었다. 용들과 공군들도 육군들처럼 편안함과는 거리가 먼 생활을 하고 있었다. 그 용들의 승무원들은 대부분 용의 등에 누워 잠을 잤고 비행사들만이 몇 안 되는 작은 천막에서 잤다.

승무원들이 몸에서 짐을 내린 뒤 테메레르는 이리저리 코를 대고 킁킁거리며 냄새를 맡았다. 바닥이 덜 젖은 곳을 찾으려고 그러는 것이었으나 야영지는 온통 5센티미터 이상 발이 푹푹 들어가는 진흙투성이였다.

케인스가 테메레르에게 말했다.

"그냥 누워 있어. 조금만 참고 가만히 있으면 진흙이 체온을 유지해 줄 테니까."

로렌스가 미심쩍어하며 말했다.

"진흙이 몸에 안 좋을 텐데."

"무슨 말씀을요. 습포용 겨자 반죽이 진흙을 이용한 것이잖습니까. 일주일 내내 진흙에 누워 있는 게 아니라면 건강에는 전혀 문제없습니다."

갑자기 꿍쑤가 끼어들었다.

"잠깐, 잠깐만요."

꿍쑤는 일행과의 의사소통을 위해 조금씩 영어를 배우고 있었는데 지금까지는 요리와 관련된 일이 아니면 좀처럼 입을 연 적이 없었다. 꿍쑤는 양념 꾸러미를 이리저리 뒤지더니 고춧가루 항아리를 끄집어냈다. 로렌스는 꿍쑤가 소고기 요리를 하면서 그 위에 고춧가루를 조금씩 뿌려 맛을 내는 것을 본 적이 있었다.

꿍쑤는 장갑을 끼고 테메레르의 배 밑으로 달려 들어가 손으로 고춧가루를 두 번 푹 퍼서 진흙투성이 바닥에 고루 뿌렸다. 테메레르는 다리 사이로 꿍쑤의 모습을 흥미롭게 쳐다보았다.

배 바깥쪽으로 걸어 나온 꿍쑤는 항아리 뚜껑을 단단히 잠그며 말했다.

"자, 이제 따뜻할 겁니다."

테메레르는 조심스럽게 진흙에 몸을 대고 누웠다. 옆구리에 진흙이 닿으며 철벅 소리가 나자 테메레르는 질색을 하며 말했다.

"으윽. 중국의 누각이 너무 그립다! 이건 진짜 싫은데."

그리고 잠시 움찔거리더니 덧붙였다.

"따뜻하긴 한데 기분이 이상해."

테메레르가 이런 진흙 바닥에 누워 있는 모습을 보니 로렌스도 마음이 좋지 않았다. 그러나 오늘밤은 어쩔 도리가 없었다. 하긴 호엔로헤 장군의 휘하에서 규모가 큰 공군부대와 함께 있었을 때에도 그들은 이곳에서와 별로 다를 것 없는 대우를 받았다. 그저 날씨가 이렇게 궂지 않았기 때문에 편안했던 것으로 기억될 뿐이었다.

그랜비와 승무원들은 이 문제에 대해 로렌스와 의견을 달리했다. 그랜비는 어깨를 으쓱하면서 말했다.

"이렇게 지내는 데 익숙해지느냐 아니냐의 문제일 겁니다. 라에티피캇의 승무원으로 복무할 때 인도에 간 적이 있습니다. 그곳 부대의 지휘관은 낮 동안 전투를 치렀던 들판에 우리 자리를 배정해주었죠. 사방에 총검 파편이 널브러져 있었고 부상자들이 밤새 끙끙거리더군요. 우리를 위해 조금 떨어진 곳에 공터를 마련해주면 되었을 것을 그 지휘관은 그런 배려를 해주고 싶지 않았던 겁니다. 결국 다음날 아침 포틀랜드 대령님은 당장 온전한 공터를 배정해주지 않으면 지원이고 뭐고 없을 줄 알라고 그 지휘관을 위협해야 했습니다."

로렌스는 공군 비행사로 소속이 바뀌고 나서 라간 호수의 대단히 안락한 훈련 기지와 오래되고 편안한 도버 기지에서 공군으로서 경력을 쌓기 시작했다. 이 두 기지는 중국 용들이 머무는 화려한 거처에 비할 바는 못 되지만, 적어도 공터에는 나무 그늘이 드리워져 있었고 배수 시설도 잘 되어 있었으며 사병과 하급 장교들은 막사에서, 비행사와 상급 장교들은 본부 건물에 방을 배정받아 생활했다. 행군 중인 육군의 야영지에 안락한 거처가 마련되어 있기를 바라다니, 지상전의 현실을 감안하지 않은 안이한 생각일 수도 있었다. 그러나 이보다 나은 거처를 마련하는 것이 영 불가능한 것 같지도 않았다. 여기서 15분 정도면 충분히 날아갈 수 있을 만한 거리에 언덕들이 보였다. 그 언덕에서라면 이런 진흙 바닥은 피할 수 있을 텐데 하는 생각이 들었다.

케인스와 승무원들은 상자를 몇 개 쌓고 그 위에 알이 들어 있는 큰 꾸러미를 올려놓은 뒤 방수포로 덮어놓았다.

로렌스가 테메레르 주변에서 초조하게 서성대고 있는 케인스에게 물었다.

"알들을 어떻게 해야 되겠나? 이런 한기에 노출되면 해롭지 않을까?"

"생각 중입니다."

그러다가 케인스는 테메레르에게 물었다.

"밤 동안 알들을 배 밑에 넣고 품어주면 안 되겠냐?"

테메레르는 성질을 내며 말했다.

"암컷처럼 알을 배 밑에 넣고 굴리고 싶지는 않아!"

테메레르가 투덜대는 소리를 못들은 체하고 케인스가 로렌스에게 말했다.

"그렇다면 알들을 방수포에 싸서 땅을 파고 진흙 안에 묻은 뒤 테메레르의 따뜻한 옆구리에 대놓는 방법을 써야겠습니다. 계속 비가 와서 불을 피울 수가 없으니까요."

승무원들은 이미 비에 흠뻑 젖은 상태였다. 구덩이 하나를 파낸 뒤에는 그들 모두 진흙 투성이가 되었다. 그래도 땅을 파느라 움직였더니 몸에서 열이 나는 모양이었다. 로렌스도 그 옆에서 계속 비를 맞으며 서 있다가 승무원들이 알들을 진흙 속에 안전하게 묻자 지시를 내렸다.

"각자 남은 방수포를 덮고 테메레르에게 탑승한 채 잠을 자도록."

그리고 그는 테메레르의 등으로 올라가 국왕 내외가 썼던 비행용 천막에서 잠을 잤다.

이틀 동안 거의 320킬로미터를 날아온 끝에 테메레르와 로렌스 일행은 또다시 보병대와 군수품을 나르는 짐마차의 끝없는 행렬을 따라 느릿느릿 걸어가야 했다. 짐마차들은 툭하면 진창에 박혀 더더욱 속도가 늘어졌다. 포장이 되지 않은 길은 모래와 먼지가 빗물과 섞여 진흙탕을 만들며 발을 옮길 때마다 철벅철벅 소리와 함께 마구 튀었고, 축축하고 미끈거리는 낙엽이 길 위에 수북하게 뒤덮여 있었다. 레스토크 장군의 군대는 러시아 군과 합류하기 위해 동쪽으로 이동하는 중이었다. 패배 소식에 기가 많이 죽기는 했으나 군대의 규율은 흐트러지지 않았고 질서정연하게 행군을 계속했다.

오래지 않아 로렌스는 보급품을 배급한 참모 장교를 자신이 부당하게 오해했다는 사실을 깨달았다. 레스토크 장군의 군대는 식량이 크게 부족한 상태였던 것이다. 추수가 막 끝나기는 했으나 이 부근의 시골 지역에서는 먹을거리를 전혀 구할 수가 없었다. 이곳 폴란드 사람들은 식량이 있으면서도 프러시아 군에게 내주려 하지 않았다. 프러시아 군인들이 식량을 팔라고 아무리 많은 돈을 내밀어도 폴란드인들은 빈손을 펴보이며 아무것도 없다고 했다. 그래도 끈질기게 조르면 그들은 작황이 좋지 않았고 가축들은 병들었다면서 텅 빈 곡물창고와 가축우리를 보여주기까지 했다. 그러나 들판 뒤쪽 어두운 숲에는 폴란드인들이 숨겨놓은 돼지와 소들이 반질거리는 까만 눈을 빛내며 프러시아 군인들을 흘끔거렸다. 일부 성미 급한 프러시아 장교는 지하실이나 마루 밑 문을 열고 그 안에 숨겨놓은 곡물과 감자를 찾아내기도 했다. 로렌스도 그중 한 집을 찾아가 금화를 내밀었으나 식량을 구할 수 없었다. 집 안을 얼핏 들여다보니 겨울이 오고 있는데 연료도 넉넉히 때고 있어 어린애들이 얇은 옷만 입고 돌아다니고 있었다. 한번은 오두막집 정도는 아니지만 어느 작은 집을 찾아가 다른 때보다 금화를 두 배는 더 내밀면서 먹을 것을 팔라고 했다. 로렌스는 그 말을 하면서 집 안을 둘러보았는데 그 집 아기가 따뜻한 집 안에서 이불도 잘 덮지 않고 요람에 누워 있는 모습이 보였다. 그 집 여자는 기분 나쁜 표정으로 로렌스를 노려보고는 금화 따위는 필요 없다는 뜻으로 그의 손을 물리친 뒤 문을 가리키며 나가라고 했다.

　로렌스는 수치심을 느끼며 그 집을 나왔다. 먹을 것이 충분치 않아 배를 곯고 있는 테메레르 때문에 걱정스러웠다. 그러나 주변국들이 자기네 땅을 멋대로 분할하고 차지한 것에 분노하는 폴란드인들의 심정을 이해할 수 있었다. 로렌스의 아버지 앨런데일 경과 그 정치적 동지들은 러시아와 오스트리아, 프러시아가 폴란드 땅을 조각내서 빼앗은 상황에 대해 몹시 부끄러운 일이라며 크게 개탄했다. 영국 정부도 그런 상황에 대해 공식적인 반대 의사를 표명했다. 그러나 상황은 달라지지 않았다. 더 많은 땅을 차지하려고 혈안이 된 러시아와 오스트리아, 프러시아는 영국 정부의 말에 귀를 기울이지 않았다. 세 나라는 자기네보다 약한 이웃나라 폴란드의 땅을 야금야금 먹어 들어갔고 폴란드인들의 탄식과 비명에는 아랑곳하지 않았다. 그리고 결국 폴란드 땅을 세 나라가 전부 나눠가졌다. 그런 상황이었으니 폴란드인들이 프러시아 군인들을 냉대하는 것도 당연했다.

레스토크 장군의 군대와 테메레르 일행은 이틀에 걸쳐 32킬로미터를 행군하여 포젠에 도착했다. 그리고 포젠에서 그들은 더 냉소로 가득한 폴란드인들의 시선을 받아야 했다. 상황도 한층 위험해졌다. 군인들이 들이닥치면서 이미 온갖 소문이 다 퍼져나갔고 프러시아 군이 예나 전투에서 패배했다는 것은 아예 비밀도 아니었다. 다른 소식들도 쏟아져 들어오고 있었다. 호엔로헤 장군이 누더기나 다름 없는 군복을 걸친 나머지 패잔병들과 함께 프랑스 군에 항복했고 그것으로서 오데르 강 서쪽에 있던 프러시아 군대들은 카드로 만든 집처럼 모두 무너져버렸다는 것이었다.

프랑스의 뮈라 원수는 프러시아 영토를 행군하면서 에르푸르트에서 쓴 것과 똑같은 수법으로 프러시아 요새들을 하나씩 점령하고 있었다. 전투도 하지 않고 뻔뻔한 회유책으로 요새의 군대에게서 항복을 받아내는 방법이었다. 뮈라가 어마어마한 군대를 거느리고 요새 앞으로 걸어 나가서 항복을 받으러 왔다고 선언하고 요새의 문이 열릴 때까지 대치한 상태로 무언의 위협을 가하면 겁에 질린 요새의 지휘관들은 제풀에 백기를 들어버렸다. 그러나 예나에서 수백 킬로미터 떨어진 슈테틴의 요새 지휘관은 최신 정보를 접하지 못해 예나에서 무슨 일이 있었는지 알지 못했고, 뮈라가 항복을 요구하자 크게 분노하며 거절했다. 그러자 뮈라는 회유책을 철회하고 공격 명령을 내렸다. 이틀 뒤 프랑스 용 서른 마리와 대포 30문을 끌고 온 군인 5천 명이 요새의 담장을 둘러쌌고, 총공격을 준비하며 참호를 파고 포탄을 산더미처럼 쌓았다. 그제야 겁에 질린 요새의 사령관은 요새 내부의 열쇠와 수비대를 적의 손에 넘겨주고 순순히 항복했다.

포젠의 시장을 한번 쭉 도는 동안 로렌스는 그 얘기를 다섯 번 정도 들었다. 폴란드어를 알아듣지는 못했지만 같은 이름들이 계속 들려서 알 수 있었던 것이다. 하나같이 그것 참 고소하다는 식의 말투들이었다. 맥주 집에 모여 앉은 폴란드 남자들은 소리가 들릴 만한 곳에 프러시아 군인들이 없는 것을 확인하고는 보드카 잔을 들어 올리며 "황제 폐하 만세!(Vive l'Empereur!)" 하고 외쳐댔다. 그리고 옆에 프러시아 군인들이 있을 때에도 술에 잔뜩 취한 이들은 전혀 아랑곳하지 않고 그 말을 큰소리로 외쳐댔다. 프러시아에 대한 적대감과 이대로 가면 폴란드가 주변국에 분할당한 영토를 회복할 수 있을지 모른다는 실낱같은 희망이 뒤섞인 분위기였다.

로렌스는 시장 상점들마다 들러보았다. 뻔히 진열해놓은 먹을거리마저 팔지 않겠다고 하지는 않을 거라는 생각에서였다. 그러나 포젠도 식량이 그리 넉넉하지 않았고 시장 물건들도 폴란드인들이 거의 다 사갔기 때문에 로렌스는 먹을 것을 구하기가 어려웠다. 한참을 돌아다닌 끝에 겨우 작고 여윈 돼지 한 마리를 찾아낼 수 있었다. 로렌스는 원래 값의 다섯 배를 쳐주고 돼지를 구입했다. 안장 담당자들 중 한 명에게 지시하여 사지를 버둥거리는 돼지의 머리를 몽둥이로 쳐서 기절시킨 뒤 수레에 실어 운반하도록 했다. 테메레르는 돼지를 보자마자 꿍쑤가 요리할 새도 없이 집어 들고 날 것으로 씹어 먹었다. 다 먹은 뒤에도 여전히 배가 고픈지 발톱에 묻은 피를 혀로 핥으며 아쉬워했다.

로렌스는 간신히 화를 억누르며 말했다.

"장군님, 이 군대는 헤비급 용에게 충분한 먹이를 내주지 못하고 있고, 매일 행군하는 거리도 테메레르가 평소 이동 가능한 거리의 10분의 1밖에 되지 않습니다."

레스토크 장군이 날카롭게 받아쳤다.

"그게 뭐 어쨌다는 것인가? 영국에서는 어떤 식으로 하는지 모르겠지만, 내 군대와 함께하는 이상 자네와 자네 용도 우리와 함께 행군해야 한다! 자네 용이 배가 고프다고? 내 병사들도 모두 굶주리고 있다. 내가 그들에게 알아서 배를 불리라며 이탈을 허락하면 어떻게 될 것 같나? 다들 행군 대열에서 80킬로미터 이상 벗어나 멋대로 돌아다닐 것이다."

"우리는 저녁마다 야영지로 돌아오겠……."

"그래, 그럴 테지. 탈영병 취급은 받고 싶지 않을 테니 아침에 야영지로 돌아올 수도 있고 점심 때 돌아올 수도 있겠지. 그렇게 되면 나머지 공군들도 제멋대로 야영지를 들락거리게 될 것이다. 그만 내 천막에서 나가."

로렌스는 버려진 작은 오두막집으로 돌아갔다. 원래 목동이 쓰던 오두막집이었는데 지금 그 안에서 승무원들이 쉬고 있었다. 포젠을 출발한 뒤 일주일 내내 느러터진 끔찍한 행군을 계속하다가 이 오두막을 발견하여 다들 처음으로 마른 땅에서 잠을 잤다.

오두막으로 들어서는 로렌스의 얼굴을 살피며 그랜비가 말했다.

"차라리 잘 된 것인지도 모릅니다."

로렌스는 장갑을 벗어 침대에 패대기치고는 장화를 벗기 위해 침대에 걸터앉았다. 장화 안으로 진흙이 들어와 발목까지 푹 잠겨 있었다.

로렌스는 분노하여 말했다.

"아무래도 테메레르를 데리고 여기를 떠나야겠다는 생각이 들어. 이미 반쯤 결심이 굳어졌어. 저 늙은 바보가 우릴 탈영병으로 여기거나 말거나 내 알 바 아니야. 엿이나 먹으라지."

그랜비는 로렌스가 미끄러지는 뒤축을 잡고 장화를 벗을 수 있게 바닥에 떨어진 지푸라기를 집어주며 말했다.

"이걸 쓰십시오. 우리끼리 행군 대열을 벗어나 사냥을 해서 배를 채우다가 전투가 벌어진 것 같으면 돌아와서 대열에 합류하면 됩니다."

그랜비는 손에 묻은 지푸라기를 털어내고 자신의 침대에 걸터앉으며 말을 이었다.

"그래도 우리보고 꺼지라는 말은 못할걸요."

로렌스도 그런 부분을 잠시 생각해보다가 고개를 절레절레 흔들었다.

"그렇겠지. 하지만 대열이 흐트러지니까……."

제대로 먹지 못한 탓에 그 뒤로 그들의 행군 속도는 더 느려지고 좋은 소식은 전혀 들려오지 않았다. 며칠 동안 야영지에는 프랑스가 프러시아에 강화 조약을 제안했다는 소문이 돌았고 지친 병사들은 대개 안도의 한숨을 내쉬었다. 그러나 며칠이 더 지나도록 아무런 발표가 나지 않자 병사들은 절망했다. 그리고 충격적인 강화 조약 조건에 대한 소문이 돌았다. 하노버를 비롯해 엘베 강 동쪽의 어마어마한 프러시아 땅을 프랑스에 넘기고, 프랑스에 엄청난 전쟁 배상금을 지급하며, '프랑스 황제의 보호 하에 양국의 이해와 우정 증진을 위해' 프러시아 황태자를 파리로 보내는 조건이라고 했다. 프러시아 군인들은 이 충격적인 강화 조건을 듣고 크게 분노했다.

그 소문을 듣고 그랜비가 로렌스에게 말했다.

"맙소사, 황태자를 볼모로 잡아두려 하다니. 아주 자기가 동양의 전제군주라도 된 줄 아는 모양입니다. 프러시아가 나중에 그 평화조약을 깨면 어린 황태자의 목을 단두대에서 자르려고 그런답니까?"

"그보다 하찮은 이유를 들어 부르봉 왕가 혈통인 앙기앵 공작도 처형한 나폴레옹 아닌가."

그 소문이 사실이라면 매력적이고 용감한 루이제 왕비가 얼마나 슬퍼할지, 자식의 목숨이 위협 받는 상황에 큰 충격을 받지는 않을지 걱정스러웠다. 루이제 왕비와 프리드리히 빌헬름 3세는 러시아의 황제 알렉산드르 1세를 만나기 위해 레스토크 장군의 부대를 떠나 다른 용을 타고 먼저 출발한 상태였다. 현재로서는 러시아 군이 유일한 희망이었다. 알렉산드르 1세는 나폴레옹에 대한 항전을 계속하기로 맹세했고 프러시아 군과 만나기 위해 군대를 이끌고 바르샤바로 오고 있는 중이었다.

테메레르가 불렀다.

"로렌스."

악몽을 꾸고 있던 로렌스는 그 소리에 몸을 부르르 떨며 일어났다. 로렌스는 요즘 들어 계속 악몽을 꾸었다. 꿈속에서 로렌스는 그가 처음으로 지휘를 맡았던 벨리즈 호의 갑판에 홀로 서 있었다. 강풍이 치는 가운데 대양에는 번갯불이 번쩍거렸고 배에는 아무도 없었다. 그러다가 용알 한 개가 입구가 열려 있는 앞쪽 승강구를 향해 갑판을 가로질러 데굴데굴 굴러갔다. 거리가 너무 멀어 승강구 밑으로 떨어지기 전에 잡을 수 없을 것 같았다. 그런데 그 알은 붉은 바탕에 초록색 점이 박힌 카지리크 알이 아니라 테메레르가 들어 있던,

도자기처럼 매끈한 알이었다.

  로렌스는 악몽을 떨쳐내려 애쓰며 멀리서 들려오는 소리에 귀를 기울였다. 계속 쿵…… 쿵…… 울리는 그 소리는 천둥이라 하기에는 너무 규칙적이었다. 주위를 둘러보니 이제 막 동이 트기 시작하고 있었다. 로렌스는 장화를 찾아 신으며 테메레르에게 물었다.

  "언제부터 저런 소리가 났지?"

  "몇 분 됐어."

  앞으로 사흘 뒤면 바르샤바에 도착할 수 있었다. 그날은 1806년 11월 4일이었다. 행군하는 내내 동쪽에서 대포 소리가 들렸고 밤이 되자 화재라도 났는지 붉은 빛이 하늘을 물들였다. 다음날 오전에는 대포 소리가 훨씬 희미해졌고 오후가 되자 전혀 들리지 않게 되었다. 바람의 방향은 그대로였다. 레스토크 장군의 군대와 테메레르 일행은 일단 행군을 멈추고 야영지에서 꼼짝 않고 기다렸다. 병사들은 크게 동요하지 않았고 정찰을 하러 나간 이들에게 소식이 오기만을 기다렸다.

  그날 아침 야영지 밖으로 날아갔던 우편배달 용들이 몇 시간 뒤에 허겁지겁 돌아왔고 그 용들의 비행사들은 레스토크 장군의 천막으로 곧장 들어갔다. 그 비행사들이 천막 밖으로 나오기도 전에 정찰 결과가 야영지 안에 확 퍼졌다. 그것은 바르샤바로 쳐들어간 프랑스군이 러시아군을 패배시켰다는 절망적인 소식이었다.

오래전 붉은 벽돌로 축조된 그 작은 성은 전쟁의 포화에 무너져 내리고 인근 지역 농부들이 건축 재료로 쓰기 위해 벽돌들을 집어가는 바람에 형체만 겨우 남아 있었다. 건물 가장자리는 눈과 비에 마모되었고 반쯤 무너진 두 탑 사이에 벽 하나가 겨우 남아 있었다. 그 벽에 붙은 창문 너머로 탁 트인 들판이 내다보였다. 로렌스 일행은 잠시 비라도 피할 수 있어 다행이란 생각이 들었다. 테메레르는 무너진 벽 옆에 있는 사각형의 광장에 웅크리고 누웠고 나머지 일행은 탑 안의 좁은 회랑에 들어가 쉬었다. 회랑 바닥은 붉은 벽돌 부스러기와 무너진 회반죽 덩어리로 어지럽게 뒤덮여 있었다.

그 작은 성에서 쉬고 난 다음날 아침, 로렌스가 부하들에게 말했다.

"여기서 하루 더 쉬고 가는 게 좋겠다."

결정이라기보다는 의견이었다. 극도로 지친 테메레르는 다리를 절룩거렸고 승무원들도 그와 비슷한 상태였다. 로렌스는 사냥을 다녀올 지원자를 뽑았고 마틴과 던이 먹을 것을 구하러 나갔다.

그들이 숨어 있는 이 시골 지역의 하늘에는 프랑스 용들과 폴란드 용들이 순찰을 돌고 있었다. 이 폴란드 용들은 10년 전 러시아와 오스트리아, 프로이센의 3차 폴란드 분할 이후로 프로이센 군의 관리하에 들어가 사육장에 갇혀 있다가 이번에 프로이센 군이 프랑스에 패배하면서 사육장 밖으로 나온 용들이었다. 지난 10년 간 그 용들의 비행사들은 프로이센 군의 포로가 되거나 늙어서, 혹은 질병으로 세상을 떠났다. 그런 식으로 비행사를 빼앗긴 폴란드 용들은 프로이센에 이를 갈고 있었고 이번 기회에 나폴레옹의 편으로 돌아선 것이었다. 프랑스 군은 비행사나 승무원이 없는 그 폴란드 용들을 전투에 끌어들일 수는 없었으나 정찰 업무에는 활용할 수 있었다. 용들은 정찰을 하다가 프로이센 패잔병들을 발견하면 주저 없이 날아가 공격했다.

레스토크 장군의 군대도 패잔병과 다를 것 없는 몰골로 북쪽에 남은 마지막 프로이센 요새를 향해 힘없이 행군했다. 승전에 대한 희망은 이제 사라졌다. 프로이센 장군들은 협상 시 유리하게 쓸 수 있도록 일부 지역이라도 안전하게 확보하자는 쪽으로 의견을 모으고 있었는데 로렌스가 보기에는 부질없는 생각이었다. 이대로 간다면 협상은 커녕 패전국 입장에서 일방적으로 조건을 수용하는 일만이 남았다고 해야 옳았다.

나폴레옹은 빗물에 흠뻑 젖은 폴란드의 진창길로 보급품을 실은 짐마차를 질질 끌며 군대를 더디게 이동시키는 대신, 용들에게 모든 보급품을 나르게 하고 나머지 군대를 빠른 속도로 행군하도록 했다. 일종의 도박과도 같았다. 식량이 바닥나고 병사들과 용들이 허기에 시달리기 전에 러시아 군을 찾아내어 패배시켜야 했으니까. 나폴레옹은 주사위 한 번에 모든 것을 걸었고, 결국 승리했다. 나폴레옹의 군대는 바르샤바로 느긋하게 행군해오던 러시아 황제의 군대를 공격했고 사흘간 세 차례의 접전 끝에 그들을 무너뜨렸다. 사실, 나폴레옹은 레스토크 장군의 군대를 주시하면서 따라오다가 길을 에둘러서 바르샤바로 들어가 러시아 군대를 격파한 것이었다. 프러시아 군은 자기네도 모르게 러시아 군을 국경선 너머 바르샤바 쪽으로 들어오도록 유인하는 미끼 역할을 하고 말았다.

이제 나폴레옹의 그랑 다르메는 프러시아의 마지막 숨통을 끊어놓기 위해 레스토크 장군의 군대를 노렸다. 다급해진 레스토크 장군은 북쪽으로 후퇴를 명했고 그 와중에 보병대원들은 대부분 탈영해버렸다. 길에는 대포와 탄약이 아무렇게나 버려졌고 굶주린 병사들이 보급품이 실린 짐마차를 둘러싸고 아귀다툼을 벌였다. 짐마차 밑으로 쏟아져 내린 곡물 주변에 새들이 구름처럼 모여들었.

레스토크 장군은 휘하의 공군들에게 다음 번 도착 지점 즉, 이곳에서 16킬로미터 정도 떨어진 작은 마을에 먼저 가 있으라는 명령을 내렸다. 로렌스는 그 명령서를 구겨서 진흙탕에 내던져버렸다. 그리고 승무원들에게 보급품이 실린 짐마차에서 손이 닿는 대로 식량을 꺼내 배 쪽 그물에 실은 뒤 테메레르에 탑승하도록 지시했다. 이어 테메레르에게 북쪽으로 힘이 닿는 데까지 날아가라고 지시했다.

프러시아의 철저한 패배가 영국에 어떤 식으로 작용할지에 대해서는 생각하고 싶지도 않았다. 지금 이 시점에서 로렌스의 목표는 오직 하나, 테메레르와 승무원들, 용알 두 개를 모두 무사히 고향으로 데려가는 것뿐이었다. 바데나워를 비롯해 테메레르의 승무원이 된 프로이사 장교들도 모두 데려갈 생각이었다. 프로이사가 무너졌으니 정복욕에 불타는 유럽의 황제는 영국으로 쳐들어갈 것이다. 과연 그를 막아낼 수 있을지 미지수였다. 지금 다시 란트그라펜베르크 언덕의 가시나무 덤불 아래로 돌아갈 수만 있다면 눈앞에 서 있는 나폴레옹에게 총을 쏘게 될지도 모를 일이었다. 밤새 잠을 못 이루고 누워 있을 때면 로렌스는 바데나워가 자신을 원망하지는 않을까 하는 생각이 들었다. 그 언덕의 가시덤불 아래서 권총을 꺼내 쏘려는 바데나워를 그가 말렸으니까.

거듭되는 패배에도 불구하고 바데나워는 로렌스에게 특별한 반감이나 분노를 드러내지는 않았다. 다만 서먹해진 기분이 드는 것은 사실이었다. 로렌스는 승무원들과 테메레르에게 나지막하게 각자 할 일들을 지시한 뒤, 발트 해로 가는 길이 표시된 지도를 입수하여 수 시간 동안 들여다보았다. 주변 마을을 빙 둘러 발트 해까지 가는 방법, 순찰 도는 적군의 용에게 발각되어 계획한 항로에서 벗어나 도망치게 되었을 때 나중에 다시 원래 항로로 돌아오는 방법 등을 연구하기 위해서였다. 비행이 불가능하다면 걸어가는 방법이 있기는 한데, 테메레르가 보병들에 비해 걷는 속도가 훨씬 빠르지만 덩치가 커서 곧 눈에 띄고 말 터였다. 적들과 한 번도 마주치지 않고 발트 해까지 도달하는 것은 어려울 듯했다. 시골 지역에서 먹을 것을 구하기도 쉽지 않아 테메레르는 물론, 로렌스와 승무원들도 모두 배를 곯은 채 이동했고 혹시라도 먹을거리를 찾아내면 모두 테메레르에게 먹였다.

그리고 지금 그들은 무너진 작은 성 안에 들어와 있는 것이었다. 승무원들은 누워서 잠을 자거나 멍하니 눈을 뜨고 벽에 기대어 앉아 있었다. 한 시간쯤 지나 마틴과 던이 작은 양 한 마리를 잡아가지고 왔다. 양의 머리에 총구멍이 나 있었다.

던이 말했다.

"죄송합니다. 양이 멀리 도망칠까 봐 어쩔 수 없이 소총을 사용했습니다."

옆에서 마틴이 초조해하며 덧붙였다.

"주변에는 아무도 없었습니다. 혼자 있더라고요. 무리에서 떨어져 나와 길을 잃은 것 같았습니다."

로렌스는 담담하게 대답했다.

"잘했다, 제군들."

지금으로서는 이들이 양을 도둑질해서 가져왔다고 해도 꾸짖을 수가 없었다. 로렌스가 이 양을 테메레르에게 곧장 내주려고 하자 꿍쑤가 로렌스의 팔을 붙잡으며 다급히 말했다.

"저한테 주십시오. 다 같이 먹을 수 있게 죽을 끓이겠습니다. 물은 준비되어 있습니다."

꿍쑤의 제안에 그랜비도 주저하며 맞장구를 쳤다.

"남은 건빵도 거의 없습니다. 고기 맛을 좀 보면 다들 기운이 날 겁니다."

로렌스가 말했다.

"불을 피우면 우리 위치가 탄로 날 텐데."

꿍쑤가 탑을 가리키며 말했다.

"아뇨, 야외에 모닥불을 피우자는 게 아니라 탑 안에 들어가서 끓일 겁니다."

꿍쑤는 탑을 이루는 벽돌의 갈라진 틈새를 손으로 톡톡 치며 말을 이었다.

"그럼 이 틈새를 통해 연기가 천천히 나가게 돼서 적들 눈에 띄지 않습니다. 훈제장처럼요."

승무원들은 탑의 비좁은 회랑에서 나왔고 꿍쑤는 그 안에 솥을 걸어놓고 양고기 죽을 끓이면서 몇 분마다 한 번씩 들어가 국자로 젓다가 나왔다. 안에 들어갔다 나올 때마다 꿍쑤는 콜록거리며 기침을 했고 점점 얼굴엔 시커멓게 그을음이 덮여갔다. 꿍쑤의 말대로 죽이 끓는 동안 벽돌을 타고 옅고 가느다란 연기만 살짝 새어나왔다.

로렌스는 탁자만한 무너진 돌 위에 펼쳐놓은 지도를 들여다보며 다시 생각에 잠겼다. 며칠 동안 북쪽으로 날아가면 해안이 보일 것이다. 그곳에서 서쪽으로 방향을 돌려 프랑스 군이 있을지 모를 단치히로 갈 것인가, 동쪽으로 날아가 아직 프러시아 군이 주둔해 있을 쾨니히스베르크로 갈 것인가? 쾨니히스베르크로 가게 되면 영국과의 거리는 더 멀어지게 된다. 지금 생각해보면 베를린의 영국 대사관에서 만난 비서관이 로렌스에게 해준 말, 즉 영국 해군이 발트 해에 주둔하고 있다는 말은 더없이 유용한 정보였다. 테메레르를 타고 영국 해군의 군함까지만 날아가면 안전을 보장받을 수 있었다. 적들이 뒤쫓아 오더라도 영국 해군의 대포가 미치는 거리까지는 다가올 수 없을 테니까.

로렌스는 세 번이나 거듭해서 거리를 계산해본 끝에 고개를 들었다. 그리고 인상을 찌푸렸다. 승무원들이 동요하고 있었다. 바람이 그들의 얼굴 쪽으로 불어오는 가운데 노랫소리가 들렸다. 뛰어나게 아름답진 않았지만 열정이 담긴 소녀의 맑은 목소리였다. 그리고 곧 무너진 성벽 모퉁이를 돌자 그 목소리의 주인공이 모습을 드러냈다. 들판을 쏘다니느라 뺨에 홍조를 띤 소녀는 부근에 사는 농부의 딸인 듯했다. 깔끔하게 뒤로 땋아 내린 머리에 스카프를 둘렀고 호두와 야생장미 열매, 호박색으로 물든 잎사귀와 나뭇가지가 담긴 바구니를 들고 있었다. 소녀는 로렌스 일행을 보자마자 노래를 그쳤고 입을 벌린 채 눈을 휘둥그렇게 떴다.

로렌스는 몸을 일으켰다. 지도를 고정하기 위해 놓아 둔 권총들이 바로 눈앞에 있었다. 던과 해클리, 릭스는 소총을 다시 장전하고 있었고, 덩치 큰 병기 담당자 프랫은 성벽에 기대어 서 있었다. 로렌스가 명령만 내리면 프랫은 당장 팔을 뻗어 소녀를 붙잡아 영원히 입을 다물게 만들 수도 있었다. 로렌스는 손을 뻗어 권총을 쥐었다. 권총의 차가운 금속이 손끝에 닿자 로렌스는 자신이 지금 얼마나 악마 같은 짓을 하려고 하는지 깨달았다.

어깨에서 허리를 지나 등까지 소름이 끼쳤고 로렌스는 정신을 차렸다. 갑작스러운 감정 변화 때문인지 고통스러울 정도로 허기가 졌다. 그 순간 소녀는 바구니를 내동댕이치고 언덕 아래로 미친 듯이 뛰어 내려가기 시작했다. 바구니 주변으로 황금색 잎사귀가 이리저리 흩어졌다.

로렌스는 권총들을 마저 집어 허리춤에 차고 지도를 둘둘 말면서 말했다.

"저 애는 이제 1.6킬로미터 내에 사는 사람들을 전부 불러 올 거다. 꿍쑤, 죽을 가져와. 승무원들이 먼저 한 모금씩 먹고 짐을 싸는 동안 테메레르가 남은 걸 먹도록. 롤랜드, 다이어. 너희 둘은 가서 저 호두를 모아다가 껍데기를 까."

두 훈련생은 무너진 성벽 쪽으로 뛰어가 소녀의 바구니에서 쏟아져 나온 것들을 주워 모았다. 그동안 프랫과 그의 조수 블라이스는 꿍쑤를 도와 죽이 담긴 큰 솥을 탑 바깥쪽으로 들고 나왔다.
로렌스가 지시했다.
"그랜비, 주변의 움직임을 살펴봐야겠다. 저 탑 위에 망꾼을 한 명 세우도록."
"예, 알겠습니다."
그랜비는 자리에서 곧장 일어나 페리스와 함께 걸어갔다. 그리고 바닥에 무력하게 앉아 있던 부하들을 독려하여 무너진 돌덩이와 벽돌을 들어 탑 옆에 비스듬히 쌓았다. 다들 지치고 허약해져 있는 상태여서 탑이 그리 높지 않은데도 알맞은 높이로 축대를 쌓는 데 시간이 꽤 걸렸다. 그래도 몸을 움직이니 활기가 도는 모양이었다. 승무원들은 옆에 쌓아놓은 돌 더미를 밟고 올라가 탑의 흉벽에 설치된 총안에 밧줄을 묶고 밑으로 드리웠다. 마틴이 제일 먼저 망을 보기 위해 그 탑 위로 기어 올라가며 일행에게 소리쳤다.
"웬만하면 내 몫은 남겨 둬!"
별것 아닌 농담에 다들 웃음을 터뜨렸다. 프랫과 블라이스, 꿍쑤가 죽을 한 방울도 흘리지 않게 조심하느라 천천히 솥을 들고 오는 동안 나머지 승무원들은 주석 컵과 사발을 꺼내들었다.
로렌스가 테메레르의 코를 쓰다듬으며 말했다.
"얼마 쉬지도 못하고 이렇게 서둘러 떠나야 하니 유감이구나."
테메레르는 로렌스에게 머리를 문지르며 말했다.
"상관없어. 로렌스, 기분은 괜찮아?"
로렌스는 우울한 기분을 드러낸 것 같아 테메레르에게 부끄러웠다.
"괜찮아. 너를 너무 고생시킨 데다 처진 모습까지 보여서 미안하다. 처음부터 여기에 남아 지원군으로 나서는 게 아니었는데."

"그렇지만 이렇게 패배하게 될 줄은 몰랐잖아. 프러시아 군을 도우려고 노력한 것에 대해서는 후회 없어. 그들을 돕지 않고 영국으로 도망쳤다면 나 자신이 비겁하다고 느꼈을 거야."

꿍쑤는 멀건 죽을 국자로 떠서 승무원들의 사발에 담아주었다. 각각 반 컵만큼도 돌아가지 않았다. 페리스는 얼마 안 되는 건빵을 나누어주었다. 작은 성은 두 호수 사이에 있었기 때문에 차만은 마음껏 마실 수 있었다. 다들 죽을 한입 한입 천천히 삼켰다. 죽을 다 마시고 나서 에밀리와 다이어는 호두를 깨서 승무원들에게 알맹이를 고루 나누어주었다. 아직 덜 익어 썼지만 맛은 있었다. 자줏빛을 띤 자두도 있었는데 입에 넣으니 아주 시큼했다. 테메레르는 바구니에 담아놓은 호두와 자두를 한입에 쓱 핥아서 먹었다. 승무원들이 식사를 마친 것을 확인한 로렌스는 샐리어를 망꾼으로 올려 보내고 마틴을 불러내려 식사를 하게 했다. 승무원들이 짐을 싸는 동안 꿍쑤는 솥에 들어 있는 양의 관절 부분을 하나씩 집어 테메레르의 입 안에 넣어주었다. 뜨거운 육즙이 입 밖으로 흘러내려 낭비되지 않도록 하기 위해서였다.

테메레르도 승무원들처럼 느릿느릿 씹어 삼켰다. 테메레르가 양의 머리와 다리 하나를 먹었을 때 망을 보던 샐리어가 소리치며 밧줄을 잡고 내려오기 시작했다.

"순찰 용들이 떴습니다! 다섯 마리가 이리로 오고 있습니다!"

상황이 예상보다 심각했다. 근처 마을에 순찰 용들이 머물고 있었던 모양이었다. 소녀가 동네 사람들을 불러오는 대신 곧장 그 용들에게로 달려가 로렌스 일행에 대해 알려준 것이 분명했다.

샐리어가 숨을 헐떡이며 말을 이었다.

"현재 8킬로미터 정도 거리에서 날아오고 있습니다."

식사도 했고 코앞에 위험이 닥치자 새로이 활기가 돌았다. 승무원들은 서둘러서 짐을 싣고 가벼운 사슬 갑옷을 테메레르에게 둘러주었다. 무거운 방탄판은 탈출과 후퇴를 거듭하는 동안 길에 내버린 지 오래였다.

별안간 케인스가 테메레르에게 날카롭게 소리쳤다.

"맙소사. 남은 고기 다 먹지 말고 남겨 둬!"

꿍쑤가 마지막 남은 고깃덩어리를 테메레르의 입에 집어넣으려던 참이었다.

테메레르가 케인스에게 따졌다.

"왜 안 돼? 아직 배고픈데."

"망할 놈의 용알이 부화하고 있단 말이다!"

케인스는 이미 카지리크 알을 둘러싸고 있던 비단 천을 찢고 풀어내는 중이었다. 곧 붉은 바탕에 초록색과 노란색 반점이 박힌 반짝이는 알이 드러났다.

케인스가 승무원들에게 다급하게 소리 질렀다.

"거기 멍청히 서 있지 말고 와서 도와!"

그랜비와 다른 장교들이 케인스 쪽으로 뛰어가는 동안 로렌스는 나머지 승무원들에게 비단에 싸인 아칼테케 알을 테메레르의 배 쪽 그물에 싣도록 지시했다. 더 실을 짐은 없었다.

테메레르가 알에게 소리쳤다.

"아직 나오지 마!"

카지리크 알은 이미 심하게 앞뒤로 흔들거리고 있어서 땅바닥을 이리저리 굴러다닐 판이라 그랜비와 릭스, 페리스가 꽉 붙잡아야 했다.

"가서 준비해 둔 안장을 가져와, 그랜비."

로렌스는 이렇게 지시를 내리고 그랜비 대신 알을 붙잡았다.

알은 딱딱하고 윤기가 흘렀으며 몹시 뜨거웠다. 로렌스는 잠시 릭스와 페리스에게 그 알을 맡기고 장갑을 낀 다음 다시 알을 잡았다. 릭스와 페리스도 뜨거운 알에서 손을 뗐다가 붙였다가를 반복하고 있었다.

테메레르가 다시 한 번 알 속의 새끼용을 말렸다.

"우리는 지금 출발해야 해. 그러니까 지금 알 밖으로 나오면 안 돼. 나와 봤자 먹을 것도 없어."

그렇지만 알 안쪽에서는 계속 탁탁 치는 소리가 들릴 뿐 움직임은 계속되었다. 기분이 상한 테메레르는 궁둥이를 바닥에 대고 앉아 솥에 남은 고기를 아쉬운 눈빛으로 쳐다보면서 말했다.

"어린 것이 말도 죽어라고 안 듣네."

펠로우스는 이럴 때를 대비해 벌써 오래전에 안장용 가죽에서 제일 부드러운 부분을 잘라 새끼용에게 얹을 안장을 만들어두었다. 그런데 짐 안쪽 깊숙한 곳에 넣어두었기 때문에 꺼내는 데 시간이 걸렸다. 마침내 펠로우스와 조수들은 그 안장을 끄집어냈고 그랜비는 떨리는 손으로 안장을 받아 죔쇠를 열고 끈 길이를 조정했다.

펠로우스가 그랜비에게 말했다.

"아무 이상 없을 겁니다."

다른 장교들도 그랜비의 등을 두드리며 격려의 말을 해주었다.

케인스가 나지막하게 말했다.

"대령님, 진작 이 점을 고려했어야 했는데, 아무래도 테메레르를 좀 떨어진 곳으로 데려가는 게 좋을 것 같습니다. 반발을 할 테니까요."

"무슨 반발?"

로렌스가 이렇게 묻는 순간 테메레르가 성질을 벌컥 내며 말했다.

"대체 지금 뭐하는 짓이지? 그랜비가 왜 그 안장을 들고 있어?"

로렌스는 처음에는 크게 놀라, 테메레르가 새끼용에게 안장을 채우는 것에 반대하는 줄로만 알았다. 그런데 그게 아니었다.

테메레르는 고집스럽게 말을 이었다.

"안 돼, 그랜비는 내 승무원이란 말이야. 왜 새끼용한테 내 먹이랑 그랜비까지 내줘야하는데."

테메레르가 바데나워를 비롯하여 얼마 안 되는 다른 프로이사 장교들에게까지 애착을 갖게 되었다면 아무도 새끼용의 비행사로 내주려 하지 않을 것이었다.

알껍데기가 쪼개지기 시작했다. 어차피 부화하는 것이니 빨리 나오면 좋으련만 부화 과정은 빠르지 않았다. 순찰 용들은 테메레르 일행이 도망치지 않는 것을 보고 성벽 뒤에 숨어 공격할 거라 여겼는지 조심하느라 접근 속도를 늦췄다. 당장은 조심하더라도 이내 이쪽의 동태를 살피기 위해 한 마리가 머리 위로 날아올 것이고 곧 공격을 개시할 터였다.

로렌스는 뒤로 한 걸음 물러나 테메레르의 관심을 알에서 자신에게로 돌리며 말했다.

"테메레르, 생각해 봐. 네가 승무원을 다 차지하고 있으면 새끼용 곁에는 아무도 없게 돼. 그것은 공정하지 못하지. 막 세상에 나온 새끼용이 얼마나 외롭겠어."

그리고 마침 좋은 생각이 떠올라 덧붙였다.

"게다가 새끼용은 너처럼 보석도 안 갖고 있으니 부화한 뒤에도 정말 우울할 거다."

테메레르는 로렌스 가까이 머리를 숙이며 어깨 너머를 흘끗 쳐다보더니 속삭였다.

"음. 그랜비 말고 앨런을 주면 되잖아."

어린 앨런이 그 말을 못 듣게 하려고 나지막하게 말한 것이었다. 앨런은 솥 가장자리에 몰래 손가락을 뻗어 남은 죽을 묻혀 빨아먹고 있었다.

로렌스는 엄격하게 말했다.

"안 돼! 이런 식으로 행동하는 것은 옳지 않아. 게다가, 그랜비가 진급할 수 있는 기회를 막으면 안 돼지."

테메레르는 조용히 그르릉거리더니 퉁명스럽게 내뱉었다.

"흠, 그렇다면 할 수 없지."

그리고 뿌루퉁하게 웅크리고 앉더니, 사파이어가 박힌 펜던트를 앞발톱으로 잡고 콧김을 뿜은 다음 볼로 문질러 반짝반짝하게 닦았다.

테메레르가 동의하자마자 한순간에 카지리크 알은 거의 폭발하는 수준으로 쪼개졌다. 그 안에서 증기가 무럭무럭 나오고 알껍데기 파편과 끈적끈적한 액체가 사방으로 튀었다. 테메레르는 자신의 몸통으로 날아와 붙은 알껍데기를 털어내며 툴툴거렸다.

"난 저렇게 요란스럽게 부화하지 않았어."

새끼용은 알껍데기를 뱉어내며 목이라도 졸리고 있는 것처럼 컥컥거렸다. 암컷이었고, 크기만 작았지 생김은 어른 카지리크와 똑같았다. 주홍색 몸통에 자줏빛을 띤 단단한 배. 등줄기를 따라 난 뾰족한 가시 돌기들. 이마에는 크기는 작지만 인상적인 뿔도 두 개 나 있었다. 표범 무늬 같은 초록색 반점이 없다는 점만 어른 카지리크와 달랐다. 새끼용은 노란 눈을 빛내며 주변에 서 있는 자들을 노려보았다. 그리고 한 번, 두 번 기침을 하더니 양 옆구리가 풍선처럼 빵빵해지도록 숨을 크게 들이마셨다. 등줄기에 난 가시 돌기에서 뜨거운 증기가 피어올랐고 새끼용은 입을 벌려 약 1.5미터 길이의 작은 화염을 쏟아냈다. 가까이 서 있던 승무원들이 기겁을 해서 뒤로 와르르 물러섰다.

"아, 됐다."

새끼용은 만족스러운 투로 이렇게 말하고는 궁둥이를 바닥에 대고 앉으며 말을 이었다.

"이제 훨씬 낫네. 저기 있는 고기 좀 갖다 줘."

햇볕에 그을린 얼굴에서 핏기가 싹 가신 그랜비는 그 새끼용에게 한 걸음 다가섰다. 새끼용은 그의 오른팔에 얹힌 안장을 무심히 쳐다보았다. 그랜비는 그 안장을 앞으로 내밀지도 못한 채 쭈뼛거리며 가까스로 입을 열었다.

"내 이름은 존 그랜비라고 한다. 우리는 지금부터 이것을……."

새끼용이 말허리를 잘랐다.

"그래, 그래. 안장을 얹겠다 이 말이지. 테메레르한테 들어서 알고 있어."

로렌스가 고개를 돌려 쳐다보자, 테메레르는 숫제 난 모르는 일이라는 식으로 시치미를 떼고 펜던트를 문질러대고 있었다. 로렌스는 테메레르가 지난 두 달 간 용알들을 돌보면서 그 안에 든 새끼용들에게 무엇을 가르쳤는지 궁금해졌다.

새끼용은 목을 빼고 그랜비의 냄새를 맡았다. 그리고 고개를 갸우뚱하고 그랜비를 위아래로 쳐다보며 마치 신원조회라도 하는 것처럼 물었다.

"테메레르 비행사의 직속 부관이었지?"

그랜비는 어리둥절해하며 대답했다.

"그래. 너도 네 이름을 갖고 싶지? 이름을 갖는다는 것은 아주 좋은 일이거든. 네게도 하나 지어줄까 하는데."

"아, 내 이름은 내가 지어놨어. '이스키에르카(Iskierka. 폴란드어로 작은 불꽃이라는 뜻. 여기서 소녀가 부른 노래는 폴란드의 유명한 자장가인 '작은 불꽃의 동화(Bajka iskierki)'이다—옮긴이 주)'로 할래. 조금 전에 여기 왔던 소녀가 부른 노래 가사의 일부야."

그랜비는 물론 다른 승무원들도 크게 놀랐다. 로렌스는 우연히 테메레르에게 안장을 얹게 된 뒤로 다른 새끼용이 태어나는 모습을 본 적이 없었다. 그래서 부화 절차에 대해서 잘 알지 못했다. 그러나 지금 승무원들의 표정을 보아하니 이렇게 용이 스스로 이름을 짓는 것이 흔한 일은 아닌 듯했다.

새끼용이 계속해서 그랜비에게 말했다.

"당신을 내 비행사로 삼겠어. 나한테 안장을 얹어도 좋고 영국을 지키기 위해 전투에 참여하는 것도 좋아. 어쨌든 서둘러. 배고파 죽겠으니까."

불쌍한 그랜비. 일곱 살 공군 생도 시절부터 오직 이날을 꿈꾸며 '새끼용을 얻게 되면 이러이러한 절차대로 해야지' 하고 계획도 세웠을 것이고, 오래전에 이름도 지어놨을 터였다. 잠시 멍하니 서 있던 그랜비는 곧 큰소리로 웃음을 터뜨리며 말했다.

"좋아, 이스키에르카로 하자."

정신을 차린 그랜비는 안장의 목둘레 쪽을 앞으로 내밀며 이스키에르카에게 물었다.

"이 안에 목을 집어넣을래?"

이스키에르카는 순순히 다가왔다. 다만 안장의 목둘레 쪽에 머리를 쑥 집어넣자마자 솥 쪽으로 움직이려 해서 그랜비는 서둘러 안장의 죔쇠를 채워주어야 했다. 아스키에르카는 안장을 얹자마자 아직 뜨거운 솥 안에 머리와 두 앞발을 집어넣고 테메레르가 먹다 남긴 먹이를 씹어 먹었다.

빨리 먹어야 한다고 재촉할 필요도 없었다. 순식간에 남은 고기를 싹 먹어치운 이스키에르카는 솥을 이리저리 흔들어가며 혀로 안쪽을 깨끗이 핥아 먹었다. 그리고 마침내 솥 밖으로 머리를 내놓고 작은 뿔에서 국물을 뚝뚝 떨어뜨리며 말했다.

"아주 맛있었어. 하지만 더 먹고 싶어. 사냥하러 가자."

이스키에르카는 등에 붙어 찌부러져 있던 부드러운 두 날개를 펴고 시험 삼아 퍼덕여보았다. 그랜비가 그 작은 안장을 조심스럽게 잡으며 말했다.

"그게, 지금은 안 돼. 당장 여길 빠져나가야 하거든."

바로 그때 머리 위에서 폭풍처럼 요란한 날갯짓 소리가 들려왔다. 순찰 용 한 마리가 성벽 너머에서 테메레르 일행이 무엇을 하고 있는지 보려고 이쪽으로 날아온 것이었다. 테메레르가 몸을 일으키고 고함을 지르자 그 순찰용들은 서둘러 도망쳤다. 그러나 사태는 더 심각해졌다. 그 용들이 동료들을 불러 모아올 것이기 때문이었다.

로렌스가 소리쳤다.

"전원 탑승! 순서 생각지 말고 서둘러!"

승무원들은 테메레르의 안장으로 뛰어올라갔다.

로렌스가 물었다.

"테메레르, 이스키에르카를 등에 태우고 가야 하니까 잡아서 등으로 좀 올려봐."

그러자 이스키에르카가 소리쳤다.

"나도 날 수 있어. 전투가 시작되는 거야? 지금? 어디서?"

이스키에르카는 살짝 날아오르기는 했으나 그랜비가 안장 위를 꾹 누르며 잡고 있어서 풀쩍 뛰어오르다가 말았다.

"우린 전투를 하러 가는 게 아니야. 그리고 너는 너무 작아서 전투에 나갈 수가 없어."

테메레르는 이렇게 말하고는 날카로운 앞니와 뒷니 사이의 빈 공간에 이스키에르카가 끼이도록 살짝 물었다. 이스키에르카가 성질을 내며 씩씩거렸으나 테메레르는 아랑곳하지 않고 그대로 들어 올려 양 어깨 사이에 내려놓았다. 로렌스는 그랜비가 곧장 이스키에르카 옆에 자리를 잡고 앉을 수 있도록 그랜비를 먼저 안장 위로 올려 보내고 그 뒤를 따라 올라갔다. 일행을 모두 태운 테메레르는 마침내 땅을 박차고 날아올랐다. 그 순간 순찰 용들이 성벽 담장을 넘어 날아왔다. 테메레르는 곧장 그들 한가운데로 날아가 적들을 양옆으로 모조리 쓰러뜨렸다.

이스키에르카는 날아오르려고 풀쩍거리며 피에 굶주린 듯 살벌하게 소리쳤다.

"우와! 우와! 저것들이 우릴 공격하고 있어! 어서 가서 죽이자!"

그랜비는 한 손으로 이스키에르카를 꼭 붙들고 다른 손으로는 그 작은 안장을 테메레르의 안장에 카라비너로 고정시키면서 말렸다.

"안 돼! 맙소사, 가만히 있어! 우린 지금부터 네가 따라잡을 수 없을 정도로 엄청 빨리 날아갈 거란 말이다! 좀 참아! 아주 신나게 속도를 내서 날아갈 거야, 잠자코 좀 있어!"

이스키에르카는 버둥거리면서 뒤따라오는 적들을 돌아보며 말했다.

"하지만 지금 전투가 벌어진 거잖아!"

등줄기를 따라 난 가시 돌기들 때문에 그랜비는 이스키에르카를 편안히 붙잡고 앉아 있을 수 없었다. 이스키에르카는 아직 딱딱해지지 않은 발톱으로 테메레르의 목과 안장을 마구 할퀴었다. 테메레르는 간지럽다는 듯이 콧김을 내뿜으며 머리를 흔들더니 뒤를 돌아보며 소리쳤다.

"가만있어! 너 때문에 비행하기가 불편하잖아!"

테메레르는 혼잡스럽게 날개를 퍼덕이며 따라오는 적들을 따돌리기 위해 한층 더 속도를 높여 북쪽에 있는 짙은 구름을 향해 날았다. 구름 안에 몸을 숨기기 위해서였다.

이스키에르카는 날카롭게 받아쳤다.

"난 가만있기 싫어! 돌아가! 돌아가란 말야! 가서 한바탕 싸우자고!"

그 말을 강조하기 위해 이스키에르카는 불을 확 뿜었고 하마터면 그 불길에 로렌스의 머리카락이 홀랑 타버릴 뻔했다. 그랜비가 온힘을 다해 붙잡았으나 이스키에르카는 테메레르의 등에 대고 두 발을 번갈아가며 굴러댔다.

순찰 용들은 빠른 속도로 그들 뒤를 따라왔다. 구름에 가려 테메레르의 모습이 보이지 않았으나 포기하지 않고 각자의 위치를 파악하기 위해 서로를 불러가며 추격을 계속했다. 그래도 구름 때문에 추격 속도가 느려진 것 같기도 했다.

이스키에르카는 축축한 습기가 마음에 안 드는지 몸을 웅크렸다. 온기를 찾아 그랜비의 가슴과 어깨에 매달리면서도 목을 졸라 질식시키거나 가시돌기로 찌르지 않으려고 조심했다. 그리고 싸우지 않고 도망가는 것에 대해 계속 불만조로 투덜거렸다.

그랜비가 이스키에르카를 쓰다듬으며 달랬다.

"쉿, 착하지. 네가 소리를 내면 우리 위치가 탄로 나. 지금 이건 숨바꼭질을 하는 것과 같은 거야. 조용히 있어야 해."

"가서 저들을 때려눕히면 이 더럽고 축축한 구름 속에서 조용히 있을 필요 없잖아."

이스키에르카는 이렇게 말하면서도 이내 입을 다물었다.

마침내 추격하던 용들의 날갯짓 소리가 점점 작아지더니 들리지 않게 되었다. 테메레르는 조심스럽게 구름 밖으로 나갔다. 그러나 문제가 다 해결된 것이 아니었다. 이스키에르카에게 먹이를 먹여야 했던 것이다.

로렌스가 지시했다.

"위험하지만 내려가야겠다."

그들은 나무가 빽빽하게 우거진 숲과 호수 위를 조심스럽게 날아 농장 쪽으로 다가갔다. 로렌스는 망원경을 꺼내 그 농장 쪽을 살폈다.

테메레르가 입맛을 다시며 말했다.

"저쪽에 있는 소들 아주 맛있겠다."

로렌스는 테메레르가 말한 방향으로 망원경을 돌렸고 저 멀리 농장 안쪽 비탈진 곳에서 한가롭게 풀을 뜯고 있는 살집 좋은 소떼들을 보았다.

로렌스가 말했다.

"다행히 가축들이 있군. 테메레르, 저쪽에 보이는 우묵한 땅에 착륙해. 어두워질 때까지 기다렸다가 저 소들을 잡아오는 거다."

테메레르는 착륙하면서 혼란스러운 표정으로 로렌스를 돌아보며 물었다.

"뭐, 저 소들을? 하지만 로렌스, 저건 개인 재산 아닌가?"

로렌스는 당황했다.

"흠, 맞아. 개인 재산이지. 하지만 상황에 따라 예외를 둘 수도 있어."

"이스탄불에서 아르카디랑 야생용들이 소떼를 붙잡았을 때랑 지금 상황이 어떻게 다른데? 야생용들은 그때 배가 고파서 그 소들을 잡아 올린 것이었고 우리도 지금 배가 고파 저 소들을 잡아오려는 것이니, 같은 상황이잖아."

"그게, 우리는 이스탄불에 손님으로 간 것이었고 투르크 인들은 영국의 동맹이니까 소들을 멋대로 잡아 죽이면 안 되는 거였어."

"그럼 우리랑 동맹이 아닌 사람들의 재산은 몰래 가져와도 도둑질이 아니라는 거네? 그렇지만 그때 우리는……."

지금 말을 잘못했다간 앞으로 여러 가지 골치 아픈 문제가 발생할 것 같아 로렌스는 서둘러 말했다.

"아니, 그게 아니라. 지금은…… 급박한 전시 상황이라……."

로렌스는 더듬거리며 말하다가 말끝을 흐렸다. 이곳은 지도상으로 볼 때 프러시아 영토이므로 엄밀히 말하면 군사적 필요에 의한 징발이라고 할 수도 있겠으나 달리 생각하면 영락없는 도둑질이었다. 그러나 징발과 도둑질의 차이를 설명하기가 어려웠고, 레스토크 장군의 부대를 떠날 때 그들이 싸들고 온 모든 식량이 사실은 그 부대의 보급품 수레에서 몰래 퍼 담아 온 것이라고 말하기도 껄끄러웠다.

명분이야 뻔뻔한 도둑질이든 징발이든 일단 저 소들을 훔쳐 와야 했다. 알에서 갓 부화한 새끼용은 너무 어려서 자기가 계속 허기진 채로 날아가야 한다는 상황을 납득하지 못할 터였다. 테메레르도 알에서 나온 처음 몇 주 동안은 계속 먹을 것을 찾았고 몸집을 빠르게 불려나갔었다. 특히 이스키에르카를 조용히 하게 만들기 위해서라도 꼭 저 소들이 필요했다. 부화한 첫 주 동안에는 먹고 자고만 반복할 테니 지금 실컷 먹여두면 잠이 들 것이다.

밤이 될 때까지 기다리는 동안 이스키에르카는 몹시 배고파 하면서도 어느새 꾸벅꾸벅 졸고 있었다. 그랜비는 사랑스런 손길로 이스키에르카의 윤기 나는 가죽을 쓰다듬으며 중얼거렸다.

"맙소사, 골치 꽤나 썩이는구나. 알에서 나오자마자 불을 뿜어대고. 앞으로 다루기가 쉽지 않겠어."

말은 이렇게 하면서도 꺼려하는 투가 전혀 아니었다.

테메레르가 툴툴거렸다.

"흠, 앞으로는 저 애가 좀 더 분별력 있게 굴었으면 좋겠어."

조금 전 이스키에르카가 겁쟁이라고 욕하면서 돌아가서 싸우자고 악을 썼던 일 때문에 테메레르는 아직 기분이 풀리지 않은 상태였다. 테메레르도 본능적으로는 적들과 맞서 싸우고 싶었으나 그게 현명하지 못하다는 생각에서 싸움을 피한 것이었다. 그동안 테메레르가 헌신적으로 알들을 돌봐온 것을 생각하면 그 애정이 알에서 부화한 새끼용에게 고스란히 옮겨갔을 법도 한데, 그렇지는 않은 모양이었다. 먹던 양고기를 이스키에르카에게 빼앗겼다는 점 때문에도 테메레르는 여전히 화가 나 있었다.

로렌스는 테메레르의 코를 쓰다듬으며 말했다.

"이스키에르카는 아직 어리잖아."

"나는 알에서 갓 나왔을 때도 저렇게 어리석게 굴지는 않았어."

그 말에 로렌스는 굳이 반박하지 않고 입을 다물었다.

해가 저물고 한 시간쯤 지났을 때 테메레르는 일행을 등에 태운 채 바람이 불어오는 쪽에서 비탈을 따라 기어 올라가 소떼들이 머무는 곳으로 다가갔다. 그리고 소리 없이 소떼 쪽으로 접근했다. 그런데 갑자기 흥분한 이스키에르카가 테메레르의 안장과 자신의 안장을 연결한 카라비너 끈을 발톱으로 마구 할퀴어 끊어버리고는 울타리를 훌쩍 뛰어 넘었다. 그리고 곤히 자고 있던 소떼 쪽으로 돌진하여 그중 한 마리의 등에 올라탔다. 소는 끔찍한 비명을 질러댔고 나머지 소들도 함께 펄쩍펄쩍 뛰었다. 이스키에르카는 소의 등가죽을 꽉 움켜잡은 채 이리저리 불을 뿜어냈다. 도둑질이 아니라 완전히 서커스였다. 농장에 딸린 집에 불이 켜지고 농장 일꾼들이 횃불과 구식 머스켓 총을 들고 뛰어나왔다. 여우나 늑대들이 온 줄 알고 뛰어나온 그들은 울타리 쪽을 쳐다보고는 그대로 굳어 멈춰 섰다. 미친 듯이 날뛰는 소의 등에는 작은 용이 올라 타 있고, 그 용은 소의 목둘레 지방에 발톱을 깊숙이 박아 넣은 채 흥분하여 꺼억꺽 소리를 내고 있었다. 이스키에르카는 소의 목을 이빨로 물어뜯으려 했는데 소가 마구 움직여서 뜻대로 되지 않자 성질이 나고 좌절한 상태였다.

"저 애가 하는 짓 좀 보라고."

테메레르가 그럴 줄 알았다는 듯 이렇게 말하더니 휙 날아올라 이스키에르카와 그 아래 소까지 앞발로 한꺼번에 움켜잡고 또다른 앞발로 소 한 마리를 더 집어 올렸다. 그리고 공중에서 정지 비행을 하며, 창백한 얼굴로 올려다보고 있는 사람들에게 말했다.

"잠을 깨우고 당신네 소들을 가져가서 미안합니다만, 이건 도둑질이 아니에요. 지금은 전쟁 중이니까요."

그 사람들은 테메레르가 폴란드어로 말을 했더라도 공포에 질려서 그 말뜻을 이해하지 못했을 것이었다.

죄책감이 든 로렌스는 지갑 안에 손을 넣어 금화 몇 개를 꺼내 밑으로 던지며 말했다.

"테메레르, 이스키에르카 잘 잡았지? 당장 여길 떠나. 이 동네 사람들이 전부 다 깨서 우리를 쫓아오겠다."

테메레르의 앞발에 잡혀 있는 이스키에르카의 목소리가 아래쪽에서 들려왔다.

"그건 내 소야! 내 거야! 내가 먼저 잡았어!"

이스키에르카가 계속 그렇게 악을 써서 몰래 도망치는 것은 아예 불가능했다. 뒤를 돌아본 로렌스는 마을 전체에 봉화가 켜지듯 집집마다 불이 켜지는 것을 보았다. 그 불빛들이 수 킬로미터 밖에서도 보일 정도였다.

로렌스는 도둑질을 한 것에 대한 벌을 받나보다 하는 생각도 들어 괴로워하며 중얼거렸다.

"이럴 바에야 훤한 대낮에 트럼펫으로 축하곡을 불어가며 소들을 꺼내오는 것이 나을 뻔했구나."

그들은 이스키에르카의 입을 다물게 하기 위해 어쩔 수 없이 조금 떨어진 곳에 착륙했다. 혼자서는 가죽을 벗겨내지 못해 먹지도 못할 거면서 이스키에르카는 자기가 잡은 소를 내놓지 않으려고 고집을 부렸다. 그 소는 테메레르의 발톱에 찔려 이미 죽어 있었다.
이스키에르카는 계속 중얼거렸다.
"내 거란 말이야."
테메레르가 참다 못해 말했다.
"너, 조용히 해! 승무원들이 먹기 좋게 잘라서 줄 거니까 얼른 내놔. 그걸 뺏는 게 뭐 어려워서 말로 달라고 하는 줄 알아."
"그래? 그럼, 어디 뺏어보시지!"
테메레르는 머리를 밑으로 낮추고 나지막하게 으르렁거렸다. 그러자 이스키에르카는 비명을 지르며 그랜비의 품에 뛰어들었고, 그 충격에 그랜비는 뒤로 벌렁 넘어지고 말았다. 이스키에르카는 그랜비의 어깨를 꼬리로 칭칭 감으며 악악거렸다.
"으윽, 너무해! 내 몸집이 작다고 무시하고!"
분별력 있는 테메레르는 이내 자신의 행동을 부끄러워하며 이스키에르카를 달랬다.
"그러게, 네 소를 빼앗는 게 아니라고 했잖아. 내 소는 따로 있어. 그리고 넌 나보다 작고 어리니까 예의 바르게 굴어야지."
이스키에르카가 샐쭉하게 대꾸했다.
"나도 얼른 큰 용이 될 거야."
그랜비가 말했다.
"네가 그 소를 내주지 않으면 넌 제대로 먹을 수 없을 것이고 그럼 덩치를 불릴 수도 없어. 우리가 네 먹이를 준비하는 모습을 와서 직접 보면 되잖아. 안 그래?"
이스키에르카는 귀를 쫑긋 세우며 듣더니 마지못해 대답했다.
"알았어."

그랜비는 이스키에르카를 데리고 꿍쑤가 죽은 소를 자르는 곳으로 데려갔다. 꿍쑤는 소의 배를 가르고 심장과 간을 꺼내 의미심장하게 내밀며 이스키에르카에게 말했다.

"제대로 먹는 첫 식사이니 제일 좋은 부위를 먹어야 해. 그래야 작은 용도 얼른 큰 용이 되는 것이지."

"아, 그래?"

이스키에르카는 이렇게 말하며 두 앞발로 심장과 간을 휙 낚아채어 맛있게 먹었다. 한입 한입 잘라 먹을 때마다 입가로 피가 줄줄 흘렀다.

마침내 소 한 마리를 거의 다 먹어치운 이스키에르카는 배가 불러 도저히 더 못 먹겠는지 다리 관절 하나를 남겼다. 그리고 혼수상태에 빠지기라도 한 것처럼 깊이 잠들었다. 그러자 다들 크게 안도했다. 꿍쑤는 두 번째 소를 도살하여 분해하고 부스러기 고기를 모아 식재료 항아리에 담았다. 나머지 고기는 테메레르가 싹 먹어치웠다. 그리고 약 20분 뒤에 그들은 다시 이륙했다. 이스키에르카는 그랜비의 품에 안겨 죽은 듯이 잠들어 있었다.

대낮처럼 불이 밝혀진 마을 위에는 여러 마리 용들이 날고 있었다. 테메레르가 하늘로 날아오르자마자 그중 한 마리가 머리를 휙 돌려 노려보았다. 하얀 눈을 빛내며 쏘아보는 그 용은 바로 야행성 프랑스 용인 플레르 드 뉘였다.

로렌스가 긴장한 목소리로 말했다.

"북쪽으로. 최대한 빨리 북쪽을 향해 직선으로 날아가, 테메레르. 가다 보면 바다가 보일 거다."

테메레르는 빠른 속도로 밤하늘을 날아갔다. 플레르 드 뉘가 그들 뒤를 따라오며 금관악기를 부는 것 같은 괴이한 저음의 목소리로 신호를 보내자 그 뒤를 따라오는 미들급 용들이 더 높은 목소리로 대답했다. 추격해오는 용들보다 테메레르는 몸이 무거웠다. 로렌스와 비행 승무원, 지상요원 외에 보급품과 이스키에르카까지 태우고 있었으니까. 로렌스가 보기에 이스키에르카는 벌써 몸집이 눈에 띄게 커져 있었다. 테메레르는 추격자들보다 훨씬 앞서서 날고 있었으나, 차가운 밤하늘에는 구름 한 점 없고 달이 보름달에 가까울 정도로 밝아서 몸을 숨길 수가 없었다.

수 킬로미터를 날아가자 저 앞에 발트 해를 향해 구불구불 흘러들어가는 비스툴라 강이 보였다. 잔물결이 일면서 발트 해가 새까맣게 빛났다. 로렌스와 승무원들은 권총을 새로 장전하고 섬광분을 준비했다. 안장 담당자 펠로우스와 그의 조수들은 테메레르의 옆구리를 따라 조금씩 이동하면서 사슬 그물을 펼쳐 이스키에르카의 몸에 덮었다. 그들이 사슬 그물을 이스키에르카의 작은 안장 고리에 연결하는 동안 이스키에르카는 잠도 깨지 않고 알 수 없는 말을 중얼거리며 그랜비에게 바짝 달라붙었다.

어디선가 총소리가 들렸다. 처음에 로렌스는 적들이 테메레르 쪽으로 소총을 쏜 줄로만 알았다. 그런데 귀기울여 잘 들어보니 그것은 소총이 아니라 멀리서 들리는 대포 소리였다. 테메레르는 그 소리가 나는 곳을 향해 서쪽으로 방향을 돌렸다. 얼마 뒤 그들 앞에 거대하게 펼쳐진 새까만 발트 해가 나타났다. 그리고 방금 들은 소리는 단치히 시의 성벽을 지키는 프러시아 군이 쏘아올린 대포 소리였다.

17

칼크로이트 장군이 로렌스에게 질 좋은 포트 와인을 병째 건네며 말했다.

"우리와 함께 이 단치히 시에 갇히게 되다니 유감이군."

지난 몇 달 간 묽은 차와 물에 탄 럼주만 마시다가 오랜만에 맛좋은 포도주가 혀에 닿자 로렌스는 감격스러웠다.

이곳에 도착한 뒤 지금까지 몇 시간 동안 로렌스 일행은 실컷 잠을 잤고 저녁도 배불리 먹었다. 지금 로렌스는 칼크로이트 장군과 함께 포트 와인을 마시며 테메레르가 양껏 배를 채우는 모습을 흡족하게 바라보고 있었다. 단치히 시에서는 구태여 식량 배급을 하지 않아도 될 만큼 식량이 창고에 가득 쌓여 있었고 훈련이 잘 된 강력한 수비대가 튼튼한 성벽을 지키고 있었다. 이런 상태라면 배고픔에 떠밀려 전의를 잃고 적에게 어이없이 항복하는 일은 없을 것 같았다. 단치히 시를 둘러싼 프링스군이 공성을 서두르지 않고 있었기 때문에 상당 기간 적과 대치하는 상태가 지속될 것 같았다.

"보다시피 우리는 지금 적들을 위해

쥐덫 노릇을 해주는 셈이지."

칼크로이트는 이렇게 말하며 남쪽을 향해 난 창문으로 로렌스를 데려갔다. 저물어가는 햇살 속에서 단치히 시를 느슨하게 둘러싼 프랑스 군 야영지가 보였다. 그 야영지는 단치히 시의 대포 사정거리 밖에 위치해 있었고 야영지 양옆으로 비스툴라 강과 도로가 보였다.

칼크로이트가 말을 이었다.

"매일 서쪽에서 레스토크 장군의 남은 병사들이 이 도시를 향해 오다가 저들의 포로가 되는 모습을 본다네. 줄잡아 5천 명 이상일세. 저들도 식량이 넉넉지 않으니까 장교급 이상만 포로로 붙잡아두고, 사병들은 소총을 빼앗고 포로 석방 선서를 받은 다음 고향으로 돌려보내고 있다네."

로렌스는 프랑스 군이 주둔한 야영지의 천막이 몇 개나 되는지 세어보면서 물었다.

"저들은 병력이 얼마나 됩니까?"

"아군 쪽에서 먼저 치고 나갈 생각을 하는 모양인데, 그런 방법이라면 나도 이미 생각해보았네. 저들의 야영지까지는 너무 멀어서 우리가 먼저 공격을 시도했다가는 저들이 우리 대열의 허리를 치고 들어와 보급로를 끊어버릴 수도 있어. 저들이 더 적극적인 전략을 세우고 이 도시를 향해 가까이 접근할 때까지 기다렸다가 공격을 고려해 볼 생각이네. 그래봤자 이미 기울어진 전세를 회복하는 쪽으로는 별로 도움이 안 될 테지만 말이지. 들리는 소식으로는 나폴레옹이 이미 러시아와 강화(講和)하기로 했다더군."

로렌스의 놀란 표정을 보고 칼크로이트가 말을 이었다.

"아, 그래. 러시아의 황제는 실패한 전쟁에 더는 병력을 쏟아 붓지 않기로 결정한 걸세. 남은 생을 프랑스의 포로로 살고 싶지도 않았을 테니까. 프랑스 황제와 러시아 황제는 사이좋게 휴전 협정을 맺기로 하고 바르샤바에서 구체적인 내용을 협상 중이라네."

그 말끝에 칼크로이트는 껄껄 웃으며 덧붙였다.

"저들은 당장 우리를 이 성벽 밖으로 끌어낼 필요가 없으니 느슨하게 포위만 하고 있는 것이지. 이번 달 말쯤이면 나도 자연스럽게 프랑스의 '시민'이 될지도 모르겠네."

호엔로헤 장군의 군대가 궤멸된 뒤로, 칼크로이트 장군은 포위 공격에 맞서 단치히 시의 요새를 지키라는 명령을 받고 우편배달 용을 타고 이리로 온 것이라고 했다.

"일주일 전에 갑자기 단치히 시의 성벽 밖에 저들이 모습을 드러냈다네. 그때부터 나는 바깥 소식을 꼬박꼬박 전해 듣고 있지. 저 야영지를 지휘하는 빌어먹을 프랑스 육군 원수가 현재 상황이 이러이러하니 항복하라는 내용이 적힌 뻔뻔스런 편지를 계속 내게 보내오고 있거든. 우리 쪽 우편배달 용을 적진 가까이 보낼 수도 없어서 놈의 면상에 그 편지를 내던지지도 못하고 있지."

테메레르도 단치히 시의 성벽 너머로 날아갈 수 없었다. 프랑스 용들이 봉쇄를 강화하기 위해 도시 반대편에 자리를 잡고 발트 해 쪽으로 가는 길을 차단했고, 육군들이 곳곳에 대포를 설치해놓았기 때문이었다. 전황은 시간이 흐를수록 단치히 시의 요새를 지키는 프러시아 군에 불리해지고 있었다. 테메레르가 아침에 단치히 시로 들어가는 것을 보자마자, 프랑스 군은 일반 대포 사이사이에 후추탄용 대포들을 몇 개 더 설치했고 그 주변에 원거리 박격포도 여럿 가져다 놓았다.

성벽으로 둘러싸인 단치히 시에서 발트 해 쪽 항구까지의 거리는 약 8킬로미터 정도였다. 칼크로이트의 방 창밖으로 비스툴라 강의 구부러진 부분이 석양을 받아 반짝이는 모습이 내다보였다. 비스툴라 강이 발트 해에 가까워지며 확 넓어져 강어귀에서 바다로 물을 쏟아내고 있었고 차갑고 검푸른 발트 해에는 영국 해군 군함들의 하얀 돛이 점점이 펼쳐져 있었다. 로렌스는 망원경으로 그 군함들의 수를 세어보았다. 64문짜리 군함 2척, 제독기를 단 74문짜리 군함 1척, 주변을 호위하는 역할을 하는 그보다 작은 소형 범선 2척. 이 군함들은 모두 해안에서 약간 떨어진 곳에 떠 있었고, 항구 쪽으로 대포를 향하고 있어 적들의 접근을 막고 있었다. 오지도 않을 러시아의 증원부대를 단치히 시로 실어 나르기 위해 수송선 한 대도 육중한 선체를 드러내며 떠 있었다. 단치히 시와 발트 해 사이에 프랑스 포병대와 공군들이 진을 치고 있으니 8킬로미터밖에 안 되는 거리가 1600킬로미터만큼이나 멀게 느껴졌다.

로렌스는 망원경을 밑으로 내리며 말했다.

"저 프랑스 놈들은 제가 테메레르와 함께 이곳에 와 있고 저 군함까지 무사히 날아가지 못하리라는 것도 알고 있겠군요. 프랑스 용들이 난리를 치며 우리를 추격했으니 우리가 단치히 시로 들어오는 것을 못 보았을 리 없습니다."

옆에 말없이 서 있던 그랜비가 입을 열었다.

"이곳까지 우리를 추격해 온 그 플레르 드 뉘 수컷이 제일 골칫거립니다. 그놈만 아니었으면 우리는 달이 지고 캄캄해질 때를 기다렸다가 발트 해로 쏜살같이 날아갈 수 있었는데 말이죠. 지금 그 놈은 저 야영지에서 대기하면서 우리가 성벽을 넘어 날아오르기만을 기다리고 있을 겁니다. 우리가 성벽을 넘어가자마자 붙잡으려 하겠지요."

그랜비의 예상은 정확했다. 그날 밤, 진청색 몸통의 커다란 용 플레르 드 뉘가 프랑스 군 야영지에서 달빛 비치는 대양을 배경으로 그림자처럼 시커멓게 앉아 눈도 깜박이지 않고 하얀 두 눈을 부릅뜬 채 단치히 성벽을 주시하고 있었다.

"손님 대접 하나는 확실하시군요. 지난 2주일 간 나는 풀죽과 까마귀 고기만 먹었습니다."

프랑스의 르페브르 원수는 유쾌하게 말하며, 부드러운 비둘기 고기를 접시 위에 하나 더 얹어 놓았고 끓인 감자를 잔뜩 쌓아놓고 맛있게 먹었다. 게걸스러운 식사 태도를 보아하니 프랑스의 육군 원수라기보다는 경비를 서는 하사관처럼 보였다. 하긴 놀랄 일도 아니었다. 르페브르는 물방앗간 주인의 아들로 태어나 하사관으로 군 경력을 시작한 인물이었다.

르페브르는 잿빛 곱슬머리였고 농부처럼 생긴 둥근 얼굴엔 분도 바르지 않았다. 그동안 그는 칼크로이트 장군과 협상을 하기 위해 계속 사절들을 보내왔으나 번번이 신랄한 비난 일색의 답변을 받아보았을 뿐이었다. 오늘 르페브르는 항복 문제를 논의하기 위해 직접 단치히 시 안으로 들어와 칼크로이트 장군과 저녁 식사를 하고 있는 것이었다.

조금 전 르페브르는 말을 탄 채 기병대 몇 명만 대동하고 단치히 성벽에 설치된 문을 지나 안으로 들어왔다. 그 일을 두고 옆에 서 있던 프로이센 장교 중 한 명이 용기가 가상하다고 퉁명스럽게 중얼거렸다. 그러자 르페브르는 큰소리로 웃으며 말했다.

"이렇게 맛있는 저녁 식사를 대접받을 수 있다면 그보다 더 한 위험도 감수할 수 있지요. 게다가 여러분이 나를 지하 감옥에 가둬봤자 불쌍한 내 마누라만 울릴 뿐이지요. 나폴레옹 황제께서는 나 말고도 쓸 만한 칼을 많이 가지고 계시니 여러분이 나를 감금하거나 죽인다고 해도 별로 이득 볼 게 없습니다. 아마 여러분이 더 잘 알고 있겠지요."

르페브르는 요리 접시를 비우고 남은 양념에 빵까지 찍어 먹은 뒤 포트 와인을 마시면서 의자에 앉아 꾸벅꾸벅 졸았다. 조금 있다가 하인이 커피를 가져다 앞에 놓아주자 비로소 눈을 뜨면서 말했다.

"아, 역시 커피를 마셔야 활기가 돌지요."

르페브르는 커피를 연달아 세 잔이나 마시고 나서 말을 이었다.

"장군께서는 분별 있고 훌륭한 군인이신 듯한데, 이렇게 무작정 버티고만 계실 작정이십니까?"

항복할 뜻이 전혀 없는 칼크로이트 장군은 그 말에 분노가 치밀었으나 꾹 참으며 냉랭하게 대답했다.

"국왕 폐하께서 다른 명령을 내리시기 전까지는 명예롭게 이곳을 지킬 작정이오."

르페브르가 아무렇지 않게 말했다.

"아, 그런 이유 때문이라면 군이 고집을 부릴 필요가 없습니다. 프리드리히 빌헬름 3세는 지금 장군과 마찬가지로 쾨니히르베르크 요새에서 프랑스 군에 둘러싸인 채 옴짝달싹 못하고 있으니까요. 따라서 장군이 지금 항복해도 전혀 부끄러운 일은 아닙니다. 내가 뭐 나폴레옹 황제를 흉내 내보겠다는 것은 아닙니다만, 내 군대는 공성포도 충분히 확보해둔 상태입니다. 그렇지만 양측 모두 더는 전투로 희생자를 내지 말고 평화롭게 해결을 하는 게 좋지 않겠습니까?"

"나는 총 한번 쏘아보지 않고 내 수비대를 적에게 넘겨주는 잉거슐레벤 대령 같은 사람이 아니오. 그쪽도 우리를 쓸어버리는 것이 생각처럼 쉽지 않다는 것을 알게 될 거요."

슈테틴 요새의 지휘관이었던 잉거슐레벤 대령은 프랑스 군에게 위협을 받자마자 항복하고 요새를 넘겨준 것으로 알려져 있었다.

르페브르는 그 말에 화를 내지 않고 아무렇지 않게 넘기며 대꾸했다.

"명예롭게 이곳을 떠날 수 있게 해드리겠습니다. 항복한 뒤 향후 열두 달 동안 프랑스에 적대 행위를 하지 않겠다는 포로 석방 선서만 작성하시면 장군과 장군의 장교들을 자유로이 풀어드리지요. 사병들에 대해서는 머스켓 총만 우리가 접수하고 마찬가지로 자유로이 풀어줄 것입니다. 내가 제시할 수 있는 최상의 조건이라고 할 수 있습니다. 우리 총에 맞아 죽거나 포로가 되는 것보다는 항복하는 편이 훨씬 나을 겁니다."

칼크로이트는 자리에서 일어서며 말했다.

"친절한 제안에 감사드리는 바요. 하지만 항복하지 않겠소."

"그렇다면 참으로 유감입니다."

르페브르는 담담하게 말하며 의자에서 일어났다. 그리고 의자 등받이에 아무렇게나 기대 놓은 칼을 집어 허리춤에 차며 말을 이었다.

"지금 이 제안이 앞으로도 계속 유효하다고는 말씀드릴 수 없으니 명심하시는 게 좋을 겁니다."

르페브르는 그의 자리에서 약간 떨어진 곳에 앉아 있던 로렌스를 쳐다보며 덧붙였다.

"이참에 분명히 말하자면, 방금 내가 제시한 조건은 단치히 시 안에 있는 영국 군인들에게는 해당하지 않습니다. 미안하지만, 나폴레옹 황제께서는 영국인들에 대해 확고한 유감이 있으시니까요. 특히, 나폴레옹 황제께서는 귀관에 대해 따로 명령을 내리셨습니다. 귀관이 지난날 우리를 주도적으로 공격한 저 덩치 큰 중국용의 비행사가 맞다면 말이지요. 하! 그때 귀관과 귀관의 용은 그야말로 우리를 궁지에 몰아넣었지요."

이 말을 하며 마지막으로 한 번 더 껄껄 웃고 나서 르페브르는 쿵쿵거리며 걸어가더니 휘파람을 불어 자신과 동행했던 기마병들을 불렀다. 그리고 말에 올라타고는 그 기마병들과 함께 성문을 지나 단치히 시 밖으로 나갔다. 진수성찬이 차려져 있던 식당 안은 어둡고 참담한 분위기였다. 그날 밤 로렌스는 리엔이 테메레르를 불행의 나락으로 떨어뜨리기 위해 나폴레옹을 설득하여 소름끼치는 명령을 내리도록 만드는 악몽을 꾸었다.

다음날 아침 칼크로이트는 로렌스를 불러 같이 아침 식사를 하면서 안심시켜주기 위해 말했다.

"나는 르페브르의 제안을 결코 받아들일 생각이 없으니, 그 점을 확실히 알아두게."

로렌스가 나지막하게 말했다.

"장군님, 솔직히 저는 여러 가지 이유 때문에 프랑스의 포로가 되는 것이 두렵기는 합니다만, 저와 제 일행 때문에 이곳에 주둔하고 있는 프러시아 수비대 1만5천 명의 목숨을 위험에 처하게 만드는 짓은 할 수 없습니다. 저들과 전투를 치르게 되면 군인들 뿐 아니라 수

많은 단치히 시민들이 목숨을 잃게 될 겁니다. 저들이 이 도시 주변에 공성포를 설치하면 장군님은 오래 버티지 못하십니다. 이 도시를 저들에게 넘기고 항복하지 않으면 저들은 이곳을 철저하게 파괴하겠죠. 그때는 우리 모두 죽임을 당하거나 포로가 되고 말 것입니다."

"그래도 그때까지 아직 시간이 꽤 많이 남아있다네. 땅이 얼어붙어 있기 때문에 공성을 위한 저들의 준비 작업도 느려질 수밖에 없어. 도시의 성벽 바깥은 차가운 겨울 날씨에 고스란히 노출되어 있지. 자기네 식량에 대해 르페브르가 한 말, 자네도 들었잖은가? 저들은 내년 3월 이후에나 공격을 개시할 수 있을걸세. 내 장담하지. 그동안 상황이 또 어떻게 바뀔지 알 수 없는 노릇이고."

처음엔 칼크로이트의 추측이 타당한 것도 같았다. 로렌스가 망원경으로 살펴보니 프랑스 군인들은 공성전에 대비해 참호를 파고 있었다. 그런데 낡고 녹슨 곡괭이와 삽으로 열의 없이 땅을 쿡쿡 찍어대고 있을 뿐 좀처럼 작업을 진행하지 못하고 있었다. 땅이 너무 단단히 얼어붙어서 파내기가 쉽지 않았던 것이다. 프랑스 군이 진을 치고 있는 곳은 비스툴라 강에 붙어있다시피 해서 땅에 물기가 많았고 초겨울에 접어들면서 이미 딱딱하게 얼어붙어 있었다. 발트 해 쪽에서 불어오는 바람을 타고 사방으로 눈발이 휘날렸다. 동 트기 전에 일어난 로렌스가 세수를 하려고 보니 세면대 옆면과 창유리에 하얗게 서리가 얼어붙어 있었다. 그러나 르페브르는 느긋해보였다. 가끔 보면 부관 몇 명을 대동하고 야트막하게 파진 참호의 앞부분을 오르락내리락 하면서 입술을 오므리고 휘파람까지 불었다. 참호를 제대로 파놓지 못한 상태로 겨울이 오고 있는데도 별로 불안하지 않은 모양이었다.

그렇지만 그 느려터진 작업 속도에 모두가 만족하는 것은 아닌 모양이었다. 로렌스와 테메레르가 단치히 시의 성벽 안으로 들어온 지 2주일이 지났을 무렵 리엔이 프랑스 군 야영지에 도착했다.

늦은 오후 남쪽에서 날아온 리엔은 비행사도 태우지 않은 채, 호위병으로 따라온 미들급 용 두 마리와 우편배달 업무를 하는 작은 용 한 마리를 대동하고 단치히 시를 에둘러 프랑스 군 야영지 쪽으로 접근했다. 단치히 시와 프랑스 군 야영지에 휘몰아치는 겨울 강풍을 맞으며 거의 30분 정도 거세게 날갯짓을 한 끝에 리엔과 나머지 용들은 야영지 안쪽으로 착륙했다. 처음에 리엔을 목격한 것은 단치히 시의 망꾼들이었다. 이틀째 눈보라가 계속 불고 있어 프랑스 야영지 안쪽이 잘 보이지 않았으므로 로렌스는 망꾼들이 잘못 본 것이라 생각했고, 그러길 바랐다. 그러나 다음날 아침 눈이 그치고 리엔의 끔찍한 고함소리가 온 벌판으로 울려 퍼지자 로렌스는 가슴이 철렁했다.

그 고함소리를 듣고 로렌스는 잠옷에 실내복만 걸친 채 밖으로 뛰어나갔다. 밤새 내린 눈을 치우지 않아 흉벽 쪽을 디딜 때는 발목까지 눈에 푹푹 빠졌다. 매섭게 추운 날씨였다. 흐릿한 노란색을 띤 태양이 눈 덮인 하얀 들판과 대리석처럼 창백한 리엔의 몸통을 비추고 있었다. 리엔은 프랑스 군 진영 가장자리에 서서 땅을 주의 깊게 들여다보고 있었다. 로렌스와 겁에 질린 프로이센 경비병들이 지켜보는 가운데 리엔은 또다시 숨을 깊이 들이마시고 위로 날아올라 얼어붙은 땅을 향해 고함을 내질렀다.

그러자 바닥에 쌓인 눈과 시커먼 흙덩어리들이 돌풍에 휩쓸린 것처럼 사방으로 흩뿌려졌다. 조금 지나자 리엔이 땅에다가 신의 바람을 쓴 이유가 드러났다. 프랑스 군인들이 다시 곡괭이와 삽을 들고 조심스럽게 땅을 파기 시작했는데, 신의 바람이 단단했던 땅을 수 미터 아래 지하 동결 한계선까지 뒤흔들어놓아 군인들은 훨씬 더 빠른 속도로 참호를 파내려 갈 수 있게 된 것이다.

그 뒤로 일주일 동안 프랑스 군인들은 그 전에 비해 훨씬 신속하게 참호를 팠다. 게으름을 떠는 자가 있는지 감독하기 위해 리엔이 종종 프랑스 군 진영을 돌아다녔기 때문에 요령을 부릴 수도 없었다. 리엔이 지켜볼 때면 그들은 거의 미친 듯이 땅을 팠다.

프랑스 용들은 거의 매일 단치히의 방어벽을 향해 단기 출격에 나섰다. 보병들이 참호를 파고 대포를 설치하는 동안 프로이센 군의 소총과 대포가 자기네를 향하도록 하기 위해서였다. 프로이센 군이 단치히 성벽을 따라 대포를 설치해놓았기 때문에 프랑스 용들은 가까이까지 다가오지는 못했으나 가끔 한 마리씩 포탄이 미치지 않을 정도로 고도를 높여 단치히 시의 상공을 휙 가로질러 날다가 도시의 방어 시설에 포탄을 한 무더기씩 떨어뜨려 놓았다. 매우 높은 곳에서 떨어뜨린 것이라 이런 포탄들은 목표물을 정확히 맞히지 못하고 대부분 단치히 시 내부의 거리나 주택가에 떨어져 한층 더 비참한 결과를 초래했다. 단치히 주민들 중에는 게르만족보다 슬라브족의 비율이 더 높았고 그들은 전쟁에 참여할 뜻도 전혀 없었다. 그런데 자기네한데 피해기 잇따르자 급기야 프로이센 군이 그만 단치히에서 철수해주기를 간절히 바라게 되었다.

칼크로이트는 부하들에게 매일 일정한 포탄을 지급하여 날아오는 프랑스 용들을 향해 쏘게 했다. 대포의 사정거리 밖에서 비행하는 그 용들에 실제로 맞힐 수는 없었으나 아군의 사기를 높이기 위

해서였다. 어쩌다 운이 좋으면 도시 성벽에서 쏜 포탄이 프랑스 군 진영의 대포에 맞거나 참호를 파는 군인들 몇 명을 쓸어버릴 때도 있었다. 특히 왕관 쓴 독수리가 그려진 군기를 쓰러뜨릴 때면 프러시아 군은 환호성을 올렸다. 그런 날 밤이면 칼크로이트 장군은 모두에게 추가로 술을 배급하고 장교들을 불러 만찬을 제공했다.

조류와 바람이 허락하는 한도 내에서 영국 해군은 해안 쪽으로 접근하여 프랑스 군 야영지 후면에 일제 사격을 퍼부어댔다. 그러나 르페브르는 바보가 아니어서 전초병들을 군함의 사정거리 내에 배치하지 않았기 때문에 큰 피해는 입지 않았다. 가끔 로렌스와 테메레르는 항구 쪽에서 작은 접전이 벌어지는 것을 목격하기도 했다. 프랑스 용들이 무리지어 폭탄을 가지고 날아가 영국 수송선을 공격하면, 군함들은 즉각 산탄과 후추탄을 집중적으로 쏘아 올려 그 용들을 물리쳤다. 어느 쪽도 두드러지게 이득을 얻을 수 없는 신경전이 이어졌다. 프랑스 군 입장에서는 시간이 조금 더 넉넉했으면 항구 쪽에 포병대 진지를 구축하여 영국 군함들을 공격해 볼 수도 있을 터였다. 그러나 단치히 시 장악을 제1의 목표로 하고 있기 때문에 영국 군함 쪽으로 병력을 분산할 여유가 없었다.

테메레르도 단치히 시를 공격하러 오는 프랑스 용들을 물리치는 데 최선을 다했다. 그러나 이 도시 안에 다른 용이라고는 우편배달 업무를 하는 작은 용 두 마리와 새끼용 이스키에르카밖에 없기 때문에 테메레르 혼자서 적들을 다 상대하기에는 체력과 속도 면에서 한계가 있었다. 낮 동안 프랑스 용들은 번갈아가며 단치히 시 주변을 이리저리 날아다녔다. 그 용들은 테메레르의 주의가 조금이라도 흐트러지거나 프러시아 경비병들이 지친 기색을 보이면 곧장 달려들어 공격했고 반격을 받기 전에 얼른 도망쳤다. 그 와중에 프랑스 군의 참호들은 점점 그 폭이 넓어지면서 단치히 시 쪽으로 다가왔다. 프랑스 군인들은 두더지 부대처럼 쉴 새 없이 참호를 파고 있었다.

리엔은 사소한 접전에는 일절 참여하지 않았다. 눈도 깜박이지 않은 채 꼬리로 몸을 감고 앉아 아군과 적군의 움직임을 주시하는 것을 보면 단치히 공성 작전 지휘에만 집중하고 있는 것 같았다. 하기로 한다면 신의 바람만으로도 단치히 성벽 너머 프로이센 군인들을 대량 살상할 수도 있겠으나 리엔은 그런 식으로 직접 공격에 나서는 것을 수치스럽게 여기고 있었다.

테메레르는 리엔을 비웃을 구실이 생기자 좋아하며 말했다.

"덩치만 크지 겁쟁이로군. 나 같으면 친구들이 다 싸우러 나가는데 저렇게 뒤에 숨어 있지만은 않을 텐데."

그때 잠에서 깬 이스키에르카가 자기 얘기를 하는 줄 알고 벌안간 끼어들었다.

"난 겁쟁이가 아니라니까!"

사실 아무도 그 주장을 반박할 수 없을 것이었다. 자기보다 스무 배 이상 몸집이 큰 다 자란 용들을 상대로 싸우겠다며 계속 풀쩍풀쩍 뛰는 바람에 승무원들은 점점 크고 굵은 사슬로 이스키에르카를 지상에 묶어놓아야 했다. 매일 먹고 자고를 반복하며 덩치를 불려나가고 있기는 했으나 아직 선두에 나가게 할 수도 없고 효율적으로 비행할 줄도 모르는 상태였기에 이스키에르카의 몸집이 계속 커지고 있는 것이 한편으론 걱정이었다. 이곳을 탈출할 때 테메레르의 등에 태워야 하는데 저렇게 빨리 몸집이 커지면 무게 때문에 테메레르의 부담도 커질 것이다.

이스키에르카는 얼마 전 새로 매단 사슬을 덜그럭거리고 세게 잡아당기며 소리쳤다.

"나도 싸우고 싶어! 풀어줘!"

테메레르가 얼른 달랬다.

"저기 있는 하얀 용만큼 커져야 싸울 수 있어. 그러니까 양이나 먹어."

"처음보다는 많이 커졌다, 뭐."

이스키에르카는 이렇게 툴툴거리고는 양고기를 뜯어 먹었다. 그리고 곧 다시 잠이 들어서 잠시만이라도 주변이 조용해졌다.

로렌스는 리엔 문제에 대해 낙관적으로 생각할 수만은 없었다. 예전에 자금성에서 테메레르와 결투를 벌였을 때를 생각하면 리엔이 지금 지휘만 하고 있는 것은 용기가 부족하거나 비행 기술이 부족해서가 아니었다. 셀레스티얼은 전투에 참여해서는 안 된다는 중국식의 관습에 얽매여 있는 듯했다.

리엔이 직접적인 전투 참여를 거부하는 것을 프랑스 군은 이미 이해하고 있을 터였다. 리엔의 지휘관으로서의 역량을 고려하면 그럴 만도 했다. 현재 프랑스 군 야영지는 단치히 시와 발트 해 사이에 위치해 있었으나 양측의 대포 사정거리에서 벗어나 있어 매우 안전했고, 리엔은 워낙 귀한 용이라 사소한 접전 끝에 다치게 만들 필요가 없을 테니까.

다른 프랑스 용들에게 자연스럽게 위엄을 보이고 있는 리엔은 그 용들을 어떤 식으로 사용하는 것이 프랑스 군에 제일 이득이 되는지를 직관적으로 파악하고 있었다. 로렌스가 보기에도 프랑스 군은 리엔에게 공군 지휘관 자리를 내줌으로써 대단히 큰 이득을 보고 있었다. 리엔의 지휘 하에 프랑스 용들은 기존의 편대 훈련 대신 가벼운 접전 위주의 훈련을 하고 있었고, 훈련을 하지 않을 때에는 참호 파는 일을 거들었다. 프랑스 보병들은 용들과 함께 참호를 파게 되자 상당히 불안해 했지만 르페브르는 일하는 용들 사이를 돌아다니며 그 옆구리를 두드려 격려하고 공군들과 큰소리로 농담을 하는 등 태연한 모습을 보였다. 그러다가 르페브르가 리엔의 옆구리까지 툭툭 치려고 하자 리엔은 흠칫했다. 마치 고상한 공작부인이 자신의 볼을 꼬집으려 하는 농부를 쳐다보듯 놀라고 어이없어하는 그런 표정이었다.

지금까지 계속되는 승전으로 프랑스 군은 사기충천했고 한겨울이 오기 전에 단치히 시의 성벽 안으로 들어가야 한다는 일념에 더힘을 내고 있었다.

"요지는 이제 중국인들뿐만 아니라 프랑스 인들도 용들과 더불어 생활하며 용의 존재에 익숙해져가고 있다는 것이지."

로렌스가 버터 바른 빵을 뜯어 먹으며 그랜비에게 이렇게 말하는 순간, 테메레르가 이른 아침의 가벼운 접전을 끝내고 휴식을 취하기 위해 단치히 요새의 안마당으로 내려섰다.

그랜비는 옆에 누워 자고 있는 이스키에르카의 옆구리를 쓰다듬으며 말했다.

"그렇습니다. 저 사람 좋은 프러시아 인들도 테메레르, 이스키에르카와 이 좁은 곳에서 함께 생활하고 있으니 그 점에서는 마찬가지일 겁니다."

자신의 이름이 언급되자, 옆구리가 크게 오르락내리락 하며 자고 있던 이스키에르카는 한쪽 눈을 떴다. 그리고 비몽사몽간에 등의 가시 돌기에서 증기를 쉭쉭 뿜으며 무슨 말인가를 기분 좋게 중얼거리다가 다시 눈을 감고 계속 잠을 잤다.

호두를 깨 먹듯 양의 다리뼈 몇 개를 입에 넣고 오도독오도독 씹고 있던 테메레르가 물었다.

"같이 생활하지 못할 이유는 또 뭔데? 저들이 지독한 멍청이가 아닌 이상, 우리가 자기네를 해칠 생각이 없다는 것을 일찌감치 깨달았을걸. 물론 이스키에르카라면 실수로 저들을 해칠 수도 있겠지만."

테메레르가 약간 미심쩍어하며 그런 말을 덧붙인 것은 요즘 이스키에르카는 옆에 누가 가까이 있든 말든 아랑곳하지 않고 먹이에 불을 확 뿜어 그을려서 먹는 습관이 생겼기 때문이었다.

칼크로이트 장군은 앞으로 어떤 일이 생길지에 대해서는 이제 아무런 언급도 하지 않았다. 그저 참호를 파며 점점 가까이 오고 있는 프랑스 군에게 언제든지 공격을 가할 수 있도록 부하들을 매일 훈련하고 있었다.

그리고 어느 날 로렌스에게 결연하게 말했다.

"저들이 우리 쪽 대포의 사정거리 내에 들어오면 우리가 먼저 야간에 공격을 개시할걸세. 전투에서 별 성과는 올리지 못하겠지만 대령 일행이 발트 해 쪽으로 탈출할 수 있도록 저들의 시선을 우리 쪽에 붙잡아 둘 생각이라네."

"그렇게까지 생각해주시니 정말 감사드립니다, 장군님."

그렇지만 그것은 부상과 죽음의 위험을 무릅써야 하는 대단히 위험한 계획이었다. 로렌스와 테메레르를 조용히 프랑스 군에 넘겨주면 단치히의 프러시아 군은 무사히 풀려날 텐데. 리엔이 지금 저 프랑스 군 야영지에 와 있는 것은 로렌스와 테메레르 때문임이 분명했다. 프랑스 군은 단치히 시 점령을 느긋하게 진행하고 있었는데 리엔이 오면서부터 갑자기 서두르기 시작했으니까. 영국을 완전히 패배시키기 위해 나폴레옹과 리엔이 어떤 계획을 세우고 있는지는 모르지만, 로렌스와 테메레르를 포로로 붙잡은 뒤 테메레르에게 사형 선고를 내리려는 것이 아닐까 하는 생각도 들었다. 그런 생각을 하니 너무나 끔찍해서 로렌스는 리엔의 손아귀에 붙들리는 일만은 피하고 싶었다.

로렌스가 덧붙여 말했다.

"저희를 돕느라 너무 위험한 일을 하지는 않으셨으면 합니다. 전투를 한다고 해도 승산이 없을뿐더러, 저 프랑스 인들은 장군님이 명예로운 항복을 거부했다고 이를 갈고 있을지도 모릅니다."

칼크로이트는 고개를 저었다. 그 몸짓에는 부정이 아니라 거부의 뜻이 담겨 있었다.

"그래서? 우리가 르페브르의 제안을 받아들이고 그가 우리를 풀어준다면 그 다음에는 어떻게 될 것 같은가? 사병들은 무장해제를 당하고 뿔뿔이 흩어질 것이고, 장교들은 포로 석방 선서에 얽매여 일 년 간은 꼼짝도 할 수 없겠지. 명예로운 항복을 하고 풀려난다 해도 실상은 무조건 항복과 다를 게 없다는 말일세. 육군과 마찬가지로 공군도 완전히 해산되어 버릴 것이고. 저들은 이미 프로이센 육군을 쓰러뜨렸어. 보병대대가 거의 전부 해산되고 장교들은 죄다 포로로 잡혔으니까. 앞으로 군대를 재편하고 싶어도 사병과 장교가 남아 있지 않은 상황이라네."

지도를 내려다보며 그렇게 말한 칼크로이트는 의기소침한 표정으로 고개를 들었다. 그리고 로렌스에게 씨익 웃으며 말을 이었다.

"그래, 이제 알겠지? 자네 일행의 탈출을 위해 마지막으로 저들과 맞붙겠다는 것은 사실 그리 대단한 일이 아니야. 어차피 저들의 손에 군이 해산되기는 마찬가지니까."

그때부터 칼크로이트 장군과 로렌스는 돌격 및 탈출 준비를 하기 시작했다. 지상에서 대포를 쏘아 올릴 프랑스 포병중대라든가 발트 해로 가는 길을 막아설 30마리의 프랑스 용들에 대해서는 더 거론하지 않았다. 어차피 테메레르를 타고 탈출하는 과정에서 그들의 공격을 피할 수 없기 때문이었다. 그리고 프러시아 군의 돌격 날짜가 정해졌다. 지금부터 이틀 뒤 초승달이 뜨는 밤, 달이 가늘어 하늘이 어두우니 그 시각에 칼크로이트 장군의 군대는 프랑스 군 야영지를 향해 돌격하고 테메레르 일행은 그 틈을 타 발트 해로 날아가기로 했다. 그 시각에 캄캄한 밤하늘을 가로지르는 테메레르를 볼 수 있는 프랑스 용은 플레르 드 뉘뿐일 터였다. 프랫은 은접시를 망치로 두들겨 방탄판을 만들고 캘로웨이는 섬광분을 폭탄에 섞어 넣기 시작했다. 테메레르는 적들이 낌새를 채지 못하게 평소처럼 로렌스를 등에 태우고 단치히 시 상공을 맴돌았다. 실수 한 번으로도 모든 계획과 작업이 허사가 될 수 있으므로 극도로 조심해야 했다.

"로렌스, 저쪽에서 용들이 날아오고 있어."

테메레르가 비행 중에 돌연 이렇게 말하며 발트 해 쪽을 가리켰다. 로렌스는 망원경을 꺼내어 다가오는 무리들을 자세히 살펴보았다. 햇빛이 눈부셔 눈을 가늘게 뜨면서 봐야 했다. 스무 마리 정도의 용들이 저 멀리 발트 해에서 낮은 고도를 유지한 채 날아오고 있었다. 다급해진 로렌스는 더 지체할 것 없이 테메레르를 요새 안마당에 착륙하게 했다. 그리고 수비대에게 용들의 공격을 받게 될지도 모르니 요새의 대포 뒤에 몸을 숨기라고 소리쳤다.

안마당에서 잠든 이스키에르카 곁에 앉아 있던 그랜비는 로렌스가 외치는 소리를 듣고 성벽 위로 올라와 로렌스 옆에 섰다. 그리고 로렌스의 망원경을 빌려 발트 해 쪽 상공을 살폈다.

"이런, 망할. 말씀하신 대로 스무 마리 정도 되어 보이는……."

그랜비는 말을 하다 말고 멈췄다. 프랑스 용들 몇 마리가 발트 해 쪽에서 날아오고 있는 정체불명의 용들을 향해 일제히 방어 태세를 취하고 있었던 것이다. 테메레르는 뒷다리를 쭉 뻗고 목을 길게 빼며 성벽 너머를 바라보았다. 그 바람에 성벽 위에 배치되어 있던 프러시아 군인들이 테메레르의 거대한 발톱을 피해 얼른 옆으로 물러났다.

테메레르는 흥분한 목소리로 소리쳤다.

"로렌스, 저들이 싸우고 있어! 우리 편인가 봐! 막시무스랑 릴리 아냐?"

그랜비도 반가워하며 말했다.

"맙소사, 때 맞춰 왔구나!"

"과연 그렇군."

로렌스도 이렇게 말하며 가슴에 새로운 희망이 차오르는 것을 느꼈다. 영국 공군이 보낸 지원군이 드디어 발트해를 가로질러 날아오고 있는 모양이었다. 왜 이제야 오는 것인지, 다른 곳도 아니고 왜 하필 단치히로 오는 것인지는 알 수 없었으나 분명히 이 용들은 바다 쪽에서 날아왔고 지금 프랑스 용들과 싸우고 있다. 그런데 가만히 보니 아군인 듯한 이 용들은 편대를 제대로 이루지 않고 각개로 싸우고 있었다. 그러나 분명히…….

해안 쪽을 경계하고 있던 프랑스의 소형 용들은 갑작스런 공격에 놀라 당황하며 조금씩 조금씩 단치히 성벽 쪽으로 후퇴했다. 그 틈을 타서 새로운 용들은 지상에 있던 나머지 프랑스 용들이 지원하러 나서기 전에 적들의 대열을 뚫고 빠른 속도로 날아와 단치히 요새의 널찍한 안마당에 착륙했다. 용들은 신나게 소리를 지르면서 아무렇게나 착륙했고 바닥에 마구 뒹굴었다. 정신 사나운 날갯짓과 화려한 색깔의 몸통들. 잘난 척하기 좋아하는 아르카디가 머리를 뒤로 젖히고 으스대면서 테메레르 앞에 내려섰다.

테메레르가 놀라서 영어로 소리쳤다.

"대체 여긴 웬일이야?"

그리고는 두르자크어로 그 질문을 되풀이했다. 아르카디는 즉시 장황하고 시끌벅적하게 설명을 늘어놓기 시작했다. 그러자 옆에서 다른 야생용들이 아르카디의 얘기 속에 자신의 의견을 집어넣고자 한마디씩 거들었다. 정신 사나운 불협화음 속에서 야생용들은 저희들끼리 자기 말이 옳다며 말다툼을 벌였고 고함을 지르고 씩씩거리며 몸싸움까지 벌였다. 그 광포한 소음에 프로시아 공군들마저 당황했다. 이제 겨우 예의 바른 테메레르와 먹고 자기만 하는 이스키에르카에게 익숙해져 있던 프로시아 육군들은 대책 없이 겁에 질렸다.

그 혼란의 와중에 나지막한 목소리가 들려왔다.

"우리를 달갑지 않게 여기시지 않았으면 합니다만."

로렌스가 고개를 돌려보니 바로 앞에 타르케가 서 있었다. 머리카락이 바람에 헝클어지고 옷차림도 지저분했으나 냉소적인 표정은 여전했다. 마치 규칙적으로 이곳을 왔다 갔다 했던 사람처럼 아무렇지 않은 얼굴이었다.

로렌스가 말했다.

"타르케 씨! 당연히 환영합니다. 타르케 씨가 저들을 데리고 온 겁니까?"

타르케는 로렌스와 그랜비의 손을 잡고 악수를 나누며 차분하게 대답했다.

"그렇습니다만, 오는 동안 대가를 톡톡히 치렀지요. 처음에는 내 나름대로 대단히 영리한 생각이다 싶어서 실행에 옮긴 것이었는데 막상 저들을 데리고 두 대륙을 가로질러 오다보니 후회가 막심하기도 했습니다. 이곳에 무사히 도착한 것이 기적이죠."

"어떤 분위기였을지 상상이 가는군요. 그래서 우리를 떠났던 겁니까? 타르케 씨가 말없이 떠나서 저들을 데려올 줄은 짐작도 못했습니다."

타르케는 어깨를 으쓱하며 말했다.

"그때는 과연 저들을 데려올 수 있을지 확신이 서지 않았습니다. 그저 프러시아 측이 영국용 스무 마리를 요구하고 있으니 그 수에 맞춰서 야생용들을 데려오면 되겠다 싶었습니다."

그랜비는 야생용들에게서 시선을 떼지 못한 채 물었다.

"가자니까 저들이 따라왔단 말입니까? 다 자란 야생용이 안장을 차는 데 동의했다는 말은 처음 들어봅니다. 어떻게 설득하셨습니까?"

"허영심과 탐욕을 자극했지요. 아르카디는 자기가 나서서 테메레르를 구하게 될 거라는 생각에 영웅심이 발동했고, 나머지 야생용들은 술탄의 살찐 소들이 입맛에 딱 맞아서 산에서 계속 여윈 염소와 돼지를 먹으니 맛있는 소를 먹겠다고 따라온 겁니다. 대령님 밑에서 복무하면 매일 소를 한 마리씩 받을 수 있을 거라고 내가 저들에게 약속했는데, 내 약속이 너무 지나친 것이 아니었으면 좋겠군요."

로렌스가 말했다.

"용 스무 마리에게 매일 소 한 마리씩이라고요? 저들에게 각각 소 떼를 배급해주겠다고 약속해도 무방했을 것입니다. 그런데 우리가 여기에 있는 줄 어떻게 알았습니까? 그동안 우린 프러시아 대륙을 반이나 가로질러 이리저리 돌아다닌 끝에 이곳까지 온 것입니다만."

"그런 것 같았습니다. 시끌벅적한 동행을 끌고 이리저리 돌아다닌 끝에 대령님 일행이 예나에 머물렀다는 것은 알아냈지요. 하지만 그곳에서 흔적을 놓치고 말았습니다. 그 뒤로 2주일 동안 시골 지역을 이리저리 돌아다니며 그곳 사람들을 두려움에 떨게 만든 끝에 베를린에서 대령님을 만난 적이 있다는 은행가를 찾아낼 수 있었습니다. 그 은행가는 대령님이 적들의 포로가 되지 않았다면 아마 나머지 프러시아 군인들과 함께 단치히나 쾨니히스베르크로 갔을 거라고 하더군요. 그래서 우린 일단 이곳으로 날아온 것입니다."

그리고 타르케는 안마당에서 제일 좋은 자리를 차지하려고 서로를 난폭하게 밀치고 있는 알록달록한 색깔의 야생용들에게 손을 흔들었다. 이스키에르카는 그 난리법석이 벌어진 와중에도 용케 깨지 않고 막사의 요리실 바로 옆, 따뜻하고 편안한 자리에 누워 자고 있었다. 그런데 아르카디의 직속 부하인 린지가 이스키에르카를 주둥이로 밀어 옆으로 치우고 그 자리를 차지하려고 했다.

"아, 안 돼!"

그랜비는 놀라서 소리치며 안마당을 향해 계단을 뛰어 내려갔다.

그러나 굳이 그럴 필요도 없었다. 잠이 깬 이스키에르카가 그 큰 진회색 용의 코에 대고 경고의 뜻으로 불을 확 뿜었고 린지는 놀라서 비명을 지르며 뒤로 펄쩍 뛰었다. 그러자 나머지 야생용들은 몸집 작은 이스키에르카에게 즉시 두려움과 경의를 표하며 물러나, 잠시 논의한 끝에 각자 편리한 곳에 자리를 정하고 앉았다. 이를테면 지붕 위라든가 작은 마당, 탁 트인 테라스 같은 곳이었다. 그 야생용들이 내려앉자 테라스 안쪽에 있던 사람들은 크게 놀라 비명을 질러댔다.

"스무 마리라고? 그 용들이 지휘에 따르겠다고 하던가?"

칼크로이트는 그의 발코니에 누워 쌔근쌔근 자고 있는 자그마한 게르니를 쳐다보며 물었다. 게르니의 길고 가느다란 꼬리가 발코니 문 사이로 들어와 방바닥에 놓여 있었다. 그 꼬리는 한번씩 움찔거리며 바닥을 탁 내리치기도 했다.

로렌스는 다소 미심쩍은 말투로 대답했다.

"그게, 저 야생용들은 테메레르의 뜻이라면 거부하지 못할 테고 무엇보다 자기네 대장의 지시는 잘 따릅니다. 하지만 그 이상은 장담 못하겠습니다. 또한, 저들은 투르크 방언을 약간 할 줄 알기는 합니다만 자기네 언어밖에 알아듣지 못합니다."

칼크로이트는 말없이 편지봉투칼을 쥐고 윤기 나는 책상 표면에 그 끝을 비틀어 돌렸다. 그리고 혼잣말처럼 말했다.

"아니. 야생용들이 있다고 해도 이 도시의 함락을 저지할 수는 없을걸세."

로렌스도 조용히 고개를 끄덕였다. 지난 몇 시간 동안 로렌스도 새로 증강된 공군력으로 프랑스 군을 이 도시에서 멀찌감치 몰아낼 수 있는 공격 방법에 대해 고민을 해보았다. 그렇지만 작은 접전이라면 몰라도 저 야생용들을 훈련받은 공군 용들처럼 활용하려 했다간 처참한 결과를 빚을 것이었다.

칼크로이트가 계속해서 말했다.

"그래도 저 용들이 와주었으니 자네 일행은 발트 해까지 안전하게 탈출할 수 있을 거라고 보네. 그것만으로도 나는 저 용들에게 고맙게 생각하고 있어. 자네도 우리를 위해 할 수 있는 모든 것을 다 해주었네. 그만 떠나게. 안전한 비행이 되기를 빌겠네."

"장군님, 더 도와드리지 못해 유감입니다. 그리고 여러 가지로 감사드립니다."

책상 옆에 우두커니 서 있는 칼크로이트 장군을 뒤로 하고, 로렌스는 고개를 푹 숙인 채 그 방을 나와 안마당으로 내려갔다. 그리고 지상요원 감독자인 펠로우스에게 지시를 내렸다.

"테메레르에게 갑옷을 입혀, 펠로우스."

그리고 페리스에게 고개를 끄덕이며 말했다.

"날이 어두워지자마자 이곳을 떠난다."

테메레르의 승무원들은 조용히 이륙 준비를 하기 시작했다. 지금 이 상황에서 단치히 시를 떠나게 되어 다들 마음이 좋지 않았다. 프랑스 군과 접전이 벌어지더라도 방어에 충분히 활용할 수 있지 않을까 싶어서 승무원들은 요새 곳곳에 자리 잡고 있는 스무 마리의 야생 용들을 흘끔거리며 쳐다보았다. 프러시아 군을 남겨놓은 채 저 야생용들까지 모두 데리고 자기네끼리 이곳을 탈출하는 것이 너무나도 이기적인 행동인 것 같았다.

테메레르가 불쑥 말했다.

"잠깐, 로렌스. 꼭 이런 식으로 떠날 필요가 있을까?"

로렌스는 가라앉은 목소리로 대답했다.

"나도 유감스럽게 생각하고 있어. 하지만 더는 여기 머물 수 없어. 아무리 열심히 싸워도 결국 이 요새는 프랑스 군에게 함락될 것이고 여기 남아 계속 싸우다간 우리도 프러시아 군과 함께 적들에게 포로로 붙잡힐 테니까."

"내 말은 그게 아니라, 지금은 우리 쪽에도 용이 많이 있잖아. 그러니까 프러시아 군인들을 모두 데리고 가는 게 어때?"

"그게 가능하겠나?"

칼크로이트가 물었다. 그리고 그들은 서둘러 대탈출 계획의 윤곽을 잡아나가기 시작했다. 이곳 프러시아 군인 1만5천 명을 싣고 날아가 항구에 있는 여러 척의 영국 수송선에 나누어 태우면, 화물 창고와 뱃머리 파도막이에 이르기까지 여유 공간 없이 군인들로 가득 차게 될 터였다.

그랜비가 로렌스에게 말했다.

"우리가 갑자기 날아와 자기네 배에 올라타면 영국 신원들이 기겁을 할 것입니다. 우리한테 총이나 쏘지 않기를 바랄 수밖에요."

"겁에 질려 정신이 나가지 않은 이상 그들도 공격하러 온 용들이 배 가까이 내려올 리 없다는 것쯤은 알고 있겠지. 군함 쪽에 미리 알려줘야 하니 내가 테메레르를 데리고 앞장서서 갈 생각이다. 테메레르가 군함 위에서 정지비행을 하면서 밑으로 밧줄을 내려 안장에 태운 군인들을 군함으로 내려 보낸 뒤, 야생용들을 갑판에 착륙하게 하면 돼. 다행히 야생용들은 덩치가 그리 크지 않으니 수송선 갑판에 모두 태울 수 있을 거다."

칼크로이트 장군은 단치히 시의 우아한 귀족 저택에서 그 집 주인들이 뭐라고 하든 무시하고 비단 커튼과 린넨 홑이불을 모조리 공출하도록 했다. 군인들을 실어 나르기 위한 수송용 안장을 만들기 위해서였다. 그리고 이 도시의 침모들을 모두 모아 칼크로이트 장군이 머무는 숙소의 거대한 무도장에 들여놓고 펠로우스의 지시에 따라 수송용 안장을 바느질하도록 했다.

그런데 펠로우스가 다소 난감해 하는 얼굴로 칼크로이트 장군과 로렌스에게 다가와 말했다.

"이런 말씀을 드려 죄송합니다만 지금 수송용 안장을 제대로 만들고 있는 것인지 확신이 서지 않습니다. 중국인들이 이런 안장을 만들 때 삭구를 어떤 식으로 연결시키는지 알 수가 없어서요. 그리고 용에게 이런 비단 소재의 안장을 채우는 것도 그렇고 그 안장에 군인들을 잔뜩 태우는 것도 왠지 마음이 놓이지 않습니다."

칼크로이트가 활기차게 말했다.

"할 수 있는 만큼 해봐. 그 안장에 타지 않고 여기 남아 있으면 포로밖에 더 되겠나."

그러자 로렌스가 칼크로이트에게 말했다.

"말과 대포는 가져갈 수 없습니다."

"군인들을 구하는 게 우선이지. 말과 대포는 나중에 다시 조달하면 되니까. 저 수송용 안장 하나에 몇 명 정도 태울 수 있겠나?"

로렌스와 칼크로이트는 그 문제를 논의하기 위해 안마당으로 내려왔고 테메레르가 의견을 말했다.

"나 같은 경우, 갑옷을 입지 않고 저 안장만 착용하면 최소한 3백 명은 태울 수 있어. 하지만 야생용들은 덩치가 작아서 그렇게 많이 태우지는 못할걸?"

얼마 있다가 안장담당자들이 첫 번째로 완성된 수송용 안장을 안마당으로 가지고 내려왔다. 그 안장을 보고 아르카디는 불안해 하며 뒤로 물러섰다가 테메레르가 예리하게 한마디 하자 다시 앞으로 다가가 그 안장을 차고 끈 길이를 조정했다. 그리고는 곧 가슴을 앞으로 쑥 내밀고 우쭐거렸다. 삭구를 마저 채우는 모습을 보기 위해 아르카디는 한 바퀴 빙 돌았고 그 바람에 옆구리에 올라가 있던 안장담당자 몇 명이 밑으로 떨어졌다. 삭구까지 다 채워지고 나자 아르카디는 부하들 앞에서 잔뜩 뽐을 냈다. 그 수송용 안장이 숙녀의 규방에서 모아온 다양한 색과 무늬의 비단들을 이어 붙여 만든 것이라 모양새가 다소 우스꽝스러웠지만 아르카디는 자신의 모습이 무척 멋지다고 생각했고 다른 야생용들도 부럽다며 한마디씩 했다.

그런데 프로이센 군인들을 아르카디의 수송용 안장에 탑승시키는 것이 문제였다. 그 군인들은 좀처럼 안장 쪽으로 다가오려 하지 않았다. 그러자 칼크로이트 장군은 모두에게 겁쟁이라고 호되게 꾸짖고는 솔선해서 그 안장에 올랐다. 장군의 부관들은 잠시 누가 먼저 타느냐를 놓고 실랑이를 하기는 했으나 곧 뒤따라 탑승했다. 장군과 그 부관들이 본을 보이자 나머지 군인들은 자신들의 행동을 부끄러워하면서 당장 탑승하겠다고 외쳐댔다. 그 모습을 지켜보고 있던 타르케는 인간이나 용이나 어떤 면에서는 다를 게 없다고 담담하게 말했다.

아르카디는 몸집 때문이 아니라 그들 나름의 기준으로 됨됨이가 훌륭해서 대장이 된 것이라 야생용들 중에 몸집이 제일 크지는 않았다. 그래서 몸에 태울 수 있는 군인의 수는 100명 남짓 정도밖에 되지 않았다.

"테메레르와 야생용들에게 고루 태우면 총 2천 명 정도를 실을 수 있겠군."

로렌스는 이렇게 대충 헤아려 본 다음, 에밀리와 다이어에게 석판을 내주며 자신이 맞게 계산한 것인지 확인해보라고 했다. 두 훈련생은, 이런 중차대한 순간에도 산수 과제를 해야 하다니, 하는 생각에 얼굴빛이 어두워졌다.

로렌스가 덧붙여 말했다.

"너무 많이 싣고 가면 위험하겠어. 중간에 프랑스 용들과 맞닥뜨렸을 때 속도를 내서 피할 수 있어야 하니까."

그랜비가 말했다.

"플레르 드 뉘를 미리 손봐놓지 않으면 그렇겠죠. 오늘 밤에 놈을 덮치는 게 어떻겠습니까?"

로렌스는 고개를 저었다. 그랜비의 생각에는 동의하나 불가능할 것 같아서였다.

"프랑스 군은 플레르 드 뉘가 우리에게 노출되지 않게 각별히 신경을 쓰고 있어. 그 용이 적진 한가운데에 자리잡고 있기 때문에 우리가 접근하면 적들의 대포 사정거리 내에 들어가게 돼. 단치히에 도착한 뒤로 그 용이 진영 바깥으로 나오는 모습을 본 적이 없어. 늘 저 언덕진 곳에 안전하게 자리 잡고 앉아서 우릴 지켜보고 있지."

타르케가 지적했다.

"오늘밤 우리가 그 플레르 드 뉘를 덮치면, 프랑스 놈들은 내일 우리가 이곳을 탈출할 계획임을 눈치 챌 겁니다. 그럼 플레르 드 뉘가 아니더라도 밤새 경계 태세를 강화해서 이륙하는 우리를 잡으려고 하겠지요. 아무래도 이륙 직전에 그 용을 처리하는 것이 여러 모로 낫겠습니다."

아무도 반박하지 않았다. 어찌해야 좋을지 몰라 한참 생각한 끝에 그들은 적들의 관심을 다른 데로 유도하는 것 말고는 좋은 수가 없다고 결론을 내리게 되었다. 작은 용들을 시켜 프랑스 군 야영지 앞쪽에 섬광분을 섞은 폭탄을 떨어뜨리게 하고 그 강렬한 빛으로 플레르 드 뉘의 시야를 방해한 뒤, 그 틈을 타 다른 용들이 군인들을 싣고 남쪽으로 날아갔다가 프랑스 군 야영지를 빙 돌아서 북쪽의 발트 해로 날아가자는 계획이었다.

그랜비가 말했다.

"그 효과가 오래 지속되지는 않을 것입니다. 곧 리엔을 포함해서 적들이 한꺼번에 달려들겠죠. 테메레르도 양옆에 300명이 넘는 군인들을 태운 상태로는 리엔과 싸워 이기지 못할 테고요."

칼크로이트도 그 말에 동의했다.

"프랑스 군인들과 용들이 모조리 잠에서 깨어날 것이고 아무리 옆으로 돌아서 가더라도 그중 누군가는 발트 해로 날아가는 우리를 볼지도 모르지. 프랑스 군이 즉각 공격 태세에 들어간다 해도 플레르 드 뉘가 잠시 앞을 볼 수 없는 상황이니 우리의 정확한 위치를 파악하는데 시간이 좀 걸릴걸세. 용들의 몸에 태운 내 부하들을 절반만이라도 구할 수 있다면 해볼 만하다는 생각이 드네."

테메레르가 반대하고 나섰다.

"프랑스 군 야영지를 빙 돌아서 가게 되면 시간이 많이 걸려. 그만큼 힘이 들기 때문에 안장에 군인들을 많이 태울 수도 없고. 그냥 가서 플레르 드 뉘를 신속하고 소리 없이 죽여 버리면 프랑스 군이 눈치를 채기 전에 여유 있게 탈출할 수 있을 거야. 아니면 머리를 세게 내리쳐서 잠시 정신을 잃도록 만든다든가……."

로렌스가 말허리를 잘랐다.

"플레르 드 뉘가 우리를 방해하지 못하게 만들기만 하면 되니까 아편에 취하게 만드는 방법을 쓰면 어떨까?"

그리고 잠시 생각한 끝에 덧붙였다.

"프랑스 군은 이동 시 가축들에게 아편을 먹이고 아편 기운이 떨어진 가축을 용들에게 먹이로 내주고 있어. 우리가 아편을 잔뜩 먹인 가축을 들고 살그머니 접근해서 근처에 놔두면 플레르 드 뉘는 그 가축을 먹으면서도 별로 맛이 이상하다는 생각을 안 할 거야."

그랜비가 로렌스에게 물었다.

"소에게 아편을 먹이면 취해서 한 곳을 빙글빙글 돌 텐데, 플레르 드 뉘의 비행사가 그런 소를 자기 용이 먹게 놔둘까요?"

"프랑스 군인들이 풀죽으로 끼니를 때우고 있으니, 용들도 실컷 먹지는 못하고 있을 테지. 그러니 플레르 드 뉘도 밤에 소가 옆으로 지나가는 것을 보면 비행사에게 허락을 받고 먹기보다는 일단 먹고 나서 나중에 용서를 구하겠지."

그런데 타르케가 그 일을 맡겠다고 나섰다.

"무명 바지와 헐렁한 셔츠 한 장만 내주십시오. 저녁거리가 담긴 바구니도 내주시고요. 나는 별다른 시선을 끌지 않고 야영지 안으로 걸어 들어갈 수 있습니다. 프랑스 군인들이 붙잡아 세우면 아무 장교의 이름을 대고 심부름을 하는 중이라고 둘러대면 됩니다. 그 군인들에게 내주어야 하니 아편이 든 브랜디도 몇 병 준비해주십시오.

많을수록 좋습니다. 보초 서는 경비병들이 아편에 취해 졸면 우리한테 그만큼 유리해지니까요."

그랜비가 타르케에게 물었다.

"다시 이곳으로 돌아올 겁니까?"

"아뇨. 어쨌든 우리의 목표는 단치히 시를 빠져나가는 것이니, 나는 플레르 드 뉘를 처리한 뒤 항구 쪽으로 걸어가겠습니다. 테메레르와 야생용들이 군인들을 실어 나르는 작업을 끝마치기 전에 내가 먼저 항구에 도착해 있을 것입니다. 그곳 어부들이 영국 군함들을 상대로 소소한 장사를 하고 있을 테니, 나는 항구에서 어부의 배를 얻어 타고 영국 군함에 가 있을 생각입니다."

칼크로이트 장군의 부관들은 요새 안마당에 엎드린 채 야생용들도 잘 볼 수 있도록 큼직하게 지도를 그렸다. 그들은 야생용들의 시선을 끌기 위해 다양한 색깔의 분필을 사용했는데 푸른 줄로 표시된 비스툴라 강이 탈출 시 이정표 구실을 하게 될 터였다. 그 강은 도시 성벽을 따라 흐르다가 프랑스 군 야영지를 지나 항구 쪽으로 구불구불 흘러가고 있었다.

로렌스가 말했다.

"우리는 강물 바로 위쪽에서 일렬종대로 날아간다. 테메레르, 방금 내가 한 말을 야생용들에게 전해."

그리고 그는 걱정스런 목소리로 테메레르에게 덧붙여 말했다.

"다 같이 짐승 떼를 사냥할 때처럼 아주 조용히 날아가야 하는데."

"그렇게 하라고 전할게."

테메레르는 이렇게 대답하고는 살짝 한숨을 쉬면서 조용히 속내를 털어놓았다.

"야생용들이 이곳에 와준 게 싫다는 뜻은 아니야. 저들이 별다른 지도를 받지 못한 점을 감안하면 그래도 내 말을 잘 듣는 편이니까. 하지만 막시무스랑 릴리, 엑시디움이 이곳에 와 있었더라면 얼마나 좋았을까 하는 생각이 들어. 특히 엑시디움이라면 이 상황에서 어떻게 해야 하는지 누구보다 잘 알 텐데."

"내 생각도 그래."

용들을 관리하는 문제는 차치하고라도 리갈 코퍼 품종의 대형 용 막시무스라면 혼자서 6백 명 이상의 군인들을 수송할 수 있을 터였다. 로렌스는 주저하며 물어보았다.

"달리 걱정되는 점이 있다면 말해 봐. 저 야생용들이 탈출 작전 중에 냉정을 잃고 흥분할까 봐 불안한 거니?"

테메레르는 고개를 숙이고 저녁 식사로 나온 먹이를 앞발로 쿡쿡 찌르며 대답했다.

"아, 아니. 그런 게 아니라, 우린 지금 도망치는 거지, 그렇지?"

갑작스런 질문에 로렌스는 당황했다. 그는 테메레르가 이 탈출 계획에 전적으로 찬성하고 만족하고 있는 줄로만 알았다. 프러시아 수비대를 모두 데려갈 수 있게 되었으니 박수를 칠 정도로 기뻐하리라 생각한 것이다.

"유감이지만 도망이라고 할 수밖에 달리 표현할 말이 없다. 하지만 앞으로 또다시 전투가 벌어졌을 때 승리하기 위해서 힘을 아끼고 후퇴하는 것은 부끄러운 짓이 아니야."

"우리가 이렇게 후퇴하면 어쨌든 나폴레옹이 이긴 셈이 되는 거 잖아. 앞으로도 나폴레옹은 영국으로 쳐들어오기 위해 계속 벼를 것이고 영국은 계속 전시 상태를 유지하겠지. 그동안 우리는 영국 정부 측에 용의 처우 개선을 위한 변화를 요구할 수 없을 테지. 나폴레옹을 패배시킬 때까지는 정부의 명령에 따를 수밖에 없으니까."

테메레르는 어깨를 약간 움츠리며 덧붙였다.

"나도 이제 이해할 수 있어, 로렌스. 내 의무를 다하고 불평을 늘어놓는 짓은 하지 않겠다고 약속할게. 그저 아쉬워서 한마디 한 것뿐이야."

그 사려 깊은 말을 듣자 로렌스는 그동안 자신의 생각이 많이 바뀌었음을 알려주지 않을 수 없었다. 용들의 삶의 질 개선이라는 문제에 대해 로렌스가 느낀 초기의 반감은 테메레르와 얘기를 나누면서 하나씩 하나씩 사라졌던 것이다.

로렌스는 자신의 변화를 정당화하기 위해 애를 쓰며 말했다.

"나라는 인간이 본질적으로 바뀐 것은 아니지만 내가 이해할 수 있는 범위가 예전보다는 넓어졌어. 나폴레옹은 육군 조직에서 인간과 용이 긴밀히 협조할 경우 큰 이득을 창출할 수 있다는 것을 직접 증명하고 있지. 영국으로 돌아가서도 우린 전처럼 국방의 의무를 다해야겠지만, 인간과 용이 전보다 훨씬 가깝게 협조하며 살 수 있다는 중요한 정보를 가지고 가는 것이니만큼 영국 내에서 용과 인간의 관계 변화를 촉진시킬 수 있을 거다. 그런 변화를 유도하는 것은 우리의 바람일 뿐만 아니라 의무이기도 해."

이제 테메레르에게 인내하며 기다리라고 설득할 필요가 없었다. 로렌스의 말을 듣고 테메레르는 환성을 지르며 아주 기뻐했다. 그러나 앞으로 헤쳐 나가야 할 난관들이 많이 남아 있으니 여러 모로 주의해야 했다. 특히 로렌스는 용들의 처우 개선을 주장한다면 영국 정부의 강력한 반대에 부딪치리라는 것을 잘 알고 있었다.

테메레르가 말했다.

"누가 뭐라고 해도 상관없어. 시간이 많이 걸려도 괜찮아. 로렌스, 나 정말 행복해. 어서 빨리 고향으로 돌아가고 싶어."

밤을 새우고 그 다음날 오후까지 안장 담당자들은 침모들을 지휘하며 수송용 안장들을 완성하는 작업에 총력을 기울였다. 기병대 소속 말들의 마구를 뜯어내고 해체한 다음 무두질장이들을 동원하여 필요한 부품을 만들었다. 황혼이 깔리기 시작할 무렵에도 펠로우스는 동료들과 함께 각 용들의 몸을 오르내리며 수송용 안장에 고리를 계속 달아맸다. 그 고리에 사용된 것은 가죽과 밧줄, 단단히 꼰 비단 등이었다. 그래서인지 수송용 안장은 리본과 나비매듭, 주름장식으로 뒤덮였다.

배급받은 술을 마시며 그 안장들을 쳐다보던 페리스는 소리죽여 웃었다.

"화려해서 꼭 궁중 예복 같네요. 용들에게 저 안장을 채운 채로 곧장 런던으로 날아가 왕비 전하를 알현하면 되겠군요."

저녁이 되자 플레르 드 뉘는 여느 때와 다름없이 야간 보초를 서기 위해 지정된 자리에 궁둥이를 붙이고 앉았다. 밤이 깊어지자 밤하늘처럼 진청색을 띤 플레르 드 뉘의 몸통은 점점 어둠 속에 가려졌고 결국 정찬용 접시만큼 큰 젖빛의 두 눈만이 모닥불 빛을 반사하며 하얗게 빛나고 있었다. 플레르 드 뉘는 어쩌다 한번씩 바다 쪽을 향해 고개를 돌렸는데 그때는 하얀 눈알이 잠시 보이지 않다가 곧 다시 원래 자리로 돌아왔다.

작전 개시 몇 시간 전에 타르케는 단치히 성벽 밖으로 빠져나갔다. 그 뒤로 모래시계를 두 번 뒤집을 동안 요새 안에 있는 자들은 초조하게 기다렸다. 테메레르를 비롯한 야생용들은 수송용 안장을 착용하고 프러시아 군인들을 몸에 태운 채 출발 신호를 기다리고 있었다.

"혹시 저쪽에서 아무런 변화가 없다면……."

로렌스가 나지막하게 운을 뗀 순간, 어둠 속에서 하얗게 빛나던 플레르 드 뉘의 두 눈이 한번 두번 껌벅였다. 조금 뒤엔 그보다 길게 껌벅였다. 그리고 눈꺼풀이 천천히 내려가더니 머리도 땅바닥 쪽으로 스르르 내려갔고 마침내는 가늘게 떠 있던 눈도 마저 감겼다.

로렌스는 모래시계를 들고 지상에서 초조하게 서 있는 칼크로이트 장군의 부관들에게 말했다.

"출발합니다!"

수송용 안장을 찬 테메레르는 몸에 태운 프러시아 군인들의 무게 때문에 평소보다 힘을 더 많이 주고 몸을 쭉 펴며 날아올랐다. 승무원들 외에 다른 군인들을 양옆에 잔뜩 태운 채 날아가자니 로렌스는 기분이 이상했다. 안장 고리에 앉아 끈을 잡고 매달린 프러시아 군인들은 신경이 곤두선 탓인지 꺽꺽대면서 숨을 힐떡거렸다. 소리 죽여 욕을 하거나 나지막하게 비명을 지르는 이도 있었다. 그러나 옆에 탄 이들이 즉시 그 입을 다물도록 조치를 했다. 프러시아 군인들은 서로 바짝 붙은 채 안장에 매달려 있어서 서로에 의지하며 살을 에는 바람에도 견딜 수 있었다.

성벽을 넘어간 테메레르는 비스툴라 강을 따라 강물 위로 날아가기 시작했다. 바다로 흘러들어가는 강물 소리에 날갯짓 소리가 묻히도록 하기 위해서였다. 강의 양옆에 대놓은 보트들이 밧줄에 묶인 채 삐걱거렸고 항구에 음침하게 자리한 기중기는 독수리처럼 바다 쪽으로 목을 내밀고 있었다. 프랑스 군 야영지에서 피워놓은 모닥불이 반사되어 부드럽게 물결치는 검은 강물 위에 노란 불빛이 반짝거렸다.

강의 양옆 벌판에는 프랑스 군 야영지가 펼쳐져 있었는데 야영지에 켜놓은 랜턴 불이 어느 용의 경사진 몸뚱이와 접힌 날개, 푸른 쇠로 만들어진 포신의 얽은 자국을 흐릿하게 비추었다.

그리고 그 옆에는 천막 없이 노숙하고 있는 프랑스 군인들의 모습이 보였다. 그 군인들은 모닥불을 향해 발을 내놓은 채 조악한 양모 소재의 담요나 외투, 거적 따위를 덮고 이리저리 뒤엉켜 자고 있었다. 야영지 쪽에서 어떤 소리가 들려왔다고 해도 로렌스는 터질 듯이 고동치는 자신의 심장 소리 때문에 듣지 못했을 것이다. 테메레르는 야영지 사이의 강물 위로 천천히 날아갔다.

야영지의 모닥불과 랜턴 빛이 뒤로 멀어지자 테메레르에 탑승한 자들은 비로소 편하게 숨을 쉴 수 있었다. 1.6킬로미터에 달하는 습기 많은 땅에 자리한 프랑스 군 야영지를 벗어나자 저 앞에서 파도치는 소리가 들려왔다. 그때부터 테메레르는 조금 더 속도를 냈고 날개 가장자리를 따라 바람이 씽씽 소리를 내며 지나갔다. 수송용 안장에 타고 있는 누군가가 구토를 하는 소리가 들려왔다. 이제 그들은 바다 위로 날고 있었다. 수척의 영국 군함에 켜놓은 랜턴들은 달보다도 훨씬 더 밝았다. 가까이 다가가는 동안 로렌스는 그중 한 군함의 고물 쪽 창문 안에 가지 달린 촛대가 세워져 있는 것을 보았다. 74문짜리 군함으로서 고물 쪽 랜턴 불을 받아 금색으로 쓰여 있는 배 이름이 보였다. 뱅가드 호. 로렌스는 몸을 앞으로 기울여 테메레르에게 그 군함 쪽으로 가자고 지시했다.

엎드려 있던 터너는 테메레르의 어깨 위에 서서 야간 신호용 랜턴을 들고 뱅가드 호를 향해 아군이라는 뜻의 신호를 보냈다. 랜턴 앞쪽에 사각형의 얇은 파란 천과 빨간 천을 차례로 대고 파란 불을 길게 한 번, 빨간 불을 짧게 두 번 보이게 하는 식이었다. 그리고 소리 나지 않게 답변해달라는 뜻으로 하얀 불 신호를 짧게 세 번 보냈다. 그런데 그들이 계속 접근하는 동안에도 뱅가드 호에서는 아무런 대답이 없었다. 망꾼이 못 본 것인가? 신호가 너무 구식이라 그런가? 로렌스는 지난 일 년 동안 새로운 신호가 기록된 책을 입수하지 못해 이전 신호를 쓰고 있었다.

그 순간, 파랑—빨강—파랑—빨강으로 빠르게 이어지는 불빛 신호가 뱅가드 호 쪽에서 비치고 테메레르가 가까이 접근하는 동안 갑판에 더 많은 불이 켜졌다.

로렌스는 입가에 두 손을 모으고 소리쳤다.

"어어이!"

그러자 야간 보초를 서던 장교가 피곤에 절어 잘 들리지 않는 목소리로 대답했다.

"어어이! 도대체 누구십니까?"

당황스런 기색이 역력한 말투였다. 테메레르는 조심스럽게 갑판 위쪽에서 정지 비행을 했고 승무원들은 재빨리 매듭이 지어진 긴 밧줄을 밑으로 내렸다. 밧줄 끝이 갑판에 텅 하고 부딪치는 소리가 났다. 프러시아 군인들은 서둘러 안장에서 몸을 빼낸 뒤 앞 다투어 밧줄을 잡고 갑판으로 내려가기 시작했다.

로렌스가 날카롭게 말했다.

"테메레르, 프러시아 군인들에게 조심해서 내려가라고 말해! 수송용으로 고리를 많이 달아놓았기 때문에 막 다루면 망가져버릴 거다. 그럼 나머지 군인들을 더 싣고 올 수가 없어."

테메레르는 독일어로 나지막하게 그 말을 전했고 그때부터 군인들은 조금 더 차분하게 안장 고리에서 몸을 빼고 밑으로 내려갔다. 그중 한 명이 서둘러 내려가다가 밧줄을 놓치고 비명을 지르며 떨어졌는데, 멜론을 떨어뜨린 것처럼 갑판에 머리 부딪치는 소리가 둔탁하게 울려 퍼지고 동시에 비명 소리가 잦아들었다. 그때부터 나머지 군인들은 한층 신중하게 갑판으로 내려오기 시작했다. 프러시아 장교들은 고함을 지르는 대신 손과 막대를 이용해 소리 없이 사병들을 지휘하며 뱅가드 호의 난간 쪽으로 데려갔다. 밧줄을 잡고 내려오는 나머지 군인들과 뒤엉켜 혼란을 빚지 않게 하기 위해서였다.

테메레르가 고개를 뒤로 돌리고 로렌스에게 물었다.

"다 내려갔어?"

이제 테메레르의 등에는 승무원 몇 명과 로렌스만 남아 있었다. 로렌스가 고개를 끄덕이자 테메레르는 조심스럽게 밑으로 내려와 뱅가드 호 옆의 바다에 착륙했다. 그 순간 바닷물이 양옆으로 확 튀었고 갑판 위에 있던 선원들과 해군들이 동요하면서 쓸데없이 고함을 질러댔다. 장교들이 지시를 내리려 해도 그 목소리가 들리지 않을 정도였다. 선원들은 사방으로 랜턴을 비추었다.

그러자 테메레르가 난간 안쪽으로 머리를 들이밀면서 그들 모두에게 날카롭게 말했다.

"쉿! 그 랜턴들 다 치워요. 우리가 소리를 안 내려고 애쓰고 있는 것이 보이지 않습니까? 내가 용이라는 이유로 내 말을 듣지 않고 덩치 큰 어린애처럼 계속 비명을 지른다면, 맹세하겠는데 앞발로 집어서 난간 너머로 던져버리겠습니다."

테메레르의 위협이 효과를 발휘하여 갑판이 순식간에 쥐죽은 듯 조용해지자 로렌스는 비로소 입을 열었다.

"함장은 어디 있나?"

그 순간, 잠옷을 입고 취침용 모자를 쓴 한 남자가 난간 너머로 몸을 기울이더니 테메레르의 목 아래쪽에 앉아 있는 로렌스에게 말을 걸었다.

"월? 윌리엄 로렌스 아닌가? 이런 일이 있나. 바다가 그리워서 자네 용을 아예 군함으로 만들어버린 건 아니겠지? 몇 급 짜리 군함인가?"

로렌스는 씩 웃으며 말했다.

"게리. 이 배에 있는 보트를 모두 내려서 다른 군함에 내 말을 전해주게. 용들이 지금 프러시아 수비대를 싣고 이리로 오고 있어. 아침이 밝기 전에 모두 실어 나를 작정이야. 날이 밝으면 프랑스 놈들이 깨어나 우리를 잡으려고 발악을 할 테니까."

게리 스튜어트 함장이 물었다.

"뭐라고? 수비대 전체를 데려온다는 말인가? 그 수가 얼마나 되는데?"

"1만5천 명 정도."

스튜어트 함장이 흥분해서 지껄여대려고 하자 로렌스가 얼른 말을 막았다.

"걱정할 것 없어. 군함 여러 척에 나눠 태우면 충분히 다 태울 수 있으니까. 그들을 모두 스웨덴 쪽으로 실어가 주게. 모두 용감한 친구들이라 단치히에 버리고 올 수가 없었어. 나는 이제 다시 돌아가서 나머지 군인들을 싣고 와야 하네. 프랑스 군에 언제 발각될지 모르는 상황이니 서둘러야겠어."

테메레르가 단치히 시로 돌아가는 동안 군인들을 잔뜩 실은 아르카디가 옆으로 스치고 지나갔다. 아르카디는 어린 야생용 두 마리가 계획된 항로를 벗어나지 않도록 가끔씩 꼬리를 물어가며 방향 지시를 해주고 있었다. 테메레르 곁을 지나가면서 아르카디는 꼬리 끝을 흔들었고 테메레르는 날개를 힘껏 펼치고 빠르고 조용하게 단치히 시로 날아갔다. 요새 안마당은 질서정연한 분위기였다. 줄맞춰 선 프로이센 군인들은 최대한 소리를 내지 않으면서 배정된 용에게 차례로 탑승했다.

탈출 작전이 시작되기 전, 그들은 각 용이 착륙할 지점에 각기 다른 색깔로 칠을 하여 표시해놓았다. 알록달록하게 칠이 된 판석들은 용들의 발톱과 군인들의 장화에 밟히고 이리저리 긁혀 있었다. 테메레르가 한쪽 구석에 넓게 배정된 자리에 착륙하자 프로이센 하사관과 장교들이 병사들을 지휘하여 신속히 수송용 안장에 오르도록 했다. 맨 앞줄에 있던 병사들은 제일 높은 위치로 올라가 고리에 머리와 어깨를 집어넣고 몸을 고정했다. 나머지 병사들은 안장 끈을 잡고 오르거나 이미 위쪽에 자리를 잡고 앉은 다른 병사의 몸을 붙잡고 올라가 차례로 안장 고리에 착석했다.

안장 담당자 중 하나인 윈스턴이 숨을 헐떡이며 뛰어와 로렌스에게 물었다.

"고칠 부분이 있습니까, 대령님?"

로렌스가 없다고 대답하자 윈스턴은 곧장 그 옆의 다른 용들에게 달려가 같은 질문을 했다. 펠로우스와 그 조수들은 이리저리 뛰어다니며 안장에서 헐거워지거나 찢어진 부분을 재빨리 수리했다.

테메레르가 다시 이륙할 준비를 완료하자 로렌스가 다이어에게 물었다.

"시간이 얼마나 걸렸지?"

다이어가 높고 날카로운 목소리로 대답했다.

"1시간 15분 걸렸습니다."

생각한 것보다 시간이 많이 걸리고 있었다. 테메레르를 비롯해서 야생용 대부분은 이제 겨우 두 번째로 군인들을 실어 나르는 중이었다.

"더 속도를 내야겠어."

테메레르가 단호하게 말하자 로렌스가 대답했다.

"그래. 최대한 빨리 가보자. 출발!"

다시 이륙한 테메레르가 수송선 중 한 척에 두 번째 프러시아 군인들을 내려놓을 무렵, 로렌스는 그 군함의 갑판 위에서 타르케를 보았다. 테메레르의 한쪽 옆구리로 프러시아 군인들이 밧줄을 잡고 내려오는 가운데, 반대편 옆구리 쪽에 있는 매듭진 밧줄을 잡고 위로 올라온 타르케는 로렌스 옆에 다가와 서며 나지막하게 말했다.

"플레르 드 뉘가 양을 먹긴 했는데 다 먹지 않고 절반을 남겼습니다. 그래서 밤새 계속 잠을 잘지 어떨지는 모르겠습니다."

로렌스는 고개를 끄덕였다. 하는데까지 최선을 다해 프러시아 군인들을 수송하는 수밖에 다른 도리가 없었다.

어느덧 동쪽 하늘이 조금씩 밝아오기 시작했다. 아직 단치히에는 탑승을 하기위해 대기 중인 프러시아 군인들이 많이 남아 있었다. 이 다급한 상황에서 아르카디는 제 역할을 다해주고 있었다. 아르카디는 이미 여덟 번째로 군인들을 실어 나르는 중이었고 다른 야생용들에게도 더 빨리 날라며 쿡 찔러댔다. 테메레르가 일곱 번째 군인들을 싣고 이륙할 때쯤 아르카디는 아홉 번째 수송을 하기 위해 단치히로 돌아오고 있었다. 몸집이 큰 테메레르는 수송량이 많아서 군인들을 태우고 내리는 데 다른 용들보다 시간이 많이 걸렸다. 아르카디 뿐만 아니라 다른 야생용들도 용감하게 잘 해주고 있었다. 예전 눈사태 때 케인스에게 날개 치료를 받은 색깔이 화려한 점박이 야생용은 특히 헌신적으로 이번 임무를 수행했다. 몸집이 작아서 한 번에 스무 명 정도밖에 실어 나를 수 없었으나 힘차게 날개를 치며 빠르게 날아다녔다.

테메레르가 다시 군함 쪽에 도착했을 때 비교적 몸집이 큰 편인 야생용 열 마리가 갑판에 착륙한 상태로 군인들을 내려놓고 있었다. 이제 한번만 더 갔다 오면 수송 작업이 끝날 듯했다. 하늘을 살펴보니 해가 떠오르기 직전이었다. 아주 빠른 속도로 다녀와야 할 것 같았다.

그때 프랑스 군 야영지에서 작고 푸른빛이 하늘로 솟아올랐다. 그 조명탄은 비스툴라 강 위에서 터지며 사방을 밝혔다. 로렌스는 가슴이 철렁했다. 그 주변에서 날고 있던 야생용 세 마리가 갑작스런 빛에 놀라 옆으로 홱 피하며 꺽꺽거렸고, 수송용 안장에 타고 있던 프러시아 군인 두 명이 비명을 지르며 강물로 풍덩 빠졌다.

로렌스는 테메레르의 안장에서 밧줄을 붙잡고 갑판으로 내려가고 있는 프러시아 군인들을 향해 소리쳤다.

"뛰어내려! 뛰어! 빌어먹을! 테메레르!"

테메레르가 로렌스의 말을 독일어로 옮겼으나 통역할 필요도 없었다. 조명탄이 터지는 것을 본 프로이아 군인들은 이미 밧줄을 놓고 밑으로 뛰어내리고 있었다. 그중 대부분이 바다로 떨어져 선원들은 서둘러 그들을 건져올리기 시작했다. 일부는 안장에서 미처 몸을 빼지 못한 상태이거나 겁에 질려 밧줄을 놓지 못하고 있었다. 더 기다릴 여유가 없어 테메레르는 그 상태로 곧장 다시 날아올랐다. 야생용들도 테메레르의 뒤를 따라 이륙했고 그들은 쏜살같이 단치히 시로 돌아갔다. 그들이 지나가는 동안 프랑스 군 야영지에서 고함 소리와 함께 랜턴들이 환히 켜지고 있었다.

마지막 수송을 하기 위해 테메레르가 안마당으로 내려가는 동안 로렌스는 확성기에 대고 소리쳤다.

"지상요원 탑승!"

성벽 바깥쪽에서 프랑스 군의 대포가 작렬하기 시작했다. 프랫은 비단 천과 방수포로 싼 아칼테케 알을 가슴에 안고 달려와 테메레르의 배 쪽 그물로 뛰어 들어갔다. 펠로우스와 그 조수들은 임시로 만든 안장 수리용 장비를 버리고 익숙한 솜씨로 밧줄을 잡고 빠르게 탑승하여 안장에 고리를 걸었다.

테메레르의 등으로 올라간 페리스가 확성기를 통해 소리쳤다.

"탑승 완료했습니다!"

그들 머리 위로 대포 소리가 쿵쿵 울려 퍼졌고 휘익 소리와 함께 곡사포 포탄이 날아와 성벽에 부딪쳤다. 성벽을 이루는 회반죽 일부가 떨어져나갔다. 요새 안마당에서는 칼크로이트 장군과 부관들이 큰소리로 지시하며 나머지 군인들을 탑승시키고 있었다.

테메레르는 자고 있던 이스키에르카를 입으로 물어 어깨 위로 던져 올렸다. 이스키에르카는 하품을 하면서 머리를 들고 물었다.

"내 비행사는 어디 있지? 아! 이제 우리도 싸우는 거야?"

우레 같은 대포 소리와 함께 포탄들이 머리 위로 획획 날아다니자 이스키에르카는 졸음 가득하던 눈을 번쩍 떴다. 서둘러 등으로 올라온 그랜비가 풀쩍 뛰며 날아오르려는 이스키에르카를 안장째 꽉 잡으며 말했다.

"나 여기 있으니까 안달하지 마."

로렌스가 소리쳤다.

"장군님!"

칼크로이트 장군은 탑승을 거부하며 손을 흔들었다. 그러자 부관들이 달려들어 칼크로이트를 잡아서 들어 올렸고 미리 안장에 타고 있던 프로이센 군인들이 그를 잡아 위로 끌어올려 로렌스 옆에 앉혔다. 칼크로이트는 안장 위로 올라오는 과정에서 가발이 벗겨져서 숱도 별로 없는 머리카락이 마구 헝클어졌고 숨까지 헐떡이고 있었다. 이윽고 고수(鼓手)가 최종 후퇴를 알리며 북을 치기 시작했다. 성벽 위에서 적들을 향해 대포를 쏘고 있던 프로이센 군인들은 대포를 버리고 포탑과 가로대로 달려 내려와 그곳에서 곧장 각 용들의 등으로 뛰어내렸다. 그리고 허우적거리며 손에 닿는 대로 아무 끈이나 움켜잡았다.

어느덧 동쪽 성벽 너머 태양이 뜨고, 말아놓은 시가처럼 길고 가느다랗게 펼쳐진 구름 사이로 밤이 물러가고 있었다. 푸른 구름들은 햇빛을 받아 가장자리가 주황색으로 빛났다. 더는 시간이 없었다.

"이륙하라!"

로렌스가 지시를 내리자마자 테메레르는 군인들을 수송용 안장에 잔뜩 매단 채 뒷다리와 궁둥이를 일으키고 우렁차게 고함을 지르며 날아올랐다. 안장 끈을 제대로 잡지 못한 프로이센 군인 몇 명은 비명과 함께 두 손을 허우적거리며 요새의 돌바닥으로 떨어졌다. 나머지 용들도 각기 다른 목소리로 고함을 지르고 날개를 치면서 테메레르의 뒤를 따랐다.

　야영지에서 날아오른 프랑스 용들이 테메레르와 야생용들 뒤를 쫓기 시작했다. 프랑스 공군들은 안장 위로 기어오르며 급하게 전투를 준비하고 있었다. 별안간 테메레르가 비행 속도를 늦추고 야생용들을 앞으로 보낸 다음 뒤를 돌아보며 말했다.

　"적들에게 마음껏 불을 뿜어!"

　그러자 이스키에르카는 좋아서 꺅꺅거리며 테메레르의 등에 탄 채로 프랑스 용들의 얼굴에 이리저리 불을 뿜었다. 쫓아오던 프랑스 용들은 주춤하면서 뒤로 물러났다.

　로렌스가 소리쳤다.

　"이제 속도를 높여!"

　잠시 적들과 거리가 어느 정도 벌어지긴 했으나, 프랑스 군 진영에서 리엔이 큰소리로 다른 용들에게 명령을 내리며 테메레르 쪽으로 날아오고 있었다. 비행사들이 혼란스러워하자 갈피를 못 잡고 이리저리 몰려다니던 프랑스 용들은 리엔의 명령에 따라 일사불란하게 대열을 정비하며 추격하기 시작했다. 지금까지 직접 전투에 관여하지 않고 뒤에 물러나 있던 리엔은 테메레르 일행이 군인들을 싣고 탈출하는 모습을 보자 삼가던 기존의 태도를 버리고 대열의 맨 앞에 나서서 날아오고 있었다. 다른 프랑스 용들은 모두 리엔의 후미로 쳐졌고 제일 몸집이 작은 우편배달 용들만이 리엔과 속도를 맞추고 있었다.

테메레르는 날개를 쫙 펴고 다리를 모은 뒤 얼굴 주변의 막을 목 가까이 붙였다. 그리고 노를 젓듯이 양 날개를 찻종 모양으로 구부리면서 수 킬로미터를 단숨에 날아갔다. 리엔과의 거리가 점점 좁혀진다 싶은 찰나, 영국 군함들이 한쪽 현측을 항구 쪽으로 향하고 아군 용들에게 안전 구역을 확보해주기 위해 장거리포를 쏘기 시작했다. 천둥이 치듯 요란하게 포화가 번쩍이는 가운데, 매캐한 탄약 냄새가 로렌스의 얼굴을 스쳤다. 리엔이 발톱을 쫙 펼치며 다가왔고 프랑스의 우편배달 용들이 테메레르의 옆구리 쪽으로 접근하여 발톱으로 군인들을 낚아채고 있었다. 이스키에르카는 그 용들을 향해 신나게 불을 뿜었다.

별안간 테메레르가 시커먼 화약연기 속으로 날아 들어가면서 로렌스는 눈앞이 보이지 않게 되었다. 검은 수증기에 휩싸여 두 눈이 흐려지는 순간 그들은 연기를 벗어났다. 그리고 프랑스 군 야영지를 지나 빠른 속도로 바다를 향해 나아갔다. 테메레르가 날개를 한 번 칠 때마다 단치히 시와 그 안에 켜진 흐릿한 랜턴불이 멀어졌다. 그리고 테메레르는 고도를 확 낮추며 항구 위로 날아갔다. 수송선의 선원들은 바다에 떨어진 프러시아 군인들을 거의 다 건져낸 상태였다. 영국 군함들은 북을 치듯 쿵쿵 소리를 내며 요란하게 대포를 쏘았다. 테메레르 뒤쪽으로 영국군이 쏜 산탄들이 휘익 소리를 내며 날아갔고 프랑스 용들은 더 가까이 접근하지 못했다.

그런데 리엔은 뜨거운 포탄들이 비처럼 쏟아지는 것도 아랑곳하지 않고 테메레르를 붙잡기 위해 연기구름을 뚫고 날아왔다. 옆에서 우편배달 용들이 비명을 지르며 말렸고 그중 몇 마리는 리엔의 등에 들러붙어 뒤로 잡아당기기까지 했다. 그러나 리엔은 몸을 한 번 크게 흔들어 그 용들을 모조리 떨쳐낸 뒤 맹렬하게 추격을 계속하려 했다. 그러자 그중 한 마리가 대단한 용기를 발휘하여 앞쪽으로 휙 날아가 온몸으로 리엔을 막았다. 곧이어 그 용의 뜨거운 검은 피가 리엔의 가슴께에 흩뿌려졌다. 리엔 대신 어깨에 산탄을 맞은 것이었다. 그제야 비로소 리엔은 격분했던 감정을 가라앉히고 그 용이 추락하지 않게 붙잡았다.

그리고 자신을 호위하는 우편배달 용들과 함께 뒤로 물러났다. 대포의 사정거리에서 벗어나 눈 덮인 해안이 내려다보이는 상공에서 정지 비행을 하던 리엔은 좌절감에 빠져 마지막으로 길고 소름끼치는 소리를 내질렀다. 하늘을 쪼개놓을 것처럼 날카로운 그 울부짖음은 항구를 지나 테메레르 주변에까지 유령처럼 맴돌았다. 어느새 하늘은 구름 한 점 없는 짙푸른 색이 되었고 테메레르는 끝도 없이 펼쳐진 파도를 향해 날갯짓을 했다.

뱅가드 호의 돛대에 신호용 깃발이 나부꼈다.

"순풍입니다, 대령님."

터너가 이 말을 하는 순간 테메레르는 영국 군함들 곁으로 날아갔다. 로렌스는 몸을 앞으로 기울여 살을 에듯 차가우면서도 맑은 바닷바람을 맞았다. 테메레르의 옆구리에 묻어 있던 검은 연기가 그 바람을 타고 잿빛 꼬리처럼 뒤로 길게 뻗어나가며 흩어졌다. 릭스는 소총병들에게 사격 중지 명령을 내렸다. 그러자 던과 해클리는 소총의 총신을 닦고 뿔 화약통을 치우며 늘 하던 대로 서로에게 욕을 한 마디씩 해주었다.

마침내 길고도 숨막히는 대 탈출이 끝났다. 밤새 맞바람을 받으며 야생용들을 잔뜩 거느리고 날아야 했던 테메레르는 일주일치 비행을 한꺼번에 한 것과 다름이 없었다.

로렌스는 저 바다 건너 거친 암석으로 이루어진 스코틀랜드의 해안이 눈앞에 보이는 듯했다. 갈색과 자줏빛을 띠며 시든 히스꽃, 초록빛 언덕 너머 하얀 눈이 곳곳에 쌓여 있는 오만하고 날카로운 산맥들, 추수가 끝난 뒤 노란색으로 물든 사각형의 거대한 농지, 겨울에 대비해 털을 잔뜩 기른 통통한 양떼, 테메레르가 머물던 공터 주변을 둘러싼 소나무와 물푸레나무 숲을 떠올리자 고향에 대한 그리움이 한꺼번에 밀려왔다.

저 앞쪽에서 아르카디가 행진곡 비슷한 노래를 부르기 시작했다. 그러자 다른 야생용들도 따라 불렀고 그들의 목소리가 하늘을 가로지르며 널리 퍼져 나갔다. 테메레르가 그 합창에 합류하자 궁금증이 난 꼬맹이 이스키에르카는 테메레르의 목을 할퀴며 물었다.

"무슨 노래를 부르는 거야? 가사가 무슨 뜻이야?"

테메레르가 통역해주었다.

"우리는 고향으로 날아간다네. 다 같이 고향으로 간다네."

*《테메레르 4 상아의 제국》에서 계속됩니다.

> 1806년 4월
> 영국왕립협회 철학회보에 실린
> 편지의 발췌문
>
> 1806년 3월 3일

영국왕립협회 회원 여러분께

용의 수학적 재능을 주제로 한 에드워드 하우 경의 최근 논문에 관하여 존엄한 영국왕립학회에 편지를 쓰고자 떨리는 손으로 펜을 들었습니다. 저같이 이름도 알려지지 않은 비전문가가 저명한 용 전문가이며 권위자인 에드워드 하우 경의 논문을 반박하는 것은 일종의 만용 내지 지적 허영심으로 여겨질 우려가 있고, 제 주장이 그분 혹은 그분의 고귀하신 지지자들의 분노를 유발할 우려도 있겠다 싶어 걱정이 되기도 합니다. 그러나 제 주장이 옳다는 굳은 신념과 용에 대한 연구가 아무래도 잘못된 방향으로 흘러가고 있다는 깊은 우려에서 주저함을 떨치고 이 편지를 쓸 용기를 내었습니다.

용에 관한 한 저보다도 훨씬 경험이 많은 에드워드 하우 경의 반대편에 서서 그분의 주장을 반박하게 되었습니다만, 사실 명백한 증거를 확보하지 않았다면 저는 그분을 반박하기는커녕 경의를 표해 마지않을 것입니다. 수차례의 고민 끝에 이 편지를 영국왕립학회에 제출하오니 직접 보시고 옳은 판단을 내려주시기 바랍니다. 담당하고 있는 교구를 돌보느라 박물학 연구에 몰두할 시간을 할애하기가 쉽지 않아서, 보다 완벽한 반박 주장을 펼치기에 제 자격이 충분치 않으리라는 것을 잘 알고 있습니다. 그런 만큼 이 편지의 내용은 오로지 제 자신의 독창적인 주장일 뿐, 다른 누군가의 영향을 받았다거나 대단한 자료들을 참고한 것이 아니라는 점도 감안해 주셨으면 합니다.

　　저는 고귀한 용들을 비하할 생각도 없고 용들을 훌륭한 생물이라고 주장하는 하우 경과 그 문제로 소모적인 언쟁을 벌이고 싶지도 않습니다. 용들이 지닌 미덕에 대해서는 이미 잘 알려져 있고 그 미덕 중에서도 가장 으뜸인 것은 바로 인간과의 높은 친화력이라 할 수 있습니다. 용은 강제성에 의해 인간을 따르는 것이 아니라 본능적으로 인간의 애정을 갈구하는 습성이 있어 인간의 지시에 따르는 것입니다. 그런 점에서 인간에게 보다 친숙하고 붙임성 있는 동물로 꼽히는 개와 아주 흡사합니다. 개는 자신과 동종인 개보다 주인으로 섬기는 인간을 더 좋아하고 따른다는 점에서 다른 짐승들과 차별화되는데, 기특할 정도로 용들도 그러한 특징을 나타내고 있습니다. 또한, 용들의 이해력은 다른 어떤 짐승들보다 훨씬 뛰어납니다. 그런 만큼 인간이 길들인 짐승들 가운데, 용이 제일 가치 있고 유용한 생물이라는 점에는 이론의 여지가 없을 것입니다……

수년 전부터 앞서 언급한 용들에 관한 칭찬이 미흡하다고 여긴 다수의 신사 분들께서 신중하게 절차를 밟아가며 자신들의 연구 자료를 세상에 내놓기 시작했음은 잘 알고 계시리라 믿습니다. 그 학자들의 연구 자료들을 총체적으로 살펴보면, 용이 다른 짐승들과는 완전히 다른 생물이고, 인간과 다름없는 논리성과 지성을 가진 존재라는 주장이 담겨 있습니다. 그리고 그런 주장이 시사하는 의도가 무엇인지에 대해서는 제가 굳이 여기서 열거할 필요도 없을 것입니다…….

그중에서도 가장 두드러지는 주장은 바로 인간을 제외한 짐승들 가운데 용만이 언어 구사능력이 있으며 더 나아가 자신의 감정과 자유 의지까지도 표현한다는 점입니다. 그러나 그 주장은 용이 인간처럼 논리성과 지성이 있는 생물이라는 사실을 뒷받침해주지 못할 뿐더러 충분한 설득력도 갖추지 못했다고 봅니다. 앵무새도 인간의 언어를 말할 줄 알고, 개나 말도 훈련을 하면 몇몇 단어들을 이해할 수 있기 때문입니다. 개나 말이 인간의 언어를 구사하는 데 적합한 성대와 구강구조를 갖고 있다면, 그들도 용처럼 인간에게 인간의 언어로 말을 걸면서 자기들에게 더 큰 관심을 보여 달라고 청하지 않을까요?

어떤 개가 주인이 세상을 떠나자 구슬피 울었다고 해서 애정이라는 감정에 대해 명확히 인지하고 있다고 볼 수 있습니까? 어떤 말이 울타리를 뛰어넘으라는 주인의 명령을 거부한다고 해서 자신만의 의지를 갖고 있다고 볼 수 있을까요? 유감스럽지만 그렇지는 않을 것입니다. 동물계에서의 위와 같은 예시 외에도, 바론 폰 켐펠렌과 무슈 드 보캉송의 유명한 작품들을 좋은 예로 들 수 있습니다. 이들은 작은 주석과 구리로 놀라운 수준의 자동인형을 만들었는데, 그 인형들은 몇 개의 지레 작용에 의해 말을 할 수 있고 지능을 갖고 있는 듯 움직입니다. 그래서 자동인형에 대해 사전 지식이 없는 관찰자는 그것을 살아있는 생물로 믿을 수도 있습니다. 그러나 결론적으로 그 자동인형들은 태엽장치와 톱니바퀴 때문에 움직이는 무생물에 불과합니다. 우리는 용들이 우둔하고 기계적인 행동을 할 수 있게 해주는 그런 종류의 가짜 지능과 인간만이 소유한 참된 지능을 같은 것으로 취급해서는 안 될 것입니다…….

이제 용이 인간과 다름없는 지능을 갖고 있다는 주장에 대한 증거가 불충분하다는 점을 명확히 인지하셨을 것입니다. 다음은 에드워드 하우 경이 최근 발표한 소론(小論)을 살펴보겠습니다. 그 소론에서 하우 경은 가볍게 보아 넘기기 힘든 주장을 펼치고 있습니다. 고등 수학 계산을 할 줄 아는 용이 있다는 주장인데 고등 수학 계산은 교육받은 인간만이 할 수 있는 것이지, 동물이나 자동인형은 결코 수행할 수 없는 것으로 알려져 있습니다. 그 소론의 논거들을 더 면밀히 살펴보면, 하우 경의 주장이 매우 부박한 증거에 기반하고 있음을 알 수 있습니다. 즉, 하우 경의 주장들은 주로 그 용의 비행사와 승무원인 장교들, 그 용을 좋아하고 용에 대한 애정이 큰 동료 비행사들의 증언에 의지하고 있고 직접적인 증거라는 것도 하우 경이 겨우 몇 시간 동안 개인적으로 그 용의 수학 실력을 테스트한 자료밖에 없습니다. 어떤 분들은 그 정도면 충분하다고 보실지 모르겠습니다만, 문제는 그와 같은 주장이 나름대로 용 분야의 선각자인 양하는 자들에 의해 갈수록 부풀려져서 더 그럴듯하게 포장되고 있다는 것입니다. 따라서 저는 에드워드 하우 경이 앞서 발표한 논문들

대다수가 하나같이 설득력이 부족한 함량미달의 증거들을 근거로 삼고 있음을 지적하고 싶습니다……

의도적이든 아니든 하우 경이 무엇 때문에 그런 주장을 펼쳤는지 궁금해 하실 분들도 계실 것입니다. 저는 하우 경을 비난하기 위해서가 아니라 그분이 그런 주장을 펼칠 수밖에 없었던 동기에 대해 사심 없이 추측하여 논하기 위해 다음과 같은 예를 들어 설명하고자 합니다. 그래야 제가 비열한 음모를 꾸며 다른 사람을 비하하려는 의도가 아님을 드러낼 수 있기 때문입니다.

사냥꾼은 으레 자신이 기르는 사냥개를 애지중지하고 그 사냥개가 보여주는 맹목적인 헌신을 인간이 인간에게 베푸는 애정과 비슷한 것으로 생각하고 싶어합니다. 또한, 사냥꾼은 사냥개가 짖어대는 소리를 듣고 그 개가 전달하고자 하는 의미를 해석하려 들 뿐만 아니라 서로의 눈을 맞춤으로써 깊이 있는 의사소통 또한 가능하다고 믿습니다. 이런 착각을 하는 이유는 사냥꾼 나름의 감수성 때문입니다. 물론 그 감수성 때문에 사냥꾼은 사냥개들을 더 잘 관리할 수도 있습니다. 공군 비행사들도 분명히 자신의 용과 위와 같은 종류의 의사소통을 하고 있을 것입니다. 그러나 이는 아무리 부정하려 해도 진정한 의사소통이 아니라 인간의 착각에 불과합니다……. 게다가 용에게 남다른 애정을 갖고 있는 이들은 누구나 용들의 생활 조건을 개선하고 싶어합니다. 그자들이 주장하는 바, 용이 인간과 다를 바 없는 지능을 갖고 있다고 하는 발언은 오직 우리를 설득하여 용들의 생활 조건을 개선하려는 의도에서 비롯된 것일 뿐입니다……

한마디로, 기존의 용에 대한 찬사 일변도의 논문과 주장들에 대해 그 진의를 의심을 해볼 필요가 있다는 것입니다. 제 주장의 타당성을 입증하기 위해서 야생용들이 살아가는 모습을 예로 들고자 합니다. 저는 영국 남부 웨일즈의 패니판 산에 위치한 용 사육장에서 근무하고 있는 선량한 가축담당자들을 만나 길게 얘기를 나누어보았습니다. 그 가축담당자들은 매일 사나운 야생용들에게 가축들을 먹이로 내주는 일을 하고 있으며, 성격이 다소 거칠기는 합니다만 용에 대해 누구보다도 객관적인 입장에서 평가할 수 있는 자들입니다. 가축담당자들의 말에 따르면, 안장도 차지 않고 사육장 내에서 자유로이 돌아다니며 살고 있는 그 야생용들은 본능적으로 교활하고 동물적인 지능을 갖고 있을 뿐 그 이상은 아니라고 합니다. 그 용들은 다른 동물과 마찬가지로 으르렁거리고 쉭쉭거리는 소리를 낼 뿐 인간의 언어를 사용하지 않으며, 모임을 형성하거나 문명화된 대상과 관계를 맺으려 하지도 않습니다. 그들은 예술성이나 근면성도 없고, 은신처나 도구가 없는 것은 물론, 생산적인 활동을 하는 것도 아닙니다. 그러니 지구상의 가장 황량한 지역에서 살고 있는 다른 천하고 사나운 야생용들이 어떤 상태일지는 굳이 여기서 설명하지 않아도 짐작하시리라 믿습니다. 만일 어떤 용이 야생용들에 비해 수준 높은 무언가를 알고 있다고 해도 그것은 인간에게서 배운 것일 뿐이며 자체적인 지적 욕구는 없다고 봄이 타당합니다. 지적 욕구가 있고 없음이야말로 인간과 용의 차이점을 나타내는 기준이기 때문입니다…….

　제가 위에서 서술한 내용을 읽어보시고도 제 주장에 타당성이 없다고 여기신다면, 성서의 내용과 권위에 입각해서 말씀드리겠습니다. 하우 경의 주장은 너무나도 터무니없는 것이며 그분의 주장을 반박하는 증거는 이외에도 많습니다. 따라서 제가 이 편지에서 미약하게나마 펼치고 있는 주장 이외에도, 하우 경의 논문을 반박하는 다른 이들의 주장에 대해서 보다 사려 깊게 고려해주시는 것이 바람직할 것이라 사료됩니다. 아울러 용에 관하여 편파적인 시각을 갖고 있지 않은 관찰자들을 통해 실질적인 증거를 확보하고 확인 받는 것이 합리적일 것입니다. 제가 이렇게 하우 경의 주장을 논박하는 것은 저보다 현명하신 영국왕립협회 회원들께서 한번쯤 용들에 대한 기존의 일방적인 주장에 의심을 품고 새로운 시각에서 조사를 해주십사하는 바람이 있기 때문입니다. 제 글을 읽고 분노하신 분이 있다면, 제가 의견을 서술하는 능력이 부족하기 때문일 수도 있으니, 진심으로 용서를 구하는 바입니다.

   여러분의 가장 비천한 종이 최대한의 경의를 담아 이 편지를 보냅니다.

웨일즈의 브레콘에서
D. 살콤

지은이의 말

1806년의 전쟁 상황을 재구성한 이 대체역사소설을 쓰면서, 데이비드 G 챈들러(David G. Chandler)의 《나폴레옹의 전역(The Campaigns of Napoleon)》, 빈센트 J. 에스포지토(Vincent J. Esposito) 준장과 존 R. 엘팅(John R. Elting) 대령 공저의 《나폴레옹 전쟁 군사사 및 도해서(A Military History and Atlas of the Napoleonic Wars)》를 주로 참조했습니다. 두 책 모두 아마추어가 읽어도 내용을 쉽게 이해할 수 있도록 구성되어 있습니다. 이 두 책의 서술은 매우 정확하기 때문에, 본서에 잘못되었거나 이상한 점이 있다면 그것은 제 실수일 것입니다.

본서의 베타 판을 읽고 여러 가지로 도움을 주신 홀리 벤튼, 프란체스카 코퍼, 다나 듀폰, 도리스 이건, 다이애나 폭스, 바네사 렌, 셸리 미첼, 조지아나 패터슨, 사라 로젠바움, L. 살롬, 레베카 터쉬넷,

초 웨이 쩐 씨께 깊은 감사를 드립니다. 또한, 내 담당 편집자인 베시 미첼, 엠마 쿠드, 제인 존슨, 그리고 내 에이전트 신시아 맨슨 씨께도 감사드립니다.

그리고 남편 찰리에게 고맙다는 말을 전하고 싶습니다.

나오미 노빅

옮긴이의 말

실크로드와 이스탄불을 거쳐
나폴레옹과의 전투로 이어지는 박진감 넘치는 모험담!

로렌스와 테메레르 일행이 실크로드를 거쳐 이스탄불로 향하는 여정을 눈으로 따라가며 불현듯 예전에 중국 승려 법현(法顯)이 타클라마칸 사막을 지나며 남겼다는 글이 생각났다.

    沙河中多有惡鬼熱風
    사하에는 악귀와 열풍이 있으니
    遇則皆死無一全者
    이를 만나면 한 사람도 살아남지 못한다.
    上無飛鳥下無走獸
    하늘에는 나는 새도 없고 땅에는 기는 짐승도 없다.

遍望極目
어느 곳을 바라보아도 그저 아득하구나.

欲求度處則莫知所擬
거리를 가늠해 보려 해도 기준 삼을 데가 없다.

唯以死人枯骨幖幟耳
다만 죽은 자의 뼈로써 가는 길의 이정표를 삼을 뿐.

— 출처《고승법현전高僧法顯傳》

모래폭풍 카라부란이 몰아치는 타클라마칸 사막.

간간이 꿈결 같은 사막 도시와 백양나무 그늘이 시원하게 드리운 오아시스가 없다면 삶과 죽음이 교차하는 열사의 모래벌판을 무사히 건너기란 불가능하다.

테메레르 일행이 갈증과 허기를 극복하고 사막 지대를 지나는 모습을 보며 손에 땀을 쥐었고 마침내 이스탄불로 들어가자 나도 모르게 막혔던 숨이 뚫린 듯 후련해졌다. 번역을 하면서 나도 모르게 테메레르의 보이지 않는 승무원이 되어 그들과 함께 여행하고 있었나 보다.

나오미 노빅은 제3권의 제목을 〈흑색화약전쟁〉이라 붙였다.

이는 당시 총과 대포 등, 무기류에 사용된 화약이 바로 흑색화약이었기 때문이라 사료된다. 흑색화약은 화약류 중 가장 먼저 발명되어 19세기 말에 이르기까지 유일한 화약으로 사용되었다. 목탄을 섞였기 때문에 검은색을 띠며 인화성이 강하고 연소화염이 길다는 특징이 있다.

화약의 역사를 따져 들어가자면, 기원전 850년 서남아시아 메소포타미아의 고대 국가에서 적을 무찌르기 위해 기름을 태웠다는 기록이 있다. 이를 화약의 시초로 보는 사람도 있으나 관련 문헌들을 종합해 본다면 중국인들이 최초로 화약을 발명했다는 것이 정설로 받아들여지고 있다. 화약을 사용하는 병기가 최초로 문헌상에 나타난 것은 11세기 이후부터다.

그리고 우리나라에서는 고려 말 최무선(崔茂宣. 1325년~1395년)의 화통도감에서부터 본격적인 화약의 역사가 시작되었다. 그 전에도 화약을 사용한 기록이 간간이 발견되고 있기는 하지만 화통도감의 설치를 계기로 하여 화약의 제조, 생산과 이를 이용한 다양한 화포들이 속속 개발되었다.

중국에서 최초로 발명된 흑색화약은 동양 각국을 거쳐 유럽에 전해지고, 유럽에서는 14세기부터 그 제조 기술이 괄목할 만한 수준에 이르렀다. 그리고 마침내 19세기 중반에 알프레드 노벨(1833년-1896년)이 연구 끝에 백색화약과 다이너마이트를 발명하면서 장구한 세월에 걸쳐 크고 작은 전쟁에서 요긴하게 쓰인 흑색화약은 새로운 화약에 그 자리를 내주었다.

〈흑색화약전쟁〉의 제1부는 실크로드 횡단을, 제2부는 이스탄불에서의 모험을, 제3부는 나폴레옹과의 전쟁을 다루고 있다. 지금까지 나온 테메레르 시리즈 중에서 가장 공간 이동이 많고 시종일관 넘치는 박진감으로 독자를 사로잡을 만한 작품으로 여겨진다. 모험담을 좋아하는 분들은 1, 2부를, 나폴레옹 전쟁 부분을 기대하며 이 책을 집어든 분들은 3부를 흥미진진하게 읽으실 수 있을 것이다.

특히 제3부에는 나폴레옹 전쟁 중의 주요 전투인 아우스터리츠 전투, 잘펠트 전투, 예나·아우어슈테트 전투, 단치히 공성 등이 나오고 있으니 당시의 전쟁 상황에 흠뻑 빠져들어 테메레르와 함께 동고동락을 시도해 보시길 바란다. 테메레르와 함께 훈훈한 겨울 보내시기를.

공보경

✤ 연대표

1806년 8월 ············ 로렌스는 렌튼 대장의 명령이 담긴 급보를 받는다. 오스만투르크 제국의 이스탄불로 가서 영국 정부가 구입한 용알들을 받아오라는 명령이다. 로렌스는 그 급보를 가져온 타르케를 안내인으로 삼아 테메레르, 승무원들과 함께 고비 사막과 타클라마칸 사막, 카라코룸 산맥, 페르시아 지역을 거쳐 이스탄불로 향한다.

1806년 9월 중순 ······ 음모가 진행되는 가운데 가까스로 용알들을 챙긴 로렌스 일행은 이스탄불을 출발하여 오스트리아를 거쳐 작센의 드레스덴에 도착한다. 그리고 그곳에 주둔해 있던 프러시아 군의 요청에 의해 지원군으로 남게 된다.

1806년 10월 10일 ······ 프러시아의 루이 페르디난드 왕자의 군대에 배속된 로렌스와 테메레르는 잘펠트 지역에서 프랑스 군과 맞서 싸운다.
➡ 잘펠트 전투

1806년 10월 14일 ······ 잘펠트 전투 이후 호엔로헤 장군의 군대에 배속된 로렌스와 테메레르는 예나에 주둔하고, 브룬슈비크 대공이 이끄는 군대는 아우어슈테트로 행군한다. 그러다가 양쪽 마을에서 동시에 프랑스 군의 공격을 받게 된다. ➡ 예나·아우어슈테트 전투

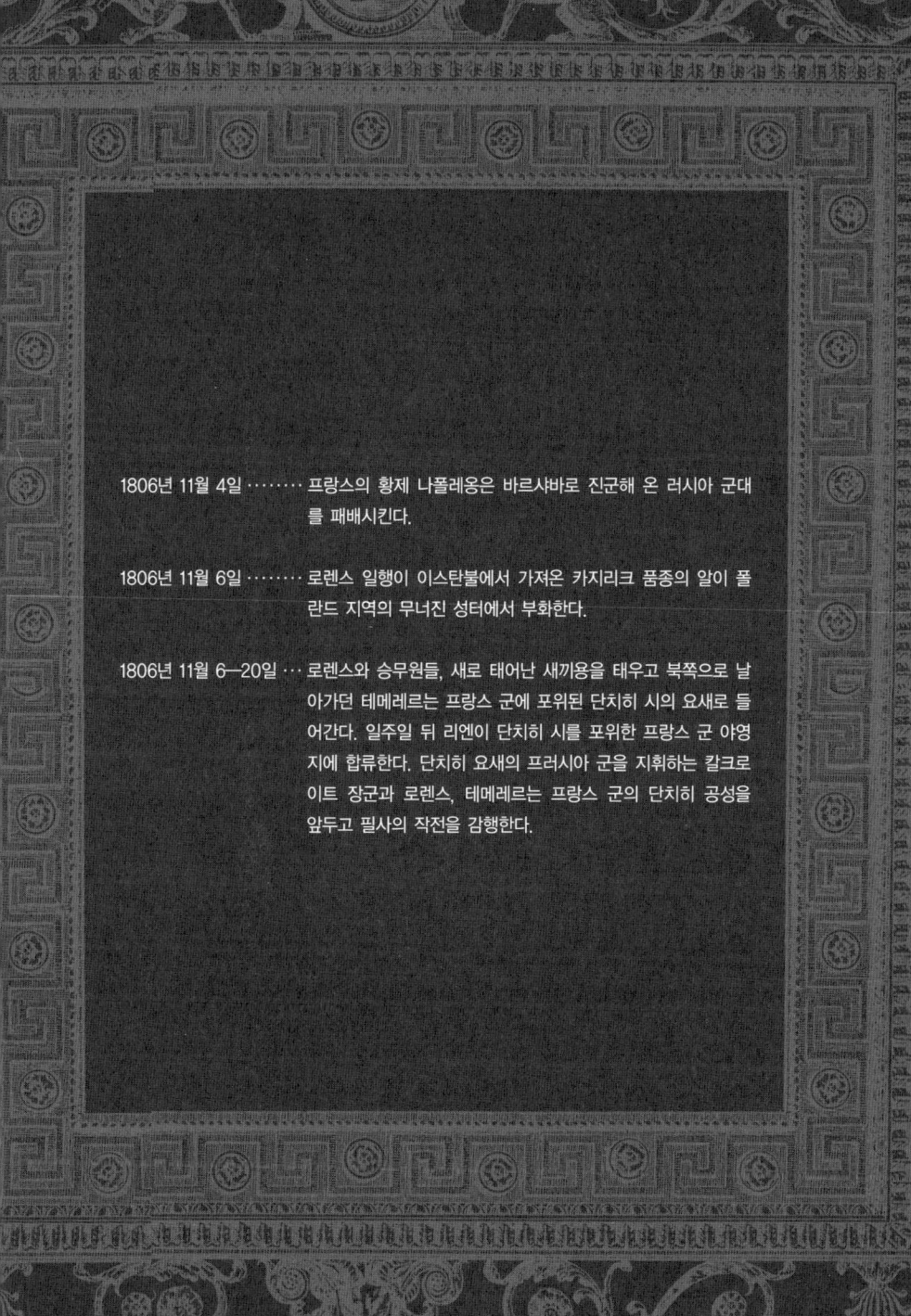

1806년 11월 4일 ········ 프랑스의 황제 나폴레옹은 바르샤바로 진군해 온 러시아 군대를 패배시킨다.

1806년 11월 6일 ········ 로렌스 일행이 이스탄불에서 가져온 카지리크 품종의 알이 폴란드 지역의 무너진 성터에서 부화한다.

1806년 11월 6—20일 ··· 로렌스와 승무원들, 새로 태어난 새끼용을 태우고 북쪽으로 날아가던 테메레르는 프랑스 군에 포위된 단치히 시의 요새로 들어간다. 일주일 뒤 리엔이 단치히 시를 포위한 프랑스 군 야영지에 합류한다. 단치히 요새의 프러시아 군을 지휘하는 칼크로이트 장군과 로렌스, 테메레르는 프랑스 군의 단치히 공성을 앞두고 필사의 작전을 감행한다.

테메레르 3 흑색 화약 전쟁

초판 1쇄 발행 2007년 12월 10일
초판 29쇄 발행 2024년 1월 2일

지은이 나오미 노빅
옮긴이 공보경

발행인 이재진 **단행본사업본부장** 신동해 **편집장** 김경림
표지디자인 석운디자인 **본문디자인** 최미영 **교정교열** 윤혜숙
마케팅 최혜진 이은미 **홍보** 반여진 허지호 정지연 송임선 **국제업무** 김은정 김지민 **제작** 정석훈

브랜드 노블마인 **주소** 경기도 파주시 회동길 20 ㈜웅진씽크빅 단행본사업본부
문의전화 031-956-7213(편집) 02-3670-1123(마케팅)
홈페이지 www.wjbooks.co.kr
인스타그램 www.instagram.com/woongjin_readers
페이스북 www.facebook.com/woongjinreaders
블로그 blog.naver.com/wj_booking

발행처 ㈜웅진씽크빅
출판신고 1980년 3월 29일 제406-2007-000046호

한국어판 출판권 ⓒ웅진씽크빅, 2007
ISBN 978-89-01-07461-0 (04800)
    978-89-01-06837-4 (세트)

노블마인은 ㈜웅진씽크빅 단행본사업본부의 브랜드입니다.
이 책의 한국어판 저작권은 Eric Yang Agency를 통해 Ballantine Books사와의 독점계약으로 ㈜웅진씽크빅에 있습니다.
저작권법에 의해 한국 내에서 보호를 받는 저작물이므로 무단 전재와 무단 복제를 금합니다.
이 책 내용의 전부 또는 일부를 이용하려면 반드시 저작권자와 ㈜웅진씽크빅의 서면 동의를 받아야 합니다.

• 잘못 만들어진 책은 구입하신 곳에서 바꾸어드립니다.
• 책값은 뒤표지에 있습니다.